Elizabeth Fremantle

IM SCHATTEN
DER MACHT

Historischer Roman

Aus dem Englischen
von Sabine Herting

PENGUIN VERLAG

Die englische Originalausgabe erschien 2018
unter dem Titel *The Poison Bed* bei Michael Joseph, London.

Sollte diese Publikation Links auf Webseiten Dritter enthalten,
so übernehmen wir für deren Inhalte keine Haftung,
da wir uns diese nicht zu eigen machen, sondern lediglich auf
deren Stand zum Zeitpunkt der Erstveröffentlichung verweisen.

Penguin Random House Verlagsgruppe FSC® N001967

1. Auflage 2021
Copyright © 2018 by Elizabeth Fremantle
Copyright © der deutschsprachigen Ausgabe 2021 by Penguin Verlag
in der Penguin Random House Verlagsgruppe GmbH,
in der Verlagsgruppe Random House GmbH,
Neumarkter Straße 28, 81673 München
Umschlag: Favoritbuero
Umschlagmotiv: Frau mit Buch: Laurence Winram/Trevillion Images;
Rahmen: © Magenta10/Shutterstock
Satz: Uhl + Massopust, Aalen
Druck und Bindung: CPI books GmbH, Leck
Printed in Germany
ISBN 978-3-328-10660-9
www.penguin-verlag.de

Dieses Buch ist auch als E-Book erhältlich.

Für Alice und Raphael

Ob uns zu Fall bringt Ehrgeiz, Lust ob Raub,
Wie Diamanten schleift uns nur der eigne Staub.

Die Herzogin von Malfi, Johr. Webster

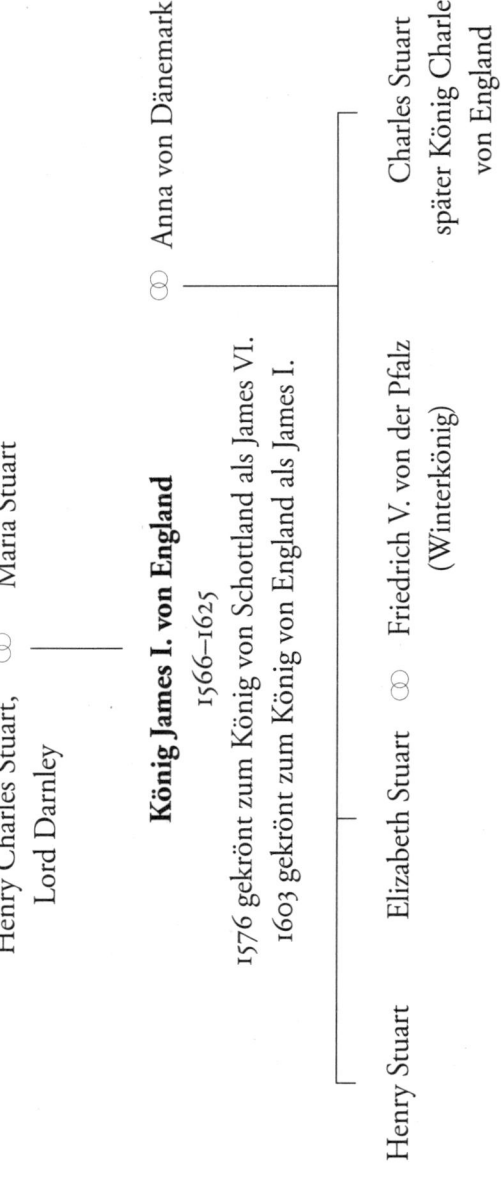

Henry Charles Stuart, ⚭ Maria Stuart
Lord Darnley

König James I. von England
1566–1625
1576 gekrönt zum König von Schottland als James VI.
1603 gekrönt zum König von England als James I.

⚭ Anna von Dänemark

Elizabeth Stuart ⚭ Friedrich V. von der Pfalz
(Winterkönig)

Charles Stuart
später König Charles I.
von England

Henry Stuart

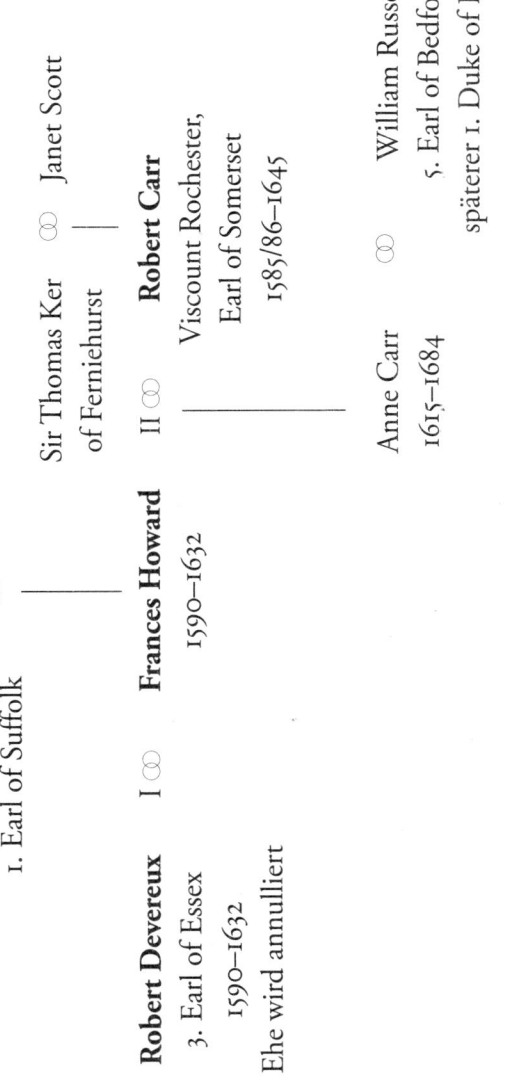

Lord Thomas Howard
1. Earl of Suffolk
∞
Katherine Kyvett

Sir Thomas Ker
of Ferniehurst
∞
Janet Scott

Robert Carr
Viscount Rochester,
Earl of Somerset
1585/86–1645

Robert Devereux
3. Earl of Essex
1590–1632
Ehe wird annulliert

I ∞ **Frances Howard**
1590–1632
II ∞

Anne Carr
1615–1684
∞
William Russel
5. Earl of Bedford,
späterer 1. Duke of Bedford

Sie

Sie war bereit, als die drei Männer kamen. Sie rochen nach feuchter Wolle und vermieden es, sie anzusehen, nur hin und wieder wagten sie einen verstohlenen Blick. Sie ging zur Tür. Ihre Schwester schloss sie schluchzend in eine tränennasse Umarmung, während die Kinderfrau mit dem brüllenden Baby auf dem Arm ungeniert zuschaute. Draußen ging mit heftigen Böen ein Nieselregen nieder. Sie spürte Blicke durch das Fenster, doch sie weigerte sich, eine Haltung der Scham einzunehmen. Scham ist maßlos. Gewährt man ihr den Zutritt, frisst sie einen bis auf die Knochen auf. Über glitschige Pflastersteine gingen sie bis zum Fluss. »Müssen wir über das Wasser?«, fragte sie. Doch die Männer hatten Befehle auszuführen.

Mit einem Mal nahm sie das Getöse wahr, ein frenetisches Gesinge und Gegröle, und als sie die Tore durchschritten hatte, sah sie die Menschenmenge: rote Gesichter, gebleckte Zähne. Wäre sie nicht in Begleitung der bewaffneten Garde, würde man ihr womöglich Arme und Beine ausreißen. Wie eine Zugleine schnürte ihr der Gedanke die Eingeweide zusammen, und aus Angst, sie könnte die Fassung verlieren, zwang sie sich, an etwas anderes zu denken. Doch auch an die gierigen Finger des Flusses durfte sie nicht denken, und sie fragte sich, was wohl schlimmer sei: die Menschenmenge und deren raschen wilden Schläge oder jene eisigen Finger an ihrer Kehle? Ein Schatten löste sich keifend aus der Menge. Er spuckte. Ihre Füße verloren den Halt, sodass sie auf den Stufen zum Fluss strauchelte, doch einer der Männer fing sie auf und trug sie den Rest des Weges hinunter zum wartenden Boot.

»Hoffentlich fällst du hinein und ertrinkst, du Hexe«, brüllte jemand. Sie zog ihr Taschentuch aus dem Ärmel, um sich die Spucke aus dem Gesicht zu wischen, die wie ein weißes Vögelchen auf und ab tanzend davonflog. Das Boot schwankte, und ihr Kopf stieß hart gegen eine hölzerne Strebe. Trotz des durchdringenden Schmerzes bewahrte sie Haltung. Sie wollte ihrer Eskorte nicht den Gefallen tun, ihr Leid zu zeigen.

Einer der Männer wirkte vertraut. Sie überlegte angestrengt, wie er wohl heiße, da sie dachte, es könne ihr womöglich einen kleinen Vorteil einbringen, wenn sie ihn mit Namen anspräche. Wieder schwankte das Boot, die Ruder klatschten, und mit einem Mal fühlte sie sich in alte Zeiten zurückversetzt: Eine riesige Hand drückt ihren Kopf nach unten, der Stoß ins Nasse, aufbrandende Panik und seine leise drohende Stimme, *Du musst lernen, mir zu vertrauen – du musst der Schwäche widerstehen.* Ihr stockte der Atem, der Wächter sah zu ihr, woraufhin sie hustete, damit er annahm, etwas reize ihre Kehle.

Als sie sich der Brücke näherten, spürte sie die Kraft der Strudel, die sie ins Dunkel zogen. Sie schloss die Augen und hielt die Luft an, bis sie auf der anderen Seite, wo der Tower aufragte, wieder herauskamen. Ihr Gemahl befand sich dort, irgendwo hinter diesen steilen Mauern. Ob er wohl sehe, dass sie komme, fragte sie sich und sah ihn vor sich wie einen geschnitzten Engel, den die tief stehende Wintersonne vergoldete. Doch sie durfte nicht an ihn denken, durfte sich nicht ablenken lassen von dem, was ihr bevorstand.

Das Boot glitt in den Tunnel hinein, der unter dem äußeren Befestigungswall hindurchführte, wo das Licht der Fackeln sich in der geriffelten Oberfläche des Wassers spiegelte, sodass es aussah, als stünde es in Flammen. Sie erwartete fast, auf der anderen Seite Cerberus zu begegnen. Doch stattdessen sah sie einen kleinen Mann, der starr vor Ehrerbietung ihre Hand nahm, um ihr aus dem Boot zu helfen. Seine Hand stellte sie sich unter seinem Handschuh wie eine rosige Pranke mit scharfen Klauen vor, passend zu seinem Nagetiergesicht.

Er führte sie einige Stufen hinauf. Der Wind heulte um die Mauern und zerrte an ihren Kleidern, als sie darauf wartete, dass er eine schwere Tür aufschloss, die sich quietschend öffnete. Das Zimmer hatte kleine Fenster zu beiden Seiten und eine erloschene Feuerstelle, der ein fauliger Gestank entströmte, als wäre eine Taube im Abzug verendet. Eine Wand schimmerte vor Feuchtigkeit, und trotz ihres dicken Umhangs ließ die Kälte sie schaudern.

»Der Kronanwalt wird gleich hier sein«, sagte er, ohne sie anzusehen, und wie aufs Stichwort trat Bacon ein – wie ein Dämon kam er mit einem Windstoß zur Tür hineingeweht.

»Warum ist das Feuer nicht entzündet?«, fragte er, noch ehe er sie begrüßte. »Man kann nicht von mir erwarten, dass ich in dieser Kälte meines Amtes walte ...« Er hielt inne und warf einen Blick auf sie, der ihr in den Nacken stach. »... oder?«

Es wurde nach einem Jungen geschickt. Mit einem Klirren setzte er seinen Eimer mit den heißen Kohlen auf den Steinplatten ab und fing an, den Kamin zu bestücken; derweil sezierte Bacon sie stumm. In seinen Augen schimmerte nicht der kleinste Funken Freundlichkeit auf. Doch mit Freundlichkeit konnte sie ohnehin nichts anfangen.

Sie war es gewohnt, dass Männer auf ihr Äußeres reagierten. Bei Bacon jedoch entdeckte sie nicht einmal sich weitende Pupillen, und das entwaffnete sie. Vielleicht war sie doch nicht so sehr vor Angst gefeit, wie sie es glauben mochte.

»Ich habe Euch seit meinen Hochzeitsfeierlichkeiten nicht mehr gesehen.« Sie wollte ihm in Erinnerung rufen, wer sie war.

»Vor drei Jahren«, konstatierte er kühl und deutete damit wohl an, dass seither sich so manches geändert habe; sie bedauerte, es angesprochen zu haben. Ihre Vermählung und die Umstände, die sie an diesen Ort gebracht hatten, waren unentwirrbar miteinander verknüpft. Sein Gesichtsausdruck war weiterhin nicht zu entschlüsseln.

Mit einer Greifzange nahm der Junge eine glühend rote Kohle aus seinem Eimer, die den Kienspan sofort in Brand setzte und aufflackern ließ.

Plötzlich hörten sie schwere Schritte die Treppe hinaufkommen und wandten sich im selben Moment zur Tür. Ihr stockte der Atem.

»Das muss der Lord Oberrichter sein. Er gesellt sich zu uns.«

Keuchend schleppte sich Coke herein. Er roch stark nach Schweiß, als hätte er nicht die Stufen, sondern einen Berg erklommen. Langsam schweiften seine Blicke über sie. In Cokes Augen sah sie den gierigen Funken, der in Bacons nicht aufblitzte.

Sie fasste sich wieder, bot ihnen einen Platz an, als wäre es ein gesellschaftlicher Anlass, und bemerkte, dass Bacon die Bank abwischte, ehe er sich setzte, und die Hände zusammenschlug, um den Staub abzuklopfen.

Das rauchende Feuer reizte ihre Augen. Der Diener öffnete das Fenster, damit es besser zog, und Bacon schnaubte: »Was tust du da, Idiot? Bei diesem Wetter!« Der Junge zuckte zusammen, als fürchtete er Prügel, und sie riet ihm, er solle nachschauen, ob der Kaminabzug vielleicht verstopft sei. Er stocherte mit einem langstieligen Besen darin herum, und ein halb verwester Vogel fiel in die Flammen. Sie sahen zu, wie er verbrannte. Der Gestank drehte ihr den Magen um.

»Nun«, sagte Bacon, der, als der Junge gegangen war, die Hände aneinanderlegte und streckte, bis die Knöchelchen knackten. »Ich vermute, Ihr bestreitet die Anklagen.«

»Nein.« Sie sah ihm in die Augen. »Ich bin schuldig.« Nahezu unmerklich sackte er zusammen. Ganz eindeutig, sie hatte ihn überrascht, womöglich sogar enttäuscht. »Ich wollte seinen Tod.«

Der Schreiber hielt mit weit aufgerissenen Augen den Stift in der Luft. Bacon seufzte. Bedauern oder etwas Ähnliches nagte an ihr. Doch für eine Umkehr war es zu spät.

»Ihr seid Euch der unvermeidlichen Folge so eines Geständnisses bewusst?«

Sie nickte. »Ich weiß, ich muss die Konsequenzen tragen. Das ist die ganze Wahrheit.«

»Die ganze Wahrheit – ach ja?« Bacons Blick durchbohrte sie, als könnte er ihr bis auf die Knochen sehen. »Ihr mögt schlau sein …«, seine Augen verengten sich leicht, »… für eine *Frau*. Aber glaubt nicht, Ihr könntet mich täuschen.«

»Ich verstehe nicht, was Ihr meint.«

»Nein?« Noch immer sah er sie so durchdringend an, dass sie das Gefühl überkam, sie wäre der Gegenstand einer seiner philosophischen Forschungen.

Nun schwiegen sie, nur die kratzende Feder des Schreibers und die Zugluft durch die schlecht schließenden Fenster waren zu hören.

Schließlich sprach Coke und ließ ein Trommelfeuer an Fragen los.

»Genügt es nicht, dass ich gestehe? Ihr müsst noch wissen, wie?«

Er fuhr fort, fragte nach Dingen und Leuten, die in keinerlei Verhältnis zu dem Fall zu stehen schienen, suchte nach Verbindungen, wo es keine gab. Bacon, der durch Cokes Fragenkatalog irritiert wirkte, trommelte mit den Fingern auf die Tischplatte.

Schließlich warf er ein: »Und Euer Gemahl? Was ist sein Anteil daran?«

»Er hat damit nichts zu tun.« Die Worte brachen zu laut und zu hastig aus ihr hervor.

Bacon gab ein galliges Lachen von sich, sagte aber nichts.

»Er ist unschuldig.« Sie wusste, sie klang verunsichert, und fragte sich, ob ihre Wiederholung sie weniger glaubwürdig erscheinen lasse.

Und genauso war es.

Sie erhoben sich, der Schreiber klappte seine Kladde zu, und sie blieb mit der Frage, ob ihr Gemahl wohl ebenfalls gestanden habe, allein zurück.

Er

Ich sitze allein im Dunkeln. Fahles Licht dringt durch ein einziges Fenster. Das andere ist verhängt. Ich ertrage den Ausblick nicht.

Ich reihe die wenigen Relikte von ihr auf, die ich besitze, darunter eine kleine Perle, ein ungewaschenes Leinentüchlein und ein Bündel Briefe, die ein Band zusammenschnürt, das einst ihre Unterkleidung zusammenhielt. Ich halte es mir an die Nase, doch ihr Duft ist verflogen, aber die Erinnerung, sie ausgezogen zu haben, bleibt, ihre Kleider fallen zu Boden und enthüllen die Landschaft ihres Leibes. Hitze flutet durch mich hindurch. Tränen brennen mir in den Augen.

Ich muss einen Weg finden, meine Situation zu verstehen, muss glaubwürdige Antworten auf all die Fragen finden, die man mir wieder und wieder stellt. Doch Angst schnürt sich um meine Kehle, bis ich glaube zu ersticken. Ja, ich denke an sie.

Vor fast fünf Jahren habe ich sie zum ersten Mal gesehen. Sie stand inmitten einer Schar Frauen in Henry Stuarts Gemächern. Eine von ihnen – ein Mädchen – streckte die Hand aus, mit der Handfläche nach oben, und Frances nahm sie und betrachtete sie mit eingehender Aufmerksamkeit. Ich dachte anfangs, das Mädchen habe einen Splitter unter der Haut, aber es schien etwas anderes zu sein – die ganze Schar sah Frances gespannt an und wartete darauf, dass sie etwas sagte. Ich konnte nicht anders, als sie zu belauschen.

»Ich sehe Liebe.« Sie sprach leise. Später hörte ich das Gerücht, ihre leise Stimme sei eine Ziererei, um Leute in den Bann zu ziehen. Aber Frances brauchte so ein Getue nicht. »Ja, ganz eindeutig hier an der Schnittstelle dieser beiden Linien.«

Das Mädchen lachte verlegen auf. »Kenne ich ihn bereits?« Wie aus dem Nichts krochen rote Flecken über ihren Hals.

Frances schloss für einen Augenblick die Augen, als erwartete sie eine himmlische Eingebung, bis sie entschieden sagte: »Nein, es ist ein Fremder.« Sie ließ die Hand los und ging auf die Männer zu, die sich um Henry versammelt hatten und eine kleine Bronzestatue betrachteten.

Es gab so viele wunderschöne Frauen bei Hofe, allesamt Marmorgöttinnen. Ich nahm sie kaum wahr – die Welt der Frauen, sie liegt mir nicht. Doch Frances war anders. An ihr war nichts Kaltes oder Totes. Nein, sie war durch und durch menschlich, das Leben pulsierte unter ihrer Haut. Sie erinnerte mich auf sonderbare Weise an einen hübschen Knaben. Das lag daran, dass sie völlig ungeschminkt war. Ihr Teint war frisch und rein, sodass ich dachte, wenn ich es nur wagte, ihr nahe genug zu kommen, würde ich den Duft frisch gewaschener Wäsche riechen. Doch es lag auch an der langgliedrigen Geschmeidigkeit ihres Körpers und der ungewöhnlichen Direktheit ihres Blicks. Es war nichts Künstliches an Frances Howard.

Es entspricht nicht ganz der Wahrheit, wenn ich sage, dies sei das erste Mal gewesen, dass ich sie sah. Sieben Jahre zuvor hatte ich ihren Hochzeitszug aus der Ferne beobachtet. Ihr Vater und ihr Großonkel an ihrer Seite schmälerten trotz deren vereinten Prächtigkeit nicht im Geringsten ihre Wirkung. Obwohl sie erst vierzehn Jahre alt war, wirkte sie älter, weil sie von unerschütterlicher Ruhe durchdrungen war. Ich musste sie anstarren. Damals war ich ein Niemand, nur der verwaiste Sohn eines kleinen schottischen Adligen, der als Page bei jemandem am Rande des Hofes untergekommen war.

»Sie werden sie noch nicht vollziehen«, sagte ein Zuschauer zu seinem Nachbarn. Der Gedanke daran hat mich erregt. Ich war bestürzt: So etwas hatte ich bisher nur für Männer empfunden. »Er wird durch Europa reisen, und sie schickt man zurück zu ihren Eltern, bis sie alt genug ist.«

Auf Zehenspitzen hoffte ich auf einen weiteren Blick auf ihr hellbraunes Haar. Glänzend reichte es fast bis zum Boden, alle sprachen von ihrem Haar – und von diesem Mund, der sogar reglos ein kleines Lächeln zeigte, was ein wohl gehütetes Geheimnis vermuten ließ.

»Für mich schaut sie alt genug aus«, prustete der andere Mann, dem fast der Speichel aus dem Mund rann. Ich befand mich in einem Wirrwarr der Gefühle, und trotz meiner eigenen brennenden Erregung erzürnte mich seine Respektlosigkeit. Es schien mir ein Frevel, über jemanden, der so rein und unberührt wirkte, auf diese Weise zu reden. Ich hätte ihn schlagen mögen, denn ich wusste, ich hatte die Kraft, ihn bewusstlos zu prügeln. Menschen ohne Familie lernen sehr früh im Leben, wie man auf sich selber aufpasst.

In den folgenden Jahren wurde sie zur Frau. Ich sah sie mit Henry, wie sie über irgendetwas lachten, wie ihre Köpfe auseinanderstoben, mit geöffnetem Mund, doch plötzlich hielt sie inne, wandte sich von ihm ab, und ihr Blick ruhte auf mir, als wäre sie ein Falke und ich ein Hase. Mir gefällt die Vorstellung, es sei die Kraft meines Begehrens gewesen, die ihre Aufmerksamkeit auf mich gelenkt hatte. Nie zuvor hatte ich solche Augen gesehen, dunkle glänzende Ovale. In jedem nur ein winziges weißes Rechteck, die Spiegelung des Fensters hinter mir und meiner eigenen winzigen Gestalt. Sie sagte nichts, lächelte nur und zeigte ihre Zähne, die so ebenmäßig waren wie aufgereihte Perlen. Erst da fiel mir auf, dass Henry mich betrachtete, der ich sie betrachtete. »Spioniert Ihr Uns aus, Carr? Oder ist es heute Rochester?«, fragte er mit mürrischem Gesicht. »Hat mein Vater Euch nicht kürzlich in den Adelsstand erhoben?«

Manche seiner Freunde sahen mich missbilligend an, aber nicht sie. Sie lächelte mir wieder zu, und ich ahnte, dass sich Henry die Nackenhaare sträubten.

»Vermutlich schickt er Euch, damit Ihr mich davon überzeugt, dieses katholische Kind zur Gemahlin zu nehmen. Nun, sagt ihm, meine Antwort lautet Nein.« Ohne mich anzusehen, streifte er gegliederte Stulpen über. »Was soll ich denn mit einer neunjährigen Papistin?«

Ich spürte noch immer Frances Blick auf mir. »Sie kommt mit einer beträchtlichen ...«

»Mit einer *beträchtlichen* Mitgift«, unterbrach mich Henry. Ein Diener hielt ihm verschiedene Florette hin. Er nahm eines und hieb durch die Luft. »Um die *beträchtlichen* Schulden meines Vaters zu begleichen?«

Als ich noch nach einer Antwort suchte, die keinen Anlass zum Ärgernis böte, glitten dem Pagen die Florette aus der Hand und fielen scheppernd zu Boden. Der Junge bückte sich mit rotem Kopf und sammelte sie unter Gelächter und Gejohle wieder auf. Als er nach dem letzten greifen wollte, kickte es ein Fuß außer Reichweite, was erneut zu Gelächter führte.

»Das ist unangebracht.« Ich sah dem Täter in die Augen, bückte mich, um das Florett aufzuheben, reichte es dem Pagen, klopfte ihm auf die Schulter und sprach Worte der Ermutigung.

Jemand sagte: »Gut gemacht, Carr.« Und ich spürte, ich hatte ein bisschen Boden gewonnen.

Mein Gegner war verärgert, schmallippig fauchte er: »Für einen Mann, der aus dem Nichts kommt, habt Ihr nichts Schlechtes getan, oder?« – dann zischend: »Im Schlafgemach des Königs … wie eine Frau.« Southampton mochte mich noch nie, was auf Gegenseitigkeit beruhte. Er war aufgedunsen und hatte die Arroganz desjenigen, der nicht einsah, dass ihm mit dem Alter sein gutes Aussehen abhandengekommen war. Ich wich nicht von der Stelle und sah ihn unverwandt an, reagierte aber nicht. »Keine Antwort darauf, Carr?«

»So manches ist keiner Antwort würdig.«

Das gefiel ihm nicht, und das sollte es auch nicht. »Wo habt *Ihr* denn etwas über Würde gelernt? Doch nicht in der Gosse, aus der Ihr stammt.«

Ich lächelte halbwegs. »Eines habe ich in der Gosse gelernt. Ist ein Preisbock erst einmal geschlachtet und gekocht, ist er von gewöhnlichem Hammelfleisch nicht mehr zu unterscheiden.« Sie strahlte mich an und sah mir in die Augen.

Henry blickte finster drein und legte ihr eine besitzergreifende Hand auf den Arm. Ich verspürte Eifersucht, als ich es sah. Er war vier Jahre jünger als sie, noch ein Knabe. Es schien eine absurde Paarung zu sein. Doch die Anziehungskraft der Macht sollte man nie unterschätzen. »Gewöhnliches Hammelfleisch kann einem zwischen den Zähnen hängen bleiben«, sagte Henry direkt an sie gewandt.

Zorn flackerte in mir auf. Der Gedanke, ihn zum Schweigen zu bringen, zuckte mir durch den Kopf – ich stellte mir meine Hände an seiner Kehle vor, meine Daumen, die sich in weiches Fleisch drückten, und hörte sein ersticktes Flehen um Gnade.

Henry sprach zu mir: »Nehmt ein Rapier, Carr. Mal sehen, aus welchem Holz Ihr geschnitzt seid.« Die Luft war zum Schneiden, alle warteten auf den Donner nach dem Blitz. Ich zögerte. »Der Sieger bekommt das da.« Er zeigte auf Frances. Ich war einen Augenblick entsetzt und hätte womöglich reagiert, hätte ich nicht dann bemerkt, dass er nicht Frances gemeint hatte, sondern die kleine Hirtenbronze neben ihr.

Ich nickte als Zeichen der Zustimmung. Ein Brustpanzer wurde herbeigebracht und mir umgeschnallt. Ich wählte ein Florett. Sie waren alle stumpf, nur Übungswaffen. Das Einzige, was Schaden nehmen konnte, war die Eitelkeit. Die Türen zum Innenhof wurden geöffnet, und wir gingen hinaus; die ganze Gesellschaft folgte uns und war gespannt, ob Robert Carr die Unverfrorenheit besäße, den Thronfolger ins Abseits zu drängen.

Wir tänzelten vor und zurück, wobei hin und wieder der Stahl klirrte, wenn unsere Klingen sich kreuzten. Prinz Henry war gut, elegant und sehr geschickt, doch ich hatte die volle Kontrolle, obwohl ich es anders aussehen ließ, denn ich spürte, wie wichtig es war, ein Spektakel abzuliefern. Ich wusste allzu gut, dass ich mit Kühnheit die Leute für mich einnehmen konnte. Mir fehlte vielleicht seine Finesse, aber ich war älter – vierundzwanzig und in den besten Jahren –, und ich wusste, dass ich besser war, schneller, aggressiver. Ich hatte gelernt, unerbittlich zu kämpfen, mit den Fäusten, und ich würde nicht verlieren, nicht vor ihr. Ganz gleich, welche Schwierigkeiten es mir einbringen sollte.

Sein Florett sirrte knapp neben meiner Wange. Ich duckte mich.

»Achtet auf Euer hübsches Gesicht, Carr«, rief Southampton verächtlich.

Als ich vorgab, es nicht zu hören, sah ich meine Chance. Als Henry einen Augenblick zauderte, machte ich einen Ausfallschritt, sodass die Spitze meiner Waffe ihn seitlich am Hals traf, wo ein großes Blutgefäß verläuft. Wäre es ein echter Kampf gewesen, wären unsere Schuhe vom Stuart-Blut rot getränkt gewesen.

»Ihr habt Euren Punkt gemacht.« Southampton zerrte an meinem Florettarm und zischelte: »Ihr solltet Euch besser vorsehen.«

»Was sagtet Ihr?« Es war eindeutig, er wollte einen echten Kampf provozieren. Trotz seines Alters war er ein harter Kämpfer, und ich wusste, er wäre nicht so leicht zu schlagen. »Ist das eine Herausforderung?« Ein Murmeln ging durch die Gefolgschaft. Ich entwand ihm meinen Arm und blickte ihm geradewegs in die Augen. »Ist es das?«

Ich hatte den König hinter mir. Ich hatte sein Ohr, ich hatte sein Vertrauen, ich hatte seine Liebe, und, ob nun schlecht erzogen oder nicht, ich hatte sehr viel mehr Einfluss auf ihn als Southampton. Doch noch immer schob er wie ein brünstiger Hirsch sein Gesicht dicht an meines. Ich spuckte ein Lachen aus. »Ich dachte, Ihr erhofft Euch einen Sitz im Kronrat.«

Er lehnte sich zurück, wurde rot, wandte sich halb ab, und ich konnte nicht anders, als ihm zuzuflüstern: »Ich wusste schon, dass Ihr nicht den Mumm dazu habt.«

Henry stellte sich zwischen uns und klopfte mir auf die Schulter. »Eigentlich bin ich Euch dankbar, Carr. Ich kann meine Geschicklichkeit im Fechten nicht verbessern, wenn man mich immer gewinnen lässt.« Seine geistige Großzügigkeit ließ mich einen Augenblick vergessen, dass wir beide um Frances Howards Gunst rivalisierten. Sie betrachtete uns aufmerksam, als wir gemeinsam wieder ins Gemach traten. »Hier«, sagte er, nahm den bronzenen Hirten von seinem Sockel und reichte ihn mir.

Er war schwerer, als ich vermutet hatte, und mir kam in den Sinn, dass er eine wirkungsvollere Waffe abgegeben hätte, aber ich stellte ihn zurück an seinen Platz. »Hier ist er besser aufgehoben, hier, wo er wertgeschätzt wird.«

Um ehrlich zu sein, erschien mir die kleine Skulptur recht gewöhnlich, aber Frances war fasziniert von ihr. »Die Linien sind exquisit«, sagte sie gerade mit ihrer leisen Stimme. »Seht nur, wie sein Gewicht in seinen Stab zu fließen scheint – und dieser nach hinten gerichtete Blick. Er ist perfekt ausbalanciert.« Sie hielt inne und seufzte leicht. »Warum nur wollen wir, wenn wir etwas Schönes sehen, es besitzen?« Sie strich mit einem Finger über den geschwungenen bronzenen Oberschenkel.

Henry beobachtete sie angespannt. Wir stellten uns wohl beide vor, wir wären der winzige Mann unter ihrem Finger.

Die Türen wurden geöffnet, was den Zauber brach, und Northampton erschien. »Onkel«, sagte sie und ging mit samtener Stimme auf ihn zu. »Wo wart Ihr? Ihr habt all die Aufregungen versäumt.« Ich bemerkte einen seltenen Hauch von Mädchenhaftigkeit an ihr neben ihrem Großonkel. Er war nicht sonderlich hochgewachsen, obwohl er sich so verhielt; mit dem Auftreten eines sehr viel jüngeren Mannes strafte er seine grauhaarige Erscheinung Lügen. Als ich sie nebeneinander sah, fiel mir auf, in welchem Maße sie sich ähnelten. Beide hatten die gleiche hohe Stirn und die gebogenen Augenbrauen, was ihnen einen patrizierhaften Anflug verlieh – das Ergebnis jahrhundertelanger guter Fortpflanzung.

Doch unter seiner eleganten Oberfläche steckte etwas Bedrohliches. Die Atmosphäre im Gemach veränderte sich, alle schienen ein wenig zurückzuweichen. Selbst die engen Gefährten des Prinzen schauderten vor widerwilligem Respekt, und Northampton schien unter ihrer Aufmerksamkeit zu wachsen.

»Es gibt eine recht dringliche private Angelegenheit, die ich mit Eurer Hoheit besprechen möchte…« Henry und er zogen sich gemeinsam in die Fensternische zurück.

»Kommt mit mir.« Sie winkte. Und wie ein Hündchen heftete ich mich an ihre Fersen, als sie zum anderen Ende des Gemachs ging. Ich war ihr nahe genug, um bei jedem Schritt das Rascheln ihres Gewands zu hören.

»Es hat mir gefallen.« Sie war stehen geblieben. Sie war groß, ebenso groß wie ich, sodass unsere Augen auf einer Höhe waren. »Euer Fechtkampf.« Ich suchte nach einer Antwort, doch mir war jede Geistesgegenwart abhandengekommen. Sie hob einen Finger und betrachtete ihn. »Seht, er ist abgebrochen.« Sie streckte ihn mir hin, sodass ich ihren Nagel sah. Sie zwickte die Ecke ab und warf sie zu Boden, was ich mit Blicken verfolgte. Und als ich wieder aufblickte, zog sie gerade den Finger aus dem Mund.

»Gebt mir Eure Hand.« Sie nahm sie in ihre. »Starke Hände«, sagte sie, als sie meine Faust öffnete, um die Linien meiner Handfläche zu betrachten, und mit ihrem feuchten Finger darüberstrich. »Soll ich Euch sagen, was ich sehe?«

Begehren hatte mich nahezu gelähmt. Ich brachte einzig ein Nicken zustande.

»Ich sehe Liebe.«

Das erinnerte mich daran, was sie zuvor dem Mädchen gesagt hatte, sodass ich meine Stimme wiederfand. »Das sagt Ihr vermutlich jedem.«

»Ich sage nur, was ich sehe.« Eine ihrer Augenbrauen hob sich unmerklich.

»Ihr neckt mich.« Ich lächelte – aber sie nicht.

»Ihr glaubt, das sei ein Spiel?« Ihr Griff war fest. »Hier...«, sie deutete auf den Hügel unter meinem Daumen, »... hier sehe ich Tod und...« Sie schüttelte leicht den Kopf.

»Und was?«

»Nein«, flüsterte sie.

Northampton rief sie zu sich. »Ich komme.« Als sie sich noch einmal umdrehte, warf sie mir einen Blick zu, ein Lächeln – dieses Lächeln, so geheimnisvoll, so wissend, dass ich das Gefühl hatte, sie habe einen Blick in meine Seele geworfen. Ich gehörte ihr ganz und gar.

Sie

Der Schrei eines Mannes hallt durch die schwere Luft und noch einer, dann Stille. »Wenigstens hat das höllische Geschrei aufgehört«, sagt Nelly, die Frances gegenübersitzt und ihr Mieder aufschnürt. Mit einer einzigen Bewegung zieht sie ihre Brust hervor und legt den Säugling an, um ihn zu stillen. Sie ist so ein hageres Mädchen mit verhärmtem Gesicht und stumpfem strohfarbenem Haar, dass Frances es kaum glauben kann, dass sie in der Lage ist, das nimmersatte Baby zu nähren.

In der Stille hört Frances das Wasser plätschern und gluckern, was ihr in Erinnerung ruft, dass genau unter ihr auf der anderen Seite der Mauer der Fluss vorbeifließt. Neben dem Fenster blüht ein Schimmelfleck, und sie stellt sich vor, das Wasser steige und dringe durch die Steine, als wären sie ein Schwamm.

Im Dunkeln glaubt sie manches Mal, sie schwömme, ihr Bett hätte sich in ein Boot verwandelt und die Gegenstände um sie herum – das Gewand an einem Haken, der hochlehnige Stuhl, die Wiege aus Weidengeflecht – wären die Geister der früheren Bewohner dieses Zimmers. Das Bett ist schwer, und in sein Holz sind grässliche geflügelte Wesen hineingeschnitzt. Frances hasst es und ebenso die abscheulichen deutschen Bettvorhänge, die für einen prachtvolleren Raum entworfen wurden als für den über der Schleuse. Aber zumindest ist sie nicht mehr allein.

»Seht her!« Mit ihrer freien Hand greift Nelly nach einer Spielkarte, schnipst sie herum, sodass sie wie ein Schmetterling von Finger zu Finger tanzt. Dann schleudert sie sie grinsend in die Luft, sodass sie auf Frances' Schoß landet. Bei dem lauten Gelächter, das sie von sich gibt, entblößt sie ihre wirr durcheinanderstehenden Zähne.

In den letzten Tagen hat Frances Nellys Verwegenheit und ihr scheinbares Vergessen der Ehrerbietung, die man von ihr erwartet, zu schätzen gelernt.

»*Bitte*, erzähl es uns«, fleht das Mädchen. »Nur einige Bruchstücke. Ich möchte nur wissen, wie es geschehen kann, dass ein Mensch wie Ihr ...«, sie sah Frances gerade in die Augen, »... der so freundlich zu mir war, der meinem Gemaule über meine Probleme zugehört hat und – nun ja – mich wie ein menschliches Wesen behandelt hat, wo mich doch die meisten kaum ansehen, wie er ...« Sie hält inne, als wäre sie unsicher, wie sie es ausdrücken soll.

»Wie er in Ungnade fallen kann?«, ergänzt Frances. »Das solltest du doch wissen.« Die Pamphletisten haben jedes Detail des Skandals veröffentlicht und noch vieles mehr, somit muss sie doch eine klare Vorstellung haben. Doch von ihrem Geständnis weiß Nelly sicher nichts, und Frances ist entschlossen, weiterhin ausweichend zu antworten.

»Ich kenne das Wesentliche, doch Ihr seid sicherlich nicht, was man über Euch sagt.«

»Was sagt man denn über mich?« Frances möchte unbedingt genau wissen, was dem Mädchen zu Ohren gekommen ist.

»Dass Ihr eine Hexe seid und mit den Teufeln redet. Manche

behaupten sogar, Ihr hättet…«, sie sieht zu der anderen Frau, um sich zu vergewissern, ob sie nicht vielleicht zu weit gegangen ist, doch Francis ermuntert sie, weiterzusprechen, »…Ihr hättet eine Beziehung zum Teufel«, sagt sie.

»Ja, das habe ich auch gehört.« Frances lacht kurz auf, will es herunterspielen. Nicht zum ersten Mal kommt ihr in den Sinn, man habe dieses Mädchen zu ihr gebracht, damit sie belastende Informationen abschöpft.

»Ich kannte mal eine durchtriebene Frau. Sie war unsere Nachbarin. Die Leute gingen zu ihr, weil sie Arzneien von ihr haben wollten. Aber ich weiß, dass sie manchmal auch einen Fluch gegen jemanden aussprach.«

»Einen Fluch?« Frances zog eine Augenbraue hoch. Sie erinnert sich daran, wie sie es sich einmal mit so einer Frau verdarb. Ihr Verdacht flackert auf: Will das Mädchen sie gezielt in ein Gespräch über Hexerei verwickeln, in der Hoffnung, dass sie etwas ausplaudert? »Vermutlich war sie doch nur eine Schwindlerin.«

»Sie hat einen Fluch gegen einen Mann ausgesprochen, und noch in derselben Stunde hat man ihn tot in seinem Bett gefunden.«

»Für mich klingt das eher nach Mord.« Kaum hat Frances diese Worte ausgesprochen, bedauert sie es auch schon.

»Man hat sie für schuldig befunden. Man hat sie dafür gehängt.«

Die grünen Augen des Mädchens durchdringen sie. Wer bist du?, fragt sich Frances still. »Wer hat dir das beigebracht?« Sie deutet auf die Spielkarten, um das Thema zu wechseln.

»Mein Vater. Kaum war ich alt genug, nahm er mich mit auf die Straße. Kartentricks waren sein Beruf, Ihr versteht.« Sie legt den Säugling an die andere Brust. »Übrigens seid Ihr nicht die Einzige hier, die zu *Fall* gekommen ist.« Sie dehnt das Wort »Fall«, als spräche sie von der Vertreibung aus dem Paradies. Frances ist versucht, dem Gespräch ein Ende zu setzen und das Mädchen für seine Ungehörigkeit zu schelten, doch sie spürt, sie muss Vorsicht walten lassen. »Ach ja?«

»Ja, ich bin ohne Gemahl schwanger geworden und habe ein totes Kind zur Welt gebracht.«

»Das weiß ich, Nelly. Aus dem Grunde bist du doch hier.« Unter der harten Schale des Mädchens meint Frances einen Quell der Traurigkeit zu erkennen, sodass sie ihre früheren Bedenken infrage stellt; sie hält es für unwahrscheinlich, dass Bacon oder Coke den Kosmos einer Frau wie Nelly kreuzen. Eine wohlgeborene junge Frau voller Missgunst, die man schickt, damit sie Bericht erstatte, vielleicht, aber ein Mädchen wie Nelly, das bezweifelt sie. Es muss, weiß Gott, schon schwierig genug gewesen sein, eine Frau zu finden, die bereit ist, das Kind einer Mörderin zu stillen.

»Ihr wisst aber nicht, wer der Vater meines Kindes war.«

Sie hat Frances' Interesse geweckt. »Wer war es denn?«

Nelly senkt den Blick. »Mein Vater.«

Damit hat Frances nicht gerechnet. Obgleich sie sehr wohl weiß, dass Derartiges geschieht, ist sie zutiefst erschüttert. In ihrer Welt hat Jungfräulichkeit einen zu hohen Wert, als dass man sie schändet. Aber dieses Mädchen hat nichts von Wert an sich außer ihrem Verstand.

»Ihr glaubt mir nicht? Das überrascht mich nicht. Leute wie Ihr glaubt niemals Leuten wie mir.« Nelly scheint nicht einen Funken Selbstmitleid zu haben.

Frances verspürt plötzlich Mitgefühl. »Du musst...« Sie zügelt sich, damit sie nicht ausspricht, Nelly müsse sich gewünscht haben, dass die Hexe aus der Nachbarschaft einen Fluch über

30

den Vater verhängt. Es wäre unklug, das Gespräch wieder auf die Hexerei zu lenken. Stattdessen sagt sie:»Du musst nicht mehr gewusst haben, wem auf der Welt du trauen kannst. Hat dich darum deine Mutter verstoßen?«

Nelly nickt.»Manches lässt sich eben nicht ändern.«

»Das stimmt.« Frances ist beeindruckt von dem stoischen Gleichmut des Mädchens. Eine Eigenschaft, die sie bewundert.

»Wirklich dumm, ja, aber ich habe mir oft gewünscht, in eine Familie wie Eure hineingeboren zu sein, eine arrangierte Ehe mit einem reichen Mann einzugehen...« Ihre Worte versiegen.»Wie war das für Euch?«

Gegen ihre Absicht öffnet Frances sich allmählich.»Ich nehme an, du weißt bereits, dass ich als Mädchen mit dem jungen Earl von Essex verheiratet wurde.« Es überrascht sie geradezu, dass seit dieser Hochzeit bereits zwölf Jahre vergangen sind.»Die Verbindung war dazu ausersehen, ein altes Zerwürfnis zwischen meiner und seiner Familie auszusöhnen.« Bei all den Geheimnissen, über die sie schweigen muss, tut es ihr gut, etwas über sich zu erzählen.»Anfangs haben wir nicht zusammengelebt. Er wurde für seine Ausbildung ins Ausland geschickt. Und ich war noch recht jung, weißt du, und meine Mutter befürchtete, ich würde eine Geburt nicht überstehen. Die Schwierigkeiten begannen erst sehr viel später, als wir einen gemeinsamen Hausstand gründeten.«

**

Ich zog den kurzen Strohhalm. Der Onkel band mir sein seidenes Taschentuch um die Augen. Wir alle spielten zusammen: meine beiden Zofen; der Onkel und sein Diener; mein Lieblingsbruder Harry; Essex' drei Ehrenmänner; selbst der Geistliche wollte mitspielen. Nur Essex weigerte sich und saß so steif auf einem Stuhl, als hätte man ihn aus Karton ausgeschnitten. Seit unserer Ankunft an jenem Nachmittag hatte er kaum ein Wort gesprochen.

Chartley, sein Haus, lag sehr abgeschieden. Wir waren fünf Tage unterwegs gewesen, bis wir die große Burgruine auf einem Hügel und das Haus dahinter erblickten. Es wäre gelogen, würde ich behaupten, ich wäre bei der Ankunft nicht enttäuscht gewesen: Obgleich es riesig war, roch es nach Staub und war düster, denn die Fenster waren zu klein, um die Gemächer in Licht zu tauchen. Das ganze Haus war finster – in der Nacht knackte und ächzte es, als lauerten Gespenster unter den Holzdielen, und es war schief: Legte man eine Perle auf die eine Seite der Halle, rollte sie bis zur anderen. Ist man an Häuser gewöhnt wie an jene, in denen ich aufwuchs – neu und prächtig, mit viel Glas und glattem kühlen Marmor, sonnendurchflutet, mit Ausblicken auf sanft geschwungene Landschaften, an Häuser, in denen das Leben toste –, dann ist man verdorben.

Der Onkel, Harry und ich warteten in der Halle, dass Essex erschien, und ich versuchte mir vorzustellen, was für ein Mann er nach all diesen Jahren geworden war. Eine alte Uhr tickte laut, und seine gemalte Verwandtschaft blickte mich finster von den Wänden an, was mich daran erinnerte, dass ich mit dem Gedanken aufgewachsen war, sie seien Feinde der Howards. Sein Vater, der alte Graf von Essex, war in Seide gewandet und blickte selbstgefällig, als gehörte ihm die Welt.

»Er war unerträglich anmaßend«, sagte der Onkel, als er auf das Gemälde deutete. »Gut, dass er aus dem Weg ist.« Er machte eine hackende Geste am Hals. »Eine Schande, dass seine Fraktion von verdammten protestantischen Fanatikern fortbesteht.«

Ein arglistiges Lächeln machte sich auf seinem Gesicht breit.
»Ah, aber nun sollen wir alle Freunde sein.«
»Das ist mir zu verdanken.« Ich konnte meine Bitterkeit nicht verbergen. Innerlich verfluchte ich diese Ehe, die mich an diesen finsteren Ort geführt hatte.
Seine Antwort war frostig. »Du bist nun zwanzig Jahre alt, alt genug, um die Bedeutung von Diplomatie zu verstehen.«
Natürlich war auch ich mit Gemälden von Verwandten an den Wänden aufgewachsen. Auch mein Großvater und Urgroßvater waren vor langer Zeit hingerichtet worden. Mir kam der Gedanke, dass Essex und ich außer geköpften Vorfahren nichts gemeinsam hatten. Ein Kribbeln im Rücken, das Gefühl, beobachtet zu werden, ließ mich umdrehen, und ich entdeckte Essex, der oben auf der Galerie stand. »Ich hoffe, Eure Reise war nicht allzu beschwerlich.« Als er die Treppe herunterkam, fragte ich mich, ob er uns wohl belauscht hatte.

Als er näher trat, sah ich, dass er nicht mehr der frisch aussehende Knabe war, den ich von vor nunmehr sechs Jahren am Altar in Erinnerung hatte. Ich bemühte mich, mein Erschrecken mit einem Lächeln zu überspielen. Ich wusste, dass er arg unter den Pocken gelitten hatte – anderthalb Jahre hatten sie ihn außer Gefecht gesetzt und unser Wiedersehen verzögert. Ich hatte angenommen, er hätte einige wenige Beulen und Narben, aber nichts hätte mich auf die entsetzlichen Krater vorbereiten können, die seine Wangen überzogen, und auf die Haut um sein linkes Auge herum, die angeschwollen und verzerrt war, als hätte er eine schlimme Verbrennung erlitten.
»Ihr findet mich monströs«, sagte er. Ja, neben Harry, der jünger und größer war, mit makelloser Haut und glatten dunklen Haaren, sah er tatsächlich monströs aus. Harry war wie ich.

»Nein.« Mein Lächeln war eingefroren. »Aber habt Ihr Schmerzen?« Ich zwang mich, ihn nicht anzustarren.

»Ich suche nicht Euer Mitgefühl.« Er hatte mit den Schultern gezuckt, als er das Thema wechselte und einen der Diener bat, uns unsere Gemächer zu zeigen.

Die Augenbinde saß sehr fest, sodass ich mich in vollkommener Dunkelheit befand. Unbekannte Hände drehten mich, dann ließ man mich allein mit ausgestreckten Armen mitten im Gemach stehen. Ich hörte Gelächter und huschende Füße, als ich die ersten zögerlichen Schritte wagte. Sie neckten mich und hasteten umher, »hier drüben«, riefen sie, bis ich endlich eine Schulter erwischte. Ich erkannte, dass es Essex war, der da sagte: »Nein, nicht mich«, und mich fester von sich stieß, als es notwendig gewesen wäre. Ich strauchelte und wäre beinahe gefallen. Nach einer nicht enden wollenden Jagd erhaschte ich schließlich den Saum eines Gewands.

»Wer mag das sein?« Ich strich über Kleider, die ich auf der Stelle als die des Onkels erkannte. Doch ich gab anderes vor, betastete Hals und Gesicht, stupste und strubbelte absichtlich durch sein Haar und sagte: »Ich kenne nur einen, dem Haare aus den Ohren wachsen.«

»Du kleines Biest!« Der Onkel lachte schallend. Er nahm mir die Augenbinde ab. »Dafür musst du bestraft werden.« Er begann, mich zu kitzeln. »Sag, dass es dir leidtut.«

Hilflos vor Lachen fiel ich zu Boden, keuchte nach Luft, flehte ihn an aufzuhören. Er wollte eine Entschuldigung. Das war ein altes Ritual: Ich gab nie nach. Ich würde es aushalten, bis ich blau anliefe und ohnmächtig würde, wenn es denn sein müsste. Doch durch meine Hysterie hörte ich meinen Gemahl sagen: »Dieses unschickliche Schauspiel sehe ich mir nicht länger an.«

Es wurde still im Gemach. Der Onkel ließ von mir ab, und wir sahen Essex hinausgehen.

»Es ist doch nur ein harmloser Spaß«, rief ich ihm hinterher. »O mein Gott.« Plötzlich war ich verunsichert. »Offenbar habe ich einen Spielverderber geheiratet.« Ich stieß ein Lachen aus, doch es klang hohl.

»*Er* hat doch sein früheres Versprechen nicht eingelöst, nicht wahr?«, meinte Harry. Er hatte recht. Der strahlende, verwegene Knabe meiner Erinnerung, den ich geehelicht hatte, und dieser Mann hier passten nicht zusammen. »Ob er wohl auf seinen Reisen durch Europa einen Besenstiel verschluckt hat?«

Eine der Zofen kicherte hinter vorgehaltener Hand, und der Onkel raunte mir zu, sodass es die anderen nicht hörten: »Sei unbesorgt, Frances. Er wird rasch andere Töne anschlagen, wenn er erst einmal das Vergnügen hatte …«

Ich schlug ihm auf die Hand und ermahnte ihn, nicht so ungehobelt zu sein.

Später hielt ich es für klug, Essex' Gemächern einen Besuch abzustatten, um die Scharte auszuwetzen, und fand ihn halb entkleidet auf seinem Bett. Er war nicht allein.

Er starrte mich an. »Was in Teufels Namen tut Ihr ungebeten hier?« Er schrie. »Hinaus mit Euch, dummes Gör.«

Ich hätte mich umgedreht und wäre weggelaufen, aber ich fühlte mich wie angepflockt, ich wusste nicht, was ich ansonsten hätte tun sollen, ich stand da und wartete verdutzt, bis die Arme und Beine sich entwirrten. Sie war noch halb hinter den Bettvorhängen und nestelte herum, um ihre Strümpfe anzuziehen. Sie waren kostbar, aus feiner Seide mit einem Rosenmuster bestickt, und ich fragte mich, ob sie wohl ein Geschenk von ihm waren. Er erhob sich, und wir standen voreinander, als rüsteten wir uns für einen Kampf.

»Verschwindet!« Seine Spucke landete in meinem Gesicht. Ich rührte mich nicht. Er fiel rückwärts aufs Bett und schlug die Hände vors Gesicht, was mich an ein Kind erinnerte, das glaubt, wenn es sein Gesicht verbirgt, könne niemand es sehen. Die Frau, endlich angekleidet, erschien und entsprach so gar nicht dem, was ich erwartet hatte. Sie war füllig mit einem runden Gesicht und schön gewelltem rotbraunem Haar, das sie hübscher aussehen ließ, als sie war. Aber sie war alt, vielleicht sogar so alt, dass sie seine Mutter sein könnte. Sie schlich mit einem kleinen Hofknicks an mir vorbei und zur Tür hinaus, wir zwei blieben allein zurück.

»Schaut«, sagte ich, als ich meine Stimme wiedergefunden hatte. »Sollen wir noch einmal von vorne anfangen – so als hätte ich sie nie gesehen?« Ich setzte mich neben ihn aufs Bett. Die Decken rochen muffig, als wären sie seit Monaten nicht gelüftet worden. Wir saßen schweigend da. Einer seiner Hunde, der zusammengerollt vor dem Kamin lag, zuckte im Schlaf. Essex ballte seine Hände zu Fäusten und öffnete sie wieder, seine Finger waren langgliedrig und schmal. Ich hatte sie bei unserer Hochzeit bemerkt und sehr schön gefunden, ich hatte mir vorgestellt, er spiele mit diesen Fingern auf einer Laute und singe mir Liebeslieder, so ein dummes Mädchen war ich. Ich berührte sie.

»Lasst das!« Mit tränenüberströmtem Gesicht wich er zurück. Das entsetzte mich. Weinen war bei uns zu Hause verpönt, auch bei Mädchen, darum hatte ich in meiner Kindheit Taktiken entwickelt, um mich zu beherrschen. Es half, wenn ich mir auf das Innere der Wange biss, bis ich Blut schmeckte.

»Das macht mir nichts aus.« Es *machte* mir nichts aus. Der Onkel hatte mich auf der Reise gewarnt, dass mein Gemahl Mätressen haben könnte. Mit ganz sanfter Stimme sagte ich zu ihm: »Wir kennen uns bislang kaum. Aber wir müssen, wisst Ihr, das tun, was Ehepaare tun.«

Noch immer weigerte er sich, mich anzusehen. Ich löste den Gürtel meines Nachtgewands, zog es über den Kopf aus und legte mich aufs Bett. Manch junge Frau fürchtete die Nacktheit, aber ich nicht. Ich schämte mich nicht für meinen Körper. Es ergab für mich keinen Sinn, dass Gott uns einen Körper gegeben hatte, jedoch darauf beharrte, dass wir keine Freude an ihm haben sollten.

Vor Wut schäumend, drehte er sich zu mir. »Du schamlose kleine Hure.« Seine Hände waren zu Fäusten geballt, die Knöchel schimmerten weiß.

»Aber ich bin doch Eure Gemahlin.« Bei diesen Worten durchzuckte mich der Gedanke, dass ich nicht wirklich seine Gemahlin wäre, bis wir die Ehe vollzogen hätten.

Er antwortete nicht, schleuderte nur mein Nachtgewand auf mich, das ich ungelenk wieder überstreifte. »Nun hinaus!« Seine stille Wut peinigte mich, als ich auf dem Boden krabbelnd nach meinen Pantoffeln suchte, endlich fand ich sie und huschte aus dem Gemach; ich wünschte, ich wäre unsichtbar.

Die Mätresse schlich draußen im Dunkeln umher. Hätte ich mehr Selbstvertrauen gehabt, hätte ich etwas zu ihr gesagt, hätte ihr gezeigt, dass ich nicht eingeschüchtert war, doch stattdessen ging ich stumm an ihr vorbei, als wäre *ich* die Betrügerin.

Ich lief geradewegs in das Gemach des Onkels, wo er mit Harry würfelte. Der Onkel lachte laut auf, als ich erzählte, was geschehen war. »Du wirst doch wohl herausfinden, was mit einem Mann zu tun ist, Frances. Es ist nicht so schwierig.«

Ich nahm seine Leichtigkeit dankbar auf, denn zuvor war es so peinlich und bleiern gewesen. »Ich habe mein Bestes gegeben.«

»Da bin ich mir ganz sicher – der Kerl sollte seinen Kopf untersuchen lassen.« Er tätschelte meine Hand und versicherte mir, dass wir uns mit der Zeit aneinander gewöhnen würden.

»Er hat mich eine schamlose Hure geschimpft«, sagte ich.

Der Onkel schnaubte. »*Er* sollte sich glücklich schätzen.«

»Bastard«, knurrte Harry. »Dafür sollte ich ihm meinen Degen in den Bauch rammen.« Es war typisch Harry, dass er mir zu meiner Verteidigung zur Seite sprang. Er war ein Hitzkopf, wohingegen ich zu schätzen gelernt hatte, gleichgültig unter welchen Umständen, ruhig zu wirken.

»Kein Aufhebens! Hörst du?«, mahnte der Onkel mit einschüchternder Entschiedenheit.

Ich fragte ihn, was ich wegen der Mätresse unternehmen solle. Er riet mir, nichts zu tun, und fügte hinzu: »Sie wird schon verschwinden. Wie alle.« Er schüttelte die Würfel in der Hand und warf sie auf den Tisch. »Und verschwindet sie nicht, kann man nachhelfen.«

Mir schnürte sich der Magen zu, und Harrys und meine Blicke trafen sich. Wir dachten beide an den Kaplan in unserer Kindheit. Harry und ich hatten ihn in den Stallungen an einem Balken aufgehängt gefunden, von seinen baumelnden Schuhen tropfte Urin. Er hatte den Onkel verärgert. Es hieß, es sei Selbstmord gewesen.

Als ich die beiden verließ, ging ich noch nicht zu Bett, sondern in die Kapelle, wo ich im Finstern niederkniete und Gott still anflehte, er möge meinem Gemahl Liebe für mich einflößen.

Er

Erzählt mir, was sich in den Gemächern des Prinzen zugetragen hat.« Das Nervenzucken in James' Augenlid war kräftig, was für gewöhnlich bedeutete, dass er müde oder besorgt war oder beides.

»Er hat den Vorschlag abgelehnt.« Ich bemühte mich, aufmerksam zu sein und für einen Augenblick mein obsessives Nachdenken aufzugeben, wie ich Frances Howard zu meiner Geliebten machen könnte.

»Wenn ich ehrlich bin, habe ich nicht erwartet, dass er einwilligt.« Er hob die Arme, sodass ich ihm die Jacke ausziehen konnte, die zu eng war und deren Schnüre unter Spannung standen. »Es ist ja gut und schön, dass Henry sich eine protestantische Braut wünscht. Aber keines dieser deutschen Mädchen hat auch nur einen lumpigen Penny. Er strotzt vor Prinzipien. *Eines Tages* wird er verstehen, dass die Dinge nicht so einfach sind.«

Ich wusste, was er mit *eines Tages* meinte: den Tag, an dem Prinz Henry zum König würde. »Sobald kommt der Tag nicht. In Euch pulsiert das Leben. Ihr Stuarts seid robust.«

»Wenn mich nicht ein Mörder dahinrafft«, sagte er bitter und schälte sich aus dem Kleidungsstück, dem der Duft von Moschus entströmte.

Wir schwiegen. Das Gespräch hatte mich verstimmt, und ich quälte mich mit dem Gedanken, dass meine eigene Stellung, sollte James sterben, heikel sein würde, es sei denn, ich fände einen Weg, mir Unterstützung zu sichern. Mir war schmerzlich bewusst, dass es mir an einflussreichen Verbindungen fehlte. Ich tauchte ein Tuch in die Wasserschüssel und fuhr damit über seine Brust. Sein Körper hatte zwar an Festigkeit verloren, doch für einen Mann in der Mitte der Vierziger war er noch sehnig und stark. Er betonte immerzu, durch mich fühle er sich wieder jung, doch ich fragte mich, ob die zweiundzwanzig Jahre, die uns trennten, nicht eines Tages die gegenteilige Wirkung haben würden.

»Zweifellos beten jede Nacht Southampton und der ganze Rest der Essex-Schar, die meinen Sohn umschwirren wie Fliegen ein Stück Scheiße, dass ich tot umfalle und sie mit einem jungen König zurücklasse, der vollkommen unter ihrem Einfluss steht. Sie würden mir ins Grab helfen, wenn sie ungestraft davonkämen. Und noch ehe meine Leiche kalt wäre, würden sie mit Spanien einen Krieg anzetteln.«

Sein Knie begann, auf und ab zu wippen. Sanft legte ich meine Hand darauf, um es zur Ruhe zu bringen, strich vor und zurück und war noch immer nicht in der Lage, die Gedanken an meine eigene Zukunft abzuschütteln.

»Sie alle *denken*, sie wollen einen Soldatenkönig, der durch den Feldzug zu Ruhm und Ehre kommt. Aber haben sie erst, was sie begehrten, werden sie erkennen, dass Krieg eine abscheuliche Angelegenheit ist. Wenn du auch nur eines von mir lernst, Robbie, dann, dass die Diplomatie eine weit stärkere Waffe ist.« Er hielt inne, als wäre er tief in Gedanken.

»Warum nicht Southampton ausschalten?«

Er sah mich schief an. »Sie mit ihrem eigenen Spiel schlagen? Das entspricht dir nicht.« Ich wollte einschränken, was ich gesagt hatte, ihm erklären, dass es mir nicht ernst damit gewesen sei. Ich wollte nicht, dass er so über mich dachte, doch er sprach schon weiter. »War der junge Essex dabei?«

»Nein, aber seine Gemahlin.« Ihr Lächeln blitzte in meinem Kopf auf. »Frances Howard … so eine Verschwendung für diesen uncharmanten Schnösel. Er ist wirklich eine Enttäuschung. Nicht annähernd von der Wesensart seines Vaters.«

Ich kämmte ihm die Haare und rieb Salbe in seine trockene Haut. Sie war schlechter als sonst, an manchen Stellen erhaben und wund. Ich hatte ihn lieber, wenn er auf sein menschliches Sein mit all seinen Schwächen reduziert war, wenn er den König ablegte, denn in diesen intimen Augenblicken waren wir einfach zwei gewöhnliche Männer und auf seltsame Weise ebenbürtig – natürlich, das war eine Illusion.

»Henry hat mich zu einem Kampf herausgefordert. Ich habe eingewilligt.« Als ich die Salbe mit dem Deckel verschloss, sah ich, dass er die Stirn runzelte.

»Um Gottes willen, Robbie, du kannst doch nicht …«

»Es war nur ein Fechtduell.« Ich zog meine Pfeife hervor und drückte eine Prise Tabak in ihren Köcher.

Sein Gesichtsausdruck wurde weicher. »Ich dachte …«

»Für was haltet Ihr mich?«

»Ich vermute, du hast ihn gewinnen lassen.«

»Eigentlich nicht.« Ich grinste, zündete meine Pfeife an, nahm einen tiefen Zug und blies Rauch aus.

»Ich wette, das hat Henry nicht gefallen.« Er lachte, und ich wusste, ich hatte ihn in meinen Fängen. Humor ist eine starke Kraft, dazu muss man nur die Stückeschreiber befragen.

»Euer Sohn war tatsächlich vollkommen ritterlich. Aber

41

Southampton gefiel es nicht. Ihr hättet sein Gesicht sehen sollen ... wie ein Affenarsch.«

»Oh, Robbie«, stammelte er und zog mich an sich. »Was täte ich ohne dich, ohne deine Aufheiterungen?« Er schlang die Arme um mich, drückte mich an sich und presste seine Lippen auf meine. Die stinkende Salbe mit seinem Geruch darunter verursachte mir plötzlich Übelkeit.

Einen Augenblick sah ich Frances' dunkle Augen vor mir, die sich durch meine Haut bohrten, und ich war froh, dass James mir nicht ins Gesicht blicken konnte, da ich befürchtete, mein Ekel ließe sich daran ablesen.

Ich zog mich etwas zurück und nahm wieder einen Zug aus meiner Pfeife, doch sie war erloschen. »Northampton kam wegen einer privaten Unterredung zu Henry. Später wollte er mich sehen. Ich weiß nicht, warum. Bislang hat er noch nie irgendein Interesse an mir gezeigt.«

»Lass ihn nicht aus den Augen«, sagte James. »Sicher will er irgendetwas, aber es wird gut getarnt sein. Wahrscheinlich möchte er durch dich an mich herankommen. Behalte das also im Kopf, wenn er dir schmeichelt, was er gewiss tun wird.« Er streichelte mir mit rauen Fingern über die Wange.

»Aber er genießt doch Eure Gunst ohnehin, nicht wahr? Wie alle Howards.«

»Im Moment, ja ... aber Northampton weiß besser als die meisten, dass man sich die Gunst warmhalten muss.« James unterdrückte ein Gähnen.

»Ihr seid müde. Ihr seid seit dem Morgengrauen auf den Beinen. Warum ruht Ihr Euch nicht aus?« Ich wollte wirklich eine Weile von ihm befreit sein und allein die vormittäglichen Ereignisse überdenken. Ich klopfte auf das Bett.

Er setzte sich. »Leg dich zu mir, Robbie. Zieh das aus.« Er

zerrte an meinem Ärmel und sah mich mit schweren Augen an.

Als ich ihm durchs Haar strich, wanderte seine freie Hand zu meinem Schritt, und seine Atemzüge wurden tiefer. »Zieh das aus. Ich möchte dich ansehen.« Er wurde hartnäckiger. »Seit wann bist du so schüchtern?« Er verlor die Geduld und zerrte noch immer an meinen Kleidern.

Ein lebhaftes Bild von Frances, von ihrem Finger in ihrem Mund, lenkte mich ab, und ich wusste, dass er meine Erregung falsch deutete.

Doch er nahm seine Hand weg und zog ein gefaltetes Blatt Papier aus meinem Ärmel. »Was ist das?«

Ich entriss es ihm. »Nichts.«

»Nichts?«

»Nur ein Pulver, das der Arzt mir für meine Halsschmerzen verschrieben hat.«

Er sah mich mit schrägem Kopf an. »Ich wusste nicht, dass es dir nicht gut geht.«

Ich konnte nicht sagen, ob er mir meine Lüge abnahm. »Wirklich, es ist nichts.« Ich schob das gefaltete Papier zurück in meinen Ärmel. Darin befand sich Frances' weggeworfener abgebrochener Fingernagel.

Zum Glück klopfte in diesem Moment ein Diener an. Eilig rafften wir uns auf, und ich öffnete die Tür. Er wollte mich zum Northampton House geleiten. James beschwerte sich, als ich meine Sachen zusammensuchte. »Dieser Schurke! Was zum Teufel will er überhaupt von dir?«

Wir brauchten einander, James und ich, jeder auf seine Weise. Mir fehlte ein Vater, und er … Nun ja, ich kann nicht für ihn sprechen. Die Liebe zwischen einem reifen und einem jungen Mann sei die reinste, die es gebe, hatte er immer behauptet.

»Siehst du, Robbie …«, hatte er gesagt, »… die Frauen sind von Natur aus trügerisch mit ihrem Pomp und Putz und den angemalten Gesichtern. Du weißt nie, was sie wirklich sind. Ein Mann hingegen zeigt der Welt seinen wahren Charakter.« Das ließ mich nun an Frances' sauber gewaschenes Gesicht denken.

Es war bereits Abend, als ich im Northampton House eintraf. Das Gebäude wollte beeindrucken, selbst Whitehall wirkte daneben schäbig. Seine polierten Oberflächen glänzten, und seine Decken waren hoch, hoch genug, um zwei geschwungenen Treppen Platz zu bieten, die sich zu beiden Seiten der Halle erhoben und oben zu einer Galerie zusammenfanden. Nachdem ich hinaufgegangen war, blieb ich einen Augenblick stehen, um das eingelegte Muster des Bodens unten zu bewundern, ehe ich die Galerie betrat.

Northampton stand am anderen Ende in einem Türrahmen und bat mich herein. Sein Arbeitszimmer war intimer und von mehreren Lampen erhellt. Auf dem Schreibtisch stand eine verlassene Schachpartie, von einem Gegner keine Spur, nur ein Hund, der sich auf dem Boden ausstreckte und den Kopf hob, um den Gast zu mustern.

»Gut, dass Ihr gekommen seid.« Die Direktheit seines Blicks erinnerte mich an seine Großnichte, obgleich seine Augen von Falten umgeben und schärfer, gewiss weniger warm waren. In Anbetracht seines Rufs überraschte mich seine Freundlichkeit, wenngleich ich auch ein wenig auf der Hut war.

Er schenkte mir Wein ein. »Ich habe von Eurem Fechtduell mit dem Prinzen gehört. Klang sehr beeindruckend.« Sein Verhalten dümpelte am Rande des Schleimigen, und ich nahm an, er schmiere mir Honig ums Maul, damit ich bei James ein gutes Wort für seine Beförderung einlegte. Also sagte ich nicht viel und hoffte, ihn aus der Reserve zu locken. Es konnte nicht mein Schaden sein, wenn mir ein Mann wie er einen Gefallen schuldete.

Doch von einer Beförderung war gar nicht die Rede. Er sprach von einem Turnier, das er veranstalten werde, und fragte, ob ich teilnehmen wolle. Ich zeigte ein gewisses Interesse, blieb aber zweideutig. »Aber fallt nicht vom Pferd und brecht Euch das Bein, wie bereits einmal geschehen.« Er schnaubte vor Lachen. »Das hat Euch doch keinen Schaden zugefügt, oder?« Er schlug mir auf den Rücken. Er spielte auf den Unfall an, der mir anfangs die Aufmerksamkeit des Königs eingebracht hatte. Noch ehe meine Knochen zusammengewachsen waren, hatte ich in seinem Bett gelegen.

»Unterdessen bin ich ein besserer Reiter.« Auch ich lachte. Die schreckliche Schmach dieses Sturzes war längst Vergangenheit, sie war durch die königliche Aufmerksamkeit und meinen raschen Aufstieg gelindert worden, andere Favoriten wurden weggestoßen, um mir einen Platz zukommen zu lassen.

Er erklärte mir das Motto des Turniers und wie er es sich vorstelle, wie viele Pferde dabei seien und wer teilnehmen werde. »Die Howards werden die Essex wie Stümper aussehen lassen. Southampton und Pembroke halten sich für Kämpfer, aber wir werden sie in die Schranken weisen.«

Ich wusste, wo mein Platz in diesen Fraktionen bei Hofe war. Ich gehörte weder zu der einen noch zu der anderen. Ich gehörte zum König. Vielleicht war ich wie der Narr auf der Spielkarte, der fröhlich über die Klippe spaziert und dabei gen Himmel schaut.

»Es besteht kein Zweifel, wenn Ihr Euch uns anschließt, werdet Ihr den jungen Essex in den Schatten stellen«, sagte er.

Ich erkannte, dass er meine Eitelkeit herausforderte, doch

die Aussicht, womöglich Frances' Gemahl vom Pferd zu stoßen, war so verlockend, dass ich der Teilnahme zustimmte.

Er konnte seine Freude nicht verhehlen und wiederholte seine Äußerung über die Niederlage der Essex. Mir kam in den Sinn, dass es James wohl erfreuen würde, wenn auch ich einmal Partei ergriffe.

»Habt Ihr es gelesen?«

Ich verstand nicht, was Northampton mich fragte, bis er auf das Buch auf dem Tisch deutete, über das ich gedankenverloren strich. Ich nahm es in die Hand. Den Rücken zierten die Worte *Troilus und Criseyde*. »Dichtung interessiert mich nicht so sehr.«

»Das sollte es aber. Alle rühmen den Wert des Lesens von politischen Traktaten, aber ich habe meine größten Lektionen aus der Poesie gelernt. Und dieses hier ...« – er nahm mir das Buch aus der Hand – »... dieses ist majestätisch. Es handelt von einem Krieger, den die Leidenschaft für eine Frau zerstört – von der Liebe vergiftet.« Er sah mich an. »Seht an, ich habe Eure Faszination geweckt.« Ich lachte und gab ihm recht.

»Frauen!«, sagte er. »Ursache aller Probleme, aber wäre die Welt ohne sie nicht viel ärmer?«

»Da kann ich wohl nicht zustimmen. Ich bin der Meinung, Stolz und Gier sind eine viel größere Quelle für Probleme als die Frauen.«

Er reckte den Hals und wirkte überrascht. Vielleicht war er Widerspruch nicht gewohnt. »Nun ja, dieses hier lässt anderes vermuten.« Er klopfte auf das Buch. »Seht Ihr, Liebe kann Euch überraschen und Euch ohne Eure Erlaubnis zu ihrem Gefangenen machen.« Er prustete vor Lachen. »Da wir gerade von Frauen sprechen ...«, er hielt sich das Buch an die Nase und atmete tief ein, »... habt Ihr je über eine Ehe nachgedacht?«

Damit hatte ich nicht gerechnet. »Nein, das habe ich nicht.«

Und es stimmte, diese Idee war mir nie in den Sinn gekommen. Ich war vielmehr darauf bedacht, meinen Platz in der Welt zu finden.

»Wenn Ihr meinen Rat wollt, nehmt ein Mädchen aus einer alten Familie – gutes Blut ist immer von Vorteil.«

»Meine Pflichten gegenüber dem König nehmen mich sehr in Beschlag.« Eine der Lampen flackerte mit einem Mal, rauchte und erlosch, sodass die Hälfte des Gemachs in Dunkelheit versank.

»Natürlich, das ist so, natürlich, aber der König wird Euch nicht ohne Sprösslinge sehen wollen, dessen bin ich mir sicher.« Er füllte wieder meinen Becher. »Ich habe einen Vorschlag.« Mit geneigtem Kopf und einem sympathischen Lächeln auf den Lippen sah er mich an. Ich ahnte, dass wir endlich beim wahren Grund angelangt waren, weshalb er mich hatte rufen lassen. »Ein Mädchen aus dem Howard-Clan könnte die Aufgabe erfüllen. Ihr und ich können einander sehr hilfreich sein. Wir Howards haben sehr großen Einfluss.« Er hielt inne. »Und ich mag Euch.« Er klopfte mir auf die Schulter. »Also, ich habe eine Großnichte ...«

Ich verfluchte das Blut, das mir durch die Wangen rauschte, da mir Frances ungebeten in den Sinn gekommen war, wobei mir doch sehr wohl bewusst war, dass er nicht sie gemeint haben konnte. Ich wusste, dass sie mehrere unverheiratete Schwestern hatte. Er schien meine Verlegenheit nicht zu bemerken und stöberte auf seinem Schreibtisch.

»Irgendwo habe ich ein Bild des Mädchens.« Schließlich reichte er mir eine Miniatur einer überrascht dreinschauenden Frau. Ich hatte auf mehr Ähnlichkeit mit ihrer Schwester gehofft, zumindest auf einen Schimmer ihres nicht einzuordnenden Verstands. Die Enttäuschung muss mir im Gesicht gestanden haben, denn er sagte: »Ich weiß, sie ist ein wenig unscheinbar. Aber das ist nicht der Punkt. Der Punkt ist, dass Ihr durch sie Teil unserer Familie würdet.« Er nahm einen Wachsstock und zündete die erloschene Kerze wieder an, nachdem er das schwarze Ende des Dochts abgeknipst hatte. »Würdet Ihr es in Betracht ziehen?«

Mir fehlte es nicht an Gespür. Ich wusste sehr wohl, dass auch er aus der Verbindung zu mir einen großen Gewinn schlagen würde, denn schließlich genoss ich die Nähe zum König. Doch der Vorteil lag nicht allein auf seiner Seite. Mir schwirrte der Kopf. Eine Allianz mit dem großen Howard-Clan würde meinen Niedergang verhindern, sollte James irgendetwas zustoßen.

»Ich werde gewiss darüber nachdenken«, sagte ich und gab ihm das kleine Porträt zurück, weil ich mich verabschieden wollte.

Mit einem Lächeln hielt er mir das Buch hin. »Hier, warum borgt Ihr es Euch nicht aus? Es wird Euch bestimmt gefallen.«

Dankend nahm ich es entgegen. »Von der Liebe vergiftet, sagtet Ihr?«

Noch immer lächelnd nickte er bedächtig, zog die Augenbrauen hoch, als wüsste er etwas, das ich nicht wusste.

Sie

Es ist dunkel draußen, und Regen prasselt an die Fenster, was zumindest den nächtlichen Chor unmenschlicher Geräusche übertönt, die Frances verrückt zu machen drohen. Alles ist von Feuchtigkeit durchdrungen. Sie beginnt, ihr Haar zu entflechten, in der Hoffnung, dass es vor dem Feuer ein wenig trocknet; mit tauben Fingern zieht sie die Nadeln heraus.

Das Baby seufzt im Schlaf. Nelly, die seltsam unempfindlich für die Kälte ist, mischt ihre Spielkarten, wobei sie ihr in einem unterbrochenen Strom magisch von einer Hand in die andere fliegen. Sie hat Frances einen ihrer Tricks beigebracht, doch nur langsam stellen sich Fortschritte ein. Frances staunt über Nellys Tricks: Trotz ihrer Bereitschaft, über die intimsten Dinge ihres Lebens zu sprechen, hat dieses Mädchen etwas Undurchdringliches an sich.

»Lasst mich Euch helfen.« Nelly legt die Karten beiseite und stellt sich hinter Frances, die ihr den Kamm reicht. »Der Länge nach.« Nelly hält einen halb entflochtenen Zopf vorsichtig am Ende, als könnte er sie überraschend angreifen und beißen.

Frances erinnert sich, dass ihr Großonkel, als sie Kind war, sie bat, sie möge für ihn ihr Haar herunterlassen, um es zu kämmen, währenddessen erzählte er ihr die Geschichten der Howards, erklärte ihr alles über Macht, wie schwer sie zu erringen sei und

49

wie leicht man sie verliere. »Du musst Widerstandskraft lernen«, sagte er immer wieder, wickelte sich eine ihrer Strähnen um die Hand und ruckte fest daran. Gab sie keinen Ton von sich und beherrschte sie ihren Atem so sehr, dass er nicht einmal bebte, hörte er auf.

»So dick, so wundervoll.« Nelly führte den Kamm vorsichtig durchs Haar. »Meine wachsen nicht über die Taille hinaus, und die Spitzen sind alles Rattenschwänze.«

Frances sieht hinab auf ihre Hände: Sie hat eine Haarnadel verbogen. »Ich sollte sie abschneiden, das wäre bequemer.« Nelly ist entsetzt, aber Frances meint es nicht ernst. Wie Samson würde sie befürchten, ihre Kräfte zu verlieren.

Nelly schlägt ein Kartenspiel vor, und eine Weile spielen sie wortlos. Frances beobachtet, dass Nelly ihre Karten eng gefächert hält und sie mit Präzision ordnet und neu ordnet.

Schließlich sieht Nelly auf. »Ich verstehe nicht, warum Ihr einen Mann ehelichen musstet, den Ihr nicht mochtet. Ich dachte, Leute wie Ihr hätten das Recht, eine Partie auszuschlagen.«

Frances fragt sich, was das Mädchen veranlasst hat, darüber nachzudenken. »Für gewöhnlich sollte es so sein«, erklärt sie. »Aber wir waren sehr jung, als die Vermählung stattfand. Wir konnten unmöglich wissen, wie unsere Ehe sich entwickeln würde. Im Übrigen hätte ich es nie gewagt, mich meinem Großonkel zu widersetzen, und er war fest entschlossen, den Howard- und den Essex-Stamm aneinanderzubinden.« Sie hebt das Karo-Ass ab, was ihr zu einem guten Lauf verhilft: Bube, Königin, König, Ass. Sie legt sie offen auf den Tisch.

Nelly schnieft und sortiert ihre Karten wieder neu. »Den Essex-Stamm?«

»Sie waren alle Freunde des alten Grafen von Essex, der mein Schwiegervater geworden wäre, hätte er noch gelebt.«

»Wie starb er?«

Frances ist erstaunt. Das Mädchen scheint nichts über den Grafen und seinen verhängnisvollen Versuch, Elizabeth Tudor vom Thron zu stoßen, gehört zu haben. Aber Nelly muss damals noch ein kleines Kind gewesen sein. Frances denkt unweigerlich an jenes Porträt in Chartley. Sie hat immer verabscheut, wie finster er auf sie herabblickte.

»Hingerichtet«, sagt Frances frei heraus. »Auf Befehl der alten Königin. Doch seine Unterstützer kamen wieder zu Ehren, da sie König James zum Thron verholfen haben. Sie bildeten die protestantische Fraktion – und hatten damals großen Einfluss.«

Sie sieht Nellys Verwirrung. Kein Wunder. Die sich ewig ändernden Gefolgschaften waren so kompliziert wie das Muster eines türkischen Teppichs. »Mein Großonkel wollte ihr Prestige, damit es auf die Howards abfärbe, und das tat es auch. Doch der Essex-Clan fiel in Ungnade. Im Wesentlichen dreht es sich immer um Macht und um die Nähe zum König.« Nelly nimmt eine Karte auf und legt eine andere ab.

Frances vereinfacht und sagt: »Stell dir vor, der König ist eine angezündete Kerze. Je näher du ihm bist, desto mehr Licht fällt auf dich. Kommst du ihm aber zu nahe, verbrennst du dich. Mein Großonkel wollte Macht, mehr als alles andere, verstehst du.« Aus Sorge, sie könnte zu viel offenbart haben, hält sie plötzlich inne und gibt vor, ihre ganze Aufmerksamkeit auf das Spiel zu richten.

In Nellys Gesicht scheint aufrichtige Sympathie aufzuschimmern, was Frances' Befürchtungen ein wenig mildert. »Doch warum waren sie überhaupt Feinde?«

Frances hat sich unterdessen an die unverblümten Fragen

des Mädchens gewöhnt, und sie wünschte, es gäbe eine ebenso unverblümte Art, die alte politische Rivalität zwischen ihrer Familie und den Essex zu erklären; oder wie ihr Großonkel aus der Wüstenei mühsam und beharrlich die königliche Gunst zurückerobert hatte, nachdem Jahrzehnte zuvor sein Bruder wegen Hochverrats hingerichtet worden war. Doch sie sagt nur ganz schlicht:»Sie standen für unterschiedliche Dinge.« Eine unbefriedigende Erklärung, weil sie die Auseinandersetzungen aufs Äußerste reduziert.

»Ah, ich verstehe«, entgegnet Nelly und knallt mit überschwänglicher Geste all ihre Karten auf den Tisch.»Ich habe gewonnen!«

Als ein Fenster sich plötzlich öffnet, schrecken sie auf. Es schlägt hin und her, und Regen weht in das Zimmer hinein. Die Kerzen flackern. Nelly, die aufgesprungen ist, um es zu schließen, sagt:»Der Haken ist gebrochen.« Frances reicht ihr ein altes Haarband, um es zuzubinden; Nelly zieht einen Hocker herbei und klettert hinauf, weil die Fenster zum Fluss sehr hoch sind.»Irgendetwas passiert da. Seht doch.«

Frances steigt auch auf den Hocker und lugt hinaus. Obgleich ihr eiskalter Regen ins Gesicht peitscht, erkennt sie ein kleines Boot; es ist von einer einzigen Laterne beleuchtet und hüpft und bockt unter ihnen und darauf dunkle Gestalten, die etwas Schweres aus dem Wasser hieven.

»Was um Himmels willen tun die da?« Frances kann nicht erkennen, was es ist.»Siehst du es?« Ein großes fahles Etwas fällt ins Boot.

Nelly keucht und umklammert Frances' Schulter.»Mein Gott, das ist eine Leiche.«

Frances steigt vom Hocker, ehe sie fällt. Sie kann nicht ausmachen, ob der Raum sich dreht oder ihr Kopf.

»O nein«, sagt Nelly und wendet sich lachend um.

»Das ist nicht lustig.« Frances hat keine Vorstellung, ob sie die Worte ausspricht oder nur denkt.

»Aber es ist doch nur ein Schwein.« Eine dunkle Pfütze breitet sich auf dem Boden aus. »Ich dachte, es sei ein …«

Frances spürt, dass sich ihr die Kehle zusammenschnürt, doch es gelingt ihr, noch rasch zu sagen: »Um Himmels willen, schließ dieses Fenster.«

Nelly tut, wie ihr geheißen, sodass das Unwetter ausgesperrt ist. Erst als das Mädchen fragt: »Stimmt etwas nicht?«, fällt Frances auf, dass sie wie eine Irre dasteht und sich den Kopf mit beiden Händen hält.

»Es ist nichts. Mir geht es gut.« Sie reißt sich zusammen. »Ich habe einmal eine Frau ertrinken sehen. Das ist alles.«

**

Der Onkel und Harry reisten von Chartley ab, und ich blieb verlassen an einem Ort zurück, wo die Zeit stillstand. Essex strengte sich keineswegs an, seine Verachtung für mich zu verbergen; und bemühte ich mich, ihn in ein Gespräch zu verwickeln oder über unsere Situation zu reden, verlangte er, dass ich schwieg. Wir dinierten unter den wachsamen Augen seiner gemalten Verwandten, mit einer Handvoll schweigender Diener, und lauschten dem Ticken der eisernen Uhr. Wir hatten einander nichts zu sagen, außer öden Kommentaren zum Wetter und der Bitte, das Brot herüberzureichen.

Kaum waren die Mahlzeiten vorüber, kehrte ich in meine Gemächer am anderen Ende des Hauses zurück, wo er sich nur selten hinwagte. Ab und zu sah ich seine Mätresse lauern, einen bestickten Knöchel, der sich blitzartig meinem Blick entzog, sobald ich näher kam. Er erwähnte sie nie, und ich fragte nie.

Ein solch stilles Dasein war ich nicht gewohnt, darum ging ich manchmal unter dem Vorwand, ich müsse mich um Haushaltsangelegenheit kümmern, hinunter in die Küchen, nur damit ich Wärme und Geschäftigkeit erleben konnte.

Einige Wochen später stattete Essex meinen Gemächern einen Besuch ab. Verwirrt wachte ich im pechschwarzen Dunkel auf und hörte jemanden umhergehen. Ich fragte, wer da sei, und nahm an, es sei eine der Zofen, die in aller Frühe ein Feuer anzünden wolle. Doch der Bettvorhang wurde so ungestüm aufgerissen, dass ich keuchte. »Es ist Euer Gemahl«, lallte er und ließ sich neben mir aufs Bett fallen, kroch unter die Decke und zerrte grob an meinem Nachtgewand.

Ich hörte den dünnen Stoff reißen. »Eure Hände sind eiskalt«, sagte ich ins Dunkel. Es war der Versuch, eine kleine Verbindung zwischen uns herzustellen, aber ich erhielt keine Antwort, stattdessen grapschte er weiter.

Schnaufend und schwankend streifte er sich die Kleider vom Leib. Er stank nach Ale. Trotz seiner ungeschickten Anstrengungen – und meiner – weigerte sich sein Körper zu reagieren.

Ich fürchtete, meine Unerfahrenheit habe ihm dieses Scheitern zugefügt. »Sagt mir, was Euch gefällt«, flüsterte ich und streichelte zärtlich sein von Kratern überzogenes Gesicht.

Er packte mich fest an der Kehle, drückte mir die Luft ab und murmelte: »Halt deinen Mund, du schamloses Stück.«

Diese Besuche wiederholten sich regelmäßig. Wenn ich seine Schritte hörte, wappnete ich mich, doch jede Begegnung endete mit einem Misserfolg, und seine wütenden Ausbrüche ließen mich ihm gegenüber immer argwöhnischer werden. Meine Reserven an Gleichmut waren so gut wie erschöpft, und ich vermisste den Ratschlag meines Onkels sehr – er hätte gewusst, was zu tun wäre. Oft schrieb ich ihm, lud meine Sorgen bei ihm ab und bettelte um Klatsch und Tratsch vom Hof. Auf diese Weise vergingen die Jahreszeiten, ohne Ende, jeder Tag wie der vorherige. Mein Eheleben war fest abgesteckt, und mir blieb keine andere Wahl, als innerhalb dieser Grenzen zu leben. Gelegentlich kamen Familienmitglieder zu Besuch, seine und meine, und unterbrachen die Eintönigkeit, und ich musste immer wieder die Frage abwehren, wann wir denn ein Kind haben würden. Die beste Antwort, die ich darauf geben konnte, war: »Wenn Gott es will.« Doch ohne ein Wunder wäre selbst Gottes Wille in unserem Fall unzureichend gewesen.

Der Jahrestag meiner Ankunft in Chartley rückte näher, als ich auf eine Schar Dienerinnen traf, die dicht zusammengedrängt über einen Jahrmarkt plapperten, der in den Ort kommen würde. Ich erfuhr, dass sie alle die Erlaubnis hatten, hinzugehen. Sie neckten sich gegenseitig wegen der Jungen, die sie mochten, und was sie womöglich mit ihnen anstellen würden, wobei sie mit roten Gesichtern kicherten. Einige Wochen lang war von nichts anderem die Rede. Ich stellte mir die Feierlichkeiten vor, die Musik, den Tanz und die kleinen Ränke, wobei die Erkenntnis, dass ich an jenem Tag mit meinem Gemahl ganz allein im Haus umhergeistern würde, mich zutiefst betrübte.

Am Vorabend des Jahrmarkts hatte die Vorfreude unter der Dienerschaft ihren Höhepunkt erreicht, und wie gewöhnlich saß ich mit Essex bei unserem abendlichen Mahl in der schwer lastenden Stille, die nur das endlose Ticken der Uhr durchbrach. Ein überwältigendes Gefühl der Hoffnungslosigkeit, die Aussicht auf ein leeres, bedeutungsloses Leben quälte mich. Doch statt mich dem Elend zu ergeben, erfüllte mich mit einem Mal die feste Absicht, mich der langweiligen Tyrannei meines Gemahls zu widersetzen, und so schlug ich ihm vor, wir könnten uns doch eine kleine Freude in unserem Leben gönnen.

Er war verdutzt. »Was wollt Ihr damit sagen?«

»Vielleicht sollten auch wir morgen zum Jahrmarkt gehen. Eine Abwechslung würde uns guttun.« Ich konnte ihn nicht ansehen und richtete meinen Blick auf das tropfende Wachs, das an einem Kerzenhalter herabrann und sich zu einer kleinen Lache auf dem Tisch sammelte.

Ich bemerkte, dass einer der Diener hinter vorgehaltener Hand einem anderen etwas zuflüsterte. Wir alle warteten auf Essex' Antwort, während er bedächtig seinen Bissen kaute. Gedankenverloren griff ich nach dem warmen Wachs und rollte es zwischen meinen Fingern. Er nahm einen Schluck Wein, dann noch einen, bis er schließlich sagte: »Ich wüsste nicht, was dagegen spräche.«

Seine Verwandlung war mir ein Rätsel, und am nächsten Morgen nahm er sogar meinen Arm und half mir in die Kutsche, statt dies dem Diener zu überlassen. Ich verspürte zaghafte Zuversicht, als wir über die Wege fuhren, während er hier- und dorthin deutete, wo er als Kind gerne geritten war, und mir von dem Jagdhund erzählte, der ihm überallhin gefolgt war. Seine übliche Bitterkeit schien vergessen, doch aus Angst, meine Hoffnung könnte sich verflüchtigen, fragte ich nicht nach dem Grund für seine gute Laune.

Am Rande des Dorfes kamen wir nur noch langsam voran, wir fuhren hinter einer Schlange aus Kutschen und Reitern her; sie machten Scharen von Fußgängern Platz, die vor Eifer strahlten. Ein Hund bellte hysterisch – jemand wollte ihn fangen, doch er flitzte immer wieder weg. Vor uns ertönte Musik, rhythmisches Trommeln, und der Duft von gebratenem Schwein erfüllten die Luft und ließen mir das Wasser im Munde zusammenlaufen. Eine Menschenmenge hatte sich um den Teich herum zusammengefunden, sie schubsten sich und johlten über irgendetwas. Wir blieben stehen, und ich öffnete die Kutschentür, sodass wir nebeneinander auf dem Tritt stehen und über die Köpfe hinweg sehen konnten, was den Aufruhr verursachte. Zwei Männer zogen eine Frau aus dem Teich. Wasser floss aus ihrem offenen Mund, ihr blasses Unterkleid klebte an ihrem Körper und umriss ihre Gestalt. Ihre Haut schimmerte, wo sie zu sehen war, violett-grau gefleckt, als wäre sie geprellt. Mühsam wurde sie auf die Böschung gehievt, wo sie nun eigenartig verdreht lag. Wir waren zu weit entfernt, um ihre Gesichtszüge zu erkennen, doch was man sah, war, dass man ihr den Kopf grob rasiert hatte, denn auf der ungleichmäßigen Kopfhaut standen noch einige Büschel.

»Ist sie tot?« Eine dumme Frage angesichts ihrer schaurigen Hautfarbe und der Tatsache, dass der Vikar vor ihr stand und Gebete murmelte.

»Eine Hexe«, sagte Essex. »Das geschieht mit Frauen, die nicht gehorchen.« Ich hielt es für eine Warnung, doch er stupste mich grinsend an. Er scherzte.

»Ist das richtig?« Entsetzt beobachtete ich, dass man die Leiche wie einen alten Kadaver auf den Rücken eines Esels warf und derb festband. »Und was ist mit den Männern, die nicht gehorchen?«

»Männer sind keine Hexen.« Er lachte auf, setzte sich wieder in die Kutsche und bat mich, es ebenfalls zu tun.

Doch eine Peitsche knallte, woraufhin der Esel mit seiner grausigen Last sich langsam in Bewegung setzte und auf uns zukam. Ich konnte den Blick nicht abwenden. Als er nahe an uns vorbeilief, entdeckte ich, weil das Unterkleid hochgerutscht war, einen mit einem Rosenmuster bestickten Strumpf.

»O mein Gott!« Unwillkürlich fasste ich mir an die Kehle und musste an den Onkel denken – *und verschwindet sie nicht, kann man nachhelfen* –, doch ich weigerte mich zu akzeptieren, dass er zu so drastischen Maßnahmen gegriffen haben könnte.

Essex zog mich hinunter auf den Sitz. Er lachte noch immer, da er die Identität der Toten nicht ahnte, und schien meine Verzweiflung nicht zu bemerken, als er sagte: »Ich bin mir sicher, die Hexe hat bekommen, was sie verdient hat.«

Am nächsten Tag ordnete er an, der Haushalt solle zusammengepackt werden – wir würden Chartley Richtung London verlassen. Er sprach nicht mit mir, konnte mich nicht ansehen, aber ich sah die Verheerung, die ihn beherrschte, in seiner geduckten Haltung, in seinen leeren Augen. Er war von Kummer zerfressen. Ich erwähnte es dem Onkel gegenüber nie. Vielleicht fürchtete ich die Wahrheit.

Er

Als ich ankam, erhob sich ein Knabe aus den zerwühlten Laken, der sich, als er zur Tür hinaushuschte, die Kleider überstreifte. Thomas stand ohne Hemd auf der Schwelle, ohne ein Lächeln, die Arme verschränkt. Als ich mich an ihm vorbei in das Gemach drängte, nahm ich den animalischen Geruch des Jungen auf seiner Haut wahr. Der Raum war eng, nur die elementarsten Möbel ließen ihn bereits voll erscheinen. Ich warf einen Stoß Papier, den ich mitgebracht hatte, auf einen kleinen Tisch, der eingezwängt in einer Nische stand. Ich war gekommen, um ihn nach seiner Meinung zu einer Angelegenheit zu fragen. James vertraute mir zunehmend sensible Staatsfragen an, und streng genommen waren die Papiere nur für meine Augen bestimmt, aber Thomas war scharfsinnig – wenn auch manchmal rücksichtslos –, und ich wollte seinen Rat.

»Dieser Ort taugt nicht einmal für einen Hund.« Ich war verärgert, da ich selbst den Verwalter gebeten hatte, ihn gut unterzubringen, und es mir wie eine persönliche Beleidigung erschien.

»Es macht mir nichts aus. Es ist nicht für lange, und hier bin ich besser beherbergt, als wenn mich eine dieser Gastwirtinnen an den Greenwich-Docks ausnähme. Du hast dich zu sehr an den Luxus gewöhnt, Robin. Es gab Zeiten, da warst du schon glücklich, nur ein Dach über dem Kopf zu haben.« Er nahm die Papiere zur Hand, blickte kurz auf die Überschrift und sah mich finster an. »Ich beklage mich nicht über die Unterkunft, sondern dass ich dich so selten sehe. Wir sind fast eine Woche hier, und ich habe dich nur aus der Ferne gesehen. Und wenn du kommst, dann weil du etwas willst.«

Ich lehnte mich an die Tischecke und murmelte eine Entschuldigung, der König lasse mir keine Zeit für meine eigenen Belange, aber meinen gereizten Ton hatte ich nicht unter Kontrolle. Schuldgefühle befeuerten meine Bissigkeit.

»Es ist nicht zu ertragen …«, ich sah seine Verletztheit, »… zu wissen, dass du oben bei ihm bist.«

»Was erwartest du?«

»Ich erwarte Loyalität.« Er drehte mir den Rücken zu, zog die Laken glatt und klopfte kraftvoll die Kissen in Form.

»Du hast bekommen, was du wolltest.«

»Ich dachte aber nicht, dass es so …« Er seufzte kläglich und musste seinen Satz gar nicht vollenden. Dieses Gespräch hatten wir bereits tausendmal geführt, er habe doch nichts anderes im Sinn gehabt, als dass ich dem König eine Weile den Kopf verdrehe, damit wir ein bisschen Einfluss gewännen. Ich erinnere mich an seine Freude, als James mich zum ersten Mal beachtete. Doch keiner von uns beiden hatte voraussehen können, dass ich so sehr avancierte, fast unerreichbar für ihn, oder dass ich James aufrichtig gernhaben würde. »Früher warst du mein.« Er trat nah an mich heran, wollte langsam über meine Wange streichen.

Ich wich seiner Liebkosung aus. »Nein.« Seine Verstimmung berührte mich, aber seit jener Begegnung in den Gemächern des Prinzen war Frances zu einer Obsession geworden, die in mir keinen Raum für andere Intimitäten ließ. »Sieh doch, du bist mein Freund. Das ist alles, was wir je waren ... Freunde.« Ich war unredlich, sodass er mir – wie so oft – bissig in Erinnerung rief, wie plump und unerfahren ich gewesen sei, als er mich aus der Dunkelheit geholt und mir alles beigebracht habe, was ich heute wisse. »Wie oft noch muss ich meine Dankbarkeit in Worte fassen? Ich bin dir dankbar, das weißt du doch.« Ich hätte die Möglichkeiten auflisten können, die er durch *mich* gewonnen hatte, doch ich wusste, wann ich meinen Mund halten musste. Er war zehn Jahre älter als ich, und der Gedanke, mich von Grund auf geformt zu haben, gefiel ihm; und manches Mal war es leichter, ihm diesen Glauben zu lassen.

»Ich tue alles, und du erntest den Ruhm.« Statt mich dem Groll in seinen Augen auszusetzen, betrachtete ich seinen Mund – seine geraden weißen Zähne. Er war sehr stolz auf seine Zähne und pflegte sie pedantisch. »Und dann muss ich geduldig wie ein braver Hund auf deine Speisereste warten.« Eine Ader pulsierte in seiner Schläfe.

»Du erstickst mich – ich kann nicht atmen. Ich gehöre dir nicht.« Ich umfasste seine Unterarme. »Schau, *jetzt* sind wir zusammen. Lass uns nicht streiten ... bitte.«

Er entschuldigte sich, und ich schlug vor, die Unterlagen erst einmal liegen zu lassen und frische Luft zu schnappen. »Zum Glück habe ich dich so gern.« Er stupste mich spielerisch, und seine schlechte Laune war vergessen. »Was ist das?« Er griff in meine Jacke und zog ein schmales Buch hervor. »*Troilus und Criseyde*? Ich wusste gar nicht, dass du Gedichte liest.«

»Es war ...« Ich hielt inne, weil ich nicht verraten wollte, auf welchem Wege das Buch zu mir gelangt war. Seine Abneigung gegen Northampton war eindeutig, und ich wollte mich nicht einer Reihe bohrender Fragen stellen müssen. »Nur zum Vergnügen.« Ich wollte unbekümmert klingen, aber diese Verse hatten wie die Begegnung mit Frances Howard meine innere Welt bis zur Unkenntlichkeit verändert.

Er lachte. »Solange du nicht falsche Vorstellungen von Frauen bekommst.« Er war ironisch und konnte nicht wissen, was unter meiner Oberfläche aufkeimte.

Ich spürte Hitze in mir aufsteigen und tat so, als müsste ich meinen Schuh zubinden, damit er mein Gesicht nicht sah, als ich sagte: »Frauen? Wohl kaum!«

Als ich wieder aufschaute, warf er mir eines seiner seltenen strahlenden Lächeln zu. Wenn Thomas Overbury einem sein Gold bestäubtes Lächeln schenkte, tat man nahezu alles für ihn.

Ich lehnte mich auf dem Bett zurück und sah ihm beim Ankleiden zu. Ich wurde es nie überdrüssig, ihn anzuschauen. Die geschmeidige Muskulatur seines Körpers besaß eine ganz besondere Anmut, und die verschiedenen Partien seines Gesichts – die gerade Nase, die gewölbten Wangenknochen – fügten sich in schönster Harmonie zueinander. In Augenblicken wie diesen überlegte ich oft, wie unser Leben verlaufen wäre, wenn der König mir nicht begegnet wäre – aber nicht an diesem Tag. Und niemals wieder.

»Hier, hilf mir mal.« Er streckte mir seine Ärmel hin, damit ich sie zuband; das Vergnügen in seinen grauen Augen verriet mir, dass er es genoss, mich zur Abwechslung mal die Pflichten eines Dieners erledigen zu sehen. Ich ließ ihm die Freude: Es minderte mein Schuldgefühl. Ich bückte mich sogar, um ihm in die Stiefel zu helfen.

Es war ein makelloser Junimorgen, hell und voller Grün, die Hecken bebten vor kleinen Vögeln, und es war herrlich, fern von Londons Schmutz und Lärm zu sein. Träge plätscherte der Fluss, der, von den Palastfenstern bewacht, in der Morgensonne glitzerte; und wir liefen am Ufer entlang, wo im hohen Schilf unsichtbares Leben raschelte.

Wir blieben einen Moment stehen, um Prinz Henry aus der Ferne beim Baden zuzusehen. Dieses morgendliche Schwimmen war sein tägliches Ritual. Mich hätte man niemals beim Schwimmen in Greenwich ertappt, flussabwärts der Stadt, bei all dem Dreck, den die Themse mit sich führte, aber der Prinz schien die Vorstellung zu haben, er sei dagegen immun. Einige seiner Männer saßen auf dem kleinen Landungssteg, plauderten leise und ließen die stiefellosen Beine baumeln, während zwei Wächter aufpassten.

Der Prinz stand am Rande des Stegs und ließ die Arme kreisen. Trotz seiner Sportlichkeit hatte er noch etwas jugendlich Tollpatschiges an sich, als wären seine Glieder rascher gewachsen als sein Körper. »Wir schauen auf die Zukunft«, sagte Thomas. »Er hat alle Voraussetzungen für einen guten König.« Tatsächlich meinte er, für einen unerschütterlich *protestantischen* König. Genau das wollte Thomas.

»Das könnte noch lange dauern«, sagte ich.

»Du bist doch in der perfekten Position ...«

Ich sah ihn an. »Worauf willst du hinaus?«

Er muss den Verdacht in meinem Gesicht gesehen haben, als er sagte: »Ich meinte doch nur, kannst du *deinen* James nicht dazu überreden, gegenüber den Katholiken weniger tolerant zu sein? Die Leute mögen das nicht.«

Ich hielt inne. »Für Überredung hat er nichts übrig.«

»Aber was in Teufels Namen tust du dann in seinem Bett, wenn du ihn nicht einmal ...« Er schnaubte verärgert. »Der Essex-Clan fragt sich allmählich, wo du stehst. Das habe ich Southampton sagen hören ... und auch Pembroke.«

»Was *Southampton* sagt ist ohne Bedeutung«, schimpfte ich,

da ich mich an meinen Streit mit diesem Mann erinnerte. »Im Übrigen, so sehr …« Ich wollte gerade sagen, dass Thomas sich mit den Essex für inniger befreundet hielt, als es der Wahrheit entsprach. Einmal hatte ich Southampton über ihn als »Sir Thomas Overbearing«, »Sir Thomas Anmaßend«, reden hören, mir fehlte aber der Mut, es ihm zu erzählen.

Es wäre Thomas niemals in den Sinn gekommen, dass sie ihn, obwohl er ihre protestantische Politik mit betrieb, als Mensch nicht mochten. Für ihren Geschmack war er weder hochwohlgeboren noch unterwürfig genug. Und manche hielten ihn in seinen Ansichten und Prinzipien für zu wankelmütig. Aber was auch immer andere dachten und gleichgültig, wie anstrengend er sein mochte, für mich wäre es nie in Betracht gekommen, Thomas nicht zu mögen. Unsere Freundschaft reichte viel zu weit zurück.

Der Prinz tauchte ins Wasser und schwamm gegen den Strom, seine Schultern hoben und senkten sich, seine Hände durchpflügten die Oberfläche. Wasser schien sein natürliches Element zu sein, als wäre er ein halber Fisch. In seinen Anblick vertieft, sahen wir ihm schweigend zu; so wie das frühmorgendliche Licht sich in seinem Kielwasser spiegelte, sah es so aus, als folgten ihm Kaskaden von Diamanten.

Die Erinnerung an seine Blicke, die wenige Tage zuvor über Frances gewandert waren, durchzuckte mich, und ich stellte mir ein einzelnes Ruder vor, das auf seinen Schädel traf, hörte das scharfe Knacken und seine Laute, halb rufend, keuchend nach Luft ringend, panische Hände, die in die Luft schlugen, als die Strömung ihn hinabzog. In meiner Trance sah ich sein helles Blut ins Wasser fließen, ein purpurroter Ring um ihn herum, der erblühte, sich ausbreitete, wunderschön.

»Du hast von Lady Essex gehört?«

Mit einem tiefen Atemzug drehte ich mich zu Thomas, ich war erschrocken, weil ich fürchtete, er habe meine Gedanken gelesen.

»Was ist mit ihr?« Ich neigte mich leicht von ihm weg, sodass mein Haar meine Augen verdeckte.

»Sie macht weiter mit dem Prinzen.«

»Das bezweifle ich. Gewiss hat er einen besseren Geschmack.« Absichtlich führte ich ihn auf eine falsche Fährte. Sollte Thomas Wind von meiner wachsenden Besessenheit für Frances Howard bekommen, wäre er entsetzt. Schuldgefühle wühlten mich auf. Thomas kannte mich besser als jeder andere. Es hatte eine Zeit gegeben, in der wir alles miteinander teilten, doch nun hatte ich Geheimnisse, die in unsere Freundschaft hineinsickerten – und sie besudelten.

Der Prinz hatte kehrtgemacht und erreichte den Anleger. Wir sahen ihn die Leiter hinaufklettern und auf den hölzernen Steg springen, wobei er sich wie ein Hund das Wasser aus den Haaren schüttelte.

»Das ergibt einen Sinn«, sagte Thomas. »Sollte er sich eine Mätresse nehmen müssen, dann muss es die Gemahlin eines *anderen* sein, und wie ich höre, ist die Ehe der Essex schwierig. Was ja nicht überrascht. Der junge Graf ist das Elend in Person, und sie sieht für mich nach handfesten Problemen aus.«

Seine Worten lösten stechende Eifersucht in mir aus, da ich mir vorstellte, sie sei bereits Henrys Geliebte, und mit einem Mal hörte ich sie in meinem Kopf wieder etwas von Liebe und Tod flüstern: *Ich sage nur, was ich sehe.* Sollte sie die Geliebte eines Mannes sein, dann wäre sie *meine*.

Er ließ nicht locker. »Keinem der Howards ist zu trauen, aber sie und ihr Großonkel halten zusammen wie Pech und Schwefel. Und er ist der Schlimmste von allen.«

»Der König mag ihn«, sagte ich mit einem unverbindlichen Achselzucken. Thomas brauchte nichts von meiner neu geschlossenen Freundschaft mit Northampton zu erfahren. Er wäre erschüttert, wenn er wüsste, dass ich dessen Angebot erwog, eines der Howard-Mädchen zu heiraten – selbst angesichts meines Verlangens nach Frances. Ich merkte, dass mein Leben eine neue Richtung einschlug und Thomas zu einem Stachel in meinem Fleisch wurde. Dieser Gedanke bremste mich und ließ mich ungewöhnlich hartherzig werden.

»Glaube mir, Robin, an diesem Mann ist nichts Gutes.« Er blieb stehen, sah sich um, offenbar um sicherzugehen, dass uns niemand belauschte, und rückte nah an mich heran. »Du und ich, wir könnten etwas gegen ihn unternehmen... ihm eine Falle stellen.«

»Worauf in Teufels Namen willst du hinaus?« In seinen grauen Augen war ein Funkeln, das ich noch nie zuvor gesehen hatte.

Er schaute mir in die Augen. »Komm schon, Robin, stell dich nicht dumm.«

Ich drehte mich um, ohne zu antworten, und lief zum hohen Gras an den Palastgärten. Er kam mir nach, holte mich ein, legte einen Arm um meine Schulter und zupfte eine Klette von meinem Ärmel. »Ich habe den Eindruck, dem König würde es gefallen, wenn die Howards und die Essex sich auf Leben und Tod bekämpfen würden. Glaubst du, das entspricht der Strategie des ›Teile und herrsche‹?«

»So spricht er nie darüber.« Es war oft schwierig, die Absichten des Königs zu deuten, doch erst kürzlich hatte er erwähnt, die Howards könnten die Fraktion der Essex abservieren. Das war etwas, das ich Thomas nicht verraten würde.

»Er teilt die Macht nicht gerne. Er erweist sich als schwacher

Anführer. Er braucht mehr Integrität. Er muss lernen, seine Extravaganz zu zügeln, sonst werden sich die Leute gegen ihn wenden.«

»Glaubst du, *du* könntest es besser?«

»Du weißt sehr genau, was ich denke.« Er drückte meinen Arm. »Und mit dir, der du so gut platziert bist ...«

»Halt!« Ich deutete auf einen Gärtner, der in der Nähe grub, und war dankbar für diese Ausflucht, das Gespräch nicht fortsetzen zu müssen. Ich wusste, dass Thomas mich allzu leicht durchschauen konnte.

Wir hatten die Scheunen an der Rückseite der Stallungen erreicht und nahmen den Weg, der hinter ihnen entlangführte. Es roch feucht und modrig, denn eine Reihe Kastanienbäume warf ihren Schatten. Einzig der weiche Tritt unserer Schritte und hin und wieder der Ruf eines Vogels waren zu hören. Wir gingen schweigend, die Luft war schwer vom Nichtgesagten.

»Was ist das?« Thomas hob die Hand, damit ich stehen blieb, lauschte, und nun hörte ich es auch, ein Krachen, als bräche ein Ast, gefolgt von schmerzlichem Aufheulen. Wir fanden die Quelle dieser Geräusche auf einem kleinen Hof, der mit frisch gespaltenen Holzscheiten übersät war. Ein Mann, groß und mit fassähnlicher Brust, der eine Peitsche in der erhobenen Hand schwang, sah uns nicht. Vor ihm auf dem Boden, in eine Ecke gedrängt, kauerte ein schmutziger Knabe ohne Hemd. Er mochte nicht älter als zwölf sein, denn er hatte noch die weichen Rundungen eines Kindes. Sein Rücken war zerfetzt. Er flehte um Gnade.

Thomas und ich tauschten einen raschen Blick, und während er dem Mann die Peitsche entriss, packte ich dessen Arme und zerrte sie nach hinten. Er strampelte, trat um sich und stieß Schmähungen aus, er brüllte: »Der Schlingel hat es verdient.«

»Das ist Strafe genug. Du hättest ihn beinahe umgebracht.«
Thomas half dem Jungen auf die Beine und schickte ihn in die
sicheren Stallungen.

Der Mann spuckte auf den Boden und schrie ihm hinterher:
»Beim nächsten Mal reiß ich dir das Gedärm raus!«

Von plötzlicher Wut übermannt, schlug ich dem Wüstling
hart ins Gesicht und spürte, dass meine Knöchel den Knorpel
seiner Nase zermalmten. Er taumelte und stürzte hin. Ich zog
ihn am Kragen hoch und hob wieder die Faust, doch Thomas
ging dazwischen und zerrte mich weg. »Was tust du da? Re-
agiere nie mit Wut auf Wut.« Der Mann trollte sich davon, und
Thomas zog mich am Ärmel hinaus auf den Weg. »Was ist los
mit dir?«

»Ich kann so etwas nicht sehen.«

»Ich auch nicht... aber es gibt eine angemessene Art, mit
diesen Dingen umzugehen.«

Ich war ungehalten über ihn, weil er recht hatte. Ich atmete
schwer. Aber ich war auch ungehalten über mich. Es war lange
her, dass ich so übergekocht war, und ich hatte Mühe, meine
Wut zu bändigen.

Auf dem Weg durch die Gärten zu Thomas' Unterkunft beruhigte ich mich. Zum Glück, denn wir wurden, ohne dass
es uns auffiel, beobachtet. Wir bemerkten es erst, als wir nahe
an den Palastmauern entlanggingen und die Königin mit einer
ihrer Damen an einem Fenster genau über uns sahen.

»Da geht *Rochester*...« – es klang so, als glaubte sie schlicht
und einfach nicht, dass ich meinen neuen Titel verdiente –
»... und sein Puppenspieler.« Sie sagte es zu ihrer Begleiterin,
aber ihre Worte, die sie klar und deutlich wie auf einer Bühne
artikulierte, waren eindeutig für unsere Ohren bestimmt.

Meine Faust schmerzte und mahnte mich, ruhig zu bleiben.

Es gelang mir, beschwingt und heiter zu entgegnen: »Wollt Ihr damit sagen, Madam, dass ich keinen eigenen Verstand habe?«

»Ohne Verstand, ja … das beschreibt Euch recht gut.« Ihre Beleidigung schien sie zu erfreuen.

Thomas stieß mit gehässigem Lachen hervor: »Ein Esel schilt den anderen Langohr.« *Sein* Ton hatte nichts Heiteres an sich. Ich wusste, dass er die Königin nicht schätzte, er hielt sie für geistlos und verachtete ihren Katholizismus. Aber ich war entsetzt, dass er es gewagt hatte, so offen unhöflich zu ihr zu sein. Vielleicht lastete die Rettung des Jungen noch auf ihm. Etwas war in ihn gefahren, denn er lachte noch immer laut und schien ihren bitteren Gesichtsausdruck nicht zu bemerken.

Ich hätte etwas sagen müssen, um sie zu besänftigen, hätte darauf beharren müssen, dass er sich zumindest entschuldigte, doch ohne nachzudenken, nahm ich ihn am Arm und führte ihn entschlossen weg.

»Du hast gut reden … erzählst mir, es gebe eine angemessene Art, mit diesen Dingen umzugehen«, sagte ich, als wir außer Hörweite waren. »Sie wird es als schwere Beleidigung auffassen. Das wird uns in Schwierigkeiten bringen.«

Mit einem Mal war er ernst. »Aber ich will nicht, dass sie dich in dieser Weise herabsetzt.«

Ich erinnerte ihn daran, dass sie angesichts unserer Lage das Recht hatte, sich mir gegenüber gekränkt zu zeigen, doch er wollte es nicht einsehen. »Sie lehnt dich nicht wegen des Königs ab. Deinen Vorgänger hat sie uneingeschränkt gebilligt. Sie fühlt sich durch deine niedrige Geburt beleidigt, und das verbitte ich mir.« Das war ganz und gar Thomas, der jeder kleinen Ungerechtigkeit die Stirn bot. »Oje.« Sein Gesicht verzog sich sorgenvoll, als hätte er gerade erst die Konsequenzen seines Ausbruchs erfasst. »Das *wird* uns in Schwierigkeiten bringen, nicht wahr?«

»Ich werde mit James reden. Er wird dafür sorgen, dass nichts daraus erfolgt.«

»*Du* wirst fein raus sein, Robin. Aber die Zuneigung des Königs reicht nicht bis zu mir.«

»Ich sorge dafür.« Ich versuchte, ihm Mut zu machen, als er alle Versprechungen aufzählte, die ich ihm in letzter Zeit gegeben und nicht gehalten hatte.

»Sie hat recht. Ich *bin* dein Puppenspieler. Du kannst kaum niesen, ohne mich zu fragen, ob du es tun sollst oder nicht.«

Er wusste, wie er mich verletzen konnte, und wieder ging mein Zorn mit mir durch. »Du und der König scheint beide zu glauben, ich sei kein eigenständiger Mensch.«

»Du wärest nie jemandem aufgefallen, schon gar nicht dem König, hätte ich dich nicht unter meine Fittiche genommen.«

»Nicht das schon wieder, Tom.« Ich bebte vor Wut, und es forderte meine ganze Willenskraft, ihm nicht den Schlag zu versetzen, den er verdiente. »Ich empfinde aufrichtig für James.« Sein angespannter Gesichtsausdruck zeigte mir, dass ich ihn bis ins Mark getroffen hatte, und ich bedauerte es auf der Stelle.

»Genau wie du…«, sein Blick war eindringlich, »…immer diese moralische Überlegenheit, aber du vergisst, wie gut ich dich kenne. Du möchtest als anständiger Mensch gesehen werden, weil du dich selbst für das Gegenteil hältst.« Er ging davon und rief noch über die Schulter: »Dann geh doch zu ihm, wenn du so viel für ihn empfindest.«

Noch schmerzerfüllt begab ich mich zu James' Gemächern, wo ich ihn an seinem mit Unterlagen überhäuften Schreibtisch vorfand.

»Ach, Robbie! Kommst du, um mich aufzuheitern?« Er sah müde aus, die Augen umschattet und rot geädert. Ich hörte den Prinzen und seine Gefolgschaft noch immer unten am Steg herumalbern.

»Was ist all das?« Ich deutete auf die Papiere auf seinem Schreibtisch. »Sollte sich nicht Euer Minister darum kümmern?« Ich setzte mich vor ihn an die Tischecke, und er legte seine Hand auf meinen Schenkel. In meiner Vorstellung schob sich die Hand einer Frau an diese Stelle, mit einem Blutstropfen dort, wo der Nagel abgerissen war. Ich spürte, dass ich hart wurde, und drängte den Gedankenschwall, der dem inneren Bild folgte, beiseite.

»Salisbury ist noch immer nicht wohlauf. Darum fällt mir die Arbeit zu.« Der Überdruss in seiner Stimme war offenkundig.

»Überlasst es jemand anderem, bis es ihm besser geht.« Ich wusste, dass Thomas die Chance, diese Rolle zu übernehmen, freudig angenommen hätte. Ich hörte lautes Platschen, dann Gelächter und nahm an, jemand sei in den Fluss geworfen worden.

»Diese Angelegenheiten sind heikel. Ich kann nicht auf die Verschwiegenheit eines anderen vertrauen. Hier dienen sich alle selbst. Zumindest Salisbury dient an erster Stelle *mir*.«

»*Ich* diene Euch an erster Stelle.«

»Das weiß ich.« Er drückte mir einen feuchten Kuss auf die Hand. »Du bist so rasch gekränkt. Du weißt, wie sehr ich mich auf dich verlasse. Ginge es nach mir, wärest du Tag und Nacht ... jede Nacht ... bei mir.« Er verdammte den Dienstplan, der vorschrieb, dass jede Nacht einer seiner Kammerherren in seinem Gemach übernachtete. »Können wir das nicht abschaffen und sie alle ihren Gemahlinnen überlassen?«

»Ihr wisst, das ist unmöglich. Stellt Euch nur den Tratsch vor. Es würde Euch schaden, und das könnte ich nicht ertragen.« Das entsprach der Wahrheit. Ich hätte den Gedanken nicht aushalten können, seinem Ruf Schaden zuzufügen, wo er mir doch ausschließlich Gutes getan hatte. Aber es kam mir auch gelegen, da ich befürchtete, er könnte sonst bemerken, dass mein Verlangen nach ihm nachgelassen hatte. Man mochte mich, in Anbetracht des geheimen Fetischs von Frances, den ich bei mir trug, für unaufrichtig halten, aber die Liebe, die ich für den König empfand, war eine ganz besondere, die nur schwer zu erklären ist.

»Hält man mich für Euren Favoriten, dann ist das eine Sache. Aber etwas völlig anderes wäre es, hielte man uns für ...«

»Ich weiß, ich weiß.« Seufzend stand er auf. »Komm her.« Er schloss mich in die Arme. *Ich sage nur, was ich sehe*, flüsterte sie.

»Vielleicht wäre es hilfreich, wenn ich eine passende Gemahlin fände.« Meine Stimme klang in den Falten seines Hemds gedämpft. Er streichelte mir übers Haar. Ich wusste, er hätte mich allzu gern vermählt gesehen, auf die übliche Weise, mit einem Mädchen, aus dem ich mir nichts machte.

»Das ist eine Idee«, entgegnete er, doch plötzlich war mir der Gedanke, Frances' Schwester zu heiraten – ob nun eine Howard oder nicht –, zuwider.

»Lasst uns jetzt noch nicht daran denken«, sagte ich und spürte, dass seine Arme sich enger um mich schlossen.

»Mir ist zu Ohren gekommen, du habest die Königin empört.«

Überrascht, dass er bereits davon wusste, lehnte ich mich zurück, um ihm in die Augen zu sehen.

»Nachrichten verbreiten sich rasch an diesem Ort.«

Ich begann zu erklären, was geschehen war.

»Sie beharrt auf Thomas Overburys Entlassung.« Er musterte mich eindringlich.

All die Geheimnisse, die ich vor Thomas verbarg, drückten mich nieder; und mir kam der Gedanke, wäre er aus dem Weg, fände ich vielleicht ein wenig Freiheit, insgeheim um Frances zu werben. Ich weiß nicht, wie weit ich zum damaligen Zeitpunkt wahrhaftig meinte, dass es gehen könnte. Aber jeder, der dem Verlangen verfällt, kann verstehen, dass seine Macht, die einen zwischen Freude und Jammer hin und her stößt, keine Logik kennt und dass der Glaube, das Unmögliche für möglich zu halten, genau das ist, was seine Opfer aufrecht hält.

»Ihr müsst Eurer Gemahlin ihren Willen gewähren«, sagte ich und unterdrückte den Anflug von Scham, der mich befiel.

Er sah mich verblüfft an. »Ich habe erwartet, dass du ... wie üblich ... deinen Freund verteidigst.«

»Ich will nur Euer Bestes.« Ich legte ihm die Hand um den Nacken und zog ihn an mich. »Wenn es Euch das Leben erleichtert, dann ist mein Opfer nur ein geringes.«

»Du bist immer so freundlich, Robbie.« Der König legte seine Hand auf mein Herz und beließ sie dort. »Freundlichkeit ist ein seltenes Gut. Das unterscheidet dich von all den anderen.«

Mein vorherrschender Gedanke war, dass ich zu Thomas nun gar nicht freundlich war.

»Dann schicke ich Overbury also weg.« Er hielt inne, als wartete er auf meinen Protest, doch ich schwieg.

Thomas wäre nie in den Sinn gekommen, dass er womöglich nicht länger meine Strippen zog.

Sie

Frances wacht schweißgebadet auf. Der Wind bläst noch immer stürmisch, und der Fensterflügel schlägt immer wieder gegen den Sims. Eine finstere Gestalt ragt vor ihr auf. Im Halbschlaf glaubt sie, es sei der Tod, der sie holen kommt, sodass sie erstarrt in ihren feuchten Laken liegt. Etwas, ein Seil, eine Schlange, ist um ihren Hals gewunden. Sie ringt nach Luft. Finger streichen über ihre Wange.

»Ihr habt einen Albtraum. Wacht auf. Ich bin's, Nelly. Ich hole eine Kerze.«

Umstrahlt von gelblichem Schein kommt sie zurück. »Die Nadeln haben sich aus Eurem Haar gelöst. Ihr hättet Euch selbst erwürgen können.« Sie wickelt den langen Zopf von Frances' Hals. Frances würde es zwar nie zugeben, aber sie ist zutiefst dankbar für die Anwesenheit dieses Mädchens, obwohl sie es andererseits nicht erträgt, dass sie unterdessen von ihr abhängig ist. Manchmal denkt sie, Nelly sei das Einzige, das zwischen ihr und dem Wahnsinn steht. Als wäre das verwahrloste Mädchen ein Nagel, der sie an einem Ruhepol in einer sich verrückt drehenden Welt festhält.

»Ihr habt im Schlaf gesprochen.«

Frances fragt sich beunruhigt, was sie wohl preisgegeben haben könnte. »Was habe ich gesagt?«

»Alles Mögliche.« Nelly öffnet einen Tiegel mit Lavendelbalsam und reibt etwas davon auf Frances' Schläfen. »Ihr seid ein rechtes Schnattermaul.« Der Duft erfüllt das Zimmer mit Sommer, aber der Sommer ist von Frances hoffnungslos weit entfernt. Vielleicht kommt er nie: Vorher wird man sie vor Gericht stellen.

»Was habe ich gesagt?«, fragt Frances noch einmal, ihr schriller Ton verrät sie.

»Es ging hauptsächlich um Essex.«

Frances versucht, sich an ihren Traum zu erinnern, und ist sich sicher, dass er darin nicht vorkam. Falls Nelly mehr über ihre Zeit mit ihm herausfinden will, wird sie enttäuscht sein.

»Über ihn gibt es nicht viel zu sagen.« Sie spürt, dass ihre Gelassenheit zurückkehrt. »Der Onkel hatte andere Pläne mit mir.«

**

Kurz nach unserer Rückkehr in die Hauptstadt wurden wir in den St.-James'-Palast eingeladen, doch Essex, der noch immer in Melancholie gefangen war, wollte nicht mitkommen. Ich kannte den Ort gut, und als ich durch die geschäftigen, getäfelten Gänge lief, verspürte ich wieder diese Vorfreude, die ich in meinem Jahr in Chartley so schmerzlich vermisst hatte. Bei Hofe wusste man nie, wer gleich erscheinen oder was gleich geschehen würde.

Die Halle war ein großer heller Saal mit glattem Natursteinboden im Schachbrettmuster, der hinaus auf den gepflasterten Innenhof ging, wo bezaubernde Wasserspiele tanzten. Vertraute Gesichter standen in Grüppchen zusammen, Würfelspieler in einer rüpelhaften Ecke und bunt schnatternde Frauen und einige Männer, die den Prinzen umringten und ihm in seine Fechtmontur halfen.

Er sah auf, als ich eintrat, und ich entdeckte die Freude, die sein Gesicht strahlen ließ. Vor meiner Abreise waren der Prinz und ich uns nähergekommen. Es war eine absolut unschuldige Freundschaft, eine jugendliche Vernarrtheit vonseiten des Prinzen; sie hatte aber reichlich Klatsch heraufbeschworen, den der Hof wie immer mit unersättlicher Gier aufgesogen hatte.

Ich gesellte mich zu den Damen, ein, zwei kannte ich recht gut. Ich bemerkte, dass sie mich taxierten, dass sie nach äußeren Anzeichen für den Zustand meiner Ehe suchten – eine Ehe, die keine Kinder hervorbrachte, war immer ein Quell für Mutmaßungen –, und ich antwortete nur vage auf ihre Fragen zu meinem Befinden.

»Niemand weiß, was einen erwartet«, sagte ich.

»Ach, ich dachte, Ihr könntet die Zukunft voraussagen.« Dies sagte ein junges Mädchen, das ich noch nie zuvor gesehen hatte. Ich fragte mich, woher sie das wohl wisse, und erinnerte mich an die Unmöglichkeit, bei Hofe irgendetwas geheim zu halten.

»Ich bin keine wahre Kennerin«, entgegnete ich. »Meine Kinderfrau hat es mir ein wenig beigebracht.« Da ich über den Vorwand froh war, die Aufmerksamkeit von mir und meiner Situation abzulenken, bat ich sie um ihre Hand. Zögerlich streckte sie sie mir hin. Sie war zart und zitterte leicht.

»Ich würde das nicht in der *Öffentlichkeit* tun«, sagte eine mürrisch schauende Frau, die für ihre Frömmelei bekannt war.

»Sie wird schon keine Zauberformeln sprechen«, sagte eine andere lachend zu meiner Verteidigung.

»Es ist doch nur ein harmloser Spaß«, fügte eine Dritte an, und die Frau ging mit rollenden Augen von dannen, als die

Übrigen sich in einem engen Kreis um mich herum aufstellten, um zu lauschen.

Das Mädchen sah mich vertrauensselig an und fragte: »Werde ich bald heiraten?«

In dem Augenblick fiel mir Robert Carr auf, der von der Schwelle aus das Gemach überblickte. Er hatte sich in der Zeit meiner Abwesenheit verändert, er schien von neuem Selbstvertrauen durchdrungen. Er war schon immer ausnehmend hübsch gewesen mit seinem ziselierten Schmollmund und den hellen Augen, die unter seiner düsteren gerunzelten Stirn aufleuchteten, was ihm seinen verführerisch geplagten Ausdruck verlieh. Doch da war noch etwas anderes, eine Art ungestüme Körperlichkeit, die seine Kleider zu sprengen drohte; und sein Blick hatte etwas geheimnisvoll Kantiges angenommen, sodass ich mich fragte, als sein Auge auf mich fiel, welche Art von Gedanken sich in ihm wohl zusammenbrauten.

Ich bemerkte, dass meine Gefährtinnen ein Schaudern durchlief, als auch sie Carr entdeckten, so als sendeten sie unsichtbare Ranken aus, die sich um ihn schlingen und ihn herbeiziehen sollten. Doch er zeigte keinerlei Interesse an den Damen und ging schließlich auf den Prinzen und seine Gefolgschaft zu. Mir fiel auf, dass zwischen ihm und Henry ein angespanntes Gespräch stattfand, sodass ich, nachdem ich mit der Hand des Mädchens fertig war, neugierig zu ihnen hinüberging.

Ein plötzliches lautes Scheppern ließ alle im Gemach sich umdrehen. Ein Page hatte ein halbes Dutzend Florette auf den Steinboden fallen lassen und war nun auf den Knien, um sie einzusammeln. Southampton stieß eines mit dem Fuß außer Reichweite des Jungen. Manche Zuschauer lachten laut auf. Der Junge kroch heran. »Braver Hund«, sagte Southampton und kickte das Florett erneut weg. Wieder brandete Gelächter auf, und der Junge schaute gedemütigt.

»Lasst ihn in Ruhe.« Es war Carr, der sprach. Er bückte sich, hob die Waffe auf und reichte sie dem Jungen mit ermutigenden Worten. Die Sympathie im Gemach verlagerte sich, und ich spürte meine wachsende Neugierde.

Die Atmosphäre war aufgeladen, und niemand sprach. Jeder wartete auf Southamptons Reaktion. Beleidigt und mit rotem Gesicht stampfte er umher. Prinz Henry, der Schwierigkeiten voraussah, schlug vor, dass er und Carr im Innenhof ein Fechtduell austragen sollten; als sie hinausgingen, murmelte Southampton ihnen Beschimpfungen hinterher.

Wir drängten uns auf den Stufen, um zuzusehen. Insgeheim lag meine Sympathie bei Carr, mit dem ich bisher so gut wie nicht gesprochen hatte, und nicht bei Henry, der mein Freund war. Henry war ein guter Fechter, aber Carr war ihm weit überlegen und gnadenlos, er drängte seinen Gegner in eine Ecke, bis seine Würde zerfetzt war. Voll der Reue, dass ich nicht zu meinem Freund gehalten hatte, eilte ich zu ihm, um ihm aus der Rüstung zu helfen und die Situation aufzulockern. Doch die Auseinandersetzung zwischen Carr und Southampton entbrannte erneut.

»Er macht Ärger, der da«, sagte Henry, ohne dass ich wusste, wen von beiden er meinte. Bis er sagte: »Auch wenn mein Vater glaubt, er könne nichts Verkehrtes tun.« Finster sah er Carr an, der als Reaktion auf eine geflüsterte Beleidigung von Southampton einen Ausfallschritt machte. Er packte den älteren Mann am Kragen und zerrte seine Stirn ganz nah an sich heran, stieß eine Drohung aus, dann ließ er ihn los.

»Was hat er gesagt?«, fragte Henry. Auch ich hatte es nicht gehört, aber die Bemerkung musste ihr Ziel erreicht haben, denn Southampton schlich sichtlich eingeschüchtert davon. »Was immer es war, Southampton wird es nicht auf sich beruhen lassen.«

Das Ganze ließ mich an ein Rudel Hunde denken, die eine neue Hierarchie auskämpfen. Es war offensichtlich, dass Carr im Aufstieg begriffen war und zeigen wollte, dass er keine Angst hatte, seine Macht geltend zu machen.

Dann erschien mein Onkel, um mit Prinz Henry zu sprechen, und Carr kam in der Zwischenzeit zu mir. »Wollt Ihr mir *meine* Zukunft voraussagen?« Er strahlte mich an und zwinkerte, ich bin sicher, dass er zwinkerte, und zog mich zur Seite, weg von meinen Freunden. Ich sah, dass Henry einen feindlichen Blick zu uns herüberwarf, aber mich kümmerte viel mehr, wie der Onkel reagieren würde, denn schließlich war er es gewesen, der mich ermuntert hatte, mir Henry zum Freund zu machen. *Ein Prinz in unserer Tasche kann uns eines Tages von Nutzen sein*, hatte er gesagt, als er mich anwies, mich mit dem Knaben anzufreunden.

Unwillkürlich begeisterte mich Carrs Mut, ich wandte mich vom Onkel ab und nahm Carrs Hand. »Seht Ihr Liebe?« Sein leichtes schottisches Nuscheln ließ seine Worte weich klingen.

»Das fragen alle.« Noch immer spürte ich Henrys Verärgerung auf meinem Rücken prickeln. Ich wollte weg, aber Carrs Hand war warm, und seine Blicke durchbohrten mich, sodass ich Dinge dachte, die ich nicht denken sollte.

»Aber *seht* Ihr sie?«

»In der Zukunft eines jeden gibt es Liebe ... und Tod.« Ich riss mich zusammen, wollte mich nicht in sein Spiel hineinziehen lassen und fügte vor allem hinzu: »Ich bin eine verheiratete Frau.« Ich ließ seine Hand los und lief hinüber in die relative Sicherheit an der Seite meines Onkels.

Als ich durch das Gemach ging, kam mir in den Sinn, dass ich keine richtig verheiratete Frau war, es aber vielleicht bald sein würde. Essex drängte sich mir unterdessen des Nachts mit widerlicher neuer Kraft auf, und ich vermutete, dass unsere Ehe bald besiegelt sein würde. Ich verbot mir, darüber nachzudenken, was diesen Wandel in ihm ausgelöst hatte, diese arme Tote – ein vergeudetes Leben. Ich hätte mich freuen sollen, denn eine Schwangerschaft würde bedeuten, dass er mich in Ruhe ließe. Es wäre mein Erfolg. Doch es fühlte sich wie eine Falle an. Der Preis war zu hoch gewesen.

Kurz nachdem ich wieder im Essex House war, traf der Onkel ein. Ich nahm an, er komme, um mich wegen des verärgerten Prinzen zu tadeln, doch er schien in überraschend aufgeräumter Stimmung, er schickte meine beiden Zofen weg und schlenderte aufmerksam durchs Haus.

»Ganz hübsch hier!«, rief er.

Ja, es stimmte. Die Abendsonne schien durch die vier großen, nach Westen zeigenden Fenster, sie bündelte sich auf den polierten Flächen und tauchte das riesige Gemach in warmen Glanz. Hoch oben erinnerte die Stuckdecke an das Zuckerwerk einer Festtagstorte, und ein Fries, der sich genau darunter rundherum zog, bildete Szenen aus der Mythologie ab. Einen Moment schauten wir hinaus auf den Hof, wo Burschen die Pferde striegelten und ein Knabe Lampen entzündete, die flackernde Muster auf die Mauern warfen. Jenseits davon sahen wir den Strand mit seinem anhaltenden Strom von Menschen, Leute, die von der Arbeit heimtrotteten, und andere, lebhaftere, die ausgingen, um die Stadt bei Nacht zu erkunden. Kinder sprangen um sie herum, bettelten um Münzen oder boten sich als Fremdenführer an, in der Hoffnung, einen Ortsunkundigen zu finden, der närrisch genug wäre, ihnen zu vertrauen.

Da es trotz des milden Wetters kühl wurde, als die Sonne untergegangen war, rückten wir näher ans Feuer. Die Flammen tanzten, sodass die barbusigen marmornen Nymphen zu beiden Seiten des Kamins zum Leben erwacht schienen. »Du musst froh sein, dass du fort bist aus diesem finsteren alten Haus. Hier ist es so viel angenehmer.« Er zog mich auf seinen Schoß. »Und es liegt nur einen Steinwurf vom Hof entfernt. Umso besser.«

»Ich bin zu alt dafür.« Ich stand auf, entwand mich seinem Zugriff und stieß beinahe die Kerze um, die neben ihm auf dem Tischchen brannte.

Er strich über die Figuren, streichelte diese Marmorbrüste, als wären sie aus Fleisch. »Du brichst einem alten Mann das Herz.« Er packte meinen Arm und zerrte mich an sich. Ich wehrte mich, doch er hielt mich fest, sodass mein Handgelenk ein Haarbreit über der brennenden Kerze war. Meine Haut versengte, doch ich schaute unverwandt in seine kalten Augen. Die feinen Härchen an meinem Unterarm zischten und verströmten einen ätzenden Geruch, als die Hitze größer wurde. Ich sog das Innere meiner Wange zwischen die Zähne, verlangsamte und vertiefte meinen Atem. Ein und aus. Ein und aus. Er ließ mich los.

»Warum bist du gekommen?«, fragte ich und trat einen Schritt zurück. Die Hitze pulsierte durch mein Handgelenk.

Er antwortete mit einer Gegenfrage, die er nahezu flüsterte: »Wo ist Essex?«

»Ich habe keine Ahnung.«

Er ging zur Tür, öffnete sie, sah in beide Richtungen, ehe er zu seinem Platz zurückkehrte und fragte: »Wie geht es im Schlafgemach, Frances?«

Ich überlegte, ob es ihm ein lüsternes Vergnügen bereitete,

sich seine Lieblingsnichte in den Laken vorzustellen, und gab ihm eine unverblümte Antwort: »Da passiert noch immer nichts.« Da ich seinen Unmut fürchtete, sagte ich: »Aber seine Mätresse gibt es nicht mehr, also …« Prüfend suchte ich nach Anzeichen, ob er bereits vom Schicksal der armen Frau wusste, aber sein Gesicht hätte ebenso gut aus Stein gemeißelt sein können. »… es sieht so aus, dass alles bald gelöst sein wird.« Ich wollte ihm nicht Genüge tun und Einzelheiten schildern.

Befremdet sah er mich an. »Ich habe einen Sinneswandel vollzogen …« Er hielt inne. »Bist du sicher, dass wir nicht belauscht werden?«

Nun ging ich zur Tür und horchte hinaus in den stillen Gang, ob ich Schritte hörte. Ich vergaß unser vorheriges Gerangel und setzte mich nahe zu ihm, da ich begierig war, den Grund für seine Heimlichtuerei zu erfahren. »Der König beginnt, den Essex-Clan zu verprellen. Er hat den Verdacht geschöpft, sie würden ihn gerne zugunsten von Prinz Henry vom Thron stürzen sehen. Folglich verlieren dein Gemahl und seine Freunde rasch ihren Einfluss.« Er sah mich streng an. »Ich glaube nicht, dass uns deine Ehe noch länger nützt.«

»Aber was meint Ihr damit? *Ich* kann doch nichts dagegen tun. Ich bin mit Essex verheiratet, ›bis dass der Tod euch scheidet‹.« Trotz der Hitze, die noch in meinem Handgelenk pochte, fror ich plötzlich bis auf die Knochen. »Ihr könnt nicht wollen …?« Ich konnte es nicht aussprechen, aber er wusste, was ich meinte. Meine Hände fingen an zu zittern. Ich steckte sie in die Falten meines Rocks und verspürte Druck im Hinterkopf, der kalte Guss ins Gesicht ließ mir den Atem stocken. Der Onkel konnte Feiglinge nicht ertragen.

»Nein, natürlich nicht. Sei nicht töricht. Es mag ein wenig dauern, aber ich glaube, wir können deine Ehe rückgängig machen ... insbesondere da er seinen Pflichten noch nicht nachgekommen ist.«

»Rückgängig?!« Unwillkürlich hob ich die Stimme.

Er mahnte mich zur Ruhe. »Du darfst niemandem ein Wort davon sagen, nicht deiner Mutter, nicht deinen Schwestern, nicht deinen Zofen, *niemandem*, es sei denn, ich erlaube es.«

Tausend Gedanken kreisten mir im Kopf, und die Vorstellung, irgendwie von meinem abscheulichen Gemahl befreit zu werden, umwehte mich wie eine frische Brise.

»Ich möchte dich ungebunden, damit du einen Mann heiraten kannst, der uns mehr nützt.«

Ich betrachtete die Innenfläche meiner Hand, spähte auf die vertrauten Linien und fand, wie ich es sehr genau wusste, an der Wurzel meines kleinen Fingers nur eine einzige Linie, die für eine einzige Ehe stand. Doch war mir bislang noch nicht aufgefallen, dass sie eine feine, noch nicht deutliche Falte kreuzte, was auf eine Störung hindeutete; eine Vorahnung überkam mich. Es war, als wäre sie ohne mein Wissen hineingezeichnet worden.

»Was ist los?«, fragte der Onkel.

»Nur ein kleiner Schnitt vom Papier.« Ich versteckte meine Hand. »Wen möchtet Ihr, dass ich heirate?«

»Robert Carr.«

Die Erinnerung an die Begegnung mit Carr nur wenige Stunden zuvor löste etwas Schleichendes in mir aus. Ich bemühte mich, es zu bannen, doch als ich sprach, überschlug sich meine Stimme leicht. »Den Favoriten des Königs?«

»Genau.« Der Onkel schien sehr zufrieden mit sich und rieb sich das Kinn. »Der König gewährt Carr immer mehr Befugnisse. Er ist recht einflussreich geworden, und es sieht so aus, als würde das noch zunehmen. Allein das ist für uns von Bedeutung.« Er schwieg einen Augenblick, als überlegte er, was er ansonsten noch über Robert Carr sagen wolle.

Der genaue Wert eines Menschen berechnete sich für den Onkel immer danach, wie nützlich er ihm sein konnte. »Ich nehme an, er ist loyal – womöglich blind. Und der König vertraut ihm mehr als den anderen – sogar mehr als Salisbury, und im Übrigen habe ich erfahren, dass Salisbury kränklich ist. Er hat seine besten Jahre hinter sich. Wenn *er* geht, gerät alles in Bewegung. Und da der Essex-Clan so allmählich auf Eis gelegt wird, wäre es gut, wenn wir dich da herauslösen und mit Carr vermählen könnten. Das würde uns einen ausgezeichneten Platz im inneren Kreis sichern.«

»Ich verstehe nicht.« Doch ich verstand. Ich verstand sogar sehr gut, aber die ganze Idee schien mir weit hergeholt.

»Mir kam der Gedanke heute Nachmittag, als ich dich mit Carr sah. Mir war sofort klar, dass er zu überzeugen sein wird. Ich arbeite bereits daran. Ich habe ihn in mein Haus bringen lassen und ihm die Hand deiner Schwester angeboten, nur um ihn mit der Idee einer Allianz mit uns vertraut zu machen. Das wird ein langes Spiel, Frances, aber ich bin überzeugt, wir schaffen das.« Er fieberte vor unterdrückter Aufregung. »Denk darüber nach ... was es für uns bedeutet, wenn wir den Favoriten des Königs in unsere Fänge bekommen. Wir Howards werden unantastbar sein.«

Ich wollte ihn fragen, was seinen Ehrgeiz immerzu antreibe, denn er war gewiss zu alt, um noch die Früchte zu ernten. Doch ich kannte die Antwort bereits: *Es ist alles für dich, Frances. Wenn ich tot bin, wirst du mein Vermächtnis sein.* Das hatte er schon früher gesagt. Er hatte es gesagt, als er mich dazu überredete, einen eingeschworenen Feind zu heiraten. Doch ich vermutete, dass eine tiefere Kraft am Werke war, die dem Wunsch entsprang, ein altes Unrecht, das man seinem hingerichteten Bruder zugefügt hatte, zu korrigieren, einen Absturz, von dem er sich über Jahrzehnte mühsam zurückkämpfen musste.

»Aber wie?« Ich konnte mir nicht vorstellen, auf welche Weise er seine Ziele erreichen wollte.

»Im Augenblick musst du ausschließlich tun, was du am besten kannst. Bezirze den hübschen Robert Carr mit deinem Zauber.« Er rieb mit seinen Knöcheln über meine Wange. »Du weißt, was ich meine. Sorge dafür, dass er sich in dich verliebt... der Funke ist bereits entfacht. Sei umsichtig, wahre Distanz...« Seine Hand glitt um meinen Hals und drückte leicht zu. »Nicht wahr?«

Ich kann es nicht leugnen, der Gedanke, meiner finsteren Ehe zu entkommen, begeisterte mich, und wenn der Onkel wollte, dass ich den verstörend schönen Robert Carr heiratete, dann würde ich gehorchen. Ich überlege oft, warum ich den Onkel nie infrage gestellt und all seine Geheiße, egal welche, erfüllt habe. Vermutlich wagte ich es nicht, mich ihm zu widersetzen.

»Und um Himmels willen«, fügte er hinzu. »Lass dich von Essex nicht schwängern. Sorge dafür, nicht bei ihm zu liegen. Wir werden beweisen müssen, dass deine Ehe nie vollzogen wurde, wenn wir sie auflösen. Und wenn das der Wahrheit entspricht, umso besser.«

»Aber wenn er darauf beharrt?« Ich spürte Schwäche in mir aufsteigen.

Er warf mir einen messerscharfen Blick zu. »Willst du das denn nicht? Habe ich dich denn nicht dazu erzogen, etwas zu wollen?«

Er wartete auf meine Zustimmung, die ich ihm durch ein bedächtiges Nicken gab.

»Ich bin sicher, du findest einen Weg, diesen langweiligen Knaben auf Abstand zu halten.«

»Vielleicht löst er das Problem von sich aus. Bei seinem Naturell ist es nur eine Frage der Zeit, bis er Schwierigkeiten auf sich zieht.« Ich sagte das, um den Onkel zufriedenzustellen, wirklich. Denn trotz allem wünschte ich Essex nichts Böses: Er war in gleichem Maße ein Opfer der Umstände wie ich.

»Das klingt schon besser, Frances.« Er lachte. »Ich habe es immer gewusst. Du und ich sind uns ähnlicher, als man es sich je vorstellen konnte.«

Das war ein beunruhigender Gedanke, und ich hätte ihm widersprochen, hätte ich nur den Mut dazu gehabt.

»Alle wollen dich, Frances. Ich habe beobachtet, wie sie dich ansehen. Und vielleicht, wie du sagst, findet dein lästiger Gemahl jemanden, der ihn zu einem Duell herausfordert.« Er streckte den Arm, zwei Finger zeigten nach vorne, um einen Pistolenschuss anzudeuten. »Das würde uns allen eine Menge Ärger ersparen.«

Ich wandte mich ab. »Und was ist mit Robert Carr? Bestimmt wird der König ...«

»Du musst nichts anderes tun, als ihm den Kopf zu verdrehen. Ich kümmere mich um den Rest. Der König scheint unfähig, dem Knaben irgendetwas abzuschlagen. Und es mag ihm sehr recht sein, wenn sein Favorit verheiratet ist. Es könnte die Klatschbasen zum Schweigen bringen.« Er zog mich für einen Kuss an sich. Sein Schnurrbart kratzte, aber ich wehrte mich nicht. Ich wusste, es hatte wenig Sinn, sich gegen den Onkel zu wehren. Er war stark wie der leibhaftige Teufel.

Nachdem er gegangen war, schaute ich eine Weile mit wirren Gedanken ins Feuer. Ich fühlte mich durchlässig, als hätte etwas meine Grenzen durchbrochen. Carr hatte sich in meinem Kopf eingenistet und würde sich nicht vertreiben lassen. Der Grundgedanke des Plans meines Onkels – ein simpler Wechsel der Loyalität der Familie – schien einfach. Aber ich spürte den Stachel der Gefahr, nicht in etwas Äußerem, sondern in meiner Schwäche, die selbst dem Onkel nicht bewusst war.

Stimmen von unten lockten mich ans Fenster. Im Hof sah ich den Onkel, der mit einer Frau ins Gespräch vertieft war. Sie stand im Schatten, sodass ich ihre Gesichtszüge nicht erkennen konnte. Ich beobachtete die beiden und sah, wie sie auseinanderstrebten, als der Stallknecht mit seinem Pferd auftauchte. Er wollte aufsitzen, hatte bereits einen Fuß im Steigbügel, hielt aber inne und sah hinauf zu mir, als hätte er meinen Blick auf sich gespürt. Ich duckte mich zur Seite, war nun außerhalb seines Sichtfelds, konnte aber dennoch verfolgen, dass die Frau die Stufen zur Tür hinaufging.

Ihre Art, sich zu bewegen, hatte etwas Vertrautes, doch noch immer sah ich ihr Gesicht nicht. Um besseren Ausblick zu haben, öffnete ich das Fenster und lehnte mich hinaus. Ein plötzlicher Schwindel überfiel mich, als drückte jemand auf meinen Rücken und wollte mich über den Fenstersims hinausdrängen. Ich taumelte von der Kante weg und lehnte mich einen Augenblick an die Wand. Mein Atem ging flach, und trotz der beruhigenden Festigkeit hinter mir meinte ich, die Wand könnte sich auftun und mich verschlingen. Erstarrt hörte ich den fernen Hall ihrer Schritte jenseits der Tür. Sie kam die Treppe herauf, kam näher und näher.

Sie trat ein.

»Guter Gott! Anne Turner! Ich dachte, Ihr wäret tot.« Ich hatte nicht beabsichtigt, so unverblümt zu sein, doch ich fühlte mich wegen meines Wahns gerade eben wie eine Närrin. Dieses verstohlene Gespräch im Hof hatte mich so durcheinander-gebracht.

Sie stellte eine große Tasche neben sich auf dem Boden ab und öffnete die Arme, wobei sie mich wie eine Sirene auf einem Gemälde anlächelte, ihr Gesicht war ein vollkommenes Oval, ihre Augen groß und blau und sanftmütig. »Mir ging es sehr schlecht, Ihr müsst davon gehört haben. Doch mein Gemahl ist gestorben, und ich habe mich erholt.« Sie lachte. »Ihr schaut, als hättet Ihr einen Geist gesehen.«

Ich fand meine Stimme wieder. »Als ich Euch das letzte Mal sah, habt Ihr uns verlassen, um zu heiraten.« Eine vage Erinne-rung huschte mir durch den Kopf: Ich lag als Kind mit hohem Fieber im Bett, Anne Turner schwebte über mir und zog meine Decke glatt. Ich hielt sie für einen Engel, ich glaubte wirklich, ich sähe Flügel auf ihrem Rücken. Sie sagte, es liege am Deli-rium, doch das engelsgleiche Bild blieb. Der Onkel hatte Anne Turner als meine Kinderfrau eingestellt, nur für mich, was bei meinen Geschwistern Neid hervorrief. Denn sie verblieben in der Obhut der Haushälterin, einem alten Drachen mit einer bösartigen Ader.

Wir ließen alle Formalitäten außer Acht und fielen uns in die Arme. »Kaum zu glauben«, sagte sie. »Ich bin Witwe und Ihr eine verheiratete Frau. Es kommt mir vor, als wäre es gerade gestern gewesen, dass Ihr noch ein Kind wart.«

Wir setzten uns ans Feuer, sie auf den Platz, von dem der Onkel eben erst aufgestanden war. In Gedanken war ich noch bei ihrem Gespräch im Hof. »Beileid zum Tod Eures Gemahls.«

»Er ist sehr rasch gestorben – ohne Schmerz. Darüber bin ich froh. Doch um ehrlich zu sein, wir waren uns mit der Zeit fremd geworden.« Sie hielt inne, sah in die Flammen und senkte die Stimme. »Es gibt einen anderen.«

In diesem Augenblick begriff ich, dass ich für sie kein Kind mehr war und wir von Frau zu Frau sprachen. »Wer ist es?« »Arthur Mannery. Ihr kennt ihn nicht.« Ihr Lächeln konnte den Schmerz in ihren Augen nicht leugnen. Ich fragte nach dem Grund.

»Ihr wart schon immer so scharfsinnig, Frances. Erinnert Ihr Euch, als ich Euch beigebracht habe, aus der Hand zu lesen? Schon damals habe ich erkannt, dass Ihr das Gespür habt.« Sie betonte das Wort »Gespür«, als wäre es ein Geheimnis zwischen uns. »Arthur will mich nicht heiraten. Und mein Gemahl hat mir nahezu nichts hinterlassen, mit dem ich mein Auskommen bestreiten könnte.«

»Wie schafft Ihr es dann?« Ich lebte in einer Welt des Überflusses, mir ihre kargen Lebensumstände vorzustellen, fiel mir schwer. Doch sie war gut gekleidet, ihr Gewand aus gutem Stoff hübsch geschneidert und ihre Hände ohne Schwielen. »Erledigt Ihr Näharbeiten?«

Sie lachte, und obgleich wir ganz allein waren, beugte sie sich vor und legte eine Hand an mein Ohr. »Ich stelle gefallenen Mädchen Herren vor, die ein wenig Trost suchen.«

Es dauerte eine Weile, bis mir die Wahrheit dessen, was sie mir offenbart hatte, dämmerte. »Ihr meint...?«

Sie nickte mit hochgezogenen Augenbrauen. »Viele Leute halten mich deswegen für schlecht. Aber die Mädchen, denen ich helfe, sind bereits am Ende. Ihnen bleibt nur ihr Körper, und meine Vermittlung erspart ihnen den Eintopf. Die Herren statten sie oft mit einem Dach und einem Bett aus. Manche sind wirklich gut gestellt, so wie Euer...« Sie sprach nicht weiter.

»Wie mein was?«

»Nein... nein... ich meinte nicht...« Sie war offenkundig verlegen, ihre Hände zappelten wie zankende Tauben.

»Einer meiner Brüder, mein Vater?«

»Ja, einer Eurer Brüder.« Sie antwortete zu rasch, und ich wusste, dass sie log, da auf ihren Wangen zwei rote Flecken erblühten. Dieses verräterische Anzeichen kannte ich von früher, wenn sie beim Kartenspiel gemogelt hatte. Plötzlich war ich davon überzeugt, dass es der Name meines Großonkels war, den sie nicht preisgeben wollte; das würde ihr verstohlenes Gespräch erklären.

»Und damit habt Ihr ein Auskommen?«

Sie nickte. »Bis zu einem gewissen Grad. Doch ich möchte Eure Meinung zu einem anderen Unterfangen.« Sie nahm ihre Tasche und löste die Schnalle.

»Wenn Ihr Geld braucht, Anne …«

»Meine Güte, nein!« Sie schien beschämt, und dann holte sie wie eine Zauberin einen großen Kreis aus goldener Spitze aus ihrer Tasche hervor. »Schaut. Ist das nicht ein Wunder?« Sie hielt es sich an den Hals.

Es war eine Halskrause, aber so eine, wie ich sie nie zuvor gesehen hatte. Sie schimmerte im Kerzenlicht, als wäre sie in Gold getaucht. »Das muss ein Vermögen wert sein. Wie seid Ihr dazu gekommen?« Ich überschlug im Kopf die Kosten für den überaus kostbaren Faden, und mir kam der Gedanke, sie könnte sie gestohlen haben.

»Überzeugend, nicht wahr?« Sie warf sie mir zu.

Irgendetwas stimmte damit nicht: Ihr fehlte die Kälte des Metalls. »Ist das gefärbtes Leinen?« Ich fühlte mich getäuscht.

»Alle Ladys am französischen Hof tragen sie. Es ist eine Stärketechnik mit Safran – eine geheime Rezeptur, die ich mir habe beschaffen können. Ich habe auch Manschetten.«

Wieder tauchte ihre Hand in die Tiefe der Tasche und zog verschiedene Manschetten heraus.

Die Spitze war fein und die Farbe bemerkenswert. »Habt Ihr die Absicht, sie zu verkaufen?«

»Nun«, sie sah mir gerade in die Augen. »Ich habe gehofft, Ihr könntet bei Hofe eine solche Halskrause tragen. Sieht man Euch damit, werden alle eine wollen. Mit Euren Beziehungen können wir daraus ein gutes Geschäft machen.« Das engelhafte Lächeln mit dem Grübchen, an das ich mich aus meiner Kindheit erinnerte, erhellte ihr Gesicht.

Ich musste unwillkürlich lachen. Anne bezauberte mich. Sie hatte eine Verwegenheit und einen Einfallsreichtum, die mich froh machten, dass sie in mein Leben zurückgekehrt war. »Welchen Schaden könnte es schon anrichten? Ihr habt sicherlich recht. Alle werden eine haben wollen.«

»Ich hatte gehofft, dass Ihr zustimmt.« Ihre Begeisterung war ansteckend und packte mich, sodass ich mein Unwohlsein von zuvor vergaß.

»Genial. Ihr werdet es nicht nötig haben, dass Euch Euer Arthur Mannery heiratet.«

Anne lachte. »Ich werde eine wohlhabende Witwe – die beste aller Welten: Ich werde in der Lage sein, eigene Besitztümer zu haben, ein Testament zu machen, muss niemandem Rechenschaft ablegen und keinerlei dieser erstickenden Verpflichtungen einer Ehe eingehen.« Ihre Begeisterung wich einem Ausdruck glühender Entschlossenheit. »Aber ich *will* ihn. Wenn man etwas sehr will, tut man alles, bis man es hat.«

Ich wusste, was sie meinte, weiß es heute sogar noch besser – das Wollen ist eine machtvollere Kraft als das Haben.

Wieder flüsterte sie. »Dr. Forman mischt mir einen Liebestrank.«

»Einen Liebestrank?« Da erinnerte ich mich, dass Annes Faszination für das Okkulte nicht bei Wahrsagereien aufhörte. Als ich noch sehr klein war, hatte sie mir oft befremdliche, furchterregende Geschichten über Dämonen und Zauberei erzählt. Meine Schwestern bekamen davon Albträume – ich nicht.

»Aber Ihr glaubt doch nicht wirklich an so etwas?« Ich weiß nicht, warum ich sie das fragte, wusste ich doch, dass sie daran glaubte; und sie war nicht die Einzige. Dutzende Frauen bei Hofe konsultierten Dr. Forman.

»Wartet nur ab.« Sie tippte sich an den Nasenflügel. »Doch was ist mit Euch, Frances?«

»Was meint Ihr?«

»Hört zu«, sagte sie und rückte mit verschwörerischem Blick näher. »Ich weiß, dass sich bei Euch manches im Wandel befindet.«

»Wovon redet Ihr?« Mir kam plötzlich in den Sinn, sie könnte sich in meine Gedanken versenkt und meine Geheimnisse durchschaut haben. »Was für ein Wandel?«

»Ich kann Euch helfen.« Sie streichelte meinen Arm bis hinunter zum schmerzenden Handgelenk. Ich zuckte zusammen und zog es weg. »Ich weiß, dass Ihr Euren Gemahl auf Abstand halten müsst.«

»Woher wisst Ihr das?« Ich klang verwirrt, meine Stimme war schrill, aber ich hätte gar nicht fragen müssen, denn nun verstand ich die Szene, die ich im Hof beobachtet hatte. »Hat er es Euch gesagt?«

»Ich weiß nur, dass der Plan besteht, Eure Ehe zu annullieren. Er dachte, ich sei in der Lage, Euch zu helfen.« Sie verschränkte ihre Finger mit meinen. »Ich hätte Euch nicht sagen dürfen, dass ich es weiß. Aber Ihr müsst Euch dem nicht alleine stellen, Frances.«

Vermutlich war es eine Erleichterung, jemanden zu haben, mit dem ich mein Geheimnis teilen konnte. Der Onkel musste meine Interessen im Sinn gehabt haben, als er Anne einweihte. Und dennoch, sein klammheimliches Verhalten gefiel mir nicht.

»Ich darf nicht wissen, dass Ihr wisst?«

Lächelnd zuckte sie mit den Schultern. »Seine Vorgehensweise ist mysteriös. Doch das ist nicht von Belang.« Ich fragte mich, ob es vielleicht von *Belang* sei, als sie weiter sagte: »Ihr müsst Dr. Forman aufsuchen. Er wird genau wissen, was nötig ist, um Euren Gemahl vom … Ihr wisst schon.«

»Vielleicht.« Ich blieb vage, denn Dr. Forman roch für mich nach Ärger, und ich hatte nicht die Absicht, ihm einen Besuch abzustatten.

Er

Ich hatte entdeckt, dass unausgesprochene Liebe ihre Opfer so sehr gefangen nehmen kann, bis sie sich selbst nicht mehr erkennen. In diesem Sommer wurde ich neu geboren, ich existierte nur noch im Zusammenhang mit Frances Howard. Ich wurde Troilus, von süßem Leiden unterworfen und durch eine rätselhafte, unkontrollierbare Macht zu ihr getrieben. Die Liebe macht uns alle zu Streunern, ist es nicht so?

Ich gab meiner Besessenheit nach, beobachtete sie aus dem Schatten und zog dürftigste Ausreden heran, um mich an Orten aufzuhalten, wo sie vielleicht sein könnte. Ich erfand Gründe, dass meine Barke langsam am Essex House vorüberglitt, in der Hoffnung auf einen flüchtigen Blick, und ich hatte meine Dienste für Besorgungen angeboten, die mich zum Haus der Königin führten, wo sie manchmal verweilte. In meiner Verstörung stellte ich dem Prinzen nach, auf der Suche nach Anzeichen, dass sie bei ihm gewesen war, einmal wartete ich sogar darauf, dass er seinen Mantel auszog, damit ich ihn nach ihrem Duft suchend beschnüffeln konnte. Ich hofierte Northampton, schmeichelte mich bei ihm ein und befreundete mich mit ihrem Bruder, dessen Ähnlichkeit mit ihr mich, jedes Mal wenn er lächelte, wie eine Ohrfeige traf.

Einmal sah ich sie unvermutet mit einer Schar Frauen; ich

versteckte mich, um sie zu beobachten, und war gefesselt von dem weiblichen Ritual, das sich vor meinen Augen vollzog. Mit konzentriertem Gesichtsausdruck riss sie sich mit scharfem Ruck ein Haar vom Kopf.

Eine Frau lag flach auf dem Boden – die anderen knieten um sie herum – und streifte ihren Ehering ab. Frances fädelte das Haar hindurch, sodass der Ring nach unten hing. Dieses Pendel hielt sie über den Bauch der Frau, schloss die Augen und schien in Trance zu fallen, während ihr Kopf sich sanft hin und her bewegte. Der Ring begann leicht zu schwingen, dann kreiselte er, schließlich vollführte er große Kreise. Ich war wie gelähmt.

»Es ist ein Mädchen«, stieß sie hervor, warf die Benommenheit ab und sah auf, dann blickten diese dunklen Augen in meine Richtung, als hätten sie die Macht, durch die Vorhänge hindurchzusehen, hinter denen ich mich verbarg. Sie gab den Ring ihrer Besitzerin zurück und ließ das Haar zu Boden fallen. Ich wartete, und nachdem die Frauen gegangen waren, suchte ich es auf allen vieren im Staub an der Sockelleiste. Da ich es nicht finden konnte, stand ich auf, drehte mich um, und da stand sie, als wäre sie lautlos hereingeschwebt. Ihr Blick ruhte auf mir. Mir stockte der Atem.

»Was um Himmels willen tut Ihr da?« Ihr Lächeln war eher ein Grinsen.

Ich dachte rasch nach und streckte ihr meine Hand entgegen, an der ich einen Ring trug. Ihm fehlte ein Stein. »Danach suche ich.« Undenkbar, dass sie nicht das laute Klopfen meines Herzens hörte.

»Er lässt sich bestimmt leicht ersetzen.« Sie fuhr mit der Fingerspitze leicht über die leere Fassung, und ich war kurz davor, mich ihr zu erklären, als eine ihrer Freundinnen an der Tür erschien und ihren Namen rief. Sie wirbelte herum und entschwand wieder in ihre Welt.

Ich wurde mutiger und folgte ihr im Spätsommer wie ein Spion, der sich im Halbdunkel herumdrückt, als sie mit einer Begleiterin durch die Stadt ging. Sie trug eine goldene Halskrause, wie einen verrutschten Heiligenschein, der unter ihrem Obergewand kaum zu sehen war. Sie verließen das Essex House, liefen entschlossen den Strand entlang und blieben schließlich stehen, um etwas zu trinken, woraufhin sie sich mit dem Handrücken über die Lippen strich. Die beiden gingen weiter, vorbei an St.-Pauls und hinunter zur Thames Street, an der Brücke vorbei, wo sie die Straßenhändler abwehrten, und weiter in Richtung Tower. Endlich blieben sie vor einem Haus nahe der Billingsgate Docks stehen, wo ein riesiges Schiff vor Anker lag, dessen hohe Masten weit über die Dächer aufragten.

Die beiden Frauen verschwanden im Inneren des Hauses. Ich flanierte umher und sah zu, wie das Schiff unter lauten Rufen von Männern und dem Quietschen einer Winde entladen wurde. Das Dock brodelte vor Geschäftigkeit, als ein Mann mit einem Papagei in einem Käfig auf mich zukam, der Vogel bunt gefiedert und groß wie ein Habicht. Was ich ihm dafür biete, fragte mich der Mann.

»Er spricht drei Sprachen«, versicherte er mir, was er mit ein paar Worte vorführte, die der Papagei ihm nachplapperte.

Mir kam mit einem Mal in den Sinn, dass ich ganz wie dieser Papagei war, in meinem feinen Gefieder, und wiederholte, was andere mir in den Mund gelegt hatten. Einzig meine geheime Liebe gehörte wirklich mir. »Ich bin nicht wegen eines Papageis hier«, entgegnete ich. »Aber wisst Ihr vielleicht, wem jenes Haus dort gehört.« Ich zeigte zu der Tür, wo die beiden Frauen verschwunden waren.

»Da lebt ein sonderbarer Kauz. Ein Dr. Forman.« Er sah mich aus zusammengekniffenen Augen an. »Kein normaler Doktor. Ich würde mal nicht denken, dass Ihr einen wie ihn konsultieren wollt.«

»Was genau soll das heißen?«

Offenbar hatte er darauf keine Antwort, er zuckte nur mit den Schultern und meinte: »Wie schon gesagt, ein sonderbarer Kauz.«

Einige Zeit später tauchten die beiden Frauen wieder auf und machten sich auf den Rückweg, durch die Stadt Richtung Strand, doch statt durch die Pforten des Essex House zu gehen, liefen sie weiter gen Westen, wo die Häuser aufhörten und die Felder anfingen. Es nistete sich der Gedanke in meinem Kopf ein – und mit ihm eine wachsende Aufgeregtheit –, sie seien auf dem Weg zum St.-James'-Palace und zu einem Stelldichein mit dem Prinzen. Doch meine Befürchtungen zerstreuten sich, als sie in die Kirche St. Martin traten.

Ich folgte ihnen hinein und lauerte hinten im Finsteren. Sie gingen durch die ganze Länge des Kirchenschiffs und blieben vor dem Altar stehen, wo sie nebeneinander niederknieten und beteten. Da es einen Kaplan im Essex House gab, stellte sich mir die Frage, warum sie St. Martin's für ihre Gebete wählten. Das Rätsel wurde noch größer, als sie sich erhoben und sich einem vorbeigehenden Mesner näherten, um mit ihm einige Worte zu wechseln, woraufhin er verschwand und kurz darauf mit einem Päckchen zurückkehrte, das Frances' Begleiterin unter ihrem Umhang verbarg. Da ich die Gerüchte über die Howards und ihre Sympathien für die Papisten kannte, kam mir der Gedanke, dass dieses geheimnisvolle Päckchen religiöse Utensilien enthalten könnte.

Ich verspürte einen Schauer der Angst; obwohl James' Politik von Toleranz für beide Religionen geprägt war, mussten Familien mit katholischen Neigungen sehr behutsam vorgehen. Die Schießpulver-Verschwörung sechs Jahre zuvor hatte einen grauenvollen Schatten hinterlassen.

Erst als sie die Kirche verlassen hatten, trat ich aus dem Dunkel hervor und ging durch das Kirchenschiff zu jener Stelle, wo wenige Minuten zuvor Frances gewesen war. Ich beugte meine Knie in genau die Vertiefungen, wo ihre Knie sich befunden hatten, ich dachte an ihre Strümpfe aus feiner Seide, an all das zwischen ihrer Haut und der Oberfläche der Tapisserie, in die meine eigenen Knie sich nun hineinschmiegten. Der Gedanke versetzte mich in äußerste Spannung. Ich schloss die Augen und tat so, als betete ich. Der Ort hallte wider von der durchdringenden Stille, die Gotteshäusern so eigen ist und nur vom leisen Schlurfen des Mesners unterbrochen wurde, der in seinen Pantoffeln umherging und Kerzen anzündete. Dann sah ich sie, in einer Ecke des Betstuhls, eine Perle, die von ihrem Ärmel herabgefallen war.

Ich fingerte sie heraus, drückte sie an meine Lippen und berührte ihre Oberfläche mit der Zunge. Mir wurde schwindelig vor Glückseligkeit. Für mich bedeutete sie ein weiteres Fragment von ihr, das ich meiner Reliquiensammlung hinzufügen konnte.

Sie

Nein, so.« Nelly, die das Baby auf ihrer Hüfte auf und ab wippen lässt, zeigt ihr, wie sie zwei Karten so zusammenhalten muss, dass sie wie eine einzige erscheinen. »Die Kanten müssen perfekt übereinanderliegen.«

Frances' Finger sind ganz klamm, und verärgert lässt sie die Karten fallen. »Ich bräuchte dazu echte Zauberei, damit ich es so gut kann wie du.«

»Ich weiß eine Menge über echte Zauberei.« Nelly beugt sich hinunter und flüstert: »Ich habe einmal einen Zauberspruch getan. Ich wollte mein Baby loswerden, weil ... ach, Ihr wisst schon, warum.«

»Ich würde aufpassen, was du sagst.« Nellys Offenheit entwaffnet Frances. »Dafür kann man dich verbrennen ... für die Zaubersprüche.«

»Aber ich vertraue Euch.« Das Baby hat eine Karte in seine klebrige Faust genommen, und Nelly nimmt sie ihm behutsam weg. »Ihr würdet nichts sagen. Wir vertrauen einander doch, oder?« Ihre Worte wirken durch irgendetwas beschwert. Frances weiß nicht wodurch.

»Natürlich.« Sie nickt und fügt hinzu: »Ich weiß nicht viel über diese Dinge. Anne Turner war es, nicht ich, die vom Okkulten so fasziniert war. Sie hatte mit einem Dr. Forman zu tun.« Frances ist kurz davor, von ihrem unüberlegten Besuch in Dr. Formans Haus zu erzählen, doch sie besinnt sich anders. Obwohl es vollkommen unschuldig war und sie nur deshalb dort hinging, weil Anne Turner so verbissen darauf beharrt hatte, fürchtet sie, Nelly könne den gegenteiligen Eindruck bekommen.

Der Gedanke zieht sie mit verstörender Kraft zurück zu jenem Tag. Sie hatte darauf geachtet, sich schlicht zu kleiden, und ihr Gesicht hinter einem Schal verborgen, damit man sie nicht erkannte. Sie und Anne waren nur langsam vorangekommen, als sie sich ihren Weg durch die Stadt bahnten.

Da sich Frances nur selten die Gelegenheit bot, den Trubel auf den Straßen mitzuerleben, empfand sie es als aufregend, sich unerkannt darunterzumischen. Sie und Anne blieben bei einer Frau stehen, die Eselsmilch direkt vom Tier verkaufte, und teilten sich einen Becher, wobei sie ihre Schals hoben. Die Milch war noch warm; Frances genoss sie mit Vergnügen, lachte über Annes milchigen Schnurrbart und wischte ihn ihr mit dem Daumen ab.

Anne war bester Stimmung. Genau wie sie es vorausgesagt hatte, hatte sich ihr Schicksal zum Guten gewendet. Frances hatte eine ihrer goldenen Halskrausen in den Gemächern der Königin getragen. Und von einer Woche zur anderen trugen alle eine. »Spricht sich erst einmal herum, dass man sie bei Hofe trägt, wird jede Frau diesseits von Chelmsford unbedingt eine haben wollen«, bemerkte Anne gerade. »Wer sagt denn, dass eine Frau einen Mann braucht, um zu überleben?« Sie sprudelte geradezu über, aber als sie Formans Haus erreichten, verstummte sie.

Ein abscheulicher Kerl mit einem struppigen rostroten Bart und einer von den Pocken halb zerfressenen Nase öffnete ihnen die Tür.

»Ah, Franklin, wir haben einen Termin mit dem Doktor.«
Anne schien von dem abschreckenden Aussehen des Mannes
unbeeindruckt. Er begrüßte sie im Gegenzug mit Namen und
führte die beiden Damen hinein. Sein Gang war sonderbar: Entweder war eines seiner Beine bedeutend kürzer als das andere
oder eine Schulter bedeutend höher. Den beiden Frauen wurde
geheißen, in einem Raum im hinteren Teil des Hauses zu warten.

Trotz der Mittagsstunde war es hier finster und still wie in
einem Grab, dazu ein durchdringender Geruch nach Staub und
etwas Süßlichem, Ranzigem, wie nach Obst, das in einer Ecke
vergessen vor sich hin schimmelte. Alle Flächen waren überbor-
dend voll mit Büchern und Kuriositäten. Die abgestreifte Haut
einer riesigen Schlange, so fein wie ein Spinnennetz, lag auf
dem Kaminsims; an dem einen Ende beschwerte sie der Panzer
einer Schildkröte und am anderen ein großes Glas, in dem irgendein Organ, vielleicht ein Herz, in einer Flüssigkeit konser-
viert war. Auf dem Tisch ausgebreitet lag eine Himmelskarte,
auf der die Sterne sich golden vom schwarzen Untergrund ab-
hoben und die ein unleserlicher Text umgab. Daneben stand
ein Teller mit einer Handvoll leuchtender Steine. Frances nahm
einen, hielt ihn vor das Fenster und sah, dass er seine rosige
Farbe auf ihre Haut warf.

Sie hegte den Verdacht, dass gewitzte Männer wie Dr. Forman Scharlatane seien, die eine Atmosphäre inszenierten, um
denen, die es nicht besser wussten, das Geld aus der Tasche zu
ziehen. Und flugs ging ihr durch den Kopf, dass der Diener
mit seiner grausigen Erscheinung als Teil der Inszenierung eingestellt worden war. Aber sie musste gleichwohl zugeben, dass
Dr. Formans Räume, ob nun kunstvoll arrangiert oder nicht,
morbide fesselnd waren. Als sie einen Schädel auf einem Stapel Papier entdeckte, stupste sie Anne an. »Meint Ihr, er ist von

einem Menschen?« Als sie ihn berühren wollte, schrie etwas gellend auf, sodass sie keuchend nach dem Arm ihrer Freundin griff. Wieder ein Schrei. Er schien hinter einem Schirm in der Ecke hervorzudringen. Frances machte einen Schritt darauf zu und rückte mit angehaltenem Atem den Schirm beiseite – und sie entdeckte einen Affen in einem Käfig. Er stand mit seinem Backenbart und gefletschten Zähnen aufrecht da und umklammerte mit den kleinen Händen eines Greises die Käfigstäbe.

Er stieß einen markerschütternden Laut aus. Frances machte einen Satz nach hinten, als hätte sie sich verbrüht, als jemand hinter ihr sagte: »Ich sehe, Ihr habt Diabolo bereits kennengelernt.« Mit einem Schrei drehte sie sich brüsk um und sah ein Wesen, das gefleckt war wie ein Leopard mit wirr gekräuseltem orangefarbenem Haar und glasigen bernsteinfarbenen Augen. »Es tut mir leid. Ich habe Euch wohl erschreckt.« Da begriff sie: Was sie einen furchtvollen Augenblick für einen Teufel gehalten hatte, war nichts Unheimlicheres als ein kleiner sommersprossiger Mann mit magnetischem Blick.

»Ich weiß nicht, was über mich gekommen ist.« Sie fasste sich und reichte ihm die Hand, als Anne ihr den Doktor vorstellte. Er öffnete den Käfig, woraufhin ihm der Affe auf die Schulter sprang, von wo aus er die Gäste mit verstörender Faszination betrachtete.

Als sie sich gesetzt hatten, nahm Forman einen Apfel von einem Teller und schnitt ihn mit einem Obstmesser auf, um Diabolo damit zu füttern. Da Frances dessen gelbliche Zähne nicht sehen wollte, fixierte sie den Totenschädel und fragte sich, wer das wohl gewesen sein mochte.

»Er soll mich an die Vergänglichkeit der Welt erinnern«, sagte Forman, der ihr Interesse offenbar bemerkte.

»Wer war er?«

Statt zu antworten, tippte er sich nur an die Nase, eine Geste, die sie immer als Besonderheit von Anne gedeutet hatte. »Jetzt zur Sache.« Er zog eine Phiole hervor, von der Frances annahm, sie enthalte den angeblichen Liebestrank, da Anne ungeduldig danach greifen wollte.

»Ich kann Euch nicht genug warnen, wie stark diese Mischung ist.« Er streckte seinen Arm, sodass Anne nicht herankam. »Wendet es nur sparsam an. Jede Nacht einen einzigen Tropfen in sein Weinglas, ehe er sich zur Ruhe begibt.« Er schüttelte die Phiole, murmelte dabei einen Vers in einer Sprache, die Frances nicht kannte, und reichte sie dann Anne.

Sie hielt sie sehr vorsichtig zwischen Zeigefinger- und Daumenspitze, als könnte sie sich daran verbrennen. »Und er wird mich heiraten wollen?«

»Liebe Anne«, sagte er und nahm ihre andere Hand in einer Weise, die sonderbar vertraut wirkte, als kennten sie sich besser, als Anne es angedeutet hatte. »Diese Dinge sind den Geistern überlassen. Aber ich habe getan, was ich kann, damit sie Euch helfen, das gewünschte Ziel zu erreichen.«

Frances beobachtete die Phiole fasziniert und fragte sich, ob seine Worte einzig auf Wirkung angelegt waren oder ob er wahrhaftig mit den Geistern sprach. Ein prickelnder Schauer lief ihr den Rücken hinauf und hinunter, und trotz ihrer Skepsis fühlte sie sich durch eine unsichtbare Macht in die Welt dieses seltsamen Mannes mit seinem Trank hineingezogen. Sie *wollte* ihm glauben.

»Seid vorsichtig«, warnte er. »Es ist eine sehr starke Mischung. Ihr würdet doch keine unliebsamen Wirkungen gutheißen, oder?«

Frances versuchte sich vorzustellen, welche diese unliebsamen Wirkungen sein könnten, wagte aber nicht nachzufragen.

Dann richtete er diese merkwürdigen Augen auf sie und wollte wissen, was sie benötige; und nachdem sie es ihm dargelegt hatte, überlegte er eine Weile. Schließlich sagte er: »Das ist eine ungewöhnliche Bitte. Seid Ihr Euch absolut sicher?« Sie nickte zögerlich. »Ist es erst einmal in Gang gesetzt, lässt es sich nicht mehr rückgängig machen.«

Sein unheilvoller Ton versetzte sie in Anspannung. »Genau das möchte ich, ich bin mir sicher.«

Selbst jetzt, nach all dem, fragt sich Frances, wider besseres Wissen, ob er wohl die Macht gehabt habe, in ihre Zukunft zu sehen. Er schien etwas zu wissen, das niemand hatte wissen können.

»Absolut sicher«, bekräftigte sie. Es war ihr unmöglich, sich zu erwehren, als unterläge sie einem Zwang.

Er zuckte nur mit den Schultern und sagte: »Wie Ihr wünscht.« Er stand auf und übergab den Affen an Anne. Er hängte sich mit seinen Händchen an ihren Kragen, als sie ihn mit Apfelschnitzen fütterte. Ihre Natürlichkeit mit dem Tier weckte bei Frances den Eindruck, dass ihre Freundin es schon etliche Male zuvor gefüttert hatte.

Forman zog ein großes Buch aus dem Regal und legte es auf den Tisch. Frances rückte mit ihrem Stuhl näher heran, um besser sehen zu können. Es war offenbar eine Bibel, in nahezu durchsichtiges Leder gebunden, das so fein wie menschliche Haut und von einem filigranen Muster geprägt war. Sie fragte sich, was um Himmels willen ein Mann wie Forman unter den gegebenen Umständen wohl mit einer Bibel anfange, doch der Gedanke, er wolle die Kraft des Guten heraufbeschwören, beruhigte sie.

»Seht her.« Er strich über das Leder, ehe er den kunstvoll verzierten Riegel öffnete, der das Buch geschlossen hielt. Statt es dann flach auf den Tisch zu legen, stellte er es aufrecht hin und öffnete seinen Deckel wie eine Tür. Sie beugte sich vor, Schwefelgestank stieg ihr in die Nase.

Es war keineswegs eine Bibel, oder es war einmal eine, die aber nun für einen neuen Zweck verunstaltet worden war. Dieses Sakrileg verstörte sie, und sie wäre fortgegangen, hätte sie nicht gespürt, dass sie eine jenseitige Macht an Ort und Stelle festhielt. Die Seiten waren herausgeschnitten worden, um darin ein Kabinett aus kleinen Schubladen zu verbergen, jede einzelne beschriftet und mit einem winzigen Griff versehen, der aus einer glasartigen schwarzen Materie gefertigt war.

Ein grünes Fläschchen, so hoch wie ihr Zeigefinger, wurde von einem Lederband in einer Höhlung gehalten. Es enthielt eine dunkle Flüssigkeit. Auf der Innenseite des Buchdeckels war die Tuschezeichnung eines Skeletts, das auf einem Stab lehnte und den Kopf vor Verzweiflung nach hinten gedreht hatte. Fasziniert las sie die Schildchen auf den Schubladen: *Hyoscyamus niger, Papaver somniferum, Aconitum napellus* ...

»Aber das sind ja Gifte«, murmelte sie. Ihr Instinkt mahnte sie, sie solle davonrennen, ehe es zu spät sei. Doch sie war wie gelähmt, als wäre sie das Opfer eines ruchlosen Zaubers. Anne hingegen schien vollkommen unbekümmert und streichelte den Affen, der wie ein Baby auf ihrem Schoss saß. Sie gurrte ihm etwas vor und kratzte ihn am Bauch, bis er schnatternd seine Reißzähne bleckte.

»Bitte, ängstigt Euch nicht.« Formans Stimme klang weich wie Samt. Gegenwärtig hielt er Frances mit einem klaren Blick fest, der zutiefst wohlwollend schien, sie aber in höchste Unruhe versetzte, statt sie zu beruhigen.

»Ja«, sagte er und öffnete eine der Schubladen, um mit einem kleinen Elfenbeinspatel ein wenig Pulver in ein Papiertütchen zu geben. »Ist die Dosis ausreichend groß, kann ein jedes hiervon einen Menschen umbringen. Wendet man sie aber korrekt an, besitzen sie große Heilkräfte. Sie müssen mit Bedacht verabreicht werden, das ist alles.« Er löffelte weiter kleine Prisen verschiedener Pulver in das Papiertütchen. Sie beugte sich weiter vor, doch er ermahnte sie, Abstand zu halten: Bei Unerfahrenen, meinte er, könne sogar der Geruch Schwindel oder Schlimmeres hervorrufen. Er versiegelte das Tütchen, dann wiederholte er das Prozedere.

»Von wo habt Ihr sie?«, fragte Frances fasziniert.

»Von überallher.« Wieder sah er sie an. »Doch einige pflanze ich auch selber an, mithilfe von Meister Franklin. Er hat einen wundervollen grünen Daumen und kann destillieren wie ein Hexenmeister. Destillation erfordert Geduld ... wie die Alchemie.« Er keckerte ein Lachen hervor, aber sie verstand nicht, was daran lustig war. »Möchtet Ihr, dass ich es Euch draußen zeige?«

Er wartete nicht auf ihre Antwort, sondern führte sie sogleich zu einer Tür, die sich zu einem ummauerten Garten hinter dem Haus öffnete. Da sie die Sonne einen Augenblick blendete, blieb sie auf der Schwelle stehen und musste sich an der Türlaibung festhalten, um sich abzufangen. Sie atmete tief ein, aber die Luft war stickig und machte sie atemlos. Eine harsche innere Stimme ermahnte sie, sich zusammenzureißen. Als Anne sich an ihr vorbeidrückte, nahm Frances ihren Arm, sodass sie gemeinsam hinter dem Doktor hergingen. Als sie sich an die Helligkeit gewöhnt hatte, beruhigten sich ihre Sinne. Zurück blieb das Gefühl, es sei dumm von ihr gewesen, dass sie es zugelassen habe, so verwirrt zu sein.

Forman blieb stehen und sagte: »Hier ist es, mein kleines Kräuterbeet.«

Es war ein Farbenrausch. Roter Fingerhut und violetter Rittersporn überragten schwankende Mohnblumen mit schwarzem Blütenstempel. Blauer Eisenhut sprießte inmitten von Geißraute in der Farbe reifer Zitronen, und daneben wuchs ein Strauch, an dem Büschel wächserner tiefroter Beeren hingen. Trunkene Bienen surrten träge von Blüte zu Blüte, und ein nahezu unerträglich beißender Geruch hing in der Luft. Franklin beugte sich gerade mit riesigen Lederhandschuhen über das Beet, was ihn inmitten all dieser Pracht noch grotesker aussehen ließ als zuvor.

»Es ist alles so schön«, sagte Anne.

Frances wusste sehr gut, würde sie einen Strauß dieser hübschen Geißraute pflücken, würde ihre Haut innerhalb einer Stunde beulenartig anschwellen.

»Ja, schön«, sagte Forman. »Und diese Pflanzen heilen die meisten Kranken. Aber man fragt sich, wie ist es nur möglich …«, wieder heftete er den Blick auf Frances und sprach genau den Gedanken aus, der ihr gerade durch den Kopf gegangen war, »… dass Gott tödliche Dinge so verführerisch macht«.

Sie trotzte der Angst und entgegnete heiter: »Daran habe ich gar nicht gedacht.« Doch sie war sich sicher, dass er ihre Lüge durchschaute.

Als sie wieder ins Haus zurückgekehrt waren, nahm Forman einen kleinen Seidenbeutel, in den er eines der versiegelten Papiertütchen steckte. Er hing ihn ihr um den Hals und wies sie an, ihn einen ganzen Mondzyklus lang unmittelbar auf der Haut zu tragen. Den anderen solle sie unter Essex' Kissen legen, er versprach, dass ihre Probleme sich dadurch lösen würden; dann sagte er ihr, wie viel sie ihm für seine Dienste schulde.

Sie nahm ihre Geldbörse, als er weitersprach: »Ich empfehle Euch auch, eine Figur aus Wachs zu formen, ein kleines Männchen mit korrekter Anatomie.« Als er dabei auf die Genitalien des Affen zeigte, war Frances bestürzt. »Dieses Detail ist von größter Wichtigkeit, denn genau dort müsst Ihr täglich eine Nadel hineinstoßen, um jede verbleibende Glut in Eurem Gemahl zu ersticken.« Er sprach so nüchtern, als gäbe er ihr ein Rezept für einen Obstkuchen. »Es ist entscheidend, dass das Wachs von geweihten Kerzen stammt. Wir müssen die Kräfte göttlicher Geister herbeirufen und nicht die der schwarzen Kunst.«

Als sie ihm die Münzen hinzählte, trat sie für einen Augenblick aus sich heraus, und die Skeptikerin in ihr meldete sich wieder, sodass sie sich fragte, ob sie auf eine ausgeklügelte Gaunerei hereingefallen sei. Aber ihr blieb kein anderes Mittel, mit Essex umzugehen, und beschloss, an Dr. Forman und seine eigentümlichen Methoden zu glauben.

»Ihr werdet feststellen, dass auch seine Wut abnimmt.« Sein Ton blieb sachlich, doch sie war ein weiteres Mal beunruhigt.

Sie war sich ganz sicher, dass sie ihm gegenüber Essex' Temperament nicht erwähnt hatte.

Als die beiden Frauen aufbrachen, nahm er Anne zur Seite und sagte: »Es ist unwahrscheinlich, dass ich in der Lage sein werde, Euch noch viele Male zu sehen.«

»Ich verstehe nicht.« Sie sah verzweifelt aus – wie eine abgewiesene Geliebte.

»Der Tag meines Todes naht. Ich muss mich darauf vorbereiten.«

Er stand ausdruckslos da, mit dem Affen auf der Schulter, dessen Schwanz sich um sein Handgelenk wand, als hätte er ihnen nichts Außergewöhnlicheres mitgeteilt als die Tageszeit. Frances wollte ihm sagen, er gehe zu weit mit seinem Gaukelspiel, denn nur Gott allein wisse, wann die Zeit eines Menschen abgelaufen sei. Doch etwas ließ sie schweigen.

»Was meint Ihr damit?« Anne war fassungslos.

»Ich hatte eine Vision, in der sich mir die Art und der Zeitpunkt meines Todes offenbart haben.« Er gab ein Datum im frühen Herbst an, in nur wenigen Wochen.

Anne stammelte: »Das kann nicht wahr sein. Das ist unmöglich.« Ihre Augen waren feucht und ihr Gesicht vor Verzweiflung verzerrt. Doch Forman schob die Frauen hinaus und sagte, sollten sie etwas brauchen, »irgendetwas«, könnten sie Meister Franklin konsultieren, der, wie Frances bemerkte, in der hellen Türöffnung zum Garten stand und sie ansah.

Kaum hatte sich die Tür hinter ihnen geschlossen, wandte Frances sich verärgert an ihre Freundin, weil sie sie an einen solchen Ort gelockt hatte. »Was bedeutet er Euch?« Anne stand bibbernd auf der Treppe, weiß wie ein Geist und unfähig zu antworten. »Das hat er nur der Wirkung wegen gesagt. Keine lebendige Seele kann ihren eigenen Tod vorhersagen. Das widerspricht der Ordnung der Dinge.« Frances mäßigte ihren scharfen Ton nicht, und da Anne sich weigerte, sie anzusehen, packte sie sie grob an der Schultern und fragte noch einmal: »Was bedeutet er Euch?«

Nun sah Anne sie mit roten Augen an und schüttelte leise den Kopf.

Er

Die heißen Tage vergingen und wichen dem Herbst, und ich sollte den König zu seinem Jagdschloss begleiten. Royston war ein bescheidenes Haus, und ich wusste, James war am glücklichsten dort, wo er sich selbst als normalen Menschen – ohne die Bürden seines Amtes – begreifen konnte. In vielerlei Hinsicht war das die Version von ihm, die ich am liebsten mochte, und für gewöhnlich genoss auch ich die Aufenthalte dort. Aber dieses Mal fürchtete ich, James könnte, wenn ich mit ihm allein wäre, mich ausziehen und Beweise meiner geheimen Leidenschaft entdecken, die in mich eingraviert war.

Am Vorabend unsere Abreise lud mich Northampton zu einem Besuch ein. Als ich bei ihm eintraf, hegte ich die Hoffnung, ich könnte Frances dort begegnen, auch wenn dies noch nie der Fall gewesen war. Ich fand ihn allein in der riesigen Galerie. Er führte mich zu einer Fensternische, die Ausblick auf das quirlige Treiben von Whitehall bot.

»Es freut mich, dass Ihr hier seid«, sagte er, als wir uns setzten. Er erklärte mir, die Nichte, die er mir vorgeschlagen hatte, habe einen Heiratsantrag erhalten.

»Es ist ein gutes Angebot … sehr geeignet. Natürlich würde ich sie lieber mit Euch vermählt sehen, aber sie wird nicht jünger.« Er warf mir einen strengen Blick zu. »Und ich bin nicht gänzlich überzeugt von Eurer Begeisterung.« Ich beäugte ihn, wollte Anzeichen entdecken für etwas, das sich hinter seinem harten Ton verbarg, aber sein Gesicht war unergründlich. Er fuhr fort: »Ich fürchte, ich habe mich entschieden zu akzeptieren. Und ihr Vater ist begeistert.« Da ich davon überzeugt war, dass er mich fallen ließ, tadelte ich mich im Stillen, dass meine Besessenheit für Frances meine praktische Vernunft beeinträchtigte. Doch dann fügte er hinzu: »Ich bin sicher, wir finden eine andere für Euch … eine Cousine, jünger, hübscher.« Er stupste mich verschwörerisch an.

Ich erklärte ihm meine Begeisterung, und er entschuldigte sich, nicht eher mit mir gesprochen zu haben. Er sei, so sagte er, durch »andere dringliche Familienprobleme« abgelenkt gewesen. Nervös rückte er die Gegenstände auf seinem Schreibtisch zurecht, er wirkte beunruhigt. »Ihr müsst mit einer anderen meiner Großnichten bekannt sein, ich bin mir sicher. Frances. Vermählt mit Essex. Allerlei Schwierigkeiten da. Der Knabe hat es nicht einmal geschafft, die Ehe zu …« Er unterbrach sich abrupt, schlug sich eine Hand vor den Mund. »Verzeiht mir … das hätte ich nicht … Darüber sollte ich nicht reden. Können wir so tun, als hättet Ihr das nicht gehört?«

Ich nickte lächelnd. »Was gehört?«

Er lächelte zurück und sprach über anderes, nicht ahnend, dass sich durch seine unbesonnene Vertraulichkeit ein Spalt in meiner Fantasie aufgetan hatte, in den Gedanken an Frances hineinflossen. Als ich das Gemach verließ, war mein Kopf erfüllt von ihr, und als ich die weit geschwungene Treppe zur Halle hinunterging, machte mein Herz einen Satz, denn ich sah sie, der man gerade aus dem Mantel half. Ich blieb auf halbem Wege stehen und wartete, bis sie mich sah.

»Robert Carr.« Sie war auf den ersten Stufen. »Schon wieder! Man könnte glauben, Ihr spioniert mir nach.«

»Vielleicht tue ich das.« Ich umfing sie mit meinen Blicken. Sie errötete leicht. Und ich lehnte mich an das Geländer, um zu beobachten, wie sie die Treppe heraufkam. »Ich habe gerade Euren Großonkel besucht. Wir haben über Heirat gesprochen. Er sähe mich gerne mit einer Eurer Cousinen vermählt.« Nun hatte sie mich erreicht, und ich suchte nach Anzeichen der Enttäuschung in ihrem Gesicht, konnte aber nichts dergleichen entdecken.

»Ich habe mehrere Cousinen.« Ihr Ton klang heiter, und sie berührte fast mein Ohr, als sie flüsterte: »Ich wäre sehr eifersüchtig.«

Es kostete mich übermenschliche Kraft, mit ausgeglichener Stimme zu entgegnen: »Aber Ihr seid verheiratet.«

»*Ihr* doch auch ... so gut wie.« Und dann ging sie weiter die Treppe hinauf, weg von mir. Ich blieb noch einen Augenblick stehen, um mich zu sammeln, als sie von oben rief: »Ich hoffe, ich sehe Euch später bei den Lustbarkeiten. Ich werde etwas aufführen.«

Beseelt kehrte ich nach Whitehall zurück, doch wie ein kalter Hauch kam mir unvermutet Thomas in den Sinn, und ich registrierte seine Missbilligung. Ich weiß nicht, warum. Ich hatte in letzter Zeit kaum an ihn gedacht.

Ich war am Boden zerstört. Frances hatte den ganzen Abend nicht in meine Richtung geschaut. Als existierte ich gar nicht. Im Festsaal wimmelte es von Tänzern, und das helle Geklimper fröhlicher Melodien erfüllte die Luft. Ich saß zerknirscht neben James, beobachtete sie und war nicht fähig, meine finstere Stimmung zu verbergen. Hinten im Saal stahl sie sich von ihrer Familie weg und schlich zu Prinz Henry, sie flüsterten miteinander. Zu meinem Entsetzen nahm sie seine Hand und zog ihm Finger für Finger den Handschuh aus, ehe sie – wie sie es einst mit mir getan hatte – die Linien seiner Handfläche betrachtete. Obwohl es wie Folter war, konnte ich den Blick nicht abwenden. Ich hätte hinüberstürmen und ihm mit bloßen Händen den Kopf abreißen wollen. Auch James sah die beiden, sein misstrauischer Blick wanderte zwischen ihnen und mir hin und her. Mit einem Mal ließ sie seine Hand los, ein Ausdruck von Angst überzog ihr Gesicht. »Was?«, schien er zu fragen, ihre Bestürzung spiegelte sich wie eine Flamme in seinen Augen wider. »Was habt Ihr gesehen?« Doch dann lächelte sie und sagte etwas mit einem sorglosen Schulterzucken. Die Vorstellung, sie zu verlassen, um nach Royston abzureisen, quälte mich.

»Das kleine Luder«, sagte James.

Ohne nachzudenken stieß ich aus: »Lasst sie in Ruhe.«

»Warum verteidigst du *sie*?« James richtete seinen Bluthundblick auf mich.

»Ich verteidige niemanden.« Mühsam wandte ich den Blick ab und legte James beschwichtigend meine Hand auf den Arm.

»Was ist nur los mit dir?« Er kippte seinen Wein. »Du bist so gereizt heute Abend. Um Himmels willen, sei wieder heiter.«

»Ich fühle mich nicht sonderlich wohl.« Ich wagte einen Blick und sah, dass Frances sich nun neben den Prinzen gesetzt hatte.

»Die frische Luft in Royston wird dir guttun.«

»Vielleicht …« Ich zögerte. »Vielleicht sollte ich hierbleiben und Euch hinterherreisen, wenn es mir besser geht.«

»Vor einer Stunde warst du noch völlig gesund.« Sein prüfender Blick kribbelte mich unter dem Kragen. »Warum möchtest du bleiben? Was hält dich auf? Du warst in letzter Zeit so distanziert, dass man denken könnte…« Er leerte sein Glas, ließ sich gleich nachschenken und beendete seinen Satz nicht.

»Natürlich möchte ich mitkommen. Ich liebe Royston.« Ich hasste mich für meine Falschheit.

»Du liebst *Royston*?« Er lachte bitter auf und trank wieder sein Glas leer. Ich wusste, ich hätte sagen sollen, dass ich ihn liebe.

Nun traten nacheinander Leute auf, jeder mit einem Lied oder einem Gedicht. Prinzessin Elizabeth, zart wie ein Falter, hopste unter lauten Applaus einige Tanzschritte. James neben mir guckte finster. Als Frances aufstand, um »The Folly of Love« aufzusagen, breitete sich verzauberte Stille im Saal aus. Ich saß starr wie eine Leiche da und beobachtete, dass mein Rivale sie mit Blicken verschlang.

»Komm mit hinaus.« James stand leicht taumelnd auf. »Komm schon. Komm mit hinaus.« Er lallte und zerrte mich am Arm.

Die Musik hörte auf, und jeder im Saal erhob sich rasch, Holz schabte über Holz. Er verließ den Raum, und ich folgte ihm, als er im Zickzack durch den Gang zu den Gärten wankte. Draußen drückte er mich an die Mauer. Die Ziegel waren kalt und feucht. Der tief stehende Vollmond warf seinen bleichen Schein auf seine Gesichtszüge und beleuchtete seinen Ärger. »Meine Gunst kennt Grenzen, weißt du. Ich habe deinen Blick gesehen. Ich habe dich gesehen.« Drohend hielt er mir seinen Zeigefinger vors Gesicht. Ich versuchte, ihn zu beruhigen. Er war viel betrunkener, als ich geahnt hatte. »Es gibt keine Garantien, Robbie.« Sein stinkender Atem drehte mir den Magen um. »Jeder ist austauschbar.«

Wie ein Blitz durchfuhr mich der Gedanke, ihm könnte etwas zustoßen: Er könnte straucheln und sich den Kopf an einem Stein anschlagen, sodass er nicht in der Lage wäre zu reisen. Ich hätte ihn in seine Gemächer bringen sollen, damit er seinen Rausch ausschlief, aber die Vorstellung abzufahren, ohne ein letztes Mal versucht zu haben, mit Frances zu sprechen, war mir unerträglich. Darum nahm ich ihn am Arm und führte ihn zurück ins Getümmel.

Wir standen einen Augenblick an der Tür, als ich durch die Menschenmenge hindurch sah, dass Henry den Platz seines Vaters eingenommen hatte. Er musste angenommen haben, wir seien zu Bett gegangen. James hatte es noch nicht bemerkt, ich lenkte ihn ab und machte ihn auf die Tänzer aufmerksam. Ich wusste, was er empfinden würde, hätte er einen so unverhüllten Blick auf die Zukunft: Dieser Knabe, noch grün hinter den Ohren, saß auf *seinem* Thron, der verhasste Southampton und Pembroke ihm zur Seite und dazu eine Schar kriecherischer Gefährten. Frances war nicht bei ihm. Ich suchte den Saal nach ihr ab, fand sie nicht und vermutete sie am anderen Ende bei der ganzen Howard-Familie.

Als die Leute allmählich bemerkten, dass der König zurückgekehrt war, erhoben sie sich wieder, die Nächsten zuerst, sodass wir an ihnen vorbeigehen konnten. Henry, der mit seinen Freunden plauderte, lungerte noch immer auf dem Platz seines Vaters. Als wir näher traten, spürte ich, dass James sich wie eine Bogensehne spannte. Erst als wir etwa einen Meter vor Henry waren, sah er uns und sprang augenscheinlich aufrichtig beschämt auf. Er bat wortreich um Entschuldigung, während seine Kumpanen zu den Rändern des Saals schlichen.

»So rasch bin ich nicht im Grab«, schnauzte James. Neben dem frischen Jungen sah er glanzlos und erschöpft aus. Ein Augenlid zuckte, und seine Zähne knirschten, als er seinen Sohn davongehen sah. »Er würde mir alles nehmen, wenn er nur die geringste Chance für sich sähe, sogar dich ...«

Ich wollte vor lauter Erleichterung laut auflachen, als ich hörte, dass James Henry verdächtigte und nicht Frances, meine Aufmerksamkeit von ihm abzulenken. »Mich nicht... mich nimmt er Euch nicht weg«, sagte ich. »So etwas könnt Ihr unmöglich denken.«

Ich muss überzeugend geklungen haben – letztendlich war es die Wahrheit –, denn er beschloss, mir zu glauben, und entschuldigte sich für seinen Argwohn. Seine Stimmung besserte sich sofort, als er seinen Sessel einnahm und nach mehr Wein verlangte. Ich wusste, er würde bis zum bitteren Ende bleiben, um sich durchzusetzen. Doch als die Leute langsam gingen und die Howards sich verstreuten, war noch immer keine Spur von Frances. Verzweiflung peinigte mich, und aus dem inständigen Wunsch, allein zu sein, bat ich um Erlaubnis, zu Bett gehen zu dürfen, unter dem Vorwand, mein vorgetäuschtes Unwohlsein vor unserer Reise am nächsten Tag durch Schlaf kurieren zu wollen.

Als ich davonschlenderte, um die Treppe hinaufzugehen, wurde der gedämpfte Trubel aus dem Saal immer leiser. Ich blieb vor dem großen Fenster am Treppenabsatz stehen, schaute hinaus zum Mond und sinnierte wie ein Liebender in einem Gedicht über die Tyrannei des Begehrens. Ich dachte an Troilus, den die Liebe hin und her zerrte, ich badete im kühlen Licht und rollte ihre Perle zwischen den Fingern. Ich hörte unten eine Tür ächzen. Ein Luftzug ging über meine Haut. Dann vernahm ich leise Schritte. Ich wollte gehen, da ich niemandem, wer auch immer es sein mochte, zum Gruß zunicken wollte. Eine Berührung, so leicht wie eine Feder, strich über meine Schulter. Als ich mich umdrehte, hörte ich, dass mein Name geflüstert wurde, der Klang versetzte mich in bebende Benommenheit, als wäre ich betäubt.

»Ich habe nach Euch gesucht. Warum finde ich Euch immer auf irgendwelchen Treppen? Als existiertet Ihr nur in dem Raum zwischen den Stockwerken.« Sie nahm meine Hand. »Ihr seid so kalt wie der Tod.«

Ich hatte Angst, ich würde aufwachen und feststellen, dass ich sie nur erträumt hatte. Sie rieb meine Hände zwischen ihren, führte sie zu ihrem Mund und blies ihren warmen Atem darauf, wie es eine Mutter mit ihrem Kind tut.

»Schaut nur, der Mond«, sagte ich, gleich bemüht, an etwas weniger Banales zu denken, das ich sagen könnte. Ich beobachtete, wie sie hinausschaute, sah den Schwung ihres Halses und wie die Kanten ihrer goldenen Spitze den Silberglanz einfingen und ein Muster wie Eiskristalle auf ihre Wangen warfen. Ich erinnere mich mit großer Klarheit, die durch die fünf Jahre, die seither vergangen sind, vollkommen ungetrübt ist, wie sich der Mond in ihren Augen spiegelte, zwei helle Flecken in einem Meer von glänzendem Schwarz, mir stockte der Atem. Sie erzählte mir, dass jenes Gedicht, das sie am Abend rezitiert hatte, ihr das Gefühl gegeben habe, eine Heuchlerin zu sein.

»Es ist eine Feier der ehelichen Wonnen, und ich habe darin keine Zufriedenheit gefunden.« Ihre Stimme wand sich wie Rauch um mich. »Und da stehe ich, alle sehen mich, und ich trage etwas vor über die Torheit der Liebenden und die Zuverlässigkeit der Ehe. Das sind nicht *meine* Worte.«

»Vor gar nicht langer Zeit hat man mir an den Billingsgate Docks einen Papageien zum Kauf angeboten«, sagte ich unvermutet. »Eine große Schönheit.«

»Einen Papagei?« Sie wirkte nachdenklich, als hätte sich etwas Trauriges über sie niedergesenkt.

»Er könne drei Sprachen sprechen, hat der Verkäufer mir erzählt. Aber er hatte keine eigenen Worte, er plapperte nur die der anderen nach.«

»Sprecht weiter«, hauchte sie.

»Ich verspürte eine Verbundenheit mit diesem Vogel, der in seinem schönen Federkleid Empfindungen von sich gab, die er nicht verstand.« Ich sah auf ihre Finger, die mit meinen verschränkt waren. »Manchmal habe ich das Gefühl, dass ich kein eigenständiger Mensch bin.«

Sogleich erfüllte mich Reue: Mein Geständnis ließ mich schrecklich schwach erscheinen, und ich dachte angestrengt nach, wie ich es wieder zurücknehmen könne, als sie sagte: »Seht Ihr…«, sie sprach so leise, dass ich mich ganz nah zu ihr beugen musste, sodass ich ihren sauberen Duft, wie den eines neuen Buchs, wahrnahm, »… wir sind gleich, Ihr und ich, nur schöne Marionetten.«

Wir standen einen Moment schweigend da. Ich frohlockte – ein Feuerwerk explodierte in meinem Kopf. Sie barg noch immer meine Hände in ihren. Der Mond war ein kleines Stück vorgerückt, sodass die dunklen Umrisse von Ästen seinen perfekten Rand störten. Ich lauschte auf den Rhythmus ihres Atems, passte mein Einatmen ihrem Ausatmen an, damit ich mir vorstellen konnte, ich würde mir unsichtbare Bruchstücke von ihr einverleiben.

»Ich hatte einmal einen Papagei«, sagte sie. »Ich habe nie etwas so sehr geliebt, wie ich Troilus geliebt habe.«

»Troilus?« Ich hielt es für ein Zeichen, ein gutes Omen.

»Er war löwenzahngelb mit einem purpurroten Hals, und er war klein genug, dass er auf meiner Hand sitzen konnte. Er war immer bei mir, er hockte sogar auf dem Kopfteil meines Bettes, wenn ich schlief. Ständig erzürnte er meinen Vater, da er auf den Stuck einhackte, aber ich wollte ihn nicht in einen

Käfig sperren. Ich habe ihm beigebracht, ›ich liebe dich, Frances‹ zu sagen.«

»Wo ist er jetzt?«, fragte ich und fürchtete, dass es keine glückliche Geschichte war.

»Als ich sieben war, starb er.« Ihr Atem bebte. »Ich habe ihn getötet. Es war …«

Wie ein Schiffbrüchiger, der sich an ein Stück Treibholz klammert, drückte ich sie fest an mich.

Nach einem Augenblick löste sie sich aus meiner Umarmung und begann, mit gesenktem Blick zu sprechen. »Ich hatte eine Stickerei so gut wie fertiggestellt. Vier Monate hatte ich daran gearbeitet, es sollte ein Geschenk für die Königin sein – für die alte Königin Elizabeth. Ich hatte einen Goldfaden verwendet, der so kostbar war, dass nicht ein Zentimeter davon vergeudet werden durfte, und … Es spielt keine Rolle, was ich gestickt habe, nur dass es das Schönste war, das ich je gemacht hatte. Als ich eines Nachmittags schlief, hat Troilus alles zerhackt, hat es so zerfetzt, dass es sich nicht mehr reparieren ließ. Mein Onkel, ich meine, Northampton, fand mich inmitten dieser Überreste, als ich mir die Augen ausweinte.« Nun sah sie mich an. Ich hatte mir nie vorgestellt, dass Traurigkeit so wunderschön sein konnte; ich nahm mein Taschentuch und tupfte ihr die Augen ab, ein Akt, den ich intimer fand als einen Kuss.

»Er sagte mir, dass es eine Lektion zu lernen gebe. ›Eine Lektion, die dich stark machen wird.‹ Er ließ mich Troilus einfangen und sah zu, wie ich ihn von der Zimmerdecke zu mir rief. Der Onkel hatte mir bereits andere Lektionen erteilt, und …«, ihr Atem ging unregelmäßig, als steckte etwas in ihrer Kehle, »… und als er dann nahezu federleicht auf meiner Hand saß und seine kleinen Krallen meine Finger umschlossen …«, sie schüttelte den Kopf, die Schultern krümmten sich, und ein Arm streckte sich, als erinnerte sie sich an den Vogel darauf, »…sagte der Onkel: ›Deine Stickerei war für die Königin bestimmt. Da dein Vogel sie zerstört hat, hat er Hochverrat begangen.‹ O Gott!« Sie sah auf, ihr Gesicht war von Entsetzen gezeichnet.

»Halt«, sagte ich. »Ihr müsst nicht…«

»Doch, ich *muss*. Ich muss es tun. Ich habe es nie einer Menschenseele erzählt und ertrage es nicht mehr.« Sie stand ganz aufrecht da, als wappnete sie sich. »Und er fragte: ›Welche Strafe steht auf Hochverrat, Frances?‹«

Sie schlug eine Hand vor den Mund, sprach durch die Finger. »Er hat mich gezwungen. ›Brich ihm das Genick‹, sagte er. Troilus sah mich mit seinen kleinen vertrauensvollen Augen an, er hielt es wohl für eine Geste der Zuneigung, als ich ihm meine Hände um den Hals legte. Sein Puls wurde schneller – er muss eine Veränderung in mir gespürt haben. ›Weiter!‹ Er öffnete die Flügel, flatterte. Gleich würde der Onkel sagen, ich solle aufhören, er würde sagen, es sei nur eine seiner Proben gewesen. Ich wartete und rang mit mir, bis meine Hände zugriffen. Troilus wand sich. Der Onkel sah wortlos zu.«

Sie verbarg ihr Gesicht in den Händen, ihr Atem ging stoßweise. »Er sagte… er sagte, etwas getötet zu haben, das ich geliebt habe, mache mich unbesiegbar. Er sagte, ich würde ihn dafür hassen, doch eines Tages würde ich es verstehen. Er sagte, die Liebe zu überwinden, sei die größte aller Lektionen. Er sagte, ich hätte bewiesen, dass ich etwas Besonderes und dass ich stark sei.«

Ich konnte nichts sagen.

»Stunden saß ich mit Troilus in meinen Händen da, bis er steif und kalt wurde. Ich wurde mit ihm steif und kalt. Es hat mich gebrochen. Ich bin noch immer gebrochen.«

»Aber wie habt Ihr… Euer Onkel…« Ich hatte ein Bild von

den beiden, so verbunden wie Vater und Tochter. »Ihr scheint ihn so gerne ...«

»Ihr kennt ihn nicht.« Sie sah mich an. »Niemand kennt ihn wirklich ... außer mir. Er hat aufrichtig geglaubt, etwas Gutes zu tun. Er wollte mich stark, damit ich überlebe.« Sie verstummte gedankenverloren. »Und fordert Gott nicht von uns, dass wir vergeben?«

»Aber dennoch.«

»Niemand wusste davon. Ich log, wenn das Gespräch darauf kam. Es hat mich aufgefressen. Ich stand so sehr unter dem Einfluss des Onkels, dass ich keinen eigenen Willen hatte. Seht Ihr, uns Howards bringt man bei, nie eine Schwäche zu zeigen. Manche von uns beherrschen das besser als andere.«

»Aber Ihr wart noch so jung.«

Sie wandte sich einen Moment von mir ab, dann fixierte sie mich wieder mit diesen Augen. »Nicht zu jung, um zu wissen, dass ich einen Mord begangen hatte.«

»Ihr wart ein Kind. *Er* hat Euch gezwungen, es zu tun.« Ich war erschüttert und konnte eine solche Tat nicht in Einklang bringen mit dem freundlichen Mann, den ich kannte.

»Ich hätte mich weigern können. Ich lebe mit der Schande. Ich bete jeden Tag, der Herr möge meine Seele reinigen.«

Die Inbrunst ihrer Frömmigkeit weitete mein Herz. »Es ist nicht *Eure* Schande ...«

Sie legte mir zwei kalte Finger auf die Lippen, damit ich nicht weitersprach. »Aber manches lässt sich nicht abschütteln oder durch die Vernunft erklären.«

Wieder schwiegen wir. Der Mond war weiter vorgerückt und nun halb durch ein Gewirr von Ästen verdeckt. Sie schauderte und sagte, sie müsse gehen. »Sie werden sich fragen, wo ich bin.«

Dieser kleine gelbe Vogel war nun in meine Brust gepflanzt, wo er pulsierte – er zwang das Leben, durch mich zu klopfen –, wo er mich wetzte, mich schärfte und bereit machte. Sie hatte mir ihre gebrochene Seele offenbart, und es wurde meine Mission, sie zu heilen.

Sie

Frances' Finger sind weiß vor Kälte. Sie hält die Hände übers Feuer und versucht, sie zu wärmen. »Anne Turner war durch den Tod des Doktors am Boden zerstört.« Frances lässt Vorsicht walten, wenn sie über Dr. Forman spricht. Es war sein grässlicher Gehilfe Franklin gewesen, der Anne die Nachricht überbrachte. »Er hatte den Zeitpunkt und die Art und Weise seines Endes richtig vorausgesagt. Stell dir vor!«

»Wirklich?« Die Vorstellung scheint Nelly zu begeistern. »Klingt nach schwarzer Magie, würde ich sagen.«

»Sei nicht töricht. Es wird der reine Zufall gewesen sein. Warum...« Frances bremst sich, das auszusprechen, was sie denkt: Warum diese Heuchelei, Nelly? Du musst doch vom Tod des Doktors gehört haben – ganz London wusste es.

»Meine Mutter glaubt, dass es so etwas wie Zufall nicht gibt. Entweder ist es Gottes Plan oder der des Teufels, sagt sie.«

»Das hat Anne auch dazu gesagt.«

»Ich weiß, was *ich* denke.« Nelly wirkt sehr selbstsicher, als sie sich auf ihrem Stuhl zurücklehnt und die Hände hinter den Kopf nimmt.

»Wenn man etwas ganz stark erhofft, kann man es selbst herbeiführen.« Als Nachgedanken fügt Frances noch an: »Ungeachtet von Gottes Plan.«

Das Mädchen sieht sie verdutzt an, plötzlich wirkt sie gar nicht mehr so selbstsicher, sondern naiv, sodass Frances der Verdacht, sie sei eine Spionin, abwegig vorkommt.

»Anne war untröstlich«, fährt Frances fort, sie erinnert sich ganz genau, dass ihre Gefährtin hysterisch wurde, so weiß wie Schnee, zeterte und weinte, als wäre der Tote ihr Vater oder ihr Geliebter gewesen. »Ich hatte nicht gewusst, dass sie ihm so nahestand. So hatte sie nie von ihm gesprochen. Sie beharrte darauf, dass Franklin ihr all ihre Briefe an den Doktor aushändigte. Ich habe keine Vorstellung, was sie verbergen wollte.«

»Das klingt danach, als wäret Ihr besser dran, wenn Ihr es nicht wisst.« Ein Wimmern dringt aus der Wiege. »Bist du traurig, kleiner Schatz?« Nellys Stimme wird zu einem Singsang, als sie mit dem Baby spricht und es auf den Arm nimmt, aber dann wendet sie sich wieder Frances zu und fragt unverhohlen: »Wie ist der Doktor denn gestorben?«

»Ich weiß nicht viel darüber. Ich nehme an, er war betrunken und ist in den Fluss gefallen.« Frances will sich nicht dazu hinreißen lassen, über einen anderen Ertrunkenen zu reden. Der bloße Gedanke erinnert sie an das Wasser, das unten plätschert und durch die Steine sickert. Sie kann es in ihren Lungen spüren, Blauschimmel wächst dort, verstopft ihre lebenswichtigen Organe und lässt ihr Herz vermodern. »An jenem Tag sind wir nach Chartley abgereist. Mein Großonkel wollte, dass ich fern vom Hof wäre, wenn der König aus Royston zurückkehren würde. Er sagte, es würde Robert Carrs Begehren umso mehr anfeuern, wenn ich für einige Monate verschwände.«

»Habt Ihr nie daran gedacht, Euch ihm zu widersetzen?«

Das Baby weint nun. Das Geschrei geht Frances unter die Haut.

»Niemand hat sich je dem Onkel widersetzt.«

Nelly bringt das Baby in die richtige Lage, um es zu stillen, und das Weinen verebbt. Es ist dick und rund geworden und hat Grübchen bekommen. Frances fragt sich, wie es nur möglich ist, dass jemand, der so dünn ist wie Nelly, so viel Milch hervorbringt.

»Im Übrigen wusste der Onkel nicht, dass ich mich in Robert Carr verliebt hatte. Das war nicht so gedacht. Der Onkel glaubte, Liebe sei eine Schwäche. In gewisser Weise – in sehr geringer Weise – *habe* ich mich ihm dadurch widersetzt.«

Er

Wir ritten an einem dieser frühen Herbsttage nach Royston, wenn der Sommer mit milden Temperaturen und blauem Himmel zurückgekehrt zu sein scheint, um etwas Vergessenes einzusammeln. Meine Beschwingtheit blieb nicht unbemerkt, und James behauptete, recht gehabt zu haben mit dem Gedanken, ich bräuchte nur frische Luft. Auch er war in guter Stimmung, trieb sein Pferd an und sang eine unflätige Ballade, die gerade die Runde machte und über deren Obszönitäten er schallend lachte. Doch wir waren kaum angekommen, ja, wir waren noch nicht einmal in der Tür, als eine Depesche eintraf, die unsere Laune dämpfte.

James zerknüllte den Brief mit einem Seufzer. »Es sind die Franzosen. Sie haben Wind bekommen...«, er senkte die Stimme, »...von meinen spanischen Plänen. Sie müssen beschwichtigt werden, aber mit Salisbury außer Gefecht...« Er fuhr sich über die Stirn. Der Minister war weiterhin unpässlich, und seine Abwesenheit forderte seinen Tribut von James. »Keinen Frieden für die Niederträchtigen.«

»Hier.« Ich nahm ihm den Brief aus der Hand. »Ich kümmere mich darum.«

Ein Lächeln zog über sein Gesicht. »Was täte ich ohne dich, Robbie?«

»Ihr wäret verloren«, neckte ich ihn, woraufhin er lachte und ich mich als hinterlistig empfand.

Im Inneren hing Lavendelduft in der Luft, ganze Bündel waren an den niedrigen Balken aufgehängt, und ein Feuer loderte im Kamin. Die Räume waren klein und warm, ohne diese Nacken verrenkende Zugluft, die in den riesigen Sälen von Whitehall herrschte. Royston erinnerte mich, obgleich meine Erinnerungen vage waren, an das Haus, in dem ich als Kind aufwuchs, ehe meine Eltern starben.

Als ich den Brief überflog, war ich bestürzt zu sehen, dass er auf Französisch geschrieben war. Ich hatte nur elementarste Kenntnisse dieser Sprache. In der Vergangenheit hatte ich mich stets darauf verlassen, dass Thomas jedes französische Papier übersetzte. Es war ein Risiko, aber statt James meine sprachlichen Mängel einzugestehen, die ich ihm bislang immer geschickt verheimlicht hatte, schickte ich nach meinem Freund.

Seit seinem Exil war unser Kontakt spärlich, doch als Köder schlug ich ihm vor, ich könnte vielleicht den König dazu überreden, seine Strafe zurückzunehmen. *Ich bin sicher, dass er mir beipflichtet, du seist lange genug weg gewesen*, schrieb ich, dazu Einzelheiten, wie er die Hintertreppe nehmen müsse, die direkt in mein Zimmer führte. *Niemand wird etwas bemerken.* Als abschließenden Gedanken schrieb ich: *Du fehlst mir, Tom.* Und das entsprach der Wahrheit. Eilig versiegelte ich meinen Brief und schickte ihn mit einem zuverlässigen Boten unter strengster Vertraulichkeit ab.

Vielleicht war es töricht von mir gewesen, einen solchen Weg einzuschlagen, aber ich hatte nur James' Bestes im Sinn. Ohne Salisbury war er mit so viel Verantwortung überlastet, und er brauchte dringend Ruhe. Ich war mir bewusst, übernähme ich einen Teil seiner Last, käme es nicht nur ihm, sondern ganz England zugute. Die Sache war dringlich, und Thomas zu rufen, schien mir der effizienteste Weg, so ein Ziel zu erreichen.

Oben im Haus roch es nach frischer Kalkfarbe. Und die Helligkeit der Wände hob sich scharf von den schwarzen Streben und Balken ab, die sie kreuz und quer durchzogen. Ich war in meinem üblichen Zimmer untergebracht. Es war ein rechteckiger Raum, der sich ins Dach wölbte, mit Türen zu drei Seiten. Eine führte über einige Stufen zu James' Bereich, eine andere zum Hauptflur. Ich entriegelte die dritte und duckte mich, den Topf mit dem Fett in der Hand, mit dem ich meine Pistolen reinigte, unter dem niedrigen Türsturz hindurch zu einer eng gewundenen Steintreppe, die zu einem ruhigen Winkel in den Stallungen führte. Ich ging im Dunkeln hinunter zur unteren Tür, fand den Schlüssel auf dem mit Spinnweben überzogenen oberen Türbalken und schloss sie auf. Da die Angeln ächzten, wie ich es vermutet hatte, fettete ich sie reichlich ein, um sicherzugehen, dass sie lautlos sein würden, und kehrte zurück in mein Zimmer, um mich auf das Abendessen vorzubereiten.

Am nächsten Morgen war das schöne Wetter vorbei, und Regen prasselte an das Fenster. Nach dem chaotischen Abend fühlte ich mich elend, als ich aufwachte und feststellte, dass James zu mir ins Bett geschlüpft war. Er lebte stets in der Sorge, Klatsch über sein Privatleben würde seine Autorität untergraben – wäre ich eine andere Art Mann, hätte ich versuchen können, meinen Nutzen daraus zu ziehen –, und in meinem Zimmer war es weniger wahrscheinlich, dass wir gestört wurden.

Es war gemütlich unter der Decke, warm und innig. Noch schläfrig begannen wir, uns den Beglückungen des anderen hinzugeben. Mancher mag die Handlungen, die wir begangen haben, für monströs halten, gewiss verstießen sie gegen das Gesetz, aber menschliches Begehren kann vielfältige Formen annehmen, und etwas, das aus großer Zuneigung entsteht, kann nicht so sündhaft sein. Sind wir nicht alle auf die eine oder andere Weise Sünder?

Er hielt mich fest umschlungen, was mir keine andere Wahl ließ, als mich seinem Rhythmus zu unterwerfen, sein drängender Atem erhitzte meine Haut, die Laken flogen zurück. Meine Augen waren geschlossen, und meine Gedanken kreisten wild um Frances, warfen sie an seiner Stelle nackt aufs Bett. Er streckte eine Hand, um nach mir zu greifen. Doch es war ihre kühle Umklammerung, die mich zum Beben brachte und ihn mit mir.

Wir fielen in unsere postkoitale Benommenheit, als James pfeilschnell mit einem Schrei aus dem Bett sprang und mitten im Zimmer stand.

Ich setzte mich auf und entdeckte Thomas in der dunklen Türöffnung, die zu der Steintreppe führte. Völlig starr beobachtete er uns. Er war durchnässt, Wasser tropfte von seiner breiten Hutkrempe. Sein Gesicht lag im Schatten, aber ich konnte mir seinen Ausdruck vorstellen. Er musste bereits einige Zeit dort gestanden haben, denn zu seinen Füßen hatte sich eine Lache gebildet.

»Was in Teufels Namen tut Ihr hier? Erklärt Euch.« James' Zorn war wie ein Schlag vor den Kopf, und ich erinnere mich, wie froh ich war, dass sich keine Waffen in Reichweite befanden, aber ich sah mein Schwert in der hinteren Ecke. Er stand nackt da, sein Glied schrumpelte in der Kälte, sein Augenlid zuckte.

Einen Moment lang schien die Zeit stillzustehen, die Luft knisterte vor Feindseligkeit, bis ich aufsprang und mich zwischen sie und die Klinge stellte. »*Ich* habe nach ihm geschickt. Es ist meine Schuld.«

James ließ seinen Blick langsam zu mir und zurück zu Thomas gleiten; der verharrte in einer halben Verbeugung, während noch immer Wasser von ihm auf den Boden tropfte. Ich bemerkte, dass er zitterte, aber nicht aus Angst.

Keiner der Männer rührte sich. Ich schnappte das Schwert und stieß es außer Reichweite unter das Bett, dann warf ich James eine Decke um die Schultern und streifte ungeschickt eine Hose über.

»Was geht hier vor sich?« James' Züge waren zerfurcht, und ich sah, dass er die Situation falsch gedeutet hatte. Er hatte Thomas für meinen Liebhaber gehalten. Gewiss, so musste es ausgesehen haben.

Ich stammelte eine Erklärung. »Es ist nicht so, wie Ihr glaubt. Ich brauche seine Hilfe für das Französische. Seht Ihr ... seht Ihr, mein Französisch lässt sehr zu wünschen übrig. Ich fürchtete, Ihr würdet mich weniger schätzen. Ich habe mich dafür geschämt.« Zärtlichkeit überzog James' Gesicht. »Ich wollte Euch von Eurer Besorgnis befreien.«

Sanft sagte er: »Oh, Robbie, du kannst so schrecklich naiv sein.«

Mit Thomas ging er nicht so freundlich um. In seine Decke gehüllt wie Caesar in eine Toga, trat er auf ihn zu. »Solltet Ihr auch nur einer Menschenseele etwas verraten, werde ich einen Grund finden, Euch den Kopf von den Schultern zu schlagen.« Seine Stimme schepperte bedrohlich. »Habt Ihr das verstanden, Overbury?«

Thomas schien zu schrumpfen. »Ich schwöre es, Euer Majestät. Ich gelobe es feierlich.« Langsam ging er rückwärts zur Tür. »Ich bitte demütig um Verzeihung.«

James drehte ihm den Rücken zu. »Geht einfach.«

Als Thomas im Dunkel der Treppe verschwand, richtete

James seinen Blick auf mich, direkt wie ein Totschläger. Ich wusste, was er dachte. Er verfiel in bissiges Schweigen, als ich ihm in die Kleider half.

Als ich vor ihm auf dem Boden hockte und ihm die Stiefel schnürte, wagte ich zu sprechen. »Ich kenne ihn. Er ist vertrauenswürdig. Ich bürge für sein Schweigen.« Ich stand auf, wollte ihm übers Haar streichen. »James, bitte...«

Er schlug meinen Arm weg. »Nenn mich nicht so. Du bist mein Untertan. Für dich bin ich ›Euer Majestät‹.«

Ich traute mich nicht, ihn daran zu erinnern, wie oft er gesagt hatte, er liebe es, seinen Vornamen aus meinem Mund zu hören.

Er stieß mit dem Zeigefinger drohend in die Luft, während er Worte auf mich abfeuerte. »Glaube nicht, dass du Overbury besser kennst als ich. Ich hätte ihn nie zum Ritter schlagen sollen. Jahre hat er bei Hofe herumgelungert und auf gute Gelegenheiten gewartet. Ich erkenne einen machthungrigen Mann auf den ersten Blick. Weiß Gott, von denen gibt es genug.« Er kochte. »Leute wie er haben nicht *meine* Interessen im Sinn. Erspähen sie einen Spalt in meiner Rüstung, reißen sie ihn auf und...«

»Er würde nie schlecht von Eurer Majestät reden. Als wahrer Untertan liebt er Euch.« Ich kauerte wieder am Boden zu seinen Füßen.

»Das kannst du nicht wissen.« Er klang nun ruhiger, aber sein Gesicht blieb verzerrt, und sein Bein wippte hektisch.

»Doch, ich weiß es... niemand kennt Thomas besser als ich. Er war wie ein Bruder für mich.«

»Und niemand kennt die menschliche Natur so gut wie *ich*. Und er ist *nicht* dein Bruder.« Er klang erschöpft, niedergeschlagen. »Ich lebe schon zwei Jahrzehnte länger als du, und ich weiß, dass ein ehrgeiziger Mann – du kannst nicht abstreiten, dass dein Freund das ist – alles tun wird, um ein wenig Boden zu gewinnen.«

»Aber es wird doch ohnehin schon so viel darüber getratscht, was wohl zwischen Euch und mir vorgeht.«

Und er wiederholte seine Worte von zuvor: »Oh, Robbie, du kannst so schrecklich naiv sein. Verstehst du das nicht? Bloße Vermutungen sind haltlos. Aber jetzt haben wir einen feindlich gesonnenen Augenzeugen für unser ... für unser ...« Es war, als könnte er es nicht aussprechen. »Du hast Overbury die Mittel in die Hand gegeben, mich zu vernichten.«

Er ging zur Tür und sah mich noch immer nicht an. »Es muss etwas gegen ihn unternommen werden.« Diese letzten Worte schlugen ein wie eine Axt in Holz.

»Er wird Euch *nie* verraten«, sagte ich, immer wieder, da er nicht zuzuhören schien. Der Regen hatte nicht nachgelassen: Er prasselte gegen die Scheiben, und ich stellte mir vor, dass Thomas durchnässt und umtost davongaloppierte. Ich fragte mich, ob unsere Freundschaft jemals wieder gekittet werden könne. Der Gedanke, ihn zu verlieren, kam mir plötzlich sehr real und unerträglich vor.

Ich ging James hinterher, legte meine Hand um seinen Hals, um ihn zu küssen. »Bitte, glaubt mir.« Er küsste mich zurück, hart, als wollte er mir das Leben aussaugen, dann wandte er sich abrupt ab. »Vielleicht bist du ja schon mein Untergang.«

Mit einem Seufzer strich er sich über die Augen und ging.

Sie

Frances ist sich ganz sicher, dass sie ein Flüstern draußen vor der Tür hört. Sie legt das Ohr an das Holz, kann aber kein Wort verstehen und macht einen Satz nach hinten, als Nelly eintritt, gefolgt von der Magd, die ein Tablett trägt. Sie hat Brot und Suppe gebracht und stellt es auf den Tisch. Frances ist sich sicher, einen verstohlenen Blick zwischen den beiden Mädchen zu beobachten, als die Magd hinausgeht. Die Suppe ist lauwarm und hat eine dicke Haut. Sie hat ohnehin keinen Appetit und läuft wie eine eingesperrte Katze hin und her. »Was habt ihr beiden geflüstert?«

Nelly scheint leicht zu zögern. »Das dumme Mädchen ist in jemanden vernarrt. Aber er ist verheiratet.«

Frances weiß nicht, ob sie das glauben soll. Vom Fenster aus sieht sie die Magd über den Hof gehen, nun bleibt sie stehen, um zuzusehen, wie ein Mann mit einem Sack über dem Kopf über das Pflaster gezerrt wird. Er stolpert, und einer der Wächter tritt ihm in die Nieren. Die Magd bespuckt ihn, ehe sie in einer Tür verschwindet.

Frances fühlt sich unendlich schwer, als hätte sie Blei in den Knochen. Nachdem sie sich einen Becher Wein eingeschenkt hat, setzt sie sich weit weg vom Fenster wieder ans Feuer.

Nelly schlingt ihr Essen hinunter, als wäre es ihre letzte Mahlzeit und spricht mit vollem Mund. »In unserer Nähe lebte eine Waschfrau, die für reiche Leute gelbe Halskrausen stärkte. Ihre Arme waren davon bis hoch zu den Ellbogen verfärbt.«

Frances nimmt einen Schluck Wein. Er ist beißend und unangenehm auf der Zunge, doch sie trinkt weiter, bis sie das Schweregefühl verlässt. Sie muss an die guten französischen Weine denken, die sie einst genossen hat.

**

Es war eisig in Chartley. Schnee war gefallen. Aber nicht so viel, dass man sich freudig hineinwirft, sondern nur eine spärliche Schicht auf hartem schwarzem Grund, die die Bäume mit Traurigkeit puderte und an den Traufen triste Eiszapfen hervorbrachte. Anne und ich schmachteten in meinen finsteren Gemächern vor uns hin, wagten uns kaum hinaus und warteten auf die Nachricht vom Onkel, die uns an den Hof zurückkehren lassen würde.

Sie warf Papier ins Feuer. Jedes Blatt loderte einen Augenblick auf und erlosch. Sie hatte Monate sorgenvoll auf diese Papiere gewartet, und kaum hatte sie sie in Händen gehalten, verbrachte sie Stunden damit, sie zu durchkämmen, wie eine Mutter, die nach Nissen sucht.

»Alle Spuren beseitigt«, sagte sie. Feine schwarze Flocken schwebten umher, die sich im Kaminabzug hinaufwanden. Sie sah blass und bestürzt aus. Dr. Formans Tod hatte sie in einem Maße erschüttert, das über das Normale hinauszugehen schien. Ich hatte sie ein-, zweimal auf dem Boden kniend überrascht, als sie vor und zurück schaukelte und seinen Namen beschwor, als wäre er eine Zauberformel. Ich fragte nicht nach. Es kam mir wie ein Problem vor, aus dem man sich besser heraushält. Als alle Papiere verbrannt waren, stieß sie mit einem Schürhaken in die Glut. »Niemand wird etwas herausfinden. Ich fürchtete, vielleicht sei *dieses* da erwähnt.« Anne deutete auf den kleinen Homunkulus auf dem Tisch. »Aber so war es nicht.« Sie hatte das Wachs über den Mesner von St. Martin besorgt und darauf beharrt, dass sie statt meiner die Figur formte. Seither traktierte sie sie täglich mit ihrer Sticknadel. Ich ließ sie gewähren, doch eher um sie aufzuheitern als aus einem anderen Grund. Das Ritual war absurd, aber Anne vollführte es mit tödlichem Ernst und freute sich hämisch, dass die Versuche meines Gemahls zwischen den Laken sich auf ein gelegentliches lendenschwaches Gerangel reduziert hatten, bei dem er unzufrieden und manches Mal gewalttätig wurde. Sie war davon überzeugt, dies sei die Folge ihres Handelns, aber ich war mir sicher, dass es weniger mit der Wachsfigur zu tun hatte als vielmehr mit meinen Ermutigungen, er solle abends stark trinken. Ihm fehlte der richtige Kopf dafür, und er brach des Öfteren volltrunken zusammen, sodass ein Diener ihn zu seinem Bett schleppen musste.

Unterdessen waren wir schon den ganzen toten Winter in Chartley. Das einzig Lebendige war meine geheime Leidenschaft. Die Abwesenheit, die Robert Carr entflammen sollte, hatte auch auf mich eine Wirkung, was mich überraschte. Wie jede Frau hatte ich jugendliche Schwärmerei erlebt. Doch dies hier war etwas anderes. Dies war wie eine Besessenheit. Ich hatte mich für derlei Gefühle nicht geeignet gehalten, hatte geglaubt, der Onkel habe sie mir abtrainiert. Meine Geschwister hatten mir immer wieder gesagt, ich hätte ein Herz aus Stein und ich sei zu wenig gefühlvoll, um für die Capricen der Liebe empfänglich zu sein. Aber jeder Stein bringt einen Funken hervor, wenn man ihn nur richtig reibt, und nach unserem Gespräch auf der mondbeschienenen Treppe von Whitehall hatte ich angefangen zu schwelen. Ich vermute, so ist die Liebe. Sie nimmt dich heimlich gefangen. Im Hinterkopf malte ich mir die Verachtung des Onkels aus: *Das war nicht Teil unseres Plans – du hast dich damit selbst geschwächt.*

Jene Begegnung mit Carr ging mir nie ganz aus dem Sinn. Seine Ehrlichkeit hatte mich entwaffnet; seine arglose Selbstoffenbarung hatte mich die Anordnungen des Onkels vergessen lassen, sodass mein wahres Ich sich zeigen durfte. Wir waren beide sehr aufrichtig. Er hatte nichts von dem arroganten Höfling, für den ich ihn gehalten hatte, und seine unbestreitbare Anziehungskraft trug er mit überraschender Weichheit. Doch noch immer bedauerte ich, dass ich ihm meine dunkelste Schande so bereitwillig anvertraut hatte. Ich befürchtete, er könnte mich deswegen weniger mögen. Welcher Mann konnte eine Frau lieben, die fähig war, ein geliebtes Tier umzubringen? Nur der Onkel, und Robert Carr war so ganz anders als der Onkel. Ich war es nicht gewohnt, an mir selbst zu zweifeln. Der Onkel hatte mich gut ausgebildet, aber vielleicht nicht gut genug.

Anne riss mich aus meinen Gedanken. »Warum seid Ihr Forman gegenüber so argwöhnisch?« Sie konnte ihre Verärgerung nicht verbergen. »Seine Methoden schlagen bei Eurem Gemahl doch an. Es ist ihm schließlich nicht gelungen ...«, sie machte eine vulgäre Geste, »... nicht wahr?«

»Das hat damit nichts zu tun.« Wütend deutete ich auf die Wachsfigur. »Und Ihr habt doch noch immer nicht Euren Heiratsantrag. Wenn Forman tatsächlich so begnadet war, wie Ihr glaubt ... Ihr habt nichts anderes getan, als ihm die Taschen zu füllen.«

»Sprecht nicht schlecht über Tote.«

Als ich sah, dass sie beinahe weinte, fühlte ich mich schuldig, weil ich so wenig einfühlsam gewesen war. Ob nun Scharlatan oder nicht, Dr. Forman hatte ihr etwas bedeutet. »Verzeiht, Anne. Ich möchte nicht streiten. Es ist nur so, dass diese Situation an mir zehrt. Wir modern hier vor uns hin, und allmählich frage ich mich, ob der Onkel tatsächlich beabsichtigt, mich aus dieser höllischen Ehe herauszulösen.« Ich hatte unterdessen den Verdacht, es sei ganz einfach ein weiteres seiner Machtspiele, den Favoriten des Königs auf seine Seite ziehen zu wollen, und ich sei dabei nur der Köder, mit dem er seine Ziele erreichen würde, ebenso wie ich es für ihn mit dem Prinzen gewesen war.

Auch Anne entschuldigte sich, sah mich aber sonderbar an, als wäre ihr soeben ein Gedanke gekommen. »Wenn Ihr wirklich Eurer Ehe entkommen wollt, gibt es Wege. Franklin könnte...«

»Was? Dieser große Ghul, der Euch die Todesnachricht von Forman überbracht hat? Ich möchte nicht, dass diese Kreatur auch nur irgendetwas für mich tut.«

Sie sah verletzt aus. »Ich meine ja nur...«

»Genug!«, blaffte ich. »Ich habe genug von Eurem mystischen Unsinn. Ich habe genug von diesem Warten.« Kraftlos sank ich auf den nächsten Stuhl.

»Dieses Haus hat einen schlechten Einfluss auf Euch«, beruhigte sie mich, ihr eigener Ärger schien vergessen. »Bestimmt trifft die Nachricht Eures Großonkels bald ein.«

Sie hatte recht. Nur wenige Tage später kam ein Brief.

Ich überflog ihn. »Es geht los, Anne!« Sie stand auf und blickte mir über die Schulter. »Er möchte, dass ich mit Essex rede. Ich soll ihn davon überzeugen, dass wir um die Annullierung unserer Ehe ersuchen, ich soll ihm erklären, es sei in unser beider Interesse. Er wird dafür sorgen, dass ich zurück an den

Hof gerufen werde.« Der Gedanke, dass ich meinem Gemahl entgegentreten sollte, entmutigte mich plötzlich.

»Endlich.« Anne lächelte. Meine Zweifel mussten mir im Gesicht gestanden haben, da sie nachfragte: »Aber was ist denn?«

»Er ist so unberechenbar.« Sie versuchte, mich mit Plattitüden zu beruhigen. »Wenn Ihr helfen wollt …«, sagte ich schroff und fasste mich, »… dann schafft seine Pistolen aus dem Weg, ehe ich zu ihm gehe.« Plötzlich überzog Angst ihr Gesicht. »Nur eine Vorsichtsmaßnahme.«

Ich nahm die Wachsfigur und warf sie ins Feuer. Entrüstet schlug Anne eine Hand vor den Mund. »Es ist doch nur ein Spielzeug.« Als ich zusah, wie das Wachs in den Flammen schmolz, wünschte ich, meine Ehe ließe sich ebenso leicht auflösen. Ich ging in die Kapelle.

Sie vibrierte vor Stille; eine einsame Kerze brannte auf dem Altar und verbreitete ein mattes Licht, das die Schatten in Bewegung setzte, als würden sich Menschen in den Ecken verstecken. Das einzige Kreuz befand sich dahinter, schlicht an der blassen Wand der an Nägeln hängende, nach vorne geneigte Christus. Ein schwacher Sandelholzduft erfüllte den Raum. Da die Gebetsstühle auf einer Seite übereinandergestapelt waren, kniete ich mich auf den nackten Stein, kniete in Buße. Die beißende Kälte kroch in mich, bis meine Arme und Beine taub waren. Meine Sünden würgten mich wie Hände um meine Kehle. Ich flehte um Vergebung und Schutz, wieder und wieder, bis meine Gebete versiegten.

Als ich mich erhob, erlosch die Kerze ganz von allein, und ich eilte in Panik davon, stolperte durch die Finsternis, hinaus aus der Kapelle, um meinem Gemahl gegenüberzutreten.

Er

Ich bemerkte eine gewisse Zurückhaltung in James' Zuneigung, eine neue Wachsamkeit, und ich war mir sicher, auch wenn er es niemals erwähnte, dass der Streit mit Thomas noch in ihm schwelte. Thomas war untergetaucht. Nie hatte ich seine Abwesenheit so deutlich empfunden, ich verstand nun, dass er der einzige Freund war, der unter meine Oberfläche blickte und sich trotz der Fehler, die er dort fand, um mich kümmerte. Ein Teil von mir war fortgerissen – sogar unsere Auseinandersetzungen fehlten mir –, und ich war entschlossen, einen Weg zur Versöhnung zu finden, obgleich ich mich fragte, wie das möglich sein sollte, wenn doch mein Dasein so sehr von Frances bestimmt war, die er so sehr ablehnte.

Auf der Rückreise nach Whitehall dachte ich unaufhörlich an sie und freute mich schon auf unsere nächste Begegnung. Doch als wir ankamen, musste ich niedergeschmettert erfahren, dass sie zum Haus ihres Gemahls nach Staffordshire gefahren war.

Ich weiß nicht, was ich erwartet hatte – eine Notiz, einen Brief, irgendein Zeichen, aber da war nichts. Weihnachten kam und ging vorüber – noch immer nichts –, und der Winter wich dem Frühjahr, aber selbst die sich entfaltenden bunten Knospen bereiteten mir keine Freude. Jeder Tag kroch vorbei, während ich auf Nachricht von ihrer Rückkehr wartete, mich wie ein schmachtender Sonettdichter meinem Elend eines Liebenden ergab und Harry Howards Gesellschaft suchte, nur weil er seiner Schwester so ähnlich sah.

Der Sommer stand kurz bevor, als uns die Nachricht erreichte, der Minister sei letztendlich seiner Krankheit erlegen. Ich war allein mit James in seinen Gemächern, nur ein einzelner Wächter an der Tür, der in seiner schweren Uniform ein Gähnen unterdrückte. Die Sonne tanzte auf den Holzdielen, sie fiel durch die schwankenden Blätter einer Rosskastanie, auf der eine krächzende Elster hockte. Ein Bote traf ein und unterbrach den Frieden, und ich sah, dass James zusammensackte, als er den Brief entgegennahm, das Siegel prüfte und es als Salisburys erkannte. Verzagt und wortlos ließ er sich an seinem Schreibtisch nieder.

Krächz, krächz, krächz, machte die Elster, als lachte sie über seine Sorgen. James sah auf einen Schlag zehn Jahre älter aus. Vielleicht dachte er daran, dass er und der Tote in etwa gleich alt waren, und womöglich fühlte er sich dadurch dem Tod einen Schritt näher.

»Die Krankheit hat ihm zugesetzt, nicht das Alter«, sagte ich in diesem Sinne. »Neunundvierzig ist nicht alt.« Der Vogel krächzte weiter.

»Diese verdammte Kreatur.« James zog ein Gesicht, als hätte er Schmerzen. »Kannst du nicht irgendetwas tun?«

Der Türwächter, der an der Wand lehnte, war fast eingedöst, und ehe er wusste, wie ihm geschah, hatte ich ihm seine geladene Pistole aus dem Gürtel stibitzt und in den Baum geschossen. Der Rückstoß durchfuhr meinen Arm, und ein Knall von erschütternder Heftigkeit dröhnte rund um die Wände und in meinem Kopf, als ich den erschrockenen Vogel auffliegen sah.

James, der sich die Ohren zuhielt, rief mir etwas zu, doch ich war für einen Moment taub, als befände ich mich unter Wasser. Eine Abordnung der Garde stürmte ins Gemach, Gewehr im Anschlag, packte mich und entwaffnete mich mit rücksichtsloser Härte; und James musste erklären, dass dies kein Anschlag auf sein Leben gewesen sei.

»Was ist los mit dir?«, fragte er mich, als die Wache abgezogen war. »Es hätte doch gereicht, das Fenster zu schließen.« Mit einem Mal fing er an, wild zu lachen, als wollte er seinen Kummer abwerfen. Als er sich beruhigt hatte, wandte er sich mir mit ernstem Gesichtsausdruck zu. »Nun zum Geschäftlichen. Ich muss entscheiden, was mit Salisburys Ämtern geschehen soll. Ich habe im Sinn, Northampton zum Lord Schatzmeister zu machen. Was hältst du davon?«

Ich stellte mir vor, dass die Essex wütend sein würden, wenn sie ihren Gegner befördert sähen. »Ich halte ihn für einen zuverlässigen Mann. Eine vernünftige Wahl.« Ich erkannte auf der Stelle, welch potenziellen Vorteil Northamptons Beförderung für mich haben würde. Ich respektierte unterdessen diesen Mann mit seinem klaren Verständnis für die Nuancen der Politik. Thomas' glühender Sinn für Gerechtigkeit lag ihm fern; er war besonnen und realistisch – ein guter Staatsmann. Ich hatte beschlossen, die schwelende Bedrohung durch Frances' Geschichte hintanzustellen. Sie war aus der fernen Vergangenheit, und Menschen ändern sich, nicht wahr?

»Wenn Northampton Schatzmeister wird, werden die Essex fordern, dass einer der ihren zum Minister ernannt wird.« Ich begriff, dass ein Staatsschiff Ballast auf beiden Seiten benötigte, um es flott zu halten. »Das werde ich ihnen nicht zugestehen.« James guckte trotzig. »Ich vertraue ihnen nicht. Weißt du, was ich denke, Robbie? Ich denke, wie du und ich gemeinsam, können die Aufgaben des Staates erfüllen. Ich will nicht dieses Herumschnüffeln, diese Schwierigkeiten im Ausland, dieses Vergiften von Allianzen, die ich schmiede, und das Dringen auf eine deutsche Braut für meinen Sohn. Ich will das nicht.« Dann sah er mich an, und ich wusste, ich gehörte wieder eindeutig dazu.

»Wie Ihr wünscht.« Ich hätte versuchen sollen, ihn davon zu überzeugen, dass es nicht gut sei, eine so einseitige Politik zu betreiben. Aber in mir nahm ein Gedanke Gestalt an, eine Möglichkeit, Thomas' Rückkehr zu begünstigen.

Ein Diener brachte schwarze Trauerkleidung. Ich schickte ihn fort und kleidete James selbst an, strich sorgsam über den Samt auf seinen Schultern. »Glaubt Ihr ...«, tastete ich mich vor, »... es könnte klug sein, Thomas Overbury zurück an den Hof zu rufen?«

Er atmete tief durch. »*Diesen* Mann?«

Sehr ruhig entgegnete ich: »Halte deine Feinde nahe bei dir.«

Und sein Gesichtsausdruck wandelte sich zu dem eines stolzen Vaters, der miterlebt, wie sein Sohn seinen ersten Rehbock schießt.

Sie

Das Baby hat Koliken und schreit seit einer guten Stunde. Das schlägt Frances aufs Gemüt, sodass sie meint, die Wände rückten näher und der Raum schrumpfte. Nelly jedoch erscheint gelassen, als sie das Kind aufrecht auf ihrem Knie balanciert, mit einer Hand rasch sein Kinn anhebt und ihm mit der anderen auf den Rücken klopft, damit es ein Bäuerchen macht. »Hattet Ihr denn keine Angst vor Eurem Großonkel?«

Frances antwortet mit einer Gegenfrage: »Hattest du Angst vor deinem Vater?« Sie findet nicht die richtigen Worte, um zu erklären, wie der Onkel, selbst wenn er sie strafen musste, ihr ein besonderes Gefühl vermittelte. Sie vermutet, Nelly müsse dasselbe bei ihrem Vater empfunden haben.

»Ich hatte entsetzliche Angst vor ihm!« Das Mädchen schaut trotzig.

Frances ist verblüfft. Sie kann sich gar nicht vorstellen, dass die hartgesottene Nelly sich vor irgendetwas fürchtet.

»Und wäre ich ungestraft davongekommen, hätte ich ihm den Schädel eingeschlagen.«

**

143

Rot vor Zorn brüllte Essex Obszönitäten und schleuderte sein Glas durch das Gemach, wobei es mich nur knapp verfehlte. Es zersplitterte an der Wandtäfelung, wo es eine tiefe Kerbe im Holz hinterließ. »Man wird mich für impotent halten. Glaubt Ihr, ich toleriere öffentliche Demütigung, nur damit Ihr frei sein könnt?«

Ich verfluchte den Onkel, dass er mir diese Aufgabe auferlegt hatte. *Er* hätte Essex davon überzeugen können, die Annullierung anzugehen – schließlich war es eine Sache unter Männern.

Ich sprach ganz leise und bemühte mich, meine Stimme ruhig klingen zu lassen. »Damit wir *beide* frei sind. Wir sind doch beide nicht glücklich.« Ich machte einen Schritt auf ihn zu, aber er wich zurück, als wäre ich ansteckend. »Denkt mal nach. Ihr könntet eine andere heiraten – noch einmal neu anfangen und dieses Mal selbst Eure Braut wählen.«

Er wendete sich ab und starrte auf meine Füße, neben denen eine große Glasscherbe lag. »Niemand wird mich akzeptieren, wenn der Verdacht besteht, dass ich nicht…« Er war nicht einmal fähig, seine Impotenz zu benennen, und trotz alledem empfand ich Mitleid mit ihm.

»Euer Seelenfrieden ist mir ebenso wichtig wie meiner.«

Er verspannte sich. »Erwartet Ihr wirklich, dass ich Euch *das* abnehme? Ihr seid die egoistischste Person, die ich je das Unglück hatte kennenzulernen. Wie eine Hure treibt Ihr Euch bei Hofe in Eurer gelben Spitze herum, Ihr macht Prinz Henry schöne Augen und zieht nur Aufmerksamkeit auf Euch. Dabei überlegt Ihr nicht eine Sekunde, dass Ihr mich zum Narren macht.«

Ich wollte ihm entgegenbrüllen, dass er mich nicht kenne, aber ich hielt den Mund und stellte meinen Fuß so, dass er die Glasscherbe unter sich verbarg.

Er ließ sich auf den Rand des Bettes fallen und atmete geschlagen aus. »Ich werde zur Witzfigur ... habt Ihr daran mal gedacht? Natürlich nicht. *Ihr* denkt immer nur an Frances Howard.«

Ich verzichtete, ihn darauf hinzuweisen, dass auch ich Gefahr liefe, zum Gespött zu werden, weil es mir nicht gelungen sei, meinen Gemahl zu erregen, und dass dies für mich ebenso demütigend sein würde. »Ihr könnt behaupten, der Fehler liege bei *mir*.«

»*Das* glaubt keine Menschenseele ... o Gott!« Wie ein Irrer schlug er sich immer wieder mit der Hand an die Stirn. »Nur der Tod kann mich aus diesem Ehegefängnis befreien. Wisst Ihr das, Frances?« Er sah auf, und seine Gesichtszüge wurden weicher, sodass ich hoffte, er würde endlich etwas Nettes sagen. »Ich habe jeden Tag Euren Tod herbeigesehnt, seit wir zum ersten Mal ...« Er sprach nicht weiter.

Gespanntes Schweigen hing über uns, bis er wieder sprach. »Alle glauben, Ihr seid die Geliebte von Prinz Henry. Seid Ihr es?«

»Ihr solltet nichts auf den Tratsch geben. Der Prinz ist nur ein vernarrter Knabe.«

»Ihr habt viele Fehler, aber Dummheit gehört vermutlich nicht dazu.«

»Ganz recht. So dumm wäre ich nicht. Aber dennoch *bezeichnet* man mich als Hure.« Ich dachte gerade, das könnte das längste Gespräch sein, das wir je geführt hatten.

»Wenn Ihr eine Hure seid, macht mich das unweigerlich zum Hahnrei. Ihr bekommt keinerlei Mitgefühl von mir.«

»Ich möchte kein Mitgefühl.« Ich fragte mich, wie er zu dem geworden war, der er war. Ich hatte seinen Vater dafür verantwortlich gemacht, der es zu weit getrieben hatte und nun mit seinen weißen Satingewändern und selbstgefälligem Gesichtsausdruck in der Halle an der Wand hing, den Mann, den mein Onkel einen Ikarus nannte. »Welcher Narr«, hatte er einmal kommentiert, »würde eine Armee aufstellen, um seinen Monarchen zu stürzen, wenn es doch sehr viel wirksamere Mittel gibt, um Macht zu gewinnen?«

»Bitte.« Ich setzte mich neben Essex. Seine entstellte Narbenhaut war entzündet. »Bitte. Wir sind beide sehr unglücklich. Können wir uns nicht gegenseitig die Freiheit geben?«

»Ich hatte andere Frauen, das wisst Ihr. Und nur Ihr macht mich...« Noch immer konnte er es nicht aussprechen. »Ihr seid Gift.« Mit verzerrtem Gesicht zeigte er auf mich. »Es heißt, nur ein Zauber könne einen Mann so impotent machen. Es kursieren Gerüchte über Euch... über Eure Wahrsagerei. Ihr schützt vor, es sei nur ein Spiel, aber es heißt auch, von da sei es nur ein kleiner Schritt, um sich mit dem Teufel zusammenzutun.« Er sah mich scharf an. »Würde man Euch für eine Hexe halten, bekäme ich meine Freiheit zurück, nicht wahr?«

Seine Worte ließen mich zu Eis gefrieren. »Ist das eine Drohung?«

Er antwortete nicht, schaute mich nur weiterhin grimmig an, bis ich aus dem Gemach schlich.

Er

Ich besuchte Thomas unangekündigt in seiner Zweizimmerwohnung hinter dem Newgate Market. Das Viertel war großteils heruntergekommen. Nur wenige wollten so nah am Gefängnis leben. Die Häuser standen hier dicht gedrängt, die Balken waren wurmstichig. Doch Thomas' Haus war robust, aus Stein gebaut, und seine Räume waren groß und lagen hoch genug, um lichterfüllt zu sein und einen guten Ausblick auf den Platz mit dem Gefängnis und der Kirche dahinter zu bieten.

Ich traf Ralph Winwood bei ihm an. Ich hatte ihn nicht mehr gesehen, seit Thomas und ich eine Zeit lang in seinem Londoner Haus gelebt hatten, lange ehe ich in die Nähe des Königs gelangte. Dort hatte meine Freundschaft mit Thomas ihren Anfang genommen. Ich lebte als Page in Winwoods Haushalt, und Thomas war angestellt, um ihn bei rechtlichen Angelegenheiten zu unterstützen. Es waren unbeschwerte Tage mit wenig Verantwortung, und ich war glücklich, auf die Butterseite gefallen zu sein.

Thomas wurde so etwas wie mein älterer Bruder und weihte mich in die stille Unbarmherzigkeit des Hofes ein. Er sagte, er sehe Potenzial in mir, und empfahl mich für den Posten des Haushaltssekretärs, der die Konten führte. Ich hatte nie ganz ergründet, wie Winwood seinen Reichtum angesammelt hatte, aber reich war er, und jeder sollte es wissen. Soviel ich wusste, war er unlängst als Diplomat in den Niederlanden gewesen.

»Da ist er ja«, sagte Winwood, als wäre ich gerade Gesprächsthema gewesen. Er war ein kleiner Mann, gut einen Kopf kleiner als ich, aber breit und mit selbstgefälligem Gesichtsausdruck. Er betrachtete mich von oben bis unten, als schätzte er den Wert eines jeden Kleidungsstücks, das ich am Leibe trug. »Das Glück war Euch hold, nicht wahr? Ich täte nichts lieber, als Eure Neuigkeiten zu hören, aber ich habe eine Verabredung und bin schon spät dran.« Er zog etwas aus seiner Tasche und musste bemerkt haben, dass ich hinstarrte, denn er sagte: »Ich wette, trotz Eures feinen Gewands habt Ihr so etwas noch nie gesehen.« Er reichte es mir. »Der größte Smaragd, der dem Edelsteinhändler je untergekommen ist … größer als jeder Edelstein des Königs.«

Er hatte die Größe eines Zwerghuhneis, mit einem Deckel auf einem Zapfen. Ja, er hatte recht: So etwas hatte ich noch nie gesehen. Ich schob den Deckel auf und entdeckte einen Zeitmesser, exquisit detaillierte Emailarbeit auf Gold, und darunter ein pulsierendes metallisches Herz.

Winwood lächelte und reckte seine dicke Hand, um seinen Schatz wieder entgegenzunehmen und einzustecken. »Wir müssen uns unbedingt verabreden. Das heißt, wenn Ihr die Zeit dafür findet. Ich denke, Seine Majestät hält Euch auf Trab.« Er lächelte anzüglich, dann war er fort und ließ mich mit Thomas allein.

»Prahlerisch wie immer«, sagte ich.

»Er ist ein anständiger Mann und sehr großzügig.« Thomas war augenscheinlich nicht erfreut, mich zu sehen. Seine Züge waren angespannt. »Was machst du überhaupt hier? Ich weiß nicht, wie du diese Frechheit besitzen kannst.« Er ließ eine

Tirade los, ich hätte ihn vor dem König nicht angemessen verteidigt und ich käme nur, wenn ich seine Unterstützung bräuchte. »Meine Lage, meine Schande, das ist dein Werk.« Er wandte sich ab und sah aus dem Fenster. »Du bist kein guter Freund, Robin. Nach all dem, was ich für dich getan habe... ich fühle mich verraten.«

In diesem Augenblick wünschte ich mir die damalige Sorglosigkeit in Winwoods Haus zurück und hatte das schmerzliche Gefühl, die Zeit der Unschuld sei unwiederbringlich vorbei. »Ich bin gekommen, um es wiedergutzumachen.« Bei diesen Worten wusste ich, dass ich ihn schon wieder verriet – mein Herz gehörte Frances. Ich stand neben ihm, aber er wollte mich nicht ansehen, und still beobachteten wir die Arbeiter, die gegenüber im Gefängnishof einen Galgen abbauten.

Schließlich sprach er. »Was glaubst du, wie ich mich gefühlt habe, als ich dich und ihn so gesehen habe?«

»Das war nicht meine Absicht.« Ich hätte ihm in Erinnerung rufen können, dass wir nun Freunde waren, kein Liebespaar mehr, aber den Gedanken, ihn noch weiter zu verärgern, ertrug ich nicht. »Ich will gar nicht versuchen, mich zu verteidigen. Ich möchte nur, dass du weißt, es tut mir leid... aufrichtig leid.« Ich wollte ihn berühren, doch er wich zurück.

»Ich glaube, du solltest gehen.« Sein Ton war barsch und unerbittlich.

»Ich gebe unsere Freundschaft nicht auf, Tom. Du bedeutest mir viel zu viel.« Ich meinte es ernst, fürchtete aber, es klinge abgedroschen und er zweifle an meiner Ehrlichkeit. »Und ich bringe gute Nachrichten. James möchte, dass du an den Hof zurückkehrst.« Er drehte sich zu mir und sah aus, als glaubte er mir nicht. Ich nickte. »Doch, wirklich.« Er bemühte sich, ein Lächeln zu unterdrücken. »Wirklich?«

Wieder nickte ich. »Du hast doch niemandem erzählt, was du in Royston gesehen hast, oder?«

»Wofür hältst du mich?« Er stupste mich an. »Vertraust du mir etwa nicht?«

»Natürlich vertraue ich dir. Dir mehr als allen anderen.« Er entspannte sich etwas, und ich strich ihm eine Locke aus der Stirn, die ihm übers Auge gefallen war.

Er umfasste mein Handgelenk. »Du ... was soll ich nur mit dir machen.« Wir standen dicht voreinander, so dicht, dass sich unsere Köpfe beinahe berührten. Ein Beobachter hätte denken können, wir würden uns gleich prügeln. Es gibt immer ein Gefühl der Nähe zu den Menschen, die man geliebt hat, und ebenso die bittersüße Erkenntnis, dass Zeit vergangen ist und man nicht mehr der ist, der man einmal war. Das besiegelt eine Freundschaft. Doch angesichts meiner Gefühle für Frances schien mir das, was ich einst für Thomas empfunden hatte, bedeutungslos, eine jugendliche Schwelgerei.

»Ich habe dir etwas mitgebracht«, sagte ich. »Erinnerst du dich an diesen kastanienbraunen Wallach, der dir so gut gefiel?« Er sah mich ungläubig an. »Draußen. Beim Stallknecht.« Und da war es, dieses Lächeln, das wie Feuer auf andere übersprang. »Warum lässt du ihn nicht zeigen, was er alles kann?«

Kurz darauf waren wir auf den Feldern nördlich der Stadt und ritten nebeneinanderher, so wie wir es so oft getan hatten; ich verspürte ein wachsendes Hochgefühl. Es war ein milder Nachmittag, einer dieser perfekten Tage, der mit den dicken weißen Wolken und dem blass goldenen Licht wie gemalt wirkte. Es war nun ein Jahr her, fast auf den Tag genau, dass ich Frances zum ersten Mal in den Gemächern des Prinzen begegnet war. Mit jenem Tag hatte für mich eine neue Zeitrechnung begonnen – vor Frances und nach Frances –, als wäre ich erst in jenem Augenblick geboren worden. Und sie befand sich auf dem Rückweg von Chartley.

Das wusste ich, da ich am Abend zuvor mit ihrem Bruder Harry etwas getrunken hatte; es war mir gelungen, das Gespräch auf sie zu lenken, als er recht unerwartet flüsterte: »Du magst sie, nicht wahr?« Ich antwortete nicht, und er sah mich aus seinen dunklen Augen, die er ihr gestohlen hatte, amüsiert an. »Sie kommt zurück.« Hinter mir war die Tür aufgegangen. Harry sah auf. »Stimmt das etwa nicht?«

Als ich mich umdrehte, erblickte ich Northampton. »Stimmt *was* etwa nicht?«, fragte er.

Ich suchte in seinem Gesicht nach Anzeichen für die grausame Ader, von der Frances mir erzählt hatte. Aber ich entdeckte nur den freundlichen alten Herrn, den ich kennengelernt hatte.

»Dass Frances auf dem Rückweg zum Hof ist.« Harry wechselte einen Blick mit seinem Großonkel, als teilten sie ein Geheimnis.

»Ja, das *stimmt*«, entgegnete Northampton. »Ihr müsst sie einmal richtig kennenlernen. Ich habe im Gespür, dass Ihr beide Euch mögen werdet.«

Sie ist auf dem Rückweg, sie ist auf dem Rückweg. Im Rhythmus des Hufschlags kreisten mir diese Worte durch den Kopf. In meinen Gedanken war sie nicht auf dem Weg zurück zum Hof, sie war auf dem Weg zurück zu mir.

Thomas war vorausgeritten und bekam ein Gefühl für sein neues Pferd. Er sah gut aus im Sattel. Er war ein geschickter Reiter und der Wallach höchst nervös, doch Thomas hatte ihn vollkommen unter Kontrolle. Als ich seinen entschlossenen, aber doch sanften Umgang mit diesem ungebärdigen Pferd beobachtete, begriff ich, dass ich seine Freundschaft brauchte, dass sie mich festigte. Vielleicht verlangte ich zu viel, wenn ich Thomas' Freundschaft und Frances' Liebe, wenn ich beides wollte.

Schließlich gelangten wir zu einem Bach auf einer sonnengesprenkelten Lichtung, wir blieben stehen und ließen die Pferde trinken. Wir kannten diesen Ort gut. Jahre zuvor waren wir oft zum Schwimmen hier gewesen, und überrascht stellte ich fest, dass der kleine Damm, der das Wasser staute, noch unversehrt war. Thomas und ich hatten ihn gemeinsam gebaut.

Ich stieg ab, beobachtete die Libellen, die in ihrem metallischen Kleid über das Wasser schwebten, und war froh, dass wir uns wieder an diesem geheimen Platz befanden. Das Wasser stand hoch und lappte ins hohe, saftig grüne Gras. Ich legte mich hinein und streckte alle viere von mir. Thomas setzte sich neben mich.

»Was wollte Winwood?«, fragte ich.

»Er hat ein Auge auf den Ministerposten geworfen. Er hofft, ich könnte dich dazu bewegen, dass du beim König ein gutes Wort für ihn einlegst. Ich sagte ihm, dass ich dich schon lange nicht mehr gesehen habe, und plötzlich stehst du wie ein gesegnetes Trugbild vor uns. Typisch für dich, Robin. Was hältst du von Winwood? Du könntest ihm einen Vorteil verschaffen.«

»Ich weiß nicht.« Der König hatte mich zur Verschwiegenheit über seine Pläne für das Ministeramt verpflichtet.

»Du schuldest mir etwas, Robin, und dies wäre ein Weg…« Er sprach nicht weiter.

Ich verspürte den Hauch des Verdachts, dass er versucht haben könnte, mich für seine Zwecke zu beeinflussen, aber ich verwarf den Gedanken – nicht Thomas, so war er nicht. Ich schuldete ihm *tatsächlich* etwas und verstand, warum er einen Freund in einem hohen Amt wollte, da ich mich doch als wenig zuverlässig erwiesen hatte. »Er bietet eine hohe Summe. Er wäre gut auf diesem Posten ... solide, verlässlich, jemand, den wir kennen, ein aufrechter Protestant.«

Ein Schmetterling setzte sich auf sein Knie. Still beobachteten wir, wie er mit seinen leuchtenden Flügeln schlug, bis er taumelnd davonflog. »Wie hoch ist eine hohe Summe?«

»Zweitausend.«

»Mein Gott.« Ich dachte, nicht ich, sondern der König könne diesen Betrag angesichts der leeren Staatskasse gut gebrauchen. »Tja, du wirst ihm sagen müssen, er solle sein Geld behalten.« Thomas' Stimmung sank. »Der König beabsichtigt, den Posten offenzuhalten. Das darfst du niemandem verraten. Ich sollte eigentlich nicht darüber reden.«

Er verscheuchte eine Fliege. »Was willst du damit sagen? Er ernennt niemanden? Warum?«

Ich dachte nicht im Traum daran, ihm die Gründe des Königs darzulegen. Er wusste bereits viel zu viel, darum zuckte ich bloß mit den Schultern und sagte, ich wisse es nicht.

»Wer übernimmt all diese Aufgaben? Das Funktionieren des Landes hängt von einem Minister ab.«

»Ich werde mir die Aufgaben mit dem König teilen.«

»*Du?*«

Ich beschloss, den herablassenden Ton zu ignorieren, und sagte: »Schau, wir wissen doch beide, dass ich nicht die entsprechende Bildung habe.«

»Das ist es nicht«, warf er ein. »Du bist gescheiter als die meisten dieser Inzüchtlinge im Kronrat. Aber es ist die Aufgabe eines erfahrenen Staatsmannes.«

Ich setzte mich auf. Ich wollte sein Gesicht sehen. »Du wirst mir helfen.«

»Ich?« Er sah aus, als hätte er soeben von einer großen, unerwarteten Erbschaft erfahren. »Ist das der Wunsch des Königs?«

»Nein, nicht offiziell. Aber es ist *mein* Wunsch.« Er schien geringfügig ernüchtert. »Niemand darf davon erfahren.« Plötzlich hatte ich Bedenken, es ihm anvertraut zu haben, und wollte, ich hätte damit gewartet, bis die Dinge geklärt wären. »Ich *kann* dir doch vertrauen?«

»Um Himmels willen! Das ist heute nun schon das zweite Mal, dass du an meiner Loyalität zweifelst.« Seine Augen wurden schmal, und ich sah, dass er die Hände so fest zu Fäusten ballte, dass die Knöchel weiß wurden. »Vielleicht beurteilst du mich nach *deinen* Maßstäben.«

Ich hatte vergessen, wie rasch er in Wut geraten konnte. Doch nun lagen die Dinge anders, und ich wollte keinen Streit. »Ohne dich, Tom, kann ich es nicht.« Ich legte meine Hand auf sein Knie, woraufhin seine Fäuste sich öffneten. »Es soll unser Geheimnis sein.«

Ich hatte das Richtige gesagt: Sein Lächeln bezeugte es. Ich zog mir die Stiefel aus und begann, meine Hose aufzuschnüren. »Komm, lass uns schwimmen gehen.« Als ich auf das Wasser zurannte, warf ich meine Kleider wie Schatten ins Gras. »Komm schon.«

Ich stürzte mich ins Wasser – die Kälte umfing mich schockartig – und machte ein paar Züge. Er sah mir vom Ufer aus zu, wo er mit baumelnden Beinen saß. Ich kannte diesen Blick und wusste, dass er nicht anders konnte, als mir zu vergeben. Ich schwamm zu ihm und zog an seinem Bein. »Komm rein.«

Er schob mich mit dem Fuß weg. »Mir ist nicht danach.«

Ich hatte vergessen, dass er ein schlechter Schwimmer war, der sich nie überforderte, und die Tiefe des Wassers an jenem Tag musste ihn abgeschreckt haben. Ich hielt die Luft an, tauchte und verschwand. Als ich knapp über dem Boden dahinglitt, wo dunkle Fische hin und her flitzen, pochte mir mein Herzschlag im Ohr, und ich verspürte eine überwältigende Freude, dass Thomas in mein Leben zurückgekehrt war. Schließlich hatte ich in ihm jemanden, der einem Bruder am nächsten kam.

Ich tauchte wieder auf, hievte mich auf die Böschung und legte mich bäuchlings auf einen Sonnenfleck. »Du hättest hineinkommen sollen. Das Wasser ist herrlich.« Ich rollte mich auf den Rücken und spürte, dass die Wärme in meine Haut drang.

Er lächelte mich an. »Du hast schon immer das Wasser geliebt.«

Wir blieben noch eine Weile und schwelgten in Erinnerungen, bis dicke Wolken sich vor die Sonne schoben. Ich zog mich an, meine Kleider klebten auf meiner feuchten Haut.

»Du hast etwas fallen lassen.« Er hatte sich gebückt und einen kleinen Gegenstand zwischen Zeigefinger und Daumen aus dem Gras geborgen. »Was ist das?« Er hielt es mir hin.

»O mein Gott! Frances' Perle!« Ohne nachzudenken, entriss ich sie ihm.

»Wer ist Francis? Und warum hast du seine Perle bei dir?«

»*Ihre* Perle«, verbesserte ich ihn, und mir wurde mein Fehler bewusst, noch ehe er verstand.

»*Ihre* Perle«, wiederholte er, und ich sah, dass sein Gesicht sich verächtlich verzog, als es ihm dämmerte. »Sag mir, dass sie nicht dieser Frances Howard gehört. Jeder anderen Frances, aber nicht dieser da.«

Ich hätte gelogen oder es mit einer launigen Bemerkung abgetan, aber ich war nicht fähig, Frances zu verleugnen; ich fühlte, es wäre Verrat, darum sagte ich nichts.

Thomas' Stirn legte sich in Falten. »Hast du den Verstand verloren? Sag mir bitte, dass es ein Witz ist.« Er stand da, hatte den einen Stiefel an und den anderen gedankenverloren in der Hand.

»Wenn du sie kennen würdest, dächtest du anders. Sie ist nicht das, was sie zu sein scheint.«

Er schleuderte den Stiefel zu Boden. »Sie ist eine Howard, um Gottes willen.«

»Du bist es, der darauf beharrt, dass die Howards deine Feinde sind – nicht ich.«

»Du kannst nicht in beiden Lagern einen Fuß haben.« Schweigend zog er sich den Stiefel an, sprang auf sein Pferd, trieb es in den Kanter und rief über die Schulter: »Das wird nicht gut ausgehen.«

Es klang wie eine Warnung.

Sie

Seit Stunden weint jemand in der Kammer nebenan; wie ein Wurm kriecht ihr das Geräusch unter die Haut. Darum ist sie erleichtert, als der Wächter kommt, um sie hinaus an die Luft zu führen. Sie ist froh, dass es heute William ist – der Einzige, der sie nicht misstrauisch beäugt.

Draußen muntert sie der helle Tag auf, doch sie sind erst die Hälfte des Weges durch den ummauerten Hof gegangen, als der Himmel sich plötzlich verdunkelt und sie eine kühle Sturmbö mit Regen peitscht. Da es in unmittelbarer Nähe keinen Unterstand gibt, bleiben sie einen Moment stehen, unschlüssig, ob sie vor oder zurück laufen sollen. Wasser rinnt ihr über das Gesicht. Es ist frisch und belebend, nicht wie dieses dunkle, plätschernde Flusswasser. William sieht verlegen aus, als wäre das Wetter seine Schuld.

Sie muss lachen, als sie zu einem niedrigen Bogen rennt. Er bietet ein wenig Schutz, doch sie ist bereits bis zur Unterwäsche durchnässt. Er ist groß, gut aussehend und aufgeweckt wie ein junger Hund; auch er lacht nun und drückt sich mit roten Wangen neben ihr an die Mauer. Zum ersten Mal seit sie hier an diesem Ort ist, fühlt sie sich lebendig, und die Art, wie er sie kaum ansehen kann, lässt sie an die vage Möglichkeit einer Flucht denken. Vielleicht kann sie ihn dazu überreden, ihr zu helfen. Als sie durch ihre Wimpern zu ihm aufschaut, bemerkt sie das hastige kleine Einatmen, das ihr verrät, dass der Funke entfacht ist. Mit sorgfältiger Planung könnte es gelingen – wenn es zum Schlimmsten kommt.

Der Regen hört so unvermutet auf, wie er angefangen hat. »Ich hoffe, Ihr habt noch eine weitere Uniform.« Sie lächelt ihn an, und als sie ihn sich ohne Hemd vorstellt, wallt Verlangen in ihr auf. »Sonst erkältet Ihr Euch.«

Sie lauschen noch eine Weile dem Tröpfeln und Gurgeln in den Furchen, ehe er sagt: »Wir sollten besser.« Er tritt beiseite, damit sie vor ihm geht.

Es ist stickig im Zimmer. Es riecht nach Baby, und die Fenster sind beschlagen. Zumindest hat das Weinen aufgehört. Nelly grinst William an. Frances erstarrt und schickt ihn fort. Dann stellt sie sich ans Feuer, um ihr nasses Kleid auszuziehen.

Nelly flicht ihr das feuchte Haar auf. »Das braucht Stunden, bis es trocken ist.«

Frances muss plötzlich an den Moment denken, als Robert sie zum ersten Mal mit offenem Haar sah und er das Gefühl hatte, sie verheimliche ihm etwas.

»Robert hat mein Haar geliebt.« Die Wehmut in ihrer Stimme überrascht sie.

»Wie war er denn?« Nellys Augen funkeln gierig nach der nächsten Fortsetzung – zu gierig vielleicht –, und Frances fällt auf, dass sie von Robert in der Vergangenheit gesprochen hat, als wäre er bereits tot.

**

Man kann von Whitehall zum Northampton House gelangen, fast ohne einen Fuß nach draußen setzen zu müssen; der Weg führt durch ein Gewirr dunkler, kaum genutzter Gänge. Ich befand mich gerade in einem dieser Gänge, um meinem Onkel einen Besuch abzustatten, als ich hinter mir Schritte hörte.

Jemand bemühte sich dringlich, keine Geräusche zu machen, das beunruhigte mich. Ich ging langsamer, er ging langsamer. Ich lief schneller, er tat es mir nach. Ich rannte los, und mein Verfolger hinter mir her, an meiner Schulter, es schnürte mir die Kehle zu. Ich blieb abrupt stehen, drehte mich um, doch ehe ich auch nur Luft holen konnte, wurde ich an die Mauer gedrückt. Meinen Schrei erstickte eine Hand. Sein Gesicht war verdeckt, mit Ausnahme der höhnisch durchdringenden Augen.

Ich riss meine Börse von meinem Gürtel und hielt sie ihm hin, wobei ich meine Hand zwang, nicht zu zittern.

»Behaltet Eure Münzen.« Seine Stimme klang wie ein leises Knurren. Ich trat um mich, versuchte, ihm in die Hand zu beißen, und schaffte es irgendwie, ihm meine Nase heftig gegen den Unterarm zu stoßen. Es tat schrecklich weh. *Zeige niemals deine Angst.* Sein Gesicht war einen Zentimeter vor meinem. Er roch nach Bergamotte, dem Duft der Frauen und Höflinge. Er war also kein gemeiner Taschendieb. »Haltet Euch von Robert Carr fern. Ich warne Euch.«

Mit einem Stoß ließ er mich los und rannte davon, während ich taumelte und ihm in die Finsternis hinterherschrie: »Wer seid Ihr?« Ich hörte nur die sich entfernenden Schritte. »Wer schickt Euch?«

Ich blieb einen Moment an der Mauer stehen, bis mein tobendes Herz sich beruhigt hatte. Der Onkel erwartete mich an der Tür, als ich eintraf.

Ich musste sichtlich gezittert haben, denn er fragte: »Was ist denn mit dir passiert? Du bist aschfahl. Bist du verletzt?« Er schien besorgt, legte seinen Arm um mich und führte mich zu einem Stuhl.

»Nein … nein, nicht verletzt.« Es gelang mir nicht, das Beben in meiner Stimme zu bezähmen. »Aber mich hat ein Mann behelligt und mir gedroht. Ich solle mich von Robert Carr fernhalten.«

»Wem hast du von Robert Carr erzählt?« Sein Ton war scharf, all sein Mitgefühl fiel augenblicklich von ihm ab.

»Niemandem. Nur Anne Turner. Nur ihr. Und sie wusste es bereits.«

»Sollte Anne Turner eine unpassende Bemerkung gemacht haben, wird sie sich vor mir verantworten müssen.« Ich war froh, dass Anne nicht da war und seinen Groll zu spüren bekam. Ich gab mein Bestes, um sie zu verteidigen, doch er war wohl mehr daran interessiert, meinen Angreifer zu identifizieren. Er belagerte mich mit Fragen, was hatte er an, welche Farbe hatten seine Augen, welche Waffe trug er bei sich. »Hast du nicht daran gedacht, ihm die Maske vom Gesicht zu reißen, Frances?«

Er führte mich nach oben, wo meine Eltern in der Galerie warteten. Sie waren gekommen, um über die Auflösung meiner Ehe zu sprechen. Mir fiel auf, dass der Onkel den Zwischenfall im Gang von Whitehall nicht erwähnte, sodass ich mich fragte, was sie sonst noch voreinander verbargen.

Vater war für sein Porträt gekleidet, Schwert, Sporen, Stiefel, alles auf Hochglanz poliert, und eine Straußenfeder am Hut, so lang wie ein Kaminbesen. In diesem Jahr malte uns Meister Larkin, und im Northampton House roch es ständig nach Leinöl und Terpentin. Die Bildnisse waren am anderen Ende des Gemachs aufgereiht, keines richtig fertig, obwohl meines bereits vor Monaten, ehe ich nach Chartley abreiste, begonnen wurde.

Auf einem Tisch an der Seite waren Utensilien ausgebreitet: eine Palette, die in ein feuchtes Tuch gehüllt war, damit die Farben nicht eintrockneten, ein Reihe von Pinseln, die fächerartig in einem Glas standen, ein Stapel von Entwürfen, die in der Zugluft des offenen Fensters raschelten. Neben einem Mörser mit einem Stößel befanden sich – wie die Ausstattung eines Hexenmeisters – Flaschen mit unbekannten Flüssigkeiten und farbigen Pulvern.

Wir alle saßen, mit Ausnahme meines Vaters, der hin und her ging. Er war recht prachtvoll, wirkte aber neben meinem Onkel immer gestutzt, und ich überlegte, ob er stehen blieb, um sich überlegen zu fühlen. Er übernahm das Gespräch – womöglich aus demselben Grund. »Du hast also mit Essex gesprochen?«

Der Onkel, der sich auf seinem Stuhl zurückgelehnt hatte und uns alle begutachtete, als wären wir Schauspieler in seinem Stück, forderte mich mit einem Nicken auf zu antworten.

»Ebenso wie ich ist er erpicht darauf, einen Ausweg aus dem Ehegelöbnis zu finden. Obwohl ich nicht glaube, dass er ...«

»Was glaubst du nicht, dass er ...« Mein Vater klopfte mit den Handknöcheln gegen die Rückenlehne meines Stuhls. »Er wird doch wohl nicht störrisch sein, wenn es um die Aussage geht? Du *musst* ihn dazu bringen, Frances.« Vater zeichnete sich durch seine Ungeduld aus und ließ nur selten jemanden aussprechen.

»Kannst du dich nicht hinsetzen?«, blaffte der Onkel, den das Auf- und Abschreiten meines Vaters ebenso irritierte wie mich. »Was *genau* hat Essex gesagt?« Er sah mich an.

»Er hat die Sorge, dem öffentlichen Spott preisgegeben zu sein. Er sagte, einer von uns müsse erst sterben, ehe ...«

»Ausgemachter Blödsinn«, warf mein Vater ein.

Im Gegensatz dazu war der Ton meines Onkels gemäßigt. »Je eher wir dich aus dieser Ehe herauslösen, umso besser. Und wenn der Knabe nicht in der Lage ist, seine Pflicht zu erfüllen, ist es gar keine Ehe. Ich habe bereits mit dem König darüber gesprochen.«

»Was hat *er* gesagt?« Zum ersten Mal ergriff meine Mutter an diesem Nachmittag das Wort. Auch sie wurde gemalt und trug ihr bestes mit Edelsteinen besticktes Gewand. Mit ihren klaren Gesichtszügen und der blassen Tönung im Haar, die das Grau kaschierte, war sie noch immer eine schöne Frau. Ich kam nicht nach ihr.

Ich war dunkler, ebenso wie Harry und der Onkel. Wenn ich unsere Porträts nebeneinander betrachtete, fiel mir unsere Ähnlichkeit auf. Das ließ die leisen Mutmaßungen richtig erscheinen, mein Bruder und ich seien das Ergebnis von Fehltritten, von denen meine Mutter meinte, niemand wisse davon. Es war nicht auszuschließen. Die Howards lebten in einem Gewirr von Geheimnissen, die sie einander verschwiegen.

»Der König hat nichts gesagt, was wir nicht bereits wissen«, entgegnete der Onkel. »Er beharrt darauf, dass Essex sich bei einer Anhörung zu seiner Impotenz bekennt. Und angesichts dessen, was Frances sagt, weiß ich noch nicht, wie uns das gelingen soll. Vielleicht ist es hilfreich, ihn und seine Leute hierher einzuladen, sodass wir es von Angesicht zu Angesicht besprechen können.« Er legte seine Hand auf meine. Sie war groß und gefleckt wie ein Stück totes Holz. »In der Zwischenzeit musst du weiter an dem Favoriten arbeiten.«

»Ich glaube, Carr hängt am Haken.« Ich lächelte ihm zu. Er hatte mir immer wieder gesagt, nichts Lebendiges könne meinem Lächeln widerstehen. »Wohlgemerkt, ich habe ihn seit Monaten nicht gesehen.« Seit meiner Rückkehr war ich ihm nur in der Öffentlichkeit begegnet, aber ich wusste, er war bezaubert von mir – es stand ihm ins Gesicht geschrieben, in den verstohlenen Blicken und seinem überraschenden Erscheinen, wo auch immer ich mich befand. Ich unterließ es zu erwähnen, dass ich ebenso bezaubert an Robert Carrs Haken hing wie er an meinem.

»Hast du dich ihm schon hingegeben?« Vater brachte es auf den Punkt.

»Um Himmels willen.« Mutter dachte eindeutig, nun sei er zu weit gegangen, aber ich winkte ab und sagte, es gebe keinen Anlass, darüber schamhaft zu schweigen, aber selbstverständlich hätte ich es nicht getan.

Der Onkel sagte: »Gut, tue es nicht. Zumindest *noch* nicht.«

Ich wollte schreien: *Ich bin in ihn verliebt.* Aber ich stellte mir das Entsetzen des Onkels vor, das schnaubende Lachen des Vaters und die Worte meiner Mutter: *Du verliebt? Das bezweifle ich.*

»Du bist ein braves Mädchen, Frances.« Vater triefte vor Unaufrichtigkeit. »Deine Mutter und ich sind sehr stolz auf dich.«

»Ich dachte, Ihr könntet Carr nicht ausstehen«, sagte ich. »Ihr habt ihn immer ›diesen schlecht erzogenen schottischen Schurken‹ genannt.«

»Dinge ändern sich … er ist uns nützlich geworden.« Vater mochte es nicht, herausgefordert zu werden, schon gar nicht von seiner am wenigsten geliebten Tochter.

»Wir sind *wirklich* stolz auf dich«, sagte der Onkel, der immer vermittelte. »Wir miteinander werden den Howards zu mehr Macht verhelfen, als sie je hatten.« Er beugte sich zu mir und murmelte: »Ich wusste, dass du der Aufgabe gewachsen bist.« Fest umfasste er meine Taille, als wäre ich eine Handpuppe. »Als du noch ein Kind warst, wusste ich schon, dass du etwas hast, was andere nicht haben.«

Ich saugte sein Lob auf. Die Anerkennung meines Groß-onkels war alles gewesen, nach dem ich mich gesehnt hatte, so-lange ich denken konnte. Und wenn seine Anerkennung durch das Verstoßen eines Gemahls zu gewinnen war, der mich verab-scheute, und durch das Erobern eines Mannes, den ich meinte, bereits zu lieben, dann war es ein Segen, die Kreatur des Onkels zu sein. Oder zumindest glaubte ich das.

Er drehte mein Gesicht zu sich und sprach, als wären wir allein im Gemach. »Aber du musst vorbereitet sein. Es wird viel Dreck geschleudert werden, und der meiste wird sich gegen dich richten. Man wird dich angreifen, und du darfst nicht zurück-schlagen.«

»Wie angreifen?«

»Sie werden sagen, du hättest den Prinzen verhext, dann den Favoriten ins Auge gefasst, und höchstwahrscheinlich, dass du jeden Mann verführt hättest, der je einen Blick auf dich gewor-fen habe. Du weißt, wie die Leute sind. Du musst deinen Kopf oben tragen und alles ignorieren.«

»Die Leute können denken, was sie wollen.« Ich wusste sehr genau, dass der Plan bessere Chancen auf Erfolg hatte, wenn ich so kaltherzig war, wie sie es alle glaubten.

»Das klingt nach meinem Mädchen.« Er sah hinüber zur Uhr. »Carr sollte gleich hier sein.«

»Er kommt?« Meine Nerven spielten verrückt. Der Onkel kannte mich zu gut, und ich war unsicher, ob ich in der Lage wäre, meine Gefühle zu verbergen, wenn Robert Carr vor mir stünde.

»Das muss er jetzt sein«, sagte mein Vater, als er draußen ein Geräusch hörte.

Und da war er, in der Tür. Ich sah, dass er erst zu den Ge-mälden blickte, dann zu mir. Seine Schönheit machte mich verlegen oder vielmehr die Wirkung, die sie auf mich hatte. Er schien amüsiert und zeigte auf seine Jacke; da sah ich, dass sie aus dem gleichen tiefroten Damast gefertigt war wie mein Gewand.

Der Onkel sagte heiter: »Würdet Ihr beide in einem Theaterstück spielen, hielte man Euch in Eurer abgestimmten Kleidung für Gemahl und Gemahlin.«

Blitzgeschwind entgegnete Carr: »Würden wir in einem Theaterstück spielen, wäre sie ein Knabe«, was uns alle zum Lachen brachte, selbst meinen Vater.

Meine Mutter lächelte geziert, und so wusste ich, dass auch sie dem Charme des Favoriten erlegen war. Doch plötzlich verzerrte sich ihr Gesicht, und sie schrie meinen Namen. Es wurde still im Gemach, alle sahen mich gebannt an.

Etwas Warmes floss auf meine Oberlippe, und als ich hinfasste, waren meine Finger blutig. Ein Tropfen war auf mein Gewand gefallen, sodass das Dunkelrot sich noch röter färbte. Carr hielt mir sein Taschentuch hin, das meine Mutter an sich riss und mir ins Gesicht drückte; sie führten mich zu einem Stuhl, wo ich mich, den Kopf in den Nacken gelegt, hinsetzte. Jemand rief nach Eis. Erst da erinnerte ich mich an den heftigen Stoß, den ich kurz zuvor abbekommen hatte.

Der Onkel nahm Carr beiseite, und ich hörte sie über Poesie reden. Carr zitierte einige Verse von irgendetwas, wobei seine sanfte Stimme wie Musik nachklang. Vater ging noch immer ungeduldig hin und her, als hätte ich ihn absichtlich mit meinem Nasenbluten belästigt. Die augenscheinliche Verbundenheit zwischen dem Onkel und Carr freute mich. Essex war mit ihm immer übellaunig und schroff gewesen; und als ich die beiden so beschwingt wie alte Freunde plaudern hörte, meinte ich, einen Blick in eine bessere Zukunft zu tun.

Als das Nasenbluten versiegt war, schlug meine Mutter vor, ich solle mich doch hinlegen. Aber ich weigerte mich, da ich nicht schwach erscheinen wollte, und saß aufrecht da, wobei ich meine ganze Willenskraft aufwenden musste, um nicht zu Carr zu sehen. Ich fühlte mich weich und warm und zärtlich und wollte mich in seine roten Damastarme schmiegen. In meiner Fantasie war ich, in meinem passenden Kleid, vor ihm unsichtbar und würde wie durch den Trick eines Zauberers verschwinden.

Schließlich sagte der Onkel: »Ich habe uns hier mit einem Hintergedanken zusammengerufen.«

Er sah zu Vater, der sich räusperte, ehe er, direkt an Carr gewandt, sagte: »Wir möchten Euch die Hand unserer Tochter anbieten.«

Carr sah verwirrt aus, fragte, ob er richtig gehört habe, und erwiderte dann: »Aber Lady Essex ist doch bereits vermählt.«

»Lady *Frances*«, verbesserte ihn meine Mutter. »Wir nennen sie Lady Frances.«

»Seht Ihr, ich bin nicht richtig verheiratet.« Daraufhin sah er mich schweigend mit prüfendem Blick an. »Meine Ehe ist nie ganz besiegelt worden.«

»Dann ist es also wahr.« Sein euphorischer Blick löste ein Kribbeln in meinem Nacken aus. Ich fragte mich, was er wohl gehört haben mochte und von wem.

»Ihr beide scheint gut zueinanderzupassen«, sagte der Onkel. »Und ich möchte, dass Frances eine glückliche Ehe führt. Sie ist wie eine Tochter für mich.« Besitzergreifend nahm er meine Hand und redete weiter, sprach von seinem Bedauern, nie das Eheleben kennengelernt zu haben, und welch ein einsames Schicksal das für einen alten Mann bedeute. »Die Annullierung kann womöglich einige Zeit in

Anspruch nehmen. Es gibt da ein, zwei Hindernisse ... aber nichts Unüberwindliches.« Der Onkel gab Carr einen onkelhaften Klaps auf den Arm. »Ich bin mir sicher, Ihr könnt dem König die Vorteile einer solchen Verbindung beeindruckend darlegen ... die Vorteile für *ihn*. Er schlägt Euch doch kaum etwas ab.«

Ich verstand die Umtriebe im Kopf des Onkels. Er hatte alles bedacht. Er wusste, dass der König die Vorteile einer Vermählung seines Favoriten erkennen würde und dass auch die Essex dächten, sie bekämen, was sie wollten: Der Sohn ihres toten Helden wäre aus einer schlechten Ehe befreit. Sie würden sich in einer trügerischen Sicherheit wiegen.

Die Gesamtheit des Plans war beeindruckend. Er hatte nur einen einzigen schwachen Punkt: Essex. Ich ahnte, dass es mehr als normaler Überredungskunst bedurfte, damit er aussagte, aber die Überzeugtheit des Onkels wirkte ansteckend. Wir alle waren fröhlich gestimmt, als die Einzelheiten meiner Mitgift besprochen wurden. Unsere Blicke trafen sich, und ich hatte das Gefühl, Robert Carr würde mich auch in meinen Unterröcken ohne einen Penny nehmen.

»Ich glaube, es versteht sich von selbst, dass Ihr beide mit äußerster Diskretion vorgehen müsst«, sagte der Onkel. »Und was wir heute besprochen haben, darf dieses Gemach nicht verlassen.« Carr erklärte sich mit dieser Übereinkunft einverstanden. Dann sagte der Onkel noch mit einem lüsternen Grinsen: »Ihr solltet Euer Versprechen mit einem Kuss besiegeln.«

Ich hörte den Onkel atmen, er keuchte leicht neben mir, als Carr und ich uns über den Tisch hinweg zueinander vorbeugten.

Er war vollkommen, wie eine dieser Bronzestatuen des Prinzen, von der Hand eines Meisters modelliert, und ich wollte ihn, wollte ihn besitzen, seine Essenz herausdestillieren und ihn immer an mir tragen. Sein geschwungener, leicht geöffneter Mund und seine Augen mit den goldenen Wimpern zogen mich immer näher, aber der hündische Blick des Onkels trübte den Moment. Darum hob ich eine Hand, um ihm die Sicht zu nehmen. Unsere Lippen berührten sich, ich hätte ihn bei lebendigem Leibe verschlingen mögen. Danach wirkte er mit seinen halb geschlossenen Augen und dem nach oben gerichteten Mund wie berauscht.

Aber mit einem Mal fiel die Glückseligkeit von ihm ab, und er flüsterte leise, so als spräche er mit sich selbst: »Thomas wird darüber nicht glücklich sein.«

»Thomas? Thomas wer?«, hakte mein Vater nach.

»Ach nichts.« Carr winkte ab, als wollte er seine Worte auslöschen.

»Ihr meint doch nicht etwa Euren Freund Sir Thomas Overbearing?« Vater lachte ätzend. »Über ihn würde ich mir keine Gedanken machen. Er ist ein *Niemand*.«

Ich sah Carrs finsteren Blick. »Sprecht nicht so über ihn.« Er war standhaft. »Overbury ist wie Familie für mich.« Ich war beeindruckt.

Ich wollte ihn fragen, warum er meine, sein Freund würde Einspruch erheben, und warum das überhaupt von Bedeutung sei. Irgendetwas verschwieg Carr, irgendetwas, das nicht so ganz zusammenpasste.

»Wenn ich Euch etwas raten darf, Ihr solltet Overbury aussortieren.« Vater war voller Verachtung. »Ich weiß nicht, warum Ihr so niederträchtige Freunde wie ihn haben wollt.«

Der Onkel, der die Szene beobachtet hatte, mischte sich nun ein. »Wenn er Einspruch erhebt, kommt zu mir. Ich rede mit ihm. Es gibt nichts, womit man nicht umgehen kann.« Sein

Ton klang vernünftig, doch der wissende Blick, den er mir zuwarf, ließ mich erschaudern.

Damals kannte ich diesen Menschen noch nicht, der in Carr einen so unergründlichen Zweifel ausgelöst hatte.

Er

Der Fluss verlief in einer engen Schleife, als würde er Greenwich, das sich an deren äußersten Rand klammerte, mit einem Achselzucken abtun. Es herrschte kaltes, frisches und klares Wetter – ein wunderschöner Herbsttag, der den Palast aus rotem Backstein und die verstreuten Nebengebäude weit unter uns zum Leuchten brachte. Früher einmal prächtig, wirkte er heute vernachlässigt und verschüchtert, als hätte all die Geschichte, die er miterlebt hatte: die Geburt dreier Tudor-Monarchen, königliche Vermählungen, die Verhaftung einer Königin, all die Geheimnisse, die in seinen Mauern geflüstert wurden, als hätten sie ihn niedergedrückt.

Wir waren durch Unmengen trockenes, knisterndes Laub zur Anhöhe gelangt, dazu winselten die Hunde, wenn sie Fasane aus dem Unterholz aufstöberten. Von einem Feuer weiter unten stieg eine bläuliche Rauchfahne auf, und Schwaden von verbranntem Holz, die sich mit dem modrigen Geruch von herbstlicher Erde mischten, zogen zu uns herauf.

In der Natur zu sein, gab mir neue Kraft, und ich war froh zu sehen, dass auch James erfrischt schien. Er sprühte vor Leben, so wie der Mann, den ich damals kennengelernt hatte – all seine Tics und Zuckungen hatten sich verflüchtigt. Ich musste an die Zärtlichkeit denken, die ich einmal für ihn empfunden hatte. Während der letzten fünf Monate, in denen es keinen offiziellen Staatsminister gab, hatte ihn der ständige Arbeitsdruck erschöpft und geschwächt.

Artemis, mein Falke, hockte ganz ruhig unter seiner Haube auf meinem Arm, während James' Habicht an seinen Fesseln zerrte. Hannibal war eine graue Schönheit von der Größe eines Hündchens mit langen gesprenkelten Beinkleidern. James liebte diesen Vogel; gerne nahm er ein Stück Fleisch zwischen die Zähne, sodass es ihm der Habicht direkt vom Mund pickte. Jedes Mal zuckten die Falkner zusammen, da sie sich vermutlich vorstellten, die königlichen Lippen würden zerfetzt und sie dafür für schuldig erklärt.

Artemis war im Vergleich zu Hannibal klein und zahm. Seine Unruhe begann, sie zu verstören, und sie krallte sich mit angespannten Muskeln in meinen Handschuh, denn der Instinkt sagte ihr, dass sie unter anderen Umständen für einen Habicht eine willkommene Beute sei. Sie hatte flackernde, pechschwarze Augen, die gelb gerändert waren, gelb wie Frances' Halskrausen. Alles erinnerte mich an Frances. Gedanken an sie überfluteten mich. All diese öden Monate des Wartens waren vergessen und einem neuen, greifbareren Verlangen gewichen.

Da James so heiter gestimmt war, schien es mir der perfekte Augenblick zu sein, das Thema meiner Vermählung anzuschneiden. Mehr als einmal hatte er davon gesprochen, eine Partie für mich zu suchen, hatte aber nie Taten folgen lassen, und darum war ich mir unsicher, wie er reagieren würde. Ich kreiste um das Thema herum, erzählte von einer Vermählung kürzlich bei Hofe und lenkte das Gespräch auf die Elternschaft, indem ich ihn fragte, wie er sich gefühlt habe, als er Vater geworden sei.

Ich hoffte, er würde den Köder schlucken und selbst das Thema zur Sprache bringen. Aber nein, er tat es nicht, und am Ende sagte ich: »Auch ich würde gerne die Freuden des Vaterseins kennenlernen.«

»Bei deinem Aussehen wäre es ein Verbrechen, wenn du keine Nachkommen zeugtest.« Er stieß mich an und schien halb zu scherzen. Hannibal schlug ungeduldig mit den Flügeln.

»Um das zu tun, müsste ich vermählt sein.«

»Nicht unbedingt«, neckte er mich, was mir das Gefühl vermittelte, mit meiner taktvollen Herangehensweise nichts zu erreichen. Er war abgelenkt, denn er streichelte seinen Habicht und gurrte ihm zu, um ihn zu beruhigen. Doch dann wurde sein Ton barsch: »Willst du mich ersetzen?«

»Seid nicht albern.« Ich schlug ihm jovial auf die Schulter, fühlte mich aber entmutigt, da das Gespräch nun tatsächlich beendet war. In meinem Handschuh spürte ich die vertraute, harte Rundung von Frances' Perle. Und verborgen unter meinem Hemd, direkt auf der Haut, trug ich mein neuestes Relikt: ein blutgetränktes Taschentuch, ihr Blut.

Er warf mir rasch einen schrägen Blick zu, und wir verfielen in Schweigen, als er den Habicht losband und ihm die Haube abnahm. Der Vogel schwang sich empor, entfaltete seine breite Flügelspanne und stieg in die kalten Lüfte hinauf. James sah ihm bewundert nach, als wäre auch er dort oben – frei von allen Verantwortlichkeiten seiner Position.

Ich wartete ab, bis Hannibal nahezu außer Sicht war, ehe ich Artemis hinterherschickte. Das nicht zu Ende geführte Gespräch war wie ein Stachel in mir, als ich ihren Flug verfolgte, bis ich sprechen musste. »Es würde die losen Zungen zum Schweigen bringen, wenn ich verheiratet wäre, und die Königin würde es glücklich machen. Sie würde annehmen, Eure Zuneigung zu mir hätte sich abgekühlt.« Artemis kreiste über uns. »Euer Leben würde leichter.«

Er schwieg eine Weile. »Salisbury hat es mir vor seinem Tod geraten. ›Findet dem Knaben eine Gemahlin, Euer Majestät.‹« Er imitierte seinen alten obersten Minister ganz passabel. »Salisbury hatte immer ein Händchen dafür, Skandale zu ersticken. Wann immer ich mich gegen sein Wort verhalten habe, habe ich es bereut – er scheint mich jetzt vom Grab aus zu kontrollieren.«

Artemis zog tiefe Kreise mit weit gespannten Flügeln, deren Spitzen sich wie Finger spreizten. Hannibal war weiter entfernt, ein im Blau schwebender Fleck, doch dann machte er kehrt und glitt auf uns zu. Artemis, die den Blick fest auf den Boden heftete, nahm ihn nicht wahr. Ich pfiff, um sie zu warnen, doch sie ignorierte mich.

»Also wen möchtest du zur Braut?«

Diese Frage hatte ich nicht erwartet, und ich zweifelte an ihrer Aufrichtigkeit, aber ich wollte den Blick nicht von meinem Vogel abwenden, um James prüfend ins Gesicht zu sehen. Hannibal änderte die Richtung, wieder einmal flog er von uns weg. Die Erleichterung ermutigte mich. »Ich möchte Lady Essex.«

Er brach in schallendes Gelächter aus. »*Wahrhaftig*, es gefällt dir, Streit anzufachen. Bist du dir absolut sicher?«

»Ja, das bin ich.« Ich fühlte mich wie ein Verräter, als Gedanken an Frances mich überfielen, meine gebrochene Frances, ihre goldene Halskrause achtlos zu Boden geworfen, ihr unerbittlicher dunkler Blick.

Artemis hatte etwas im Unterholz erspäht und stürzte, den Körper schmal, schnittig wie eine Kugel, dem Boden entgegen.

»Die Annullierung ihrer Ehe wird nicht einfach sein, schließlich war sie einige Jahre mit Essex vermählt, obwohl Northampton auf die Bibel geschworen hat, sie sei noch immer Jungfrau. Weiß Gott, was mit diesem Gemahl nicht stimmt. Selbst *mir* entgehen Lady Essex' Reize nicht.«

»Eine kleine Streitigkeit könnte Ablenkung bieten von Euren spanischen Verhandlungen.« Ich war zufrieden mit mir, dass mir das eingefallen war. Er war sich sehr wohl im Klaren darüber, dass seine Geheimdiplomatie mit dem alten Feind, sollte sie bekannt werden, der Auslöser für eine Rebellion sein könnte.

»Du klingst wie Salisbury.« Er sah beeindruckt aus und schien die Idee abzuwägen. »Und es gibt noch einen weiteren Vorteil. Wenn du *sie* heiratest ...«, der Gedanke war ihm wohl gerade in den Sinn gekommen, »... könnten den Fantasien meines Sohnes, die außer Kontrolle zu geraten drohen, Einhalt geboten werden. Er hat große Begeisterung für dieses Mädchen entwickelt. Wir wollen doch keine lästigen kleinen Stuart-Bastarde.« Wieder lachte er schallend. Meine Eingeweide schnürten sich zusammen. Ich wollte nicht, dass er so über Frances dachte. Ich wollte sein Bild von ihr richtigstellen, ihm sagen, dass sie nicht so sei. »Denk an die wunderschönen Kinder, die du mit ihr in die Welt setzen wirst, Robbie.«

Artemis kehrte zurück und hatte etwas in den Fängen, das aus der Ferne wie ein Stück Seil aussah, doch als sie näher kam, erkannte ich, dass es eine sich windende Schlange war. Der Falke flog an, fächelte mit den Flügeln und landete neben uns in einem furiosen Kampf mit seiner Beute.

»Ich wette mit dir um eine Krone, dass die Kreuzotter gewinnt«, sagte James.

Die Vorstellung, Artemis zu verlieren, schockierte mich unerklärlicherweise. Sie rangen miteinander und droschen aufeinander ein, wieder und wieder, bis Artemis auﬄog und sich hoch oben auf einer nahen Eiche niederließ. Die Schlange wollte in Deckung gleiten, aber Artemis stieß mit den Fängen voraus in voller Geschwindigkeit hinunter auf den Kopf des Reptils. Es krümmte sich hoffnungslos, seine Kräfte ließen nach, bis es sich nicht mehr regte.

Neugierig gingen wir hin. »Ich schulde dir eine Krone.« Er warf mir eine Münze zu.

Ich fing sie und warf sie zurück. »Ich habe die Wette doch gar nicht angenommen.«

»Du bist viel redlicher, als du sein müsstest«, urteilte er mit einem Lächeln.

»Ich bin nicht wie die anderen.« Ich sah, dass alle versuchten, ihn auszusaugen, alle nahmen, ohne im Gegenzug etwas zu geben. Ich wollte keinesfalls einer von ihnen sein.

Ich streckte den Arm mit dem Handschuh. Artemis flog an, um sich ihre Belohnung abzuholen. Ihr Schnabel und der ganze Kopf waren blutrot verschmiert, ihre schwarzen Augen flackerten, als sie ihre Wildheit zügelte.

»Meint Ihr es ernst mit meiner Heirat?« Meine Frage hing in der Luft. Er beobachtete Hannibal.

»Meine Eifersucht erstreckt sich nicht auf Frauen, wenn es das ist, was du wissen willst.« Der Habicht schwebte heran und schoss wieder davon. »Und die Vorteile sind zahlreich. Wenn du Lady Essex willst, dann sollst du Lady Essex haben. Wir sollten rasch das Prozedere einleiten, um ihre Ehe aufzulösen.« Er hielt kurz inne und lächelte. »Ich freue mich schon darauf, Pate zu werden.« Er gab mir einen kleinen festen Klaps auf die Wange. »Du verliebst dich besser nicht in sie.« Das Lächeln in seinem Gesicht war erloschen.

Sie

Nelly legt Frances das schlafende Bündel in den Schoß. »Sie ist so ein leichtes kleines Ding… nicht wie so manche andere.«

Der Geruch des Säuglings nach saurer Milch löst Übelkeit in Frances aus. Das Kind hat ein Bläschen an seinen Lippen, das sich durch das Saugen bildet, und der kleine pralle Mund pumpt noch eine Weile. Seine ganze Existenz ist ein ewiger Kreislauf aus Gestilltwerden, dem Träumen vom Gestilltwerden und dem Verlangen nach Gestilltwerden. »Wie eine Zecke«, murmelt sie.

»Was?«, fragt Nelly.

»Nichts.«

Ungebeten macht sich tröpfchenweise Neid in Frances breit. Wenn sie könnte, würde sie dem Baby seine zufriedene Selbstvergessenheit stehlen. Jede Nacht schleichen sich Sorgen in ihre seichten Träume und kreisen endlos in ihrem erschöpften Kopf. Die Stunden sind von halbmenschlichen Geräuschen erfüllt, von Schreien, Stöhnen und Wimmern, die aus dem Inneren des Gebäudes zu ihr dringen. Der Prozess steht bevor, und sein Ausgang, der ihr einst so sicher erschien, ist ungewiss, als hätte ein arglistiger Gott ihr Schicksal in der Hand.

Nelly steht neben ihr und schaut auf das Kind herab. Frances fragt sich, ob das Mädchen an ihr eigenes tot geborenes Baby denkt, doch da ist nichts Wehmütiges in ihrem Blick. »Sie ist Euch wie aus dem Gesicht geschnitten.«

Als Frances ihre Tochter eingehend betrachtet, fällt ihr auf, was sie bislang nicht bemerkt hat. Das Kind hat nichts von Robert Carr. Es streckt sich und gähnt, und für einen winzigen Augenblick erkennt sie ihren Onkel in ihm. Als hätten sie beide dieses Kind aus Bruchstücken ihrer selbst zusammengesetzt. Leere tut sich in ihr auf, und sie spürt zum ersten Mal seit seinem Tod, wie sehr sie ihn vermisst. Das überrascht sie. *Ohne ihn bin ich nur zur Hälfte ich.*

Brüsk reicht sie das Baby zurück.

Gedanken an den Onkel weichen denen an Robert, und mit unerwarteter Heftigkeit fühlt sie sich an einen strahlenden Nachmittag vier Jahre zuvor zurückversetzt. Durch das Fenster fiel die Sonne in Streifen auf ihre Haut, die Glocken der Kathedrale läuteten, ihre Körper heiß, sein Geruch an ihr und ihrer an ihm. Sie hatte das Gefühl gehabt, er schaue ihr in die Seele und liebe sie trotz allem, was er dort entdeckte – oder vielleicht gerade deswegen.

Ihre Erinnerung daran ist sehr lebendig, die Hitze jenes Tages und sein singender Tonfall: *Ich hatte noch nie eine Frau.* Diese Vorstellung hatte ihr Verlangen befeuert. Sie ergötzte sich an seinem Anblick, an seinem suchenden Blick, an seinen geschwungenen Lippen, an den goldenen Löckchen an seinen Schläfen. Er zog an seiner Pfeife und stieß einen weißen Rauchkringel aus. Als sie ihren Finger hindurchsteckte, löste er sich auf. Sie wollte ihn verschlingen, ihn verzehren, in ihrem Körper einschließen, bis sie ein einziges Wesen wären, ein Ungetüm der Begierde.

Noch nie?, hatte sie ungläubig geflüstert.

Noch nie, hatte er wiederholt.

Sie hörte Gelächter durch die dünne Wand. Jemand klimperte träge auf einem Instrument und sang ein lüsternes Lied dazu. Er hatte ihre Halskrause geöffnet, ihren entblößten Hals umfasst und mit einem Seufzer sanft zugedrückt. Gegenseitig zerrten sie an ihren Kleidern, fieberhaft lösten sie Bänder und Nadeln, bis sie sich Haut auf Haut wiederfanden. *Ich habe immer auf dich gewartet,* sagte er. *Ich wusste es nicht, aber jetzt ist es mir ganz klar. Glaubst du an Schicksal?*

Sie spürte, dass er steif wurde und gegen ihren Venushügel drückte. *Ich weiß es nicht.* Sie wusste es nicht. Alles in ihrem Leben war so sorgfältig geplant. Sie hatte nie über das Schicksal nachgedacht. Alles war, wie es war – stets sorgte der Onkel dafür, dass die Dinge geschahen.

Das Geläut der Kathedrale erinnerte sie daran, dass sie gesehen wurde. *Wird Gott uns dafür bestrafen?*

Nein. Er wirkte so sicher. *Wir sind einander versprochen.*

Doch dann zögerte er, hörte auf, ihren Körper zu erforschen, rückte ein wenig von ihr ab, genug, dass sie ein Gefühl von Getrenntsein empfand. *Aber…*

Plötzlich überfiel sie die Angst, er könnte sich eines anderen besonnen haben, nicht nur was diesen Nachmittag anging, sondern alles, sie, da er sie nun entblößt gesehen hatte, mit ihren alltäglichen Gedanken und dem normalen weiblichen Körper, da nun das Geheimnis enthüllt war. Sie wurde kleinmütig und spürte, dass sich ein Riss in ihr auftat. *Aber was?* Die Glocken dröhnten nun in ihrem Kopf, und sie vernahm ihre eigenen Gedanken nicht.

Ich fürchte, es könnte dir wehtun… du bist so weich und ich so…

Sie wollte lachen. Die Erleichterung stärkte sie wieder, und sie dachte, dass ein Mensch bis auf die Knochen entblößt sein könne und doch noch ein Rätsel in sich berge. Ihr Appetit, ihr Bedürfnis, ihn zu verschlingen, ihn ganz und gar zu besitzen, flammte wieder kraftvoll auf. Sie rollte sich auf ihn, bis sie flach auf ihm lag und ihr Gesicht seinem so nahe war, dass seine beiden Augen zu einem verschmolzen. Die schiere Männlichkeit seines Geruchs berauschte sie so sehr, dass man sie für ihre Taten nicht mehr verantwortlich machen konnte.

Frances. Geliebte Frances, murmelte er. *Ich könnte es nicht ertragen, dir auch nur den kleinsten Schmerz zuzufügen.*

Füge ihn mir zu, sagte sie. Sie wollte etwas spüren, seine kraftvolle Hand auf ihrer Haut, den festen Druck seiner Daumen in ihr Fleisch, seine sich in sie grabenden Fingernägel, die Spuren hinterlassen sollten, damit sie sich lebendig fühlte. Er sah sie entsetzt an.

Nein, du verstehst nicht. Es wird der süßeste Schmerz sein ... gib mir das Gefühl, dass ich lebendig bin.

Er lächelte strahlend.

Er

Auf dem Heimweg vom Theater glitt mein Boot über das ölige Wasser. Ich hatte Thomas eingeladen, um ihn günstig zu stimmen, ehe ich ihm meine Pläne kundtun würde. Es war kalt an Bord, wir zogen die Behänge um uns zu und drängten uns im Dunklen an den Ofen.

»Ich habe Neuigkeiten.«

»Deinem konzilianten Ton entnehme ich, dass du glaubst, sie werden mir nicht gefallen.«

»Sei nicht albern!« Es sollte unbeschwert klingen. »Ich werde mich vermählen.« Ich spürte die Spannung zwischen uns und fügte rasch hinzu: »Nur aus Gründen der Nützlichkeit.«

»Nützlichkeit? Zu wessen Gunsten?« Noch ehe ich Frances überhaupt erwähnt hatte, klang seine Stimme scharf.

»Komm schon, sei nicht so.«

»Wie ›so‹?« Er lehnte sich zurück, die Arme in gespielter Unbekümmertheit ausgebreitet.

Da es keinen guten Weg gab, es ihm zu sagen, beschränkte ich mich auf die nüchternen Tatsachen. »Die Braut ist Frances Howard. Ich habe James' Segen.«

»Nun, meinen hast du nicht.« Er kochte innerlich, sprach aber weiterhin leise. Das Dämmerlicht verschleierte seine Züge, aber die Luft zwischen uns war schwer vor Groll.

»Es ist der Wunsch des Königs.« Das stimmte zum Teil.

Thomas wechselte das Thema und sprach über das Stück, das wir gerade gesehen hatten, über den König von Schottland, der die Saat seines eigenen Untergangs gesät hatte. »Durch seine eigene Schwäche ...«, sagte er spitz. Und ich begriff, dass er keineswegs das Thema gewechselt hatte. »Durch die Hände seiner eigenen Gemahlin.«

»Und du stellst dir für mich genau so ein Verhängnis vor. Du kannst so dramatisch sein, Tom.«

»Ja, *tatsächlich* ... ich stelle mir für dich so ein Verhängnis vor, wenn du darauf beharrst, deine Torheit fortzusetzen. Jeder tragische Held hat einen Makel, und sie ist deiner.«

»Aber du kennst sie doch gar nicht.«

»Ich weiß, sie ist eine *Howard*.«

»Und was genau soll das bedeuten? James sieht einen Vorteil darin, die Howards nahe zu haben.«

»Ich muss dir nicht erzählen, wie korrupt ihre Familie ist. Sie sind gefährlich, Robin.«

»Doch nur laut *deiner* sogenannten Freunde.« Das war ein alter Streit, und ich spürte, wie sich das Unwetter zusammenbraute. »Die Howards haben nur das eine Ziel, dem König zu dienen, nicht so wie *andere*.« Er wusste genau, wen ich meinte. »An Frances Howard ist kein Arg.«

Er lachte bitter auf. »Was hat Cicero noch gesagt? ... ›Nur die Dummen verharren im Irrtum.‹«

»Du glaubst immer, eine Antwort in etwas zu finden, das vor tausend Jahren gesagt wurde.« Ich fühlte mich herabgesetzt durch seine Gelehrtheit, und da ich nicht in der Lage war, mit einem treffenden Zitat zu kontern.

»Ihre Ehe muss erst *geschieden* werden ... nach vielen Jahren. Ich möchte nicht, dass du dich für eine *geschiedene* Frau ruinierst.«

»Annulliert, nicht geschieden … annulliert.« Frances zahlte einen hohen Preis für ihre Freiheit. Die Feinde der Howards taten alles, was in ihrer Macht stand, um Frances' Ruf zu zerstören, sie streuten das Gerücht, sie habe Essex verhext und seine Impotenz herbeigeführt. Bei Hofe herrschte eine Kakofonie aus lüsternem Tratsch, der von denen verbreitet wurde, die Thomas für seine Freunde hielt. Aber ich erkannte, dass es ihm nicht um die Fraktionen bei Hofe ging oder wer wessen Seite einnahm – es ging ihm um sich und mich.

»Annulliert! Sie ist doch keine Jungfrau mehr.«

»Das weißt du nicht.«

»O doch … Essex selbst hat es mir erzählt, hat es in allen Details geschildert, Stoß für Stoß.«

»Er lügt.« Ich war verwirrt. Seit wann stand Thomas Essex so nahe, dass sie über so etwas sprachen? »Ich glaube dir nicht, dass du je ein Gespräch mit Essex hattest.« Ich wollte die Falschheit aus ihm herausprügeln.

»Ich habe noch nie einen Mann kennengelernt, der seine Gemahlin so sehr hasst.« Er hielt kurz inne und beugte sich vor. »Ich könnte dir wiederholen, was er über sie gesagt hat … obszöne Dinge.«

Seine Worte katapultierten mich zurück in das Caritas-Haus, wo ich ihr die Schuhe aufgeschnürt, ihre Strümpfe heruntergerollt, sie wie eine Frucht geschält hatte, um das weiche Fleisch darin zu finden – meine wunderschöne gebrochene Frances, die ich wieder zusammenfügen wollte. »Du hast mein Herz als Erster«, hatte sie geflüstert. Sie hatte mir von der Grausamkeit ihres Gemahls erzählt, von seiner angsterregenden Gereiztheit und dass sie manches Mal um ihr Leben gefürchtet hatte.

Ich wollte Thomas entgegenbrüllen, es stimme, dass sie keine Jungfrau mehr sei, weil *ich* ihr die Jungfräulichkeit genommen hätte, ich wollte sehen, was er *dazu* sagen würde. Doch es war streng geheim – selbst Northampton wusste nichts von unserem Rendezvous.

»Um Himmels willen, wann wachst du auf und begreifst, dass sie eine niederträchtige Hure ist und ihre Familie die Zuhälter?«

Ohne nachzudenken, schlug ich ihm fest ins Gesicht und war erschrocken über die Härte meines Schlags. Meine Hand schmerzte, und selbst in der Finsternis sah ich das Mal, wo ihn mein Ring getroffen hatte. Eine Wolke undurchdringlichen Schweigens hüllte uns ein. Ich zog den Vorhang zurück, um auf den Fluss zu schauen.

Die Ruderer lachten und scherzten, während eine Flasche kreiste. Ich griff nach ihr und trank. Meine Kehle brannte. »Ihr solltet vorsichtig damit sein. Das Zeug haut den stärksten Bullen um«, rief einer der Männer. Ich nahm noch einen Schluck und noch einen, bis es in meinem Kopf angenehm gedämpft war. Dann hockte ich mich wieder auf die Bank. Ich bot Thomas die Flasche an und legte den Arm um seine starren Schultern.

Er zog den Vorhang wieder zu, nahm einen Schluck und drehte sich zu mir. »Ich mag dich viel zu gerne, um zuzusehen, wie du dich für diese Hexe ins Unglück stürzt.«

»Warum nur hasst du die Frauen so sehr?« Der Alkohol hatte meinen Zorn verrauchen lassen.

»Das tue ich doch gar nicht.« Er war beleidigt. »Nur diese eine. Lieber Gott, Robin, ich kann es nicht zulassen, dass du ... ich *werde* es nicht zulassen.«

»Wie gedenkst du, mich aufzuhalten?« Mir drehte sich der Kopf, und mein Sinn für Diplomatie war mir abhandengekommen.

»Ich werde aussagen ... die Annullierung verhindern. Ich

werde erzählen, was Essex mir anvertraut hat … all die schmutzigen Einzelheiten.«

Im Handumdrehen war ich nüchtern. »Essex hat gelogen. Außerdem würdest du es nicht wagen. Du würdest dich vor einer Schwertklinge wiederfinden, und dann würde man dich leise in die Gosse werfen – ein Mord, der wie Raub aussehen würde. Du meinst, sie seien deine Freunde, aber du bedeutest ihnen gar nichts. Jeder Einzelne von ihnen würde gerne sehen, dass dir etwas zustößt. Essex' Leute wünschen sich diese Annullierung ebenso sehr wie alle anderen – doch anscheinend mit Ausnahme von *dir*.«

»Dieses Risiko ist es mir wert … *deinetwegen*, Robin. Verstehst du es denn nicht? Ich tue es für *dich*.« Er flehte mich an, hielt meine Hand fest in seiner. Das Mal auf seiner Wange war noch deutlicher zu sehen. »Begreifst du nicht, dass ich der Einzige bin, der dich aufrichtig liebt?« Er zog mich an sich, als wolle er mich küssen, aber er flüsterte: »Erinnerst du dich nicht?« Seine Augen wurden feucht. Den Anblick konnte ich nicht ertragen. Doch dann lehnte er sich zurück. »Ich werde alles tun, um dich aufzuhalten.«

»Du wirst es nicht wagen«, sagte ich noch einmal. »Ich kenne dich, Tom. Ich weiß, dass du nicht den Schneid dazu hast. Du würdest dir an einem einzigen Vormittag tausend Feinde machen. Bestenfalls würdest du zu einem Ausgestoßenen … du würdest alles verlieren, wofür du dein Leben lang gearbeitet hast.«

Wir saßen eine Weile schweigend da, und ich dachte schon, es sei das Ende unseres Gesprächs, doch dann zischte er leise: »Ich weiß eine Menge über die Staatsangelegenheiten des Königs. Ich war an allerlei Einzelheiten beteiligt, von denen er nicht möchte, dass sie bekannt werden.«

»Drohst du mir … oder dem König?« Eilends entzog ich ihm

meine Hand. Ich musste an all die vertraulichen Staatsdokumente denken, bei denen er mir geholfen hatte, und plötzlich war mein Inneres schwer, als hätte ich Steine im Bauch.

»Ich drohe niemandem. Ich versuche nur, dich zu retten. Du verstehst es nicht... Du bist bloß ein Objekt für sie, ein Sammelgegenstand, wie eine der Bronzefiguren des Prinzen.« Er legte den Kopf in die Hände und stöhnte verdrossen auf. »Eines Tages wirst du mir dankbar sein.«

»Das würdest du nicht tun.«

Leise knurrend zählte er die Dinge auf, von denen er wusste. »Die meisten Leute dürften nicht erfreut sein, wenn sie vom Techtelmechtel des Königs mit Spanien erfahren oder von seinem Wunsch, die Vermählung seines Sohnes mit einer katholischen Infantin zu arrangieren, nur der Mitgift wegen, die sie einbringen würde. Du siehst, Robin, ich kenne auch die Wahrheit über die leere Staatskasse... England ist bankrott... *und* ich weiß...« Er zauderte. »Ach, schon gut.«

»Was? *Was* sonst noch weißt du?« Mein ganzer Körper signalisierte Alarm. Ich konnte ihn nicht ansehen, starrte auf einen Fettfleck auf meinem Handschuh und versuchte, meine Gedanken zu sammeln.

»Was ich in Royston so unerwartet vorgefunden habe.«

In meiner Schläfe klopfte ein drängender Puls. »Der König wird dich *zwingen*, Schweigen zu bewahren.«

»Das wird nicht nötig sein.« Niemals zuvor hatte ich diesen unverfroren skrupellosen Thomas erlebt: Er war mir ganz und gar fremd. »...denn du wirst dieses Howard-Mädchen aufgeben und dir eine andere Frau zum Heiraten suchen.«

Ich spürte die Entschlossenheit, die sich tief in ihn eingekerbt hatte, als ich händeringend nach einer Erwiderung suchte, nach einer Möglichkeit, ihn umzustimmen.

»Ich werde alles Notwendige tun, um dich zu beschützen.«
Er klang absolut starr.

»Zwing mich nicht, mich entscheiden zu müssen.« Sein Atem war das lauteste Geräusch in diesem umschlossenen Raum. »Du würdest es bereuen.«

Mir kam ein finsterer Gedanke.

Nur eine kleine Provokation, und Thomas würde aufspringen und mich am Kragen hochzerren. Er kannte mich besser als jeder andere. Aber umgekehrt traf das auch zu. Mein rechter Arm würde zu einem Schwinger ausholen und meine Faust an seinem Kinn landen. Betäubt würde er den Halt verlieren, und ein kräftiger Stoß würde ihn rückwärts ins schwarze Wasser stürzen lassen.

Er war ein schlechter Schwimmer, selbst ohne Alkohol. Die Ruderer würden bezeugen können, dass ich mich nur verteidigt hätte. Sie würden versuchen, ihn zu retten, würden ihm zurufen, er solle sich am Ruderblatt festhalten, aber die Kälte, die Panik und der Alkohol hätten seinen Körper bis in die Fingerspitzen so sehr durchdrungen, dass er zu schwach sein würde. Er würde hinabsinken ins Dunkel.

Natürlich, so etwas könnte ich *niemals* tun.

Sie

Dichter Märznebel schwallt gegen die Fenster, als wäre das Gebäude damit eingehüllt und sie mitten darin. Frances überlegt, ob sie wohl langsam ersticken. Nicht zum ersten Mal ist sie zutiefst dankbar für Nellys Anwesenheit, aus welchen Gründen auch immer sie hier ist – sie braucht das Mädchen. Es ist für sie ungewohnt, dass sie ihrer geistigen Gesundheit wegen Nahrung braucht.

»Möchtest du ein Geheimnis hören?«, fragt sie und sieht, dass Nellys Augen fasziniert funkeln. Die Menschen mögen es, wenn man ihnen ein Geheimnis anvertraut. Das lässt sie sich besonders fühlen.

»Ich habe vor unserer Vermählung einmal mit Robert Carr geschlafen.«

Nelly sieht aus, als hätte man ihr eine Handvoll Münzkraut gegeben.

»Wie habt Ihr es tun können, ohne ertappt zu werden? Wo?«

»Im Caritas-Haus.«

»Im Caritas-Haus?«

»So hat Anne Turner ihr Haus in der Paternoster Row genannt – Haus der Nächstenliebe.«

»Was?« Nelly grinst. »Wo die Mädchen ihre Herren trafen? Klingt für mich eher nach einem Bordell.«

Frances lacht auf, beide tun es und vergessen für einen Augenblick, wo sie sind. Frances mag Nelly sehr, weil sie augenscheinlich nie zu erschüttern ist, obgleich sie den Verdacht hat, das Mädchen *wäre* erschüttert, wenn sie denn erführe, dass sie den Mord gestanden hat.

»Du hast recht. In diesem *Caritas*-Haus sind allerlei Merkwürdigkeiten vor sich gegangen.«

»Aber…« Nelly zählt an ihren Fingern ab, hebt dann das Baby leicht an. »…sie hier wurde da aber nicht gezeugt.« Das war keine Frage. »Ihr habt sie erst bekommen, nachdem Ihr bereits eine Weile verheiratet gewesen seid.« Sie sieht Frances mit ihren grünen Augen durchdringend an.

»Was genau unterstellst du mir? Wenn du den Vater infrage stellen willst…« Frances ist sich der Verleumdungen sehr wohl bewusst – wenn man als Hure bezeichnet wird, unterstellen einem die Leute schließlich vieles.

Nelly lacht so laut, dass das Baby im Schlaf zusammenzuckt, die Ärmchen hebt und die Finger spreizt. »Kein Grund, so misstrauisch zu sein. Ich bin nicht hier, um Euch zu verhören! Ich interessiere mich nur für dieses Püppchen.« Liebevoll streicht sie über die Wange des Babys. »Nicht wahr?«

Frances fühlt sich bloßgestellt. »Ich habe dieses Geheimnis so lange für mich behalten. Ich bin es nicht gewohnt, darüber zu reden.« Sie bemüht sich, unbeschwert zu klingen, als wären sie nur zwei Frauen, die sich Vertrauliches erzählen.

»Ganz London hat über Euch und ihn geredet und wollte sehen, ob Ihr bei Eurer Vermählung schon etwas im Ofen hattet.«

Frances fällt es leicht zu vergessen, in welchem Maße ihr Privatleben eine Quelle für die öffentliche Neugier war. Aber niemand wusste von diesem ersten Mal im Caritas-Haus, nicht einmal der Onkel; und sie fragt sich, ob sie es womöglich bedauern wird, diese Besonderheit ausgeplaudert zu haben.

»Habt Ihr es nur dieses eine Mal getan?«

»Ja. Siehst du, dann ist etwas geschehen. Und alles war anders.«

**

Im feinen Nieselregen hatte sich eine dichte Menschenmenge draußen vor St.-Pauls zusammengefunden. Die massige Kathedrale mit ihren steil aufragenden Mauern, die bis in den tief hängenden Himmel reichten, verschattete das Licht, sodass der Weg im Dunkeln lag. Ich musste mich zwischen den Leute hindurchdrängen, um in die schmale Paternoster Row zu gelangen, und war dankbar, in das warme stille Caritas-Haus zu treten.

Anne wartete ganz oben in einer Kammer, in der Robert und ich zuvor gewesen waren, ein kleines rechteckiges Zimmer, das noch kleiner wirkte durch ein riesiges Bett, das mit frischem Leinen bezogen war und auf dem dicke Kissen lagen. Sie sagte mir, Robert sei unterwegs: Weston sei geschickt worden, um ihn zu holen.

Ich konnte nie so recht herausfinden, was Weston für Anne bedeutete. Er war eine Art Handlanger, der vermutlich dafür sorgte, dass es keine Probleme im Caritas-Haus gab. Ich hatte ihn schon ein-, zweimal zuvor gesehen. Er war ein großer, dicker, grober Kerl mit eckigen Schultern und einer feinen weißen Narbe, einer Linie aus Kreuzstichen, die vom Wangenknochen bis zum Mundwinkel verlief. Er sah so aus, als hätte er noch nie einen Kampf verloren, und selbst seine schicke Kleidung konnte seine rauen Ecken und Kanten nicht glätten.

Froh über das lodernde Feuer, schüttelte ich meinen Umhang aus und setzte mich auf einen Stuhl, wo mich das sanfte Licht der Lampe und der berauschende Wohlgeruch umfingen, den eine Duftlampe verströmte. »Ihr habt viel durchgemacht.«

»Ihr kennt mich, einer heimlichen Liebesgeschichte kann ich niemals widerstehen.« Irgendetwas stimmte nicht ganz mit Anne. Sie verheimlichte mir etwas. Ich hatte sie vor Stunden im Hof des Northampton House in einem erregten Gespräch mit dem Onkel gesehen und mit diesem sonderbaren Franklin – dem Mann, der ihr die Nachricht von Dr. Formans Tod überbracht hatte; sein Gesicht vergaß man nicht. Der Anblick dieses Zusammentreffens hatte mich verunsichert, und ich wollte sie schon gerade danach fragen, als wir gestört wurden.

Ein Dienstmädchen, sehr jung, mit sehr heller Haut und einem dicken dunklen Zopf, stellte eine Schale mit Süßigkeiten und einen schweren Krug mit Wein auf den Tisch. Die Flüssigkeit schwappte über. Anne tadelte sie. Eingeschüchtert tupfte sie mit dem Saum ihrer Schürze den Tisch ab. Ich bemerkte etwas Vertrautes an ihr, deshalb fragte ich mich, wo ich ihr vielleicht schon einmal begegnet sein könnte, und war fasziniert vom blassen Schimmer ihrer Haut und ihrem Haar, das im Licht kupferfarben aufblitzte. Ich hatte sie noch nie zuvor getroffen, aber sie sah mir sehr ähnlich.

Als das Mädchen gegangen war, sagte ich mit fester Stimme: »Ich habe Euch heute Morgen gesehen, Anne.«

»Mich? Wo?« Sie nestelte an ihrem Armband.

»Im Hof des Northampton House.« Auf ihren Wangen zeigten sich die verräterischen roten Flecken.

Ich hoffte, sie habe eine perfekte, ganz gewöhnliche Erklärung, doch sie sagte: »Ich dachte, Ihr wäret heute Morgen zu einem Besuch beim Prinzen gewesen.« Unbehagen überfiel mich.

»Ich bin früh zurückgekommen.«

»Wie geht es dem armen Knaben?« Sie wechselte das Thema: Sie wusste, dass Henry lebensgefährlich erkrankt war. Alle wussten es. Das war der Grund für die Menschenmenge vor der St.-Pauls-Kathedrale: Sie beteten für ihn. Aus demselben Grund hatten sich Menschen vor den Toren von St.-James' zusammengefunden. Der ganze Hof befand sich in Anspannung, hielt den Atem an und wartete auf Nachrichten.

»Ich durfte nicht hinein. Keine Besucher.«

»Es muss ihm schlecht gehen, wenn man selbst Euch nicht zu ihm lässt.«

Sie war ruhiger geworden, nestelte nicht mehr herum.

»Ihr habt mit Northampton und diesem Franklin gesprochen.« Sie konnte mich nicht ansehen und spielte wieder mit ihrem Armband.

»Es schien mir eine erregte Unterhaltung.«

Sie zauderte, sah mir dann aber doch in die Augen. »Euer Großonkel sucht nach einem neuen Gärtner, und da habe ich an Franklin gedacht.«

»Das ist doch eher eine Angelegenheit für den Verwalter des Onkels.«

»Ja, sollte es sein. Aber Ihr wisst doch, wie er ist. Er will sich um alles selbst kümmern.« Das entsprach letztendlich der Wahrheit. »Und Franklin hat so wunderbar Formans Garten bestellt. Ich habe noch nie so gut gepflegte Beete gesehen. So eine Pracht«, fuhr sie fort. Ich glaubte ihr nicht so ganz, ließ es aber auf sich beruhen. Es war unwahrscheinlich, dass sie mir eine ehrliche Antwort geben würde.

Es musste andere Wege geben, die Wahrheit herauszufinden.

Als ich einen Schluck trank, musterte ich das Glas. Es war

schön, womöglich venezianisch, sehr kostbar, und mir fiel auf, dass all die Möbel in diesem Zimmer wertvoller waren, als ich es erwartet hatte. Ich hatte keine Erfahrung mit Etablissements dieser Art, aber ich bezweifelte, dass sie alle so verschwenderisch ausgestattet waren. Ich sann darüber nach, ob Anne aus irgendeinem Grund im Sold des Onkels stand, schließlich war er es, der sie vor vielen Jahren als meine Kinderfrau eingestellt hatte.

»Exquisites Glas.« Ich hielt es hoch. Es war mit einem zarten Muster aus Weinreben geschliffen.

»Ich weiß«, entgegnete sie in verschwörerischem Ton. »Gefälligkeit eines Kunden. Sie sind immer so dankbar.«

Das Getränk war köstlich, würzig und berauschend. Und als die Abendglocken ertönten, spürte ich, wie es seine Wirkung tat. Wir standen am Fenster und beobachteten die Menschen, die in die Kathedrale strömten. Ich wankte, fühlte mich unsicher auf den Beinen, und mir kam der flüchtige Gedanke, sie habe mir etwas ins Glas gemischt.

»Das Zeug ist stark«, sagte ich.

»Für Euch nur das Beste.« Lächelnd leerte sie ihr eigenes Glas. Ich öffnete das Fenster und atmete, um nüchtern zu werden, tief die kalte frische Luft. Anne plauderte derweil weiter, ganz normal, und ich fühlte mich töricht, dass meine Fantasie mit mir davongaloppiert war; ich schob es auf die Vorfreude, meinen Geliebten wiederzusehen.

Der Nieselregen hatte nachgelassen, und es war Abend geworden, sodass manche Kirchgänger Laternen bei sich trugen, die fahle Lichtkreise warfen. Ich erinnerte mich an den Sommernachmittag, den ich in diesem Zimmer verbracht hatte, wie heiß es gewesen war, selbst bei weit offenen Fenstern, und wie ohrenbetäubend die Glocken geläutet hatten.

»Er ist mindestens eine Stunde zu spät«, sagte Anne. »Ich kann mir gar nicht vorstellen, was er macht.«

»Vielleicht hat es etwas mit dem Prinzen zu tun«, erwiderte ich. Entsetzt überlegte ich, ob Henry vielleicht gestorben sei. Doch er war zäh. Wir wussten, dass er es auf die eine oder andere Weise schaffen würde. Mir kam in den Sinn, läge der König auf dem Krankenbett, würden nicht so viele Menschen für *seine* Seele beten. Ob es ihn wohl verdrießte, dass er nicht an die Beliebtheit seines Sohnes heranreichte? Ihm fehlte sicherlich das Charisma seines Sohnes. Er war sehr intelligent, das ja, aber in meiner Vorstellung hatte er nicht die Präsenz eines Königs. Den Leuten ist es so wichtig, wie Dinge wirken.

Das Glockengeläut ließ nach, und wir hörten schwach, dass die Fürbitten begannen. Im Zimmer unter uns setzte ein rhythmisches Knarzen ein, und eine Frau stöhnte. Ich fühlte mich wie eine von Annes Huren, die hier warteten. Der Gedanke erregte mich und ließ mich ungeduldig Roberts Eintreffen herbeisehnen, ich dachte an seinen Körper, seinen Geruch, meine Haut unter seinen Händen. Anne verließ den Raum, und ich hörte sie unten an die Tür klopfen und mahnen, sie mögen leise sein.

Es dauerte nicht lange, so schien es mir, bis die Glocken zum Ende der Messe wieder ertönten und das Geplapper der fortgehenden Menschen zu uns heraufdrang.

Schließlich hörte ich schwere Schritte auf der Treppe: die Schritte eines Mannes. Mein Herz pochte laut. Anne sah mich an, nickte. Wir gingen zur Tür. Ich war berauscht von dem Wein und der Vorfreude. Als sie die Tür öffnete, stand da der ungeschlachte Weston mit einem Brief in der Hand.

Ich riss ihn auf.

Meine allerliebste Frances,

ich wünschte über alles, ich könnte leibhaftig kommen und dir von den schlechten Umständen berichten, in denen ich mich befinde und die meine Abwesenheit erklären.

Sir Thomas Overbury stößt Drohungen aus. Er beabsichtigt, finstere Geheimnisse aufzudecken, was Seiner Majestät überaus großen Schaden zufügen würde. Ich kann dir meine Verheerung gar nicht beschreiben, denn die Bedingung für Overburys Schweigen ist, dass ich dich aufgebe. Ich habe keine andere Wahl, als seinem Drängen nachzugeben, sonst brächte ich den König und das Land in große Gefahr.

Ich flehe dich an, finde in deiner Seele die Kraft, mir zu verzeihen, und glaube mir, wenn ich sage, mein Leid kennt keine Grenze. Ich werde dich in meinem Herzen bewahren, solange ich atme …

»Gott muss mich bestrafen wollen.« Ich dachte an all meine Sünden bis weit zurück in meiner Kindheit, die sich zu einem riesigen faulen Haufen türmten, und ich fiel auf die Knie, wobei mir der Brief aus der Hand glitt. Anne schlüpfte herbei und hob ihn auf.

Ich hockte auf dem Boden und versuchte zu begreifen, was geschehen war. Seit Robert Thomas Overbury im Northampton House erwähnt hatte, war mir sein Name mit zunehmender Regelmäßigkeit begegnet. Man mochte ihn nicht. Ich erinnerte mich an meinen Vater, der ihn als einen »Niemand« bezeichnet hatte, und vor Kurzem hatte ich die Königin sagen hören, er habe Schuld auf sich geladen, weil er ihren geliebten Sohn vergiftet habe. Aber die Königin äußerte sich oft über Leute, die sie nicht leiden konnte.

Ich war dem Mann nie begegnet, ich wusste nur, dass er eine

Art Kindheitsfreund von Robert war. Doch mir war bewusst, dass er mich verleumdete, so mancher hatte mir freudig davon berichtet. Ein Mann, den ich kaum kannte, Sir David Forest, der gerne die Damen bei Hofe bekürte, hatte sich sogar angeboten, Overbury für mich zu einem Duell zu fordern. »Ich gebe Euch eine Goldkrone dafür«, hatte ich gescherzt.

Auf Verleumdungen war ich vorbereitet gewesen, aber Drohungen gegen den König waren etwas ganz anderes – ein Angriff, bei dem jemand zu Tode kommen könnte.

»O mein Gott!«, rief Anne. »O lieber Gott, mein armer Schatz.« Sie beugte sich hinunter, um mich in die Arme zu schließen. Doch ich stieß sie weg. Die Vorstellung, berührt zu werden, konnte ich nicht ertragen, ich wollte kein Mitleid, nicht einmal ihres. »Ich dachte, wir würden ihn hierherbekommen, ehe ...«

»Ehe was? Wusstet Ihr davon, Anne?«

»Natürlich nicht. Wie könnte ich? Aber ich habe befürchtet, es könnte Probleme geben ... dass jemand versucht, ihn von Euch abzubringen ... Ihr wisst, bei all dem Gerede und dem König.« Sie schwafelte wieder. »Ich dachte, wenn er Euch ein weiteres Mal begegnet, würde seine Entschlossenheit sich erhärten.« Sie lachte schrill auf. »Erhärten! Oje, ich wollte nicht ...«

»Wovon redet Ihr, Anne?«

»Nun ja, ich kenne die Männer.« Ihre Stirn war schweißnass.

»Ich werde den Onkel davon in Kenntnis setzen.« Ich wedelte mit dem Brief. Ich hatte genug von Annes sonderbarem Verhalten. »Kommt mit oder bleibt, wie Ihr wollt.« Sie beschloss mitzukommen.

Der Weg dauerte nur einige Minuten, doch es war bitterkalt, und als wir bei ihm eintrafen, waren meine Hände blau. Der Onkel befand sich mit einem seiner Gefolgsmänner in seinem Arbeitszimmer, wo sie über den Gesundheitszustand des Prinzen sprachen. »Die Dinge haben sich zum Schlechten gewendet«, sagte er gerade. »Dieser Quacksalber Mayerne hat den armen Knaben fast ausbluten lassen und ihm verschiedenste fremdartige Heilmittel verabreicht.« Dann sah er mich. »Was ist, Frances? Du siehst aus, als habest du einen Geist gesehen.« Seine Ungeduld war nahezu greifbar, doch er muss erkannt haben, dass meine Neuigkeiten wichtig waren, denn er schickte den Mann hinaus.

Ich reichte ihm den Brief. Er griff nach einer Lupe, um ihn zu lesen; seine Züge verhärteten sich, und Verzweiflung machte sich in mir breit.

»Ich hatte schon den Verdacht, dass Overbury Probleme machen könnte. Er ist ein schwieriger Charakter und steht Carr bedrohlich nahe.« Bei diesen Worten sah er mich nicht an.

»Ist es das, worüber Ihr heute Morgen mit ihr und Meister Franklin gesprochen habt?« Ich deutete auf Anne.

Der Onkel blickte mir gerade ins Gesicht, dann zu Anne. »Ja, der Mann meinte, er habe gehört, dass Overbury Drohungen ausgesprochen habe. Er wollte uns warnen. Nicht wahr, Anne?« Sie war offensichtlich wie vor den Kopf geschlagen und nickte vage, hielt aber den Blick gesenkt.

»Warum habt Ihr mir das nicht gesagt?« Mein Ton war barsch. Einer von beiden log, und in Anbetracht von Annes flattrigen Händen schien sie es zu sein.

»Frances ...«, er klang zuckersüß, »... wir alle sind darum bemüht, dich von Essex zu befreien.« Sein Lächeln verzerrte sich zu einer Grimasse.

Dann schlug er mit der Faust fest auf den Tisch. Ich hatte die Vorstellung, er schlage mich, und fühlte tief in meinem Inneren, dass ich es verdiente. »Diesem Halunken muss das

Maul gestopft werden. Deine Eheschließung mit Carr ist unsere unverbrüchliche Verbindung zum König. Sie *muss* gerettet werden. Ich muss nachdenken.« Seine Stimme war voller Zorn, Zorn auf Overbury, aber auch, so vermutete ich, als ich den Knoten in meinen Eingeweiden spürte, auf mich.

»Ich gehe zu Carr. Ich werde ihn überzeugen können. Ich weiß, dass ich es kann.«

»Carr hat sich mit dem König zurückgezogen. Ihr werdet nicht zu ihm vordringen, nicht solange der Prinz in so schlechtem Zustand ist.« Ich wollte noch etwas sagen, wollte vorschlagen, der Onkel solle mit Overbury spreche. Da sagte er: »Das Einzige, was du tun musstest, war, Carr im Spiel zu halten. Du hast versagt, Frances.« Er packte mich am Kinn und zwang mich, seinen granitharten Blick auszuhalten. »*Du* musst einen Weg finden, sein Verlangen wieder zu entfachen. Wie du es tust, ist mir gleichgültig, ich will es nicht einmal wissen ... aber tu es.«

Er wirkte vollkommen ruhig und darum umso bedrohlicher. Er wedelte mit der Hand in Richtung Tür, um uns anzudeuten, wir seien entlassen. »Ich kümmere mich um den Halunken.«

Der Verrat schmerzte mich. »Ihr habt mich angelogen«, stammelte ich, als Anne und ich davoneilten. »Ihr habt behauptet, der Onkel suche einen Gärtner.«

»Ich wollte Euch nicht aufregen. Ich hatte gehofft, wir könnten die Situation einrenken, ohne Euch Kummer zu bereiten.« Das war eine dünne Ausrede, und mein Vertrauen war dahin, dennoch beschloss ich, ihre Worte zu akzeptieren. Ich hatte niemand anderen, der mir hätte helfen können, den Knoten zu entwirren, in dem ich verfangen war.

197

Ich habe mich oft gefragt, was mein wahres Verbrechen war, aber Tollkühnheit muss auf der Liste ganz weit oben stehen.

Ich ging zu meinen Gemächern. Anne war stehen geblieben, um mit Weston zu reden. Ich hätte zuhören sollen, aber ich hatte genug von Anne und ihren Ränken. Die Abschiedsworte des Onkels hallten unheilvoll in meinem Kopf nach – *Ich kümmere mich um den Halunken.* Ich wusste, ich müsste Robert dringend zurückgewinnen, nicht nur aus eigennützigen Gründen, sondern auch um weiteren »Geschäften« des Onkels meinethalben zuvorzukommen. Meine Seelenkräfte hatten gelitten. Ich hätte den Rat meines Bruders eingeholt, aber Harry befand sich auf dem Land, ebenso meine mir nächststehende Schwester Lizzie. Mir dämmerte allmählich das Ausmaß meiner Isolation, für die der Onkel gesorgt hatte, und ich musste gegen die innere Not ankämpfen, die meine Entschlossenheit zu schwächen drohte.

Anne kam mir bald hinterher, mit fiebrigem Ausdruck, als sie die Tür schloss und sich dagegenlehnte. »Weston meint, er könne vielleicht helfen.« Sie sah mir in die Augen. Ihre Pupillen waren beunruhigend groß.

Wer bist du?, dachte ich. »Euer Diener, Weston? Was glaubt *er* denn, das er tun kann?«

»Er kennt eine Frau. Sie hat gewisse Kräfte.« Sie nahm meine Hand. Es brannte nur eine einzige Lampe, und das Feuer war nahezu erloschen. Ihre Finger umkrallten mich fast wie Klauen.

Ich trat schroff beiseite. »Nicht das schon wieder, Anne.«

»Sie ist keine Hexe. Nichts dergleichen. Sie hat nur die Gabe der Prophezeiung. Es könnte doch helfen, glaubt Ihr nicht?«

»Nein, keinesfalls. Aus den Schwindeleien einer Frau kann nichts Gutes entstehen.« Ich dachte an meine eigene alberne Handleserei, die ich mehr zum Amüsement betrieb als zu etwas anderem.

»Aber sie hat eine Gabe. Sie hat einen Cousin von Weston gefunden, als er verschwunden war. Sie hat mit ihrem inneren Auge genau den Ort gesehen, wo er sich befand.«

Im Holzkorb lagen noch ein paar Äste und Anzündhölzer. Ich warf sie auf die Glut und pustete, bis sie aufflammten. »Um Himmels willen, ich kenne nicht einmal diesen Weston.«

»Aber *ich*. Seit zehn Jahren steht er in meinen Diensten. Ich traue seinem Urteil.«

Mein Verstand war hin- und hergerissen. Ich stellte Annes Vertrauen mehr infrage als diesen rohen Handlanger. »Nein, ich tue es nicht.«

Sie rückte nah an mich heran, zu nah. Diese wirbelartigen Pupillen verliehen ihr etwas Unmenschliches. »Euch bleibt keine Wahl.« Sie lächelte. »Und es kann nicht schaden.« Im Handumdrehen war sie wieder die Anne, die ich kannte.

Vermutlich schloss ich mich ihr an, weil es keine andere Möglichkeit zu handeln gab. Die Vorstellung, nichts zu tun, erschien mir schlimmer, und die Verzweiflung trieb mich an, nicht nur, dass Robert zu mir zurückkehren möge, sondern auch die Angst, was dem Onkel einfallen könnte, sollte ich scheitern.

Wäre ich doch nur in die Kapelle gegangen, um den Herrn um Hilfe zu bitten, statt den Weg zu gehen, den ich gegangen bin, aber in der Rückschau frage ich mich, ob Anne mich irgendwie verhext hatte, sodass mir meine Urteilskraft abhandengekommen war.

Kurz nach der Morgendämmerung waren wir auf und gingen in Umhang und Haube hinter Weston über den Strand. Wir liefen gen Osten, wo die großen ummauerten Herrenhäuser hohen maroden Gebäuden wichen, deren obere Stockwerke sich den Nachbarhäusern gegenüber zuneigten, als erzählten sie sich lasterhafte Geheimnisse. Wir blieben an einer Kochstube stehen. Eine Frau verteilte Teig auf einem Tablett mit Pasteten. »Die sind erst in einer guten Stunde fertig«, sagte sie, da sie uns für Kunden hielt. »Ich habe noch ein paar von gestern, wenn Ihr in Eile seid.« Neben ihr hackte ein Mädchen Zwiebeln, es war tränenüberströmt und wischte sich ständig die Augen am Ärmel ab.

Wenige Leute waren unterwegs: Eine Frau, die Eier verkaufte, eine andere, die einen schweren Karren mit Getreide hinter sich herzog, und einige Buben, die nebendran mit Knöchelchen spielten. Einer warf mir einen Blick zu. Er konnte mein Gesicht nicht gesehen habe, da es ganz verschleiert war, aber ich fühlte mich plötzlich entblößt und in den Schatten gezogen, sodass ich froh über Westons massige Präsenz war.

Er erklärte ihr, wir kämen nicht wegen der Pasteten, sondern wollten zu Mary Woods. Die Frau musterte ihn langsam von oben nach unten, betrachtete seine Narbe und die groben Züge im Zusammenspiel mit seinem guten Wollgewand. Sie deutete auf eine schmale Treppe, die im halbdunklen hinteren Teil des Hauses lag, und sagte: »Ganz nach oben.«

Wir gingen hinten im Laden an Gemüse in Jutesäcken und aufgehängtem Geflügel vorbei; in einer Ecke rupfte ein Junge eine Gans, Federn stoben wie Schnee umher. Wir stiegen hintereinander die knarrende Treppe hinauf, sechs Stockwerke, dann über einen Flur und noch ein weiteres Stockwerk hinauf bis ganz nach oben im Haus. Dort gab es zwei Türen. Eine stand offen, und ein junger Mann, der eine Pfeife rauchte, lehnte am Türpfosten. Von innen rief eine Frau nach ihm und bat ihn um Hilfe bei irgendetwas, doch er ignorierte sie, als er uns schweigend beäugte. Weston klopfte an die andere Tür.

Eine Frauenstimme antwortete. »Wer ist da?« Weston erwähnte einen Namen, den sie gekannt haben musste, denn eine Vielzahl von Riegeln wurde knallend zurückgezogen, die Tür öffnete sich, und wir wurden rasch ins Innere gezogen.

Mary Woods war jünger, als ich erwartet hatte, etwa Mitte zwanzig, ordentlich zurechtgemacht in einer steifen weißen Schürze über einem blauen Kleid, und ihre Lider lagen schwer über ihren Kuhaugen. Ihre absolute Durchschnittlichkeit erschien mir vollkommen falsch. Sie fragte nicht, wer wir seien, sondern sagte nur mit einem wirkungsvollen Lächeln, Namen seien überflüssig.

Ihre Unterkunft war klein, sie war nur durch ein einziges rechteckiges Fenster beleuchtet und durch kleine Flammen in einem winzigen Kamin. In einer Ecke stand ein Bettkasten, ansonsten gab es ein Regal mit Gläsern darauf, einen kleinen Tisch mit zwei Stühlen und einen dreibeinigen Hocker. Trotz der Schlichtheit des Zimmers war alles tadellos aufgeräumt und sauber gekehrt. Eine Katze hockte auf dem Regal und beobachtete uns, was mich nervös machte. Ich mochte keine Katzen.

Als ich meinen Umhang abnahm, entfuhr Mary Woods ein pfeifender Atemzug. »Das ist gewiss der schönste Satin, den diese Wände je gesehen haben.«

Das hielt ich für eine Lüge. Weston hatte mir auf dem Weg erzählt, dass Mary Woods so manchem Höfling, den er kannte, die Zukunft vorausgesagt habe. Das überraschte mich nicht – Leute wandten sich immer wieder an Frauen wie sie, in der Hoffnung, ihre Liebeshändel zu lösen. Ich hatte sie immer als töricht eingeschätzt. Nun war ich selbst hier.

»Und siehe da.« Sie rieb meine Halskrause zwischen Zeigefinger und Daumen. »Hat man so etwas schon mal gesehen?«

Anne begann, ihr spezielles Stärkeverfahren zu erklären.

Mary Woods hielt noch immer meine Spitze fest und sagte: »So etwas zu tragen, würde mir gefallen.« Endlich ließ sie los und lächelte sonderbar, als wüsste sie etwas, das wir nicht wussten. »Aber in meinem Metier ist man am besten unauffällig.

»Warum denn?«, fragte ich. »Es gibt doch kein Gesetz, das Wahrsagen verbietet.«

Statt einer Antwort stieß sie nur ein merkwürdiges kleines Schnauben aus, und mich überfiel Unbehagen.

»Was kann ich für Euch tun?« Sie bot Anne und mir die beiden Stühle an, sie selbst blieb stehen. Weston harrte wie ein Wächter an der Tür. Er war zu groß für den Raum, sein Kopf berührte fast die Decke.

Anne begann zu sprechen. »Meine Herrin muss sicherstellen, dass die Liebe eines Mannes zu ihr lebendig bleibt. Er muss sie so innig lieben, dass er *alles* tut, um sie zu bekommen.«

»Was sagt Ihr da, Anne?« Ich warf ihr einen stirnrunzelnden Blick zu. »Wir sind doch hier, um zu erfahren, was die Zukunft für mich bereithält.«

Aber Mary Woods Antwort richtete sich direkt an Anne, als hätte ich gar nichts gesagt. »Alles?« Dann wendete sie ihren langwimprigen, seltsam betörenden Blick auf mich. »Ich kann dafür sorgen, dass sie schwanger wird.«

»Nein«, sagte ich. »Das ist nicht …«

Anne unterbrach mich: »Sie teilen nicht das Bett, versteht Ihr?«

Weston trat von einem Fuß auf den anderen. Und die Katze schlich um meine Füße herum. Ich schob sie weg, was mir einen scharfen Blick von Mary Woods einbrachte.

»Ich könnte einen Zauber aussprechen, aber das kostet Euch etwas.«

»Nein, auf keinen Fall!« Wütend sprang ich auf und zerrte

meinen Umhang vom Haken. »Das will ich nicht. Wir gehen.«
Und ich fand mich vor dem großen reglosen Kerl von Weston
wieder. »Kommt schon!« Anne rührte sich nicht.

»Wird das ausreichen?« Anne zog etwas aus ihrer Tasche:
einen Ring. Es war meiner – ein Diamant, den Essex mir geschenkt hatte.

»Wie kommt Ihr dazu?« Ich packte sie am Handgelenk, aber
Mary Woods hatte den Ring blitzgeschwind an sich genommen
und betrachtete ihn prüfend am Fenster.

»Ihr hasst diesen Ring«, sagte Anne. »Habt Ihr nicht einmal
gesagt, er bringe Euch nur Unglück? Ich versuche doch nur zu
helfen.«

»Wenn Ihr wirklich helfen wolltet, hättet Ihr mich nicht
unter einem Vorwand hierhergelockt!« Ich schrie vor Zorn, das
war das Einzige, das ich tun konnte, um Anne nicht zu schlagen.

»Ich würde hier keine Szene machen«, sagte Mary Woods
eindringlich. »Ich kann nicht versprechen, dass meine Nachbarn nicht tratschen.«

Ich saß in der Falle. »Ich wollte doch nur helfen.« Anne
klang tränenerstickt.

»Der Weg zur Hölle ist mit guten Absichten gepflastert«,
stieß ich hervor. »Gebt mir den Ring.« Ich streckte die Hand
aus. Sie zitterte.

»Ich will ihn nur für die Wahrsagung benutzen. Ein Diamant
kann als Kanal dienen, und da Ihr ihn getragen habt, macht er
die Vision noch viel deutlicher.« Mary Woods inspizierte mit
ihren Kuhaugen die Ringschiene, in die Essex' und meine ver-
schlungenen Initialen eingraviert waren. »Darum seid Ihr doch
hier, oder? Für einen Blick in die Zukunft?« Mit einem Mal
merkte ich, dass ich mich zum Narren gemacht hatte, die Situation falsch gedeutet hatte. Ich setzte mich wieder und reichte

Anne mein Taschentuch. Die Katze rieb sich unterdessen an meinen Röcken und schnurrte wie ein Mahlwerk. Wir saßen einen Moment in der schwer lastenden Stille.

Mary Woods ergriff das Wort. »Dies ist kein Geschenk des betreffenden Mannes, oder?«

Anne stupste mich an. »Seht Ihr? Sie weiß es.«

»Das soll Euch nicht interessieren, Mistress Woods«, erwiderte ich.

»Aber ich habe recht.« Sie durchbohrte mich mit ihrem Blick. »Ich sage das nur zum Beweis, dass ich die Gabe habe. Mir ist klar, dass Ihr mich für unehrlich haltet.«

Ich vermutete, dass sie die Initialen gesehen und zwei und zwei zusammengezählt hatte. Obgleich die Buchstabenkombination zu Hunderten Paaren hätte passen können, und ich hätte wirklich irgendeine Lady vom Hof sein können. Ich hatte ihr nicht einmal meinen Namen genannt.

»So, das ist ein Geschenk Eures Gemahls. Nicht vom betreffenden Mann.« Sie hielt den Ring hoch.

Ihre Genauigkeit verwirrte mich. Ich hatte keinen Gemahl erwähnt, aber sie hatte mutmaßen können, dass eine Frau meines Standes und Alters einen Gemahl haben musste oder zumindest Witwe war.

»Ich kann dafür sorgen, dass er verschwindet, wenn Ihr es wünscht.« Ein melodisches Lachen perlte aus ihr hervor.

Ich war entsetzt über ihren Vorschlag, konnte aber nicht gewiss sein, ob sie ihn ernst meinte. Anne sah beunruhigt aus.

Ich sprach freiheraus: »Wie ich bereits sagte, Mistress Woods, ich möchte nur wissen, was mich in der Zukunft erwartet. Das ist alles.«

»Alles?« Sie sah mich an, als glaubte sie mir nicht.

»Ja. Alles.«

»Er liebt Euch, aber eine starke Kraft hindert ihn daran, Euch zu gehören.«

Allmählich fragte ich mich, ob sie meine Gedanken lesen könne. Aber der Onkel unkte in meinem Kopf: *Glaube nicht dieses Geschwafel, Frances. Ich habe dich nicht erzogen, damit du dich an der Nase herumführen lässt.* »Da ist eine Ratte in Eurem Getreide«, sagte sie noch.

In dem Augenblick fragte ich mich, ob Weston der Frau meine Geheimnisse verraten hatte und dafür einen Teil ihrer Einnahmen abbekam.

Sie strich ihre Schürze glatt, und erst da bemerkte ich, dass sie sehr schöne Hände hatte, so eben wie Elfenbein. »Normalerweise meide ich schwarze Magie, da sie unvorhersehbare Folgen haben kann. Aber dieses hier erfordert eine starke Kraft.«

»Damit habe ich nichts zu tun.« Wieder sprang ich auf. »Es tut mir leid, Eure Zeit verschwendet zu haben. Wenn Ihr mir meinen Ring zurückgeben würdet...«

»Wartet«, sagte sie und legte mir ihre wunderschöne Hand auf die Schulter. Sie war stärker als vermutet. »Ich wollte Euch nicht ängstigen.«

Ich sah ihr gerade in die Augen. »Ich bin *nicht* geängstigt.«

Einer ihrer Mundwinkel kräuselte sich. Dann geschah etwas: Sie begann zu beben, als hätte sie einen Krampfanfall, und ihre Augen traten groß hervor. »Er ist tot. Der Prinz ist tot.« Wir alle starrten sie entsetzt an und vernahmen das langsame Läuten der Whitehall-Glocke, die den Tod eines Mitglieds der Königsfamilie verkündete. Ich versuchte, mich gerade zu besinnen, ob die Glocke vor ihrem Anfall zu läuten begonnen hatte oder danach, als sie sagte: »Vergiftet!«

Auf der Stelle fiel mir ein, dass die Königin Thomas Overbury eines solchen Verbrechens bezichtigt hatte. Damals hatte ich sie für hysterisch gehalten.

»Ihr könnt mir keine Angst einjagen, Mistress Woods. Ich bin aus härterem Holz geschnitzt, als Ihr denkt.« Ich trat auf sie zu, um meinen Ring entgegenzunehmen, aber sie hielt ihn fest in ihrer geschlossenen Faust. »Weston!« Ich erwartete, dass er eingriff, aber er stand nur reglos vor der Tür.

Mein einziger Gedanke war Flucht – zur Hölle mit dem Ring. »Geht mir aus dem Weg!« Weston rührte sich nicht. »Ich werde Euch dafür bestrafen lassen.« Ich hätte um Hilfe gerufen, aber ich erinnerte mich an die neugierigen Nachbarn und wusste, es wäre leichtsinnig, auf meine Situation aufmerksam zu machen, da sie sicherlich missverstanden würde.

Als ich mich niedergeschlagen wieder dem Zimmer zuwandte, stand Mary Woods am Feuer, über dem ein Kessel hing; sie rührte darin und murmelte Unverständliches.

»Tut doch etwas! Helft mir, sie aufzuhalten!«, schrie ich.

Anne war fahl und schien wie gelähmt, wie festgewachsen an ihrem Stuhl. Weston hingegen säuberte sich mit der Spitze seines Taschenmessers gelassen die Fingernägel und beobachtete mich.

Ein fauliger Gestank erfüllte das Zimmer. Ich fühlte mich berauscht, aber mein Körper war schwer und wollte sich nicht in Bewegung setzen, als ich versuchte, zu der Frau hinüberzugehen und sie zu bremsen. Je mehr ich mich bemühte, umso weiter fühlte ich mich entfernt; und so konnte ich nur voll Abscheu zusehen, wie sie ein Tütchen nahm, es öffnete und dann etwas zwischen den Fingern hielt. Es sah wie ein toter, großer schillernder Käfer aus. Sie ließ ihn in das Gebräu fallen, und plötzlich, als würde es von einem unsichtbaren Wasserschwall gelöscht, ging das Feuer aus, woraufhin Anne einen Schrei ausstieß.

»Innerhalb einer Woche setzt die Wirkung ein. Das Begehren des Mannes wird tausendfach zu Euch zurückkehren.« Mary Woods schwieg einen Augenblick. »So hoffe ich, dass dies auch tatsächlich Euer Wunsch ist.« Sie hatte begonnen, nonchalant ihre Utensilien beiseitezulegen, als würde sie einen Esstisch abräumen.

»Das ist nicht mein Wunsch. Ich will nichts damit zu tun haben.« Meine Fingernägel gruben sich in meine Handflächen. Doch sie hob lediglich die Augenbrauen, als wollte sie sagen, sie glaube mir nicht ein einziges Wort. »Gebt mir meinen Ring.«

»Mit Vergnügen.« Sie lächelte. »Wenn Ihr mir zehn Shilling für meine Dienste bezahlt habt.«

»Ich hege nicht die Absicht, Euch für etwas zu bezahlen, das ich nicht wollte.« Ich war so wütend, dass ich sie am liebsten geschlagen hätte.

»Ich bin überglücklich, das hier behalten zu können...«, sie hielt das vermaledeite Schmuckstück hoch, »...bis Ihr mir Euren Diener mit dem Geld schickt.«

»Dieser Mann hat nichts mit *mir* zu tun«, brüllte ich und zeigte abwehrend auf Weston.

»Das geht mich nichts an.« Wieder lächelte sie, öffnete und schloss dabei langsam ihre Kuhaugen und legte den Kopf schief, als könnten Flammen ihr nichts anhaben.

Ich wusste, es gab nur eines: gehen.

Sie wünschte uns noch einen schönen Tag. Weston und Anne gingen hinaus – Anne konnte mich nicht ansehen, da ihr zweifellos klar war, dass sie die ganze Kraft meines Zorns zu spüren bekommen würde, weil sie mich so kompromittiert hatte. Als ich ihnen nachfolgte, hielt mich Mary Woods am Arm zurück und fragte: »Warum habt Ihr so große Angst vor Wasser?«

»Ich weiß nicht, was Ihr meint.« Ich bemühte mich, ruhig zu erscheinen, konnte aber kaum atmen. Kalte Flüssigkeit leckte an meinem Nacken, stieg höher, füllte meinen Mund, meine Nase.

Sie hielt mich noch immer am Handgelenk fest. »Hütet Euch! Die Gefahr kommt Euch nahe. Sehr nahe.«

Ich schüttelte sie ab und rannte zur Treppe.

Er

James' Augen waren hohl und wässrig wie geöffnete Austern. Unsere Schritte hallten in der Stille, als wir in die Kapelle traten. Der Prinz sah aus, als schliefe er, doch aus nächster Nähe erkannte ich, dass die warme Farbe seiner Wangen nur aufgemalt war. Ein feiner dunkler Flaum auf seiner Oberlippe trieb mir die Tränen in die Augen – es heißt, selbst nach dem Tod wachsen die Haare noch eine Weile. Plötzlich fiel mir Frances ein, die ihm aus der Hand gelesen hatte, ihr Ausdruck des Entsetzens, und wie sie seine Hand losgelassen hatte, als hätte sie sich verbrannt. Hatte sie seinen Tod gesehen?

Prinzessin Elizabeth ging voraus, um neben ihrem toten Bruder niederzuknien. Sie schluchzte still, ihre mageren Schultern bebten. Prinz Charles sah ratlos aus. Sein älterer Bruder hatte einen ganz natürlichen Zauber besessen, und der eigensinnige kleine Charles würde mit ihm verglichen und als ungenügend befunden werden. James war starr wie ein Wächter, nur seine Augen gaben etwas von seiner inneren Verfassung preis. Er hatte mir immer wieder im Vertrauen eingestanden, dass er seinen ältesten Sohn nicht möge. Aber ich wusste, dieses Gefühl war aus der Angst geboren – aus der Angst, dieser Knabe könnte so stark werden, dass er ihn vom Thron stürzen würde und er selbst zu machtlos wäre, um dies zu verhindern. Er hatte nicht über seine Trauer reden wollen, nicht einmal unter vier Augen mit mir.

Ich drückte mir Frances' Perle in die Handfläche, bis es schmerzte. Unsere Trennung hatte in mir eine innere Leere hinterlassen, in der ein neuer ungestümer Hass gegen Thomas loderte. Ich schämte mich, dass Gedanken an sie mich von der Trauer um den Prinzen ablenkten. Schlüpfrige erotische Gedanken schossen mir unvermutet durch den Kopf und mischten sich mit dem sehnsuchtsvollen Verlangen, das mich seit Tagen quälte; diese Kraft war so stark, dass ich ihr nie würde widerstehen können.

Vielleicht hatte die kühle Gegenwart des Todes eine Wirkung auf mich. Das plötzliche Dahinscheiden eines so jungen und vielversprechenden Mannes lenkte meine Gedanken auf die Kürze des Lebens. Die Chance auf die wahre Liebe ist so gering: Bietet sie sich, ist sie gewiss viel zu kostbar, als dass man sie ablehnen könnte, einerlei zu welchem Preis.

Das glaube ich noch heute. Noch immer drehe ich diese Perle zwischen meinen Fingern und empfinde Sehnsucht nach ihr.

Ich verweilte draußen im Vorsaal, während die königliche Familie Beileidbekundungen entgegennahm. Die engsten Gefährten des Prinzen hatten sich hier versammelt, ohne ihren Helden wirkten sie konfus. Doch das leugnet ihre Trauer zu Unrecht, denn sie waren am Boden zerstört, alle schwarz gekleidet wie ein Parlament aus Dohlen.

Essex mit seinem giftigen Blick fiel mir auf. Er wirkte zwar so unbedeutend und belanglos, doch ich musste unweigerlich an sein schreckliches Naturell denken, das Frances mir geschildert hatte. Er flüsterte Southampton etwas zu. Pembroke drehte sich um und sah mich durch eine Wolke von Pfeifenrauch stirnrunzelnd an – wie der Teufel in einem Theaterstück. Ich hielt seinem Blick stand. Ich hatte die Trumpfkarte, und er wusste es.

Die Sammlung von Bronzestatuen des Prinzen, die auf einem Tisch ausgestellt waren, bot mir einen Vorwand, mich von ihm abzuwenden. Da stand der kleine Schäfer auf seinem Sockel. Ich nahm ihn hoch, und wieder überraschte mich mein Gedanke, er würde eine sehr wirkungsvolle Waffe abgeben; sein Gewicht und die Scharfkantigkeit des Hirtenstabs könnten gewaltigen Schaden anrichten. Blitzartig überkam mich Scham, insbesondere in Anbetracht des ernsten Anlasses, und so sah ich zur Tür und war erleichtert, dass unsere Gruppe aufbrach.

Und da war sie, als hätte ich sie durch meine Gedanken herbeigezaubert – aber Liebe ist ein Zauber, der größte aller Zauber, nicht wahr? Sie kam mit Northampton, ihren Eltern und einer Reihe von Howard-Geschwistern und Cousins. Die schlichten Dohlen konnten ihre Missbilligung nicht verhehlen, als diese schillernde Familie den Saal betrat.

Aus Respekt vor dem Prinzen hatten sie ihre besten Gewänder angelegt und bildeten ein Meer aus Farben. Sie in Purpurrot – ihr heruntergerutschter Heiligenschein warf einen goldenen Schimmer auf ihre Haut – stand neben der überrascht dreinblickenden Schwester, die mir einst zur Vermählung vorgeschlagen worden war. Für den Bruchteil einer Sekunde sahen Frances' traurige Augen zu mir. Ich spürte, dass mir die Knie weich wurden, und sah mich schon auf dem schwarz-weißen Marmorboden liegen, mit aufgeplatztem Schädel, aus dem meine tiefsten, geheimsten, schamvollsten Gedanken hervorsprudelten.

Ich bemerkte eine Berührung an meinem Arm. Es war James. Ich sah mich noch einmal um. Northampton hielt ihre Hand, und sie legte zwei Finger an die Lippen, drückte einen Kuss darauf und pustete mit so einer Finesse, dass jeder Beobachter gedacht hätte, sie würde sich bloß einen Nietnagel abbeißen. Northampton nickte mir zu, eine einzige bedächtige Kopfbewegung, und so beschloss ich in jenem Augenblick, ihn später aufzusuchen. Unter uns würden wir eine Lösung finden, denn ohne Hoffnung auf Frances könnte ich genauso gut tot sein.

Als ich mich auf dem Weg zum Northampton House durch die Menge der Trauernden schlängelte, war ich einem Strudel finsterer Gedanken ausgeliefert. Ich wusste, ich würde die Fakten über Thomas preisgeben müssen, dass er mich als Geisel hielt und damit drohte, politische Geheimnisse aufzudecken. Meine größte Angst war Northamptons Reaktion, dass er womöglich vorschlagen könnte, meinen Freund für immer zum Schweigen zu bringen. Seine Feinde behaupteten, um seine Ziele zu erreichen, schrecke er vor nichts zurück.

Ich hoffte, Frances bei ihm anzutreffen, aber er war allein in seinem ringsum von Büchern gesäumten Arbeitszimmer und erhob sich, als ich eintrat. »Ich bin froh, dass Ihr gekommen seid, lieber Junge. Ich hatte darauf gehofft.«

Durch diese liebevollen Worte fühlte ich mich in die große Howard-Familie hineingezogen, fühlte mich umarmt als einer der Ihren. Es stimmte, ich war ein Geschöpf des Königs, doch während meiner ganzen Kindheit hatte man mich wie ein Paket weitergereicht, nie gehörte ich irgendwo richtig dazu – das ist das Schicksal von Waisenkindern. Ich schätze, dies hatte in mir zu einer Schwäche für jene geführt, die mir einen dauerhaften Platz in ihrer Zuneigung anboten.

Er wies mir einen Stuhl und meinte, er hoffe, ich sei genau aus den Gründen gekommen, die er annehme. Ich schilderte ihm Thomas' Drohung, und er überraschte mich, als er sagte, er wisse bereits davon, er habe meinen Brief an Frances gelesen.

Ich fühlte mich entblößt, nicht auf Augenhöhe. »Es war töricht von mir«, sagte ich. »Töricht, Overbury in so wichtige Staatsangelegenheiten eingeweiht zu haben.«

»Der Fehler liegt nicht bei Euch.« Sein einfühlsamer Ton beruhigte mich. »Man kann nicht verlangen, dass Ihr so viele Verantwortlichkeiten übernehmt, ohne dass Ihr Hilfe habt. Salisbury hatte eine ganze Armee von Sekretären und Angestellten. Das ist eine Lektion über Vertrauen in den Falschen.« Er hielt kurz inne. »Und da Overbury Euch ein so lieber Freund ist, tja, müsst Ihr Euch gleich doppelt verraten vorkommen. Was *genau* hat er gedroht aufzudecken?«

»Ich habe ihm manchmal Unterlagen geschickt, ohne sie selbst geöffnet zu haben. Er hatte mein bedingungsloses Vertrauen.« Was Thomas in Royston gesehen hatte, erwähnte ich nicht. Ich war nicht so dumm, *dieses* Geheimnis zu lüften. Aber ich erzählte ihm von den verdeckten Verhandlungen mit Spanien. Daraufhin änderte sich Northamptons Verhalten: Er wurde distanziert und seine Augen so hart wie Edelsteine; Gedanken an gedungene Mörder kreisten in meinem Kopf.

»Ich möchte nicht, dass er verletzt wird. Aber diese Vermählung *muss* stattfinden.« Ich bemühte mich, gemessen und unsentimental zu klingen, als ginge es nicht um Liebe und Tod, sondern um Politik und den Schutz des Königs.

Sein Tonfall war weicher als sein Gesichtsausdruck, als er sagte: »Es *wird* einen Weg geben. Es gibt immer einen. Ihr mögt sie wirklich sehr, nicht wahr?«

Ich nickte. Ich hatte es eindeutig nicht vermocht, meine Gefühle erfolgreich zu verbergen; und ich hatte den Eindruck, meine Liebe sei für alle sichtbar, als hätte ich eines der Gifte in mir, das Blut durch die Haut heraussickern lässt.

Er sah mich an. Ich fühlte mich nackt unter seinem prüfenden Blick, während noch immer diese schrecklichen Gedanken in mir kreisten. »Ich weiß, auch Frances wünscht sich diese Vermählung. Ich kann mir keine bessere Partie für sie vorstellen. Und, gut …«, er atmete langsam aus und wirkte plötzlich sehr alt und sehr erschöpft, »… ich kann es ihr nicht abschlagen. Ich bin wie Wachs in ihren Händen. Ihr wisst, dass sie mir mehr ist als eine Tochter?«

Wieder nickte ich, war aber unsicher, wie ich reagieren sollte. Ich hätte ihn zu gerne gefragt, was er damit sagen wolle, aber ich tat es nicht.

»Und Ihr mögt diesen Overbury … trotz seiner Drohungen?«

»Ja. Er war eine Art Mentor für mich – nicht *mehr* als das.«

»Ich verstehe. Ein Knabe, der seine Eltern verloren hat, sucht oft Rat bei jemandem, der etwas älter ist.« Seine einfühlsamen Worte vermittelten mir das Gefühl, verstanden zu sein. »So ein Band der Zuneigung muss respektiert werden.« Er stand auf, um das Fenster zu schließen, denn Wind hatte sich erhoben und ließ es klappern. »Wir müssen über sein Schweigen verhandeln, ohne zu äußersten Maßnahmen zu greifen.« Er setzte sich wieder und legte die Hände spitz aneinander. »Habt Ihr einen Vorschlag?«

»Ich glaube nicht, dass er für Bestechungsgeld empfänglich sein könnte. Er fühlt sich so sehr …«

»Jeder hat seinen Preis«, warf er ein.

»Könntet *Ihr* mit ihm sprechen?« Ich war mir sicher, dass Northampton besser als ich in der Lage sein würde, Thomas gut zuzureden und ihn zu überzeugen. Für Thomas würde ich stets der unerfahrene Knabe in seiner Gefolgschaft sein und nicht der Mann, den andere in mir sahen.

»Das habe ich bereits getan.«

Ich war erstaunt. »Ihr habt es getan? Wo? Was hat er gesagt?«

»Das ist ohne Bedeutung. Ich wollte ihn lediglich aushorchen – ein Gespür für ihn bekommen. Seht, unsere Wege hatten sich zuvor noch nie richtig gekreuzt.«

Er antwortete nicht auf meine Frage. »Hoffentlich habt Ihr ihm nicht gedroht.« Entschlossen gab ich ihm zu verstehen, dass ich so eine Vorgehensweise nicht tolerieren würde.

»Lieber Junge, für was haltet Ihr mich? Ich bin doch kein Ungeheuer.« Er war beleidigt. »Ich habe lediglich versucht, ihn von den Vorteilen Eurer Eheschließung mit meiner Großnichte zu überzeugen, Vorteile, die bis zu ihm reichen könnten.«

Sein schlanker Windhund, der zusammengerollt auf dem Boden geschlafen hatte, erhob sich, kam zum Tisch, stupste mit der Nase an Northamptons Hand und bestand auf etwas Zuwendung. Er streichelte den Hund hinter den Ohren, sodass dieser vor Wonne den Hals beugte. »Ich finde, dieses Tier ist ein Labsal. Habt Ihr irgendein Haustier?«

»Nein, eigentlich nicht. Aber ich mag meinen Falken.«

»Merkwürdig, dass Ihr das sagt. Ich war letztens in den Stallungen, und der Falkner hat mir erzählt, Euer Falke habe eine Kreuzotter gefangen. Greifvögel sind so geschickte Mörder, würdet Ihr mir da zustimmen? Wie sehr wir sie auch zähmen, diese Gier nach Blut liegt in ihrer Natur. Die lässt sich nicht auslöschen.«

Ich war verwirrt über die Wendung, die unser Gespräch genommen hatte. Doch als ich ihn anschaute, war sein Ausdruck so liebenswürdig wie eh und je. Er war ganz einfach ein Mann, der über die Falkenjagd sprach.

»*Etwas* könnten wir doch gegen Euren Freund unternehmen«, sagte er, als wäre ihm die Idee gerade erst gekommen. »Wir müssen eine Gesandtschaft – eine Handelsdelegation, eine kleine

Diplomatie, ein bisschen Anbiederung auf höchster Ebene – nach Moskau entsenden. Vielleicht möchte Euer Overbury die Ehre haben, sie anzuführen. Jemand muss hin, und Moskau ist entfernt genug, um ihn auf Abstand zu halten, bis wir unsere Annullierung durchgesetzt haben und …«, er nahm etwas aus seiner Tasche und fütterte damit den Hund, »… und unsere Vermählung«.

»Gott sei Dank«, entfuhr es mir. Erst da erkannte ich, wie groß meine Befürchtungen gewesen waren, er könnte etwas ganz und gar Finsteres vorschlagen. »Moskau.« Voll Erleichterung lachte ich innerlich. »Moskau.« Ich wiederholte es wie ein Idiot.

Plötzlich wirbelte ein Windstoß empor und peitschte gegen das Fenster. Northampton bückte sich, nahm den Schürhaken und stieß ihn ins Feuer, das sofort reagierte und knackte, als die Flammen aufzüngelten.

»Er wird erst reisen können, wenn der strenge Winter überstanden ist. Aber sagen wir mal, er verlässt London in der Fastenzeit. Das würde der Kirchenkommission reichlich Zeit verschaffen, das Notwendige zu tun, um Frances von ihrer Ehe zu entbinden. Er wird mehrere Monate unterwegs sein.«

»Er wird sich geehrt fühlen, bestimmt.«

»Ja. Für einen Mann wie ihn …«, Northamptons Abneigung zeigte sich an seinen geschürzten Lippen, »… wäre es keine Kleinigkeit, eine Gesandtschaft anzuführen. Ihr solltet es dem König vorschlagen. Vielleicht braucht es ein wenig Überzeugungskunst. Overbury ist ja nicht unbedingt von hohem Stand. Was meint Ihr?«

»Ich sehe keine Probleme.« James würde ebenso erpicht darauf sein wie ich, wenn ich ihm erst einmal dargelegt hätte, was auf dem Spiel stand.

»Ihr scheint zuversichtlich. Das ist gut. Seht, wenn der König Overbury diesen Botschafterposten anbietet, wird er *gezwungen* sein, ihn anzunehmen.« Der Windhund legte die Schnauze in Northamptons Schoß.

»Und wenn er ablehnt?«

»Wenn er ablehnt, bedeutet das einen schweren Verstoß gegen das Gesetz. Er könnte für eine Weile im Gefängnis landen.«

»Ich bin mir sicher, dass er nicht ablehnt.« Ich *war* mir sicher, absolut sicher. Thomas war ehrgeizig genug, um eine solche Gelegenheit am Schopfe zu packen.

Auf meinem Weg zurück nach Whitehall fühlte ich mich von neuem Optimismus erfüllt. Thomas würde nach Moskau gehen, die Kirchenkommission würde Frances ihre Annullierung gewähren, und wir würden vermählt.

Und als ich James die Umstände erklärte, sagte er nur: »Lass die Papiere vorbereiten.« Ich hatte erwartet, dass er mehr Aufhebens machen würde. »Ich schicke diese verdammte Kreatur nach Moskau, und damit sollte die Angelegenheit beendet sein.«

Alles fügte sich so leicht, als kennte er den Plan bereits – zu leicht vielleicht.

Sie

Nelly schaukelt die Weidenwiege mit dem Fuß, die ohne Ende knarrt und knarzt. Am liebsten würde Frances sie zum Fenster hinauswerfen.

»Es macht mir Angst...«, sagt Nelly, »...dass einem das Leben so rasch...«, sie schnippt mit den Fingern, »...abhandenkommen kann.« Sie haben über den Tod des Prinzen gesprochen.

»Gib mir deine Hand.« Frances beugt sich vor, doch das Mädchen zögert, will erst wissen, warum. »Ich kann dir voraussagen, wie lange du lebst.«

Ungläubig reißt Nelly die Augen auf, dennoch streckt sie die Hand hin. Frances streicht über ihre Lebenslinie um die Daumenwurzel herum. »Du wirst ein hohes Alter erreichen. So viel ist klar. Nur...« Sie legt den Kopf schräg und zieht Nellys Hand näher an die Kerze.

»Nur was?«

»Dir steht eine wichtige Entscheidung bevor... eine Entscheidung, die dein Leben verändern kann.« Nelly sieht begeistert aus. »Schau hier, dieses Kreuz.« Frances zeigt auf die Stelle. »Du wirst dich entscheiden müssen zwischen Verrat oder Loyalität.«

Das scheint das Mädchen sehr zu beeindrucken. Sie bittet

Frances, es ihr zu erklären, aber da Frances es nicht kann, lenkt sie das Gespräch wieder auf den Prinzen. »Es war wirklich ein schrecklicher Verlust. Alle bei Hofe waren außer sich. Mit Ausnahme vom Onkel.«

»Ich verstehe nicht.« Nelly starrt noch immer auf ihre Handfläche, als wäre es ihre erste Begegnung mit ihr.

»Dadurch wurde die Essex-Familie über Nacht machtlos. Prinz Henry war ihre große Hoffnung, weißt du. Seit Jahren haben sie sich für den Tag in Position gebracht, an dem er den Thron besteigen würde.« Obwohl ihnen niemand zuhört, senkt sie die Stimme. »Ich sollte das nicht sagen, aber wenn ich zurückblicke, Nelly, sehe ich, wie sich alles zu des Onkels Gunsten gefügt hat, denn all seine Feinde zogen sich in den Hintergrund zurück. Er hatte immer alles unter Kontrolle.« Frances fühlt sich illoyal, wenn sie Schmähungen gegen ihn ausspricht, und seien sie noch so vage. Loyalität war die oberste Lektion für die Howards, und Gott bewahre, wenn sie jemand missachtete.

»Das Glück war also auf seiner Seite.«

Frances erwidert, ohne nachzudenken: »Mit Glück hatte das nichts zu tun.«

»Was sagt Ihr da?«

»Ich sage gar nichts.« Frances erinnert sich, dass ihr diese Lektion über Loyalität beigebracht wurde, und plötzlich beginnt sie zu husten, als wäre ihre Luftröhre voll Wasser. Nelly springt auf, um ihr auf den Rücken zu klopfen; und als der Hustenanfall vorüber ist, fügt Frances hinzu: »Es war Gott, der dem Onkel zugelächelt haben muss, nicht das Glück.«

»*Euch* hat Gott aber nicht zugelächelt, da Ihr von dem Mann, den Ihr geliebt habt, getrennt wurdet.«

Frances verspürt eine Woge des Gefühls für das Mädchen, das ihr, egal in welcher Angelegenheit, verteidigend zur Seite springt. »Aber in dem Augenblick, als ich Robert im St.-James'-Palast traf, erkannte ich allein schon an seinem Blick, dass er auf die eine oder andere Art zu mir zurückgekehrt war. Natürlich behauptete Anne Turner, Mary Woods Zauber habe das bewirkt. Ich wusste es besser. Es war Liebe – nichts als Liebe.«

Das Baby beginnt zu wimmern. Frances möchte sich die Ohren zuhalten.

**

Drei Howards warteten im Northampton House: der Onkel, der Vater und mein Bruder Harry. Der Onkel strich mir über mein sauber gewaschenes Gesicht. »So normal, wie es nur eben geht.« Ich war angewiesen worden, mich so schlicht wie möglich zu kleiden und mein Haar zu bedecken, da Essex mit seinen Ratgebern kommen würde, um über die Annullierung unserer Ehe zu sprechen.

Mutter hatte mir ihre Perlen geliehen. Harry zog an ihnen. »Sie geben dir etwas Tantenhaftes.« Er schien amüsiert über seine neue fade Schwester.

Die Porträts von Meister Larkin waren unterdessen vollendet und hingen in einer beeindruckenden Reihe an der einen Wand. Ich überlegte, welcher Sammelbegriff für die Howards gelten könnte: vielleicht »Scharfsinn« oder »Bedrohung«. Wir hörten die Gäste die Treppe heraufkommen, und plötzlich überfiel mich große Angst. Sie traten ein, eine düstere Gruppe, Southampton, Pembroke und Essex. Sie schnallten ihre Schwerter ab und legten sie zur Seite.

Essex wirkte angespannt, seine Stirn in tiefen Falten. Ich hatte ihn seit Monaten nicht gesehen und verspürte ein wenig Mitgefühl für ihn: Er war in gleichem Maße wie ich Opfer der

Situation. Er wollte nicht zu mir herübersehen und verbarg sich hinter Pembroke. Es heißt, Pembroke sei in seiner Jugend eine elegante Erscheinung gewesen. Doch an dem Mann, der hier mit seinem roten Gesicht und dem bitteren Zug um den Mund vor uns stand, ließ sich kein Beweis für seinen einstigen Charme entdecken. Ich überlegte, ob ihm vielleicht sein gutes Aussehen abhandengekommen war, weil er bei Beförderungen ständig übergangen wurde.

Pembroke schaute mich an, als wäre ich ein Kunstwerk, von dem er nicht genau wusste, ob es ihm gefiel. Für einen Mann mittleren Alters war sein Gesicht erstaunlich glatt, sein Bart war zu einer scharfen Spitze gestutzt, und zwischen seinen Lippen klemmte eine kleine elfenbeinerne Pfeife. Ich achtete darauf, niemandem in die Augen zu sehen, und hielt den Blick gesenkt wie die sanfte Kreatur, für die sie mich nicht hielten.

Die Atmosphäre war qualvoll höflich, als der Onkel ihnen einen Platz anbot. Aber ich sah meinen Bruder Harry und Essex giftige Blicke wechseln. Ich liebte Harry für seine draufgängerische Ader – er würde alles tun, um mich zu schützen –, aber ich wollte nicht, dass er Probleme heraufbeschwor.

Der Onkel legte Southampton freundschaftlich die Hand auf die Schulter und sprach ihm sein tief empfundenes Mitgefühl zum Tod des Prinzen aus. »Ich weiß, wie nahe Ihr ihm standet. Für Euch muss der Schock noch größer gewesen sein als für uns.«

Mein Vater stellte mit Pembroke Spekulationen an, ob die Vermählung von Prinzessin Elizabeth nun nach dem Tod ihres Bruders wie geplant stattfinde. »Ich glaube, das englische Volk wünscht sich einen freudigen Anlass, um die Trauer ein wenig zu vergessen.« Rauch quoll aus Pembrokes Nase. »Und die Prinzessin scheint den Knaben aufrichtig zu mögen.« Er klang ziemlich verstrickt in diese Liebe, aber ich wusste, dass er sich für die

Eheschließung als protestantisches Bündnis eingesetzt hatte. In unserer Welt gab es nichts, das nicht von Politik infiziert war.

Ich saß an der Seite, nicht am Tisch. Es war nicht vorgesehen, dass ich irgendetwas sagte; ich sollte nur demütig und dümmlich wirken, während die Männer über meine Zukunft verhandelten. Essex verharrte schweigend mit extremer Bockigkeit im Gesicht, die ich nur zu gut an ihm kannte; ich konnte mir nicht vorstellen, dass diese Männer mit ihrer unerträglich heuchlerischen Höflichkeit einen Weg fänden, ihn davon zu überzeugen, mich aus seinen Fängen zu entlassen.

Und kaum hatte der Onkel vorgeschlagen, sie sollten sich nun mit der Angelegenheit befassen, erklärte Southampton: »Ich bin fest davon überzeugt, dass wir zu einer Übereinkunft finden werden, die für beide Parteien akzeptabel ist.«

Meine Stimmung hob sich ein wenig.

»Ja«, ergänzte Pembroke. »Es ist von höchster Bedeutung, dass Lord Essex nicht der Hauch einer Demütigung widerfährt. Würde man meinen, etwas hindere ihn an der einwandfreien Vollziehung, wären seine Chancen auf eine zukünftige glückliche Verbindung beeinträchtigt. Natürlich möchte er eine Familie gründen, und ich weiß zufällig, ebenso wie Lord Southampton – ja, tatsächlich, wir haben es mit eigenen Augen gesehen –, dass Lord Essex durchaus in der Lage ist, den Akt zu vollziehen.« Er sprach, als peinige es ihn, diese Begriffe zu verwenden, und konzentrierte sich nun auf das Stopfen seiner Pfeife. Essex war vor Verlegenheit so tiefrot geworden, dass ich mich fragte, ob er wohl einen seiner Wutanfälle bekomme, sodass alle es miterleben könnten.

»Wir werden vor der Kirchenkommission Zeugnis ablegen von Lord Essex' ...« Er schien nach dem richtigen Wort zu suchen. »... *Virilität.*«

Ich bemühte mich, meinen Bruder nicht anzusehen, denn ich wusste, wir würden schallend loslachen bei der Vorstellung, wie sie Zeugen von Essex' *Virilität* geworden waren und wie sie es den Bischöfen auf der Richterbank darlegen würden.

»Das ist vollkommen vernünftig«, sagte der Onkel. »Aber ich muss darauf bestehen, dass Lady Frances unter keinerlei Folgen körperlicher Schädigung leidet.« Keiner von ihnen reagierte darauf, dass er mich nicht Lady Essex genannt hatte. »Wir alle wissen, auf was ich hinauswill.«

Ich betrachtete meine Hände, während sie über mich sprachen, und dachte an Robert. Er durfte keinesfalls erwähnt werden. Mein Gemahl wäre nicht so sehr daran interessiert, mir meine Freiheit zu geben, wenn er wüsste, dass ich in dem Moment, in dem ich frei wäre, mit dem Favoriten des Königs zusammengesteckt würde. Aber trotz all unserer Diskretion hatten einige Leute wegen Overburys losem Mundwerk Wind davon bekommen.

Ich hatte den Mann gesehen, als ich in den Gärten spazierte. Der Weg war schmal, und ich wollte auf der Mitte des Weges beharren, sodass er an die Hecke zurücktreten müsste, wenn ich an ihm vorbeiginge. Ich schaute über ihn hinweg, doch als er näher kam, stieg mir der Duft von Bergamotte in die Nase, und ich sah ihm lang genug in die Augen, um diesen verächtlichen Blick wiederzuerkennen, mich an diese Hand auf meinem Mund und die kraftvolle Warnung zu erinnern. Somit hatte er schon länger gegen mich agiert, als ich dachte.

»Ich habe gehört, Ihr seid auf dem Weg nach Moskau«, sagte ich, als ich ihm den Weg versperrte. Er murmelte etwas davon, es sei noch nicht entschieden. »Ihr packt besser warme Kleidung ein. Leute sollen dort schon an der Kälte gestorben sein.« Kurz lüftete sich seine höfliche Maske, und er sah erschüttert aus. Ich hatte dem Onkel gegenüber nicht erwähnt, dass ich meinen Angreifer identifiziert hatte – seither war zu viel geschehen.

Southamptons Finger, die auf den Tisch trommelten, holten mich zurück ins Gemach. »Wir schlagen vor…«, sagte er mit einem Blick zu Pembroke, der zustimmend nickte, »… dass Lord Essex schwören wird, es sei in der Lage, nur Beziehungen mit *anderen* Frauen als mit seiner Gemahlin einzugehen. Es handele sich ganz einfach um eine körperliche Unvereinbarkeit zwischen diesem Paar.«

»Um eine *unüberwindbare* körperliche Unvereinbarkeit«, bestätigte Pembroke und führte verschiedene Rechtsfälle an.

Ich wollte jubeln. Endlich rückte meine Zukunft lebhaft in den Mittelpunkt. Overbury wäre in Moskau, meine Ehe würde aufgelöst, und dann wären Robert und ich vereint. Das war alles, was ich wollte. Meine intrigante Familie könnte ihre Machtspiele demnächst ohne mich spielen.

»Das scheint mir ausnehmend zufriedenstellend für beide Parteien«, sagte mein Vater, der sich ein seltenes Lächeln abrang. Hände wurden geschüttelt, Zusagen unterschrieben, und schließlich verabschiedeten sich die Gäste. Essex hatte mich nicht ein einziges Mal angesehen.

»Gut«, sagte der Onkel, als sie gegangen waren. »Mir scheint, die Ehe rückgängig zu machen, ist ihnen dringlicher, als ich dachte.«

Vater lachte plötzlich. »Ihnen steht ein Jahrzehnt in der politischen Wüstenei bevor. Der König kann sie nicht ausstehen, ihr Held ist tot, und unser Mädchen wird bald im Bett des engsten Gefährten des Königs liegen. Wir sollten auf unseren Triumph anstoßen.«

Ich fand seine Schadenfreude abstoßend. »Ihr solltet nicht vom Tod Prinzen sprechen, als sei er ein Vorteil. Es ist respek…«

»Sei nicht herablassend mit mir, Mädchen.« Er hob die Hand und wollte zuschlagen, doch der Onkel trat zwischen uns. »Merke dir, man kann rascher in die Tiefe stürzen als Höhen erklimmen.«

»Nun, nun.« Der Onkel war ruhig und bestimmt. »Harry, würdest du diesen Krug herüberreichen?« Mein Bruder gab allen ein Glas und warf mir ein Lächeln zu. »Lasst uns auf die unkomplizierte Aufhebung der Ehe unseres Mädchens trinken.«

Ich leerte mein Glas, wand mir Mutters Perlen vom Hals, knallte sie auf den Tisch und ging ohne ein Wort.

Er

An Thomas' Unterkunft öffnete mir ein junger Diener die Tür. Er kam mir bekannt vor, und als ich ihn fragte, woher ich ihn kenne, antwortete er: »Ich bin der Knabe, den Ihr vor einiger Zeit vor der Prügel gerettet habt. Lawrence Davies.«

»Du bist groß geworden!« Ich erinnerte mich wieder an den Tag – an Thomas' Rohheit gegenüber der Königin, was zu seiner Verbannung vom Hof geführt hatte. Der Junge war in den zwei Jahren, die seither vergangen waren, reifer und kräftiger geworden und auf sanfte Weise recht hübsch. Ich fragte mich, wie sein Rücken wohl aussehe, und vermutete, er sei mit silbrigen Narben überzogen. Er hatte ein ovales Gesicht, noch jugendlich glatt wie seine Hände, aber seine Fingernägel waren bis aufs Fleisch abgekaut. »Wie geht es ihm?«

»Er ist in einem schrecklichen Zustand. Ich weiß nicht, was ich mit ihm machen soll.«

»Du darfst dich deswegen nicht aufregen.« Ich bemühte mich, unbekümmert zu klingen. »Ich sorge dafür, dass das hier in Ordnung kommt.«

Er wirkte nicht beruhigt, als er mich hineinführte, und ich wünschte, ich selbst hätte ein bisschen mehr Zuversicht gehabt. Thomas hing über dem Tisch inmitten von Müll, eine umgefallene leere Flasche neben ihm am Boden. Selten hatte ich ihn

mehr als angeheitert gesehen, aber an diesem Tag war er sturz-
trunken.

»Was hat dich aus Northamptons Arsch herauskriechen lassen, Robert Carr ... *Lord* Rochester, oder hast du schon wieder
einen neuen Titel verliehen bekommen?« Er lallte, hatte ein
blaues Auge, und sein Gewand war zerrissen.

Ich war unmittelbar von den Feierlichkeiten zu Ehren von
Prinzessin Elizabeth gekommen, die mit ihrem frisch ange-
trauten Gemahl nach Heidelberg abreisen sollte, und war von
Kopf bis Fuß in feinster bestickter Seide gekleidet. Mit Edelsteinen besetzte Pompons, so groß wie Kohlköpfe, baumelten
an meinen Schuhen, und mein auf Hochglanz polierter Gala-
degen schwang an meiner Hüfte. Ich wollte, ich hätte mich
umgezogen, denn mein Äußeres war frivol und meiner Aufgabe nicht angemessen. Ich hatte die Sorge, es könnte Erinnerungen in Thomas wachrufen, die ihm bewusst machten, was
er vermisste.

»Was ist geschehen?« Ich ging auf ihn zu, und meine Hand
schwebte über seiner gequetschten Augenhöhle.

»Geh weg. Ich habe dir nichts zu sagen.« Er ließ den Kopf
zwischen die Arme auf den Tisch fallen und verbarg sein Gesicht.

Ich öffnete das Fenster, ließ frische Luft herein und räumte
ein paar Dinge zusammen. Ich rief nach Davies, bat ihn, einen
Teller mit Brot und Schinken sowie einen Ingwertee zu bringen, während Thomas sich noch immer tot stellte.

Als Davies mit dem Essen zurückkehrte, setzte Thomas sich
schließlich auf und sah mich an. »Also warum bist du hier?«

»Iss etwas.« Ich schob ihm den Teller zu. »Und trink den
Tee. Das wird deinem Magen guttun.« Er gehorchte mürrisch
wie ein Kind. Ich war verdutzt über den Rollentausch. In der

Vergangenheit hatte er etliche Male das Gleiche für mich getan.

»Hör zu. Ich bin hier als dein Freund.«

Er starrte mich an. »Wenn ich mich recht erinnere, hast du mich beim letzten Mal geohrfeigt und mir in etwa gesagt, ich sei für dich gestorben.«

»Das ist doch nicht überraschend, Tom. Du hattest mir gedroht... und dem König. Aber die Lage hat sich geändert. Ich bin hier, um die Angelegenheit zu bereinigen.«

»Ich bin doch nicht von gestern«, schnauzte er. »Du bist hier, um mich dazu zu überreden, die Botschaft in Moskau zu übernehmen. Ich werde nicht gehen. Sie waren schon zweimal hier.« Er zeigte auf sein blaues Auge. »Ich habe ihnen bereits gesagt, dass ich nicht gehe. Ich meine, *Moskau*, um Himmels willen.« Er runzelte die Stirn und kniff die Augen zusammen, was ihm offenbar Schmerzen bereitete. »Nur damit du dieses kleine Miststück in dein Bett zerren kannst.«

»Bitte, sprich nicht so von ihr.« Ich blieb ruhig. »Du wirst dich darauf einstellen müssen. Sobald sie frei ist, werden sie und ich vermählt.« Ich wollte seine Hand nehmen, doch er ließ es nicht zu. »Ich wünsche mir aufrichtig, du würdest es akzeptieren und wir könnten wieder Freunde sein.«

»Menschen wie du haben keine Freunde, nur solche, die ihnen von Nutzen sind. Du bist genauso wie sie... ihr seid füreinander geschaffen.«

Seine Worte verletzten mich zutiefst, was mein unfreiwilliges Zusammenzucken verraten haben musste, denn er fügte hinzu: »Das meine ich nicht so. Du bist einer der wenigen bei Hofe, die nicht...« Er hielt inne, rieb sich die Augen und trank einen Schluck. »Mein Gott, Robin, hast du denn nichts von mir gelernt? Diese Howards lassen dich nach ihrer Pfeife tanzen. Sie *benutzen* dich, um zum König vorzudringen. Wie Zuhälter haben sie dir dieses Mädchen untergeschoben, und du bist darauf hereingefallen.«

»Du hast die Howards schon immer verabscheut.« Ich verspürte Ärger, aber hielt mich im Zaum. »Es hat nichts mit ihrer Familie zu tun.«

Er schnaubte höhnisch.

»Nein«, sagte ich. Ich stand auf, kehrte ihm den Rücken und sah zum Fenster hinaus auf einen Hof. Er war eine Oase der Ruhe, den Trubel auf dem Markt sah man nur durch einen hinteren Bogen hindurch. Zwei junge Frauen saßen in der Frühlingssonne. Die eine spann, die andere kämmte Wolle, und das Licht, das die Ziegelmauer abstrahlte, tauchte sie in einen rosigen Schein. Eine plötzliche Erinnerung verblüffte mich: Ich sah meine Mutter spinnen – ein Bruchstück aus tiefster Vergangenheit, denn meine Mutter starb, noch ehe ich überhaupt sprechen gelernt hatte.

»Um Himmels willen, übernimm die Botschaft. Wenn du dich weigerst, kann ich nichts mehr für dich tun.« Ich trat wieder an den Tisch. »Denk doch, was es für deine Karriere bedeutet... ich meine, Botschafter des englischen Königs. Du wirst zurückkehren, und er erhebt dich in den Adelsstand. Dafür sorge ich.« Ich plapperte dahin. »Baron Overbury... komm schon.« Ich stupste ihn an. »Klingt doch ziemlich gut, findest du nicht?«

»Hör auf«, brüllte er. »Hör einfach auf.«

»Wenn du nicht gehst, werden sie dich in den Tower werfen.«

»Und du bist einer von ihnen, Robin. Kapierst du das nicht?« Verzweiflung klang aus seiner Stimme, und ich war von Scham durchdrungen. »Wenn man mich in den Tower sperrt, dann ist das dein Werk.« Ich wollte protestieren, doch er schrie mich nieder. »Du kannst nicht weiter den Unschuldigen spielen. Du willst mich aus dem Weg räumen, ebenso sehr wie Northampton und sein ganzer Clan und ebenso wie der König…«

»Der König *will* dich *nicht* aus dem Weg räumen.«

»Wenn du das glaubst, bist du dümmer, als ich geglaubt habe. Der König hat entsetzliche Angst, ich könnte seine Geheimnisse ausplaudern.«

»Dann erkläre deine Drohung für nichtig… versprich ihm dein Stillschweigen. Schreib es nieder, und ich selbst überbringe es ihm.« Ich wusste ebenso gut wie er, dass so manches gesprochene Wort sich nicht zurücknehmen lässt.

Wir saßen eine Weile schweigend da. Er hatte ein Taschenmesser in der Hand und ritzte Muster in die Tischplatte. Davies begann, das Geschirr abzuräumen, und bewegte sich äußerst diskret, um nicht zu stören.

»Die Botschaft, das ist eine Ehre«, sagte ich schließlich. »Eine Ehre.«

Er atmete tief aus wie ein Mann, der sein Leben aufgegeben hat. »Ich habe Angst.«

»Angst?« Thomas hatte nie wirklich Angst. Er war immer so selbstgewiss, so überzeugt, so zuversichtlich. »Wovor?«

»Dass ich es gar nicht bis Moskau schaffe. Dass unsere Gruppe irgendwo *auf der Strecke* in die eine oder andere Schwierigkeit gerät und der englische Botschafter rein zufällig im Gefecht getötet wird. ›Was für ein schreckliches Unglück‹, werden sie alle klagen. ›Sir Thomas hatte eine große Karriere vor sich.‹ Wirst du an meinem Grab weinen, Robin? Du möchtest jetzt weinen. Das sehe ich. Ich kenne dich besser als all die anderen.«

Er hatte recht. Ich konnte kaum meine Tränen zurückhalten,

Tränen der Schuld, und fühlte mich so tief verstrickt, dass ich nie einen Ausweg fände.

»Geh nicht«, platzte es aus mir heraus.

»Und dann?«

»Du gehst in den Tower, und ich finde eine Möglichkeit, dich da herauszuholen.« Davies reichte mir etwas zu trinken. Es rann mir kalt die Kehle hinunter. »Aber du musst diese Mission aufgeben, meine Ehe verhindern zu wollen. Wenn ich dem König dein Schweigen zusichern kann ... er vertraut mir, und ich vertraue dir. Wirklich.« Ich zupfte wie ein Bettler an seinem Ärmel.

»Du musst versprechen, mich zu beschützen.« Ich sah, dass er zweifelte, ob ich dazu in der Lage wäre. »Du bist der Einzige, der sich kümmert, Robin. Selbst meine vermeintlichen Freunde haben sich von mir abgewendet. Ich hatte bislang nicht gänzlich verstanden ...«, mit hohlem Blick zuckte er mit den Schultern, »... wie unbeliebt ich bei allen bin«.

»Nicht bei mir.« Ich meinte es ernst. Ganz aufrichtig. »Und ich verspreche dir ... ich *verspreche* dir, dich zu beschützen.«

Er lachte bitter auf, nahm meine Hand und hielt sie mit toten Augen. »Ich wollte, wir könnten noch einmal von vorne anfangen. Nur du und ich.«

Ich wollte sagen, mir gehe es genauso, aber ich konnte es nicht: Es entsprach nicht der Wahrheit. Frances flüsterte mir ins Ohr: *der süßeste Schmerz.*

Das war das letzte Mal, dass ich ihn lebend sah.

Sie

Eure Mistress Turner klingt für mich nach Ärger.« Das Baby
schläft, und Nelly gibt die Karten. »Ich hätte sie zum Teufel gejagt.«

»Genau das hatte ich im Sinn, als ich geheiratet hatte und
nicht mehr im Haus meines Großonkels lebte. Er hat wirklich
unser aller Leben beherrscht.« Frances nimmt ihre Karten nicht
auf, sondern schaut sie nur gedankenverloren auf dem Tisch an.
»Aber du hast recht. Anne Turners schlechtes Urteilsvermögen
hat mich in große Gefahr gebracht. Hinterher ist man immer
klüger.«

**

Als ich mich meinen Gemächern im oberen Stock des Northampton House näherte, stieg mir ein beißender Geruch in die
Nase, und ich meinte, durch die Tür Beschwörungen zu hören.
Ich öffnete sie einen Spalt und entdeckte Anne, die mit dem
Rücken zu mir auf dem Boden kniete, sich hin und her wiegte
und sonderbar herumfuchtelte. Der Singsang kam von ihr. Mir
schnürte sich der Magen zu. Vorsichtig, um kein Geräusch zu
machen, schlich ich hinein, obgleich sie vollkommen vertieft
schien in das, was sie da tat.

Im Inneren des Gemachs war der Geruch noch viel stärker, sodass er mir in den Nasenlöchern brannte. Sie nahm eine Prise Pulver aus einem Gläschen und warf sie in die Flamme einer Kerze. Es zischte und knisterte, und blaue Funken sprühten kugelförmig auf.

»Was tut Ihr da, Anne?«

Keuchend drehte sie sich zu mir um und unternahm einen ungeschickten Versuch, das Glas unter ihrer Kleidung zu verstecken. »Ich habe Salz verschüttet. Es bedeutet Unglück, wenn man sich nicht eine Prise über die Schulter wirft ... für den Teufel.« Sie war keine gute Lügnerin.

»Habt Ihr den Verstand verloren? Ihr wisst doch, wie leicht man als Hexe verunglimpft wird. Ein Gerücht nimmt seinen Lauf, und als Nächstes findet Ihr Euch auf dem Tauchstuhl wieder.« Ich erinnerte mich nur allzu gut, was Essex' unglücklicher Geliebten widerfahren war. Trotz all der Schwierigkeiten, in die Anne mich gebracht hatte, hatte sie in meiner Kindheit für mich gesorgt, und ich wollte nicht, dass sie einem ähnlichen Schicksal entgegensah. »Was auch immer all das ist, weg damit.«

Ich riss ihr das Gläschen aus der Hand und warf es ins Feuer, wo es zerbrach; *Nein!* schrie sie, und zugleich erfolgte eine kleine heftige Explosion wie ein Feuerwerk. Wir machten einen Satz nach hinten und schwiegen verblüfft, als der Raum sich mit Schwefelgestank füllte.

»Was ist das für ein Zeug?« Als ich meine Fassung wiedererlangt hatte, blies ich die Kerze aus. »Ach, sagt es mir nicht. Ich will es gar nicht wissen.«

»Hört zu«, sagte sie. »Es gibt ein Problem. Weston kann Mary Woods nicht finden, und sie hat noch immer Euren Ring. Er sagt, ihre Wohnung sei leer. Als hätte sie nie dort gelebt.«

Meine eigene Unvernunft beschämte mich. »Ich war eine Närrin, Euch dorthin zu folgen. Ich weiß nicht, warum ich an Eurer Freundschaft festhalte... hoffentlich bedauere ich das nicht auch noch.« Aber selbst wenn ich versucht hätte, mich von ihr zu befreien, hätte der Onkel es vermutlich verhindert.

Verzweifelt rang sie die Hände und entschuldigte sich überschwänglich, sodass ich mir unfreundlich vorkam, denn sie hatte doch nur auf ihre irrige Weise versucht, mir zu helfen.

»Ich habe Weston gesagt, er müsse sie finden.«

Ich zügelte meine Wut. Meine gestärkte Halskrause drückte auf meine Kehle. Ich löste sie und warf sie zu Boden. »Lasst es uns hinter uns lassen. Schließlich nimmt alles die gewünschte Wendung.«

Es klang leicht und optimistisch, aber sosehr ich auch glauben wollte, Mary Woods sei eine Betrügerin, so konnte ich doch ihre Worte nicht aus meinem Kopf verbannen: *Hütet Euch! Die Gefahr kommt Euch nahe. Sehr nahe.*

Er

Meine Güte, guter Junge, Ihr seid wirklich in einem fürchterlichen Zustand.« Ich zitterte wie ein Betrunkener, als ich ins Northampton House kam.

»Was haben wir getan?« Ich war verzweifelt. Thomas war vor drei Wochen eingesperrt worden. Ich hatte nur eine kurze herausgeschmuggelte Notiz bekommen, in der er seine Zelle beschrieb und untendrunter gekritzelt hatte: »Eine Träne trocknet rasch, wenn sie für das Leid anderer vergossen wird.«

Ich war zu Northampton gegangen, weil ich nicht wusste, an wen sonst ich mich hätte wenden können. Mir wurde klar, dass unter all meinen Bekannten Thomas mein einzig wahrer Freund war. James wollte nicht einmal seinen Namen erwähnt wissen. Es war, als wäre er tot. James hegte von allen am längsten einen Groll gegen ihn.

»Ich weiß, Ihr mögt den Mann«, sagte Northampton. Er stand hinter mir, rieb mir die Schultern und knetete meine schmerzhaft verhärteten Muskeln. »Wir werden dafür sorgen, dass man sich gut um ihn kümmert. Ich habe eingefädelt, dass ein vertrauenswürdiger Mann als sein Wärter zur Verfügung steht. Ein Master Weston – er ist Mistress Turner sehr wohl bekannt, hat viele Jahre für sie gearbeitet, und auch für mich hat er in der Vergangenheit so einiges erledigt. Wir können ihm also vorbehaltslos vertrauen. Weston wird sich um Euren Thomas Overbury kümmern.«

»Ich muss die Gewissheit haben, dass man ihn gut behandelt.« Ich bemühte mich, Respekt einflößend zu klingen, aber es war nicht überzeugend. In der Theorie hatte alles so viel Sinn ergeben – Thomas für eine Weile im Tower, bis die Ehe annulliert sein würde –, aber als die Räder sich erst einmal in Bewegung gesetzt hatten, erkannte ich, dass mein Einfluss darauf, wie man ihn da darin behandelte, äußerst gering war. »Er ist kein Edelmann, darum genießt er keine Privilegien.«

»Ich habe Vorkehrungen getroffen, dass er in dem Zimmer über der Schleuse untergebracht wird. Das ist eines der besten.«

»Thomas hat einen solchen Raum nicht erwähnt. Er schrieb, es sei eine feuchte Kammer halb unter der Erde, und es gebe nur einen wenige Zentimeter breiten Rost, durch den Licht hereinfalle. Ihr müsst dafür sorgen, dass er verlegt wird.« Ich war beharrlich.

Northampton hörte auf zu kneten und zog einen Stuhl herbei, um sich neben mich zu setzen, und unerwartet kamen mir all die Dinge in den Sinn, die ihm böse Zungen vorwarfen – seine Rücksichtslosigkeit, seine Gerissenheit, seine Grausamkeit. Ich geriet ins Wanken und fragte mich, ob ich diesem Mann, dem ich bisher so blind gefolgt war, wirklich trauen könne.

»Er wird verlegt … sobald er kooperiert.« Als er kurz schwieg, betrachtete ich ihn eingehend. Noch immer lastete der Verdacht auf meiner Seele. »Ihr zittert ja noch. Ihr müsst Euch wirklich keine Sorgen mehr machen.« Er stand auf, durchquerte das Gemach, goss etwas in einen Becher und stand dann neben mir wie eine Krankenschwester, die ein Tonikum verabreicht, als ich die Flüssigkeit schluckte. »Das wird Euch guttun.«

Es schmeckte scharf und brannte in der Kehle.

»Besser?«, fragte er mit einem Lächeln. Ich nickte. »Was kann ich tun, um Eure Sorgen zu zerstreuen? Was wäre, wenn wir jemanden, dem wir vertrauen, als Leutnant im Tower einsetzen könnten? Jemanden wie Gervase Elwes – er ist mir so manchen Gefallen schuldig. Ich glaube, er wäre der richtige Mann.«

Nun erschien er mir milde, nicht wie das Ungeheuer, für das ich ihn gehalten hatte. »Aber wie?«

»Ich glaube, Ihr begreift nicht, wie groß Euer Einfluss ist. Wenn Ihr dem Kronrat eine Petition vorlegt, wird er gewiss Eurer Bitte nachkommen. Ich habe gehört, der augenblickliche Leutnant sei sehr nachlässig mit der Sicherheit umgegangen. Das könntet Ihr erwähnen.«

»Das alles ist ein großer Fehler. Wir müssen dafür sorgen, dass er freikommt.«

»Aber er befindet sich dort auf Anordnung des Königs. Ihr könntet versuchen, den König zu überzeugen, schätze ich.«

Aber Northampton wusste nichts von der Begebenheit in Royston.

Selbst wenn Thomas seinen Frieden mit den Howards machte und sich bei Frances entschuldigte, müsste ich immer noch James davon überzeugen, dass er keine Bedrohung mehr darstellte. Ich war in das Ganze verwickelt, konnte nicht entkommen und war nach dem Getränk ganz wirr im Kopf.

»Wenn Elwes erst an Ort und Stelle ist, wird es Euch viel besser gehen«, sprach er weiter. »Elwes wird sicherstellen, dass wir leichter Nachrichten hinein und heraus bekommen. Und Euer Freund wird gut behütet sein.«

»Gleich morgen werde ich dem Kronrat die Petition vorlegen.« Es schwankte in meinem Kopf, und alles schien mir weniger wichtig.

Ich bemerkte, dass die Porträts, die bei meinem vorigen Besuch erst halb fertig gewesen waren, nun an der Wand hingen – ein Regiment von Howards, die mich mit gemalten Augen taxierten, die mir folgten und sich bewegten, wenn ich mich bewegte. Jeder hatte eine Selbstgewissheit in seiner Haltung, die aus dem Wissen hervorging, Teil von etwas Machtvollem und Unverbrüchlichem zu sein. So oft auch die Howards gestrauchelt waren und alles verloren hatten – in jeder Generation eine Hinrichtung, manchmal auch zwei –, sie stiegen immer wieder auf.

Wenn ich erst mit Frances verheiratet wäre, würde ich zu ihnen gehören. Meine Kinder hätten diesen unangreifbaren Blick. Frances' Ebenbild, die Krönung von allen, leuchtete.

Northampton füllte meinen Becher nach und musste bemerkt haben, dass ich sie betrachtete, denn er fragte: »Wollt Ihr sie sehen?«

»Ich dachte, sie sei auf dem Lande.« Ich fühlte mich hintergangen. Wir hatten uns Briefe geschrieben, aber sie hatte nicht erwähnt, dass sie an den Hof zurückkehren würde. Und ich fragte mich, warum er mir bis zu diesem Augenblick nichts davon erzählt hatte. »Ihr habt es mir nicht gesagt.«

»Sie musste zurückkehren. Die Kirchenkommission verlangt, sie zu sehen. Ihr seht so besorgt aus. Es ist nichts, womit sie nicht fertigwürde. Ich rufe sie herunter.«

Er läutete ein Glöckchen, und ein Diener erschien, der nach ihr geschickt wurde. »Wir müssen bis nach der Anhörung vorsichtig sein mit diesen Treffen. Aber das wisst Ihr, und ich sehe nicht, warum es schaden sollte, wenn Ihr einige Momente zusammen verbringt.«

Sie erschien fast auf der Stelle. Ihr Porträt, das mir nur eine Minute zuvor als die Perfektion selbst erschienen war, verlor angesichts der Frau aus Fleisch und Blut an Glanz. In ihrer Gegenwart ergab alles einen Sinn, selbst Thomas' niederträchtige Behandlung.

»Sieh doch nur«, sagte sie, als sie auf mich zuschwebte. »Du bist hier. Ich dachte, ich müsste vor Sehnsucht vergehen.«

»Er macht sich Sorgen um seinen Freund im Tower«, erklärte Northampton. »Ich hoffte, du könntest ihn vielleicht beruhigen.«

»Das muss schrecklich für dich sein. Ich kann mir gar nicht vorstellen, wie schrecklich.« Ihre samtene Stimme besänftigte mich. »Ich weiß, wie sehr du ihm zugetan bist.«

Northampton schlenderte davon und sagte: »Nur eine Viertelstunde.«

Sie lehnte sich an den Tisch, und schon begann ich, sie auszuziehen, legte ihre spitzen Schlüsselbeine frei und die glatte obere Rundung ihrer Brüste. Meine Lippen glitten über ihre kühle, feste Haut.

»Ich muss dich unbedingt ganz nah spüren. Berühr mich«, hauchte sie. »Hier unten.« Ihre Röcke säuselten, als sie meine Hand darunterschob.

Mein Finger schlüpfte hinein in diese warme Stelle. Ihr Atem stockte. Ich entblößte eine ihrer Brustwarzen und liebkoste sie. Ich sah auf. Ihr Mund war offen, ihre Zungenspitze berührte die oberen Zähne. Ihr plötzliches Ausatmen war das lauteste Geräusch im Gemach. »Sag mir, dass du mich liebst.«

»Das weißt du, mein Engel.« Ich zog meine Hand hervor.

Da war wieder dieses Lächeln. Sie griff nach meiner Hand und hob sie sich an die Nase, atmete mit halb geöffneten Augen ihren eigenen Duft ein und stöhnte leise auf.

»Du bist so verrucht wie die Sünde«, sagte ich.

»Gerade war ich noch ein Engel. Was bin ich denn nun?«

»Beides«, sagte ich. »Beides.« Ich öffnete meine Schnüre und drückte sie sanft auf die Knie. »Aber genau jetzt will ich dich verrucht.«

Ihr Kuss war so leicht wie ein Falter, und ihre Zunge glitt über meine ganze Länge. Ich blickte zu ihrem Porträt, ganz ungläubig, dass Frances Howard vor mir auf den Knien war mit meinem Glied in ihrem Mund. Ein gurgelnder Laut entfuhr meiner Kehle.

Sie stand auf und wischte sich den Mund mit dem Handrücken ab. »Ich würde alles für dich tun, Robert. Ich kann es nicht ertragen, dich wegen deines Freunds beunruhigt zu sehen, kann den Gedanken nicht ertragen, dass du leidest. Ich werde alles tun, was in meiner Macht steht, es ihm angenehm zu machen.«

Sie wurde geschäftsmäßig. »Der Onkel erzählt mir, er habe dafür gesorgt, dass dein Freund gut untergebracht wird. Und ich werde für ihn etwas zu essen zubereiten, schöne Dinge, Fruchtgelee und Süßigkeiten. Und ich werde ihm gute Wäsche und ein Federbett bringen lassen. Er wird wie ein Kaiser leben. Und es ist doch nur für ein paar Wochen, bis diese fürchterliche Anhörung vorbei ist.« Ihre Güte beeindruckte mich, sodass ich mich ihrer unwürdig fühlte. Ihr Gesichtsausdruck verdunkelte sich plötzlich. »Die Leute fangen an, grauenvolle Dinge über mich zu erzählen.«

Am liebsten hätte ich ihnen allen die Zunge herausgerissen, jedem einzelnen dieser elenden Schnattermäuler. »Sie wissen nicht, wer du bist, Frances. Wir werden sie es bereuen lassen, wenn wir erst verheiratet sind.«

»Halte mich! Bitte!« Sie klammerte sich an mich. »Ich brauche dich ... so sehr.«

Wenn irgend möglich, liebte ich sie nun noch inniger, da ich wusste, sie erflehte meinen Schutz. Nie zuvor hatte mich jemand als Beschützer gebraucht; das gab mir das Gefühl, ein Mann zu sein.

Als sie schließlich aufblickte, fragte sie: »Was mag er, dein Freund? Holzäpfel? Rote Johannisbeeren? Mag er Obstkuchen? Ist er eine Naschkatze?«

»Ja, er hat eine Vorliebe für Süßes. Das würdest du wirklich tun, Frances? Für jemanden, den du nicht einmal kennst, der dir immer nur Schlechtes gewünscht hat?«

»Natürlich.« Eine kleine Furche zeigte sich zwischen ihren Augenbrauen. »Wenn du dich um ihn sorgst, dann tue ich es auch. Wir sind ein und dieselbe Person, Robert, du und ich.«

Bei diesen Worten wurde mein Herz ganz weit.

Es war mir bislang nicht aufgefallen, dass alle, die ich gernhatte, mich bei einem anderen Namen nannten: Robert, Robbie, Robin. Vielleicht war ich für jeden von ihnen ein anderer.

Als ein Hüsteln durch die Tür drang, ordneten wir hastig unsere Kleider. Doch zum Glück war Northampton zu beschäftigt, um etwas zu bemerken. Er sprach über das Verbleiben eines Rings, der Frances gehörte, fragte, wo er sei und ob sie ihn vielleicht verloren habe.

Ich sah etwas über ihr Gesicht huschen – etwas, das Angst ähnelte. Doch ebenso rasch, wie es sich gezeigt hatte, war es auch schon wieder verschwunden.

Als ich mich verabschiedete, sagte Northampton: »Ich habe einen Brief für Euch.« Er drückte ihn mir in die Hand. »Es war ziemlich schwierig, ihn zu bekommen. Wenn Ihr ihn beantworten wollt, lässt sich das durch Elwes leicht arrangieren, wenn er erst einmal auf Posten ist ... je schneller Ihr den Kronrat überzeugen könnt, umso besser. Seht Ihr ...«, er klopfte mir auf die Schulter, »... nicht nötig, sich so viele Sorgen zu machen, lieber Junge.«

Ich öffnete den Brief, als ich im Hof darauf wartete, dass man mir mein Pferd brachte. *Du musst mir helfen*, flehte er. *Ich bin verzweifelt. Ich muss raus aus diesem Höllenloch. Schick mir ein Pulver, ein Brechmittel, das mich krank macht. Dann wird der König Mitleid haben und mich gehen lassen. Er will gewiss keinen ernsthaft leidenden Mann in seiner Obhut.*

Ich antwortete auf der Stelle mit Neuigkeiten über die komfortablen Räumen über der Wasserschleuse, in die er einziehen könne, wenn er sich bei den Howards entschuldigt hätte. Ich schrieb ihm, dass Frances ihm alles schicken werde, was er für seine Annehmlichkeit brauche. *Siehst du*, schrieb ich, *sie ist nicht so, wie du denkst. Sie hat ein Herz aus Gold.* Seiner Bitte nach dem Pulver konnte ich nicht entsprechen. »*Was, wenn die Dosierung nicht stimmt*, fragte ich, *wenn es stärker wirkt, als du gedacht hast? Es könnte eine unbeabsichtigte Wirkung hervorrufen, und dann wäre niemand da, der dir zu Hilfe kommen könnte.*

Sie

Dein Ring, Frances«, sagte der Onkel. »Der Diamant, den dir Essex zum Geschenk gemacht hat. Wo ist er?« Ich zuckte unter seinem kalten Blick zusammen.

Er führte Robert unter Geflüster hinaus. Ich wollte fragen, welche Geheimnisse sie hätten, doch kaum war die Tür geschlossen, überschüttete er mich mit seiner ganzen Verachtung.

»Was in Teufels Namen glaubst du, was du da tust?«

»Was meint Ihr?« Es gelang mir, ruhig zu bleiben. Ich hatte nicht die Absicht, dem Onkel den Schrecken zu offenbaren, der unter meiner Oberfläche gärte.

»Spiel nicht die Unschuldige.« Er schlug mit der zur Faust geballten rechten in die flache linke Hand. »Ich habe gerade die Mitteilung erhalten, dass eine Frau bei den Behörden war und behauptete …«, er drohte mit dem Zeigefinger in meine Richtung, »… du habest ihr deinen Ring als Bezahlung für den Mord an deinem Gemahl gegeben. Ein langsam wirkendes Gift habest du verlangt, ›das einen Mann innerhalb von Tagen tötet und nicht sofort‹.« Er kochte. »Du solltest dich besser erklären.«

»Onkel, wofür haltet Ihr mich? Wie könnt Ihr nur denken … aber natürlich lügt diese Frau.« Ich war entsetzt – entsetzt, dass er mich zu so etwas fähig hielt. Hätte ich es nur ge-

243

wagt, hätte ich ihn daran erinnert, dass ich nicht wie er war. Sein Lebensprojekt war, mich nach seinem Vorbild zu formen.

»Dann erkläre mir, wie sie zu deinem Ring kommt.«

»Ich war bei Mary Woods ... Anne hat mich dahin mitgenommen.« Ich stolperte durch die Worte und marterte mir zugleich das Hirn nach einer plausiblen Geschichte, um meinen Besuch bei ihr zu erklären. Ich wusste, die Wahrheit würde er mir nicht glauben ... dass ich hereingelegt worden war. Es würde seinen Zorn nur noch steigern. »Es ... es muss mindestens vier Monate ...«, ich zählte in meinem Kopf, »... nein, fünf Monate her sein«.

»Gott weiß, Frances, ob du durch deine Dummheit nicht alles gefährdet hast, für das wir so sorgfältig gearbeitet haben, gerade jetzt, da die Anhörung bald beginnt ...« Eine unausgesprochene Drohung hing in der Luft.

»Nein, natürlich habe ich das nicht«, schwafelte ich. »Die Frau ist eine Wäscherin. Anne wollte zu ihr wegen einer verbesserten Formel für die gelbe Stärke. Eine, die die Farbe besser hält und nicht abfärbt wie die andere.«

Verärgert rollte der Onkel mit den Augen. »Ich habe ihr den Ring gegeben, damit sie ihn für mich aufbewahrt. Denn ich bin von dort direkt zu den Hochzeitsfeierlichkeiten der Prinzessin gegangen und befürchtete, ich könnte ihn beim Tanzen verlieren. Junge Männer versuchen, einem den Ring vom Finger zu ziehen.« Ich verhedderte mich in meinen Geschichten und atmete kaum noch. Ich wusste, eine Lüge muss glaubwürdig sein, und die Geschichte, die ich da erzählte, klang immer unwahrscheinlicher.

»Erwartest du, dass ich dir das abnehme?«

Ich weiß nicht, warum ich da nicht die Wahrheit gesagt habe, aber ich war schon zu sehr in meine Lügen verstrickt. »Er saß locker. Der Ring war zu groß. Mit all den Sorgen in letzter Zeit bin ich dünner geworden.« Ich streckte die Arme, um ihm zu zeigen, wie weit meine Manschetten waren, und schickte ein Stoßgebet gen Himmel, dass mir meine Lüge vergeben würde.

Zweifelnd zog er die Augenbrauen hoch. »Gut, die Angelegenheit wird überprüft, und wir werden erklären müssen, wie dein Ring in den Besitz dieser Frau gelangt ist. Besser, du begradigst deine Geschichte. Willst du ihnen also sagen, was du mir gerade erzählst hast … dass du ihr den Ring zur Aufbewahrung gegeben hast?« Sein Ton war vernichtend, und mir graute plötzlich, dass er mich, sollten die Dinge schieflaufen, im Handumdrehen aufgeben würde.

Ich nickte. »Niemand wird doch ihr Wort über meines stellen, oder?« Erst da dämmerte mir die ganze Schwere von Mary Woods' Aussage – dass ich die Absicht gehabt hätte, meinen Gemahl umzubringen. »Sie werden ihr gewiss nicht glauben.«

Ich schlotterte innerlich. Ich wollte, er würde mich in die Arme schließen und mir sagen, er würde schon alles richten, aber er tat es nicht. Ohne eine Funken Mitgefühl sah er mich an und sagte: »Du kannst nur hoffen, dass sie ihr nicht glauben.«

**

»Es war eine schreckliche Zeit, Nelly. Wir hatten alle erwartet, die Anhörung für die Aufhebung der Ehe sei in wenigen Tagen vorüber, aber sie zog sich über den ganzen Sommer hin. Die Bischöfe konnten sich nicht einigen. Und Roberts armer Freund moderte im Tower, während er selbst von Schuldgefühlen zerfressen wurde, da er ihn dorthin gebracht hatte. Und zudem ging die verfluchte Sache mit Mary Woods weiter. Ich fürchtete ernsthaft, vor Sorge den Verstand zu verlieren.«

Nelly stillt wieder das Baby. Es wächst schnell und liegt nicht mehr im Steckkissen, da es bereits etwas älter als vier Monate ist.

Frances läuft durch den Raum, streckt sich und beginnt wie ihr Vater, auf und ab zu gehen. Ihr Haar ist zu fest gesteckt, was ihr Kopfschmerzen macht; also löst sie es und stellt sich die Erleichterung vor, wenn sie es denn abschneiden würde. Noch immer ruhelos schaut sie aus dem Fenster hinaus in die Nacht. Doch außer den unscharfen Umrissen der Gebäude und einem gelegentlich umherhuschenden Schatten gibt es nichts zu sehen. Sie stellt sich vor, Robert blicke, wo auch immer er an diesem gottverlassenen Ort eingesperrt ist, zur selben Zeit auf dieselbe öde Szenerie.

Zur anderen Seite, wo der Fluss fließt, will sie nicht hinausschauen. Sie versucht zu vergessen, dass er da ist, aber seine fließende, wässrige Anwesenheit macht sich bemerkbar. Ihr schaudert. Sie kann so gerade eben die Wächter im Torhaus erkennen, die sich eine Pfeife hin und her reichen; die Glut erinnert sie an ein schwebendes Glühwürmchen.

Mit einem Mal überfällt sie Hoffnungslosigkeit, weil es so weit gekommen ist, weil ihr Leben von Ungewissheit und Schande erfüllt ist. Sie überlegt kurz, sich hinauszustürzen. Aber sie stellt sich mit erbarmungsloser Klarheit vor, wie ihre zerschlagene Leiche auf den Pflastersteinen liegt, und kann nicht ins Auge fassen, dass alles vergebens gewesen sein soll.

»Diese Mary Woods ... auch ich bin solchen Frauen begegnet«, sagt Nelly.

»Man hat meine Lügen über sie durchschaut und festgestellt, dass sie keine Wäscherin war. Aber das war nicht groß von Bedeutung, weil sie sich selbst in Verruf brachte, indem sie ihre Geschichte änderte.« Frances dreht sich um und betrachtet ihr nuckelndes Kind, es hat die Augen geschlossen, und die prallen Bäckchen blähen sich wie ein Blasebalg. »Eine dumme Frau. Wenn man eine Lüge auftischen will, ist es nicht sonderlich zweckmäßig, sich eines anderen zu besinnen und sie nicht bis zum Ende durchzuhalten.«

»Was meint Ihr mit ›sich eines anderen zu besinnen‹? Hat sie dann eine andere Geschichte erzählt?« Nelly kann ihre Neugier nicht verhehlen.

»Sie sagte letztendlich, ich hätte doch nicht meinen Gemahl umbringen wollen. Ich sei nur zu ihr gekommen, um mir die Zukunft voraussagen zu lassen. Und das ist die Wahrheit. Es stellte sich heraus, dass sie den gleichen Trick schon öfter angewandt und andere Frauen mit ähnlichen Verleumdungen überschüttet hatte. Eines Tages kam der Onkel zu mir und warf mir den Ring in den Schoß. ›Es ist erledigt‹, sagte er. Das war das Letzte, das wir von Mary Woods gehört haben.«

»Mir ist klar, was er damit sagen wollte.« Das Mädchen ist erschüttert.

Frances zuckt mit den Schultern. Sie kann nichts dazu sagen.

Sie geht in die Ecke zu ihrer Truhe, stöbert und findet die Schatulle, in der sie ihren Schmuck aufbewahrt. »Sieh hier, da ist er … der Ring, der den ganzen Ärger ausgelöst hat.«

»Darf ich ihn anprobieren?« Nelly streckt die Hand aus.

Frances streift ihn ihr über. »Behalte ihn.«

»Das könnte ich nicht. Dinge dieser Art sind nicht für Leute wie mich.« Sie zieht ihn ab und rollt ihn so rasch über ihre Handknöchel, dass er flüssig zu sein scheint. Dann ist er weg. Nelly kichert, als er plötzlich am Finger ihrer anderen Hand steckt. Sie nimmt ihn ab und legt ihn auf den Tisch. »Das könnte ich nicht.«

»Du wärest überrascht, Nelly. Kratze an der Oberfläche, und

all die hochwohlgeborenen Damen bei Hofe sind dir nicht so unähnlich. Nur dass du mehr Integrität hast als sie alle.«

»Integrität?«

Frances vergisst immer wieder, dass es Nelly an Bildung mangelt. »Das bedeutet, du bist ein besserer Mensch, aufrichtiger. Loyaler.«

Sie drückt ihr den Ring in die Hand und streicht mit der Fingerspitze über das kleine Kreuz auf ihrer Lebenslinie.

»Verrat oder Loyalität«, flüstert Nelly.

Frances küsst sie auf den Kopf, wie sie es bei einem Kind täte. Sie riecht leicht nach Muskatnuss, was Frances an die heiße Milch erinnert, die ihr Anne Turner in Kinderjahren zur Schlafenszeit brachte. »Bitte behalte ihn. Du warst so gut zu mir, als es nichts zu gewinnen gab. Ich möchte dir deine Freundlichkeit vergelten. Er kann ein Notgroschen für dich sein, und ich bin sicher, er bringt dir mehr Glück als mir.«

Nelly hält den Ring an die Kerze. Der Diamant glitzert im Licht.

»Ich würde ihn allerdings nicht tragen«, ergänzt Frances. »Lege ihn an einen sicheren Ort, sonst wird man annehmen, du habest ihn gestohlen.«

Nelly bettet das Kind wieder in die Wiege und steckt den Ring in ihre Tasche. »Ihr seid ein guter Mensch.«

»Nicht jeder würde dem zustimmen.« Ihre Blicke treffen sich. »Es ist anzunehmen, dass die Leute, die den Mord untersuchen, dich über mich ausfragen werden. Du musst keine Angst haben, ihnen alles zu sagen, was du sagen willst. Mache dir deswegen keine Sorgen oder weigere dich nicht zu sprechen oder so etwas, denn dann werden sie denken, du habest etwas zu verbergen, und es wird schwierig für dich.«

»Ich verstehe.« Nelly nickt. Sie muss wissen, dass »es wird

schwierig« eine starke Untertreibung ist. Frances kann nicht erkennen, ob das Mädchen Angst hat oder nicht.

Alle Kerzen im Zimmer sind heruntergebrannt und zischeln. Die beiden Frauen ersetzen sie. Nelly steckt sie in die Lampen, und Frances hält den Anzünder an den Docht und zieht eine simple Zufriedenheit aus dieser Aufgabe.

»Ich werde aber nicht verraten, dass Ihr vor Eurer Eheschließung bei Eurem Gemahl gelegen habt. Das ist ein Versprechen.«

Frances lacht. »Ich glaube nicht, dass es eine Rolle spielt, wenn du es doch tun solltest. Es hat doch ohnehin jeder angenommen, dass ich mit ihm zusammen gewesen bin. Der Tratsch war so groß, dass ich mich vom Hof fernhalten musste, und die Anhörung hat sich eine Ewigkeit hingezogen. Gegen Ende des Sommers musste sie vertagt werden, weil die Bischöfe zu keiner Entscheidung fanden. Und dann geriet mein Bruder in Schwierigkeiten mit Essex. Harry beschuldigte ihn, kein richtiger Mann zu sein − na gut, er hat es etwas vulgärer ausgedrückt −, woraufhin ihn Essex zum Duell forderte.« Nelly grinst. »*Das* musste geregelt werden. Es war extrem heiß in jenem August, und die Gemüter waren sehr hochfahrend.

Die beiden waren auf halbem Wege nach Frankreich, fern von englischem Boden, und mussten zurückgebracht werden. Der Onkel war natürlich wütend. Und Anne und ich bemühten uns die ganze Zeit, es dem armen Thomas Overbury so angenehm wie möglich zu machen. Ich hatte so viele widerstreitende Gefühle in mir, Nelly.

Wenn ich ganz ehrlich bin, habe ich ihm Übles gewünscht. Vermutlich war es das Schuldgefühl für meine schlechten Gedanken, das mich dazu gebracht hat, all das für ihn zu tun … ihm all den Luxus zu schicken. Ich habe ihm ein Federbett und eine Reihe Samtkissen aus meinem eigenen Gemach bringen lassen. Da er meinetwegen eingesperrt war, war dies das Mindeste, das ich für ihn tun konnte. Würdest du es glauben, dass Anne und ich sogar Fruchtgelee und Kuchen selbst gemacht haben?«

**

»Ihr zwei seht aus wie Metzger«, sagte der Onkel. Unsere Schürzen waren über und über mit Himbeersaft befleckt, und Annes Lippen waren rot von all den Beeren, sie sie genascht hatte. Jede Oberfläche war zugestellt mit schmutzigen Töpfen und Utensilien, was den Küchenjungen wegen all der zusätzlichen Arbeit mürrisch machte. Er murmelte vor sich hin, er wisse gar nicht, warum wir nicht die Köche bitten könnten, diese Arbeit für uns zu erledigen.

Wir bekamen es mit einer Wäscherin zu tun, die außer sich war. Sie hatte am Morgen im Hof den Mäusefänger angetroffen mit ihren sechs mausetoten Kätzchen, sie weinte und weinte ohne Ende. Es wollte uns kaum gelingen, einen der Knaben dazu zu bewegen, die toten Tiere wegzuschaffen, das arme Mädchen zu beruhigen und uns dann wieder ans Kochen zu begeben, als der Onkel kam.

Er habe Robert getroffen, sagte er. Diesen ganzen Sommer über waren sie ein Herz und eine Seele, ständig schrieben sie sich Briefe und hatten kleine Verabredungen. Ich muss gestehen, dass ich auf ihre Nähe eifersüchtig war und dass ich mich ausgeschlossen fühlte, da ich von Robert ferngehalten wurde, bis die Anhörung vorüber wäre.

Wir machten eine ganze Ladung von Obstkuchen, um sie in den Tower bringen zu lassen, und der große Kessel stand mit einer Beeren-Zucker-Mischung auf dem Feuer. Die Früchte hatten wir am Tag zuvor im Küchengarten gepflückt.

Die Sträucher waren höher als ich und schwer beladen mit leuchtenden Früchten. Ich hatte eine ganz besondere Freude am schlichten Akt des Himbeerpflückens. Mir gefiel die fragile Berührung der Beeren und wie sie, wenn ich sie zart von beiden Seiten fasste, ohne Protest von ihren Stielen glitten.

Zu dieser Jahreszeit waren mehrere Gärtner beschäftigt, und es war ein ständiges Kommen und Gehen. Und doch war ich überrascht, als ich Anne in einer schattigen Ecke am Tor des Obstgartens mit dem sonderbaren buckligen Master Franklin reden sah, mit dem, über den sie mich belogen hatte. Neugierig ging ich zu ihnen. Anne, die mir den Rücken zugekehrt hatte, machte einen Satz, als ich ihr die Hand auf die Schulter legte.

»Ich habe Euch gar nicht kommen hören.«

Zum Gruß nahm er seine Kappe ab. Aus der Nähe sah ich, wie entsetzlich verwüstet sein Gesicht war, seine Nase war fast zerfressen, armer Kerl. Ich bemühte mich, nicht hinzusehen.

»Was führt Euch ins Northampton House?«, fragte ich.

»Ich hatte ein Geschenk für Mistress Turner. Im Caritas-Haus hat man mir gesagt, dass ich sie hier finde.«

»Ein Geschenk?« Ich wurde noch verdutzter.

»Ein Geburtstagsgeschenk«, sagte er, als stelle er nur das Naheliegende fest.

»Ich wusste nicht, dass es Euer Geburtstag ist, Anne. Ihr hättet mich daran erinnern sollen.« Ich hatte gedacht, ihr Geburtstag sei im Herbst.

Anne wirkte verlegen und sagte, sie habe kein Aufhebens davon machen wollen, in ihrem Alter sei ein Jahr älter zu werden kein Anlass zum Feiern.

»Ich gehe jetzt besser«, erklärte er. »Ich muss noch Geschäftliches erledigen.«

»Womit verdient Ihr Euren Lebensunterhalt?« Es sollte wie

eine beiläufige Höflichkeit klingen, aber ich wollte ernsthaft wissen, wie so ein Mann eine Anstellung finden konnte.

»Ich habe mich als Apotheker niedergelassen«, sagte er. »Mehr oder weniger.«

Wir verabschiedeten ihn und gingen zurück zum Haus. »Ich wusste nicht, dass Ihr mit ihm so befreundet seid.«

»Er tut mir leid. Das ist alles«, entgegnete Anne.

»Er muss jedem einen Schrecken einjagen. Vermutlich ist es ein einsames Dasein, wenn man so aussieht.« Schweigend gingen wir weiter, bis ich sie fragte: »Was hat er Euch gegeben?«

»Mir gegeben?« Sie schien verwirrt.

»Euer Geburtstagsgeschenk.«

»Oh.« Sie lachte. »Das hatte ich ganz vergessen.« Sie nestelte an ihrem Ärmel, zog ein Spitzentüchlein hervor und reichte es mir. Es war zerknittert und sah für mich so aus, als habe es bereits schon lange in ihrem Ärmel gesteckt, sodass ich mir die Frage stellte, warum die beiden mich anlogen.

»Ich dachte, Euer Geburtstag sei später im Jahr«, sagte ich.

Sie zögerte. »Er hat sich geirrt, und ich habe es nicht übers Herz gebracht, ihn eines Besseren zu belehren.«

»Ganz bestimmt hat er Euch nicht dieses knittrige alte Ding geschenkt.«

Sie stopfte das Taschentuch weg, sodass ich es nicht mehr sah. »Traurig, nicht wahr?«

Ich spürte noch immer, dass irgendetwas nicht stimmte.

Als der Onkel in den Küchen auftauchte, rollte ich gerade Teig und war bis zum Ellbogen mit Mehl bestäubt. Er stand da und betrachtete mich. »Den solltest du nicht tragen«, raunte er mir zu und zeigte auf den Diamantring. »Um Himmels willen, tu ihn weg.« Auf meine Frage, warum, erwiderte er: »Stell dich nicht so dumm.« Aber ich wusste es wirklich nicht.

Als der Ring weggesteckt und er zufrieden war, ging er umher, als hätte er noch nie einen Fuß in die Küchen gesetzt; er nahm Arbeitsutensilien hoch, stellte sie wieder ab und musterte jedes Teil, als wäre es ein Kunstobjekt. Er spähte in den großen Kessel, in dem die Früchte simmerten, und rührte um. Er wollte wissen, ob das für Overbury sei, und bat uns, wir sollten ihn wissen lassen, wenn wir fertig seien, weil er im Paket an den Tower private Korrespondenz verstecken wolle.

»Versorgt man ihn da drin *wirklich* gut?«, fragte ich.

»Absolut! Das Letzte, was wir wollen, ist, dass ihm Schaden zugefügt wird. Würden die Bischöfe der Annullierung zustimmen, könnte er unverzüglich freigelassen werden.« Er rührte noch immer den Früchtebrei. »Elwes kümmert sich darum, dass es ihm gut geht. Wenn du ihm diese Kuchen schickst, Frances, schreibe Elwes eine Nachricht, dass Briefe im Paket versteckt sind. Wir wollen doch nicht, dass sie irrtümlich dem falschen Gefangenen ausgehändigt werden, nicht wahr? Wir wollen auch gewiss nicht, dass irgend so ein grässlicher Schwerverbrecher in den Genuss der Früchte deiner Arbeit kommt.«

Als er den hölzernen Rührlöffel beiseitelegte, landete ein Spritzer des heißen Safts auf seinen weißen Beinkleidern. Er machte einen großen Wirbel darum und bestand darauf, dass der Fleck mit Wasser betupft und gründlich beseitigt wurde, dabei war der Makel so klein, dass man ihn kaum sah.

Als das Theater vorbei war, fiel mir auf, dass er Anne ansah und zur Tür nickend ihr zuflüsterte: »Auf ein Wort nach draußen.«

Als Zeichen ihrer Verwirrung zeigte sie mir beim Hinausgehen ein Schulterzucken. Bei ihrer Rückkehr wirkte sie verschlagen, achtete schweigend auf den Kessel und rührte gelegentlich darin. Ich fing an, den Teig zu zerteilen, um die Kuchen zu backen. »Was wollte er?«

»Er wollte mir eine bezahlte Stellung in Eurem Haushalt anbieten, wenn Ihr erst vermählt seid.« Sie rührte bedächtig, ohne mich anzusehen. »Als Eure Begleiterin.«

»Ich weiß nicht, was ihn das angeht.« Es ärgerte mich, dass der Onkel sich das Recht herausnahm, meine Diener einzustellen, ohne mich zu fragen; und umso mehr, da ich gehofft hatte, nach der Heirat Anne auf Abstand zu bringen, sie und all die Schwierigkeiten, die mit ihr einhergingen.

»Wollt Ihr mich nicht?« Sie war augenscheinlich bestürzt, wollte es aber nicht zeigen.

»Seid nicht albern.« Ich lächelte sie an, doch sie war, als sie wieder an den Kessel trat, den Tränen nahe.

»Was ist los?« Ich sah ihre Schultern beben. »Was ist los, Anne?«, fragte ich sie. »Gibt es da etwas, das Ihr mir nicht sagt?«

»Ich weiß nicht, was Ihr meint.« Sie hob den Kopf und warf mir ihr Grübchenlächeln zu. Sie war rot im Gesicht, und ihr blondes Haar klebte feucht an der Haut. »Ich glaube, das kann jetzt abkühlen.« Sie hievte den Kessel vom Feuer und stellte ihn mit einem Rums auf den Tisch.

Der Küchenjunge lugte hinein. »Sieht aus wie ein Kübel Blut«, sagte er mit mörderischem Grinsen.

»Fort mit dir«, rief Anne. »Hast du nichts zu tun?« Er rannte eilig in den Hof.

Ich wollte gerade einen Finger in die tiefrote Flüssigkeit tauchen. »Halt!«, schrie sie und schlug mir fest auf die Knöchel. Erschrocken sah ich auf. »Es tut mir so leid«, sagte sie. »Ich hatte Angst, dass Ihr Euch verbrennt.«

»Kein Anlass, mich zu schlagen.« Ich zeigte ihr das rote Mal auf meiner schmerzenden Hand.

»Ich weiß nicht, was über mich gekommen ist. Es tut mir sehr leid.«

Ich hatte selten erlebt, dass sie wegen so einer Geringfügigkeit so kopflos wurde. »Was ist?«

»Es tut mir leid«, sagte sie noch einmal, als sie den Kessel mit einem Musselintuch abdeckte und es fest darumband. Nun half sie mir beim Backen.

Ich sah einen Tropfen über ihre Wange laufen. »Ihr weint«, sagte ich.

»Nur Schweiß. Es ist so heiß hier drinnen.« Sie wischte sich das Gesicht mit der Schürze ab und schmierte sich unwissentlich den roten Saft auf die Haut, sodass sie aussah, als hätte sie einen Kampf hinter sich.

»Hat der Onkel Euch in irgendeiner Weise gedroht?« Sie zuckte zusammen und stritt vehement ab, dass irgendetwas nicht stimme.

»Ihr müsst mir sagen, was vorgeht. Hat es mit diesem Franklin zu tun ... oder mit Mary Woods?«

Sie schlug die Hände vors Gesicht und schüttelte den Kopf. »Ich kann nicht.«

Ich wusste, dass es zwecklos war, etwas aus ihr herauslocken zu wollen, wenn der Onkel ihr Verschwiegenheit auferlegt hatte. Das Risiko war zu groß.

**

»In jenem Sommer waren wir alle völlig durcheinander, Nelly. Wir hatten so viele Sorgen. Aber hätten wir damals geahnt, dass unsere Schwierigkeiten gerade erst begonnen hatten, wären wir damit vermutlich gar nicht fertiggeworden.«

Er

Lautes Dröhnen drang bis in meinen Schlaf. Es war eine stickige Nacht, und ich wachte schweißgebadet auf. Jemand schlug an die Tür. Der Lärm hörte auf. Die Riegel wurden rasselnd zurückgezogen. Ich hörte meinen Diener protestieren, ich schliefe, und wer immer es auch sei, er solle am Morgen wiederkommen. Aber der Besucher klang hartnäckig.

Es war Lidcote, Thomas' Schwager, den ich kaum kannte. Er hatte mir in der Woche zuvor geschrieben und mir seine Sorge um Thomas' Gesundheit mitgeteilt. Ich hatte nicht geantwortet. Er stand in der Halle, noch in seiner Reisekleidung, Hände in den Hüften, die Beine breit. Schweiß ließ sein Gesicht im dämmrigen Licht gruselig schimmern. Das war keine gramerfüllte Haltung, sondern eine der Feindseligkeit.

Er ignorierte meinen Gruß und weigerte sich, seinen Mantel abzulegen. »Ihr müsst etwas tun. Er ist in einem erschreckenden Zustand. Ich fürchte um sein Leben.« Seine Stimme war anklagend.

»Habt Ihr ihn gesehen?«

Er nickte und strich sich Strähnen aus dem Gesicht zurück.

Ich wollte ihn fragen, wie ihm das gelungen sei, wo Thomas doch keinen Besuch haben durfte. »Dr. Mayerne...«, setzte ich an, doch er unterbrach mich.

»Die Arzneien dieses Quacksalbers machen alles nur noch schlimmer.«

»Aber der König persönlich hat Mayerne angewiesen, Thomas zu behandeln. Er ist der Beste im Land.«

»Wie erklärt Ihr Euch dann seinen Zustand?« Er konnte kaum an sich halten. »Seit über vier Monaten befindet er sich im Tower. Er sollte überhaupt nicht dort sein.«

»Ich hatte den Eindruck, er habe sich erholt.« Thomas hatte mir zu Anfang des Sommers oft geschrieben und mir seine Symptome geschildert: schrecklichen Durst, Gewichtsverlust, Erbrechen, seltsame Gerüche, die sein Körper ausdünste. Ich hatte James davon erzählt, doch er war ungerührt geblieben. Er wollte nichts davon hören – selbst als Leutnant Elwes Ende Juli die Nachricht schickte, er fürchte um Thomas' Leben.

In rascher Folge waren Briefe hin und her gegangen, zwischen mir, Northampton und Elwes, in denen Thomas' Verfassung und die verschriebenen Arzneimittel aufgeführt waren, die ihn heilen sollten. Dann plötzlich ging es ihm besser. Doch das war mindestens einen Monat her.

»Ich beschwöre Euch, er braucht Hilfe.« Lidcote trat einen Schritt vor und hob den Arm. Ich dachte, er wolle mich schlagen, und wich instinktiv zurück.

Das Lied eines einsamen Vogels durchbrach die Stille. Es musste kurz vor Morgengrauen gewesen sein.

»Ich kümmere mich darum.« Es gelang mir, einen entschlossenen Ton anzuschlagen, und geleitete ihn hinaus. Aber kurz nach Sonnenaufgang kam der nächste Besucher.

Es war der alte Master Overbury, Thomas' Vater, der auf Krücken hereingehumpelt kam, fahl vor Sorge und mit geschwollenen Augen, als hätte er seit Monaten nicht geschlafen. Er kannte mich von früher – als ich ein Niemand war –, und ich erinnerte mich, wie nett und gastfreundlich er gewesen war und dass er mir Freundschaft entgegengebracht hatte. Ich hatte es versäumt, den Kontakt zu halten, denn ich war unterdessen zu sehr mit der Faszination bei Hofe und meinem kometenhaften Aufstieg beschäftigt. Das bedauerte ich, als er vor mir stand, ein alter Mann, den das Schicksal seines Sohnes zutiefst bestürzte.

Ich konnte ihm nicht in die Augen sehen. Er zeterte und fragte mehrere Male, wie es denn nur möglich sei, dass die bloße Weigerung, den Botschafterposten zu übernehmen, zu so einer erbarmungslosen Strafe führen könne. Ich erklärte ihm, Thomas habe gegen den besonderen Befehl des Königs verstoßen.

»In diesem Fall werde ich selbst eine Bittschrift an den König richten.« Er bekam einen Hustenanfall. Ich bot ihm einen Stuhl an, doch er lehnte es ab, sich hinzusetzen. »Ich bin nicht wegen Eurer Gastfreundschaft hier.« Seine Abscheu war offensichtlich. Und ich wünschte, Lidcote hätte mich zuvor tatsächlich geohrfeigt. Ich verdiente es.

»Lasst *mich* Eure Sorge dem König vortragen«, sagte ich ihm. Er guckte skeptisch. »Ihr selbst dürft Euch ihm *nicht* nähern.« Ich klang überaus barsch, aber ich konnte nicht riskieren, dass James' Wut noch weiter angefacht würde.

»Ihr verbietet es mir?« Sein Ton war ätzend.

»Nein, nein, keineswegs.« Ich sah den Zweifel, der in ihn eingebrannt war. »Es wäre nur ganz einfach keine gute Idee.«

»Das Leben meines Sohnes steht auf dem Spiel.«

»Hört zu.« Ich verlor die Beherrschung, ich brüllte beinahe. »Ich kümmere mich darum. Geht jetzt!« Schockiert wich er zurück. Ich mäßigte meinen Ton. »Ihr solltet besser gehen.«

Er humpelte zur Tür und ging ohne ein Wort. Ich war wütend auf mich, weil ich die Geduld verloren hatte; aber Thomas galt meine Hauptsorge, nicht seinem Vater.

Mayerne war ein hagerer Mann mit kurzem Haar und sehr langem Bart. Sein geräumiges Haus war mit feinsten französischen Möbeln ausgestattet, woraus ich folgerte, dass er ein Vermögen für seine Dienste verlangte.

Er begann, mit mir auf Französisch zu sprechen, und ich musste ihm erklären, dass ich es nicht verstehe. Er warf mir einen verächtlichen Blick zu, öffnete das Fenster und klagte über die Hitze. »Kein Anzeichen dafür, dass das Wetter sich bessert.« Sein Akzent war stark und seine Sprache von vielen französischen Wörtern durchsetzt, als könnte er sich nicht dazu durchringen, den Vulgaritäten der englischen Sprache zu erliegen.

Auf seinem Schreibtisch lag ein Nachrichtenblatt, darauf das anzügliche Bild einer Frau, die sich entkleidete. Es sollte Frances darstellen. Seit Beginn des Annullierungsverfahrens gab es Derartiges in großer Zahl. Ich drehte das Blatt um. Mayerne lächelte amüsiert hinter seinem Bart.

»Ein *orage* würde uns guttun.« Ja, er hatte recht, wir brauchten ein Gewitter, die Luft war zum Schneiden. »Aber Ihr seid doch nicht gekommen, um wie ein Engländer mit mir übers Wetter zu reden.«

»Nein, es ist wegen Eures Patienten, Sir Thomas Overbury. Sein Schwager hat mir berichtet, er habe ihn in einem erschreckenden Zustand angetroffen.« Mayerne bat mich, meine Worte langsamer zu wiederholen, und nahm das Nachrichtenblatt, um sich Luft zuzufächeln. »Lidcote hat beklagt, durch Eure Arzneien würde Thomas' Verfassung noch schlechter.«

»Schlechter?« Verblüfft ahmte Mayerne meine Aussprache nach und verzerrte das Wort so sehr, dass es nicht wiederzuerkennen war. »Ah, Ihr meint *pire*.« Er setzte sich auf und nahm mich ins Visier. »Ihr müsst verstehen, Mylord, die bitterste Medizin ist meistens *la plus efficace*.«

»Ah, die wirksamste. Ja, ich verstehe.« Ich erinnerte mich an die Kontroverse über Mayernes ungewöhnliche Therapie für den Prinzen, ehe er starb. Aber James schien größtes Vertrauen in den Mann zu setzen. Er war es schließlich, der angeordnet hatte, Mayerne solle Thomas behandeln.

»Einem Patient muss es oft erst *schlechter* gehen ...«, wieder kämpfte er mit dem Wort, »... ehe es ihm besser geht. Aber Eure Sorge ist berechtigt.« Einen Augenblick hörte er auf, sich Luft zuzufächeln, und sah mir in die Augen. Frances' Bild schaute mich von der Zeitung an. »Dieser Patient ist mir sehr wichtig.« Ich hatte den Verdacht, dass er dabei eher seine Reputation als Thomas' Wohlergehen im Sinn hatte. »Es kann sein, dass die anderen Medikamente, die meinem Patienten verschrieben wurden, sich mit meinen nicht gut vertragen.«

»*Andere* Medikamente? Mir ist kein anderer Arzt bekannt, der derzeit mit seiner Pflege betraut wäre.« Die einzigen anderen Medikamente, von denen ich wusste, waren die Pulver, die Thomas mir Monate zuvor abverlangt hatte, um Übelkeit herbeizuführen, in der Hoffnung, das Erbarmen des Königs zu wecken. Ich hatte deswegen mit meinem Gewissen gekämpft – es kam mir wie ein Wahnsinn vor. Aber sein Flehen war so mitleiderregend gewesen.

Wenn du begreifen würdest, wie sehr ich in diesem Höllenloch leide ... Ich fürchte, ich verliere den Verstand und tue mir etwas an. Ich flehe dich an, Robin, wenn du auch nur einen Funken Mitgefühl hast ...

Die so schmerzlich lebendige Erinnerung warf mich in die damalige Zeit zurück: Ich bin den Tränen nahe, als ich mich auf den Weg nach Killigrew mache. Das Glöckchen ertönt im Inneren des Ladens, als ich die Tür öffne, und sogleich umfängt mich ein berauschender Kräuterduft. Meine Augen brauchen einen Moment, um sich an das Dämmerlicht zu gewöhnen. Er schlurft auf mich zu und fragt, was ich wünsche.

»Ein Pulver. Etwas, das einen Menschen krank erscheinen lässt... ein Brechmittel.« Ich klinge, als hätte ich nichts Gutes im Sinn.

»Das ist höchst ungewöhnlich.« Er mustert mich, und ich spüre, dass er geradewegs in meine schwarze Seele schaut. Aber meine Verzweiflung muss ihn erweicht haben, denn er stellt mir Fragen: »Welches Gewicht hat der Patient, und wie ist seine Konstitution? Handelt es sich um einen Mann oder um eine Frau? Welche Art der Verabreichung wird bevorzugt?«

Ich gebe Auskunft, so gut ich kann. »Macht es sehr schwach.« Er bricht Knospen von einer Pflanze, die ich nicht kenne, und legt sie in den Mörser. »Nur eine winzige Menge von der abträglichen Substanz, die Ihr verwenden wollt.«

»Ihr wäret womöglich ebenso gut mit pulverisierter Kreide bedient«, erklärt er mir mit seinem Stößel in der Hand. »Sie kann manchmal die gewünschte Wirkung hervorrufen. Ich habe hin und wieder sogar Leute damit kuriert, wenn sie meinten, es sei etwas anderes.« Er zuckt mit den Schultern. »Ich habe keine Ahnung, warum das so ist.«

Ich bin erleichtert. Ich möchte den Mann umarmen. »Ja! Gebt mir davon.« Ich stülpe meinen Geldbeutel um. Ich hätte hundert Pfund für diese pulverisierte Kreide bezahlt.

Doch wenige Tage später erreichte mich ein weiterer Brief von Thomas, in dem er schrieb, das Mittel habe keine Wirkung gezeigt, und nach Stärkerem verlangte. Ich habe seine Bitte ignoriert. Einige Wochen später wurde er ohnehin krank, und zwar sehr. Aber ich wusste von keinem anderen behandelnden Arzt als Mayerne, die schwüle Augusthitze stand bevor.

Ich begann zu überlegen, wovon ich vielleicht sonst noch nichts wusste. Hatten die Howards einen ihrer Ärzte zu ihm geschickt? Northampton hätte es sicherlich erwähnt – wir schrieben uns schließlich täglich. Vielleicht hatte Lidcote um eine zweite Meinung gebeten, aber gewiss hätte er in der Nacht davon berichtet, als er zu mir gekommen war.

»Nein, kein Arzt.« Mayerne schien beleidigt. »Nein. Mein Apotheker Master de Loubell, dem ich *bedingungslos* vertraue…«, er warf mir einen Blick zu, ich solle mich unterstehen, Loubell nicht ebenso zu vertrauen, »…hat verschiedene *Mittel* gesehen…«, so wie er es sagte, war es unmissverständlich, dass er sie überhaupt nicht als Mittel anerkannte, »…im Zimmer des Patienten«.

»Er hat *Aurum potabile* gesehen«, fuhr Mayerne fort. »Das ist das Gebräu eines Mannes, von dem ich zufällig weiß, dass er gar kein Arzt ist.« Sein Mund kräuselte sich finster. »Dieses *Aurum potabile* könnte *se mêler avec…*« Er zögerte. »Wie sagt man? Könnte meine Medikation beeinträchtigen.«

»Könnte sie weniger wirksam machen?«, fragte ich. »Was habt *Ihr* ihm verschrieben?«

Er begann mit einer ausführlichen Auflistung von Thomas' Beschwerden und seinen Heilmitteln: »Ich habe schlechte Körpersäfte diagnostiziert, die ihren Ursprung in der Leber haben und in der Milz verarbeitet werden. Um diese schlechten Säfte auszuleiten, habe ich zwischen den *omoplates…*«, er zeigte auf einen Punkt zwischen den Schulterblättern, »…einen Schnitt gemacht. De Loubell hat die Anweisung, täglich einen Balsam aufzutragen und ihm *Crocus metallorum* als Brechmittel zu verabreichen, um den Unflat aus seinem Körper entweichen zu lassen…«

Als ich mich verabschiedete, war ich vor Sorge um Thomas ganz durcheinander. Wenige Tage später kam ein Brief von ihm, der noch verzweifelter klang als alle anderen, die ich bislang von ihm erhalten hatte. Es war eine mitleiderregende Beschwörung, freigelassen zu werden, denn er fürchtete, er stehe am Rand des Todes. Der Ton unterschied sich drastisch von dem der Schreiben, die er einen Monat zuvor geschickt hatte: eine Reihe von dünn verschleierten Drohungen, deren übelste lautete: *Ich bin sicher, es interessiert so manchen, was ich mit eigenen Augen in Royston gesehen habe.*

Jenes Schreiben traf ein, als ich bei James war. Ich hatte versucht, es vor ihm zu verbergen, aber er wurde misstrauisch und entriss es mir, um es zu lesen.

»Könnte ich diesen Schurken doch ein für alle Mal zum Schweigen bringen!«, zeterte er und riss den Brief in Stücke. Er meinte es nicht so. Wir waren alle niedergeschlagen, weil die Kirchenkommission in eine Sackgasse geraten war.

»Es ist meine Schuld. Ich habe das verursacht.« Die Last meiner Schuldgefühle war unterdessen so schwer, dass ich sie kaum mehr ertragen konnte.

Er wandte sich zu mir, nachdem er die Fetzen ins Feuer geworfen hatte. »Overburys Verderben ist seine aufgeblasene Arroganz. Dafür bist du nicht verantwortlich. Dich trifft keine Schuld, Robbie.« Ich glaubte ihm nicht ganz.

Aber dieser Brief aus den letzten Augusttagen war anders. Die Schrift war ein klägliches Gekritzel: *Ich glaube, ich sterbe hier. Ich fürchte, ich werde die Woche nicht überstehen. Möchtest du das auf dem Gewissen haben, Robin?*

Ungeachtet aller Befürchtungen, ich könnte seine Wut heraufbeschwören, begab ich mich sofort zu James. »Ich bitte Euch inständig ...«, ich ging flehend auf die Knie, »... lasst ihn frei. Er ist nun über vier Monate dort. Das ist doch Strafe genug. Ich fürchte ernsthaft um sein Leben.«

James' Verärgerung offenbarte sich in seinem knappen Ton. »Er genießt bereits die bestmögliche Pflege. Seine Unterkunft ist komfortabel. Es würde für seine Gesundheit keinen Unterschied machen, wenn er zu Hause wäre. Tatsächlich ist er im Tower wahrscheinlich besser aufgehoben, weil dort ständig jemand ein Auge auf ihn hat.«

Meine Versuche waren zwecklos. Es war klar, dass der König sich nicht erweichen ließe. Er war erschöpft, und sein Auge zuckte hektisch. »Ich habe mehr im Kopf als diesen Schuft.« Er machte eine Geste zu seinem Schreibtisch, auf dem sich die Unterlagen türmten. »Am besten wäre, der Mann verschwände.« Ich schmeckte geradezu seine Bitterkeit. »Sie nennen mich einen weisen Narren, Robbie. Was, glaubst du, wollen sie damit sagen?«

Ich sagte nicht, es liege daran, dass er trotz seines großen Scharfsinns unfähig scheine, seine Verschwendung zu zügeln, und dass dies ihn zu Allianzen zwinge, die sich für England als desaströs herausstellen könnten. Trotz all seiner Weisheit war James blind für seine eigenen Fehler.

Ich versuchte, ihn zu beruhigen, doch er ließ mich mit einem schrägen Blick abblitzen. Er konnte seinen Unmut nicht verhehlen, entgegen seiner Worte, mich treffe keine Schuld. Ich hatte ihn mit dem Problem Thomas Overbury behelligt, als ich ihm die Last seiner Sorgen hätte abnehmen sollen, statt sie noch zu verstärken. Ich war Gift für jene, die mich liebten, denn ihnen allen widerfuhr Unheil: dem König, Thomas, Frances … oh, Frances, wie sehr sie litt, nur um meine Gemahlin zu werden.

Ich bat ihn um Verzeihung, woraufhin er meinen Kopf an seine Schulter zog und mir übers Haar strich, was nur dazu führte, dass ich mich noch schlechter fühlte. Ich wollte, er wäre wütend auf mich, da ich glaubte, das sei es eigentlich, was ich verdiente. »Je eher diese Sache vorbei ist und du verheiratet bist, umso besser. Ich habe zwei weitere Bischöfe in die Annullierungskommission berufen. Wir müssen ganz einfach aus der Sackgasse heraus, und diese beiden werden tun, was ich sage.«

Ich vermute, es war für ihn zu einer Frage des Prinzips geworden, dass sein Favorit seine auserkorene Braut haben sollte. Ich vergaß auch nicht, dass meine Vermählung nicht nur zwischen mir und den Howards, sondern auch für ihn ein Band knüpfte. Selbst Könige müssen Allianzen mit ihren Untertanen eingehen. Wir schwiegen einen Augenblick, bis er sagte: »Ich beabsichtige, dich zum Earl of Somerset zu ernennen.«

»Ihr habt mich genügend beschenkt.« Und das war die Wahrheit. Ich empfand ein solch großes Defizit ihm gegenüber, dass ich den Gedanken, noch mehr in seiner Schuld zu stehen, nicht ertrug.

»Es erhebt dich ausreichend in den Stand, um für die Tochter eines Grafen eine angemessene Partie zu sein, und politisch ist es sinnvoll. Der Titel verleiht dir im Ausland größeren Einfluss. Du tätest mir einen Gefallen, wenn du akzeptiertest.«

Ich sah ihm in die Augen. »Wenn es Euch hilft.« Man mag mich als hinterhältig ansehen, aber es war mir ernst.

»Du wirst Earl of Somerset, und ihr werdet eine wundervolle Woche mit Hochzeitsfeierlichkeiten bei Hofe verbringen.« Er klang ruhig, aber sein Augenlid zuckte noch immer. »Wir werden nicht mehr umherschleichen müssen, als würden wir uns schuldig machen. Was ich wirklich weiß, ist, wie wertvoll der Anschein ist. Wir brauchen nur die Entscheidung der Bischöfe, und alles ist geregelt. Sie haben geäußert, sie würden eine körperliche Untersuchung der Dame beantragen. Sobald das erledigt ist, ist es vorbei, und ...«

»Das dürfen sie nicht!« Mein Ausruf kam zu jäh.

»Warum nicht?« Sein Ausdruck war starr. »Gibt es da etwas, das du nicht zugegeben hast? Hast *du* sie besessen?«

Verzweiflung packte mich, und ich sah schon alles zusammenbrechen. »Nein, natürlich nicht.« Ich weiß nicht, warum ich log. Hätte ich ihm die Wahrheit gestanden, hätte er vielleicht diese Untersuchung unterbunden, aber ich konnte nicht klar denken. »Ich möchte nur nicht, dass Frances so eine Demütigung ertragen muss.«

»Sei unbesorgt.« Er stupste mich mit zotigem Blick an. »Wenn das Mädchen dich wirklich will, wird sie tun, was notwendig ist.«

Er tätschelte mir den Kopf, als wäre ich sein Lieblingshund. Er genoss es und war erfreut, dass Frances einen hohen Preis für ein Stück von mir bezahlen musste, wobei ich doch ihm gehörte.

Sie

Lautes Klopfen lässt Frances aus ihren Gedanken aufschrecken. Der Wächter kommt herein.

»Dies wurde unter der Pforte durchgeschoben. Euer Name steht darauf.« Er hat ein gefaltetes Blatt in der Hand. »Es ist Euch zwar nicht gestattet, Briefe zu erhalten, aber...«

»Aber was, William?« Frances wirft ihm ein strahlendes Lächeln zu.

Er freut sich, dass sie ihn mit Vornamen angesprochen hat, und lächelt zurück. Vielleicht erinnert er sich ebenso wie sie an den Regenschauer, bei dem sie beide triefend nass wurden. »Ich dachte, wenn Ihr es mir erlaubt, zuerst einen Blick darauf zu werfen, damit ich feststellen kann, ob es etwas Harmloses ist, könnte ich...«

»Natürlich.« Frances fühlt sich sicher, denn niemand würde ihr auf diesem augenscheinlichen Weg etwas schicken, das geheim gehalten werden müsste. »Ihr seid außergewöhnlich freundlich.«

Das Kompliment treibt ihm die Röte ins Gesicht, doch als er liest, wird er bleich und zerknüllt das Blatt in seiner Hand.

»Was steht da?«

»Ich... ich denke... ich denke nicht... ich kann nicht.« Er weiß nicht, was er tun soll, und kann sie nicht ansehen.

Nelly entreißt es ihm, streicht es glatt und gibt es ihr. Es stehen vier Verse darauf:

Ein Page, ein Ritter, ein Vicomte und ein Graf,
Alle vier waren vermählt mit einem wollüstigen Mädchen.
Eine gelungene Partie, denn sie war desgleichen vier,
Eine Frau, eine Hexe, eine Mörderin und eine Hure.

»Keine Sorge, William«, sagt Frances ruhig. »Nichts, das ich nicht schon gehört hätte.«

Nelly nimmt das Blatt an sich. Frances hat nicht gewusst, dass das Mädchen lesen kann, aber offenkundig kann sie es, denn sie murmelt die letzte Zeile vor sich hin, ehe sie das Papier mit wütendem Schnauben ins Feuer wirft.

»Lass uns jetzt allein«, befiehlt sie dem Knaben, öffnet die Tür und schiebt ihn hinaus. Frances bemerkt den galligen Blick, der zwischen ihnen hin und her geht; das weckt ihr Misstrauen, und sie fragt sich, was dazu geführt haben könnte, dass das Mädchen ihn so sehr ablehnt.

»Es war nicht nötig, Nelly, so barsch zu ihm zu sein. Ich habe hier ohnehin nur wenige Freunde.«

»Woher nehmt Ihr die Gewissheit, er sei Euer Freund?« Trotzig presst sie die Lippen zusammen. »Nur weil er gut aussieht und rot wird, wenn er mit Euch spricht?«

Frances widersteht dem Bedürfnis, sie für ihre Anmaßung zurechtzuweisen. »Gibt es einen Grund, dass du glaubst, ihm sei nicht zu trauen?«

»Ich höre sie alle über Euch reden.«

»Ihn? Du hörst ihn über mich reden?«

»Nein, ihn nicht. Aber eine ganze Reihe von ihnen. Keinem darf man trauen.«

»Was sagen sie?« Frances meint, den inneren Halt zu verlieren, da sie fürchtet, ihr sei der Instinkt abhandengekommen, Unredlichkeit zu erkennen.

»Sie sagen, Ihr seid genauso eine Hexe wie diese Anne Turner. Ich ermahne sie, sie sollen ihr Mundwerk hüten. Ich würde sie alle erwürgen, wenn ich nur eine kleine Chance hätte. Sagen wir mal so, es würde mich nicht wundern, wenn er das Gedicht selber geschrieben hätte, nur um Euch zu ärgern.«

Frances weiß nicht, ob Nellys Empörung echt ist. »Wo hast du lesen gelernt?« Es gelingt ihr, das Zittern aus ihrer Stimme zu bannen. Ihr Ziel ist es, eine verlässliche Tatsache herauszufinden, und sei sie noch so gering, um sich selbst Sicherheit zu geben, damit sie nicht in unbekannte Gewässer abgetrieben wird. Doch ihr ist schmerzlich bewusst, dass sie nicht wirklich wissen kann, ob das Mädchen die Wahrheit sagt.

»Mein Vater hat es mir beigebracht ... er war nicht ausschließlich schlecht. Nicht wie Euer Großonkel. So ein Ungeheuer. Es ist alles *seine* Schuld. Wäre er nicht gewesen ...« Wut sprudelt aus ihr heraus. Sie müsste schon eine vollendete Schauspielerin sein, um es so überzeugend wirken zu lassen. »... wäret Ihr nicht ...« Es ist eindeutig, was sie meint: dann stünde Frances nicht wegen Mordes vor Gericht. »Ihr müsst ihn hassen.«

»Es hat keinen Sinn, Tote zu hassen.« Frances umklammert die Lehne ihres Stuhls. Als sie sie loslässt, sieht sie den Abdruck der Schnitzereien in ihrer Handfläche.

»Als er sagte, Leute würden Euch angreifen, hatte er recht.« Nelly zeigt auf das Feuer, in dem das Papierknäuel längst verbrannt ist. Sie nimmt einen Kerzenanzünder, hält ihn in die Flammen und dann an die Dochte der Kerzen auf dem Tisch. Licht strömt durch das Zimmer und erhellt die Feuchtigkeit an der hinteren Wand. Der Schimmel wächst, und seine schwarzen Finger kriechen über die Steine.

Frances zwickt mit den Fingernägeln in die Haut an ihrem Handgelenk. Der Schmerz beruhigt sie. »Aber damals war es anders. Es waren die Feinde meiner Familie, die dachten, die Howards würden zu mächtig. Sie haben Gerüchte in die Welt gesetzt, um sich an uns zu rächen, und dachten wohl, ich würde einknicken.«

Nelly stößt ein hämisches Grunzen aus. »Die haben Euch wohl nicht gut gekannt.« Ihr Gesicht wird von unten beleuchtet, sodass bizarre Schatten es fremd aussehen lassen.

Und *du*, du kennst mich auch nicht so gut, wie du meinst, denkt Frances, als sie sich zu einem Lächeln zwingt und ihr bestätigt, dass sie sie nicht gut kannten. »Es war alles nur Gerede, aber da draußen …«, sie deutet vage zur Tür, »… würden sie mich lynchen, wenn sie nur die geringste Möglichkeit dazu hätten.«

Ihre Worte klingen unbeschwert, aber nachts wacht sie oft in kaltem Schweiß auf, wenn der Mob mal wieder in ihre Träume eindringt und tausend Hände an ihren Kleidern reißen und dann an ihren Gliedern.

»Sie müssten erst an mir vorbei.« Das Mädchen hat ein undurchsichtiges Grinsen im Gesicht und setzt mit dem Fuß die Wiege in Bewegung. Quietsch, quietsch, quietsch. Das Baby wächst so schnell, dass es bald zu groß sein wird für dieses Bettchen.

Der Gedanke, dass die Zeit vergeht und sie in die Tiefe zieht, überwältigt Frances. Er nimmt ihr den Atem.

**

Vorwurfsvoll stechende Blicke folgten uns, als wir die Galerie entlanggingen. Mutters Hand hielt meinen Ellbogen fest umklammert, als müsste sie verhindern, dass ich davonlaufe, umso dankbarer war ich für Lizzies leichte Berührung an meinem Rücken. Selbst die zarte Gegenwart meiner Schwester konnte mich nicht vor den giftigen Kommentaren schützen, die durch den Saal waberten.

Ich wusste, was man über mich sagte. Ich hatte die Pamphlete gelesen, die man mit zischelndem Flüstern beiseitelegte, als man mich näher kommen sah. Ich kannte sie alle, diese Leute. Ich hatte Karten mit ihnen gespielt, ihre Kinder auf meinem Schoß gehätschelt, hatte sie besucht, wenn sie krank waren, ihnen ein Alibi für ihre Stelldichein verschafft, und da saßen sie nun, in Scheinheiligkeit gewandet.

Langsam wie bei einer Beerdigung schritten wir voran. Lizzie murmelte mir Ermutigendes zu, und ich fixierte die Tür am gegenüberliegenden Ende. All diesen hier Versammelten muss die Vorstellung, dass ich erniedrigt würde, gefallen haben, denn meine intimste Stelle würde von Fremden untersucht; aber ich hatte nicht die Absicht, Schwäche zu zeigen.

Mein Gewand war unerträglich schwer. Mutter hatte darauf bestanden, dass ich etwas Beeindruckendes anziehe. »Lass sie nicht auf den Gedanken kommen, du würdest dich ducken«, hatte sie gesagt, als sie und Lizzie mich in das starre Kleid schnürten. »Du bist eine Howard.« Doch so beeindruckend mein Äußeres auch war, es konnte mir nicht meine Jungfräulichkeit zurückgeben; und ich hatte keinen Plan, nur die vergebliche Hoffnung, dass die Anatomiekenntnisse der Inspektorinnen schlecht sein würden. Und doch bedauerte ich nicht diesen einzigartigen gloriosen Nachmittag in der Paternoster Row.

Als meine Mutter mir beim Ankleiden half, schaffte sie es, mich mit einer Nadel zu stechen, sie schnalzte mit der Zunge, als sie einen Blutstropfen über den Stoff laufen sah. Meine Schnüre wurden so fest gezurrt, dass mir der Magen bis hoch in die Kehle gedrückt wurde. »Es wurde vereinbart, dass du aus Gründen des Anstands einen Schleier tragen darfst.« Sie drapierte einen länglichen Stoff aus dichter Spitze über ihren Arm.

»Ich verstehe nicht, wie ein Schleier helfen sollte«, hatte ich gesagt.

»Du musst dir keine Sorgen machen.« Lizzie klang milder. Die sensible Lizzie, die die ganze Schönheit unserer Mutter geerbt hatte, aber nicht ihre Härte, war zu gutherzig, um eine Howard zu sein.

»Ihr versteht mich nicht«, platzte ich heraus. »Ich bin nicht unberührt.«

Ich war auf ihre Wut gefasst, aber meine Mutter sah mich kaum an und sagte mit geübter Unbekümmertheit: »Wirklich, Frances, hältst du mich für eine Närrin? Ich weiß doch, was du getan hast.«

»Wieso? Woher wisst Ihr das?« Ich hatte das Gefühl, mein Inneres wäre nach außen gekehrt, als sähe man die Löcher in meinem Futter. »Hat Anne es Euch erzählt?«

»Es ist alles unter Kontrolle.« Sie beantwortete meine Frage nicht, und ich wusste, es wäre sinnlos, in sie zu dringen. Ich nahm an, jemand sei bestochen worden oder so etwas, und das Gewicht all der Unwahrheiten drückte mich nieder. Wenn alles zusammenstürzen würde, wäre es mein Schaden, meiner und Roberts – und von niemand anderem.

Eine Frau, die ich für eine Freundin gehalten hatte, stellte sich uns in den Weg. »Es ist Hexerei, wenn ein Mann bei einer Frau impotent ist und bei anderen nicht.« Sie sah sich im Saal nach Unterstützung um, und einige murmelten ihre Zustimmung. Ich hätte sie ohrfeigen mögen.

»Beachte sie nicht«, sagte Lizzie, wir gingen weiter und ließen der Frau keine andere Wahl, als beiseitezutreten.

Kaum außer Hörweite sagte meine Mutter: »In einem Monat huldigen sie dir alle ... sie werden ihre Worte zurücknehmen ... und wir haben unsere Rache.«

Die Rachsucht meiner Mutter war widerwärtig. Rache war das Letzte, woran ich dachte. Alles, was ich wollte, war Robert. Ich hatte ihn fest im Kopf, um mich gegen all die geschürzten Münder und schmalen Augen zu rüsten. Sie mochten mich verurteilen, aber brechen würden sie mich nicht.

An der Tür spürte ich, dass mich meine Entschlossenheit verließ, ich blieb einen Augenblick stehen und musste meinem Fluchtimpuls widerstehen. Ich wappnete mich, ehe ich Mutter und Lizzie in den Raum hinein folgte. Er war düster, nur ein schmaler Lichtstrahl drang durch eine Lücke zwischen den Vorhängen. Sechs Matronen schwebten um ein großes Baldachinbett herum. Ein, zwei kannte ich, so wie Lady Tyrwhitt, andere hatte ich noch nie gesehen. Ich überlegte, ob ihre Verführbarkeit ihnen die Taschen gefüllt hätte – mit dreckigen Münzen, die diese Finger besudelten, die mich gleich untersuchen würden. Die Stimmung war nüchtern. Keine konnte mir so recht in die Augen sehen, und ich fragte mich, ob sie einem Schleier zugestimmt hatten, um eher sich selbst die Peinlichkeit zu ersparen als mir.

Mutter war wie immer hochmütig und unnahbar, daher war ich erleichtert, als Lizzie mit ihrer beschwingten, unkomplizierten Art das Heft in die Hand nahm, was für die Frauen die unangenehme Atmosphäre auflockerte, wenn ich nicht gewesen wäre. Zwei weitere Frauen, die uns als Hebammen vorgestellt wurden, kamen in den Raum. Sie waren im Gegensatz zu den anderen recht fröhlich und unerschrocken und sagten Dinge wie: »Bringen wir es hinter uns.«

Ich war unsicher. Musste ich mich an Ort und Stelle frei machen und mich dann auf dieses Bett legen? Mein Kleid war unerträglich eng, und ich fürchtete, ich könnte mich ohne Hilfe nicht einmal hinsetzen. Doch eine der Hebammen sagte zu Lizzie: »Warum bringt Ihr Eure Schwester nicht da hinein, meine Liebe, und helft Ihr, sich bereit zu machen?« Sie deutete auf eine niedrige Tür in der Ecke, die ich bislang nicht bemerkt hatte.

Lizzie nahm mich an die Hand, und wir betraten einen kleinen Raum, nicht viel breiter als ein Flur, der, so vermutete ich, als Garderobe gedacht war. Lizzie zog an der hinteren Wand einen Vorhang beiseite, und es zeigte sich eine weitere, kleinere Tür. Sie öffnete sie, und herein kam ein Mädchen. Verwirrt sah ich, dass sie fast meine Doppelgängerin war, sie hatte genau meine Figur und Haarfarbe und trug Unterröcke, die mit denen unter meinem Kleid übereinstimmten.

»Sie soll meinen Platz einnehmen?« Lizzie mahnte mich zur Stille und nickte. Da dämmerte mir, dass an alles gedacht war: die Kammer mit ihrem günstigen Vorraum und der Geheimtür und das Mädchen, mein Ebenbild. Wo hatte man sie gefunden? Dann war es also gar nicht notwendig gewesen zu bestechen.

»Warum hat man mir nichts davon gesagt?«

»Du weißt doch, wie der Onkel ist. Er bestand darauf. Selbst ich habe bis vor einer Stunde nichts davon gewusst.«

Mir kam in den Sinn, dass dem Onkel womöglich die Vorstellung gefiel, ich würde mich über die Erniedrigung aufregen. Das war so typisch für ihn: uns alle unter Kontrolle zu haben.

Wieder beäugte ich das Mädchen. Sie wollte mich nicht direkt ansehen. Sie war wirklich noch ein Kind, vielleicht zwölf oder dreizehn, etwa sechs Jahre jünger als ich, obgleich sie recht gut entwickelt war und mit einem Schleier in einem dämmrigen Raum gut für mich durchgehen konnte.

Erst da fiel mir ein, wo ich sie gesehen hatte: Sie hatte uns in der Paternoster Row die Getränke serviert. Vermutlich hatte der Onkel Anne darum gebeten, sie für diesen Zweck herbeizuschaffen. Aber sie hatte es nicht erwähnt. Die ganze Sache stank nach einem verschwiegenen Plan der beiden, aus dem ich ausgeschlossen war. Als ich mir ausmalte, wie die beiden ihre List ausheckten, überkam mich Bitterkeit, und ich musste mich zwingen, meine Aufmerksamkeit auf das Ziel dieses finsteren Theaterstücks zu richten: mich mit Robert zu vereinen. Vielleicht hatte man mich zu meinem eigenen Schutz unwissend gelassen.

Lizzie machte sich ans Werk, sie nahm mir meinen Schmuck ab, legte ihn dem Mädchen um den Hals und die Handgelenke und streifte ihr meine Ringe über die schmalen Finger. »Es tut mir so leid«, sagte ich zu ihr, weil ich an die Demütigung dachte, die sie an meiner Stelle erleiden müsste, und an diese Matronen, die sich über ihr Intimstes beugen würden. Als Antwort hob sie nur rasch eine Schulter, als meine Schwester ihr den Schleier über den Kopf legte.

»Du wartest da drüben«, flüsterte Lizzie und zeigte auf die hintere Tür. »Es dauert nicht lange.«

Hinter der Tür befand sich eine Treppe, die zu einem der hinteren Höfe führen musste oder sogar, wie mir einfiel, zum unterirdischen Gang zum Northampton House. Ich wollte mich auf die oberste Stufe setzen, da aber mein Kleid das nicht zuließ, lehnte ich mich an die Wand und bemühte mich, nicht daran zu denken, was das Mädchen gerade an meiner Stelle durchmachte.

Kurz darauf kam Lizzie mit ihr zurück. Der Schmuck war geöffnet und der Schleier abgenommen. Ihre Augen waren rot, sie war eindeutig verzweifelt. »Es tut mir so leid«, sagte ich noch einmal, doch sie drehte sich weg und sah zu Boden.

»Wenn du die Treppe hinuntergehst...«, flüsterte Lizzie ihr zu, als sie ihr ins Kleid half, »...wartet dort jemand auf dich, der dich nach Hause bringt«. Sie drückte ihr einen Geldbeutel in die kleine Hand. Alles schien so schmutzig.

Ich nahm eines meiner Armbänder ab und hielt es ihr hin. Es war außergewöhnlich und recht kostbar, ein langer Strang aus Saatperlen und Rubinen, den man sich mehrere Male um das Handgelenk wickelte. Sie schien unentschlossen, ihre Hand flatterte hin und her.

Ich hörte unten die Glocke der Kapelle läuten. Da nahm sie das Armband schnell an sich und verbarg es in ihrer kleinen geschlossenen Hand. Noch immer konnte sie mich nicht ansehen.

Ich wurde zurück in den Raum geführt, um den Matronen für ihre Mühen zu danken. Die Fensterläden waren nun weit geöffnet, grelles Licht bleichte die Vorhänge fahl, und die Stimmung war entspannter. Die Frauen wirkten erleichtert, dass es nun vorbei war; sie lächelten und plauderten leise, als sie sich nacheinander die Hände in einer Kupferschüssel wuschen. Lady Tyrwhitt wandte sich mit ernstem Blick an mich. »Ich spreche für uns alle. Wir haben keinen Zweifel daran, dass Ihr unberührt seid. Es tut mir nur leid, dass Ihr diese Pein durchstehen musstet.« Sie schien aufrichtiges Mitgefühl zu empfinden und war sich in keinster Weise des Taschenspielertricks bewusst, der gerade dargeboten worden war.

»Ich bin sehr froh. Ihr wisst nun, dass ich nichts zu verbergen habe.« Die Unwahrheit fühlte sich an wie ein Stein im Schuh. Ich spürte, dass Gott mir zuhörte, und schämte mich zutiefst.

**

Nelly ist offensichtlich amüsiert. »Ich stelle mir diese peinlich berührten Matronen vor. Auch darüber werde ich kein Wort verlieren.«

»Es spielt wahrscheinlich keine Rolle, wenn du es doch tätest.« Eine Annullierungskommission zu betrügen, ist im Vergleich zu einer Anklage wegen Mordes nur ein kleines Vergehen, und es macht für das Heute keinen Unterschied, wenn jemand erfährt, dass sie bereits vor der Vermählung mit Robert geschlafen hat.

»Was ist aus dem Mädchen … dem Kind geworden?«

»Ich habe keine Ahnung. Arme Kleine. Es muss schrecklich für sie gewesen sein.«

»Ihr wird das Geld gefallen haben.« Die meisten Mädchen würden sich in das Kind hineinversetzen und seine Erniedrigung mitempfinden, aber nicht so Nelly. Nichts in Nellys Welt wird durch eine fragwürdige Moral kompliziert. Darum überlegt Frances nicht zum ersten Mal, zu welchem Preis Nelly zu kaufen wäre und wer ihn bezahlen würde.

»Ja, vermutlich«, entgegnet Frances.

»Und dann habt Ihr geheiratet.«

»Ja, endlich.«

»Halleluja!« Nelly klatscht in die Hände, sodass das Baby aus dem Schlaf aufschreckt und zu schreien anfängt.

Der Lärm kriecht Frances unter die Haut wie eine Made in einen Apfel, der äußerlich unversehrt erscheint. Nelly nimmt das Kind auf den Arm, läuft mit ihm umher und schuckelt es, bis es sich beruhigt.

»Und was ist mit Overbury?« Frances wird von der Direktheit dieser Frage überrascht. »War er zum Zeitpunkt Eurer Vermählung bereits tot?« Da Nelly ihr den Rücken zukehrt, kann Frances nicht sagen, ob sie damit etwas Bestimmtes meint.

»Er starb, nur wenige Tage bevor die Annullierung bewilligt wurde.« Frances hustet, sie spürt den Toten um sich herum.

»Und dann hattet Ihr Eure Hochzeit.« Es klingt einen Augenblick wie eine Anklage, aber dann fügt sie hinzu: »Euer Großonkel, ich hoffe, er schmort in der Hölle.«

Die beiden Frauen schweigen, und Frances denkt an das Geständnis, das sie vor Bacon abgelegt hat, und zweifelt wieder einmal daran, ob es klug war.

Nelly will ihr das Baby reichen; Frances schüttelt den Kopf. Die Vorstellung, ihr Kind im Arm zu halten, ist ihr unerträglich.

Das Mädchen setzt sich, wiegt das Kind und gurrt ihm etwas zu. »Warum könnt Ihr es nicht lieben?«

»Vermutlich weil ich mich nur ungern zu sehr an es binden möchte. Meine Zukunft ist so ungewiss.« Frances schmeckt Blut in ihrem Mund.

»Das hatte ich nicht bedacht.« Nelly wirft ihr einen entschuldigenden Blick zu.

»Siehst du, ich wollte seinen Tod. Ich habe mir seinen Tod gewünscht.« Der Kummer scheint aus Frances herauszusprudeln, Worte strömen aus ihr hervor. »Er war meinetwegen eingesperrt worden. Darum glaubte ich tief in meinem Herzen, dass ich es ihm angetan hatte. Dass es meine Schuld war.« Frances sieht Nelly verzweifelt an.

Nelly setzt zu sprechen an, und Frances weiß, was sie sagen wird: *Jemandem den Tod zu wünschen und jemanden tatsächlich zu töten, ist nicht dasselbe.*

Sie hebt die Hand, damit das Mädchen schweigt.

Sie kann nicht anfangen zu erklären, wie es ist oder wie sie darüber denkt.

Er

Der Anblick des Flusses an dem Morgen, an dem ich von Thomas' Tod erfuhr, ist in mein Gedächtnis eingebrannt. Es war kurz nach der Morgendämmerung, der Mond stand noch als fahle Sichel am violetten Himmel, und das Wasser, glatt und bleiern wie ein Schieferboden, war teils nebelverhangen.

Ich pfiff einen Ruderer herbei und stieg in sein kleines Boot; für sein Geplauder hatte ich kaum ein Ohr. Er erzählte mir, wie sehr es ihm gefalle, zur frühen Stunde unterwegs zu sein, wenn niemand draußen sei, und wie es ihn von seinem Zuhause wegziehe, wo eine Kinderschar herumtobe und er nie einen Moment Ruhe habe. Ach, wie ich ihn um sein normales Leben beneidete. Er sprach von einem Monsterfisch, der am Tag zuvor in Deptford angeschwemmt worden sei; die Einwohner hätten versucht, ihn mit Seilen zurück ins Wasser zu ziehen, aber er sei gestorben, und niemand habe gewagt, von seinem Fleisch zu essen, da ihn vielleicht der Teufel geschickt habe.

Ich betrachtete den Himmel, dessen Farben verblassten, als der Tag sich behauptete; Thomas' Tod tauchte mein Inneres in Finsternis. Es war ein schrecklicher Schock, wenn auch keine Überraschung. Mayerne hatte mich wenige Tage zuvor wissen lassen, er glaube nicht, dass sein Patient die Woche überstehe.

Ich hatte ihn unbedingt besuchen wollen und es versucht, aber Elwes hatte mich nicht vorgelassen. Er war schon recht verständnisvoll, fürchtete aber, bestraft zu werden, wenn er sich nicht an seine Befehle hielte.

Ich stellte mir vor, was als Nächstes geschehen würde, und fürchtete den Gedanken, den Howards zu begegnen, die womöglich jubilierten. Frances würde es nicht tun. Das wusste ich. Sie war so sehr darum bemüht gewesen, dass Thomas sich wohlfühlte und gut ernährt wurde. In den wenigen Momenten, die wir zusammen hatten, gestand sie mir, wie elend sie sich wegen seiner Haft fühle. Ihre Sorge rührte mich zutiefst. Dass sie trotz der öffentlichen Demütigungen, die sie ertragen musste, noch Mitgefühl für einen Mann aufbringen konnte, der sie verabscheute, führte dazu, dass ich mich angesichts ihrer Liebe klein und schäbig fühlte.

Als ich ankam, führte man mich in Elwes' Zimmer, wo ich warten sollte. Thomas' Diener Lawrence Davies war bereits dort, er wirkte sehr verwirrt und sehr jung, wie ein Knabe, der miterlebt hatte, dass sein Zuhause bis auf die Grundmauern niedergebrannt war. Wir bekundeten uns gegenseitig unser Beileid. »Ich weiß nicht, was ich mit mir anfangen soll«, sagte er und schlug sich einige Mal heftig an den Kopf, als könnte er sich so die Trauer austreiben. Ich musste daran denken, dass Thomas sein Retter gewesen war. Mit einem Mal hatte ich jenen Tag wieder vor Augen, Davies' zerfetzten Rücken und Thomas' Freundlichkeit. Da begriff ich sie – die brutale Endgültigkeit des Todes.

Kurz darauf tauchte Elwes auf. Er rang sich ein Lächeln ab, das aber eher einer Grimasse ähnelte, bei der er seine unregelmäßigen gelben Zähne zeigte. Er war zerzaust und wirkte aufgeregt, als er nach einem Stapel Briefe griff und sie zwischen die Seiten eines Buchs steckte, das auf seinem Schreibtisch in einem Wirrwarr aus anderen Unterlagen und Zetteln lag. »Das ist kein guter Anlass«, sagte er in die Runde. »Ich habe befürchtet, dass es so weit kommt.« Ratlos schweigend standen wir voreinander. Dann setzte er seine Kappe sorgsam auf sein schütteres Haar und strich über seine knittrige Uniform. »Ich bringe Euch hin.«

Wir ließen Davies zurück und gingen durch die Gärten, wo Vögel zwitscherten und eifrig hin und her flogen; eine Heckenrose, schwer mit leuchtenden Hagebutten, rankte an einer Mauer empor. Die Szenerie war unangemessen schön. Als wir ein Gebäude betraten, begegneten wir einem Mann, dessen Aussehen so grotesk war – buckliger Rücken, die Nase von den Pocken fast bis auf die Knochen zerfressen –, dass sein Anblick mir den Magen umdrehte. Sein Äußeres schien der Spiegel meines inneren Zustands zu sein. Und ich dachte, dieser abstoßende Kerl sei dem Anlass viel angemessener als die hübschen Gärten.

Elwes blieb stehen und wechselte einige Worte mit ihm, ehe wir eine kurze Treppe hinunter in einen finsteren Korridor gingen. Dort stand Master Weston, ein riesiger Unhold, den ich halbwegs erkannte: Er hatte mir hin und wieder Briefe von Frances überbracht. Ich erinnerte mich an seine helle Narbe, die wie eine gesteppte Naht von seinem Jochbein bis zum Mundwinkel verlief, sodass ich schon überlegt hatte, welche Schwierigkeiten ihm in der Vergangenheit wohl widerfahren waren.

Er begrüßte mich und erklärte, wie leid es ihm tue und dass er wisse, welch ein lieber Freund Thomas mir gewesen sei. Er sprach mit heftigem Akzent, doch er war gut gekleidet. »Schreckliche Sache«, sagte er immer wieder, schüttelte den Kopf und rang seine großen groben Hände.

»Es ist nicht nötig, Weston, dass Ihr hier unten bleibt«, sagte Elwes zu ihm. »Es ist ja nicht so, dass…« Er schwieg. *Es ist ja nicht so, dass der Gefangene noch bewacht werden müsste.* »Verlasst aber nicht den Tower, für den Fall, dass der Leichenbeschauer noch Fragen an Euch hat.« Weston ging, nachdem er Elwes einen Schlüssel übergeben hatte, mit dem er die schwere Tür aufschloss. Ehe wir hineingingen, riet er mir, ich solle mir wegen der Infektionsgefahr ein Tuch vor Mund und Nase binden.

Und doch traf mich der Gestank so unvermutet, dass ich würgen musste. Es war keineswegs der angenehme Raum über der Schleuse, in dem ich Thomas untergebracht wähnte, sondern eine kleine, unwirtliche Kammer, die halb unter der Erde lag. Eine Wand war vor Feuchtigkeit grün, und es gab nur ein einziges winziges Fenster, das ebenerdigen Ausblick auf einen Innenhof bot, sodass Thomas nichts anderes als die Füße der Leute und den Misthaufen gegenüber hatte sehen können.

Er lag in der Ecke ausgestreckt auf so etwas wie einem Bett. Eine Reihe prachtvoller Kissen umgab ihn, und unter ihm lag ein weiches Federbett. Der Anblick dieses deplatzierten Luxus, den ihm Frances hatte bringen lassen, wie ich annahm, ließ mich mit Tränen in den Augen verstummen.

Ich beugte mich nieder. Thomas' Hände, die ihm jemand über der Brust gekreuzt hatte, waren rau. Seine glasigen Augen starrten aus tiefen Höhlen. Die Lippen waren blau und voller Wunden, der Mund stand offen, sodass ich sah, dass ihm mehrere Zähne ausgefallen waren. Er war immer so stolz auf sie gewesen. Irgendwie berührten mich diese fehlenden Zähne mehr als alles andere, was ich an diesem Tag sah.

Meine Hand schwebte über ihm. Ich wollte ihn wachrütteln, wollte ihm sagen, ich würde dafür sorgen, dass es ihm bald besser gehe. Elwes zerrte mich zurück. »Das würde ich nicht tun. Nicht ohne Handschuhe. Wir kennen die Ursache noch nicht, und vielleicht ist es ansteckend.«

»Ich möchte ihn von hier wegbringen, möchte ihm eine gebührende Beerdigung... Würde... zuteilwerden lassen.« Als ich es aussprach, wusste ich, dass im Tod keine Würde lag, nicht in dieser Art von Tod – der schlimmsten Art.

»Zuerst wird ihn der Leichenbeschauer im Beisein von Zeugen untersuchen müssen.«

Die Vorstellung, dass ein Fremder an ihm herumzupfte, ihn aufschnitte und kein Geheimnis unentdeckt bliebe, fand ich abstoßend. Ich kniete nieder, um zu beten, spürte aber das Gewicht des Urteils Gottes. Für sein Eingreifen war es ohnehin zu spät. Darum stand ich wieder auf. »Ich bleibe hier für die Leichenschau.«

»Das dürfte eine schlimme Sache werden. Seid Ihr Euch sicher, dass Ihr das wollt...«

»Ja.« Ich klang entschlossener, als ich war, aber ich fühlte mich aufgerufen, zugegen zu sein, wenn Thomas diese letzte Demütigung über sich ergehen lassen müsste. Das war das Mindeste, das ich für ihn tun konnte.

Schweigend gingen wir zurück zu Elwes' Zimmer, um zu warten. Lawrence Davies war noch dort, gekrümmt kauerte er auf einer Bank und hielt sich den Kopf. Elwes riet ihm, nach Hause zu gehen.

Er rempelte mich absichtlich mit der Schulter an, als er zur Tür ging, und zischte mir zu: »Wäret Ihr nicht gewesen, wäre er noch am Leben.«

Die grausame Richtigkeit seiner Äußerung erschütterte mich. Ich begriff, dass er jemandem die Schuld geben wollte, und versuchte, ihn zu besänftigen, aber er wehrte mich ab, er habe keinen Bedarf an meinem Mitgefühl. »Wenn Ihr mir helfen wollt, so findet mir eine Arbeit. Nichts kann Sir Thomas zurückbringen, aber hätte ich die Mittel für ein Essen auf dem Tisch und ein Dach über dem Kopf...« Er hielt inne. »Jemand wie Ihr wird nie verstehen, was es bedeutet, von Not und Armut verfolgt zu sein.«

Ich hörte Thomas aus seinen Worten heraus; das rüttelte mich auf. Ich hatte nicht einmal daran gedacht, dass der Knabe sein Auskommen verloren hatte. »Natürlich. Ich finde eine Stellung für dich«, versprach ich ihm.

Er schaute mich scharf an, ging dann an mir vorbei und zur Tür hinaus.

»Was war das denn gerade?«, fragte Elwes.

»Der arme Junge ist außer sich vor Schmerz. Overbury war so etwas wie ein Vater für ihn, wisst Ihr.« Elwes gab sich mit meiner Erklärung zufrieden, aber ich blieb mit dem Gefühl zurück, dass Davies mich genötigt hatte – mit was, das wusste ich nicht genau. Die Trauer hatte auch mich konfus gemacht.

Wenig später traf der Leichenbeschauer ein. Elwes rief sechs Wächter des Towers zusammen, die Zeugen sein sollten, und schon kurz darauf drängten wir uns alle in diesem stinkenden Totenzimmer.

Der Leichenbeschauer kam mit einem Helfer, einem jungen Kerl, der sein Sohn gewesen sein könnte, denn beide hatten das gleiche dunkle Haar und die gleiche blässliche Haut. Er stellte Elwes einige Fragen und notierte sorgfältig die Antworten.

Er öffnete eine große Tasche, in der sich die Instrumente seines Berufsstands befanden: lange Scheren und Klammern und eine Reihe von Messern, die der Größe nach im Deckel befestigt waren. Er fragte Elwes, was er über die Behandlungen wisse, die Thomas verabreicht worden seien. Er nannte ihn »den Verstorbenen«.

»Um Himmels willen, nennt ihn beim Namen«, rief ich unwillkürlich, und alle starrten mich an, als wäre ich verrückt. Ich konnte mich nicht zügeln. »Sir Thomas, so heißt er. Sir Thomas.«

Die Leute neben mir traten einen Schritt beiseite, aber Elwes klopfte mir auf den Rücken. »Das ist der juristische Begriff, das ist alles. Das ist nicht despektierlich gemeint.« Er wandte sich wieder zum Leichenbeschauer. »Sir Thomas wurde regelmäßig zur Ader gelassen, und soweit ich weiß, wurde ihm wenige Stunden vor seinem Tod ein Einlauf gemacht.«

Weston wurde hereingerufen, damit er erzählte, was er wusste. Ich konnte nicht länger zuhören, denn in mir dröhnte die Verzweiflung.

Der Leichenbeschauer und sein Knabe, die unterdessen Handschuhe übergestreift hatten, zogen Thomas das Hemd aus und entfernten all das Bettzeug unter ihm, bis er nackt auf der harten Pritsche lag. Man hob und schob sie ans Fenster, um das wenige Licht bestmöglich zu nutzen. Die Zeugen traten unruhig von einem Fuß auf den anderen, sahen sich nicht an und waren kaum in der Lage, einen Blick auf Thomas zu werfen.

Er war erbärmlich mager und sein tief eingefallener Bauch mit Pusteln übersät. Der Leichenbeschauer machte weitere Notizen und gab dem Jungen Anweisungen: Mit gutmütiger Unbekümmertheit hob er Thomas' skelettierte Arme, um in seine Achselhöhlen zu blicken, inspizierte seinen Mund und seine armseligen Genitalien auf Verletzungen. Sie entdeckten eine Öffnung in seinem Arm, die ein Ausgang für den Aderlass gewesen sein musste. Um sie offen zu halten, steckte eine kleine Goldperle darin; er zog sie mit einer Pinzette heraus und ließ sie klirrend in eine Schale fallen.

»Wir drehen ihn nun«, sagte der Leichenbeschauer zu dem

Jungen, und gemeinsam rollten sie ihn auf die Seite, sodass sein Rücken sichtbar wurde. Allen Anwesenden, dem Leichenbeschauer eingeschlossen, stockte der Atem. Thomas' Haut vom Nacken bis zum Po war dunkelbraun, die Farbe von Madeira-Wein, und neuer stechender Verwesungsgeruch stieg auf. Ich hörte einen der Zeugen einem anderen zuflüstern, es müssten die Pocken sein.

Ich trat auf den Mann zu. »Unterlasst Eure schäbigen Mutmaßungen.« Obgleich ich es ruhig sagte, klangen meine Worte scharf; eingeschüchtert murmelte er eine Entschuldigung.

Ein Verband wurde entfernt; darunter befand sich ein tiefschwarzer Abszess von etwa drei Zentimetern Durchmesser. Mir fiel ein, dass Mayerne mir von dem Schnitt zwischen seinen Schulterblättern berichtet hatte, auf den täglich ein Balsam aufgetragen würde. Ich hatte mir eine kleine, saubere, sorgsam gepflegte Wunde vorgestellt, aus der die schlechten Säfte entweichen sollten, aber dies hier war ein fauliger Krater.

Mittlerweile war es unerträglich heiß in der Zelle, und mir rann der Schweiß unter den Kleidern. Einer würgte. Die meisten sahen weg, aber nicht ich. Ich hatte mich zu Thomas' Lebzeiten von ihm abgewandt und war entschlossen, ihm nun im Tod meine ganze Aufmerksamkeit zu widmen, auch wenn ich all meine Willenskraft aufwenden musste. Ich glaube, es war eine selbst auferlegte Buße, der unerträglichen Wahrheit ins Gesicht zu sehen.

Der Leichenbeschauer nahm verschiedene Phiolen und Fläschchen zur Hand, die auf einem kleinen Tisch an der Seite standen; er studierte ihre Etiketten und schrieb seine Erkenntnisse auf. »Natürliche Todesursache. Ich sehe hier keine Ungereimtheiten«, erklärte er und sah in die Runde, die sein Urteil zu akzeptieren schien.

Ich bezweifelte, dass auch nur einer unter uns einen weiteren Augenblick in dieser stinkenden Kammer ausgehalten hätte, und die Vorstellung, die Leiche würde aufgeschnitten, war für jeden Einzelnen zu viel. Elwes, der auf der Türschwelle hin und her trat und eine Hand an die Stirn gelegt hatte, seufzte sehr erleichtert auf.

Als der Leichenbeschauer ging, kamen Lidcote und der alte Master Overbury an Krücken herein. Sie sahen geradewegs durch mich hindurch, als sie Thomas' Zelle betraten. Ich stand draußen in der sengenden Hitze. Es war zu heiß für diese Saison, als wären auch die Jahreszeiten durch Thomas' Tod durcheinandergeraten. In der Nähe beschlug ein Hufschmied ein Pferd, und das Dröhnen seines Hammers hallte in meinem Kopf wider wie eine Strafe, mit jedem Schlag prägte sich das Bild von Thomas' verwesender Leiche tiefer in mich ein.

Als sie zurück in den Hof kamen, warf mir der alte Master Overbury einen Blick zu, der Milch hätte gerinnen lassen können, aber er konnte mir nicht größere Schuldgefühle einflößen, als ich ohnehin schon hatte. Er bat darum, dass die Leiche freigegeben werde, sodass die Familie Thomas in Compton Scorpion beerdigen könne, wo er geboren war und seine Ahnen lagen. Lidcote hätte mir, seinem Aussehen nach zu urteilen, am liebsten sein Schwert ins Herz gerammt, wenn er nur die Gelegenheit dazu gehabt hätte. Ich konnte es ihm nicht verübeln.

»Ich glaube nicht, dass dies möglich sein wird«, erwiderte Elwes. Er drehte sich zu mir, damit ich seine Ablehnung unterstützte, und hatte dabei einen sonderbaren Gesichtsausdruck, den ich nicht deuten konnte. Ich nahm an, dass ihn dieses ganze Ereignis, das sich während seiner Wache zugetragen hatte, fürchterlich erschüttert hatte.

»Um Gottes willen«, sagte ich. »Gebt die sterblichen Überreste frei. Erweist ihm zumindest im Tod ein wenig Respekt.« Da Elwes zweifelnd aussah, fügte ich entschieden hinzu: »Tut einfach, was ich sage.«

Ein Bote unterbrach uns; außer Atem und mit puterrotem Gesicht überreichte er Elwes einen Brief. Nachdem er sich entschuldigt hatte, kehrte er uns halb den Rücken zu, faltete dann das Blatt wieder zusammen und steckte es weg, ehe er nach Schreibutensilien rief, um eine Antwort zu verfassen.

»Es tut mir sehr leid«, sagte er zum alten Master Overbury. »Aber bei der augenblicklichen Hitze und dem Zustand der Leiche … Ihr habt sie selbst gesehen … müssen wir Euren Sohn ohne Aufschub hier in der Kapelle beerdigen. Wir werden darauf achten, dass es angemessen geschieht.«

»Was ist los, Elwes?« Ich nahm ihn beiseite. »Ich habe Euch doch gesagt, Ihr sollt die sterblichen Überreste der Familie überlassen.«

»Bei allem Respekt …« Er wirkte unsicher. »*Ich* habe hier im Tower die Rechtsbefugnis.« Er sah auf seine Schuhe. Sie waren abgewetzt.

»Ihr hattet aber nicht die Rechtsbefugnis, mich zu ihm vorzulassen, als er noch am Leben war.« Er sah mich noch immer nicht an. Ich wandte mich an Master Overbury. »Ich sorge dafür, dass Euch Euer Sohn übergeben wird.«

»Wie der Leutnant sagt …«, die Luft knisterte vor Feindseligkeit, »… bei dieser Hitze …« Er verstummte.

»Wie Ihr wünscht.« Mir blieb keine Wahl, als es zu akzeptieren.

Zurück in seinen Räumen warf Elwes seine Uniformjacke auf eine Bank im Flur und geleitete Master Overbury hinaus. Als ich den Brief entdeckte, der aus der Innentasche hervorlugte, verweilte ich unter dem Vorwand, rauchen zu wollen, und erbat mir eine Kerze, um meine Pfeife anzuzünden.

Als ich mir sicher war, allein zu sein, zog ich den Brief heraus und erkannte auf der Stelle Northamptons ausgeprägt geschwungene Schrift: *Wenn der Leichenbeschauer ihn gesehen hat, begrabt ihn, so schnell Ihr könnt.* »Nicht ›ihn‹«, murmelte ich vor mich hin. »Nicht ›ihn‹, sondern Sir Thomas!« *Wir wollen doch keinen Skandal heraufbeschwören. Und ihn bei dieser Hitze länger unbestattet zu lassen, bedeutet für den Verstorbenen womöglich eher eine Beleidigung als eine Ehre...*

Eine Holzdiele knarrte. Als ich mich umdrehte, sah ich Elwes an der Tür. »Was tut Ihr da? Lest Ihr meine private Korrespondenz?«

Sein Brief war in meiner Hand. Ich machte einen Schritt auf ihn zu und blies ihm Rauch ins Gesicht. »Die Frage, die einer Antwort bedarf, ist doch, warum diese Eile, um Sir Thomas unter die Erde zu bringen? Das hat einen *haut goût*, Elwes. Was will Northampton verbergen?«

»Wir alle wollen, dass mit Sir Thomas respektvoll umgegangen wird.« Er klang überraschend gelassen und lächelte mir mitfühlend zu. »Der Schock hat uns allen sehr zugesetzt. Insbesondere für Euch muss es sehr bedrückend sein.«

Seine Freundlichkeit entwaffnete mich. Er nahm den Brief an sich – »Lasst uns das loswerden« – und hielt eine Ecke an die brennende Kerze. Das Papier flammte auf, und er warf es in den leeren Kamin.

Thomas wurde innerhalb einer Stunde beerdigt – und all seine Geheimnisse mit ihm.

Sie

Fahles Sonnenlicht tüpfelt den Boden des Zimmers über der Schleuse. Seit Frances' Geständnis sind vier Monate vergangen. Bacon kam gestern, um sie ein weiteres Mal zu befragen, aber sie hatte dem, was er bereits wusste, nichts hinzuzufügen. Es ist Mai, und noch immer ist kein Datum für die Verhandlung anberaumt. Sie überlegt, wie es wohl ihrem Gemahl bei der Befragung ergangen ist.

Sie fühlt sich mutlos und erschöpft. Die Zeit kriecht im Tower, und doch hat sie das widersinnige Gefühl, ihr Leben vergehe zu schnell, es versickere wie Wasser in einem Abfluss.

Das Baby sitzt aufrecht auf Nellys Schoß. Sein Haarflaum ist so fein, dass sich an seinem Hinterkopf wie eine Tonsur eine kahle Stelle zeigt, wo das Kopfkissen reibt. Nelly lässt kleine Gegenstände verschwinden – Fingerhüte und Haarnadeln –, sodass das Kind immer wieder glucksend auflacht. Frances kann das kaum ertragen, nicht wenn sich die Vergangenheit um sie herumschlingt, bis sie sich nicht mehr rühren kann.

Sie fragt sich, wo Nelly in den langen Stunden, die Bacon bei ihr verbracht hat, wohl hingegangen ist. »Ach, irgendwohin«, hat sie auf Frances' Frage geantwortet. Kurz nachdem Bacon gegangen war, hatte sie ihn mit ihr ins Gespräch vertieft gesehen.

»Ich habe beobachtet, dass du mit ihm gesprochen hast.«

»Er wollte wissen …«

»Was? *Was* wollte er wissen?« Frances fühlt sich verunsichert.

»Ob es Euch gut geht. Er hat sich Sorgen um Euch gemacht.«

»Mit mir ist alles in Ordnung.« Die Worte platzen aus ihr heraus. Sie glaubt dem Mädchen nicht. Etwas streift ihr Gesicht, und ihr Kopf ist schwer vom Geruch nach Bergamotte. Es riecht erstickend süßlich. Sie fuchtelt hektisch mit den Armen, will es wegwedeln. Ein kehliger Schrei dringt aus ihrem Mund. »Was ist das?«

»Nichts.« Nelly beugt sich vor und nimmt sanft Frances' Hände und birgt sie in ihren.

»Dieser schreckliche Geruch.«

Mit befremdetem Blick streicht Nelly Frances eine lange Strähne hinters Ohr. »Bergamotte?«

»Riechst du es auch?« Frances schnüffelt an verschiedenen Gegenständen, an einer Tasse, einem Kleidungsstück, ihren Manschetten. Ihre Augen sind schwarz und rund.

»Das ist das Haaröl. Erinnert Ihr Euch nicht? Es gab keinen Lavendel mehr, darum habe ich diesen Topf Bergamotte benutzt, den ich gefunden habe.«

»O Gott!« Frances sinkt nach hinten auf ihrem Stuhl und bricht in hektisches Gelächter aus.

»Dieser Ort zermürbt Euch. Warum erzählt Ihr mir nicht etwas über Eure Vermählung? Das wird Euch ablenken.«

**

Ich war wieder mitten im Trubel, nachdem ich fast schon vergessen hatte, wie es war, bewundert zu werden, und ich genoss es mehr, als ich es hätte tun sollen.

Der Tag meiner Vermählung verging in einem glitzernden Wirbel. All diejenigen, die mich in den Monaten zuvor verunglimpft hatten, wollten Abbitte leisten, und voll Dankbarkeit für mein Glück kniete ich vor dem Altar. Die Feierlichkeiten dauerten zehn Tage. Es war ein wilder Rausch aus Vergnügen und Freuden, der in einem verschwenderischen Fest im Inns of Court gipfelte, das mit großem Aufwand von Francis Bacon ausgerichtet wurde. Dieses Detail erzähle ich nur, weil es mir wie eine Ironie vorkommt, dass er nun entschlossen ist, mich ans Messer zu liefern.

Der Tag meiner Vermählung war äußerst extravagant, und die Freude des Onkels über dieses ganze Ereignis war offensichtlich. Irgendwann flüsterte er mir triumphierend zu: »Wir haben es geschafft, Frances. Gegen alle Widerstände. Dein ganzes Leben lang habe ich dich auf so einen Moment vorbereitet.«

Ich erinnerte mich, dass er mir Ähnliches acht Jahre zuvor bei meiner ersten Vermählung gesagt hatte, aber ich rief es ihm nicht ins Gedächtnis – das hätte ihm nicht gefallen.

»Wir sind jetzt dem König so nahe, wie es nur irgend geht«, sagte er noch. Dem Onkel gefiel es zu glauben, er habe mich zu einem rücksichtslosen Menschen geformt und mein Drang zur Macht sei meine größte Eigenschaft. Ich ließ ihn in diesem Glauben. Es hätte ihn zutiefst enttäuscht, wenn er gewusst hätte, was auch immer seine Absichten für mich waren, dass ich wegen etwas so Banalem wie Liebe geheiratet hatte.

Vor der Zeremonie blieben uns wenige Minuten zu zweit in meinem Gemach. »Nur *du* würdest es wagen, unter diesen Umständen dich mit offenem Haar trauen zu lassen«, hatte er gesagt.

»Da wir schon solche Mühen auf uns genommen haben, meine Jungfrauenschaft zu beweisen, kann ich mich doch auch entsprechend kleiden.« Er lachte, aber ich fühlte mich noch immer schlecht wegen des Täuschungsmanövers. Und doch war ich versöhnt, da ich wusste, dass Gott alles sah und mir angesichts meines Glücks vergeben haben musste.

Der Onkel fragte, ob er mein Haar kämmen dürfe, so wie er es, als ich Kind war, gerne getan hatte. Wie in Trance ließ er es durch seine Finger gleiten und hob es an die Nase, um daran zu riechen. Er murmelte: »Mein Gott, er ist ein glücklicher Mann.« Da war noch etwas anderes in seiner Stimme – nicht Glück.

»Klingt Ihr neidisch?«, fragte ich.

Mich traf sein harter Blick wie aus einer Steinschleuder. »Ich könnte nicht freudiger sein. Wir haben das Unmögliche erreicht. Wir Howards sind jetzt unangreifbar.«

Vater erwartete uns an der Treppe, als wir hinuntergingen. Er warf einen raschen Blick auf mich, ehe er seine Kabbelei mit dem Stallmeister über die Pferde fortsetzte, die vor die Kutsche gespannt werden sollten. Ich hätte mich ärgern können, aber ich war an die Kälte meines Vaters gewöhnt.

Auch der Onkel ereiferte sich jetzt über diese Pferde und zischte meinem Vater zu: »Das können wir sie nicht akzeptieren lassen.« Es war ein herrliches Gespann, das ich nie zuvor gesehen hatte, alles gleich aussehende Vollblüter, pechschwarz mit weißen Fesseln und so kräftig gestriegelt, dass sie wie poliertes Leder glänzten.

»Wir können sie ja wohl kaum Winwood zurückschicken. Dafür ist es nun zu spät. Und sie kann ja schließlich nicht zu Fuß zu ihrer Vermählung gehen. Alle anderen Pferde sind im Einsatz. Und außerdem haben wir keine, die auch nur halb so prachtvoll wären.« Sie sprachen über mich, als wäre ich nicht zugegen.

»Wer hat sie akzeptiert?« Einer der Stallknechte befestigte weiße Straußenfedern an den Stirnriemen, und ein anderer arrangierte ihre Mähnen, in die Goldperlen hineingeflochten waren.

»Carr natürlich.«

»Habt Ihr nicht mit ihm gesprochen?«

»Er hat darauf bestanden … sagte, Winwood sei ein alter Freund von ihm.«

»Er muss doch wissen, dass Winwood auf der falschen Seite steht. Er darf mit solchen Leuten keinerlei Vereinbarungen mehr treffen.« Erbost stieß der Onkel einen tiefen Seufzer aus.

»Ihr wisst, worauf Winwood mit dieser *Großzügigkeit* abzielt: auf das Ministeramt.«

Ich stand auf der Treppenstufe und wartete darauf, dass sie ihr Geflüster beendeten. Es hatte zuvor geregnet, sodass die Pflastersteine glitschig und dunkel waren. Weiße Vögel pickten in einer perfekten diagonalen Linie am Boden, wie ein Spitzenband, das von den Lagerhäusern zu den Stallungen reichte. Da musste ein Loch in einem Getreidesack gewesen sein. Als ich die Vögel beobachtete, hörte ich kaum richtig zu. Aus dem Nichts preschte mit einem Mal ein Windhund in den Innenhof, die Vögel stoben auf, höher und höher, bis sie vor dem strahlenden Himmel zu dunklen Flecken wurden, im Handumdrehen hatte sich Weiß zu Schwarz gewandelt.

In der Kutsche sagte der Onkel zu mir: »Du musst Carr bearbeiten, dass er *unsere* Wahl des Ministers unterstützt.«

Ich protestierte und erinnerte ihn daran, es sei der Tag meiner Vermählung.

»Du hast doch sicher nicht vergessen, welchem Zweck das dient, Frances.« Der Tonfall meines Vaters war frostig.

»Sie weiß es. An erster Stelle ist sie eine Howard.«

Ich dachte mit einem Kitzeln in der Kehle, dass ich in wenigen Stunden keine Howard mehr, sondern eine Carr sein würde. Der Onkel strich gedankenverloren über eine meiner Haarsträhne.

Auch Robert war von meinem Haar fasziniert und wand sich während der Zeremonie Strähnen um die Finger. Als es Nacht wurde, drängte es mich, mit ihm allein zu sein. Doch als wir endlich aufbrachen, beharrte der König darauf, uns zu begleiten. Wir waren betrunken, aber er noch mehr, lallend räkelte er sich auf unserem Bett. Er schien von mir begeistert zu sein – wie von einem neuen Spielzeug. Das erstaunte mich, da ich doch seine Ablehnung erwartet hatte. Vielleicht hatte er es nicht für möglich gehalten, dass Robert mich liebte.

Er schlug uns ein Spiel vor. Ich vermute, er wollte den Zeitpunkt, zu dem er uns verlassen müsste, hinausschieben. Mir kam der Gedanke, König zu sein, könne eine einsame Sache sein. »Das hier machen wir.« Er suchte in seiner Tasche nach Würfeln. »Ihr beide werft nacheinander, und der Verlierer muss etwas ablegen.«

»Ich glaube nicht...« Robert sah bestürzt aus.

»Hat dich die Ehe schon langweilig gemacht, Robbie?«

»Muntere ihn auf«, flüsterte ich. »Es kann nicht schaden.«

Robert und ich saßen auf dem Boden. Er verlor die ersten drei Runden, und sein Oberkörper war bereits entblößt. Ich sah den Blick des Königs, der sich an seiner nackten Haut weidete. Ich hatte immer gewusst, dass ich Robert teilen müsste, aber als ich diesen Blick sah, begriff ich, in welchem Ausmaß meine Position vom Wohlwollen des Königs abhing.

Ich verlor die nächste Runde, nahm meine Halskrause ab und legte sie dem König um den Hals, was ihn amüsierte, wie es meine Absicht war. Ich verlor weiter, als wäre der Würfel manipuliert, und jedes Mal entfernte ich ein Howard-Schmuckstück von meinem Kleid.

Unbeschwert warf der König mir vor, ich würde schummeln. »Kleidungsstücke, ich meinte, Kleidungsstücke.«

»Möchtet Ihr, dass ich hüllenlos für Euch paradiere, Euer Majestät?«

Er lachte heiser auf, nahm einen kräftigen Schluck aus seinem Glas und ordnete an, wir sollten weitermachen. Wieder verlor ich und zog einen Schuh aus. Mein Fuß pochte, aus einer aufgeplatzten Blase war Blut in meinen Strumpf gesickert. Ich hatte an diesem Tag fünf verschiedene Paar angehabt, jedes weniger angenehm und verschwenderischer als das vorhergehende. Ich kickte auch den anderen Schuh weg.

»Das sind zwei Dinge«, nuschelte der König. »So ein Eifer.« Robert blickte entsetzt auf meine blutigen Füße. »Man könnte dich als Hure bezeichnen.«

Es war als Scherz gemeint, aber Robert war aufgebracht. »Das reicht!«

Er nahm dem König das Glas aus der Hand und zog ihn auf die Beine. »Ihr müsst jetzt zu Bett gehen.«

Er taumelte und stolperte fast über ein abgelegtes Hemd. »Du bist ein Spielverderber, Robbie. Am Ende könnte ich sie lieber haben als dich.«

Robert stützte ihn und führte ihn zur Tür, wo er den Armen eines wartenden Dieners übergeben wurde. Endlich waren wir allein.

Es war meine erste private Begegnung mit dem König gewesen, und ich fragte, ob er sich oft so verhalte.

»Höchst selten.« Er schnürte mein Kleid auf und küsste meinen Nacken, seine Finger strichen über meinen Hals.

»Es muss schwer für ihn gewesen sein, dich heiraten zu sehen.«

»Er wollte es so. Er hat zugestimmt.« Seine Stimme war heiser. Mein Rock fiel zu Boden.

»Dennoch musst du darauf achten, dass er nie das Gefühl hat, er habe dich verloren oder ...«

Er legte mir eine Hand auf den Mund. »Ich möchte nicht über ihn nachdenken.« Er löste meine Untergewänder und zog mich auf das Bett.

Anschließend lagen wir in stiller Erschöpfung da, er lehnte an den Kissen, mein Kopf ruhte auf seiner Brust. Ich spürte, dass er grübelte, spürte, dass die Luft um ihn herum schwer wurde, und fragte ihn, was los sei.

Er seufzte bedächtig. »Mein Glück ist mit Thomas' Tod erkauft. Der Gedanke quält mich. Ich kann das Gefühl nicht abschütteln, dass dies unser Untergang sein wird.«

Ich sah die Trauer, die sich tief in ihn eingegraben hatte.

»Er war dir sehr teuer, aber sein Tod darf nicht vergebens gewesen sein, indem wir unglücklich sind.« Mich überwältigte mit einem Mal das Gefühl, alles zwischen uns müsse offengelegt werden, keine versteckten Schwären. Ich wollte *tabula rasa*.

»Ich muss dir etwas gestehen.«

Er zuckte kaum merklich zusammen. »Was?«

»Es ist meine Schuld, dass dein Freund gestorben ist.«

»Was redest du da, Frances?« Er legte sich anders hin. Die Muster des Kerzenscheins auf seinem Gesicht ließen ihn unglaublich schön aussehen, und ich zauderte einen Augenblick, da ich befürchtete, ich könnte ihn verlieren. »Sag es mir.«

Ich zögerte und hatte mit der Verwirrung in meinem Kopf Mühe, die richtigen Worte zu finden, aber als ich es ihm schließ-

lich beichtete, kam die abscheuliche Tatsache nüchtern unge-
schönt aus mir heraus. »Diese Frau, Mary Woods... sie hat
einen Fluch gegen ihn ausgesprochen.«

»Ich verstehe nicht.« Er sah mich an, schaute mir geradewegs
in die Augen, geradewegs in die Seele.

»Als Overbury diese... diese Drohungen äußerte...« Ich
stammelte. Er wollte etwas sagen, ich bat ihn aber, er möge
mich ausreden lassen. »Als er diese Drohungen äußerte und
du... und du mich aufgabst, war ich verzweifelt, Robert. Hoffnungslos verzweifelt. Ich ging zu ihr, in der Hoffnung, sie könne
in der Zukunft sehen, dass du mich wieder lieben würdest. Es
nicht zu wissen, war mir unerträglich.«

»Um Gottes willen, Frances!«, rief er, als müsste er mich
daran hindern, von einer Klippe zu springen. »Wie kannst du
nur denken, dass ich dich nicht mehr geliebt habe?«

»Anne brachte mich mit ihrem Diener zu dieser Mary
Woods. Sie hatte mir gesagt, die Frau sei eine Wahrsagerin, aber
tatsächlich war sie eine Hexe. Ich wurde hinters Licht geführt.«
Tränen rannen mir übers Gesicht. »Ich war eine Närrin... so
eine schreckliche Närrin. Sie nahm meinen Ring, weigerte sich,
ihn mir zurückzugeben, und sprach einen Fluch aus – gegen
meinen Willen. Ich hätte sie aufhalten müssen. Ich habe es versucht, aber...« Ich spürte, dass Robert vor mir zurückwich.
»Aber... aber heute verstehe ich, dass das Leben deines Freundes der Preis für deine Liebe war.«

»*Diese Frau ist als Betrügerin entlarvt worden.*« Er schrie
beinahe, oder zumindest kam es mir in unserem umschlossenen Bett so vor. »Du bist auf sie hereingefallen. Das ist keine
Schande. Sie hat dir deinen Ring gestohlen und hätte noch
mehr haben wollen, wenn sie damit durchgekommen wäre.«

Einerlei, wie sehr ich ihm auch glauben wollte, einerlei, wie sehr ich die Idee einer übernatürlichen Kraft von mir wies und sie als eine schlichte Täuschung abtat, ich konnte meine Unschuld nicht recht akzeptieren. »Ich habe seinen Tod herbeigesehnt, damit ich dich haben konnte.«

»Nein, Frances. Nein!« Er kniete nun, packte mich an den Oberarmen und schüttelte mich beinahe. »Wenn jemand Schuld trägt, dann ich.« Er ließ mich los und rang die Hände, als wollte er Wasser aus einem Kleidungsstück wringen. »Ich hätte nicht zulassen dürfen, dass es so weit ging. Du bist völlig ohne Schuld. Die ganze Angelegenheit war korrupt. Dein Großonkel intrigierte... o Gott.« Er bebte, als wäre er im Innersten erschüttert. »Ich bin der Schuldige, Frances. Ich bin es. Ich habe meinen Freund umgebracht.«

**

»Siehst du, Nelly. Ich wusste das und habe dennoch entschieden, nichts zu tun. Deshalb habe ich ein schwarzes Herz.«

Das Mädchen hat bei jedem Wort an ihren Lippen gehangen und schüttelt nun den Kopf. »Das stimmt nicht.«

Das Feuer ist nahezu erloschen, und Frances' Finger sind weiß vor Kälte. Schweigend bereitet sie sich für das Zubettgehen vor und stopft ihr Haar unter eine Haube, damit sie das Bergamottöl darin nicht riecht; fast völlig angezogen schlüpft sie unter die Decke. Manchmal, denkt sie, wäre es besser, nicht mehr aufzuwachen.

Er

Wir verließen die Sitzung des Kronrats. James beabsichtigte endlich, einen Minister zu benennen, und die Gemüter waren hochfahrend gewesen bei diesem Thema, was zu einer Atmosphäre steifer Höflichkeit führte, als wir hinausgingen. Northampton humpelte arg und stützte sich auf mich. Er sah verfallen aus, seine Haut aschfahl, die Augen trübe. Mir kam es so vor, als rostete seine glatte Oberfläche an manchen Stellen, sodass seine jahrelange verdeckte Korruption zutage trat – seine Geheimnisse und Lügen.

Neun Monate waren seit Thomas' Tod vergangen, und niemand sprach über ihn, aber in meinen Gedanken war er ständig gegenwärtig. Ich hatte Northampton auf die Eile angesprochen, mit der man ihn beerdigt hatte.

»Mein lieber Junge!«, hatte er entgegnet, seine Unaufrichtigkeit war ein Schlag ins Gesicht. »Es war die einzige Möglichkeit, Eurem armen Freund die Würde zukommen zu lassen, die er im Tod verdient hat.« Er schlug das Kreuzzeichen. »Furchtbare Sache.«

»Und Ihr habt nicht daran gedacht, mich zurate zu ziehen?« Ich blieb beharrlich und hielt seinem kalten, harten Blick stand.

»Ihr wart in Trauer. So ein schrecklicher Verlust.« Ich begriff, dass er auf alles eine Antwort hatte, und fühlte mich wie ein Narr, dass ich ihm je vertraut hatte. All die Gerüchte über seine Frevel, über die ich mich hinweggesetzt hatte, gingen mir nun nicht mehr aus dem Kopf. Aber ich war an ihn gekettet. Als hätte ich mich auf einen Pakt mit dem Teufel eingelassen.

Wir waren die Letzten, die das Ratszimmer verließen, da wir nur langsam vorankamen. Draußen im Gedränge der Halle standen drei Männer, denen ich seit einigen Monaten aus dem Weg ging. Ich hatte von ihnen Gefälligkeiten angenommen als Gegenleistung für Vereinbarungen, die ich noch nicht erfüllt hatte. Als ich Earl of Somerset wurde, war eine endlose Flut von Bitten um Protektion über mich hereingebrochen, und ich hatte die angebotenen Geschenke entgegengenommen – so mancher mochte es Bestechung nennen – und leichtsinnig Zusicherungen gegeben. Rasch sagte man mir nach, ich sei jemand, der viel verspreche, aber nur wenig einhalte.

Ich vermied den Augenkontakt, aber einer der Männer stellte sich uns ungestüm in den Weg. Northampton fertigte ihn barsch ab. »Wenn Ihr mit dem Grafen sprechen wollt, dann vereinbart einen Termin über den Dienstweg. Geht zur Seite, oder ich rufe die Wache.« Trotz seines geschwächten Zustands war er so Furcht einflößend wie eh und je. Der Mann schlich davon, warf mir einen giftigen Blick zu, und auch die anderen trollten sich.

All jene in Schach zu halten, denen ich etwas schuldete, erwies sich als problematisch.

Wir schlurften weiter. Er sprach von Frances und wollte wissen, wie ich mein Leben als verheirateter Mann fände. Frances war meine Welt, und diese Welt hütete ich sorgsam, deshalb scherzte ich schlagfertig, sie mache mich zum Mann, nie hätte ich ihm die tiefe Innigkeit verraten, die mich mit ihr verband.

Wenn die Leute wissen, was du am meisten liebst, können sie diese Kerbe ausnutzen, um dich zu brechen.

Als die Galerie menschenleer war, zog er mich in eine Nische. »Hört zu, lieber Junge, ich verlasse mich auf Euch. Ihr sorgt dafür, dass *unser* Mann zum Minister berufen wird. Er ist derjenige, der uns hilft, das von uns erwünschte Bündnis zu schließen.« Er sah mir in die Augen. »Und das wird die Schulden des Königs beilegen. Ihr wollt doch dem König helfen, nicht wahr? Sprecht mit ihm.«

Es war nicht das erste Mal, dass Northampton dies erwähnte, aber es war offensichtlich, dass er nicht die Möglichkeit in Betracht gezogen hatte, ich könnte seinem Geheiß nicht Folge leisten. Er überging die Tatsache, dass ich dieses Amt bereits Winwood versprochen hatte, der mir dafür eine große Geldsumme bezahlt hatte. Thomas hatte Winwood favorisiert, und es wurde zu einer Frage der persönlichen Ehre, dass ich seinen Wunsch erfüllte, selbst posthum. Es wäre auch ein Signal für Northampton, dass ich mich nicht manipuliere ließe.

Frances war es, die mich ermutigt hatte, ihm zu zeigen, dass ich unabhängig war. »Er wird dich umso mehr respektieren, wenn du ihm deutlich machst, dass du nicht bloß das ausführende Instrument seines Willens bist. Ich kenne den Onkel sehr gut«, hatte sie gesagt. »Ich weiß, wie sein Kopf tickt. Tust du immer genau das, was er verlangt, gewinnst du nie seine Bewunderung.«

Sie lag auf dem Bauch, vollkommen nackt, auf dem Boden neben dem Feuer. Ihre schmalhüftige Gestalt und ihre langen schlanken Gliedmaßen ließen sie wie einen halbwüchsigen Knaben aussehen. So hüllenlos, ohne trügerische Kleidung, und entwaffnend unbefangen mit ihrer Nacktheit war sie am vollkommensten.

Als sie sich umdrehte, wandelte sie sich plötzlich vom Knaben zur Frau, und gedankenverloren strich sie sich mit dem Finger über den Bauch. Ich war dieser Finger, der über die hügelige Landschaft ihrer Haut und Muskeln, über den Saum ihres Schamhaars glitt und um ihren Bauchnabel kreiste. »Der Onkel hasst Schoßhündchen.«

Northampton wartete auf meine Antwort.

Ich sagte entschieden: »Ich fürchte, ich kann einen Mann, den ich nicht kenne, nicht unterstützen.«

Ich bemerkte seine Anspannung, aber äußerlich blieb er ruhig. »Er ist uns gewogen.«

Ich begriff rasch, was er unter »gewogen« verstand, nämlich die gemeinsame Aufgeschlossenheit für religiöse Angelegenheiten und die Bereitschaft, ein Auge zuzudrücken. Thomas würde sich im Grabe umdrehen. Ich wusste unterdessen, dass Northampton beabsichtigte, heimlich zum Katholizismus zu konvertieren; was mir Anlass zu der Überlegung gab, ob er wohl meinte, er stürbe bald. Menschen neigen dazu, ihrem Glauben Genugtuung zu leisten, wenn sie spüren, dass ihr Leben dem Ende entgegengeht. Ich schäme mich, es zu bekennen: Mir kam der Gedanke, dass sein Ableben eine Erleichterung für mich sein würde.

Meine Antwort war unverbindlich. »Ich bin mir sicher, das ist er.«

Northampton musterte mich mit bedrohlichem Blick. »Ich glaube nicht, dass Ihr so recht die Vorteile versteht, einer von uns zu sein.«

Ich fand Frances mit James beim Kartenspiel. Sie lachten über etwas. Ich beobachtete sie eine Weile, ohne dass sie mich bemerkten. Ich beobachtete ihr ausgelassenes Lachen, erwog und verglich es mit dem, wie sie mit mir lachte. Vor meiner Vermählung hatte ich Sorge, James könnte meine Gemahlin nicht mögen. Grundsätzlich mochte er keine Frauen. Aber ich hätte wissen müssen, dass sie ihn bezauberte. Er mochte sie – natürlich mochte er sie: Sie war vollkommen und schien ein angeborenes Gespür dafür zu haben, was ihm Freude bereitete.

Es war, als gehörten wir beide ihm, und so war es vermutlich auch; aber ich war voller Groll über die Nächte, die ich mit ihm verbringen musste. Frances beharrte fest darauf, dass ich meinen Pflichten nachkam; und als ich sie fragte, ob es ihr etwas ausmache, erwiderte sie: »Wenn die Hälfte von dir alles ist, was ich haben kann, dann bin ich glücklich mit der Hälfte von dir.« Aber ich wollte, dass sie alles von mir wollte. Ich wollte, dass sie wie ich wegen dieser verlorenen Nächte eifersüchtig und wütend würde, und ich begriff, dass Frances eine angeborene Kühle hatte, die aber mein Begehren nur umso heftiger anfachte.

Ich trat aus dem Schatten hervor. »Gott sei Dank, dass du da bist«, sagte James und wedelte mit den Karten in der Hand. »Ich bin im Rückstand und schulde deiner Gemahlin schon drei Shilling. Ich brauche deine Hilfe. Komm.« Er rückte beiseite, um mir Platz zu machen, und spielte weiter, aber selbst mit meiner Unterstützung gewann er nicht. Frances war einfach zu pfiffig.

»Es ist nur Glück«, sagte sie.

»Ich habe ein Rätsel«, sagte James. »»Ich versehre das Herz und erfreue das Auge. Sag mir, was ich bin.‹« Er sah mich an.

»Komm schon, Robbie. Weißt du es nicht?«

»Ich hasse Wortspiele.«

»Ich bin mir sicher, deine Gemahlin weiß die Antwort.« Ich hasste ihn in diesem Augenblick, und mir schoss der Gedanke durch den Kopf, ihm könnte ein schlimmer Unfall zustoßen, ein Stück Stuck könnte von der Decke fallen und ihn erschlagen.

»Ich bin gekommen, um Euch von der Ratsversammlung zu berichten.«

»›Versehre das Herz und erfreue das Auge‹«, wiederholte Frances. »Die Schönheit natürlich!«

»Blitzgescheit«, schmeichelte James. Sie lächelten sich an.

Ich begann, die potenziellen Kandidaten für das Ministeramt aufzuzählen – und wer im Rat wen unterstützte. James war absichtlich ferngeblieben, um zu sehen, ob er die wahren Ansichten seiner Ratsherren erführe.

Er seufzte demonstrativ. »Wenn du schon die Absicht hegst, unser Vergnügen zunichtezumachen, warum sagst *du* mir dann nicht, wen ich deiner Meinung nach ernennen soll?«

»Winwood.«

»Winwood!«, sagte Frances. »Ist das eine gute Idee?«

Der Tic in James' Auge nahm zu. Er drehte sich zu ihr. »Das ist Männersache.« Frances schäumte, doch es freute mich auch, dass ihr freundschaftliches Band gerissen war. »Warum Winwood?« Er hatte sich wieder mir zugewandt und schloss sie aus. »Findest du ihn nicht unbeugsam?«

»Er kann störrisch sein, das stimmt. Aber ich halte das für eine gute Sache. Es bedeutet doch, dass er weiß, was er will.«

»Vielleicht.« James schien Zweifel zu haben. »Er ist mir etwas zu leidenschaftlich religiös, als ich es mir idealerweise wünsche... Ich nehme an, du kannst dich weiterhin um die heikleren Angelegenheiten des Äußeren kümmern. Wir wollen doch nicht, dass Winwood dabei stört. Du weißt, was ich meine.« Er meinte, es sei nicht klug, wenn Winwood sich dem erhofften Spanien-Abkommen in den Weg stellte.

Ich bemerkte, dass Frances noch immer kochte, ihr Gesichtsausdruck war starr. »Es könnte den Essex-Clan beruhigen...«, fügte ich noch hinzu, »...wenn jemand mit so offenkundig protestantischen Sympathien ernannt würde. Wenn sie zu sehr entrechtet wären, könnten sie neue Wege suchen, um Schwierigkeiten zu machen.«

»Du hast alles bedacht.« Er war beeindruckt, und ich sonnte mich in seinem Lob.

Frances hatte die Karten zusammengesammelt und legte sie zurück in die Schachtel. Sie warf mir einen Blick voller Unmut zu, der mich bis ins Herz traf.

»Gut, am besten bestellst du Winwood ein, er soll zu mir kommen«, sagte James. »Je eher, desto besser.«

Als wir uns verabschiedet hatten, sagte Frances: »Warum um Himmels willen hast du das getan?«

»Nicht hier«, raunte ich ihr zu. Schweigend gingen wir durch den überfüllten Gang, bis wir unsere Gemächer erreichten.

Kaum war die Tür hinter uns geschlossen, sagte sie: »Als ich dir riet, dass du dem Onkel Paroli bietest, habe ich nicht erwartet, dass du etwas so Rücksichtsloses tust und einen Feind der Howards begünstigst.«

»Ich glaube nicht, dass du verstehst...«

Sie schnaubte zurück: »Bevormunde mich nicht wie *er*. Ich verstehe alles... alles.« Sie starrte seltsam ins Feuer. »Ich habe es gesehen. Habe gesehen, wie sich alles entwickelt.«

»Was meinst du damit, du habest es gesehen?«

Sie nahm meine Hand und drehte sie. »Hier habe ich es gesehen.« Sie wandte sich halb ab. »Als wir uns kennengelernt haben.« Die Flammen glitzerten in ihren Augen. Sie krümmte meine Hand zur Faust und küsste meine Knöchel, dabei sah sie mich eindringlich an und flüsterte: »Bitte, Robert, ich flehe dich an, lass diese Ernennung nicht zu. Dieser Mann wird zurückkommen und dich beißen.«

Spannung lag in der Luft, und vor meinem geistigen Auge erschien ein Bild von Thomas, das so lebendig war, als wäre die Zeit stehen geblieben. Ich konnte ihn hören, so klar, als wäre er mit mir im Gemach: *Du schuldest mir etwas, Robin, und dies wäre ein Weg…* Er sprach von Winwood, und ich wusste, ich konnte es ihm nicht verweigern, trotz Frances' inständiger Bitte. Sein Wallach fiel in den Kanter, und ich blieb dahinter und sah seinen Rücken, so aufrecht – er hatte immer großartig im Sattel ausgesehen, besser als alle anderen. Dann hatte er sich umgedreht und mir dieses ungewöhnlich blitzende Lächeln zugeworfen.

So möchte ich dich in Erinnerung behalten, Tom, nicht mit diesem Bild, das mich verfolgt: deine glasigen Augen in den tiefen Höhlen und dein welker Mund voll Wunden. War es schmerzhaft, Tom, oder bist du in den Schlaf gesunken und einfach nicht mehr aufgewacht?

Sie

Die offenen Fenster lassen die Außenwelt nach innen dringen: den unverwechselbaren Duft von frisch gemähtem Gras und Vogelgezwitscher, das sich mit den Rufen der Männer auf dem Fluss mischt. Aber es gibt auch die anderen Geräusche, Geräusche, von denen man nicht geahnt hätte, dass sie von einem Menschen stammen, wenn man nicht an einem Ort wie diesem gewesen ist.

Frances summt, um diese Geräusche auszublenden, während sie Nellys Kartentrick übt. Als die Karten sich endlich ihrem Willen unterwerfen, kommt der Leutnant mit ernstem Gesicht zu ihr; die Blicke aus seinen Nagetieraugen schwirren umher, als hätte er Schuld auf sich geladen.

»Seid Ihr hier, um mir zu sagen, dass ein Datum für meine Gerichtsverhandlung festgesetzt wurde?«

»Es tut mir so leid.« Er scheint am Boden zerstört, dass er ihr diese Neuigkeit überbringen muss. »Ihr habt eine Woche ...« Er stockt etwas beim Reden, und seine kleinen Hände zupfen an den Handschuhen.

Sie schaut Nelly an, um ihre Reaktion zu sehen. Vielleicht hat sie es bereits gewusst – weiß der Himmel, in was sie verwickelt ist. Nelly ist den Tränen nahe. In den fünf Monaten, die Frances unterdessen hier ist, hat sie das Mädchen niemals weinen sehen.

Er wusste nicht, dass ich wach war und ihn aus schlitzigen Augen beobachtete. Er hockte auf der Bettkante und betrachtete meinen Gemahl. In seinem Nachtgewand sah er recht normal aus, wie der Mann, der das Feuer entzündet, oder wie der, der die Pferde einspannt. Aber die Art und Weise, wie er Robert anschaute, war nicht normal: Es war genau der gleiche Blick, mit dem Robert mich ansah.

Ich überlegte, ob der König es vielleicht bereute, mir seinen Liebhaber überlassen zu haben. Es gab Anzeichen, dass die Neuigkeit verblasste, sein geliebter Favorit habe nun ein weibliches Spielzeug. Robert stöhnte leise und wurde allmählich wach, sie küssten sich, ihre Zungen wanden sich wie Fische im Netz. Robert bewegte sich, sodass das Bett den Duft unserer beiden verschmolzenen Körper verströmte. Mir war heiß, zu heiß, aber ich konnte die Decke nicht abwerfen, ohne ihre Aufmerksamkeit auf mich zu lenken.

»Nicht jetzt«, flüsterte Robert.

Der König gab einen Laut der Resignation von sich, als er sich zurücklehnte.

»Irgendwelche Neuigkeiten?«

Jeden Morgen stellte er diese Frage. Er wollte es dringender wissen als wir beide, ob ich nun schwanger war. Ich war es nicht. Ich war froh. Eine glückliche Alchemie fand statt, wenn Robert und ich zusammen waren, die unser Dasein zu etwas Zauberhaftem machte, und ich fürchtete, ein Baby könnte es stören. Alle hofierten uns. Niemand konnte uns antasten, außer vielleicht der König. Selbst der Onkel war zufrieden.

Ein leises Klopfen an der Tür katapultierte den König aus dem Bett, er stellte sich ans Fenster. Robert stupste mich an, da er dachte, ich schliefe. Ich stand rasch auf und streifte meinen Morgenmantel über, dabei drehte ich ihm den Rücken zu, damit er mich nicht mit diesem hungrigen Verlangen ansah und stattdessen seine Aufmerksamkeit dem König widmete. Anne war an der Tür mit der Nachricht, der Zustand des Onkels habe sich zum Schlechteren gewendet.

Mein Vater war dort, als Anne und ich eintrafen, ruhelos ging er in der Halle auf und ab und bellte den Dienern Befehle entgegen. »Er hat nach dir gefragt.« Er klang spröde und rachsüchtig. Als Kind hatte ich gelernt, ihm aus dem Weg zu gehen, wenn er in dieser Stimmung war; aber an diesem Tag blieb mir keine Wahl. »Zuerst hierher!«

Grob zerrte er mich zur Seite. »Ich habe erfahren, es war *dein Gemahl*…«, stieß er hervor, als wäre es ihm unerträglich, Roberts Namen auszusprechen, »… der die Ernennung von Winwood empfohlen hat.« Er hatte meinen Finger nach hinten gebogen. Ich befreite mich aus seinem Griff. »Erkläre mir, wie das geschehen konnte.« Sein Gesicht war ganz nah vor meinem. »Ich dachte, wir könnten dir vertrauen.«

»Ich habe alles getan, was in meiner Macht stand, um ihn aufzuhalten, aber er wollte nicht auf mich hören.« Ich stand an die Holzverkleidung gedrängt und drehte den Kopf so, dass ich ihn nicht anschauen musste. Ich hatte mich oft gefragt, ob Vaters Abneigung gegen mich auf die Zuneigung des Onkels zurückzuführen sei. Er muss von den Gerüchten, den Zweifeln an seiner Vaterschaft, gewusst haben.

»Hoffen wir, dass er nicht zum bitteren Tropfen in unserem Kelch wird.« Sein Mund war zu einem schmalen Strich zusammengepresst, aber trotz all seinem Gehabe hatte mein Vater nie wirklich Onkels Talent zur Einschüchterung gehabt. »Halte deinen Gemahl in Zukunft auf Kurs.«

Meine Erwiderung war scharf: »Sonst noch was?«

Sein Mund kräuselte sich, aber Annes Hüsteln ließ seinen Blick nach oben zur Treppe schnellen, wo sie auf dem Treppenabsatz stand und zu uns herunterblickte. »Tu einfach, was man dir sagt.«

Im Gemach des Onkels war es still wie in einer Kirche, und der Duft nach Weihrauch überdeckte nur halbwegs den Verwesungsgeruch. Dr. Mayerne war bei ihm, was mich überraschte, denn der Onkel hatte Mayernes »unkonventionelle Methoden«, wie er es nannte, stets abgelehnt. Methoden, so hatte er immer behauptet, die den Tod des Prinzen herbeigeführt hätten. Der Doktor trat zur Seite, als Anne und ich uns näherten, und ging ans andere Ende des Gemachs, wo der Windhund des Onkels sich auf dem einzigen kleinen Sonnenfleck in dem dunkel verhangenen Raum zusammengerollt hatte.

Der Onkel wirkte klein und schwach, was das riesige Bett und Hektar von makelloser Wäsche, auf der das Wappen der Howards prangte, noch unterstrich. Mit schwacher, stockender Stimme sagte er, er habe gerade die Messe gehört. »Der Priester wird sicherlich draußen warten und bald zurückkehren, um mir die letzte Ölung zu verabreichen.« Mein Entsetzen machte mich sprachlos.

Obwohl es ihm in den letzten Monaten immer schlechter gegangen war, hatte ich das Ausmaß seines körperlichen Verfalls bis zu diesem Augenblick nicht gänzlich bemerkt. Seine knochigen Handgelenke stakten aus den gestärkten hellen Manschetten seines Nachtgewands hervor, sein Gesicht war grau vor Schmerz, die Augen trübe. Ich gab mein Bestes, um meine Erschütterung zu verbergen. Doch der Onkel kannte mich zu gut. »Es ist ungeheuer, was das langsame Sterben uns antut, Frances.«

Ich antwortete nicht. Ich konnte ihn nicht belügen und betete still zu Gott, er möge mir Kraft geben. Anne stand in der Nähe der Tür. »Ist das Mistress Turner?«, fragte er. »Kommt her, damit ich Euch besser sehen kann.« Anne trat an sein Bett. »Die Zeit war freundlich mit Euch, meine Liebe.«

Sie beugte sich vor und legte eine Hand auf seine Hand. »Ich bete für Euch.« Ich sah, dass sie die Tränen zurückhalten musste.

»Und ich für Euch.« Er besann sich auf ihre erste Begegnung und sprach davon, wie er sie eingestellt habe, damit sie für mich als Kind sorgte.

Das erinnerte mich daran, dass Anne den Onkel kennengelernt hatte, lange bevor sie in mein Leben getreten war, und dass sie eine Verbindung zueinander hatten, an der ich nicht teilhatte. Ich wollte darüber nicht nachdenken – wollte diesen Moment nicht mit meinem Verdacht vergiften. »Nun, meine Liebe, würde ich gerne eine Weile mit meiner Großnichte allein sein. Und wäret Ihr so freundlich, auch den Doktor zu bitten, mit Euch auf dem Gang zu warten?«

Als sie hinausgingen, sagte er zu mir: »Mayerne hat zwar sehr seltsame Ideen, aber er hat das Talent, Heilmittel zu finden, die meine Schmerzen lindern. Sie machen mich ein wenig benommen, haben aber geholfen, dass ich mich besser fühle. Es war so unerträglich, weißt du.« Er krächzte wie ein alter Blasebalg. »In meinem Glauben finde ich eine große Quelle des Beistands. Ich bin zutiefst dankbar, dass ich zum wahren Glauben gefunden habe, ehe es zu spät war.« Ich wusste, er würde auf meinen eigenen Glauben zu sprechen kommen, denn das tat er immer. »Ich würde gerne hoffen, dass du meinem Beispiel folgst. Ich spüre, dass dein junger Gemahl sich für unsere Wege öffnet. Vielleicht wird er dich überzeugen, wenn ich nicht mehr da bin.«

Ich taumelte innerlich am Rande des Abgrunds. »Ich weiß nicht, Onkel. Ich bin zu sehr von Sünde besudelt.«

»Von Sünde?« Er griff mit seiner großen klauenartigen Hand nach meinem Unterarm und zog mich an sich, um mir ins Ohr zu sprechen. »Im wahren Glauben wird dir vergeben, wenn du beichtest. Ich empfinde es als Erlösung, meine Sünden hier auf der Erde zurücklassen zu können. Protestanten kennen diesen Trost nicht. Sie müssen die Last ihrer Sünden bis in alle Ewigkeit tragen.«

Panik durchfuhr mich wie ein Messer und rief in mir den verzweifelten Wunsch wach, die Zeit anzuhalten. Ich wollte ihn fragen, was er meine mit »seine Sünden zurücklassen«. Ich glaubte, ich sei das Sammelgefäß für all diese Freveltaten.

»Ich möchte dich nicht bestürzt sehen, Frances. Ich möchte nicht, dass Schwäche mein letzter Eindruck von dir ist.«

»Natürlich nicht, Onkel.« Ich zerbrach innerlich und zerfiel zu Staub.

»Ich möchte an dich denken, als diejenige, die das Banner der Howards hochhält, wenn ich gestorben bin. Du bist die Krönung meines Lebenswerks, mein größtes Vermächtnis.« Ich fürchtete, er würde mein Versagen wegen Winwood tadeln, aber er erwähnte es nicht. »Und du warst großartig in letzter Zeit. Du bist nicht einmal ein halbes Jahr vermählt, und schon genießt du das Vertrauen des Königs. Ich weiß, du wirst ihm helfen, unser Bündnis zu schmieden. England wird wieder zu sich selbst finden.«

Ich wollte ihm nicht sagen, was ich wirklich dachte, dass er sich irre, dass England keine Spanierin als Königin wolle, dass die Menschen sich erheben würden, um das zu verhindern, dass selbst ich dagegen sei. Seine große Vision war nichts anderes als eine Wahnvorstellung.

»Ich werde dich nach meinem Tod beobachten.« Er schien von irgendwoher Kraft zu beziehen, denn noch immer umklammerte er meine Hand wie eine Aderpresse, als könnte er einen lebenswichtigen Teil von mir mit sich aus der Welt ziehen.

»Bitte, redet nicht davon.« Ich schüttelte den Kopf.

»Frances, es entspricht dir nicht, vor der Wahrheit zurückzuschrecken.«

**

Am Tag nach dem Besuch des Leutnants kommt ein anderer, ein junger Mann mit ausgeprägtem Unterbiss. Er sieht Frances mit einer Mischung aus Angst und Verachtung an, als wäre sie leprakrank. Er beugt das Knie, aber nur widerstrebend. Normalerweise würde Frances sagen, es bestehe keine Notwendigkeit für so eine Förmlichkeit, doch wegen seiner unverhohlenen Nichtachtung tut sie es nicht.

Nelly betrachtet den Besucher aufmerksam, während sie mit dem Kind Kuckuck spielt.

»Was ist Euer Anliegen?«, fragt Frances, und er antwortet, er komme auf Befehl des Königs. Sie freut sich, dass sich zwischen seinem Knie und dem kalten Steinboden keine Matte befindet.

»Ich habe den Auftrag, Euer Kind in die Obhut von Lady Knollys zu geben.« Er spricht zu ihren Füßen. Er wagt es nicht, ihr in die Augen zu sehen, als er ihr mitteilt, sie werde von ihrem Kind getrennt. Das lässt sie ihn noch geringer schätzen, als sie es bereits tut.

»Ich bin sicher, meine Schwester wird sich gut um es kümmern.« Dies bedeutet, dass der Prozess wirklich kurz bevorsteht. Nervosität überfällt sie, aber lieber würde sie sterben, als es zu zeigen.

»Die Amme soll das Kind begleiten, bis andere Regelungen getroffen sind.«

Frances fragt sich, was er damit sagen will: wahrscheinlich bis jemand, der geeigneter ist, eingestellt werden kann. Sie setzt sich an den Tisch und schreibt einen Brief an Lizzie, in dem sie Nelly empfiehlt.

»Warum erhebt Ihr Euch nicht vom Boden?« Ihr Tonfall klingt so, als wäre es der Fehler des jungen Mannes, dass er noch immer kniet. Er steht auf und weiß nicht genau, was er mit sich anfangen soll, bis sie ihn bittet, er solle draußen warten, während sie die Vorbereitungen für das Baby treffe.

Frances faltet und versiegelt den Brief. Nelly murmelt Worte des Dankes. Ihre Unterlippe zittert. »Weine nicht, um Himmels willen«, sagt Frances energisch zu ihr. »Komm, gib mir das Baby, während du deine Sachen zusammenpackst.«

Sein kleines Händchen umgreift den Saum ihres Kleides, und sie fragt sich, warum sie nicht mehr empfindet. Sie hat Mütter erlebt, die litten, weil sie ihr Baby für einen Nachmittag einer Kinderfrau überlassen mussten. Sie ist nicht wie diese Frauen. Sie war nie so. Sie ist die unsentimentale Schöpfung ihres Onkels. Das Kind lächelt ein breites zahnloses Lächeln. Frances bleibt ungerührt. Sie kann es sich nicht erlauben, ihren Gefühlen freien Lauf zu lassen – sie könnten sie verschlingen.

Nelly hat ihre kärglichen Habseligkeiten zusammengesucht und verstaut sie mit denen des Kindes. Frances stöbert unterdessen in der Schatulle, in der sie ihre wenigen Wertsachen aufbewahrt, und zieht ihren Geldbeutel heraus, um Nelly einige Kronen zu geben. »Sie sollen dich eine Weile absichern für den Fall, dass meine Schwester dich nicht aufnimmt.« Ein Perlenstrang fällt zu Boden, ohne dass Frances es bemerkt; das Mädchen bückt sich, hebt ihn auf und hält ihn Frances hin.

Doch dann zieht Nelly leise japsend die Hand zurück, um die Perlen und Rubine in Augenschein zu nehmen, sie wickelt sie sich ums Handgelenk, wickelt sie wieder ab und schaut Frances mit hartem Blick an. »Ihr habt mir genau dieses Armband beschrieben. Es ist das, welches Ihr diesem Mädchen geschenkt habt... diesem Kind, das für Euch eingesprungen ist.«

»Es war eines von zweien.« Frances nimmt es ihr mit einem entschlossenen Lächeln ab und verstaut es wieder in der Schatulle, dann hält sie ihr die Münzen hin.

»Ihr habt nie erzählt, was mit dem Mädchen geschehen ist.« Nelly betrachtet Frances konzentriert, als wäre sie ein Betrag, den es zu errechnen gilt.

»Weil ich es nie erfahren habe.« Nelly scheint abzuwägen, ob sie ihr glauben soll oder nicht. Frances drückt ihr die Münzen in die Hand. »Ich weiß nicht, wie ich dir je deine Freundlichkeit mir gegenüber entgelten kann.«

Nelly starrt auf die Münzen, als könnten sie sie verbrennen. Endlos lang überlegt sie. Dann steckt sie sie in ihre Schürzentasche, blickt auf und sagt: »Ich habe noch nie so viel Geld auf einmal gesehen.«

»Achte darauf, es sicher zu verwahren.« Das Baby auf Frances' Hüfte wird unruhig.

»Auch Ihr wart sehr freundlich zu mir.« Nelly klingt den Tränen nahe.

»Lass uns nicht rührselig werden. Und denk daran ...«, Frances senkt die Stimme, »... höchstwahrscheinlich wird man dich nach mir ausfragen. Sie werden alles wissen wollen, was ich dir erzählt habe, um es für ihre Ermittlungen zu nutzen. Du solltest nichts verschweigen, um mich zu schützen, Nelly. Ich will nicht daran denken, dass man dich zum Reden *zwingt*.«

Nelly wird blass und sieht plötzlich sehr jung aus. Ihr gehen wohl die beängstigenden Schreie durch den Kopf, die man des Nachts hört. »Was wird man mit Euch tun?«

»Wahrscheinlich hängen sie mich«, sagt Frances ganz nüchtern und streckt ihr das Baby hin.

»Aber Ihr habt nichts Unrechtes getan.« Nelly sieht entsetzt aus.

»Nicht was tatsächlich geschehen ist, zählt, sondern wie es ausschaut.« Frances übergibt ihr das Kind. »Weißt du, welche Strafe man zu Zeiten des alten Henry fürs Vergiften verhängt hat?«

Nelly schüttelt den Kopf.

»Man wurde bei lebendigem Leibe gekocht!«

Dem Mädchen entgleitet fast das Kind, und Frances denkt, sie sei vielleicht mit dieser letzten Bemerkung zu weit gegangen.

»Ich bezweifle, dass sie mir das antun werden. Nicht der Countess of Somerset.« Sie hält kurz inne, und das Mädchen reißt sich zusammen. »Vielleicht hören sie auf das, was *du* ihnen zu sagen hast, und ich werde freigelassen.«

»Ich sage ihnen, dass Ihr nichts getan habt ... gar nichts. Dass Ihr nur Eurem Großonkel gehorcht habt.« Nelly scheint ein neues Ziel für sich zu sehen. »Er verdient es, bei lebendigem Leibe gekocht zu werden ... und Euer Gemahl ist nicht viel besser. Beide verdienen es, in der Hölle zu ...«

»Das reicht, Nelly.« Frances spürt, dass sich alles wunderbar fügt. Sie hat das Instrument besaitet, führt den Bogen und spielt ihre eigene Melodie, während alle dazu tanzen. »Du musst ihnen nur die Wahrheit sagen.«

Innerlich lacht sie und denkt an die Worte, die sie einst dem Onkel gesagt hat: *So etwas wie die Wahrheit gibt es nicht.*

Zwei Männer kommen herein, um das Gepäck abzuholen,

und balancieren die Wiege obendrauf. Frances freut sich, dass sie das knarrende Ding bald nicht mehr sehen muss.

Sie stehen sich gegenüber. »Ich wünsche dir das Allerbeste, Nelly. Ich bin dir dankbar für alles, was du für mich getan hast, und für dein wohlwollendes Urteil über mich. Die meisten hätten das nicht getan, weißt du.«

Frances ist erleichtert, als sie sieht, dass die Augen des Mädchens nicht tränennass sind. Nelly nestelt in den Falten ihrer Schürze und zieht ihr geschätztes Kartenspiel heraus. »Hier, nehmt dies.« Frances ist gerührt und dankt ihr herzlich.

»Ich ...«, setzt sie an, und Frances erwartet, dass sie ihr sagt, sie werde für sie beten. Aber nein. »Ich wünsche Euch Glück«, sagt sie.

Oh, mit Glück hat das gar nichts zu tun, denkt Frances, als sie die anderen hinausgehen sieht. Sie tritt ans Fenster und beobachtet, wie die Männer die Truhe aufladen. Die Wiege entgleitet ihnen und fällt, eine der Schaukelwippen bricht ab, und sie bleibt neben der Gosse zurück. Nelly klettert auf die Karre. Sie ist hoch, aber sie weigert sich, das Baby aus der Hand zu geben, um es leichter zu haben.

Frances schließt das Fenster und betrachtet den leeren Raum. Sie stellt sich vor, dass das Mädchen befragt wird und alle von Frances Howards Unschuld überzeugt, sodass ihr Geständnis null und nichtig würde.

Sie trägt das Lächeln einer Siegerin. Es gibt immer eine andere Wahrheit – eine andere Frances Howard.

DIE ANDERE FRANCES HOWARD

Sie

Der Onkel umklammerte noch immer Frances' Hand, als wäre sie das Einzige, das ihn noch mit der Welt verband. »Die Wahrheit? So etwas wie die Wahrheit gibt es nicht.« Ihr Ton war nüchtern. »Oder?« Er sah aus, als hätte man ihm einen Schlag versetzt. »Oder?«, wiederholte sie.

»Ich weiß nicht, was du meinst«, röchelte er.

»Oh, Ihr wisst es genau.« Sie schnaubte verächtlich. »Ihr werdet mich nicht beobachten. Nicht von dort, wo Ihr hingehen werdet.«

»Frances?« Er war entsetzt – verwirrt. »Wer bist du?«

»Kennt Ihr mich nicht, Onkel? Ihr habt mich geschaffen. Ihr wolltet ein Instrument, das Euren Anordnungen Folge leistet, darum habt Ihr *mich* geschaffen.« Sie warf ihm ein eisiges Lächeln zu. »Ich war Euer Werkzeug, mit dem Ihr Eure Macht gemehrt habt, aber nun habe ich mein eigenes Werkzeug: den Mann, mit dem Ihr mich verheiratet habt, den Mann, der das Ohr des Königs genießt. Erschreckt Euch Eure Kreatur, Onkel?«

»Ob du mich erschreckst?« Sein Atem ging in kurzen, ruckartigen Stößen.

»Der Unterschied zwischen Euch und mir ist, dass Euch alles so zu Herzen geht. Das ist Eure Schwäche. Euer nettes Gerede, ich sei Euer Vermächtnis – ach Gott, glaubt Ihr, *Euer* Vermächtnis bedeutet *mir* irgendetwas?«

»Aber ich liebe dich. Ich habe dich immer geliebt, als wärest du meine eigene Tochter.«

»*Eure eigene Tochter?* Ihr habt Euch doch mir gegenüber *nie* wie ein Vater verhalten.« Sie ließ ihm einen Moment Zeit, darüber nachzusinnen, sich zu erinnern. »Aber wenn man sich etwas oft genug einredet, glaubt man es wohl letztendlich.«

»Ich bitte dich um Verzeihung, mein liebstes, liebstes Mädchen.« Er legte die Hände aneinander. Seine Augen waren wässrig vor Tränen. Sie war angeekelt. »Was ich getan habe, tat ich aus Liebe.«

»Liebe?« Ihre Bitterkeit schallt durch den Raum. »Sicher bittet Ihr mich als Nächstes, Euch den katholischen Priester zu rufen, damit er Euch die Absolution auf dem Totenbett erteilt. Armer Onkel, all diese üblen Taten werden zu schwer wiegen, um Euch ins Paradies zu befördern. Nein! Ihr sollt hinab an den anderen Ort stürzen.«

»Sünden.« Krächzend würgte er das Wort über die Lippen. »Ich *habe* gesündigt. Niemand von uns ist frei von Sünde.« Dann wirkte er mit einem Mal völlig klar und griff mit feuchtem Blick nach ihr. »Aber keinen Mord – niemals Mord.«

»*Ich* weiß das. Ihr hattet nie den Mut, mit Dingen richtig umzugehen. Ihr hattet nie die Stärke, demjenigen, dessen Leben Ihr ausgelöscht habt, in die Augen zu sehen.« Ein freudiges Schaudern durchläuft sie, als sie sich an das Gefühl der Allmacht erinnert. Es war eine Schande gewesen, eine so Unschuldige umzubringen, aber sie wusste zu viel. Das Mädchen ähnelte ihr so sehr, dachte Frances, fast wie ein Spiegelbild. Es war, als würde sie die letzten Überreste ihrer Tugend ablegen.

»Aber wer sonst wird es glauben …«, setzte sie hinzu, »… wenn doch alles auf Euch deutet? Ihr habt Euch den anderen immer einen Schritt voraus geglaubt. Es ist nicht wichtig, wie die Dinge sind, sondern wie sie scheinen: Das war Eure große Lektion für mich. Seht nur, wie gut ich sie gelernt habe.« Sie hatte ihr Gesicht so nah über seinem, dass sie den Geruch des Todes, der ihn umwehte, roch. Er drehte den Kopf weg. »Mache ich Euch Angst?«

»Frances, bitte.« Sein mühevoller Atem pfiff, und sie hatte die Genugtuung, sein Entsetzen zu erkennen – seine Augen waren durchdrungen davon, sein Gesicht zerfiel.

Sie setzte die Spitze ihres Ellbogens auf sein Brustbein und drückte es mit ihrem ganzen Gewicht herunter. Sie wollte sein Gesicht nicht bedecken, nicht, wenn es nicht nötig war. Sie wollte es sehen.

Er fing an zu husten und mit den Armen um sich zu schlagen, als würde sein Körper den Teufel ausstoßen wollen. Für einen Augenblick glitt sie zurück in ihre Kindheit, als seine großen Hände ihren Kopf unter Wasser drückten, als sie platschte, Wasser schluckte, in Panik geriet. »Ihr habt mich gut angeleitet.«

Er krächzte: »Pater, Pater.«

»Ihr müsst lauter schreien, wenn der Priester Euch hören soll.« Sie sah, wie seine Angst sich kristallisierte, als er die schlichte Tatsache dessen erkannte, was vor ihm lag.

»Ich flehe dich an, Frances. Ich flehe dich an.«

Sie ließ von ihm ab, als heftige Krämpfe seinen Körper schüttelten. Und dann war er still. Sie hatte einen größeren Kampf erwartet.

Sein Jagdhund stand auf, streckte sich und ging hinüber zum Bett, wo er mit einem Seufzer die Schnauze auf das Kopfkissen legte. Sie tastete nach dem Puls des Onkels und hielt ihre

Hand nah an seinen offenen Mund, um seinen Atem zu spüren. Da war nichts.

Sie öffnete die Tür, ging hinunter zum Treppenabsatz und sagte, nachdem sie einen gepeinigten Gesichtsausdruck aufgesetzt hatte, sehr ruhig zu den unten versammelten Leuten: »Er hat nach dem Priester gerufen.«

Er

Thomas erschien mir im Traum. Lachend stand er vor mir, dann drehte er sich um und zeigte mir das offene Fleisch an seinem Rücken, schwarz, eitrig, verwest, durch das, wie die Flügel eines Racheengels, seine Schulterblätter staken. Ich konnte das innere Bild nicht abschütteln.

Er befand sich in meinem Arbeitszimmer und schwebte hinter Winwood, der sich zu beherrschen versuchte. »Ich kann hierdrauf nicht reagieren, wenn ich nicht den Überblick über Eure Außenpolitik habe.« Er wedelte mit einem Stapel Unterlagen. Seine Augen traten vor Wut hervor, sein Gesicht war rot. »Es kommt mir so vor, als arbeitete ich mit einer auf den Rücken gebundenen Hand.«

»Setzt Euch doch.« Ich bemühte mich nicht, meine Ungeduld zu verbergen. Es war nicht der erste Ausbruch dieser Art.

Prustend ließ er sich auf dem Stuhl mir gegenüber nieder. Sein Gewand war von einem galligen Grün, das sein Gesicht noch röter erscheinen ließ, und noch immer jammerte er, man lasse ihn über die Außenpolitik im Unklaren.

»Ah, das, ja.« Thomas hätte gewusst, wie man Winwood beruhigen könnte, ohne seinen Stolz zu verletzen. Ich spürte geradezu seine Hand auf meiner Schulter, hörte seine Stimme in meinem Kopf: *Du hast mich verraten, Robin.* »Seine Majestät legt großen Wert darauf, die inneren und äußeren Angelegenheiten voneinander getrennt zu halten.«

»Wenn alles missrät, wird man *mir* die Schuld aufhalsen.« Winwood saß mit im Schoss fest gefalteten Händen sehr aufrecht und reglos da, als könnte er bei der geringsten jähen Bewegung platzen. »Unter diesen Bedingungen kann ich schlicht und einfach nicht arbeiten ...«

»Seid versichert ...«, unterbrach ich ihn mit einem Lächeln, »... ich werde es nicht zulassen, dass irgendeine Schuld auf Euch fällt. Nun habt Ihr gewiss einiges zu erledigen.« Er räusperte sich und klagte sogleich über etwas anderes, darum stand ich auf, um ihm zu verstehen zu geben, er solle sich verabschieden.

Als er bereits fast auf dem Flur war, hörte ich ihn leise murmeln: »Ihr seid nicht unbesiegbar, Robert Carr.«

Rückblickend denke ich, dass ich mich genau dafür gehalten habe. Northampton war tot, meine Befürchtungen mit ihm begraben, und Frances und ich lebten ruhmreiche Zeiten bei Hofe. Wir waren das bezaubernde Paar auf dem Höhepunkt unserer Macht, das durch die Bewunderung des Königs vergoldet war, und wenn ich ehrlich bin, hat mir das den Kopf verdreht.

Mein Schwiegervater hatte Northamptons Amt als Lord Schatzmeister übergeben bekommen, und ich wurde zum Obersthofmeister ernannt. Die Howards hatten alle Spitzenpositionen inne: Ich hatte einen Schwager, der Schatzmeister des Haushalts war, und ein anderer stand als Hauptmann der königlichen Garde vor, ganz zu schweigen von denen, die einen Platz im Geheimen Rat hatten. Allmählich verstand ich, was es bedeutete, einer von ihnen zu sein.

Thomas reckte sich und mokierte sich mit zahnloser Grimasse über meine Eitelkeit.

Die allgemeine Schmeichelei, die mit so einem Privileg einherging, verschleierte eine Menge Neid und Abscheu. Es war mir unangenehm – ich war nicht wie meine Gemahlin dazu erzogen worden. »Manchmal, Robert ...«, sagte sie«, ... musst du, wenn du ein hohes Amt bekleidest, Dinge tun, die missliebig sind. Es ist besser, man wird respektiert als geliebt, glaubst du nicht?« Frances hatte immer recht. Doch es ging mir gegen den Strich. Ich wollte, dass die Menschen mich mochten – Thomas hatte es sehr oft gesagt. Das war vielleicht eine Schwäche.

Nachdem Winwood gegangen war, stand ich eine Weile am Fenster und betrachtete das Kommen und Gehen auf dem Fluss. Nur selten sah ich auf die Themse, ohne mich an die kummervolle Überfahrt zum Tower vor anderthalb Jahren zu erinnern.

Unten sah ich, unverkennbar in seinem grellgrünen Gewand, Winwood, der über den Hof zu den Stufen am Fluss ging. Er stieg in eine Barke. Selbst aus der Ferne konnte ich hinten im Heck Essex neben Pembroke sitzen sehen. Und Southampton nahm Winwoods Hand, um ihm beim Einsteigen behilflich zu sein.

Die Essex-Familie war in den letzten Monaten bei Hofe kaum präsent gewesen. Wie mein Schwiegervater es so schön ausdrückte: Sie waren in die »politische Wüstenei« gefallen, und ich hatte angenommen, sie leckten ihre Wunden. Ich wäre nie auf den Gedanken gekommen, dass Winwood mit ihnen besonders eng verbunden war. Er war nicht ihr Kandidat gewesen. Ich sah, dass das Boot in Richtung des Essex House ablegte. Etwas war schräg daran. Thomas flüsterte: *Du erntest, was du säst, Robin.* Ich fragte mich, ob Winwood wohl mehr über unsere Außenpolitik wusste, als er vorgab, und ahnte, dass auf diesem Boot Unbill ausgeheckt wurde – Unbill für mich.

Mein Diener kam herein, um mir anzukündigen, vor der Tür warte jemand auf mich. Es war Lawrence Davies. Er sah ausgemergelt aus, seine Kleidung war fadenscheinig, und ich konnte ihm nicht in die Augen sehen. Ich hatte nicht, wie versprochen, eine Anstellung für ihn gefunden, und er gab sich keine Mühe, seinen Groll zu verhehlen. Es wäre ein Leichtes gewesen, ihm eine Stelle in meinem eigenen Haushalt anzubieten, aber ich tat es nicht. Ich sprach eine vage Entschuldigung aus. Ich weiß nicht, warum. Dieses Boot voller Feinde hatte mich verstört, und vielleicht wollte ich nicht Davies als weitere Erinnerung an meinen toten Freund hier in meiner Nähe haben.

Ich suchte nach einigen Shillings, die ich ihm hinstreckte, und schlug ihm vor, er solle ein anderes Mal wiederkommen. Mit den Worten, er brauche eher eine Arbeit als Almosen, lehnte er die Münzen ab.

»Ich habe gedacht, Ihr wäret ihm ähnlicher«, sagte er zum Abschied.

Ich hoffe, du schämst dich, flüsterte Thomas.

Sie

Mit hässlich hassverzerrtem Gesicht platzte Robert herein und knallte die Tür. Eine Ader auf seiner Stirn pulsierte vor Wut »Diese Schlange! Er hat den Bastard zum *Ritter* geschlagen.« Er griff nach einem Kerzenleuchter und schlug ihn heftig auf die Tischkante, sodass die Oberfläche aus polierter Eiche splitterte. »Das kann er doch nicht tun.« Der Kerzenleuchter flog quer durch das Gemach und landete an der Wand.

Frances beobachtete ihn mit kühler Distanz und fühlte sich mit einem Anflug von Abscheu an ihren ersten Gemahl erinnert, der einmal in ähnlich gereiztem Zustand ein Glas durch den Raum geworfen hatte, und an die Wut, die anschließend ihr Eheleben beherrschte.

Es tat sich ein Riss auf. Dieser Gemahl sammelte Feinde. Bei dem Mann, den er als Schlange bezeichnet hatte, handelte es sich um George Villiers, einen jungen Mann, den der König kürzlich ins Herz geschlossen hatte. Ein anderer Gegenstand flog surrend an ihr vorbei und fiel scheppernd gegen die Fußleiste. Nun griff er nach einer kostbaren Alabasterschale, die ihr gehörte.

»Nein, lass das!« Als spräche sie zu einem Hund; sie ging auf ihn zu, packte ihn am Handgelenk und entwand ihm die Schale. Er bebte. »Reiß dich zusammen.«

»Aber er ist ein Schwindler. Das ist ein Komplott, um mich ins Abseits zu drängen, und James gibt ihm ...« Er sackte in sich zusammen. »Das verstehst du nicht.«

»Ich verstehe sehr gut, Robert. Du musst doch einsehen, dass es deine eigene Schuld ist. Du hast den König vernachlässigt.« Roberts Vernarrtheit in sie hatte sich unterdessen zu einer Manie gesteigert. Das wurde zu einem Problem. Er wurde zu einem Problem.

»James spricht ständig davon, wie wundervoll er ist. ›So ein guter Reiter, Robbie. Hast du ihn im Sattel gesehen? Ein vollendeter Sprachkenner ... hast du gesehen, welch eine Schönheit er ist?‹ Und nun der Ritterschlag. Warte noch einen Monat, und er wird Lord Sowieso, und dann befiehlt er mir, was zu tun ist.« Die Ader pulsierte weiter, als er zeterte. »Ich werde ihm sagen, dass er einen Fehler macht.« Er wollte ihre Hand abwehren, aber sie hielt ihn fest.

»Du tust nichts dergleichen. Willst du etwa eine schlechte Situation noch schlechter machen?« Frances wusste sehr wohl, dass George Villiers von ihren Feinden aufgebaut wurde, um ihren Gemahl zu ersetzen. Sie hatte die Lage im Auge behalten. »Du solltest dich mit ihm anfreunden.«

»Mich mit ihm anfreunden? Eher hacke ich mir einen Arm ab.«

»Ja ... komme ihm nahe genug, um seine Schwächen auszuspähen. Finde einen Weg, ihn in Verruf zu bringen.«

»Ich sorge dafür, dass James diesen Bastard fortschickt.«

Sie wollte, sie könnte ihrem Gemahl List und Tücke eintrichtern. »Nein, das tust du nicht. Sein Aufstieg muss nicht zu deinem Schaden sein.« Noch nicht, dachte sie. »Du würdest den König nur in Villiers Arme treiben.«

Frances ging an seiner Stelle.

Sie überquerte den Palasthof. Er war menschenleer in dieser mondlosen Nacht. Das einzige Licht stammte von einer Feuerschale neben dem Gewölbe der Stallungen. Sie hörte zwei Katzen auf einer Mauer in der Nähe schreien, und eine sprang ihr plötzlich entgegen, ehe sie ins Dunkel huschte. Ihre Gedanken kreisten um Villiers. Es wäre nicht unmöglich, ihn verschwinden zu lassen, aber das wäre riskant. Doch das Hindernis war Robert. Wenn er weiterhin seine Pflichten vernachlässigte, würde es immer wieder einen jungen Kerl geben, der in seine Fußstapfen träte.

Villiers war beim König und machte Anstalten, sich zu verabschieden, als sie eintrat. Seine körperlichen Vorzüge standen außer Zweifel: strahlende, wissbegierige Augen und eine Haut, welche die meisten Frauen vor Neid schäumen ließ, und dazu eine lässige Selbstsicherheit, die für einen Neuankömmling bei Hofe überraschend war. Sein Gewand saß eng am Körper, und die Hose war kurz, sodass seine schmalen muskulösen Beine bestens zur Geltung kamen, die sich anmutig aufstellten, als er sich erhob.

Sie berührte seinen Ärmel. »Wunderschön, das da.« Zufällig wusste sie, dass Pembroke ihn eingekleidete hatte. Villiers war arm wie eine Kirchenmaus. »Wer ist Euer Schneider?«

Sie hatte die Absicht, ihn ein wenig in Verlegenheit zu bringen, wollte seine Bereitschaft, eine Lüge zu erzählen, ermessen, doch er dankte ihr mit offenem Lächeln. »Das war ein Geschenk.«

Seine ruhige Selbstbeherrschung machte es ihr schwer abzuschätzen, was für eine Art Gegner er abgeben würde. Neben diesem taufrischen Knaben sah der König ganz knittrig aus. Es war Ausdruck seiner Eitelkeit zu glauben, ein junger Favorit lasse ihn nicht wie einen alten Narren erscheinen.

Als Villiers gegangen war, setzte sie sich ein bisschen näher neben den König, als es schicklich war. »Ich bin beunruhigt wegen Robert.«

»Er ist doch nicht etwa krank?«

Sie bemerkte den Ausdruck aufrichtiger Sorge im Gesicht des Königs. Dies ließ sie darauf vertrauen, dass ihr Gemahl noch immer seine Zuneigung genoss. »Nein, es ist etwas anderes. Ihr wisst, wie er ist. Seine Leidenschaften beherrschen ihn. Und er hat die Flause im Kopf, dass Ihr ihn nicht mehr mögt. Er ist von Eifersucht zerfressen.« Sie hielt einen Augenblick inne, damit ihre Worte ihre Wirkung taten. »Er liebt Euch sehr, wisst Ihr.«

»Eifersucht auf …?« Er machte eine Kopfbewegung Richtung Tür, durch die Villiers gerade entschwunden war. Sie sah das kleine Lächeln und spürte, dass ihre Botschaft ins Mark getroffen hatte.

»Er fürchtet, Euch zu verlieren.« Behutsam legte sie eine Hand auf seinen Arm.

»Nach allem, was ich ihm gegeben habe …«

Sie unterbrach ihn. »All das bedeutet ihm nichts. Allein Ihr bedeutet ihm etwas.«

Seine Gesichtszüge verhärteten sich. »Nun, er hat eine merkwürdige Art, mir das zu zeigen. Ich habe ihn in letzter Zeit kaum gesehen.« Der skeptische Blick des Königs gab ihr zu verstehen, dass ihr Unterfangen nicht so unkompliziert sein würde wie erhofft.

»Er ist … Oh, egal. Sollen wir etwas spielen? Erinnert Ihr Euch an das Spiel, das wir in meiner Hochzeitsnacht gespielt haben?« Sie fuhr mit dem Finger leicht über ihren Hals und lehnte sich mit einem atemlosen kleinen Lachen zurück. Wie sie es erhofft hatte, schien ihn die Erinnerung daran zu amüsieren. »Das war ein großer Spaß. Das Leben kann ja so ernst werden, nicht?«

»Was möchtet Ihr spielen?« Übermut blitzte in seinen Augen auf.

Sie strich ihm über die Hand und drehte sie. »Ich könnte Euch die Zukunft voraussagen.«

Er lachte. »Ich habe von Euren Wahrsagerspielchen gehört.«

»Oh, das sind keine Spielchen.« Mit bedachter Konzentration inspizierte sie seine Handfläche. »Das hier ist Eure Kopflinie und hier Eure Herzlinie.« Sie atmete tiefer. »Ich höre jemanden.« Sie legte den Kopf in den Nacken, rollte mit den halb geschlossenen Augen, und ihre Lider flatterten, als sie flüsterte: »Was möchtest du mir sagen? Wer bist du?« Sie spürte, wie sehr er fasziniert war. »Was ist deine Botschaft?«

Mit einem Mal zuckte sie laut keuchend auf, ihre Augen öffneten sich abrupt, und mit dem Ausdruck des Entsetzens stieß sie seine Hand von sich.

»Was ist?«

»Nein, nein.« Sie legte die Stirn in Falten. »Ich kann nicht.«

»Ich befehle es Euch.«

»Es ist eine Warnung!« Sie strich sich mit dem Handrücken über die Stirn. »Ich sehe Zerstörung. Es befindet sich neuerdings eine nicht vertrauenswürdige Person in Eurem Orbit. Jemand, dem eher daran gelegen ist zu nehmen, als zu geben.«

Sie hatte nicht mit seinem Lachanfall gerechnet. »Um das zu wissen, brauche ich Eure Wahrsagerei nicht. Damit beschreibt Ihr die meisten Menschen, die mich bei Hofe umgeben.«

Sie vermutete, er könne sich nun ihr gegenüber verschließen, doch statt entmutigt zu sein, nahm sie die Herausforderung an. »Es ist Eure Entscheidung, es nicht zu glauben.«

»Wenn es kein Spiel wäre ...«, er durchbohrte sie mit steinhartem Blick, »… hätte ich Euch schon längst als Hexe verbrennen lassen.« Nach lastendem Schweigen lachte er wieder auf.

»Ihr macht Euch über mich lustig.« Sie schützte Amüsement vor. »Weissagen ist keine Hexerei.«

»Die meisten kennen den Unterschied nicht.« Er grinste.

»Aber *Ihr* kennt ihn.« Sie legte den Kopf auf die Seite, ihr Tonfall blieb vergnügt.

»Ich sehe sehr viel mehr als die meisten anderen«, sagte er. »Und somit auch all jene, die eher nehmen als geben.«

Frances wurde vollkommen klar, dass er sich nicht beeinflussen ließ. Natürlich war er – ebenso wie sie – dazu erzogen worden, niemandem zu trauen. »Mein Gemahl entspricht nicht dieser Beschreibung.«

»Ah, Robbie.« Er seufzte versonnen. »Das stimmt. Er ist keine Nehmernatur. Darum wollte ich gerne so großzügig mit ihm sein.« Ihr fiel auf, dass er von seiner Großzügigkeit in der Vergangenheit sprach. »Allerdings darf er mich nicht vernachlässigen.« Da ist sie, dachte Frances, die echte Warnung, die er hinter einem Lächeln versteckte. »Und was ist mit Euch, Frances? Seid Ihr eine Geber- oder Nehmernatur?«

»Ich tue, was man mir sagt.«

Wieder lachte er, als hätte sie gescherzt. »Wenn Ihr mir etwas geben wollt…«, sagte er betont, »… dann lasst es sein Kind sein«.

Frances tastete sich durch die dunkle Nacht zurück über den Hof. Sie spürte, dass ihre hart errungene Macht ihr durch die Finger glitt. Zwei Männer, die sich an der Seite im Dunkeln drängten, wurden still, als sie an ihnen vorüberging. Als sie ihren Schritt beschleunigte, stolperte sie über einen losen Pflasterstein. Eine Hand streckte sich, um sie aufzufangen. »Seid achtsam.« Sein Mantel roch stark nach Tabak. Es war Pembroke, und der andere Mann, den die Finsternis umfing, war vermutlich Villiers. Hatte sie es sich nur eingebildet, oder hatten Pembrokes Worte einen doppelten Sinn?

»Danke«, entgegnete sie flüchtig und setzte ihren Weg zu der Treppe an der Seitentür fort, als ihr unbehaglich zumute wurde.

Ihr war bewusst, sollte es dazu kommen, dass Robert seine Macht verlöre, würde ihre Familie sich von ihm lossagen. Das würde bedeuten, dass auch sie, ob nun eine Howard oder nicht, ausgestoßen würde, denn ihre Ehe könnte nicht ein zweites Mal in Abrede gestellt werden.

»Nur der Tod kann dich aus dieser hier befreien«, hatte Bruder Harry am Tag ihrer Vermählung zu ihr gesagt. Es war als Scherz gemeint gewesen. Aber die Dinge hatten sich seither verändert, und Frances war entschlossen, nicht mit einem abgelegten Favoriten dem Vergessen anheimzufallen. Witwe zu sein, wäre besser. Und sie würde immer eine Howard sein.

Er

Ich stand unbemerkt an der Tür und beobachtete. Es war heiß im Gemach, und die beschlagenen Fensterscheiben ließen die draußen herrschende Februarkälte nicht einmal erahnen. Frances war in ein feines, nahezu durchscheinendes Leibchen gehüllt, und ihre nackten Füße lagen in Anne Turners Schoß. Anne kürzte ihr mit einer kleinen Klinge die Zehennägel. Die Intimität der Szene, diese vertrauliche Weiblichkeit, lähmte mich, als würde ich etwas Verbotenes betrachten. Sie hielt sich einen Spiegel nah vor das Gesicht und schien kleine Makel zu inspizieren, doch sie muss darin mein Abbild gesehen haben, denn sie drehte sich um und sagte: »Was lauerst du da im Dunkeln wie ein Dieb?«

Anne stand auf und huschte aus dem Raum, um uns allein zu lassen. Ich hatte mich rasch für die Gefährtin meiner Gemahlin erwärmt, da ich auf der Stelle ihre hingebungsvolle Sorge für Frances erspürt hatte. Mit ihren engelsgleichen Blicken und ihrer sanften Natur empfand ich sie als eine heilige Präsenz in unserem Leben. Wie sonderbar, dass Menschen manches Mal gar nicht das sind, was sie am meisten zu sein scheinen.

»Was tust du hier? Solltest du nicht beim König sein? Hat er nicht nach dir gerufen?« Frances war stumpf wie eine Keule, und ich spürte mein Begehren aufwallen.

Ich schüttete ihr mein Herz aus und sprach über meine Ängste, die Angst, dass Villiers mich ersetzen könnte und dass Winwood etwas gegen mich aussheckte. Sie hob ein Bein und beugte es so, dass der Fuß in ihrem Schoß lag, dann führte sie das Messerchen an ihre Fußnägel. Da ihr Haar wie fließender Sirup nach vorne fiel, sah ich ihr Gesicht nicht, als sie sprach. »Wirst du es denn niemals lernen? Immer wenn du das Beste hast, gibt es jemanden, der es dir wegnehmen will. Setze dich darüber hinweg. Und du wirfst alles fort, wenn du keine Zeit mit dem König verbringst.«

Ich streckte die Hand und wollte ihr Haar berühren, doch ein starker Stoß ließ meinen Arm zurückschrecken, eine unsichtbare Stromspannung. Als wäre sie unter ihrer Haut gar nicht menschlich, sondern etwas, das vom Himmel gefallen und durch die Kraft des Blitzes zum Leben erweckt worden wäre.

»Ich gehe gleich zu ihm. Er hat noch nicht nach mir gerufen.«

Sie reichte mir ihren Kamm. »Wenn du schon darauf beharrst zu bleiben, kannst du dich auch nützlich machen.« Sie fuhr sich mit der Zunge über die Zähne, stand auf und kehrte mir den Rücken zu. »Du solltest nicht warten, bis er dich ruft. Das wird ihn verärgern.«

»Du hast ein Herz aus Stein, Frances.«

Sie wusste, dass ich es nicht so meinte, und entgegnete nichtsdestoweniger: »Ich handle nur in *deinem* Interesse. Einer von uns beiden muss es ja tun.«

»Ich weiß, Liebste, ich weiß.« Der Kamm glitt durch ihr Haar, in das ich mein Gesicht vergrub, um seinen reinen, herben Duft einzuatmen. Ich zog ihr das Leibchen über den Kopf. Wie immer stand sie in ihrer Nacktheit völlig ungeniert da –

eine Eva vor dem Sündenfall –, und ich kämmte weiter, wobei ich mich tief bückte, um die ganze Länge ihrer außergewöhnlichen Mähne zu erreichen, und dabei lauschte ich auf das leise Zischeln der Zinken, die ihre Strähnen zerteilten.

Ihre Kniekehlen, von den dünneren Haarspitzen unverdeckt, bezauberten mich ganz besonders, eine Stelle, die normalerweise unter Schichten von Strümpfen und Röcken verborgen war. Es schien mir unmöglich zu glauben, dass es nach über einem Jahr Ehe noch Bereiche an Frances' Körper geben sollte, die ich bislang noch nicht entdeckt hatte. Während ich akzeptiert hatte, dass ihre Gedankenwelt mir stets unzugänglich sein würde – dieses Rätsel war der Ursprung ihrer machtvollen Anziehungskraft –, meinte ich, ihren Körper gänzlich zu kennen. Doch in jenem Augenblick verstand ich, wie sehr ich mich geirrt hatte. Man konnte Frances nicht kennen.

Ihre knabenhaften Knie bogen sich unter den schlanken jugendlichen, langen Schenkel nur wenig nach außen und dann wieder nach innen, ehe sie in die leicht gewölbten Waden übergingen. In den rückwärtigen Kehlen zierte sie ein zartes Geflecht blauer Adern, das durch ihre transparente Haut hindurchschimmerte und ganz definitiv ein H bildete, als hätte Gott sie als eine Howard gekennzeichnet.

Ich fiel auf die Knie, als würde ich sie anbeten wollen. Diese fragile Stelle ließ sie so zerbrechlich, so menschlich und vergänglich wirken, und mich überfiel die tiefe Angst, ich könnte sie verlieren, eine panikartige Angst, als würde die Zeit zerrinnen. Ich habe sie niemals mehr begehrt als in jenem Augenblick und niemals deutlicher verstanden, dass es unmöglich war, sie wahrhaftig zu besitzen. Ich verspürte den Drang, nach diesem scharfen Messerchen zu greifen, eine dieser Adern zu öffnen und das Blut aus ihr herauszusaugen.

Als es plötzlich an der Tür klopfte, sprang ich auf; ich fühlte mich elend, da ich meinte, ich würde wie ein Ungeheuer mit Blut am Mund ertappt. Sie jedoch rührte sich nicht, obwohl sie gänzlich nackt war, und rief nur: »Wer ist da?«

»Ich komme vom König. Er erwartet den Earl of Somerset in seinen Gemächern.«

»Verstanden«, entgegnete sie. »Sagt Seiner Majestät, der Graf ist auf dem Weg.« Sie klang so geschäftsmäßig, wohingegen ich von Wellen des Begehrens hin und her geworfen wurde und ausschließlich an sie denken konnte. »Du musst gehen«, sagte sie.

»Ich werde eine Ausrede finden.« Ich umschlang sie, strich über die Knöchelchen ihrer Wirbelsäule – tiefer und tiefer bis zu der weichen Wölbung und Spalte ihres Pos. »Er kann mir doch nicht die Zeit mit meiner Gemahlin streitig machen.«

»Du wirst ihn verärgern. Er ist bereits verärgert.« Ihr Flüstern brachte mich fast um den Verstand.

»Denk an *mich*, Frances, denk daran, wie verärgert *ich* sein werde.« Ich wusste, wie wenig anziehend meine Gereiztheit für sie sein musste, aber ich konnte nicht anders, ihre völlige Gelassenheit regte mich auf. Ich hätte gewollt, sie flehte mich an zu bleiben, doch es war eine Tatsache, dass sie nie etwas tun würde, das mich bei ihr hielt.

»Ich denke doch an *dich*, Robert.« Sie strich mir mit den Fingerspitzen über die Wange und die Lippen. »Wenn du ihn weiterhin kränkst, wird unser Leben sehr schwierig. Wir verlieren seine Gunst, und ehe du dich versiehst, nimmt dieser Knabe deinen Platz ein. Und was dann?«

»Es ist mir egal.« Es war mir unvorstellbar, sie jetzt zu verlassen und zu ihm zu gehen.

»Das *sollte* es *nicht*. Alles, was er gegeben hat, kann er genauso leicht wieder nehmen.«

»Empfindest du denn nie Eifersucht?«, fragte ich sie und hoffte inständig, sie würde mir sagen, sie sei ganz zerfressen davon.

»Sollte ich?«

»Für gewöhnlich will er von mir Zuneigung und Freundschaft.« Ich fürchtete, die Wahrheit könnte sie abstoßen, und am meisten fürchtete ich, sie könnte aufhören, mich zu lieben.

»*Für gewöhnlich?*« Sie lachte kalt auf. »Du siehst aus, als wolltest du, dass der Boden sich unter dir auftut. Ich kenne meinen Part in diesem Handel.« Sie streichelte mir über den Kopf, packte eine Locke und zupfte heftig daran. »Es wurde lang über die genaue Art deines Verhältnisses zum König spekuliert. Über die Verderbtheit.«

»Was willst du damit sagen?« Meine Nackenhaare sträubten sich, als würde ich bedroht. Wieder lachte sie auf. In diesem Augenblick wurde sie zu einem Monster. Ich packte sie an ihrem Haar und schnauzte: »Lach mich nicht aus!« Ich roch ihre Angst.

Sie sprach sanft. »Oh, mein Liebster, es war nicht meine Absicht anzudeuten, dass… ach, nichts. Aber die Leute stellen sich gerne etwas vor. Das ist alles. Niemand bezweifelt wirklich, dass das, was dich mit ihm verbindet, gänzlich rein ist.«

Erschrocken und verwirrt über mich selbst, ließ ich von ihr ab und entschuldigte mich mehrmals.

»Alles in Ordnung, Robert. Ich verstehe dich.« Sie nahm meine Hand und küsste jeden meiner Finger. »Nichts, was du tun könntest oder bereits getan hast, könnte meine Liebe zu dir verringern.«

Ich war bestürzt, dass ich sie als meine Feindin betrachtet hatte, und sei es auch nur für einen Augenblick. »Früher gab es vielleicht einmal mehr darüber zu sagen, aber ein Zwischenfall hat alles verändert.« Ohne nachzudenken, erzählte ich ihr, dass Thomas uns einmal in Royston überrascht hatte und es seither mit dem König und mir nie mehr das Gleiche war. »Als wäre etwas Unschuldiges besudelt worden.«

»Dann hat Overbury also versucht, den König zu erpressen.« Das Wort »erpressen« rollte so über ihre Zunge, wie vielleicht ein Dieb über Diamanten sprach.

»Das habe ich nicht gesagt.«

»Das musst du auch nicht.« Wir schwiegen einen Moment, und ich hoffte, sie würde nicht weitere Details wissen wollen. Stattdessen sagte sie einfach: »Nun ist er tot. Gott sei seiner Seele gnädig.« Sie wollte sich meinen Armen entwinden. »Du gehst jetzt besser.«

Doch ich hielt sie fest. »Was er sich am meisten wünscht, ist, dass wir ein Kind bekommen. Du selbst hast das gesagt. Wenn ich all meine Zeit mit ihm verbringe statt mit dir …«

Sie stieß einen Laut aus, halb Seufzen, halb Stöhnen, und drückte ihren Mund auf meinen. Ihre Zunge schmeckte nach Anissamen. Als wir zu Boden gefallen waren, schnürte sie mit der Geschicklichkeit eines Arztes meine Bänder auf.

Als sie gekommen war, wollte ich verweilen, eine Weile das Danach genießen, sie in meinen Armen halten, doch mit rüder Schnelligkeit entzog sie sich mir und machte sich wieder daran, ihre Fußnägel zu schneiden.

Sie

Auf dem Hof hatte das frühmorgendliche Treiben eingesetzt, und sie hörte die Diener über den Flur trotten. Frances zog die Vorhänge zurück, sodass das Licht auf das Bett strömte. Robert, der in wirr verknäulten Laken lag, sah aus, als hätte er seit einem Monat nicht mehr geschlafen. Dunkle Ringe säumten seine Augen. Frances war überschwänglich gut gelaunt. Das Glück lächelte ihr zu, oder vielleicht war es eine finsterere Macht, die von ihr Besitz ergriffen hatte und das Rad zu ihrem Vorteil drehte. Was es nun tatsächlich war, interessierte sie nicht.

»Ich habe einen Entschluss gefasst.« Robert war in seiner eigenen kleinen Welt gefangen und bemerkte ihre gute Laune nicht. »Ich werde dem König die Geldsumme anbieten, die Winwood mir für seine Ernennung zum Minister gegeben hat.«

»Was – die *ganze* Summe? Wozu denn?« Die Idee sei absurd. Niemand gebe dem König Geld. So laufe es ganz einfach nicht.

»Ich hatte die Aufgabe, die spanische Hochzeit auszuhandeln, und bin abgrundtief gescheitert.«

»Ich verstehe nicht, was das mit Winwoods Geld zu tun hat.«

»James ist hoffnungslos knapp bei Kasse. Er hat fest mit der Mitgift gerechnet.« Er hielt inne. »Ich möchte es wiedergutmachen.«

Sie wollte ihn schütteln – die Freundlichkeit aus ihm her-ausschütteln und ihm sagen, sie schwäche ihn. »Du hättest zu mir kommen sollen.« Es ärgerte sie, dass sie die Situation nicht überblickt hatte. Villiers' Aufstieg hatte sie abgelenkt, aber nun hatte sie einen Trumpf auszuspielen.

Winselnd beklagte er sein Scheitern, sagte, er wünschte, ihr Großonkel wäre noch am Leben, da er sicherlich mehr Erfolg gehabt hätte. Der Onkel war vor fast einem Jahr gestorben.

Frances vermisste ihn nicht.

Robert sah niedergeschlagen aus. »Ich dachte, ich könnte angesichts dieses Emporkömmlings von Villiers James mein di-plomatisches Geschick beweisen.«

Sie rang sich ein Lächeln ab und nahm seine Hand. Sie war feucht. »Ich schätze den Vorschlag ganz und gar, dass du ihm dein Geld schenken willst.« So absurd ihr diese Geste anfangs erschien, würde sie im König bestimmt die Erinnerung wach-rufen, dass Robert ein »Geber« und kein »Nehmer« war. Dieses Gespräch, das etwa vor einem Monat stattgefunden hatte, war ihr lebhaft im Kopf geblieben.

»So mancher wünscht mir Übles. Man beobachtet jeden meiner Schritte.« Seine Finger umkrallten ihre. »Ich fürchte, dass man meine Verhandlungen mit den Spaniern als etwas Finsteres zu deuten versucht.«

Seine Schwäche stieß sie ab, dennoch bemühte sie sich, ihn zu beruhigen; sie sagte ihm, die Anzahl seiner Feinde sei nur ein Zeichen seines Erfolgs und er habe viele Gelegenheiten, den König durch seine Treue bei der bevorstehenden königlichen Reise zu beeindrucken.

Noch immer sah er von Sorgen geplagt aus. »Jemand könnte vielleicht versuchen, mir anzuhängen, ich hätte aus persönli-chen Beweggründen verhandelt – um den Papismus zu verbreiten. Alles lief unter strengster Geheimhaltung, verstehst du.«

»Darüber würde ich mir keine Sorgen machen.« Sie erkannte ihn kaum wieder. Die Vertrautheit hatte seine Schönheit zu etwas Gewohntem gemacht und das Begehren, das sie einst so stark empfunden hatte, verstummen lassen. Er sprach weiter von seinen Feinden, dass sie womöglich ohne Wissen des Königs Anklage wegen Hochverrats gegen ihn erheben könnten.

Er umschlang sie – zu fest. Übelkeit stieg in ihr auf. Sie entwand sich ihm und erhob sich, um das Fenster zu öffnen; als sie tief frische Luft einatmete, beobachtete sie einen Stallburschen, der auf der Koppel ein nervöses junges Pferd unter seine Kontrolle bringen wollte. Er flüsterte ihm sanft etwas ins Ohr, und das Tier gehorchte ihm sofort. Sie wusste, sie müsste sich gegen potenzielles Unheil wappnen, mit oder ohne ihren Gemahl.

»Und sollte das geschehen, bliebe James keine andere Wahl, als mich vor Gericht gestellt zu sehen.« Er nagte noch immer an den Fingernägeln.

»Bitte doch den König um eine allgemeine Gnadengewährung«, sagte sie. Ein erfrischender Luftzug drang durch ihr dünnes Nachtgewand. »Sollte es zu irgendwelchen Schwierigkeiten kommen, kannst du direkt Zuflucht bei ihm suchen, egal in welcher Angelegenheit. Ich bin mir sicher, dass er dir das nicht verwehren wird. Es ist nicht außergewöhnlich.«

»Eine Gnadengewährung?« Robert sah sie verwundert an. »Aber natürlich. Warum bin ich nicht selbst darauf gekommen?«

»Sie wird dir zumindest innere Ruhe geben. Nicht dass du wirklich vieles falsch gemacht hättest.« Aber sie dachte, dass man nichts falsch gemacht haben musste, um für schuldig befunden zu werden. Sie erklärte ihm, er müsse lediglich ein Gesuch stellen, der König würde es gewähren und der Lordkanzler ratifizieren. »*Et voilà!*« Sie öffnete die Hände wie ein Zauberer, nachdem er eine Taube hatte verschwinden lassen.

»Ich weiß nicht, was ich ohne dich täte.« Sie sah, dass eine neue Wolke über sein Gesicht zog. »Aber was wenn er es ablehnt?«

»Darüber würde ich mir keine Sorgen machen. Er wird mehr als geneigt sein, da bin ich mir sicher, wenn er deine Neuigkeit hört.«

»Welche Neuigkeit?«

»Wir werden bald ein Kind haben.«

Sein Gesicht veränderte sich, ein wenig seiner alten Anziehungskraft zeigte sich wieder. »Wann?«

»Nicht vor Dezember. Es ist noch ganz früh. Ich wollte es dir eigentlich noch gar nicht sagen für den Fall, dass... Aber du warst so bekümmert.«

»Ein Weihnachtskind.« Er sah sie an, als wäre sie ein Wunder. Er hatte schon so lange auf dieses Baby gewartet... sie alle. Es erleichterte sie, ihn wieder fröhlich zu sehen. Niemand, der König zu allerletzt, wollte seinem mitleiderregenden langen Gesicht begegnen. »Aber geht es dir schlecht deswegen, meine Liebste?«

»Überhaupt nicht.« Es *war* ihr elendig schlecht gegangen, aber sie hatte nicht die Absicht, sich der gleichen Schwäche zu ergeben, über die andere Frauen klagten. »Geh und erzähle es ihm. Worauf wartest du noch?«

Er wollte, dass sie ihn begleitete, aber das lehnte sie ab. »Das ist *dein* Augenblick.« Sie stellte sich die Szene vor: Villiers würde beiseitegedrängt, um Robert Platz zu machen, der neben dem König säße, und sie würden Trinksprüche auf das

Baby ausbringen. »Und nutze deinen Vorteil und bitte ihn um die Gnadengewährung.«

Er war gerade erst gegangen, als Anne, aschfahl im Gesicht, kam.

»Franklin ist hier«, flüsterte sie und deutete auf die Tür zum Vestibül.

»Ich hoffe bei Gott, dass ihn niemand gesehen hat. Was will er hier?«

»Geld. Er bekommt noch immer Geld von …« Anne sprach den Namen nicht aus. Das musste sie auch nicht. Ihre Blicke jagten hin und her.

»Wie viel?« Frances hatte kaum je an Thomas Overbury gedacht, seit er fast drei Jahre zuvor beerdigt worden war, und empfand es als Belästigung, dass er auf diese Weise ihre Zufriedenheit von jenseits des Grabs stören konnte.

»Er sagt, fünfhundert.«

»Das ist ein Vermögen. So viel hat der Onkel ihm versprochen? Typisch, dass er es mir überlassen hat, sein Chaos in Ordnung zu bringen.« Sie blickte zu Anne, um festzustellen, ob sie ihr widersprach, nein, sie tat es nicht. Frances hatte sehr darauf geachtet, Anne den Eindruck zu vermitteln, der Onkel habe die Fäden gezogen.

»Er sagt, es stehe ihm zu.« Anne rang die Hände.

»Wie kommt er nur darauf zu glauben, ich hätte einen solchen Betrag hier so einfach herumliegen. Du solltest ihn besser hereinbitten.« Rasch streifte sie einen Morgenmantel über ihr Nachtgewand. Die Zeit war knapp. Wenn Robert zurückkäme und Franklin in ihren Gemächern anträfe, ließe sich das nur schwer erklären.

Er humpelte herein wie ein Ghul. Frances hatte vergessen, wie grotesk er aussah. Anne, die offensichtlich verstört war, blieb unschlüssig neben der Tür stehen. Frances bat sie, draußen zu warten und alle Diener fortzuschicken, dann wandte sie sich an ihren ungebetenen Gast. »Habt Ihr den Verstand verloren, am helllichten Tage hier aufzukreuzen?«

»Eine Schuld ist eine Schuld«, sagte er freiheraus. »Ihr schuldet mir…«

»Nicht ich schulde Euch etwas, Master Franklin, sondern der Großonkel, wenn Ihr Euch recht erinnert. Die Schuld hätte mit ihm erlöschen sollen.« Der Gedanke an den Onkel, das Entsetzen auf dem Gesicht des Sterbenden, löste in ihr einen unerwarteten Schauer der Macht aus. »Aber ich bin bereit, seine Schulden zu begleichen.« Sie sah ihm gerade in die Augen. »Selbst wenn sie für einen bösen Zweck zustande gekommen sind.«

»Mit Respekt, Ihr wart es, die angeordnet hat…«, er zögerte, »…ihm die endgültige Dosis der… der Substanz zu verabreichen. Die Dosis, die ihn umgebracht hat.«

»Ich denke, Ihr werdet Euren Irrtum einsehen.« Sie lächelte. »Es ist doch schon lange her, nicht wahr? Kein Wunder, dass Ihr es vergessen habt.« Er hob die verschränkten Hände und bedeckte mit ihnen den unteren Teil seines Gesichts. Sie sah, wie die Saat des Zweifels in ihm aufkeimte: Es stand ihm auf der Stirn geschrieben und in seinem verwirrten Blick. »Ich war lediglich diejenige, die Euch den Brief meines Großonkels überbracht hat. Erinnert Ihr Euch nicht? Als Ihr ihn gelesen habt, wart Ihr so aufgewühlt, dass ihr Euch ein Tintenfässchen über die Kleider geschüttet habt. Daran *müsst* Ihr Euch erinnern.«

Er nahm den Stoff seines Hemds zwischen zwei Finger, sah es an, runzelte die Stirn. »Ja, ja. Tatsächlich. Ich habe ein gutes Hemd ruiniert.« Er schien froh, sich an einer verlässlichen Erinnerung festhalten zu können. »Ja, natürlich.«

Er *hatte* Tinte verschüttet, aber einen Brief hatte es nicht gegeben. »Ich war tatsächlich lediglich die Überbringerin, wusste aber nichts über den Inhalt des Briefes. Nicht bis Anne mir davon erzählt hat. Schreckliche Sache … dieser arme, arme Mann. Ich weiß gar nicht, warum Ihr Euch da habt hineinziehen lassen und das Gift besorgt habt. Ich hoffe, Ihr habt den Brief vernichtet. Solche Dinge haben immer die Unart, irgendwie wieder ans Licht zu kommen.«

Sie suchte nach ihrem Geldbeutel und reichte ihn ihm. »Das ist alles, was ich bei mir habe. Auf den Rest müsst Ihr warten.« Er sah prüfend in die kleine Börse und wusste allein anhand des Gewichts, dass die Schulden damit nicht annähernd beglichen waren. Seine Hand zitterte leicht, und sie wusste, sie hatte ihn genau dort, wo sie ihn haben wollte.

»Hört zu.« Sie klopfte ihm sanft auf die Schulter. Er zuckte zurück, und ihr kam der Gedanke, dass er bei seinem Aussehen wohl nur selten berührt wurde. »Euer Geheimnis ist bei mir wohl verwahrt. Es hat keinen Sinn, jetzt all das auszugraben, nicht?«

Er

In der Julihitze war das Vorankommen auf diesem Boden, der so unnachgiebig wie Granit war, elendig langsam. Wir befanden uns auf der Küstenstraße noch ein gutes Stück von unserem Zielort Lulworth entfernt, als meine Stute ein Hufeisen verlor. Die königliche Gesellschaft zog weiter, Villiers vorne neben James, und ließ mich gereizt zurück, ich blickte auf das weite flache Meer, während mein Diener nach einem Schmied suchte.

Wie Frances es vorausgesagt hatte, hatte die Nachricht von unserem Kind wie ein Zaubertrank gewirkt, und James Zuneigung war mir wieder sicher. Doch es war nicht so wie zuvor. Villiers zwickte mir in die Fersen, und ich hatte den Verdacht, dass James unseren Wettkampf um seine Gunst mit Freude verfolgte. Es kam das Gerücht in Umlauf, Villiers könnte zum Oberstallmeister ernannt werden, eine Stellung, von der James wusste, wie sehr ich sie mir wünschte. Offenbar schlossen manche Leute Wetten auf uns ab.

Die Spaltung bei Hofe trat offen zutage, jede Fraktion sammelte Punkte gegen die andere, so als wäre unser Leben eine Schachpartie: Mein zukünftiges Kind war ein Punkt zu meinen Gunsten, ebenso die Bewilligung der Gnadengewährung, aber die Ablehnung von deren Ratifizierung war ein Punkt für die

Gegenseite. Villiers und ich standen uns auf der ganzen Linie mit heuchlerischem Lächeln gegenüber, und James führte amüsiert die Aufsicht. Ich ertappte mich bei dem Wunsch, Northampton würde noch leben. Er hätte keinerlei Skrupel im Umgang mit diesem Emporkömmling gehabt.

Die Gepäckwagen, gefolgt von den Nachzüglern, rumpelten an mir vorbei, als ich zu meiner Überraschung Winwoods Kutsche auf mich zukommen sah. Winwood unterstand mir eigentlich, und soweit ich wusste, sollte er hundert Meilen entfernt in Whitehall sein. Etwas stimmte nicht. Ich ließ ihn anhalten.

Als die Kutsche stehen blieb, riss ich unter Missachtung aller Förmlichkeit die Tür auf. »Warum hat man mich nicht über Euren Besuch informiert?«

»Dazu blieb keine Zeit. Es hat sich etwas ereignet, das rasche Aufmerksamkeit erfordert.« Verstohlen hantierte er mit seinem kostbaren Zeitmesser herum und schützte die Augen vor der Sonne – aber auch vor mir. Ich nahm an, er bedauere den Verstoß gegen das Protokoll. »Ich hielt es für das Beste, mich sogleich auf den Weg zu machen.«

»Was ist dieses dringende Ereignis?« Ich wunderte mich, dass er keinen Boten geschickt hatte, und mich durchfuhr der Übelkeit erregende Gedanke, er könnte auf etwas gestoßen sein, das er nicht hätte sehen sollen.

Winwood rieb sich bedächtig die Nase. »Ausschließlich für die Ohren Ihrer Majestät.« Er lächelte. Ich hatte ihn noch nie lächeln sehen. Seine Schneidezähne waren groß und grau wie zwei Grabsteine. Er bemühte sich nicht, seine Selbstgefälligkeit zu verbergen, und spielte weiter mit dem Deckel seines Zeitmessers herum. Ich verspürte den Drang, ihm das Ding zu entreißen und ins Meer zu schleudern.

»Sagt mir, worum es sich handelt, und ich kümmere mich darum.« Ich wollte eher herrisch als aufgebracht klingen, aber Unbehagen schwang durch meine Worte. »Der König will nach seiner Reise nicht mit Staatsangelegenheiten gestört werden.«

»Mit Respekt ...« – sein Blick war triumphierend – »... diese Angelegenheit geht allein den König etwas an.« Er klopfte auf den Platz neben sich. »Mögt Ihr mit mir fahren?«

Die Vorstellung, einige Stunden eingepfercht mit diesem Mann zu verbringen, gefiel mir gar nicht, und darum entschuldigte ich mich, ich wolle sichergehen, dass mein Pferd ordentlich beschlagen würde.

»Wie Ihr wünscht.« Er klopfte an die Decke seiner Kutsche, und sie rumpelte davon.

Ich bereute meine Entscheidung auf der Stelle, ich hätte Winwood und seine finstere Angelegenheit nicht aus den Augen lassen sollen. Als ich endlos lang auf die Rückkehr meines Dieners wartete, fürchtete ich zunehmend, Winwoods Überraschungsbesuch stehe in Verbindung mit mir.

Die Gepäckwagen wurden noch entladen, als ich schließlich eintraf. Harry Howard erwartete mich im Hof und erinnerte mich mit drängender Sehnsucht an meine Gemahlin. Lulworth war das Haus ihres gemeinsamen Bruders, und ich war froh, mich zumindest auf dem Terrain der Howards zu befinden, wo meine Feinde im Nachteil wären.

»Wo ist der König?«, fragte ich, ehe er mich auch nur begrüßen konnte, und lief bereits die Treppe zum Haus hinauf.

Er hielt mich an meinem Mantel fest. »Was soll diese Eile? Solltest du dich nicht erst waschen und umkleiden?«

Ich sah an mir herunter. Ich war dreckig, voller Staub, meine

Fingernägel schwarz. »Spielt keine Rolle. Ich muss ihn umgehend sehen.«

»Das kannst du nicht!« Sein Gesicht verzog sich mitfühlend. »Er hat gesagt, er dürfe nicht gestört werden.«

»Wo ist Winwood? Wo ist Villiers?«

»Nicht bei ihm. Er ist allein.«

Das zumindest erleichterte mich ein wenig. »Es geht irgendetwas vor sich, Harry. Ist dir etwas zu Ohren gekommen?«

Ausweichend zuckte er mit den Schultern. »Komm, ich zeige dir dein Gemach. Du beziehst es und kannst ihn später sehen.« Er führte mich eine Treppe hinauf zum hinteren Teil des Hauses und in einen großen, Licht erfüllten Raum, in dem es zart nach Salbei roch. Meine Habe war bereits dort und ausgepackt, aber von Copinger, meinem Diener, keine Spur.

Das große Bett mit den prallen Kissen war von fein bestickten Vorhängen umgeben. Und die Stuckdecke war wunderschön mit einem Efeumuster gearbeitet, das sich bis zu der Wand mit dem Kamin zog, über dessen Mitte es sich reliefartig um das Wappen der Howards wand. Darunter standen die Worte: *sola virtus invicta* – allein der Mut ist unbesiegbar. Ich hätte es gut brauchen können, wenn etwas vom Mut der Howards auf mich abgefärbt hätte.

Das Fenster bot Ausblick auf einen Hof, wo ein Knabe mit rhythmischen Schlägen eine lange Matte ausklopfte. Durch einen Bogen hindurch sah ich die Fischteiche und in der Ferne eine Hügelkette, die im Abendlicht rot leuchtete. Ich wollte, Frances wäre bei mir. Die Vorstellung, dass unser Kind in ihr heranwuchs, war beglückend und schob all meine Sorgen in den Hintergrund.

»Ich fürchte, es ist nicht das, was du gewohnt bist«, sagte Harry und riss mich aus meinen Gedanken.

»Aber es ist hübsch. Die Gemächer des Königs sind nebenan?«, fragte ich und deutete auf eine zweite Tür.

Er schüttelte den Kopf und sah zu Boden. »Seine Majestät wohnt vorne im Haus.«

»Aber er beharrt doch immer darauf, dass ich gleich neben ihm...« Erneut brandete Unruhe in mir auf. »Villiers? Er hat den verdammten Villiers neben sich einquartiert? Was in Teufels Namen geht hier vor, Harry?« Ich packte ihn grob bei den Schultern. »Sag es mir!«

Er stieß mich von sich. »Ich bin doch auf deiner Seite. Ich weiß nicht, was vor sich geht, aber was auch immer es ist, wir kommen bestimmt damit zurecht.« Seine Worte klangen beruhigend, aber er konnte mir nicht in die Augen sehen. »Es tut mir leid. Hör zu, mein Bruder wird dafür sorgen, dass du beim Abendessen neben ihm sitzt. Dann kannst du mit ihm reden.«

Doch beim Abendessen hatte ich einen Platz weit von ihm entfernt. James wirkte zerstreut, und Villiers saß dort, wo ich hätte sein sollen, direkt neben ihm. Ich spürte, dass die Gesellschaft sich etwas von mir zurückzog, da sie wohl abwog, ob das Kräfteverhältnis sich auf Dauer verschoben haben könnte. Ich aß kaum etwas und rauchte still während der verschiedenen Gänge. Als die Tische abgedeckt waren, kam Villiers mit seinen endlos langen Beinen und dem gewinnenden Lächeln auf mich zu und schmeichelte mir mit Komplimenten über meine wohlsitzende Kleidung und welch feine Schuhe ich anhätte. Er trug eine Brosche, die der König mir unlängst geschenkt hatte. Ich hatte sie zurückgewiesen und ihm gesagt, angesichts der schlechten Finanzlage müsse er mir keine kostbaren Geschenke machen. Und da war sie, nun steckte sie an der Brust meines Gegners. Ich wollte sie ihm abreißen und ihm mit der Nadel die Augen ausstechen.

»Seine Majestät möchte Euch gerne unter vier Augen sehen.«
Er wirkte so sanft und aufrichtig, und ich hasste ihn dafür, dass
er so hochschlagende Gefühle in mir auslöste. Ich wusste, dass
es nicht seine Schuld war, dass er nur eine Figur in dem Spiel
eines anderen war. Aber darum hasste ich ihn nicht weniger.
»Ich bringe Euch hinauf zu ihm.«

»Ich finde den Weg bestens allein.« Meine Entgegnung
hätte nicht uncharmanter ausfallen können, woraufhin Villiers
schwieg, ich hätte ihm genauso gut einen Schlag verpasst haben
können.

James konnte seine Aufgeregtheit nicht verbergen: Sein Auge
zuckte wild, und sein rechtes Bein wippte hektisch. Er schickte
alle anderen fort, und zum ersten Mal seit Monaten waren
wir völlig allein. Er bot mir keinen Stuhl an, nicht einmal den
niedrigen Hocker an seiner Seite, und so war ich gezwungen,
auf den Knien zu verharren, während er sich in seinem Sessel
gemütlich zurücklehnte.

»Dem Minister ist ein Gerücht zu Ohren gekommen.« Er
zögerte, kratzte sich den Bart. »Nun, eigentlich mehr als ein
Gerücht.« Das Auge zuckte noch immer.

»Winwood ist nicht vertrauenswürdig.« Ich sprach schnell.
Das war das Einzige, das ich tun konnte, um ruhig zu erscheinen.

»Glaubst du, das weiß ich nicht?«, eiferte er sich fast schrei-
end. »*Niemand* ist vertrauenswürdig.« Es war ungewöhnlich,
dass er seine Wut so offen zeigte, was sie mir noch bedrohlicher
erscheinen ließ. »Nicht einmal du!« Ich wurde bleich, wollte
mich verteidigen, aber er fuhr fort. »*Du* warst es doch, der mich
gebeten hat, ihn zum Minister zu ernennen, Robbie.«

»Aber ich habe gedacht, er sei rechtschaffend. Er war ein
Freund von...« Ich bremste mich, ehe mir Thomas' Namen
unbesonnen über die Lippen kommen konnte.

Aber James sprach ihn aus. »Ein Freund von Thomas Overbury.« Er hatte sich beruhigt, sah aber verloren aus und wisperte: »Winwood sagt, das Totenbettgutachten eines Apothekerjungen sei ans Licht gekommen. Der Knabe erklärt, Overbury sei vorsätzlich vergiftet worden, und behauptet, er könne es bezeugen.« Er rieb sich mit einem tiefen traurigen Ausatmen die Stirn und sagte noch einmal: »Vorsätzlich vergiftet.«

Ich konnte nichts entgegnen. Das Bild von Thomas' Leiche erfüllte mein ganzes Inneres, und Schmerz – Reue und Trauer über diese ganze schmutzige Sache – traf mich ins Herz.

»Mir bleibt keine Wahl. Ich muss eine Untersuchung anordnen.« Er klopfte immerzu mit einem Finger auf die Sessellehne, blickte unstet um sich und senkte die Stimme. »Ich darf nicht in Mitleidenschaft gezogen werden. Das weißt du. Er wurde auf meinen Befehl ins Gefängnis gebracht. Sollte auch nur der Hauch eines Verdachts auf mich fallen ...« Er hielt inne. »Sollte es sich als Mord herausstellen ...«

»Aber Ihr seid der König – der gesalbte.« Thomas murmelte dringlich etwas in mein Ohr, wollte mir etwas sagen, aber ich verstand es nicht.

»Ein Tropfen Öl auf der Stirn meiner Mutter hat *sie* auch nicht gerettet. Sei realistisch, Robbie. Selbst ein König kommt bei einem Mord nicht davon. Er kann sich nicht alles erlauben.«

»*Er kann sich nicht alles erlauben?* Wie könnt Ihr so etwas sagen? Niemand wird Euch je anklagen ...«

»Das ist eine Redewendung«, raunzte er.

Ich war noch immer auf dem Boden, beugte mich jedoch vor, um meine Hände auf seine Knie zu legen. »Es war kein Mord. Tom starb aufgrund von Vernachlässigung, und dafür tragen wir beide die Schuld.«

»Du musst bedenken, wie die Dinge nach außen erscheinen. Was auch immer die Wahrheit ist, man wird voreilige Schlüsse ziehen, und es gibt eine ganze Reihe Leute, die glücklich wären, mich von hinten zu sehen, wenn sie auch nur annähernd einen Grund dafür fänden...« Er schwieg einen Augenblick, und blitzartig durchfuhr mich eine Erkenntnis.

»Ihr wünscht, dass ich die Schuld auf *mich* nehme?« Mein Verdacht ließ sich kaum mehr beherrschen. Ich sah ihm in die Augen – dieses Zucken: War es ein Hinweis auf seine Schuld? – und fragte mich, ob er mehr zu verbergen habe, als ich wisse, und mir fiel wieder ein, dass schließlich *er* es gewesen war, der Mayerne zu Thomas geschickt hatte.

»Um Gottes willen, nein. Ich wünsche lediglich, dass die Wahrheit aufgedeckt wird.« Er tappte auf meine Hand. Eine kühle, herablassende Geste. »Ich werde Abstand von dir nehmen müssen, Robbie.« Ich spürte, wie der Boden sich unter mir auftat. »Du reist morgen ab nach Whitehall. Du kannst deine Ämter weiter ausüben, aber du wirst dich von mir fernhalten. Nur bis die Untersuchung vorbei ist. Es sei denn, natürlich...«

»Ihr glaubt, *ich* hätte ihn getötet!« Nun war ich vollends bestürzt.

»Sei nicht lächerlich. Ich weiß, du kannst keiner Fliege etwas zuleide tun. Aber Winwood hat gesagt, dein Name sei genannt worden...«

»O mein Gott!« Ich musste an die Pulver denken, die ich ihm ins Gefängnis geschickt hatte. Waren sie schädlicher gewesen, als ich geglaubt hatte? Das konnte nicht sein, denn ich hatte sie ihm im Mai überbringen lassen, und er war im September gestorben, und zudem hatte Killigrew mir versichert, darin sei nur Kreide, ausschließlich Kreide – aber wenn jemand wollte, dass es anders aussah... ich konnte meine Gedanken nicht richtig ordnen. Sie ließen sich nicht bändigen. »Winwood lügt. Das ist eine Verschwörung. Meine Feinde wollen mich loswerden. Ihr müsst wissen, es ist nichts Wahres daran.« Meine Stimme klang schrill.

»Es wird sich alles im Laufe der Ermittlungen klären.«

Er klang beinhart, und in mir machte sich Alarmstimmung breit. Ich platzte heraus: »Wenn ihn jemand umgebracht hat, dann Northampton.« Dieser Mann sei zu allem fähig gewesen. »Er hat alles eingefädelt, er hat Weston und Elwes dort eingesetzt, damit sie seine Anordnungen ausführen.«

Entsetzen packte mich in der Magengrube. *O Gott, Tom, was habe ich nur geschehen lassen?*

»Nun, Coke wird die Angelegenheit ergründen.« Ich konnte mich nicht erinnern, ob Oberrichter Coke ein Freund der Howards war. Vielleicht war er es. »Und du bist unschuldig, also kein Grund zur Sorge, oder?« Er hatte die Stirn gerunzelt, ob nun aus Sorge oder Unglaubigkeit, konnte ich nicht erkennen.

»Ihr selbst habt es gesagt. Wichtig ist der Anschein. Wenn die Leute wollen, dass ich ...« Meine Stimme brach. Gewissensbisse höhlten mich aus. *Vergib mir, Tom, ich flehe dich an.*

»Du weißt, dass ich nicht untätig bleiben kann.« Er streckte eine Hand. »Um Himmels willen, was tust du da auf den Knien, dummer Junge. Setz dich her.« Er deutete auf den Stuhl neben sich. Es erleichterte mich, die Koseworte von seinen Lippen zu hören.

»Sieh doch«, fuhr er fort, als er einen Arm um meine Schulter legte. Sein Bein wippte noch immer. »Mach deinen Frieden mit dem Knaben.« Ich war verwirrt, denn ich wusste nicht auf Anhieb, wen er meinte. »Ich will solche Spannungen nicht, nicht in Anbetracht der gesamten Situation. Sein Aufstieg muss doch deine Stellung nicht angreifen. Das weißt du doch, nicht? Ich mag dich gern, auch wenn du in letzter Zeit unmöglich gewesen bist.« Er hob meine Finger, um sie zu küssen. Sein Mund war feucht. »Aber auch *ihn* mag ich gern. Du hast deine Frances, und ich habe meinen George. Siehst du?«

Ich war in Aufruhr. Ich wollte ihm sagen, das sei nicht das Gleiche, Frances bedeute keine Erniedrigung für ihn, während George Villiers' Bevorzugung für mich sehr wohl eine sei – denn alle würden schadenfroh hoffen, es sei das erste Anzeichen für meinen Sturz.

»Ich werde ihn zu dir schicken, ehe du abreist. Und du schließt Frieden mit ihm. Ist das klar?« Das war ein Befehl, aber mit entschiedener Zärtlichkeit ausgesprochen, als wäre er mein Vater, und ich war ein wenig beruhigt.

Ich nickte und murmelte eine halb verschluckte Entschuldigung. Es war mir ernst. Alles tat mir leid, sehr, sehr leid. Thomas, zahnlos und verwest, tauchte auf und folgte mir zur Tür.

Als ich mich verabschiedete, sagte James: »Geh zurück zu deiner Gemahlin. Warte ab, bis das Kind zur Welt kommt, und ehe du dich versiehst, wird alles wieder normal sein.« Ich glaubte ihm nicht.

Ich konnte nicht zu Bett gehen, ich war zu aufgewühlt und suchte darum nach Harry, jedes Gemach suchte ich nach ihm ab und ignorierte die abgewandten Schultern. Da ich ihn nicht fand und auch kein anderes freundliches Gesicht, ging ich hinaus in die Gärten, Thomas klammerte sich noch immer an meinen Rücken. Die Temperatur war mild, obwohl es bereits nach zehn Uhr in der Nacht war, der Mond stand hoch und warf einen stählernen Glanz auf die Mauern und erweckte Unbelebtes im Dunkeln zum Leben. Ich zündete meine Pfeife an einer nahe stehenden Fackel an und nahm den Weg durch den Torbogen zu den Fischteichen.

Ich ließ mich auf einer Bank nieder, atmete tief durch und versuchte zumindest für einen Augenblick, diesen Überschuss an Sorgen zu vergessen, die allmählich in mir versandeten. Die Nacht war still und voller Geräusche: das Platschen, als ein Frosch ins Wasser hüpfte, das leise Knacken, als etwas durch das Unterholz schlich, und knirschende Schritte auf dem Weg. Eine Gestalt näherte sich, die orangefarbene Glut einer anderen Pfeife waberte vor einer dunklen Figur, kurz und breit, unverkennbar.

»Winwood?«, fragte ich.

»Ah, Ihr *seid* es. Ich habe es mir schon gedacht. Habt Ihr etwas dagegen, wenn ich mich zu Euch setze?« Ohne meine Antwort abzuwarten, ließ er sich mit keuchendem Atmen neben mir auf die Bank fallen. »So friedlich hier draußen. Oben herrscht Chaos. Ich bin mit drei anderen in einem Zimmer untergebracht. Keine Räume mehr, und Euer Schwager hatte mich nicht erwartet, seht Ihr.« Er sprach davon, wie sehr er den Komfort seines Zuhauses vermisse. »Lange her, seit Ihr in meinem Haus in London gewohnt habt. Da wart Ihr gerade mal ein Knabe.«

Ich fragte mich, in Anbetracht des Grunds für seinen Aufenthalt in Lulworth, warum er so gesellig war. Das ließ mich wachsam sein und führte mich zu dem Gedanken, ob er wohl tiefere Beweggründe habe, mich auf seine Großzügigkeit in der Vergangenheit anzusprechen.

»Der liebe Thomas«, fuhr er fort. »Ihr wart damals sein Schützling. Schon merkwürdig, wie das Schicksal spielt.« Er zog an seiner Pfeife. Der Tabak zischelte.

»Was in Gottes Namen glaubt Ihr zu tun, wenn Ihr Eure erdichteten Anklagen beim König vorbringt?« Ich hatte mir vorgenommen, Ruhe zu bewahren, sah mich dazu aber nicht in der Lage.

»Nicht *meine* Anklagen.« Er war streng. »Ihr müsst verstehen, es ist meine Pflicht, ihm von den Aussagen zu berichten.«

»Ihr hättet zuerst zu mir kommen sollen.« Ich klang aufgebracht, aber nicht so aufgebracht, wie ich tatsächlich war. »Ich habe Euch schließlich das Ministeramt zugeschanzt.«

»Dann solltet Ihr erfreut sein, dass ich meine Pflichten mit so großer Sorgfalt erfülle.«

»Hört zu«, schimpfte ich. »Wenn es da irgendeine Fremdeinwirkung gegeben hat, bin ich der Erste, der es aufgedeckt haben möchte.«

Er blieb vollkommen ruhig. »Ich muss sagen, die Zeugenaussage des Apothekerjungen ist höchst aufschlussreich. Er scheint bei einem Mann namens Franklin angestellt gewesen zu sein.«

»Sollte ich ihn kennen?« Ich sprach die Wahrheit, aber ich bemerkte, wie sehr er auf mögliche Schwankungen in meiner Stimme achtete. »Der einzige Apotheker, den ich kenne und der Thomas einen Besuch abgestattet hat, war Mayernes Mann namens Loubell.« Bei diesen Worten fielen mir Mayernes Klagen ein, Thomas hätte Mittel genommen, die er ihm nicht verschrieben habe.

Wir schwiegen. Eine Mücke sirrte durch die Luft. Ich spürte, dass sie mich ins Handgelenk stach, und schlug sie tot.

Sie

Als Frances in Whitehall eintraf, war es in den Gemächern still wie in einem Grab. Es roch nach kaltem Tabakrauch, Asche bordete über den Rand des Kamins, und die Überreste eines dürftigen Mahls standen kreuz und quer auf dem Tisch, als wäre jemand in Eile davongestürzt. Als sie ihren Mantel über eine Stuhllehne warf, stieg eine Staubwolke auf.

Sie war, solange sie nur konnte, weg gewesen, bis schließlich Harry darauf beharrt hatte, dass sie zurückkehre. Robert brauche eine ordnende Hand, hatte er geschrieben:

Er ist außer Kontrolle, hat vor allen Leuten Villiers angegriffen. Villiers war freundschaftlich auf ihn zugegangen, aber Robert wurde gewalttätig und drohte damit, er breche ihm das Genick. Der König ist erzürnt. Alle reden darüber. Ich habe mich bemüht, Robert zur Räson zu bringen, habe ihm gesagt, die Ermittlungen basierten allein auf Gerüchten und Spekulationen, es gebe keinerlei greifbaren Beweis, und alles werde im Sande verlaufen. Es hat nichts genützt, und nun ist er in die Knie gegangen und sieht keinen Sinn mehr. Er hat sogar die meisten Diener entlassen, da er meint, man könne ihnen nicht trauen. Du musst zurückkommen und ihn im Auge behalten, ehe er uns noch weiteren Schaden zufügt.

Der einzige sichtbare Hinweis auf Robert waren seine Stiefel, die verlassen mitten im Flur standen. Als sie seinen Namen rief, hallte ihre Stimme durch die Stille, und sie begab sich langsam ins Schlafgemach. Das wachsende Baby erschöpfte ihre Kräfte, machte sie plump und schwerfällig, machte sie reizbar.

Sie fand ihn im Bett liegend vor, die Hände auf der Brust gefaltet, die Augen vor Erschöpfung dunkel gerändert, die Wangen bleich. Sie erschreckte geradezu, als sie an die ungeheure Kraft des Verlangens dachte, die sie einst erfüllt hatte, und an die Mühen, die sie auf sich genommen hatte, um ihn zu besitzen. Einen freudigen Augenblick lang, dachte sie, er sei tot, bis sie seinen Bauch sich heben und senken sah.

Blitzartig durchfuhr sie der Gedanke, wie mühelos es wäre, diesen Atem zu ersticken. Aber mit dem verstorbenen Onkel könnte der Finger zu leicht auf sie deuten. Im Übrigen konnte es Robert vielleicht noch gelingen, seinen Ruf zu retten. Es waren schon merkwürdigere Dinge geschehen. Und sollte es zum Schlimmsten kommen, würde sie einen Weg finden, die Beziehung zu ihm abzubrechen, zudem hatte sie noch eine nüchterne Munition: Sie kannte das Geheimnis des Königs. Welch ein Narr er doch gewesen war, sich ihr anzuvertrauen; aber das war Robert: zu arglos für ihre Welt.

Sie sprach ihn an. Er riss die Augen auf und stieß einen kleinen Schrei aus, als wäre er in panischer Angst, ehe er ganz erwachte und sie sah. »Gott sei Dank, bist du hier. Ich bin halb verrückt geworden vor Sorge.« Er berührte sie. Sie widerstand dem Drang, seine Hand abzuwehren. »Sie setzen alles daran, dass es so aussieht, als hätte ich Tom umgebracht.« Er schluckte, als wären ihm die Worte im Hals stecken geblieben. »Ich weiß nicht, was ich tun soll.«

»Du tust gar nichts. Geh wie üblich deinen Geschäften nach,

bis der Sturm vorüber ist. Du musst deine Pflichten als Oberst-hofmeister erfüllen und ebenso im Geheimen Rat – du kannst nicht einfach alles aufgeben. Das gibt dir den Anschein eines Mannes, der etwas zu verbergen hat.«

Sie hörte Anne im Nebenzimmer, die den Dienern Anweisungen gab, wo das Gepäck hinmüsse. Auch Anne befand sich nahezu in einem Zustand dauerhafter Aufregung, seit sie von den Ermittlungen erfahren hatte. Mehr als einmal hatte Frances sie wieder auf Kurs bringen müssen. Mit vorgetäuschtem Entsetzen sah sie ihren Gemahl an und rief: »*Hast* du etwas zu verbergen? Was verbirgst du?«

»Wie kannst du mich das nur fragen?« Er war zerrissen vor Pein. Sie wollte ihn ohrfeigen, ihn auffordern, er solle sich wie ein Mann verhalten. »Du kannst unmöglich denken, dass ich es getan habe.«

»Nein, natürlich nicht«, entgegnete sie. Er legte den Kopf an ihre Brust. Sie streichelte ihm übers Haar, wobei sie sorgsam kaschierte, wie sehr sie seine Schwäche abstieß. Das Baby bewegte sich – es trat sie in ihrem Inneren. »Du musst Frieden schließen mit Villiers. Entschuldige dich, entwaffne ihn mit Freundschaft.«

»Ich fürchte, dafür ist es zu spät«, wimmerte er an ihrem Hals.

Sie schwieg eine Weile, um ihren Ton zu zügeln. »Denk dran, Robert, du hast noch immer hohe Ämter inne. Du bist der Earl of Somerset. Du bist der Lordsiegelbewahrer. Der Oberst-hofmeister.« Sie wollte, dass er sich aufrichtete, dass er seinen Kampfgeist zurückgewann. »Wenn es für eine Versöhnung mit diesem Fatzke von Villiers zu spät ist, dann zeige dem König, dass du unentbehrlich bist. Schließlich bist noch immer du es, dem er die Staatsgeschäfte anvertraut. Er muss dich ganz eindeutig noch immer gernhaben. Liebe lässt sich nicht ausblasen wie eine Kerze.« Doch das stimmte nicht. »Die Glut schwelt noch. Entfache sie wieder.«

Sie schwiegen eine Weile, bis sie hinzufügte: »Tu es um unser Baby willen.«

Dieser Gedanke gab ihm offenbar neue Kraft, und er sprach davon, wie sie das Kind nennen würden, als plötzlich Anne erschien.

»Ja? Was ist?«

»Ihr müsst kommen.« Sie sah aschfahl aus.

Robert richtete sich auf, aber Anne sah Frances an und schüttelte dabei unmerklich den Kopf.

»Frauenangelegenheiten«, sagte sie und küsste ihren Gemahl auf die Stirn. »Ich bin gleich wieder da.«

»Was ist denn nur los?«, fragte Frances, als sie im Flur standen.

»Franklin ist schon wieder hier.«

»Vermutlich will er das übrige Geld. Schickt ihn weg, Anne. Sagt ihm, ich werde es ihm bringen lassen.«

»Nein, das ist es nicht, es ist ... es ist ... es ist ...« Anne zerfiel geradezu, und Frances musste all ihre Selbstbeherrschung aufbringen, um nicht ungeduldig zu werden.

»Wo ist er? Hoffentlich hat ihn niemand gesehen.«

Sie gingen durch die Halle. Hässliche geschnitzte Fratzen sahen von den Balken auf sie herab, und die Augen des Porträts ihres Gemahls folgten ihnen. Larkin hatte Roberts Schwäche eingefangen: seine Gier nach Gefallen. Die buhlerische Hoffnung spiegelte sich in seinem gemalten Gesichtsausdruck.

Sie betraten das Musikzimmer, ein kleines, selten genutztes Gemach abseits der Halle. Franklin hockte dort auf einem Stuhl. Es roch stark nach dem Bienenwachs, mit dem die In-

strumente poliert wurden. Er stand auf, als die Frauen hereinkamen, und machte einen Schritt auf sie zu. Die Ledermaske
über seiner verfaulten Nase ließ ihn, statt besser, eher noch bedrohlicher wirken. Anne verriegelte die Tür.

»Was denkt Ihr Euch dabei, hierherzukommen?« Frances
klang hart. An seiner Haltung erkannte sie, dass es etwas Wichtiges sein musste. Sie hatte es nicht für möglich gehalten, dass
ein Mann wie Franklin ängstlich sein könnte, doch seine Augen
flatterten ruhelos wie Fliegen, und er zerrte an einem Knopf
seines Wamses, bis er ihn in der Hand hatte.

»Es hat mich niemand gesehen«, sagte er.

Ein Hüsteln erklang jenseits der Tür. Eine Diele knarzte,
und dann leise Schritte. Frances legte den Zeigefinger an die
Lippen, damit er schwieg. Sie setzte sich ans Virginal, ein Geschenk des Königs aus besseren Zeiten.

Als sie den Deckel hob, flog eine kleine goldfarbene Motte
heraus, ziellos schwebte sie umher, bis sie sich auf der Wand
niederließ, wo Frances sie mit dem Daumen zerdrückte und die
staubigen Überreste auf die Holztäfelung schmierte.

Sie fing an zu spielen, wobei sie leise erklärte, die Musik
würde ihr Gespräch übertönen, und Franklin aufforderte:
»Sollte Euch jemand sehen, wenn Ihr geht, dann sagt, Ihr seid
der Instrumentenstimmer. Nun erzählt mir, warum Ihr hier
seid.«

»Weston ist verhaftet worden.«

Ihr Spiel stockte, doch sie zwang sich weiterzuspielen. Es
war eine durchweg heitere Melodie, wie ein Kind sie spielen
könnte. Hinten im Raum schaukelte Anne mit leerem Blick
vor und zurück. Frances sah Weston vor ihrem inneren Auge,
seine massigen breiten Schultern und die weiße Narbe in seinem Gesicht. Er war jemand, der allem standhalten könnte.

Sie setzte einen verwirrten Blick auf. »Was ... der Mann, den der Onkel als Overburys Wächter angestellt hatte? War er denn nicht zuvor *Euer* Diener, Anne?« Frances stellte sich vor, sie bringe die Kugel ins Rollen und alle würden wie Kegel umfallen. »Was wisst Ihr?«, fragte sie Franklin.

»Er ist von Coke befragt worden, er kann aber nicht viel ausgesagt haben, denn Minister Winwood und zwei andere sind heute Morgen zu ihm gegangen, um ihn ein weiteres Mal zu befragen.«

Woher er das wisse, fragte sie ihn, und er berichtete – sie meinte, einen Anflug von Selbstgefälligkeit an ihm zu entdecken –, er habe eine Verbindung zu Winwoods Pagen, der bei der Befragung zugegen gewesen sei. Frances war beeindruckt von seiner Findigkeit, ließ es sich aber nicht anmerken. »Was hat der Page Euch sonst noch erzählt?«

»Dass Weston standhielt. Er hat behauptet, Overbury habe sich erkältet, da er zu lange am Fenster gesessen habe, und dann sei es um ihn geschehen gewesen.«

Ihre Finger tanzten noch immer über die Tasten, wieder und wieder spielte sie den einfachen Refrain. »Das ist gut.« Anne hatte bei der Erwähnung von Overbury gewimmert.

»Aber sie haben ihn fertiggemacht, bis er ihnen etwas von einer Phiole mit Gift gestand, und Mistress Turner habe ihn angewiesen, es ihm zu verabreichen«, fuhr er fort. Anne stöhnte auf und schlug die Hände vors Gesicht.

»Hat er meinen Großonkel erwähnt?«, wollte Frances wissen. Franklin schüttelte den Kopf. »Aber sie müssen doch gefragt haben, wer die Anordnungen gab. Sie können doch unmöglich glauben, Anne habe eigenständig gehandelt.« Sie hielt inne mit dem Spiel, sodass eine kurze Stille entstand, damit ihre Worte ihre Wirkung taten, dann sagte sie, als wäre es ihr gerade in den Sinn gekommen: »Bei Gott, ich hoffe, Ihr habt diesen Brief vernichtet, den er Euch geschrieben hat, Franklin.« Sie beobachtete, als sie den Brief erwähnte, der nie existiert hatte, Panik in seinem Gesicht.

»Nach meinem letzten Besuch bei Euch habe ich danach gesucht, konnte ihn aber nicht finden.«

»Ich erwarte, dass Ihr ihn auf der Stelle zerstört.« Sie empfand das berauschende Gefühl, sie wäre in seinen Kopf eingedrungen, hätte ihm seine Erinnerungen gestohlen und sie durch Lügen ersetzt. »Ihr könnt nicht wollen, dass so etwas herumliegt.«

»Natürlich nicht!« Er war entrüstet, als hätte sie ihn einen Narren genannt, sein Stolz war angegriffen.

»Was hat Weston sonst noch gesagt?«

»Nichts mehr.«

Frances stellte sich vor, was sie Weston angetan hatten, fragte sich, ob sie ihn womöglich geschlagen oder gar gestreckt hatten. Sie hatte von einem Strick mit Knoten gehört, der dem Befragten um den Kopf gewunden und scharf angezogen wurde. Ein neuer Gedanke ließ ihr Herz höherschlagen, als ihre Finger wieder den Refrain spielten, ein Plan, der alle Probleme lösen könnte.

Dann sah sie mit absoluter Klarheit, was sie tun würde. Die Idee hatte schon länger undeutlich im Verborgenen gelauert, wie das Leben in einem Teich, das man durch die gekräuselte Oberfläche nur vage wahrnimmt. Nun war das Wasser ruhig und enthüllte den dahintreibenden trüben Laich, die durch das Seegras flitzenden goldenen Fische und ganz in der Tiefe die unstet umherschleichenden Aale.

Sie setzte einen Ausdruck von Besorgnis auf und wandte sich zu Franklin. »Der Name meines *Gemahls* ist doch wohl

Eures Wissens nach nicht gefallen, als Weston befragt wurde, oder?«

»Nein.« Franklin schien überrascht. »Warum?«

»Weil ich beunruhigt bin über etwas, das er mir damals geschrieben hat. Als Overbury bereits eine Weile eingekerkert war. Es ist mir nur so durch den Kopf gegangen.« Sie hielt die Hände still, als wäre sie zu angespannt, um weiterzuspielen. »Er stand meinem Großonkel sehr nahe, wisst Ihr. Und er hat in einem Brief etwas geschrieben, das ich nicht gänzlich verstanden habe.« Sie nahm das Spiel wieder auf, langsamer, unbeholfener, mit immer mal einem falschen Ton. »Nein, es kann nichts Schlimmes gewesen sein ...« Frances bemerkte, dass Franklins Aufmerksamkeit entfacht war. Er dachte wohl, er sei der Gerissenste im Raum. Am liebsten hätte sie aufgelacht und seinen Stolz zerquetscht, so wie sie diese Motte zerquetscht hatte.

»Was genau hat er geschrieben?«, fragte Franklin ganz Ohr.

»Nein, das ist nicht so wichtig.« Sie schwieg, bis die Stille ihn peinigte.

»Sagt es mir.«

Als wären ihr die Worte entrungen worden, stammelte sie: »Er hat geschrieben, er könne nicht glauben, dass die Angelegenheit noch nicht erledigt sei. Dieses Wort *erledigt* scheint mir verdächtig im Lichte von ... Oh, Ihr wisst schon.« Sie strich sich bedächtig über die Stirn und sagte: »Das war harmlos, *ganz bestimmt*«, wobei sie die Stimme wie bei einer Frage am Ende hob. »Ob vielleicht ein Brief erledigt sei oder etwas anderes Unverfängliches, glaubt Ihr nicht? Es kann doch nichts anderes gewesen sein, nicht wahr?« Wieder hörte sie auf zu spielen und schlug die Hand vor den Mund, als wäre ihr gerade etwas Schreckliches eingefallen.

»Euer *Gemahl* hat so etwas geschrieben?«

Sie nickte bedächtig, damit diese Information in Franklins Kopf sank, und sagte dann: »Ich kann nicht glauben, dass ihn auch nur die geringste Schuld trifft ... nicht Robert.« Sie war eine perfekte, vernarrte Ehefrau, die nicht den leisesten Makel an ihrem Gemahl entdecken konnte. Franklins Augenbrauen hoben sich unmerklich, was seinen Zweifel preisgab. Er war ebenso so leicht zu spielen wie das Instrument unter ihren Händen.

»Man wird mit Euch beiden sprechen wollen.« Sie wechselte abrupt das Thema. »Ihr dürft nichts zugeben.«

Anne hatte noch immer die Hände vor dem Gesicht. »Anne, seht mich an. Ich muss wissen, was Ihr gehört habt. Ich werde mein Bestes tun, um dieses Durcheinander, mit dem der Onkel Euch zurückgelassen hat, zu ordnen, aber Ihr *müsst* dazu beitragen.« Anne hob den Blick und sah Frances mit leerem Ausdruck an. »Tut Ihr es nicht, hängen sie womöglich *mich* ... diese Last wollt Ihr doch nicht auf Eurem Gewissen haben. Ich lasse es *nicht* zu, dass ich für die Taten des Onkels bezahle.«

Anne stand das Entsetzen im Gesicht und auch Franklin, und Frances war froh, dass ihr Großonkel nicht mehr widerlegen konnte, was sie soeben gesagt hatte.

»Nein.« Anne wurde plötzlich lebhaft. »*Ich* werde hängen. Ich war es, die ...«

»Es war der Onkel, der Euch dazu gezwungen hat, Anne. Das müsst Ihr ihnen erklären, wenn sie Euch befragen. Sie werden es verstehen ... Euch blieb keine Wahl.«

Aus dem Augenwinkel beobachtete Frances, wie ihre Worte auf Franklin wirkten, als sie eine letzte Strophe spielte und die Klänge wie eine bewaffnete Garde durch das Gemach marschierten.

Eine heilige Stille senkte sich nieder, und sie griff nach Annes Händen, blickte ihr in die betrübten Augen und flüsterte ihr zu: »Behaltet die Nerven. Der Onkel hat Euch da hineingezogen, und *ich* werde Euch da herausholen.« Sie packte fester zu. »Vertraut Ihr mir?« Anne murmelte, ja, das tue sie, natürlich tue sie es, sie kenne Frances schon von Kindesbeinen an, wie könne sie ihr nicht vertrauen?

Frances ließ sie los und begann wieder zu spielen, dieses Mal eine andere Melodie, die, zu der Atmosphäre passend, eher nach einem Klagelied klang. Wie gutgläubig die Menschen doch waren, wie leicht sie doch zu überzeugen waren! Es war genauso gewesen, als sie damals Anne gegenüber vorgegeben hatte, alle Anordnungen stammten vom Onkel: Briefe in seiner schwingenden Handschrift mit den Initialen »H.N.« für Henry Northampton, in denen er sie bat, sie möge bei Franklin Gift besorgen: einen Tropfen hiervon und einen Tropfen davon, die sie Weston schicken oder der Marmelade beimengen solle. *Frances darf nie davon erfahren*, hieß es nachdrücklich in jedem Brief. Es war beinahe ein Kinderspiel gewesen.

Der Gedanke daran flößte ihr ein Gefühl von unermesslicher Stärke und Unbesiegbarkeit ein, als hätte sie genügend Macht, um den Wind zu befehligen.

Er

Frances' Rückkehr war wie ein Balsam, der meine Verzweiflung linderte. Als sie begann, sich auszuziehen, bat sie mich, ihr zu helfen. Ich löste ihre Bänder, und die Kleider fielen, Schicht für Schicht, bis sie nur noch ihr Untergewand trug.

»Hier!« Sie schob das Leibchen hoch, um ihren großen mondrunden Bauch zu entblößen, und legte meine Hand darauf. »Es bewegt sich.«

Diese gesegnete Leibesfrucht zu spüren, dieses Wesen, das unter ihrer Haut heranwuchs, und zu wissen, dass es unser Baby war, besänftigte das aufzuckende Grauen, das mir zum ständigen Begleiter geworden war. Ich hüllte sie in eine Decke. Es war Winter geworden.

»Nur noch zwei Monate, und es ist Dezember.«

Sie spielte auf die Geburt an, aber bei dem Gedanken an die Zukunft erhoben sich all meine Ängste wieder in einer Kakofonie. »Ich hoffe bei Gott, dass ich dann noch hier sein werde.«

»Du musst aufhören, so zu denken.«

»Aber es gibt so vieles … so vieles, das man umdeuten kann, sodass ich schuldig erscheine.«

Im flackernden Licht einer Kerze sah ich Thomas' körperloses, vor Verachtung düsteres Gesicht. *Du hättest mich retten können.* Ich blies sie aus.

Im Dunkeln erschien es mir leichter zu reden. »Es gibt etwas, das du wissen musst, Frances.« Ich spürte ihre Anspannung, als hätte sie Angst vor dem, was ich gestehen könnte. »Ich weiß nicht, was ich tun soll. Willst du mir zuhören, ohne gleich zu urteilen?«

Natürlich wolle sie das, sagte sie. Und ich erzählte ihr von den Pulvern, die ich Overbury hatte bringen lassen. »Er hat mich darum gebeten. Um kränker zu wirken, in der Hoffnung, das Mitgefühl des Königs zu wecken, damit er ihn freiließe. Anfangs habe ich mich geweigert... ich hielt es für eine abscheuliche Idee.«

»Was um Gottes willen hat dich dazu gebracht, es dann doch zu tun?« Sie setzte sich halb auf und rückte von mir ab.

»Ich wollte es nicht.« Ich klang verzweifelt und spürte eindringlich, dass sich eine Lücke zwischen uns auftat. »Aber schließlich habe ich nachgegeben. Was ich ihm geschickt habe, hätte keiner Maus etwas zuleide tun können, aber es macht einen schlechten Eindruck.« Es war mir eine Erleichterung, es ihr zu gestehen, als würde man eine Eiterbeule aufstechen.

Sie setzte an, etwas zu sagen, aber ich wollte, dass sie mich in Gänze anhörte, und sagte ihr mit einem Bodensatz an Bestimmtheit, die ich im Strudel meines Kopfes fand, ich sei noch nicht fertig. »Und es gibt eine umfangreiche Korrespondenz zwischen Northampton und mir. In manchen dieser Briefe haben wir uns über Thomas' Haft ausgetauscht, wie wir sie absichtlich verlängern könnten, bis sich ihre Nichtigkeit herausstellen würde. Und es gibt Briefe von Thomas, in denen er seinen Gesundheitszustand schildert. Um ehrlich zu sein, ich kann mich nicht mehr erinnern, was alles darin stand, und ich mache mir Sorgen, dass der Inhalt missgedeutet werden könnte.«

Sie streckte die Hand durch die Lücke zu mir. Ich ergriff sie.

»Wo sind sie jetzt, diese Briefe?«

»Das ist das Problem. Ich habe sie Sir Robert Cotton übergeben, damit er sie sicher aufbewahrt.« Ich war so ein Narr gewesen, dass ich sie aus der Hand gegeben hatte.

»Vertraust du diesem Cotton? Wer ist das?«

»So wie ich jedem vertraue. Er ist verantwortlich für die Verwaltung des Großteils meiner Korrespondenz.«

»Sag ihm, er soll sie verbrennen.«

»*Sie verbrennen?* Alles?«

»Ich vermute ...« Ich hörte, dass sie den Kopf auf dem Kissen drehte. »Nein, vergiss es.«

»Was? Sag mir, was du vermutest.« Ich wollte unbedingt wissen, welchen Gedanken sie zögerte auszusprechen. Frances hatte immer auf alles eine Antwort.

»Du könntest sehen, ob Cotton oder jemand anders vielleicht ein, zwei Briefe behält. Zum Beispiel die, in denen Overbury seinen Zustand beschreibt. Wenn es welche gibt, in denen er erwähnt, seine Gesundheit habe sich gebessert, könntest du Cotton bitten ...« Sie hielt inne. »Nein, das habe ich nie gesagt. Es ist eine schlechte Idee.«

»Lass es mich beurteilen. Sprich deinen Satz zu Ende, Frances ... bitte.«

»Du könntest Cotton bitten, die Daten zu ändern, damit es absolut eindeutig ist, dass Overbury sich besser fühlte, nachdem du ihm diese Pulver geschickt hast.«

»Das entspricht der Wahrheit. Tom *hat* sich besser gefühlt.«

»Na, dann wäre es nicht einmal eine List, ein, zwei Daten um wenige Wochen zu verschieben. Aber es muss anständig gemacht werden ... von einem Fachmann. Ich glaube, der Onkel kannte jemanden ... ich will versuchen, mich an seinen Namen zu erinnern. Auf diese Weise, sollte es je dazu kommen … was ich sehr bezweifle, aber sollte es doch so sein … kann nichts falsch gedeutet werden.«

»Mein Gott, Frances, du verblüffst mich immer wieder aufs Neue.« Sie hatte mich vom Abgrund weggezerrt.

»Ich habe doch nichts gemacht. Das warst allein du.«

»Wir werden stärker daraus hervorgehen.« Ich spürte bereits, wie ihre mächtige Wirkung in mich strömte und neue Widerstandskräfte in mir weckte.

»Es versteht sich von selbst, dass alle Briefe, die den Schatten eines Verdachts auf die Beweggründe des Onkels werfen, aufbewahrt werden sollten. Ich weiß, er kann sich nicht mehr verteidigen, aber …« Sie sprach nicht weiter.

»Was meinst du mit seinen *Beweggründen*?« Sie hatte mein lang gehegtes Misstrauen gegenüber diesem grässlichen Mann nahezu bestätigt.

»Was hast du denn gedacht, Robert?« Sie legte eine Hand auf meinen Rücken und schlang sich um mich. »Soweit ich weiß, hat er Overbury in den Tower gebracht. Ich lasse es nicht zu, dass *du* seine Schuld auf dich nehmen musst. Die Vorstellung, ohne dich zu leben, ist … ist …« Ihre Stimme bebte. »Das ist undenkbar.«

»Meine arme, arme Frances. Weine nicht.« In dem Augenblick wusste ich, dass ich auch dem letzten meiner Gegner gewachsen sein würde. »Nun ist er tot, und wir haben uns, meine Liebste.«

Sie

Sie kamen kurz vor dem Morgengrauen, zwei Wochen nach Franklins Besuch. Frances lag wach und lauschte dem Gesang einer einsamen Amsel, als sie die Pferde hörte. Lautlos verließ sie das Bett und streifte sich leise ihre Kleider über. Einen Augenblick dachte sie, sie kämen vielleicht, um sie zu verhaften, und musste sich in Erinnerung rufen, dass sie gar nicht unter Verdacht stand. Robert wachte erschöpft und verwirrt halb auf. Sie sagte ihm, er solle weiterschlafen, und ging hinunter in die Halle, ehe sie gegen die Tür schlugen und den ganzen Haushalt aus dem Schlaf rissen.

Vier Männer traten herein, alle bewaffnet. Sie schienen verlegen, dass die schwangere Dame des Hauses ihnen die Tür geöffnet hatte, und stammelten flüchtige Entschuldigungen. Sie waren wegen Anne gekommen. Frances schenkte ihnen ihr betörendstes Lächeln, bat sie, ein paar Minuten zu warten, um es Anne zu ersparen, im Nachtgewand verhaftet zu werden.

Anne, deren blondes Haar sich über dem Kopfkissen ausbreitete, schlief noch in friedvoller Unkenntnis. Frances schüttelte sie sanft. Erschrocken setzte sie sich auf und straffte sich, als ihr ihre Situation bewusst wurde. »Warum seid Ihr hier?« Die Angst, die ihre Gesichtszüge verfinsterte, zeigte klar, dass sie den Grund kannte.

Frances zog die Vorhänge auf. Draußen war es noch fast dunkel, und die Fenster waren mit Eisblumen überzogen, die sich zu einem komplizierten Muster fügten. Sie stocherte in der Glut des Kamins und legte Anmachholz darauf, um die Kälte zu vertreiben, ehe sie sich setzte und Annes Hand nahm. »Ich möchte, dass Ihr ruhig bleibt.«

»Sie sind meinetwegen gekommen, nicht wahr?«

»Seid unbesorgt. Es handelt sich nur um einige wenige Fragen. Das ist alles.« Annes Fingernägel gruben sich in ihr Fleisch. »Ich sorge dafür, dass es Euch an nichts fehlt und sie Euch nicht länger festhalten als absolut nötig. Ich werde die Kaution für Eure Freilassung aufbringen.«

»Ich habe Angst.« Sie sah am Boden zerstört aus – grün vor Entsetzen. »Angst vor dem, was sie mir antun, wenn ich alles abstreite.«

»Eine Frau foltern sie nicht.« Sie spürte, dass Anne zusammenzuckte.

Frances konnte sie dazu bewegen aufzustehen und kleidete sie an. Sie musste an all die Male denken, als Anne sie in ihrer Kindheit angekleidet und sich um sie gekümmert hatte, sie hatte sie wie ihr eigenes Kind umsorgt.

»Was ist, wenn ich lügen muss? Sie werden mich durchschauen.« Mit ihren rollenden Augen und den ringenden Händen sah sie wie eine halbwegs Verrückte aus.

»Hört mir zu.« Frances musste sich zügeln, um sie nicht zu schütteln, und fixierte sie mit durchdringendem Blick. »Das ist wichtig. Wenn Ihr lügen *müsst*, dann gebt etwas Kleines preis. Ein Körnchen Wahrheit – etwas, das Euch bloß unbedeutend gefährdet. Dann werden sie Euch alles andere, was Ihr zu sagen habt, höchstwahrscheinlich glauben. Verkleidet Eure Täuschung mit einer Tünche aus Wahrheit. Hört Ihr mich?«

Anne nickte unterwürfig wie ein Kind, das sich auf Schläge gefasst macht.

»Also«, sagte Frances. »Ich möchte, dass Ihr prächtig ausseht.« Sie nahm eine safranfarbene Halskrause vom Regal und legte sie Anne an.

Sie aber zog daran. »Werden sie mich damit nicht für hochmütig halten? Sollte ich nicht besser einen schlichten Kragen anziehen?«

»Nein.« Frances bestand darauf und schnürte die Bänder stramm zu einem Doppelbogen. »Ihr müsst wie eine wohlerzogene Frau aussehen. Ich möchte nicht, dass man Euch in eine gewöhnliche Zelle steckt. Ich hole Euch rasch etwas. Wartet, ich bin gleich wieder da.«

Frances kramte in ihrem Schmuckkasten nach dem Diamantring, nach dem, der all den Ärger mit Mary Woods ausgelöst hatte, und fädelte ihn auf ein langes Band. Als sie zu Anne zurückkehrte, sah sie, dass sie ihre Handflächen prüfend betrachtete, als könnte sie dort eine Antwort finden auf das, was gerade geschah. »Seht Ihr etwas?« Sie streckte Frances ihre Hand hin. »Ich sehe meine Zukunft nicht mehr.«

»Seid nicht töricht.« Frances stellte sie auf die Füße, um ihr das Haar zu kämmen, und steckte es unter eine Haube. »Denkt daran, nicht den Kopf zu senken. Ihr dürft nicht beschämt aussehen. Ihr müsst so wirken, als hättet Ihr nichts zu verbergen. Und womit auch immer sie drohen, sagt nichts. Sagt, Ihr wisst nichts.«

»Ihr versteht es nicht«, sagte Anne. »Ich habe nicht Euren Mut.«

»Im Geiste bin ich bei Euch. Wenn Ihr Schwäche spürt, denkt an diese meine Worte. Und dann gibt es das hier.« Sie legte das Band mit dem Ring um Annes Hals und steckte ihn, damit ihn niemand sah, unter ihre Kleider, noch ehe Anne selbst erkennen konnte, was es war. »Es ist ein Ring, falls Ihr Geldmittel braucht.« Anne wollte protestieren, doch Frances ließ es nicht zu.

Schließlich stand sie auf. Anne sah perfekt aus, aber ihr Gesicht war vor Angst verzerrt, sie war wie ein Bildnis, das bis ins feinste Detail vollendet war, mit Ausnahme vom Gesicht.

»Ich verfluche den Tag, als ich Euren Großonkel erblickt habe.« Ihre Stimme war kaum zu hören.

»Ich weiß. Und nun ist es uns überlassen, seine Sünden auszubaden.« Frances führte sie zur Tür. »Nun müsst Ihr etwas essen. Ich erlaube Euch nicht, mit leerem Magen irgendwohin zu gehen.«

Die Küche war leer, die Diener noch nicht auf den Beinen, und Frances drängte sie, einen Becher Milch zu trinken und etwas vom gestrigen Brot zu essen. Und es war dort, dass Anne ihr etwas von einer Schachtel mit Briefen erzählte, von denen sie fürchtete, sie könnten sie belasten.

»Wie habt Ihr davon erfahren?«

»Franklin hat es mir gestern gesagt. Es kam heraus, als Weston befragt wurde. Ich wusste nicht, dass er sie aufbewahrt hatte.« Ihre Stimme bebte. »Er hat sie ihnen als Gegengabe für ihre Milde angeboten.«

»So viel also zu Eurem treuen Diener Weston. Er zieht Euch da hinein, um seine eigene Haut zu retten.« Frances trank einen Schluck Milch. Sie schmeckte unangenehm scharf, denn sie war kurz vor dem Sauerwerden. »Was könnten die Briefe Schlimmes verraten?« Angesichts von Annes Fassungslosigkeit brachte sie ihre letzte Geduld auf.

»Ich fürchte, es sind die Briefe, die ich ihm geschickt habe mit dem … mit dem …« Anne schien unfähig, das Wort »Gift«

auszusprechen, und sagte stattdessen schließlich »mit den Heilmitteln«. »Die Anweisungen, was genau sie beinhalten und wie sie zu verabreichen sind. Meine Handschrift ist so charakteristisch, ich werde nicht leugnen können, dass ich sie geschrieben habe.«

»Oh, Anne! Warum nur sind sie nicht verbrannt? Der Onkel hat so ein höllisches Chaos hinterlassen.« Frances beherrschte ihre Wut und fragte ganz ruhig: »Worum ging es sonst noch in diesen Briefen? Wir müssen sichergehen, dass Eure Sicherheit gewährleistet ist.«

»Ich glaube, es ging um nichts weiter. Um nichts Wichtiges.« Fiebrig rollte sie ein Stück Brot zwischen den Fingern hin und her.

»Bin ich darin erwähnt?« Frances warf es hin, als wäre es kaum der Rede wert.

»Nur beiläufig, glaube ich.« Anne atmete flach.

»Beiläufig?«

Der Brotball war grau geworden von ihrem Kneten. »Ich erinnere mich nicht, wirklich nicht.«

Frances hörte das Blut in ihren Ohren rauschen. »Und wo sind diese Briefe?«

»Bei Weston zu Hause. Ich bin gestern Abend, kaum dass ich davon gehört hatte, hingegangen, aber sein Sohn wollte mich nicht hineinlassen.«

»Ihr seid hingegangen? Das hättet Ihr mir sagen sollen.« Frances fragte sich, wie viele dieser Briefe noch existierten und was genau Anne gemeint hatte mit, *nur beiläufig, glaube ich*. Das flößte ihr kein Vertrauen ein. Sie musste diese Briefe unbedingt vor Winwood und Coke in die Hände bekommen. »Ich sorge dafür, dass sie vernichtet werden. Gibt es noch etwas, dass Eure Verstrickung beweist?«

Still rannen Tränen über Annes Gesicht. »Was ist, wenn Franklin plaudert?«

»Wenn er das tut, ist er ein toter Mann.« Frances bemerkte, dass der Saum von Annes Halskrause in ihrem Becher Milch hing, und malte sich aus, wie er in wenigen Stunden ranzig riechen würde. »Er hat doch all das Gift geliefert, oder?«

»Ich verfluche den Tag, als Ihr mich zu diesem Dr. Forman und seinem abstoßenden Gehilfen geführt habt.« Sie hob den Blick. Ihre Augen waren blutunterlaufen.

Frances beugte sich über den Tisch, nahm die beiden Hände der Frau und sagte sanft: »Ihr erinnert Euch nicht recht, Anne. Die Not bringt Euch durcheinander, Ihr müsst Euch an alles eindeutig erinnern, wenn man Euch befragt. Nicht ich habe Euch dahin geführt. *Ihr* wart es, die Forman aufgespürt hat.«

»Aber ...« Anne fand keine Worte.

»Erinnert Ihr Euch nicht? Ihr wolltet, dass Arthur Euch einen Heiratsantrag macht. Ich begleitete Euch nur zu Eurer Unterstützung.« Anne schüttelte den Kopf, aber Frances sah, dass sie anfing, ihre Erinnerung anzuzweifeln. Die Angst hatte sie konfus gemacht. »Es ist doch kein Wunder, dass Ihr verwirrt seid. So eine schreckliche Sache – Formans Tod. Und Ihr standet ihm so nahe.«

Anne rieb sich die Augen. »Ich stecke in einem schrecklichen Schlamassel.«

»Ich weiß, ich weiß.« Frances Ton war besänftigend. »Schweigt einfach über diese Angelegenheit. Niemand muss erfahren, dass Ihr Foreman konsultiert habt oder Franklin oder andere Leute dieser Sorte. Und wenn Franklin singt, wer wird *ihm* schon mehr Glauben schenken als Euch?« Anne stieß kurze flache Atemzüge aus. »Nehmt Euch zusammen. Ich werde dafür sorgen, dass Ihr wieder zu Hause seid, wenn der Kleine hier zur

Welt kommt.« Frances strich sich über den Bauch. »Vertraut mir.«

»Sie werden mich hängen, Frances.«

»Das tun sie natürlich nicht.« Sie antwortete auf Annes Verzweiflung mit einem Lächeln. »Hört zu, Weston ist ein hoffnungsloser Fall, und Franklin kann, wenn nötig, geopfert werden.« Annes schockierter Blick zeigte ihr, dass sie zu weit gegangen war, und rasch fügte sie hinzu: »Verzweifelte Situationen fordern verzweifelte Maßnahmen. Versteht Ihr? Es heißt, entweder *Ihr* oder *er*.«

Anne bebte jetzt am ganzen Körper. Frances packte sie fest an den Schultern. »Hört mir zu, Weston hat bereits versucht, Euch in die Sache zu verwickeln, und glaubt nicht, dass dieses Ungeheuer von Franklin Euch irgendeinen Gefallen tut... er ist ein Mann, der mit Gift handelt, um Gottes willen. Macht die Augen auf, Anne. Es geht jetzt um *Euer* Überleben.«

»Aber ich bin schuldig. Ich habe fraglos alles getan, um was mich Euer Großonkel gebeten hat.« Schluchzer schüttelten sie. »Ich komme in die Hölle.«

Frances wartete einen Augenblick, bis sie sagte: »Der Onkel war ein böser Mann, der Euch dazu gezwungen hat. Ihr habt lediglich seine Anordnungen ausgeführt. Ihr hattet schreckliche Angst vor ihm. Wie wir alle.«

Schließlich beruhigte sich Anne, und Frances führte sie aus der Küche in die Halle, wo die Wachen sie festnahmen und zur Tür schubsten.

»Lasst sie los«, rief Frances. »Ihr solltet Euch schämen, eine Frau so zu behandeln. Mistress Turner wird mit Euch gehen, ohne Umstände zu machen.« Ohne zu zögern, folgten sie ihrer Anweisung.

Anne ging schweigend, doch als sie über die Türschwelle

schritt, sah sie mit einem Blick des reinen Entsetzens zurück zu Frances.

Es war der gleiche Blick, den Frances kleines Ebenbild hatte, als es um sein Leben flehte.

Er

Wach auf. Wach auf, Robert.« Frances schüttelte mich heftig. Ich erinnerte mich vage dran, an diesem Morgen schon einmal gestört worden zu sein. »Es ist etwas geschehen.« Vollkommen verschlafen setzte ich mich auf. Sie stellte mir meinen Schreibkasten auf den Schoß, zog die Bettvorhänge weit zurück, sodass das Licht hereinströmte und mich kurzzeitig blendete. »Du musst mir unbedingt einen Durchsuchungsbefehl für Westons Haus unterschreiben. Ich habe nach Harry rufen lassen, damit er ihn bezeugt.«

»Ich verstehe nicht.« Ich war noch immer schlaftrunken. »Warum?« Sie zog ein Blatt Papier heraus und eine Feder, tauchte sie ein und hielt sie mir hin. Schwarze Tinte tröpfelte auf die Laken.

»Weston ist bereits gefangen, und nun hat man Anne verhaftet.«

In meinem Kopf ging ich alle Annes durch, die wir kannten. »Du meinst, deine Anne?«

»Ja, natürlich meine Anne.«

»Aber warum denn nur?«

»Ich weiß es nicht, Robert. Sie glaubt, in Westons Haus befänden sich Briefe, die es so aussehen lassen, als wäre sie verwickelt.«

»Verwickelt in was?« Ihre Worte ergaben für mich keinen Sinn.

»In Thomas Overburys Tod natürlich.« Sie klang ungeduldig und verärgert, dass ich nur so schwerfällig verstand, aber ich vermutete, sie sei durch die Ereignisse verstört. Sie und Anne standen sich so nahe wie Schwestern. Die ganze Sache griff in unser Leben ein und kroch wie giftiger Rauch durch jede Ritze.

»*War* sie darin verwickelt?«

»*Nein.*« Frances schien entsetzt über meine Frage. »Aber Weston hat für Anne gearbeitet, ehe … ehe … du weißt.«

Ich wusste es nicht. Ehe Northampton ihn als Thomas' Wächter eingestellt hatte? Allmählich sah ich das Netz aus Beziehungen um Thomas' Tod herum, das zuvor für mich unsichtbar gewesen war. Ich wusste, dass Northampton Anne Turner Jahre zuvor als Frances' Kindermädchen beschäftigt hatte und – es durchfuhr mich wie ein Stich in die Eingeweide – auch erst kürzlich als ihre Gesellschafterin. Es wurde mir zusehends klarer, dass, wie ich es vermutet hatte, Northampton die Spinne mitten im Netz war – ein viel größeres Netz, als ich es je geahnt hatte. Alle Fäden endeten bei ihm. »Was genau steht in diesen Briefen?«

Verzagt schlug sie die Hände über dem Kopf zusammen. »Ich bin ebenso verwirrt wie du, Robert. Aber Anne hat beteuert, dass diese Briefe sie an den Galgen liefern.« Sie sah mich mit vor Verzweiflung feuchten Augen an. »Wir dürfen das nicht zulassen. Es ist mir *gleichgültig*, ob sie schuldig ist. Ich muss alles tun, um sie zu retten.«

Es schien mir unvorstellbar, dass die engelsgleiche Anne Turner in so eine abscheuliche Tat verwickelt sein könnte. »Selbst wenn sie es sein sollte …«, noch immer verfertigten sich meine Gedanken, »… kann man sie nur für schuldig befinden, auf Befehl eines anderen gehandelt zu haben.« Ich hatte das Gefühl, ich dürfte Northampton nicht namentlich erwähnen. Frances wäre wohl völlig zusammengebrochen, wenn ich angedeutet hätte, ihr Großonkel habe mehr Schuld auf sich geladen, als bloß für Thomas' Verhaftung gesorgt zu haben.

»Bitte, schreib es einfach, ich flehe dich an. Wir dürfen keine Zeit verlieren. Wir dürfen nicht riskieren, dass die Ermittler die Briefe in die Finger bekommen. Ich darf Anne nicht verlieren.« Sie umklammerte meine Schulter. Ich verspürte merkwürdigerweise neue Kräfte. Neben meiner Gemahlin, die ansonsten so beherrscht und einfallsreich war und die nun von mir verlangte – so verzweifelt verlangte –, dass ich die Zügel in die Hand nahm, fühlte ich mich sehr gefasst.

»Ich weiß davon nichts.« Meine Feder schwebte über dem Blatt. Eine Sorge nagte an mir.

»Wovon weißt du nichts?« Sie klang, als sei sie am Rande der Verzweiflung.

»Ein Befehl mit meinem Siegel darauf könnte ein schlechtes Licht auf mich werfen … als hätte ich etwas zu verbergen.«

»Aus welchem Grund?« Sie hatte sich beruhigt und streichelte mir den Rücken. Ich fühlte die feste Wölbung ihres dicken Bauchs an meiner Schulter und dachte an das in ihr wachsende Leben. »Als Mitglied des Geheimen Rates musst du ständig Vollziehungsbefehle unterschreiben. Das ist doch Teil deiner offiziellen Verantwortlichkeiten, oder? Und mein Bruder als Zeuge. Das läuft doch korrekt.«

Sie hatte recht. Und dennoch zögerte ich.

»Du verhältst dich wie ein Schuldiger, Robert.« Rasch rückte sie von mir ab, ihre Hände lösten sich von mir, und sie sah mich entsetzt an. »Ich möchte nicht glauben, dass du mit dieser Geschichte zu tun hattest. Nicht *du*. Nicht mein Robert.«

»Nein.« Es war nicht das erste Mal in den letzten Wochen, dass sie mich misstrauisch beäugt hatte. »Natürlich nicht.«

»Es tut mir leid. Ich bin einfach verrückt vor Sorge.« Sie lehnte sich an meine Schulter. »Robert, ich *brauche* dich.«

Wie sie es sagte – als hinge ihr ganzes Dasein von mir ab –, berührte mich tiefer als alles andere, das sie je zuvor gesagt oder getan hatte. Ich verspürte eine schäumende Wut für den Mann, der sie gebrochen hatte. Wäre Northampton nicht bereits tot gewesen, wäre ich auf der Stelle zu ihm gegangen und hätte ihm mein Schwert bis ans Heft in die Rippen gestoßen.

»Ich brauche dich«, wiederholte sie, dieses Mal flüsternd.

»Ich weiß, meine Liebste, ich weiß.« Ich malte mir aus, Northamptons Blut ränne in meinen Ärmel. Ich stellte den Durchsuchungsbefehl aus und unterschrieb ihn, während sie das Wachs erwärmte und es auf das Papier tröpfeln ließ, damit ich mein Siegel hineindrückte.

»Zieh dich an. Ich höre schon Harry kommen.«

Ich streifte irgendwelche Kleider über. Derweil öffnete sie das Fenster und rief ihrem Bruder zu, sie komme herunter; schon griff sie nach dem Papier und eilte damit zur Tür hinaus, als ich mich noch mühte, in meine Stiefel zu schlüpfen.

Harry zeichnete bereits den Befehl gegen, als ich in die Halle trat, und er besiegelte ihn mit seinem Wappen neben meinem. Ich hatte schon immer gewusst – an der Art, wie er sie ansah und an ihren Lippen hing –, dass er seine Schwester vergötterte. Er lächelte – ein Abbild ihres Lächelns –, stand auf und umarmte mich, wobei er mir auf den Rücken klopfte und sagte: »Wir müssen uns sofort nach Royston begeben.«

»Nach Royston?« Das verwirrte mich, und mit einem Ohr hörte ich Frances zwei Dienern die Anweisung geben, sie sollten in Westons Haus gehen.

»Ihr bringt mir jeden Brief, alles Schriftliche«, sagte sie, als sie sie zur Tür hinausschob. »So rasch ihr könnt.«

Harry erklärte: »Ich habe gerade erfahren, dass Coke gestern nach Royston abgereist ist. Er will den König fragen, ob er den Lordkanzler bei den Ermittlungen um Hilfe bitten darf. Ellesmere ist ein Feind der Howards. Es ist eindeutig, was da vor sich geht.«

Ich wollte, mir wäre es ebenso klar wie Harry. »Ich verstehe das nicht.«

»Begreifst du es nicht?«, schnauzte er. »Sie versuchen, uns alle zu Fall zu bringen ... angefangen mit dir. Wir müssen sie aufhalten. Du musst den König davon abbringen, Ellesmere in dieser Funktion gutzuheißen.«

»Warum sollte er auf mich hören? Ich bezweifle sogar, dass er mich empfängt.«

»Du könntest sagen, du kommest, um Wiedergutmachung zu leisten. Genau das wünscht er sich – dich wieder in seiner Nähe zu haben. Geh auf die Knie und sage ihm, du wollest dich bei Villiers entschuldigen. Das dürfte ihn glücklich machen.«

»Aber es ist ein ganzer Tagesritt nach Royston.« Der Sturz der Howards war meisterhaft eingefädelt, Northamptons Leute alle in Haft, ein weiterer Feind an den Ermittlungen beteiligt und ich mittendrin. Angst wallte in mir auf.

»Coke ist gestern mit einer Kutsche abgereist, und sicher hat er irgendwo übernachtet. Es ist noch nicht acht Uhr. Wenn wir uns beeilen, können wir womöglich noch vor ihm dort sein.« Harry hastete bereits zur Tür. »Draußen im Hof stehen Pferde für uns bereit.«

Ich sah zu Frances, wie eine verlorene Gestalt stand sie unter meinem Porträt, nur ungern ließ ich sie so verzweifelt und so hochschwanger zurück. Aber sie beharrte darauf, dass ich gehe.

»Mach dir keine Sorgen um mich, Liebster. Das da ist sehr viel wichtiger. Ich komme ein, zwei Tage ohne dich schon zurecht.« Meine Gemahlin hatte verborgene Reserven an Gleichmut, von denen ich nur träumen konnte.

Erschöpft trafen wir in Royston ein. Es war nicht leicht für mich, vorgelassen zu werden, und ich wartete in der Halle, derweil James eine Nachricht nach oben gebracht wurde. Als mir dann der Zutritt gewährt wurde, fand ich ihn mit Villiers vor, sie lachten über einen Witz, den nur sie verstanden. Beide trugen Reitkleidung und waren von oben bis unten mit Dreck bespritzt. Als Villiers mich sah, stand er auf und neigte respektvoll den Kopf. Seine ausgesuchte Höflichkeit war irritierend, aber ich wollte mich nicht durch meine schwärende Feindseligkeit von meiner Mission ablenken lassen.

»Würdest du uns einen Augenblick allein lassen, George?«, sagte der König, und gehorsam entschwand Villiers durch die Tür in das Schlafgemach, das sonst immer meines gewesen war – in genau das Zimmer, in das Thomas Jahre zuvor hineingeplatzt war. Bilder dieses Zusammentreffens wirbelten mir durch den Kopf, und ich fragte mich, ob das Schicksal, wenn dieses nicht geschehen wäre, einen anderen Weg genommen hätte. Ein Feuer loderte im Kamin. Ich war von unserem Ritt noch ganz durchgefroren, und meine Finger erwärmten sich gerade schmerzhaft.

»Du siehst fürchterlich aus, Robbie.« Die Zuneigung in seiner Stimme flößte mir eine Spur Hoffnung ein. »Also was kann ich für dich tun?«

»Euer Majestät …«

Er hob die Hand, um mich zum Schweigen zu bringen. »Komm schon, es besteht kein Anlass für diese Förmlichkeit.

Wir sind allein. Ich denke, du kannst mich mit meinem Vornamen ansprechen.«

Vor Erleichterung wäre ich beinahe in Tränen ausgebrochen. Er goss mir etwas in einen Becher und reichte ihn mir.

»Ich weiß, ich war Euch kein guter Diener und möchte es wiedergutmachen.« Ich klang pathetisch, meine Worte flehentlich. »Ich will mich ändern. Ich möchte mich bei Villiers entschuldigen.« Ich nippte am Becher. Das Getränk war warm und süß.

Er war ruhig, ohne den Augentick und das wippende Bein, die er bei Angst oder Überlastung hatte. Ich hätte froh darüber sein müssen, aber ich vermutete, seine Zufriedenheit ließe sich auf George Villiers Begleitung zurückführen. »Es freut mich, dass du zur Vernunft kommst, Robbie... es freut mich sehr.« Er sah mich prüfend an. »Ist da noch etwas?«

»Ich glaube, Oberrichter Coke hat Euch aufgesucht.«

»Ja, erst heute Nachmittag. Sein Besuch hat mich davon abgehalten, ein sauberes Gewand anzuziehen, und nun bist du da, darum bin ich noch immer so schmutzig.« Er lachte, aber ich hatte den Eindruck, all diese Unruhe verärgere ihn.

»Ich verstehe, dass er Ellesmere in die Ermittlungskommission aufnehmen möchte.« Ich bemühte mich, entschieden zu klingen.

»Ja, das stimmt. Es wurde eine Fülle an Einzelheiten über den Tod deines Freundes aufgedeckt, und der Fall ist für Coke allein zu umfangreich geworden. Es ist von höchster Wichtigkeit, dass der Fall genauestens untersucht wird. Da nun alles in Bewegung gesetzt ist, kann man mir nicht vorwerfen, ich hätte den Rechtsweg behindert. Da stimmst du mir sicherlich zu.«

Mir wurde bewusst, wie wenig ich von den Entdeckungen wusste, über die er sprach, und fürchtete all die Schmähungen, die man wohl über mich geäußert hatte. Die Schuld würde mir auferlegt werden, und ich hätte keine Möglichkeit, mich zu verteidigen.

»Coke ist mit seinen Ermittlungen vorangekommen«, erklärte er. »Er hat mit vielen Leuten gesprochen. Mir wurde geschildert, Overburys Diener, dessen Namen mir entfallen ist, habe Interessantes über dich zu berichten gehabt.« Langsam strich er sich mit dem Zeigefinger über die Unterlippe. Es gelang mir nicht, wie sonst seinen Gesichtsausdruck zu deuten.

»Lawrence Davies? Was kann er schon über mich gesagt haben?« Meine Stimme war viel zu hoch – wie die eines Kindes, das lügt.

»Er hat erzählt, *du* habest Overbury geraten, den Botschafterposten in Moskau abzulehnen.«

Mit einem Mal drehte sich mir der Kopf. Ich befand mich wieder in Thomas' Gemächern, als ich ihn zum letzten Mal lebend sah. Er war bedrückt und voll Entsetzen, dass ihm auf seiner Reise nach Russland ein Unglück zustoßen könnte. Mir fiel wieder ein, dass Davies während unseres Gesprächs immer wieder ins Gemach gekommen war, um uns Getränke zu servieren und den Tisch abzuräumen. Ich marterte mein Hirn, um mich zu erinnern, was genau ich gesagt hatte, aber es war alles im Nebel.

Als könnte er meine Gedanken lesen, sprach der König: »Der Knabe hat Coke erzählt, du habest bezüglich der Botschaft gesagt: ›Geh nicht. Geh in den Tower, und wir holen dich da heraus.‹ Hast du das gesagt?«

»Ja. Irgendetwas in dem Sinne. Aber es ist aus dem Zusammenhang gerissen.« Ich bemühte mich, nicht so verzweifelt zu klingen, wie ich mich fühlte. »Ich bin zu Overbury gegangen, um ihn davon zu überzeugen, er solle den Botschaftsposten annehmen.« Mir kam in den Sinn, dass ich Davies eine Stellung versprochen und nichts dergleichen getan hatte, darum war aus seiner Ecke kein Wohlwollen für mich zu erwarten.

Ich fühlte mich erbärmlich, als würde ich gleich in Ohnmacht fallen. Ich fragte mich, ob Davies noch mehr in der Hinterhand hatte – Briefe vielleicht, schriftliche Beweise –, das ein dunkles Licht auf mich werfen könne, und nahm mir vor, mit ihm Kontakt aufzunehmen und ihm etwas anzubieten, das seine schlechte Meinung von mir besänftigen würde. »Ihr wisst…«, ich wollte James mit Namen ansprechen, aber etwas in seinem Gesichtsausdruck hielt mich davon ab, trotz der Worte, die er anfangs geäußert hatte –, »… wir beide wollten, dass Overbury außer Landes geht, ehe er irgendwelche Geheimnisse verrät.«

»Wenn du für *mich* sprichst, dann täuschst du dich.« Sein Ton war herrisch, als er mir einen eisigen Blick zuwarf, und ich musste all meine Willenskraft aufwenden, um mich zu beherrschen.

»Ich wollte Euch nicht erzürnen. Ich bitte demütigst um Verzeihung… ich hätte Euch nicht diese Worte in den Mund legen dürfen.«

»Oh, Robbie, was ist nur mit dir geschehen?« Seine Gesichtszüge wurden weicher, sodass ich mich fragte, ob ich mir den eisigen Blick bloß eingebildet hatte.

»All das ist Northamptons Werk«, platzte es aus mir heraus. »Eure Ermittler werden feststellen, dass Thomas' Blut an *seinen* Händen klebt.«

»Ich denke, wir wissen beide, dass die Sache sehr viel komplizierter ist.« Er lächelte, als wäre ich ein Kind oder ein Idiot. »Nun erkläre mir, warum Ellesmere nicht an den Ermittlungen beteiligt sein sollte.«

Ich war froh, dass das Gespräch sich nun dem Thema zuwandte, das der Anlass meines Besuches war. »Ich fürchte, er wird versuchen, alles unnötig ins falsche Licht zu rücken. Es ist bekannt, dass Ellesmere große Abneigung gegen die Howards hegt – und insbesondere gegen mich.«

»Ich halte ihn für äußerst vertrauenswürdig.« James nickte nachdenklich.

»Die Howards werden befremdet sein, falls Ellesmere in die Untersuchungskommission berufen wird. Sie sind Eure treuesten Diener und üben große Macht aus.«

»Sagst du mir jetzt, wem ich vertrauen soll? Hältst du mein Urteil für verzerrt?«

Ich spürte, wie ich aus seinem Orbit glitt. »Ich bitte Euch, es Euch noch einmal zu überlegen. Ich werde das Gefühl haben, aus Eurer Gunst gefallen zu sein und ...«

Er unterbrach mich, sagte, es sei noch nichts entschieden, und weigerte sich, weiter über dieses Thema zu reden. Stattdessen beschrieb er mir die Jagd in allen Einzelheiten, und es kam mir so vor, als sei alles so wie früher, was meine Sorgen ein bisschen milderte, bis er mir erzählte, er habe Villiers zum Oberstallmeister ernannt.

»Dann stimmen die Gerüchte also.« Ich verlor die Selbstbeherrschung und stieß hervor: »Seht Ihr denn nicht, was geschieht? Meine Feinde haben Euch Villiers zugeführt. Sie wollen mich verdrängen, und Ihr seid in die Falle gegangen.« Es sprudelte aus mir heraus. »Als Ihr mich erwählt habt, war es zumindest eine freie Wahl.« Ich schrie nun beinahe. »Da gab es keine Fraktion, die an *meinen* Fäden zog. Ich habe Euch aufrichtig gerngehabt, als wäret Ihr ... als wäret Ihr ...« Meine Worte erstarben. Ich konnte nicht aussprechen, *als wäret Ihr mein Vater*. Dass meine Liebe zu ihm nicht der Leidenschaft entsprungen war, sondern dem Bedürfnis einer Waise nach väterlicher Fürsorge, dieser Gedanke würde ihm nicht gefallen.

Er überraschte mich mit einem Lächeln, und ich schloss daraus, dass ihn meine Eifersucht erfreut haben musste. »Schmolle nicht, Robbie. Habe ich dir nicht genug gegeben? Ich habe dir Frances Howard gewährt, und Gott weiß, wie viel Schwierigkeiten das ausgelöst hat. Ich habe dir viele Ehrungen zukommen lassen. Ich habe dich allen anderen vorgezogen.« Er zwickte mich unterm Kinn, wobei mich die scharfe Kante seines Rings kratzte.

Als ich die Tür öffnete, um zu gehen, trat Villiers ein, als hätte er uns belauscht. Er stand mit dem Rücken an der Wand, und ich war so nahe vor ihm, dass er sich unbehaglich fühlte. »Irgendetwas Interessantes gehört?«

Sein ganzes ausgesuchtes Benehmen fiel von ihm ab, als er mich grob am Arm packte. »Lasst uns in Ruhe. Niemand will Euch hier.«

Ich lachte auf. »Oh, Ihr seid ganz überzeugt von Euch, aber Ihr werdet hier nicht überdauern.«

Er lockerte seinen Zugriff. »Warum geht Ihr nicht zurück zu Eurer Hure?«

Mit meiner freien Hand versetzte ich ihm einen Schlag unter die Rippen, sodass er sich stöhnend krümmte. »Ihr seid wohl ein besserer Tänzer als ein Kämpfer«, sagte ich und ging, in der Überzeugung, er werde, um nicht wie ein Feigling dazustehen, über unseren kleinen Disput den Mund halten.

Da es zu spät war, die Heimreise anzutreten, blieben Harry und ich über Nacht. Als wir uns am nächsten Morgen verabschiedeten, war James sehr herzlich und küsste mich auf beide

Wangen. Villiers machte sich rar, wie ich bemerkte, was mir ein kleiner Triumph war.

Die letzten Worte, die James an mich richtete, lauteten: »Ich werde Euch meine Entscheidung zu Ellesmere schon bald überbringen lassen, aber …«, und er sah mir in die Augen, als er es sagte, »… kein Anlass zur Sorge«.

Entsprechend jubelten Harry und ich, als wir nach Hause ritten. Doch wir waren seit kaum einer Stunde in Whitehall angekommen, als ein Bote mit einem Brief eintraf, den das königliche Siegel schmückte. Frances und Harry sahen zu – zwei gleiche Augenpaare –, als ich ihn öffnete und las.

Ich spürte, dass mir das Blut aus dem Kopf sackte, und musste mich setzen.

»Was ist los?«, fragte Harry. »Was schreibt er?«

Ich hatte keine Worte. Der König musste den Brief bereits geschrieben haben, als er seine großartige Vorstellung zum Abschied gab, als er mich küsste, als er mir in die Augen blickte und sagte, es bestehe kein Anlass zur Sorge. Das alles war Theater gewesen, um mich ohne eine Szene loszuwerden.

»Lass es mich lesen.« Frances nahm den Brief und überflog ihn. »Er meint, du sollest dich glücklich schätzen, dass ein so gründlicher Mann wie Ellesmere ermittelt. ›Wenn Ihr unschuldig seid …‹, was will er damit andeuten?« *Wenn Ihr unschuldig seid.* »Oh«, sie las nun vor, »›Ihr benehmt Euch nicht wie ein Mann, der eine ehrliche Untersuchung der Fakten wünscht.‹ Er klagte dich nahezu an.«

Sie reichte Harry den Brief. »Was hältst du davon?« Sie tat es mit dem aufrichtigen Verlangen, die Meinung ihres Bruders zu hören, aber mir kam es vor, als verletze sie meine Privatsphäre, als würde mein Inneres geöffnet und inspiziert. Ich beharrte darauf, dass er ihn mir zurückgab.

Er zuckte mit den Schultern. »Ich bin nicht der Feind, Robert.«

Ein Diener unterbrach uns und überreichte eine Nachricht für Frances. »O mein Gott.« Sie schlug sich an die Stirn. »Jetzt ist Franklin verhaftet worden.«

»Wer?«, fragte ich.

Sie sah mich einen Augenblick schweigend an, als wäre sie verwirrt. »Ich weiß auch nicht genau, wer er ist, aber er steht in Verbindung zu Anne.«

Frances war plötzlich kalkweiß. »Wir müssen Anne da herausholen.« Ihr Anblick ließ mich vermuten, sie sehe ihre Freundin bereits am Galgen, was auch mir das Bild gleich vor Augen rief – diese Frau mit dem engelsgleichen Aussehen mit einer Schlinge um den Hals.

»Hat man die Schachtel mit den Briefen gefunden?«, fragte ich, weil ich mich daran erinnerte, wie sehr mich Frances am Morgen zuvor gedrängt hatte, den Durchsuchungsbefehl zu unterschreiben – es schien eine Ewigkeit her zu sein.

Sie nickte. »Ich habe sie verbrannt.« Sie deutete zum Kamin. »Wenn aber Weston aussagt, was in ihnen stand, steht es nicht besser um Anne. Können wir nicht zumindest eine Sicherheit hinterlegen, damit sie freikommt?«

»Überlass mir das«, sagte Harry.

»*Ich* kümmere mich darum«, fauchte ich.

»Ich versuche doch nur zu helfen.« Mit finsterem Blick wandte er sich verdrießlich ab.

»Sei nicht so, Harry.« Frances' Ton war bestimmt, und als Geste der Solidarität fasste sie mich am Ellbogen. »Vergiss nicht, Robert ist einer von uns.«

In diesem Augenblick dämmerte es mir, dass ich nur so lange

zu den Howards gehörte, wie es ihnen genehm war. Ich fragte mich, wann sie wohl damit begännen, Frances und mich als verbrauchte Kraft zu betrachten, und sich von uns lossagten. Der Gedanke drehte mir den Magen um. Aber mit meiner Gemahlin an der Seite würde ich alles überstehen.

Sie

Frances konnte sich nicht auf das Theaterstück konzentrieren. Da es aus der Feder von Webster stammte, wusste sie, dass es mit viel Schweineblut auf dem Boden enden würde. Ihr Kopf war zu beschäftigt und ihr Baby zu ruhelos. Es war so groß geworden, ein Parasit, der nach oben drückte, sodass sie Sodbrennen bekam, und der schmerzhaft in ihre Leber stieß. Sie sehnte sich danach, dass es aus ihrem Bauch heraus wäre. Doch Robert blickte voll Staunen auf die riesige Wölbung, die wie eine Trommel fest gespannt war. Er sang dem Kind gerne Schlaflieder vor. Dies schien sein einziger Zeitvertreib zu sein, der seine nahezu ständige Angst besänftigen konnte.

Als sie sich umsah, stellte sie fest, dass keinerlei gelbe Spitze zu sehen war. Es war erst wenige Monate her, dass sie übereinander hergefallen waren, um eine von Anne Turners safrangelben Halskrausen zu erstehen. Es war Robert nicht gelungen, ihre Freilassung zu erreichen. Frances war so zuversichtlich gewesen und aber auch gewiss, dass seine Versuche ihn verdächtig machen würden.

Anne war bislang überraschend standhaft geblieben, und selbst nach einem Monat Haft war ihr nichts über die Lippen gekommen, doch Frances wusste, es war nur eine Frage der Zeit, bis sie einknickte. Unterdessen machte sich Gerede breit, sie besäße Hexenkräfte. Würden diese Gerüchte sich festsetzen, wäre Anne dem Untergang geweiht, daran hatte Frances keinen Zweifel. Würde man sie hängen oder verbrennen, fragte sie sich.

Die Männer hatten nichts von Annes Haltung an den Tag gelegt. Der eine oder andere Diener freute sich über einen Shilling für ausgeplauderte Informationen, und auf die Weise hatte Harry Bruchstücke aus den Befragungen zusammentragen können. Er erzählte ihr, insbesondere Franklin habe in der Absicht, sein Leben zu retten, gesungen wie ein Kanarienvogel.

»Er ist nicht gut. Dieser Franklin ... hat etwas über deinen Gemahl preisgegeben«, hatte Harry ihr erst am Abend zuvor zugeflüstert. »Er hat gesagt, Robert habe einen Brief geschrieben, als Overbury im Tower saß. Darin heißt es ...«

Frances vollendete den Satz für ihn. »... dass er ›sich fragt, wie lange es noch dauert, bis die Angelegenheit erledigt ist‹.« Sie lachte in sich hinein. Dieser grässliche Mann, der sich für so einfallsreich hielt, hatte ihr direkt in die Hände gespielt.

»Woher weißt du das?« Harry war erstaunt.

Frances hob die Augenbrauen. »Ich war vielleicht der Empfänger dieses Briefes.«

»Ach ja?« Er schien beeindruckt von der Gelassenheit seiner Schwester.

»Sag Robert nichts davon. Er wäre nur beunruhigt, und ich bin sicher, es lässt sich eine plausible Erklärung dafür finden.« Das langsame Zugrundegehen ihres Gemahls flößte ihr ein Gespür für die eigene Macht ein, als wäre sein Niedergang ihr Gewinn.

Der Regen trommelte laut auf das Dach, sodass es nun schwierig war, hinten im Saal, wo Frances saß, die Schauspieler ihre Verse sprechen zu hören. Sie verspürte einen Luftzug, und als sie sich umdrehte, entdeckte sie, dass die Tür einen Spalt offen stand. Niemand sonst schien ihre Schwester Lizzie zu bemerken, die sie dort atemlos und nass bis auf die Haut mit großer Dringlichkeit zu sich winkte.

Frances glitt von ihrem Stuhl, und als sie auf Zehenspitzen zu ihrer Schwester schlich, hörte sie in einer kurzen Regenpause:

Andere Sünden sprechen nur; Mord schreit auf.
Das Element des Wassers befeuchtet die Erde,
Aber Blut fliegt hoch und betaut den Himmel.

Ihr kam der Gedanke, die Aufführung dieses besonderen Stücks könnte ein beabsichtigter Versuch gewesen sein, sie in Unruhe zu versetzen. Ja, es stimmte, die Einladung hatte sie angesichts der Umstände überrascht. Wollte die Königin sie aber tatsächlich verwirren, dann müsste sie mit mehr aufwarten.

Lizzie nahm sie bei der Hand und zog sie hinaus vor die Tür. Frances wollte wissen, was der Grund dafür sei, doch sie entgegnete nur: »Nicht hier.« Sie zerrte sie durch die Flure, bis sie in ihre privaten Gemächer gelangt waren. Als sie hereinkamen, glotzten zwei Zofen auf die pitschnasse Lizzie. Frances schickte die beiden hinaus.

»Ihr werdet unter Hausarrest gestellt, du und Robert.« Lizzie war wie versteinert.

»Um Himmels willen, beruhige dich«, sagte Frances. »Das ist doch wohl kaum eine Überraschung.«

»Wie kannst du nur so kaltblütig sein?«

»Ich mache mir keine Sorgen um mich.« Sie umfasste die Schulter ihrer Schwester. Sie war völlig durchnässt. »Lass uns etwas holen, um dich abzutrocknen.« Frances ging auf die innere Tür zu. »Ich sorge mich vielmehr um die arme Anne Turner. Sie hat sich auf gewisse Dinge eingelassen, was sie besser nicht hätte tun sollen. Ich habe sie dabei überrascht, als sie einmal Zaubersprüche gegen Northamptons Haus aussprach. Sollte auch nur ein Hauch von Hexerei bei ihrer Verhandlung zur Sprache kommen, bedeutet das ihr Ende.«

Mit einem Ruck riss sie die Tür auf, und die beiden Zofen sprangen zurück. »Wisst ihr, was man mit Schnüfflern macht?« Die beiden wanden sich. »Ihr seid völlig durchschaubar, ihr beide. Was auch immer ihr gehört habt, behaltet es für euch. Anne Turner ist eine anständige Frau, die Fehler gemacht hat, das ist alles. Nun geht und holt ein Handtuch und trockene Kleider, ehe meine Schwester sich den Tod holt.«

Frances wusste, dass sie nicht einmal fünf Minuten schweigen würden, sollten sie gefragt werden. Als die beiden davoneilten, fragte sie Lizzie: »Werde ich hier unter Arrest sein?«

»Nein, du musst dich in unserem Haus aufhalten. Ich wollte dich warnen.«

Eine der Zofen tauchte mit einem Handtuch und einem trockenen Gewand wieder auf. Frances schickte das Mädchen fort und half ihrer Schwester aus den nassen Kleidern, setzte sie dann nah ans Feuer und rubbelte ihr das Haar.

»Hat dein Gemahl seine Beziehungen spielen lassen, dass ich zumindest bei der Familie bleiben darf?«

»Ich weiß nicht, wie du so ruhig sein kannst.« Lizzie konnte noch immer nicht die Gelassenheit ihrer Schwester begreifen. »Sie ermitteln wegen eines *Mordes*.« Sie knetete und rang ihr Taschentuch.

»Man hat mich nicht beschuldigt, und im Übrigen bin ich ganz beschäftigt mit der bevorstehenden Niederkunft. Sie hängen doch keine Frau in anderen Umständen.«

Lizzie war sichtlich entsetzt.

»Ich scherze«, sagte Frances. »Dazu wird es nicht kommen. Du glaubst doch wohl nicht, dass ich tatsächlich schuldig bin?«

»*Natürlich* glaube ich das nicht. Aber ich mache mir Sorgen um dich.«

Frances nahm die Hand ihrer Schwester. Sie war kalt und feucht. »Das ist nicht nötig, ganz bestimmt nicht. Mir wird nichts geschehen. Denk nur daran, dass du mir hilfst, das Baby zur Welt zu bringen.« Frances war froh darüber, dass ihre zuverlässige, sensible ältere Schwester ihr bei der Geburt zur Seite stehen würde. Bislang hatte sie versucht, nicht darüber nachzudenken.

Die Tür ging auf, und Robert stürzte mit gehetztem Blick herein. »Man hat mir be…befohlen, hierzubleiben.« Er stolperte über seine Worte. »Ich musste in Begleitung der Wachen durch den ganzen Palast gehen. Sie stehen jetzt vor der Tür.«

Frances schüttelte ihn kräftig. »Um Himmels willen, reiß dich zusammen. Dir steht die Schuld ins Gesicht geschrieben.«

»Alle glauben, ich habe es getan.«

Lizzie beobachtete die beiden. Inzwischen hatte sie ihr Taschentuch zerrissen, Leinenfetzen lagen auf ihrem Schoß.

»Nein, das hast du nicht.« Frances sah ihn eine Weile fest an. »Oder doch?«

»O Gott, Frances. Du denkst doch nicht…« Seine Stimme versagte ihm, und eine Träne rann über seine Wange, was Widerwillen in ihr aufwallen ließ.

»Sei nicht töricht.« Sie setzte ein Lächeln auf und wischte ihm die Träne mit dem Daumen weg.

»Du hast mir nicht geantwortet.«

Sein Winseln war zu einem Krächzen geworden. »Ich habe

gesagt, du bist töricht.« Sie umfasste seinen Brustkorb. »Wo ist deine Haltung? Lass nicht zu, dass sie dich besiegen. Wir stehen unter Hausarrest. Wir sind nicht vor Gericht gestellt, und das wird auch nicht geschehen. Sie können dich nicht für schuldig befinden, wenn du unschuldig bist.«

»Du weißt, dass das nicht stimmt. Immer wieder werden Unschuldige verurteilt.« Sein Gesicht war wächsern, als wäre er bereits tot. »Wenn sie mich hängen, wirst du zur Witwe. O Gott, Frances, ich verkrafte den Gedanken nicht, dass du...« Er legte beide Hände auf ihren gewölbten Bauch.

Sie musste an den Robert denken, den sie kennengelernt hatte, an diesen verwegenen Geist, an diese unbeugsame Strahlkraft: so ein großes, nicht eingelöstes Potenzial. Er hatte all die Macht gehabt, die er sich nur hatte wünschen können – die *sie* sich nur hatte wünschen können –, doch er hatte sie für so etwas Banales wie die Liebe weggeworfen.

»Wie wirst du nur ohne mich zurechtkommen?«

Sie musste sich zusammenreißen, um nicht zu lachen. »Ich bin nur hundert Meter von dir entfernt. Ich werde im Haus der Knollys untergebracht sein, nicht wahr, Lizzie?«

Lizzie nickte. »Bei uns ist sie sicher. Du musst dir keine Sorgen um sie machen.«

»Auch *du* wirst festgehalten?« Er griff sich an die Schläfen und fluchte: »Ich ertrage es nicht«, und trat gegen die Holzvertäfelung. »Dieses Ungeheuer von Northampton – das alles ist sein Werk.«

Lizzie kauerte auf ihrem Stuhl.

»Hör mir zu«, sagte Frances. »Zuerst einmal will ich nicht, dass dem Onkel übel nachgeredet wird. Was immer du auch denkst, er kann sich nicht mehr verteidigen.« Robert stammelte eine Entschuldigung.

Sie zog ihn in die Ecke, nahe der inneren Tür, wo die beiden Mädchen, dessen war sie sich sicher, noch immer lauschten, und sagte: »Du musst dich beherrschen. Denk daran, wenn es dazu kommen sollte, dass du beschuldigt wirst ...«, er jaulte auf, »... was aber *nicht geschehen* wird ...«, sie hielt inne, »... sollte es aber doch geschehen, *musst* du weiterhin deine Unschuld beteuern. Verstehst du?« Er nickte wie ein ermahntes Kind. »Selbst wenn man dir für ein Schuldeingeständnis die Begnadigung anbietet, darfst du das unter keinen Umständen akzeptieren, denn sie werden versuchen, dich hereinzulegen. Du musst auf deiner Unschuld beharren ...«, wiederholte sie, »... oder du *verlierst deinen Kopf.*«

Er würgte einen erstickten Laut hervor und ließ sich auf einen Stuhl fallen. Frances bemerkte, wie schwächlich er wirkte, auch der letzte goldene Schimmer hatte ihn verlassen. Es war ihr unmöglich, den Mann in ihm zu sehen, der er einst gewesen war, oder die Anziehung zu spüren, die er ehemals in ihr geweckt hatte.

»Vergiss nicht, wer du bist«, setzte sie hinzu. »Du bist der Lordsiegelbewahrer und der Erste Oberhofmeister. Sieh hier.« Sie griff nach dem Amtsstab, der in einer Ecke lehnte, und reichte ihn ihm. »Man hat dich nicht deiner Ämter enthoben.« Sie nahm das Schmuckstück des Garter Ordens, das er um den Hals trug, zwischen Zeigefinger und Daumen und zog kurz daran. »Und *das hier* beweist, dass du einer der vertrautesten Gefährten Seiner Majestät bist. Nichts von alldem hat man dir genommen.«

»Aber *du ... du* bist mir genommen.«

Sie konnte ihn nicht ansehen: Er hätte den Hohn in ihrem Gesicht entdeckt.

Er

Drei Wochen lang waren mir Besuch und Korrespondenz untersagt, nur Copinger brachte mir mein Essen und sorgte dafür, dass ich nicht im Dreck verkam.

Thomas erschien mir immer wieder mit fast gänzlich verwestem Körper, um mich an Dinge zu erinnern, die so widerwärtig waren, dass ich fürchtete, ich müsste würgen. Ich dachte über Flucht nach. Er verspottete mich. *Dir selbst kannst du niemals entfliehen, mir kannst du nicht entfliehen. Du kannst nirgendwohin.* Er hatte recht. *Du müsstest die Frau aufgeben, für die ich, um ihr Platz zu machen, gestorben bin.* Seine Augen existierten nicht mehr, es waren nur noch leere Höhlen, und doch fühlte ich mich angeschaut. *Du sehnst dich nach ihr. Jetzt weißt du, wie es sich anfühlt, wenn einem die Liebe genommen wird.*

Als Schlüssel klirrten und Riegel rasselten, löste er sich auf. Worte wurden unter den Wächtern gewechselt, einer lachte, und dann klopfte es an der inneren Tür. Als sie aufging und der Haushofmeister des Königs eintrat, hob sich meine Stimmung unmittelbar. Sicherlich war er geschickt worden, um meine Freilassung anzuordnen. Ich strich meine Kleider glatt und stand auf, um ihn zu begrüßen. Sein Gesichtsausdruck hatte etwas Zögerliches – gerunzelte Stirn und zusammengepresste Lippen. Ich kannte diesen Mann nicht sonderlich gut.

Aber ihm war offenbar nicht behaglich zumute, er schien unsicher, was er sagen sollte, und meine Hoffnung sank.

Er räusperte sich. »Ich … ich … ich …« Die Zeit schien stillzustehen, als ich darauf wartete, dass er sein Stottern überwand. Zwei mir unbekannte Männer in königlicher Livree waren ihm gefolgt und lehnten an der Holztäfelung neben der Tür. Einer war sehr groß, der andere kleiner und jünger, aber muskulös und angespannt wie eine Feder. »Ich … ich bin zu Euch geschickt worden, um … um …« Beide Gefolgsmänner waren mit Säbeln bewaffnet, und der große trug eine Schusswaffe an seinem Gürtel. Er schniefte immer wieder und wischte sich die Nase am Ärmel ab. Es ist sonderbar, wie sehr man sich mit großer Klarheit an unbedeutende Details erinnert, wenn wichtige Dinge sich in Luft auflösen. »… um die Siegel Eurer Ämter abzuholen.«

Übelkeit überfiel mich, als ich Frances' Stimme in meinem Kopf widerhallen hörte: *Man hat dich nicht deiner Ämter enthoben. Nichts von alldem hat man dir genommen.*

»Es tut mir sehr leid«, sagte er. Es klang, als wäre er sehr weit weg, wie ein Echo. Ich sah mich in dem Gemach um und erinnerte mich an das Hochgefühl, als ich einige Jahre zuvor entdeckte, dass man mir die besten Räume im Palast zugedacht hatte. All meine prachtvollen Gegenstände, die unschätzbaren Gobelins, die mir jemand geschenkt hatte, der sich einen Gefallen von mir versprach; die meisterlich geschnitzten Stühle, die mir jemand abtrat, um seine Schulden zu begleichen; mein Schreibtisch mit kostbaren Intarsien, ein Geschenk des Königs. Das Einzige, das ich selbst bezahlt hatte, war mein Porträt, das mich von der Wand aus ansah.

Larkin hatte meinen Gesichtsausdruck mit genau der richtigen Mischung aus Gravitas und Humor getroffen. Vielleicht war es nicht für alle augenscheinlich, aber ich sah auch hierauf den verräterischen Mangel an Selbstbeherrschung, der daher rührte, dass ich nie das Gefühl hatte, zu den Besten zu gehören. Und genau das machte mich anfällig für die Anerkennung anderer. Während meiner Haft hatte ich ausreichend Zeit gehabt, viele meiner Unzulänglichkeiten zu verstehen.

Der Haushofmeister wartete auf meine Antwort, doch ich war nicht in der Lage, auch nur einen einzigen Laut herauszubringen. In meiner Kehle steckte ein Pfropfen aus Bedauern und Selbstvorwurf. Ich deutete auf eine Kassette, die sich auf einem Regal an der Seite befand. Er nahm sie, stellte sie auf meinen Schreibtisch und machte eine Bemerkung über die Schönheit der Intarsien, als er das Schlüsselchen im Schloss drehte. Selbst diese Kassette war einmal das Behältnis für ein Bestechungsgeld gewesen. Ich konnte nicht hineinsehen, hörte aber, wie Dinge hin und her geschoben wurden und klingend aneinanderstießen, als er sie auswickelte und inspizierte. Der große Mann an der Tür schnäuzte sich laut die Nase.

Der Haushofmeister erhob sich, und ich dachte, er verabschiede sich nun, aber ich bemerkte seinen Blick, der an den Insignien des Ersten Oberhofmeisters, an dem weißen Amtsstab, hängen geblieben war, der in der hinteren Ecke an der Wand lehnte. »Ich fürchte…«, sagte er und erbleichte leicht, »…das Protokoll schreibt vor, dass Ihr ihn mir freiwillig aushändigen müsst. Sonst habe ich nicht das Recht, ihn an mich zu nehmen.«

Ich ging durch das Gemach, wobei mir jeder Schritt schwerer fiel, griff nach dem Amtsstab und ging wieder zurück. Der jüngere Wächter schnaubte leise. In Gedanken prügelte ich ihn mit diesem Stab, bis ihm das Blut aus den Ohren schoss.

Ich überreichte dem Haushofmeister die Amtsinsignien, und

er entschuldigte sich erneut. Endlich fand ich meine Stimme wieder und bat ihn um Neuigkeiten von meiner Gemahlin. »Soweit ich weiß, erfreut sie sich guter Gesundheit. Mehr kann ich Euch nicht sagen.« Ich schaffte es, ihm für seine Würde bei einer Aufgabe zu danken, die ihm deutlich zuwider war.

Mit der Beute unter dem Arm und dem noch immer entschuldigenden Gesichtsausdruck verabschiedete er sich. An der Schwelle drehte er sich um und sagte mit dem Blick eines Kindes, das man gezwungen hatte, eine faulig schmeckende Medizin zu nehmen: »Ich verabscheue es, der Überbringer schlechter Nachrichten zu sein, my Lord, aber man wird Euch in den Tower bringen. Man wird Euch holen, noch ehe die Stunde schlägt.«

Ich schloss die Augen und kniff mir in den Nasenrücken, während ich überlegte, mich zu Boden zu werfen, zu weinen und um Gnade zu flehen, doch zum Glück bewahrte ich Haltung. Eine derartige Vorstellung hätte sich im Palast wie ein Lauffeuer verbreitet. Villiers hätte beim Dinner darüber gekichert. Gott bewahre, wenn Frances davon erfahren hätte.

Ich ging zu meinem Schreibtisch und ließ mich schwer auf den Stuhl fallen, als mein Blick auf das Schmuckstück des Garter Ordens fiel, das auf der Tischplatte lag. Ich hängte es mir um den Hals und spürte für dieses kleine Entgegenkommen Tränen in mir aufsteigen. Der Schmuck, ein Bildnis des heiligen Georg, verblieb mir als einzige Erinnerung, dass ich einst dem König so sehr am Herzen lag, dass er mich zum Ritter der Garter schlug. Ich wollte mich in meinen verzweifeltsten Stunden daran klammern und mich an die feierliche Zeremonie erinnern, mit der er mir verliehen wurde, und eine kleine vergebliche Hoffnung hegen, dass dies mich retten könne.

Sie

R obert wird in den Tower gebracht.« Harry verzog das Gesicht.

»In den Tower!« Frances schlug die Hände vors Gesicht, um ihren Triumph zu verbergen. Strikt gesehen, durfte sie im Haus der Knollys keine Besucher empfangen, aber die Gesellschaft ihres Bruders würde ihr niemand verwehren.

»Ich bin sicher, es handelt sich nur um eine Formalität.«

»Was sonst?« Mit beherrschtem Gesichtsausdruck sah sie auf.

»Overburys Wächter wurde gehängt.«

»Sie müssen dieser grausigen Angelegenheit auf den Grund gehen.« Sie musste daran denken, dass es jener Weston war, der das Zusammentreffen mit Mary Woods arrangiert hatte, was ihr so viele Schwierigkeiten eingebracht hatte. Mit Mary Woods würde man sich befassen müssen. Dass Weston tot war, erleichterte sie.

Harry legte ihr den Arm um die Schulter und sagte: »Hab keine Angst, Francey.« So hatte er sie seit ihrer Kindheit nicht mehr genannt.

»Habe ich nicht – nicht im Geringsten.« Und das stimmte, solange sie sich nicht erlaubte, ins Grübeln zu geraten.

»Du hattest nie vor irgendetwas Angst«, ergänzte er. »Außer vor Wasser. Erinnerst du dich, was der Onkel ...«

»Sprich jetzt nicht davon, Harry.« Sie wollte nicht an den Kälteschock erinnert werden, als ihre Lungen zu platzen drohten: *Um dir eine Lektion zu erteilen, mein Kind.* »Aber erzähl mir, was bei Watsons Prozess gesagt wurde.«

»Coke nannte dich einen verderbten und korrupten Zweig unserer Familie. Ich hätte ihn erwürgen können.«

Sie schnaubte verächtlich. »Er sollte mich besser nicht unterschätzen.«

»Das ist sein Risiko.« Harry bemühte sich, ruhig zu klingen, doch er biss sich auf die Unterlippe und wippte nervös mit dem Bein, als er von den Beweisen sprach, die vorgelegt wurden. »Ein Apotheker namens Franklin trat in den Zeugenstand – mein Gott, so ein grässlich aussehendes Ungeheuer.«

»Er ist ein Freund von Anne Turner. Weiß der Himmel, wie sie an den geraten ist.« Vor ihrem geistigen Auge schimmerte ein Bild von Franklin auf. Er *war* ein grässliches Ungeheuer, ein grässliches Ungeheuer, von dem sie meinte, sie habe es fest genug um ihren Finger gewickelt, sodass er ihr keine Probleme bereiten würde.

»Er hat gesagt, er hoffe, sie knüpften kein Netz, um die kleinen Fische zu fangen und die großen entkommen zu lassen.«

»Ich vermute, mit den ›großen‹ meinte er Robert und mich. Sollte er die Absicht haben, uns mit in den Abgrund zu reißen, wird er nicht weit kommen.« Sie hoffte, Franklin würde nicht zu einem Problem. Ihre Schultern waren verspannt, deshalb streckte sie einige Male die Arme, bis ihre Gelenke knackten, aber das Missempfinden war nicht behoben.

»Und Weston hat bezeugt, dass er Briefe von dir und Robert hin und her getragen und für euch geheime Rendezvous vor eurer Vermählung arrangiert habe.«

»Nun ja, das stimmt so weit. Aber niemand wird gehängt,

weil er den Mittelmann zwischen Liebenden spielt.« Das Baby trat um sich, was sie ablenkte. »Was wurde über das Gift gesagt?«

»Es sprudelte nur so aus ihm heraus. Er sprach von einer Phiole, die mit Flüssigkeit gefüllt war und von Leutnant Elwes konfisziert wurde. Dann erwähnte er Kuchen, von denen er annahm, sie seien vergiftet gewesen, behauptete aber, sie seien nie zu Overbury gelangt. Dann ein Klistier ... mit Quecksilber, wenn er sich recht erinnere, oder vielleicht sei es auch Arsen gewesen. Vermutlich sei es das Klistier gewesen, das zu seinem Tode geführt habe.«

»Irgendjemand wollte Overbury wirklich erledigen.« Sie sah ihrem Bruder gerade in die Augen und hatte den flüchtigen Eindruck, sich selbst im Spiegel anzuschauen.

»Über die Kuchen kam es zur Verwirrung. Offensichtlich waren es mehrere. Und einige davon waren offensichtlich schlecht geworden, sodass Elwes seinem Koch anordnete, frischen zuzubereiten.«

»Der Onkel hat manches Mal mit den Kuchen, die ich gebacken habe, Briefe mitgeschickt.«

»*Du* hast Kuchen gebacken?« Sie sah Alarmstimmung über die Gesichtszüge ihres Bruders huschen.

»Was denkst du?« Frances gab sich den Anschein, bestürzt zu sein. »Du selbst hast gesagt, es seien mehrere gewesen. Auch Robert hat ihm welchen bringen lassen.«

»*Robert?*«

»Wir alle waren darum bemüht, dass der arme Mann gut ernährt wurde und ein wenig Trost fand ... ich habe ihm sogar mein eigenes Federbett geschickt. Was soll daran falsch sein.«

Sie schwiegen einen Moment. Frances' Gedanken schwebten davon. Ihr Bruder betrachtete sie aufmerksam, als sie die

Nadeln aus ihrem Haar zog, wobei jede, als sie sie in eine Schale warf, leise aufklang. Dann löste sie ihre Zöpfe und trennte die Strähnen mit den Fingern. »Ich frage mich, ob die Dinge wohl anders gelaufen wären, wenn der Onkel nicht gestorben wäre.« Es schien, als denke sie laut. »Glaubst du, auch *er* stünde unter Arrest?«

»Das bezweifle ich. An dem Onkel blieb nie etwas hängen. Dafür war er viel zu raffiniert.« Sie bemerkte, dass Hass in Harrys Augen aufflackerte, als er von ihrem gemeinsamen Großonkel sprach. Nicht zu raffiniert für mich, dachte sie.

»Fehlt er dir?«

Überrascht sah er auf. »Eigentlich nicht. Er hatte seine Lieblinge, und ich habe nie dazugehört. Aber irgendwie hatten wir Howards mit ihm an der Spitze mehr Macht. Vater ist anders ... schwächer, hitziger.«

Wieder schwiegen sie. Frances liebte die Gesellschaft ihres Bruders, ihr gefiel, dass er die Stille nicht mit Worten zudecken musste. Der Fuß des Babys drückte schmerzhaft gegen ihre unterste Rippe. Sie stand auf und ging einige Schritte, in der Hoffnung, es möge seine Lage verändern. »Hast du Robert gesehen?«

»Nein, es ist unmöglich, zu ihm zu gelangen. Mit dir sind sie viel nachlässiger.«

»Ja, weil sie wissen, dass ich unschuldig bin.« Sie lächelte mit geneigtem Kopf. »Das hier ist nur für den Anschein.« Sie deutete mit dem Arm auf alle vier Wände.

»Das wollen wir hoffen.«

Sie lachte über seinen Ernst. »Sei unbesorgt, du verlierst deine Lieblingsschwester nicht.« Mit den Händen auf dem Bauch fügte sie hinzu: »Es sei denn, dieses Ding hier bringt mich bei der Geburt um.«

»Hör auf!«

Sie zuckte mit den Schultern. »Stimmt es, dass Leutnant Elwes verhaftet worden ist? Ich habe so etwas gehört.«

Harry nickte.

»So kommen sie alle zu Fall.«

Mit einem Mal guckte Harry wie ein Jagdhund, der die Witterung seiner Beute aufgenommen hatte. »Hatte *Robert* seine Hand im Spiel?«

»Das Einzige, dessen ich mir ganz sicher bin, ist, dass *ich* es nicht getan habe.«

Harry sah sie mit einer Eindringlichkeit an, die ahnen ließ, dass er die Einzelheiten in seinem Kopf zusammenfügte.

Er

Die Fahrt flussabwärts zum Tower erinnerte mich an diese frühere Fahrt, als ich vor Kummer fast erstickt wäre, aber dieses Mal war Thomas bei mir – als Schatten in meinem Augenwinkel. Das Ganze hatte eine finstere Symmetrie. Es war nicht bei Morgengrauen, sondern an einem trüben Mittag mit einer düsteren Wolkendecke. Eine Menge Leute starrten mich mit blassen Oktobergesichtern und stillem Vorwurf an, als ich durch den Palast bis hinunter zu den Stufen am Fluss geführt wurde. Mir fehlte der Mut, die anzublicken, die herausgekommen waren, um meine Erniedrigung mitzuerleben, aber ich meinte, Pembroke und Southampton am hinteren Eingang lauern zu sehen. Ich vermutete, dass sie jubelten. Sie hatten sich seit jeher gewünscht, mich stürzen zu sehen.

Als ich gerade an Bord gehen wollte, eilte Harry Howard an den Wachen vorbei auf mich zu. »Wie geht es ihr?«, rief ich.

»Sie ist tapfer.« Er kam mir nah genug, um mir etwas ins Ohr zu flüstern. »Sie lässt dir sagen, du sollst unter keinen Umständen irgendetwas eingestehen, was auch immer sie dir anbieten ...« Und ehe er seinen Satz zu Ende sprechen konnte, wurde er auch schon beiseitegedrängt.

Es war nicht Elwes, der mich im Tower begrüßte – er war verhaftet worden und hatte seinen Posten verloren, wie ich erfuhr –, sondern ein neuer Leutnant, ein kleiner Mann mit spitzem Gesicht namens Sir George More. Offenbar glaubte er, wir seien uns bereits einmal begegnet. Ich erinnerte mich nicht. Es war sehr wohl möglich, dass er zu jenen gehörte, denen ich eine Beförderung versprochen hatte und die ich leichtsinnig vergessen hatte – wer weiß es denn, es waren so viele, und alle lechzten jetzt sicher nach meinem Blut.

Man führte mich in ein rundes Zimmer mit kleinen Bogenfenstern und einer Tür, die hinaus zu einem mit Zinnen bewehrten Gang führte, wo ich, wie es hieß, zweimal am Tag unter Aufsicht Luft schnappen dürfe. Eines der Fenster bot Ausblick auf den Tower Hill. Mit Entsetzen wurde mir klar, dass dies wahrscheinlich die Stätte meines Todes sein würde. Mir wurde gestattet, meinen eigenen Diener haben zu dürfen, Copinger, ein Trost, der nur wenig meine wogenden Ängste besänftigen konnte.

Mores kriecherische Höflichkeit – und dazu sein kleines angespanntes Lächeln – kam mir zu pedantisch vor, um aufrichtig zu sein. Er teilte mir mit, zu seinem Bedauern seien mir Tinte und Feder untersagt, das Versenden und Empfangen jeglicher Korrespondenz sei strikt verboten, jedoch sei es mir erlaubt, Bücher und die Bibel zu lesen. Ich war froh, als er ging, sodass Copinger meine Sachen auspacken und den Raum zumindest etwas wohnlicher machen konnte. Meine Möbel wurden gebracht, darunter auch absurderweise mein Intarsienschreibtisch und die geschnitzten Stühle, die in dieser düsteren Umgebung äußerst verloren wirkten.

Copinger begann, mein Bett zu richten und meine Wandteppiche aufzuhängen, obwohl sie für diesen Raum viel zu lang waren und ihr Saum im Staub hing. Mir kam in den Sinn, sollte ich hingerichtet werden, würde meine Habe in Mores

Besitz übergehen – das entsprach den gesetzlichen Bestimmungen –, und vermutlich hatte er sich seine kleine Händchen gerieben, als er sah, welch kostbare Fracht von dem Karren geladen wurde.

Trotz Copingers Protest ging ich ihm bei seiner Arbeit zur Hand, da ich fürchtete, ohne jede Beschäftigung verrückt zu werden. »Was musst du von mir denken?«, fragte ich ihn.

»Das tun vielleicht andere, aber ich urteile nicht«, gab er mir zur Antwort. Das flößte mir einen Hauch Trost ein.

Sie

Lizzie schlich herein. Frances, die auf dem Bett lag, gab vor zu schlafen. Sie fühlte sich in einem Zustand von dauerhafter Erschöpfung und Erstarrung, als würde das Baby ihr das Leben aussaugen. Jedes Mal wenn sie sich ausruhen wollte, begann es sein rachsüchtiges Treten, als wollte es ihr zu verstehen geben, dass es ihren Körper beherrschte.

»Frances«, flüsterte sie.

»Ich bin wach, ich denke nur nach.« Sie streckte sich, doch nichts konnte ihr Unwohlsein mildern.

»Der Oberrichter ist hier. Er will mit dir sprechen.« Lizzies Gesichtszüge waren angespannt vor Sorge. »Aber ich muss dir unbedingt etwas sagen, ehe du mit ihm sprichst.«

»Coke kann warten.« Frances setzte sich mühsam auf. Sie fragte sich, ob Coke Robert bereits befragt habe und ob er schon sein eigenes Grab löffelweise aushebe. »Was musst du mir sagen?«

»Es geht um Anne Turner. Sie ist ...« Lizzie schien nicht in der Lage, es auszusprechen, und reichte stattdessen ihrer Schwester nur eine kleine Schachtel. Darin befand sich ihr Diamantring, den man ihr wie ein falsches Geldstück zurückgab. »Sie verstehen nicht, wie sie an ihn gekommen ist. Sie vermuten, sie hätte Verbindung zu der Frau gehabt, die ihn dir gestohlen hat.«

»Mary Woods ... wie sonderbar«, sagte Frances und hielt den Ring gegen das Licht. Sie fühlte sich mit Macht ausgestattet wie Athene im Trojanischen Krieg, die unsichtbar die Ereignisse kontrollierte. »Hat man Anne gehängt?«

Lizzie sah ihre Schwester an, nickte bedächtig und schien nicht zu begreifen, wie Frances von dieser Nachricht so unberührt bleiben konnte.

»Das musste ja so kommen. Sie hat bis zum Hals in dieser Sache dringesteckt. Hatte sie einen guten Tod? Warst du dabei?«

»Natürlich nicht.« Lizzie zeigte das Entsetzen, das ihre Schwester hätte empfinden sollen. »Du weißt doch, ich ertrage keine Hinrichtungen am Galgen.«

»Ach, du bist so eine empfindsame Seele.« Frances nahm ihre Hand; sie war kalt und feucht.

»Harry ist hingegangen. Er war auch bei ihrem Prozess. Und er möchte, dass ich dich auf einiges aufmerksam mache, bevor der Oberrichter mit dir spricht. Er ist in Sorge, dass Coke womöglich den Anschein zu erwecken versucht, du habest mit der Sache etwas zu tun.«

Frances dachte, sie sei mehr als eine passende Gegnerin für den Oberrichter, sprach es aber nicht aus. »Was möchte Harry mich wissen lassen?«

»Er hat erzählt, Anne Turner habe vor Gericht ihre gelbe Spitze ablegen müssen. Coke habe sie offenbar für nicht angemessen gehalten.« Wieder hatte Frances das Gefühl, sie habe unsichtbare Kräfte in ihren Fingerspitzen. »Zur Hinrichtung sei sie bis hoch zum Kinn in Schwarz gekleidet erschienen und habe um Vergebung gebeten. Und sie habe vor dem Galgen für *dich* gebetet, Frances.« Große Tränen sammelten sich in den Augenwinkeln ihrer Schwester.

»Für mich?« Frances war überrascht, dass sie unvermutet so etwas wie Trauer empfand, doch das Gefühl verflog rasch.

»Man hat sie im Prozess schrecklicher Dinge angeklagt. Sie war zu erschüttert, um für sich selbst sprechen zu können. Es ist nur schwer zu glauben, dass sie wirklich so böse gewesen sein soll, wie man es ihr nachgesagt hat.« Lizzie wollte augenscheinlich nicht weiter darüber sprechen, aber Frances nickte ihr aufmunternd zu. »Sie haben gesagt, sie vereine leibhaftig die sieben Todsünden in sich.« Sie zählte sie an den Fingern auf, als stünde ihr Gedächtnis auf dem Prüfstand. »Eine Hure, eine Kupplerin, eine Zauberin, eine Hexe.« Sie zögerte und wiederholte die Liste, als müsste sie ihre Erinnerung anstupsen. »O ja, eine Papistin. War sie wirklich eine Papistin?«

»Vielleicht. Ich weiß es nicht«, sagte Frances mit einem Schulterzucken. »Über so etwas haben wir nie richtig geredet.«

»Eine Papistin, eine Schwerverbrecherin und eine Mörderin.«

»O mein Gott, arme Anne. Was sonst noch?«

»Oh, alles Mögliche über Hexenkräfte. Offenbar hat sie wiederholt Zauberworte gegen Northamptons Haus ausgesprochen … man stelle sich das vor, direkt unter der Nase des Onkels.«

»Ja, das stelle man sich vor!« Frances unterdrückte ein Lächeln.

»Eine Wachspuppe wurde vorgelegt und ebenso das Bild von einem Mann und einer Frau …« Lizzie wurde tiefrot.

»Was für ein Bild? Von einem Mann und einer Frau, die sich lieben? Sie müssen Dr. Formans Haus durchsucht haben.«

Lizzie nickte. »Sie haben sich wohl lange über ihre Beziehung zu Forman ausgelassen. Sie haben auch Pergament gefunden, an dem menschliche Haut hing und auf dem die Namen von Teufeln standen. Und als diese Dinge hervorgebracht wurden, krachte die Tribüne, auf der die Leute standen, und brach halb zusammen.« Lizzie sah wie versteinert aus. »Glaubst du, dass sie wirklich eine Hexe war, Frances?«

»Alles ist möglich. Erinnerst du dich nicht an diese Geschichten, mit denen sie uns als Kinder verschreckt hat?« Frances bezähmte noch immer ihr Lächeln. Alles entwickelte sich aufs Schönste.

»Coke hat immer wieder betont, Gift und Ehebruch gehörten zusammen. Es wurde eine Liste des Doktors gezeigt, auf der er alle ehebrecherischen Ladys bei Hofe und die Männer, die sie liebten, notiert hatte. Harry hat erzählt, Coke habe nur einen Blick darauf geworfen und sie gleich konfisziert. Alle behaupten, er habe wohl den Namen seiner eigenen Gemahlin darauf entdeckt.«

Frances schnaubte. »Der alte Narr.«

»Schließlich hat Anne unter vier Augen gestanden, bei Franklin Gift besorgt und es in den Tower geschickt zu haben. Ich weiß nicht, wie Harry von ihrem Geständnis erfahren hat, aber sie hat wohl den Onkel verdammt... und ausgesagt, sie habe nur auf seine Anweisungen hin gehandelt.«

»Er kann sich ja nun nicht mehr verteidigen, nicht wahr?«

»Es kommt noch schlimmer.« Lizzie klammerte sich an Frances' Arm. »Sie hat gesagt, ihre Liebe zu *dir* bringe ihr einen hündischen Tod ein. Es gefällt mir nicht, was sie damit andeutet. Glaubst du, das ist der Anlass für Cokes Besuch?«

»Schau nicht so besorgt. Anne kann alles damit gemeint haben. Coke ist hier, weil er sich ein Bild von den Geschehnissen machen möchte. Das ist alles.« Lizzie sah so aus, als bräche sie gleich zusammen. »Ich sollte ihn wohl nicht länger warten lassen.«

Als sie die Halle betrat, wollte Coke seine massige Gestalt aus dem Stuhl wuchten, aber da sie ihm sagte, er solle sich nicht bemühen, ließ er sich ächzend wieder zurückfallen. Er hatte einen Schreiber mitgebracht. Einen jungen Mann mit leuchtenden braunen Augen und Tintenflecken an den Händen.

»Wollt Ihr mir nicht Euren Sekretär vorstellen?«

»Oh, ihn, er ist ein Niemand.«

»Hat er keinen Namen?« Sie warf dem Jüngling ein kleines Lächeln zu, verdrehte die Augen und machte eine Kopfbewegung in Cokes Richtung. Er war groß und schlank und sichtlich peinlich berührt, ob die Röte an seinem Hals und auf den Wangen sich wohl wieder verflüchtigen würde. »Wie nennt man Euch?«

»Ich bin Henry. Henry Crowther.«

»Mein Lieblingsbruder heißt auch Henry. Aber wir nennen ihn Harry.« Frances spürte Cokes Irritation, dass sie dem Jungen so viel Aufmerksamkeit schenkte. »Nennen Eure Freunde Euch auch Harry?« Er nickte. Seine Augen sind wirklich schön, fand sie. »Warum setzt Ihr Euch nicht an den Tisch?« Nachdem er Platz genommen hatte, packte er seine Tinte und die Federn aus, die er sorgsam vor sich aufreihte.

Schließlich wandte sie ihre Aufmerksamkeit wieder Coke zu, dessen mürrischer Gesichtsausdruck sich sofort erhellte und der sie fragte, ob nicht auch sie sich hinsetzen wolle, doch sie erklärte ihm, dass Sitzen in ihrem Zustand äußerst unbequem sei. Ihr Ziel war es, den Vorteil zu nutzen, der ihr das vor ihm Stehen bot. Sie legte eine Hand auf ihren Bauch. »Dieses Kind wird uns sicherlich überraschen und früher kommen.« Bei diesem Gedanken guckte er sorgenvoll, was genau ihrer Absicht entsprach.

»Ein weiterer wunderschöner Spross am Baum der Howards. Ein Kind ist wirklich ein großer Segen ...«

Sie hob die Hand, um ihn zu bremsen. »Wirklich, Oberrichter, gewiss seid Ihr Euch bewusst, dass ich weiß, was Ihr denkt. *Ein verderbter und korrupter Zweig meiner Familie.* Habt Ihr nicht das über mich geäußert?« Sein Blick war ernüchtert. Er war abstoßend mit seiner geschwollenen roten Nase und dem üppigen gelblichen Bartbüschel an seinem Kinn. »Ich sehe, Ihr mögt die Metaphern aus der Pflanzenwelt. Ich finde sie etwas überstrapaziert.« Sie schaute zu seinem Schreiber, der ein Grinsen unterdrückte.

Sie wartete auf Cokes Antwort, aber er schien ohne Worte.

»Seid Ihr hier, um mich für etwas Bestimmtes anzuklagen?«

»Nur ein Gespräch.« Ein hinterhältiges Lächeln zog über sein Gesicht. »Um einige Dinge zu erhellen.«

»Ich bezweifle, dass ich in der Lage bin, sehr vieles zu erhellen. Ich habe den Eindruck, bei allem im Dunkeln zu tappen. Aber fragt mich, wie es Euch beliebt, und ich werde versuchen zu antworten.«

»Gehe ich recht in der Annahme, dass Ihr einige Male Dr. Forman aufgesucht habt?« Er rang die Hände, die, wie ihr erst jetzt auffiel, für seine Größe unproportioniert klein waren.

Frances durchschaute, warum er seine Frage auf diese Weise stellte, aber sie wusste, dass es keine eindeutigen Beweise gab, die sie mit Forman in Verbindung bringen könnten. Ihr Briefwechsel war nach seinem Tod vernichtet worden; Anne hatte dafür gesorgt. »Die meisten Ladys bei Hofe sind zu diesem Scharlatan gegangen«, antwortete sie. »Diese Närrinnen. Ich hätte nicht einmal im Traum mein Geld für diese Quacksalberei ausgegeben. Er hatte nicht einmal das Recht, sich Doktor zu nennen.« Sie stellte sich vor, Coke wäre ein Insekt, dem sie jedes Beinchen einzeln ausriss.

»Ich verstehe.« Er betrachtete sie mit den Augen eines alten Mannes mit zähem Blick.

»Habt Ihr Overbury irgendetwas Essbares geschickt, als er sich im Tower befand?«

»Ich verstehe nicht, dass Ihr nachfragt, wo doch jeder weiß, dass ich ihm Kuchen und andere Gerichte habe bringen lassen.« Sie drehte die Handflächen nach oben, als wollte sie zeigen, dass sie nichts zu verbergen habe. »Und zwar viele Dutzende Male. Ich selbst habe sie zubereitet. Ihr müsst wissen, dass ich Mitleid mit dem Mann empfunden habe, der einfach so weggesperrt war. Es schien so ungerecht ihm gegenüber. Ich dachte, etwas Gutes zu essen, könnte ihn aufmuntern. Er war so ein lieber Freund meines Gemahls, versteht Ihr.«

»Mit Respekt, ist es möglich, dass der eine oder andere Kuchen von Euch weniger bekömmlich war?«

»Es ist nicht an mir, das zu beurteilen. Ich bin es nicht gewohnt, Kuchen zu backen, darum bezweifle ich, dass sie ebenso gut waren wie die eines Kochs. Aber es zählt doch der Gedanke, nicht wahr?« Sie wusste, was er andeutete, und erkannte die Enttäuschung an seinem bebenden Mund.

»Es ist allgemein bekannt, dass Ihr Overbury nicht mochtet.«

»Wir hatten unsere Differenzen, ja. Er liebte meinen Gemahl, Ihr versteht.« Sie ließ ihre Worte wirken. »Er hat in aller Öffentlichkeit Beleidigungen gegen mich ausgesprochen, in etwa so wie Eure Beleidigungen, Oberrichter, aber das bedeutet doch nicht, dass ich Euch übelwill.« Er rutschte unbehaglich auf dem Stuhl hin und her. »Fordert uns der Herr nicht auf, auch die andere Wange hinzuhalten?« In der Stille hörte sie, dass dem Schreiber der Atem stockte, und sie dachte, er müsse sich vielleicht beherrschen, um nicht laut aufzulachen.

Coke schien unbeeindruckt und sah ihr gerade in die Augen. »Stimmt es nicht, dass Ihr Sir David Forest Geld angeboten habt, damit er mit Overbury einen Streit vom Zaun bricht, in der Hoffnung, er würde im nachfolgenden Kampf getötet?«

Frances lachte auf und warf den Kopf in den Nacken. »Um Himmels willen, wo ist Euer Sinn für Humor? Es war doch nur ein Scherz. Dieser Forest hat Overbury verabscheut. Er hätte nicht meiner Ermutigung bedurft, um gegen ihn zu kämpfen.« Wie konnte Forest denn nur aus der Versenkung auftauchen, überlegte sie. In Wahrheit war er über ihren Vorschlag entsetzt gewesen. »Hätte ich diesen Mann wirklich loswerden wollen, denke ich kaum, dass ich es auf diese Weise angegangen wäre.«

»Wie *wäret* Ihr es angegangen?«

»Ich *wäre* es *nicht* angegangen.« Sie legte beide Hände auf ihren Bauch, um Coke an ihre Umstände zu erinnern. »Wirklich, Oberrichter, versucht nicht, mich hereinzulegen, wie Ihr all die bedauernswerten Leute hereingelegt habt, die Ihr habt hinrichten lassen.«

»Ich suche lediglich nach der Wahrheit.«

»Selbstverständlich.« Sie lächelte ihn frostig an. »Aber ich habe Euch alles gesagt, was ich weiß, und nun fühle ich mich recht matt.« Sie legte die Hände auf den Rücken und beugte sich mit einem leisen Stöhnen nach hinten. »Ich fürchte, Eure Suche nach der Wahrheit muss an einem anderen Tag fortgesetzt werden.«

Nach diesen Worten und unter Ignorieren seines Protests verabschiedete sie sich rasch und verließ das Gemach.

Er

Oberrichter Coke erschien sehr früh am Morgen, nachdem ich im Tower angekommen war. Immer lebhaftere Heimsuchungen von Thomas hatten mich am Schlaf gehindert, sodass ich ganz benommen war und mich gar nicht bereit für ein Verhör fühlte. Ich kannte Coke vage vom Hof: Er war freundlich, machte Bemerkungen über das Wetter und meine prächtigen Möbel, aber wir wussten beide, warum er da war. Darum kürzte ich den Austausch von Nettigkeiten ab und bat darum, er möge direkt auf den Punkt kommen.

»Ihr könntet ebenso gut die Wahrheit sagen«, lautete sein Eröffnungszug. Seine knollige Nase war rot geädert, und abgesehen von einem fettigen, früher einmal weißen Büschel, der unter seiner Unterlippe entsprang, war er glatt rasiert. Auf dieses Büschel richtete ich den Blick, um ihm nicht in die unfreundlichen Augen sehen zu müssen. »Ich habe die Zeugenaussagen von sehr vielen Leuten, nicht zuletzt von Anne Turner und dem sogenannten Apotheker Franklin, auch wenn ich nur eine ungefähre Vorstellung von den Qualifikationen dieses Mannes habe. Vielleicht könnt Ihr sie mir erläutern.«

Ich erklärte ihm, dass ich Franklin nie begegnet sei, was stimmte, doch dass ich natürlich von ihm wisse, da ich mich an Frances' Kummer über seine Verhaftung erinnere. Ich würde in ihm einen Komplizen von Anne Turner vermuten, eine weitere Person in Northamptons Sold, aber es wäre dumm gewesen, wenn ich mehr preisgegeben hätte. Coke neigte den Kopf zur Seite, als wollte er mir zeigen, dass er mir nicht glaubte. Ich wiederholte meine Aussage und fragte mich zugleich, ob ich dadurch schuldiger wirkte. Mir war schmerzlich bewusst, dass ich nur wenig Erfahrung mit Fragetechniken und möglichen Fallgruben hatte, da ich noch nie einem Verhör ausgesetzt war.

»Und Weston«, sagte Coke, der mich gespannt ansah, ob ich eine Reaktion auf den Namen zeigte. »Er hat mir einige *höchst* interessante Geschichten erzählt, ehe er …« Gestisch zog er eine Schlinge zu und ließ mit herausgestreckter Zunge den Kopf zur Seite fallen. Ich war entsetzt, was mit Sicherheit die Absicht seiner kruden Vorstellung war.

Einen Augenblick versagte mir die Stimme, ich musste an Weston denken, wie er im Tower vor Thomas' Räumen wachte. Sein Gesicht war verschwommen. Nur diese Narbe und seine großen Hände sah ich klar vor mir. »Ich habe auch Weston nicht gekannt.« Ich überlegte, ob er meine Lüge wohl durchschaute. Schließlich hatte er eine lebenslange Erfahrung im Aufspüren solcher Ungereimtheiten. »Ich kenne nur Mistress Turner, da sie meiner Gemahlin dient.«

»Nicht mehr dient. Mistress Turner ist den gleichen Weg gegangen wie Weston.« Wieder machte er diese grausame Geste. »Zusammen mit Elwes. Alle tot … und Franklin wird ihnen nachfolgen, sobald er alles ausgespuckt hat, was er weiß.«

Ich fürchtete, ich könnte ihm auf seine Schuhe speien, als ich von all diesen Toten hörte, und konnte den Gedanken an Frances' Leid nicht ertragen, wenn sie von Anne Turners Schicksal erfahren sollte. Mit einem keuchenden Seufzer bewegte Coke sich auf seinem Stuhl. Er sah mich leicht amüsiert an, als dächte er, alles sei ein Witz. »Ihr sagt, Ihr habt Weston *nicht* gekannt? Das ist äußerst interessant, da Weston eisern behauptet hat, Euch zu kennen.«

Und schon war ich unwissentlich in eine dieser Fallen getappt. »Bei genauerer Überlegung habe ich ihn *tatsächlich* ein einziges Mal getroffen … nach Overburys Tod. Ich glaube nicht, dass wir außer einem Gruß miteinander gesprochen haben.«

»Ah. Euer Gedächtnis ist wach gerüttelt.«

Ein kleines Lächeln huschte über seine Lippen. Mit Beklommenheit wurde mir klar, dass er mir, da ich bereits einen Widerspruch eingestanden hatte, weitere ohne große Überredungskünste entlocken würde, und das wusste er. »Leutnant Elwes musste vor seinem Tod auch einige sehr interessante Details preisgegeben.«

Da dämmerte es mir, dass auch Elwes zu Northamptons Leuten gehört hatte. Als ich dies äußerte, betonte aber Coke zu Recht, ich sei es schließlich gewesen, der den Kronrat gebeten habe, Elwes seinen Posten zu geben. »Ja, aber ich tat es im Namen von Northampton.« Ich hörte die unbeabsichtigte Schrillheit in meiner Stimme, die mich verzweifelt und schuldig klingen ließ. »Ihr müsst verstehen, dass hinter dieser ganzen schäbigen Angelegenheit Northampton stand.«

»Ist das so?« Er schwieg einen Moment. Mein Herz pochte viel zu schnell. »Dafür habe ich keinen belastbaren Beweis finden können.«

»Aber ich habe Briefe von ihm, die beweisen …« Ich hielt inne und verfluchte mich innerlich dafür, dass ich diese Briefe hatte vernichten lassen. Ich hatte geglaubt, sie könnten einzig dazu dienen, mich schuldig erscheinen zu lassen. Mir war gar nicht in den Sinn gekommen, dass sie das Gegenteil hätten belegen können. Ich hätte auch nie geglaubt, dass ich einmal meine Unschuld beweisen müsste.

»Ich wäre sehr interessiert daran, sie zu sehen.«

»Ich habe sie vielleicht verlegt.« Das war alles, was ich herausbrachte.

»*Vielleicht* oder *tatsächlich* verlegt?«

»Tatsächlich«, murmelte ich.

»Also nicht verbrannt?« Händeringend suchte ich nach einer Antwort, fand aber keine. »Sir Robert Cotton ... ich glaube, er hat für Euch gearbeitet.« Coke wartete darauf, dass ich dies bestätigte. Ich nickte. Mit einem Mal schien die Luft im Gemach dünn und die Wände ganz nah. »Er hat mir berichtet, Ihr hättet ihn aufgefordert, den Großteil Eurer Korrespondenz zu verbrennen. Was davon übrig geblieben ist, habe ich an mich genommen.«

Ich drückte meine Hände fest aneinander, aus Angst, er könnte bemerken, wie sehr sie zitterten. »Ja, ich glaube, das ist der Fall. Aber es gibt ein, zwei Briefe von Overbury an mich, die meine Unschuld beweisen.«

»Das werden wir sehen.« Er sagte, er wolle Nachforschungen dazu anstellen, aber er schien nicht überzeugt.

»Dieser Mann, dieser Franklin, von dem Ihr behauptet, ihn nicht zu kennen, hat gesagt, er hoffe, wir knüpften kein Netz, um all die kleinen Fische zu fangen und die großen entkommen zu lassen. Eine hübsche Formulierung für einen gewöhnlichen Apotheker, nicht wahr? Was denkt Ihr, hat er damit gemeint?«

»Ich denke, das lässt sich vielfältig auslegen.« Ich freute mich über meine zweideutige Antwort und fühlte mich etwas besser.

»Ich frage mich, wen er mit den ›großen‹ gemeint hat.« Er musterte mich eingehend für eine halbe Ewigkeit, bis er erklärte: »Weston hat bezeugt, dass Ihr Overbury habt Pulver schicken lassen.«

Ich war völlig unvorbereitet auf diesen Kurswechsel und fühlte mich betäubt, als hätte ich einen Schlag auf den Kopf bekommen, und leugnete, irgendetwas von irgendwelchen Pulvern zu wissen. Warum ich es geleugnet habe? Ich weiß es nicht. Und je eindringlicher ich es leugnete, umso durchschaubarer fühlte ich mich.

»Auch Elwes hat bezeugt, dass Ihr Pulver geschickt habt.«

Unbesonnen platzte es aus mir heraus. »Er hatte darum gebeten. Thomas hat nach Pulver verlangt, damit er krank genug würde, um ... um ...« Ich stammelte. »Genug, um das Mitleid des Königs zu wecken, sodass er freigelassen würde. Ich habe es guten Glaubens getan. Es war doch nur gemahlene Kreide.« Ich schwafelte.

»Kreidepulver!« Er runzelte die Stirn, als dächte er, ich würde ihn täuschen wollen. »Ihr müsst verstehen, welchen Eindruck das macht.« Er war wieder ernst, todernst. Meine letzte Hoffnung brach weg. »Es war in Eurem Interesse, dass Overbury in Haft blieb, bis die Entscheidung über die Annullierung der Ehe Eurer Gemahlin gefallen war. In diesem Licht erscheint es sonderbar, dass Ihr einen Plan gehabt haben sollt, der zu seiner Freilassung hätte führen sollen.«

»Aber es war nicht so, wie es scheint.« Ich klang pathetisch wie ein Kind, das sein Kindermädchen anfleht, ihm zu glauben, es habe keine Pflaume gegessen, während ihm der Saft übers Kinn rinnt.

Sie

Die Nachricht von Franklins Hinrichtung traf ein, als Frances' Wehen einsetzten. Nie zuvor hatte sie so einen Schmerz durchlitten, als würde ihr Körper in Stücke gerissen, aber sie war fest entschlossen, sich ihm nicht zu unterwerfen.

»Ich habe noch nie eine Mutter erlebt, die bei der Geburt so still war«, sagte die Hebamme, als es vorüber war. »Für gewöhnlich schreien sie so laut, dass der Teufel sich erhebt.«

Lizzie schaute die Frau entsetzt an, als hätte sie mit ihren Worten den Teufel eingeladen, sich des Neugeborenen zu bemächtigen. Sie reichte Frances das Bündel. »Ein kleines Mädchen. Mach dir nichts draus, zumindest ist es gesund.«

Frances betrachtete ihr Baby. Es war purpurrot und sah grimmig aus mit seinen fest zugepressten Augen und dem Schleim, der in seinem dunklen Haar klebte. Plötzlich überwältigte sie das Gefühl, ein Wesen zur Welt gebracht zu haben, das ständig etwas von ihr fordern würde. Es würde fordern, dass sie es liebte. Dieser Gedanke bereitete ihr Unbehagen. Das Baby begann durchdringend und verzweifelt zu schreien, Laute wie von Füchsen bei Nacht. Mit einem Mal wurde ihr klar, dass sie während der Schwangerschaft geschützt gewesen war, dass dies nun aber nicht mehr galt.

Die Hebamme nahm das Kind und wickelte es zu einem festen Bündel. »Die Säugamme wird gleich hier sein, aber wünscht Ihr es in der Zwischenzeit selbst zu stillen?«

Frances verspürte unvermutet Abscheu bei der Vorstellung, dass das Kind an ihrer Brust nuckelte, und fragte sich, ob auch andere Frauen nach der Geburt so empfanden. Groll wallte in ihr auf wegen der qualvollen Schmerzen, das es ihr bereitet hatte. Gedanken an all diese Hinrichtungen durchdrangen sie, an all die Gewalt. Es rückte ihr zu nahe, denn die Geburt hatte sie geschwächt.

Endlich kam die Amme, eine große dicke Frau mit hängenden Brüsten, die sich in den Schaukelstuhl setzte und das Baby stillte. Frances schwebte davon, doch in ihrem Schlaf war sie mit Anne Turner am Galgen und betrachtete die nackten Leiber von Franklin und Weston, die wie geschlachtetes Vieh auf einen Karren geworfen worden waren. Sie blickte zu Anne, deren Gesicht ein riesiger, offener, schreiender Mund war. Um ihren Hals lag eine Schlinge aus grobem, scheuerndem Hanf. Ihr drehte sich der Kopf. Anne wimmerte. Frances war still, aber von Übelkeit geschüttelt. Dann begann Anne zu schreien, ein gellendes, verzweifeltes Wehklagen. Sie spürte den Druck des Seils an ihrer Kehle, der Boden bewegte sich unter ihren Füßen. Sie sah zum Henker. Er drehte sich um. Es war Thomas Overbury, dessen Mund ein schmaler Strich war, die Augen vor Zorn gerötet, Geruch nach Bergamotte hing in der Luft. Sie schreckte aus dem Schlaf, als das Baby schrie.

Am nächsten Tag kam Harry. Er schenkte dem Kind nur einen flüchtigen Blick, als er die Amme hinausschickte. »Mein Gott, Frances, wie kannst du es hier drin nur aushalten. Es ist so dunkel wie in der Hölle.« Er legte ein Holzscheit auf das Feuer und schürte es, bis es aufloderte. Dann zog er die Vorhänge zurück. »Du siehst erschöpft aus.«

»Wenig verwunderlich. Komm, setz dich einen Moment zu mir.« Als er sich gesetzt hatte, lehnte sie sich an seine Schulter. Er umfing sie fest mit beiden Armen, und so blieben sie eine Weile, ohne ein Wort zu sagen. Ihr war bislang nicht bewusst gewesen, wie sehr sie sich nach dem Kontakt zu einem anderen menschlichen Wesen gesehnt hatte, nach rein körperlichem Kontakt. Lizzies vogelgleiche Umarmungen waren zu flüchtig und zu ruckhaft, um sie wirklich zufriedenzustellen. Mit einem Mal durchfuhr sie der Gedanke, dass sie Harry vielleicht niemals wiedersehe, und höhlte sie aus. Sie umklammerte ihn umso fester.

»Ich war bei Franklins Prozess.« Seine Stimme klang erstickt an ihrer Schulter. »Es ist nicht gut.«

Sie löste sich aus der Umarmung. »Erzähl es mir.«

Harry war bleich, seine Blicke wanderten unruhig hin und her, und seine Stimme war angestrengt. »Er hat behauptet, dem Gefangenen seien im Laufe der Zeit sieben verschiedene Gifte verabreicht worden.«

»Nun ja, er muss es ja wissen, schließlich hat er sie alle besorgt.« Ihr Tonfall war beschwingt, obwohl sie sich bleiern fühlte. »Hat er erwähnt, dass sie alle vom Onkel angeordnet gewesen sind?«

Harry nickte bedächtig. »Aber er hat noch mehr gesagt.« Er zögerte. »Ach, Francey.« Seine Stimme brach. »Der Bastard hat gesagt, du seist es gewesen, du habest die letzte Dosis angeordnet … die Dosis, die ihn umgebracht hat.« Er sah sie verzweifelt an, in der dringlichen Hoffnung, dass sie die Anschuldigung widerlege.

»Wie erbärmlich von ihm.« Es gelang ihr, das Beben in ihrer Stimme zu verbergen. »Er lügt, um seine Haut zu retten.« Franklin war also doch nicht so leicht zu beeinflussen gewesen, wie sie es geglaubt hatte. »Aber es ist ihm nicht gelungen, oder? Er ist wie die anderen gehängt worden.«

Sie setzte ein Lächeln auf und legte ihre Hand auf seine. »Sei unbesorgt, Harry. Letztendlich wird die Wahrheit ans Licht kommen.«

»Man wird dich in den Tower bringen, Francey.« Nie zuvor hatte sie Harry so bestürzt gesehen. Harry war ein Howard und nicht wie Robert, der über einen abgerissenen Knopf weinte. »Ich werde dich dort nicht besuchen können.«

»Wann?« Sie meinte, sie falle und verliere die Fassung.

»Noch nicht. Erst nach Weihnachten, wenn du dich erholt hast.« Sie hatte Weihnachten völlig vergessen. Sie schwiegen einen Moment, saßen nur gedankenverloren da. Der Tower erhob sich drohend in ihrem Kopf, und sie war gezwungen zu akzeptieren, dass der Ausgang ihrer Situation bestenfalls unsicher war.

Harry brach das Schweigen. »Ich verabscheue es zu sagen, aber ich glaube, Robert hatte bei all dem seine Hände im Spiel.« Mit schmerzverzerrtem Gesicht sagte er ihr, wie leid ihm das tue.

»Mich kann nichts mehr überraschen.« Vor ihrem geistigen Auge sah sie ihren Gemahl seine Schafottrede halten, doch unweigerlich sah sie sich auch selbst dort ihrem Ende entgegengehen.

»O Gott, fast hätte ich es vergessen!« Harry schlug sich an die Stirn. »Der König möchte das Baby sehen. Er hat mich gebeten, seinen Besuch bei dir anzukündigen. Aber es darf niemand wissen. Er darf nicht gesehen werden ...«

»Er darf nicht mit einer Hure wie mir gesehen werden?« Sie lachte bitter auf. »Ich hätte nie gedacht, dass er so empfindsam ist.«

Doch Frances dachte nicht an den König. Sie dachte an Franklin und bereute, mit ihm nicht richtig umgegangen zu sein. Sie hatte immer geglaubt, sie sei unangreifbar, aber nun war sie sich dessen nicht mehr so sicher.

Er

Meine Welt beschränkte sich auf ein rundes Zimmer, dessen Durchmesser zehn Schritt betrug. Während die Zeit nicht vergehen wollte, ging ich von dem einen Fenster zum anderen, betrachtete den kleinen Flussabschnitt auf der einen Seite und beobachtete die vorbeifahrenden Boote. Das Wasser, insbesondere dessen Veränderlichkeit im flüssigen Zustand, war für mich zum Symbol der Freiheit geworden. Stundenlang sah ich den Vögeln zu, die über mir ihre Kreise zogen. Doch dann fror es einen ganzen Monat lang – Schlittschuhläufer glitten über das Eis –, und ich begriff, dass die Freiheit des Wassers eine Illusion war, selbst der Fluss war Sklave des Wetters. Die Gefangenschaft machte mich zum Philosophen.

Vom gegenüberliegenden Fenster aus hatte ich Elwes' Hinrichtung auf dem Tower Hill mit angesehen. Es war ein brutaler Anblick, selbst aus der Ferne – ein Schock bis in die Eingeweide, als er fiel und sein Körper ekelerregend für endlose Momente zuckte, bis er still hing, und währenddessen brüllte die hungrige Menschenmenge nach Vergeltung. Ich hatte nicht hinsehen wollen, war dann aber unfähig, den Blick abzuwenden, wohl weil ich mich selbst an seiner Stelle sah. Sein Tod schien höchst ungerecht. Soweit ich wusste, hatte Elwes nichts weiter getan, als Northamptons Anordnungen ausgeführt. Aber

Gehorsam ist nicht immer tugendhaft, so habe ich gelernt. Wir alle hatten auf die eine oder andere Weise diesem Ungeheuer gehorcht.

Nach Elwes' Hinrichtung hatte ich Copinger gebeten, mir zu helfen, den Wandteppich umzuhängen, sodass er das Fenster verdeckte. Nun im Halbdunkel wartete ich in dem grausigen Zustand des Nichtwissens auf das Fortschreiten der Dinge, auf weitere Fragen, auf einen Prozess, auf irgendetwas, auf irgendein Ereignis. Äußerst dankbar war ich für Copingers Gesellschaft, er versuchte, mich mit Karten- und Schachspielen zu zerstreuen, oder er begleitete mich, gleichgültig bei welchem Wetter, bei den wenigen Schritten hin und her, her und hin, zweimal am Tag draußen auf dem Gang.

Bemüht suchte ich Trost in meinen wenigen Büchern, fand aber keinen. Das einzige Buch, das ich wirklich gerne lesen wollte, *Troilus und Criseyde*, hatte sich nicht unter der Habe befunden, die mir in den Tower gebracht worden war. Ich versuchte, mich an seine Verse zu erinnern, doch mein Gedächtnis streikte, und so griff ich zur Bibel, deren Lektüre mir eindeutig bezeugte, dass ich auf dem Weg in die Hölle war.

Freude erlöste mich für einen Augenblick aus meiner Verzweiflung, als Copinger mir berichtete, Frances habe ein kleines Mädchen zur Welt gebracht. Ich stellte mir mein Kind vor, eine Doppelgängerin seiner Mutter, mit dem Blick, den alle Howards hatten, dem der fraglosen Zugehörigkeit, der absoluten Würde. Beim Gedanken an meine Tochter mit diesem Ausdruck in den Augen schwebte mein Herz in die Höhe, doch sogleich stürzte es ab, als mir klar wurde, dass ich mein Kind vielleicht nie kennenlernen würde.

Ich bat Copinger um Schreibutensilien, damit ich Frances einen Brief senden könne. Ich verbrachte so viel Zeit mit ihm, dass ich unterdessen gelernt hatte, all seine kleinen Gesten zu deuten, und sein Zögern – ein Räuspern –, als er meinte, er werde sich darum bemühen, offenbarte mir, dass er sich unsicher war, ob es ihm gelänge. Doch er muss meine Verzweiflung gesehen haben, denn am nächsten Tag brachte er mir ein einziges Blatt Papier, ein kleines Tintenfass und eine Feder, die er allesamt unter seinen Kleidern versteckt hatte.

Das Papier war zerknittert. Ich strich es sorgsam auf dem Tisch glatt, hielt mir die Tinte an die Nase und atmete ihren billigen Essiggeruch ein, als wäre sie so kostbar wie Myrrhe. Ich saß mit der eingetauchten Feder über dem Blatt und wusste nicht, was ich schreiben sollte. Doch kaum hatte ich den ersten Strich gesetzt, flossen die Worte wie ein reißender Strom aus mir heraus, und ich entblößte meine Seele, schrieb, dass nur sie und niemand sonst meinem Dasein einen Sinn verleihe; das bloße Gewahrsein, dass sie mein Kind geboren habe, gebe mir die Stärke, mich dem Unumgänglichen zu stellen. *Ich bedauere zutiefst, meine Liebste, dass du für meine Vergehen leiden musst, und ich verspreche dir, all diese Fehler wieder gut zu machen…* Ich schrieb, bis beide Seiten des Blatts eng beschriftet waren.

Sie

Frances kam eine Idee, als sie auf den Besuch des Königs wartete. Das wimmernde Wesen, das sie hervorgebracht hatte, würde eine neue Aufgabe haben. Es hatte eine Schwäche bloßgelegt, die ihr von Nutzen sein könnte und ihr neue Macht geben sollte.

Als er eintraf, über die Hintertreppe und in unscheinbarer, schlammfarbener Wollkleidung, wie die Diener sie trugen, saß Frances mit ihrem Baby auf dem Arm aufrecht im Bett, das Bild einer perfekten Mutter.

Freudig strahlend stürzte er sich auf das Kind. »Genau wie Robbie, findet Ihr nicht?« Er leckte sich die Lippen, als wollte er es gleich verschlingen.

Sie stimmte ihm zu, obgleich sie ganz anderer Meinung war. Das Baby war abstoßend, ganz anders als sein gut aussehender Vater. »Ihr mögt ihn noch immer gern«, sagte sie. »Er glaubt, er habe Eure Liebe verloren. Das macht ihn unsagbar traurig.«

»Selbstverständlich mag ich ihn noch gern. Robbie gehört noch immer meine ganze Liebe. Aber diese Affäre hat alles schrecklich durcheinandergewirbelt.« Wohlgefällig ruhte sein Blick auf dem schlafenden Kind. »Ihr versteht, mir bleibt keine Wahl.«

»Er hat mir *alles* erzählt. Ich wollte, er hätte es nicht getan.«

Sie senkte den Blick, als wäre dieses Wissen eine unerträgliche Last. Robert hatte nicht begriffen, wie machtvoll Geheimnisse sein konnten, und ihr so eine Waffe anvertraut zu haben, war der Gipfel an Unbesonnenheit. Aber Robert war von Natur aus arglos. Sie war die einzig lebende Person, abgesehen von den beiden Beteiligten, die wusste, aus welchem Grund der König so sehr darauf gedrängt hatte, dass Overbury aus dem Weg geräumt wurde. Das schmutzige kleine Geheimnis Seiner Majestät, so explosiv wie Schießpulver.

»Alles?« Erst nach einer langen Pause fragte er nach: »Was genau?«

Sie sprach sehr leise und langsam, als müsste sie sich die Worte abringen. »Oh, diese Begebenheit in Royston und... und...« Obgleich sie noch immer die Augen niedergeschlagen hatte, spürte sie, dass er unruhig wurde. Sie hatte ihre Karte genau im richtigen Augenblick ausgespielt.

»Royston?« Sie sah die Bestürzung auf seinem Gesicht, als ihre Worte – ihre samtene Drohung, die eher den Anschein einer verzweifelten Enthüllung hatte – in ihm nachwirkten.

»Alles und danach noch das... mit...« Am liebsten hätte sie ihm ins Gesicht gelacht und gesagt, es sei die Liebe gewesen, die seine Macht geschwächt habe.

»Mit Overbury?« Vor Schreck war seine Stimme gellend. »Mit seinem Tod?«

Sie nickte. »Es tut mir so leid.«

Er war erschüttert, seine Nerven lagen blank.

»Nicht Euch sollte es leidtun.« Wieder blickte er zum Baby und dann zu Frances, als er mit einem Mal alt und erschöpft aussah, und da wusste sie, dass seine Widerstandskraft ausgehöhlt war und sie ihn in der Hand hatte. »Was genau?«, fragte er erneut.

Doch sie beantwortete seine Frage nicht, sondern sagte lediglich: »Ich glaube, ich kann Euch helfen, ihn zu retten.«

»Robbie zu retten?« Seine müden Augen füllten sich mit Hoffnung.

»Wenn ich ein Geständnis ablege und Euch um Gnade anflehe, sollte das die Ermittler zufriedenstellen und auch jene, die sich für Gerechtigkeit einsetzen.« Sie rieb sich Tränen in die Augen. »Ich weiß, es bedeutet eine Zeit hinter Schloss und Riegel.«

»So etwas würdet Ihr tun ... ein solches Opfer bringen?«

»Für ihn und für Euch, ja.« Ihre Worte klangen in der Stille nach. »Wenn alles vorüber ist, gewährt Ihr mir die Begnadigung. Nach einer angemessenen Zeit, wenn der Staub sich gelegt hat und ich Reue gezeigt habe, könnte ich in die Freiheit entlassen werden.«

»Das versteht sich von selbst.« Er legte die Hand aufs Herz. »Hiermit gelobe ich es feierlich.« Am liebsten hätte sie ihn dazu bewegt, sich an den Tisch zu setzen, sein Versprechen niederzuschreiben und es als Beweis mit seinem Siegel zu versehen, doch sie wusste, dies könnte sein Misstrauen erregen.

Mit zerfurchter Miene nahm er das Baby auf den Arm, um es immer wieder anzusehen, und sie fühlte sich allmächtig, als läse sie in seinen Gedanken, wo die Saat des Zweifels über seinen geliebten Robbie aufkeimte, die sie hineingestreut hatte.

Er

Leutnant More besuchte mich in Begleitung eines Mannes, den ich nicht kannte. Er hatte etwas Befremdliches an sich, ein Auge, das unabhängig vom anderen umherschaute. More verkündete mir, dieser Mann werde Copinger ersetzen. Denn mein Diener habe gegen die Regeln meiner Haftbedingungen verstoßen, er wollte es mir zwar nicht weiter erklären, aber ich wusste, dass es wegen des Briefs sein musste.

Der Gedanke, dass More meine privatesten Gedanken gelesen hatte, die ich mit dünner Tinte ausschließlich für Frances' Augen niedergeschrieben hatte, beschwor in mir ein Gefühl von widerwärtiger Kränkung herauf, und trotz seines augenscheinlichen Mitgefühls mit mir hasste ich ihn dafür. Er teilte mir mit entschuldigendem Schulterzucken mit, Copinger befinde sich hinter Schloss und Riegel. Und obgleich ich ihn inständig bat, nicht meinen Diener für mein Vergehen zu bestrafen, blieb er taub für mein Flehen. Mehr als einmal betonte er: »Es ist nicht meine Entscheidung.«

»Dann sagt mir zumindest, wie es meiner Gemahlin ergeht? Befindet sie sich noch immer sicher im Hause der Knollys?« Bedächtig schüttelte er den Kopf. »Ist sie frei?« Ein Hochgefühl stieg in mir auf. Aber wieder schüttelte er den Kopf. »Wo ist sie?«

»Das kann ich Euch nicht sagen.« Er sah zu Boden.

»Ist sie hier?«

An seinem Gesichtsausdruck, an den zusammengepressten Lippen, und dem lastenden Schweigen erkannte ich, dass sie es war. Mein Hochgefühl platzte wie eine Luftblase.

»Ihr könnt mich nicht daran hindern, ein Gesuch beim König einzureichen.« Ich stand auf bei diesen Worten, als wollte ich ihm zeigen, dass ich mich nicht einschüchtern ließ. More war ein kleiner Mann, und ich hoffte, er fühlte sich neben mir noch kleiner. Er schien zu zögern, schien, meine Bitte abwehren zu wollen, darum setzte ich hinzu: »Wenn meine Unschuld erwiesen ist, dürfte es dem König überhaupt nicht gefallen zu erfahren, dass Ihr mir ein Gesuch versagt habt.«

Es war lediglich ein kleiner Sieg, der mir nur wenig Befriedigung einbrachte. Er schickte meinen neuen schielenden Diener hinaus, damit er Schreibutensilien beschaffte, und stand hinter mir, als ich schrieb. Ich flehte darum, dass Frances nicht vor Gericht gestellt werde, dass man sie freilasse, sodass sie irgendwo fern vom Hofe mit unserer Tochter ruhig leben könne. *Sie ist die Unschuldigste von uns allen.*

Ich schmeichelte James und rief ihm die freudigen Momente ins Gedächtnis, die wir einst gemeinsam erlebt hatten, und wie sehr ich ihn gleich einem Sohn und als Untertan liebte. Es gelang mir nicht, Gedanken an Villiers zu vertreiben, wenn er neben James stehend mitläse und über meine Verzweiflung ein Lachen unterdrücken müsste. Selbst die Erinnerung an den harten Schlag, den ich ihm versetzt hatte, bot mir keinen Trost.

Sie

Bei der Kälte lief Frances die Nase, aber ihr Taschentuch steckte nicht in ihrem Ärmel. Aufgeschreckt erinnerte sie sich daran, dass es am selben Morgen wie ein weißes Vögelchen auf dem Wasser getanzt hatte, und dann an die schleimige Spucke aus einem schnaubenden Mund inmitten anderer Gesichter, die alle wutverzerrt waren. Sie alle würden jubeln, wenn sie gehängt würde.

Eine gute Stunde war verstrichen, seit Bacon und Coke gegangen waren und sie mit ihren Gedanken allein in diesem leeren Raum über dem Wassertor zurückgelassen hatten. Sie zweifelte unterdessen an dem Geständnis, das sie ihnen geliefert hatte, und überlegte, ob sie vielleicht die falsche Karte ausgespielt habe, ob Verlass auf das Wort des Königs sei oder ob er womöglich sein eigenes Spiel spiele. Unbekannte Zweifel quälten sie. Sie wusste, dass ein Versprechen des Königs, das ausgesprochen, aber nicht niedergeschrieben war, sich ohne Weiteres widerrufen ließ.

Doch Frances hatte noch ihr geheimes Abschreckungsmittel: König James' kleines schmutziges Geheimnis. Er wusste, dass sie es kannte. Das verlieh ihr Macht. Aber zugleich war ihr sehr bewusst, dass Leute, die Drohungen äußerten, getötet werden konnten, damit sie für immer schwiegen. Dieses spezielle Schießpulver würde sie für die widrigsten Umstände trocken halten.

Jenseits der Tür hörte sie Geräusche, und schon wurden die Riegel zurückgezogen. Ein Luftzug ließ das Feuer auflodern, als zwei Männer hereinkamen, die gemeinsam eine große Truhe trugen. Frances erkannte in ihr die, die sie zu den Knollys mitgenommen hatte, und vermutete, ihre Zofe müsse sie mit ihren Sachen vollgepackt haben. Auf dem Deckel balancierte eine Wiege aus Weidengeflecht, die sie nie zuvor gesehen hatte. Die Männer setzten die Truhe ab, hoben die Wiege herunter, die wie ein Wäschekorb knarrte, und fragten sie, wo sie sie hinstellen sollten.

Frances fand keine Worte, da die Aussicht, sie müsste ganz allein mit ihrem Baby bleiben, ihr Angst einjagte. Die beiden mussten sie für einfältig gehalten haben, als sie sie mit halb offenem Mund anstarrte. Leutnant More kam zurück, um den Männern Anweisungen zu geben. Er musterte sie mit gierigem Blick und wollte sie in ein Gespräch verwickeln. Sie sagte ihm entschieden, sie zöge es vor, alleine zu sein.

Auch die Arbeiter gingen, kehrten aber kurz darauf mit einem Bettgestell zurück, das sie zusammenbauten. Andere Möbel wurden gebracht. Jemand, der sie nicht kannte, musste wohl den Auftrag gehabt haben, ihre Habe zusammenzupacken. Die ausgewählten Sachen gehörten ihr nicht, stammten aber aus einem der Gästegemächer, wo sie alle Dinge ihres Gemahls, die ihr nicht gefielen, aufbewahrt hatte.

Deutsche Bettvorhänge mit Darstellungen aus dem Leben von Johannes dem Täufer wurden auf dem Boden ausgebreitet und warteten darauf, aufgehängt zu werden. Sie waren hässlich, würden aber die Zugluft im Januar fernhalten. Frances nahm an, wer auch immer diese Vorhänge aus dem Besitz ihres

Gemahls ausgewählt hatte, habe es absichtlich getan, um ihr so etwas wie eine Lektion in Moral zu erteilen. Salomé mit der Schüssel in den Händen war darauf. Frances stellte sich vor, es sei Roberts Haupt, aus dem das Blut rinne. Das entsprach nicht der beabsichtigten Lektion.

Um sie nicht zu stören, arbeiteten die Männer leise und flüsterten sich nur gelegentlich Hinweise zu. Sie saß mit leerem Blick am Feuer, damit sie nicht auf die Weidenkorbwiege blicken musste, die nun neben dem Bett stand.

Sie musste eine Weile eingeschlafen sein, denn als sie zu sich kam, waren die Männer fort und das Feuer nahezu erloschen. Es war bitterkalt, die Luft von Feuchtigkeit durchdrungen, und ihr Körper schmerzte. Seit der Geburt sechs Wochen zuvor spürte sie, dass die Knochen ihres Brustkorbs und ihrer Hüften, die sich geweitet hatten, um dem Baby Platz zu bieten, sich wieder zusammenzogen.

Sie stand auf, reckte sich und rieb sich die Augen mit den Fäusten. Ein Hüsteln ließ sie zusammenfahren, und sie entdeckte, dass sie nicht allein war. Dort im Schatten neben dem Bett stand ein Mädchen mit verhärmtem Gesicht und strähnigem Haar.

»Es war nicht meine Absicht, Euch zu erschrecken.« Zaghaft trat sie einen Schritt vor. Ihr tristes Kleid musste zuvor bereits mehrere andere Besitzerinnen gehabt haben, da Frances die Stellen sah, wo es abgeändert, und der Stoff an manchen Stellen fast durchgewetzt war.

»Wer um alles in der Welt bist *du*?« Frances fiel auf, dass das Mädchen zitterte, entweder vor Kälte oder aus Angst.

»Man hat mich geschickt, damit ich Euer Baby stille.« Sie deutete auf die Wiege, in der, wie Frances sah, das Baby schlief.

»Du?« Sie sah so unterernährt aus, dass sie nicht einmal in

der Lage schien, eine Katze zu nähren, geschweige denn ein Kind. Frances musste an die dicke Frau mit den großen hängenden Brüsten denken. »Sicher gab es Schwierigkeiten, jemanden zu finden, der bereit war, sich an diesen schrecklichen Ort zu begeben. Hast du überhaupt Milch?«

»Ich habe ihr bereits ein Mal die Brust gegeben, als Ihr schlieft.«

Ihre Lippen waren bläulich, oder vielleicht lag es nur am trüben Licht. »Komm näher ans Feuer.« Frances stieß mit dem Fuß in die Glut, da sie bemerkte, dass es keinen Schürhaken gab. Vermutlich, weil er einer Waffe zu ähnlich war. »Wie heißt du?«

»O ja, natürlich. Ich bin Nelly.« Als sie dazu lächelte, enthüllte sie wild durcheinanderstehende Zähne.

»Gut, Nelly, ich hoffe, du beherrschst das Kartenspielen, denn sonst werden wir uns, hier eingesperrt, entsetzlich langweilen.«

»Ja, das beherrsche ich. Ich kann den Trick mit den drei Karten.« Ihre Augen strahlten.

Frances war froh, dass dieses seltsame Mädchen angestellt worden war. Ihr sichtbarer Mangel an Geziertheit bot ihr eine willkommene Ablenkung vom Nachdenken über ihre ungewisse Zukunft, und Frances war sicher, sie gebe eine bessere Gesellschaft ab als so eine grässliche wohlgenährte junge Frau, die sie eigentlich erwartet hatte. »Den musst du mir zeigen.«

Ein Wächter kam mit Holzscheiten herein und entfachte das Feuer. »Das ist gewiss keine Arbeit, die *Ihr* tun solltet. Ist mir denn kein Diener zugeteilt?«

»Ich weiß nichts von einem Diener. Aber ich wollte Euch nicht in der Kälte lassen.«

»Ich glaube, Ihr und ich werden gut miteinander auskommen.« Frances schenkte ihm ihre ganze Aufmerksamkeit und sah, dass er darauf reagierte. Sie dachte, eines Tages könne es vielleicht nötig sein, dass er ihr einen Gefallen tue. Sie setzte sich ganz aufrecht hin, sodass ihre von der Schwangerschaft noch geschwollenen Brüste sich leicht über ihr Kleid wölbten, und beobachtete, dass er einen raschen Blick auf sie warf.

Sie fragte ihn nach seinem Namen und strich wie zufällig mit den Fingerspitzen über seinen Handrücken. Er war ein großer Kerl, gut aussehend, dunkel und jung, mit gebogenen Augenbrauen und einem Grübchen im Kinn. Er sagte, er heiße William. Sie spürte, dass sie ihn schon für sich eingenommen hatte.

»Schaut her«, sagte Nelly. Frances und William drehten sich beide um und sahen, dass sie von irgendwo ein Kartenspiel mit Eselsohren hervorgeholt und drei Karten verdeckt auf den Tisch gelegt hatte. Sie drehte sie um: zwei schwarze Könige und ein Herz Ass. »Folgt dem Herzen.« Sie drehte sie wieder um. »Lasst sie nicht aus den Augen.«

Sie schob sie rasch über die Tischplatte. Ihre Hände waren rot, als wären sie gerade erst mit einer rauen Bürste geschrubbt worden, und ihre Fingernägel waren kurz und äußerst sauber. Als sie innehielt, bat sie die beiden, auf das Herz zu zeigen. Beide deuteten auf die Karte in der Mitte. Sie hatten recht. Als dies ein weiteres Mal geschah, meinte Frances zu dem Mädchen, sie sei nicht sonderlich beeindruckt.

»Ich gewinne Euer Vertrauen«, flötete Nelly, die sich von Frances' Hohn nicht abschrecken ließ. »Seht Ihr, wenn Ihr jetzt eine Wette abschließen würdet, wäret Ihr sicher zu gewinnen.«

Mit einem Gesichtsausdruck, der an einen Kobold erinnerte, wiederholte sie den Vorgang, wobei sie die Karten langsamer verschob. Frances war sich sicher, sie zeige auch dieses

Mal auf die richtige Karte, doch als Nelly sie umdrehte, war es einer der Könige. Froh über diese Zerstreuung lachte sie und stellte sich das Mädchen auf dem Marktplatz vor, wo es Passanten mit seinem Kartentrick schröpfte.

»Ich soll doch die Tür bewachen«, sagte William. »Ich bringe mich in Schwierigkeiten.«

Als er ging, schlug die Tür ins Schloss, sodass das Baby wach wurde und sogleich zu schreien anfing. Dieses Geräusch zerrte an Frances, als hätten sich zwei Angelhaken in ihre Brüste gebohrt und zögen an ihr mit unsichtbarer Macht.

Sie ging zum Fenster und drückte die Stirn an die kalte Scheibe, die in ihrer Vorstellung zersprang. Sie konnte hinunter in den Hof sehen, wo Leute geschäftig waren, und sie blickte hinüber zu den gegenüberliegenden Gebäuden mit den runden Türmen und den Bogenfenstern, die sie an Augen mit Schlupflidern erinnerten. Hinter einem von ihnen war Robert gefangen, und sie fragte sich, ob man ihm Milde versprochen habe, wenn er ein Geständnis ablege, was er sicherlich abgelehnt habe. Sie hatte ihm ihre Warnung, er dürfe dem keine Beachtung schenken, zu tief in den Kopf gepflanzt.

Sie hörte das Knarren der Wiege, als Nelly das Baby heraushob. Als Frances sich umdrehte, schnürte sie gerade ihr Mieder auf und schob es geschickt beiseite, um zu stillen. Das Wimmern hatte ein Ende und wurde von leisen Nuckelgeräuschen abgelöst. Frances verschränkte die Arme fest über der Brust, damit das schmerzhafte Ziehen aufhörte. »Wie bist du Amme geworden ... ein Mädchen in deinem Alter?«

Nelly setzte zu einer langen schleppenden Geschichte an, dass sie mit einem Mal schwanger gewesen sei, ohne einen Ehemann zu haben, dass ihre Familie sie hinausgeworfen habe und das Baby tot zur Welt gekommen sei.

»Wann war das, Nelly?«

»Vor einigen Tagen.«

Frances war erschüttert, vor allem wenn sie an ihre eigenen wohlumsorgten sechs Wochen Erholung dachte; es beeindruckte sie, wie dieses dürre kleine Wesen sich so rasch erholt hatte und keinerlei Selbstmitleid zeigte.

»Eine Cousine hat mich für die Geburt bei sich aufgenommen. Sie ist die Wäscherin des Leutnants hier. Ich weiß gar nicht genau, wie es dazu kam, aber hier bin ich.«

Wer bist du mit deinen cleveren Tricks?, überlegte Frances, als sie das Mädchen mit ihrer freien Hand durch die Karten schnipsen sah. Doch kaum hatte sie fertig gestillt, legte sie das Baby auf das Bett und gurrte und gluckste mit ihm. »Ist das ein Lächeln für deine Amme? Bist du ein perfektes kleines Püppchen, bist du das?« Und Frances kam sich töricht vor, dass sie sich vorgestellt hatte, Nelly könnte etwas anderes sein, als sie vorgab zu sein.

Fast zwei Wochen hatten sie nun schon zusammen im Tower verbracht, als Nelly, die soeben das Baby für das morgendliche Stillen an die Brust legte, sagte: »Ich hoffe, Ihr habt nichts dagegen, dass ich frage.« Frances stutzte. Dieser Satz läutete für gewöhnlich eine Frage ein, die sie nicht beantworten wollte, und am liebsten hätte sie gesagt, so laufe ihre Beziehung nicht, sie beantworte keine Fragen. »Aber wie kommt es, dass Ihr hier seid, Ihr als Countess und all das?«

Frances reagierte nicht, aber Nelly hakte mit beharrlicher Entschlossenheit nach. Überraschend kam ihr ein Gedanke. Sie könnte dieses Mädchen dafür benutzen, um ihr Geständnis auszuhöhlen oder zumindest Unklarheiten in die Köpfe ihrer Ankläger zu säen. Gewiss würden sie irgendwann mit Nelly ein

Gespräch führen wollen, um herauszufinden, ob sie belastende Vertraulichkeiten von der mörderischen Countess of Somerset ausplauderte.

Frances würde dem Mädchen gegenüber ihre Geschichte vorbringen, aber eine Version, die ihr Geständnis als ein Opfer darstellte, das sie gemacht habe, um ihren geliebten Gemahl zu retten – einen Gemahl, der seine Unschuld nicht beweisen könne, einen Gemahl, der nicht unschuldig sei. Wie könnte man sie dann hängen? Aber er würde gehängt und sie zur Witwe machen.

Was hatte Anne einmal über das Witwendasein gesagt? *Die beste aller Welten.* Die Vorstellung, nur sich selbst zu gehören, hatte einen großen Reiz. Sie spürte eine perfekte Symmetrie in ihrem Plan und fühlte sich, als hätte sie wieder die Zügel in der Hand.

So entfaltete sich eine Geschichte, die sich ohne Umschweife der ersten Ehe eines Mädchens namens Frances Howard zuwandte, einer imaginierten Frances Howard, die sieben Jahre verheiratet und doch Jungfrau geblieben war, eine Geschichte, die von Essex' finsterem Haus in Staffordshire erzählte, wo sie Blindekuh spielten.

»Ich hatte den kurzen Strohhalm gezogen. Der Onkel nahm sein seidenes Taschentuch und band es mir vor die Augen. Wir alle spielten zusammen …«

Er

Ich warte auf den Kronanwalt. More war gekommen, um mir seine unmittelbar bevorstehende Ankunft anzukündigen, und ich verspürte einen Hauch Hoffnung, da Bacon einst ein Freund war. Doch ein Gutteil dieser Hoffnung verflog, als More mir zudem mitteilte, dass James meinem Gesuch nach Frances' Freilassung nicht entsprochen habe.

Bacon kommt mit einem Schreiber. Seine versteinerte Miene vernichtet auf der Stelle jeden Funken Zuversicht, den ich womöglich in mir trage. Als er seinen Hut absetzt, sehe ich, dass er sein Haar so gekämmt hat, als wolle er verbergen, dass es schütter geworden ist. Es ist von rötlicher Farbe wie sein Bart, und ich frage mich, ob er es wohl tönt. Sehr sorgsam legt er seinen Umhang über eine Stuhllehne, balanciert den Hut darauf aus und plaudert über das Wetter. Ich kann den Gedanken nicht aushalten, dass draußen Frühling ist und alles wächst, während ich hier verdorre.

Er tastet mich mit Blicken ab, und mir fällt ein, dass er mich einst verführen wollte, vor langer Zeit, ehe ich dem König gehörte. Das dürfte keine Hilfe für meinen Fall sein. Er lässt genügend Höflichkeit walten und sich keine Verwunderung über meine äußere Erscheinung anmerken. Obwohl ich Wert darauf gelegt habe, gut angezogen zu sein und sauber gewaschene Kleider zu tragen, kann nichts meine fahle Haut und die dunklen Augenringe verbergen, die ich in der spiegelnden Fensterscheibe sehe, wenn ich meinen Anblick ertrage.

Ich bemerke die neugierigen Blicke des Schreibers. Vermutlich hält auch er mich für einen Mörder. Als Bacon sich gesetzt hat, legt er bedächtig mit dem Wort »also« beide Hände flach auf den Tisch.

Der Schreiber breitet seine Unterlagen aus. Ich versuche zu lesen, was darauf steht, doch es gelingt mir nicht. Ich frage Bacon nach Coke, ob er weiterhin die Untersuchung leite, doch er weicht mir mit einer Gegenfrage aus.

»Gehe ich recht in der Annahme, dass Ihr Empfänger einer jährlichen Pension aus Spanien seid?« Seine Frage ist ganz sachlich gestellt.

Er trifft mich damit völlig unvorbereitet. Ich hatte mich auf Fragen im direkten Zusammenhang mit dem Fall eingestellt. »Absolut falsch.« Meine Antwort entspricht im Wesentlichen der Wahrheit, und ich hege keinerlei Absicht, Bacon zu erzählen, dass der spanische Botschafter mir eine Jahresrente in Aussicht gestellt hatte, dass es aber nie dazu gekommen sei.

»Northampton hatte eine.« Ich weiß nicht, ob dies als Frage gemeint ist. Bacon wirkt sehr überzeugt, dass er recht hat. »Northampton hatte sehr viel mehr Vereinbarungen mit Spanien, als man dachte.«

Er scheint auf eine Antwort zu warten, doch ich schweige. Ich weiß, dass Bacon sehr geschickt ist, viel zu geschickt für mich, und dass dies sehr gut eine Falle sein könnte. Ich versuche, mich daran zu erinnern, was ich Coke gegenüber geäußert habe, aber das liegt Monate zurück, und mein Gedächtnis ist trübe.

»Habt Ihr viel Umgang mit Spanien gepflegt?« Er sagt es

leichthin, als fragte er, ob ich zum Abendessen Schinken gegessen hätte.

»Nur als der König mich bat, Erkundigungen für eine Verlobung von Prinz Charles einzuholen.«

»Aber es kam nichts dabei heraus, oder?«

»Der König war nicht gewillt, die Bedingungen der Spanier zu akzeptieren.«

»Dann habt Ihr also schlecht verhandelt.«

»Ich verstehe nicht, was das zu tun hat mit…« Ich fürchte, ich habe gereizt geklungen, und schweige, da ich begreife, dass er mich in Rage bringen will. »Ja, vielleicht ist das so.«

Mein schweigsamer schielender Diener bringt uns Brot, Käse und einen Krug Bier, den Bacon ausschenkt, als wäre er der Gastgeber. Meine Kehle ist vor Nervosität ganz trocken. Das Bier hilft ein wenig. Beharrlich fragt er weiter nach der spanischen Pension, sodass ich mehrere Male vehement widersprechen muss. Er kommt erneut auf Northampton zu sprechen und stellt allerhand Fragen zu Angelegenheiten, die mir belanglos erscheinen. Im Großen und Ganzen gelingt es mir, mich mit unverbindlichen Antworten herauszureden. Mir ist nicht klar, was er mit dieser Art Fragen bezweckt, und er wirkt weiterhin recht freundlich, sodass unsere Begegnung tatsächlich den Anschein eines normalen Gesprächs hat.

Doch ansatzlos wechselt er das Thema. »Wusstet Ihr von der Abneigung Eurer Gemahlin gegen Thomas Overbury?«

Diese Frage trifft mich völlig unvorbereitet, da ich mich in falscher Sicherheit gewiegt hatte, und händeringend suche ich nach einer Antwort. »Das würde ich so nicht sagen.«

Er sieht mich eindringlich mit einer leicht gehobenen Augenbraue an, als könnte er geradewegs meine verworrenen Gedanken lesen. Sein Schnurrbart hindert mich daran, seinen Gesichtsausdruck genau zu deuten. »Wie *hättet* Ihr es gesagt?«

»Frances ist so nicht.« Ich wünschte, ich klänge selbstbewusster. »Sie war natürlich verärgert wegen Overburys Äußerungen über sie. Es war aber eher so, dass *er sie* nicht mochte.«

»Ah.« Bacon klopft mit dem Zeigefinger auf die Tischplatte. »Dann hat also Euer Freund alles getan, um Euch davon abzuhalten, die Frau zu ehelichen, die er verabscheute.«

»Ja, vermutlich.« Ich begreife zu spät, dass ich ihm in die Falle gegangen bin, und versuche, meine Aussage zurückzunehmen. »Nein, nicht direkt. Es war … es war nicht eindeutig.«

Bacon wiederholt meine Worte. »Nicht eindeutig?«

Es folgt ein langes Schweigen. Ich weiß nicht, wo ich hinschauen soll, aber mir ist bewusst, dass meine wild huschenden Blicke mich verschlagen wirken lassen.

»Overburys Tod lieferte Euch, was Ihr Euch wünschtet.«

»Nein!« Ich schreie beinahe.

»Ihr sagt ›Nein‹, und dennoch erscheint es so.«

»Ich bin unschuldig!«, rufe ich zu laut.

»Eure Gemahlin meinte, dass Ihr genau dies sagen würdet.«

Meine Wut schäumt hoch, so rasch wie überkochende Milch, bei dem Gedanken, dass dieser Mann Frances befragt hat – meine gebrochene Frances. Mein Hass für ihn durchtränkt die Luft im Raum.

»Meine Gemahlin meinte, ich würde genau dies sagen, weil es die Wahrheit ist.« Frances geht mir durch den Kopf. Wo ist sie? Aber ich kann nicht an sie denken, nicht in diesem Augenblick, sonst verliere ich völlig die Fassung.

Es wird dämmrig, aus dem Nichts ist es Abend geworden, und Bacon schickt seinen Schreiber hinaus, damit er jemanden suche, der die Kerzen entzündet. Er steht auf, geht im Zimmer umher, nimmt Gegenstände in die Hand und stellt sie wieder ab. Ich muss mich beherrschen, ihn nicht zu zwingen, damit aufzuhören.

Er hebt den Wandteppich am Fenster. »Ihr habt Ausblick auf den Tower Hill.«

»Absichtlich, nehme ich an.« Ungewollt erzähle ich ihm, dass ich von hier aus Elwes' Hinrichtung mit angesehen habe.

»Er ist einen edlen Tod gestorben«, sagt Bacon. Ich wollte, ich hätte Elwes nicht erwähnt, der sich als gelbzahnige Grimasse in meinen Kopf eingebrannt hat. »Nicht wie Franklin. *Er* hat einen grässlichen Aufstand gemacht.«

»Ich habe Franklin nicht gekannt«, sage ich. Nun gehen mir die vier Gehängten nicht mehr aus dem Sinn.

Der Schreiber ist unterdessen mit einer Handvoll Kerzen zurückgekehrt, die ich ihm abnehme, um beschäftigt zu sein. Ich stecke sie in die Halter, zünde sie an, stopfe dann meine Pfeife, halte sie an eine Flamme und ziehe den heißen Rauch ein. Fast auf der Stelle bereue ich es, denn es ist augenfällig, wie sehr meine Hand zittert.

»Franklin hatte allerhand zu sagen. Ich nehme an, Ihr wisst, dass in Northamptons Haus einer Katze Gift verabreicht wurde, als wollte man testen, ob sie daran stirbt. Ausreichend, um zwanzig Menschen umzubringen, wenn man Franklin glauben darf.«

»Ich weiß nicht, wovon Ihr sprecht.« Ich klinge abwehrend, aber es entspricht der Wahrheit: Ich weiß nichts von einer toten Katze. »Ich war nur selten in Northamptons Haus.«

»Mistress Turner hat ausgesagt, Ihr seid sehr oft dort gewesen. Sie glaubte, Ihr seid mit Northampton im Bunde gewesen.«

Ich versuche, ihm zu erklären, ich sei nur freundlich zu

Northampton gewesen, da ich schließlich seine Großnichte habe heiraten wollen, aber ich weiß, er glaubt mir kein Wort. Er erwähnt, so mancher bei Hofe habe gedacht, Northampton sei so etwas wie ein Mentor für mich gewesen. Das kann ich nicht abstreiten. Dann erklärt er: »*Und* Franklin hat ausgesagt, er habe sehr wohl mit Euch zu tun gehabt.«

»Er ist ein Lügner. Ich habe Franklin nie getroffen.« Ich weiß, ich klinge verzweifelt, und setze mich wieder an den Tisch. Mein Herz pocht, und mir geht durch den Sinn, welch eine Ironie es doch ist, dass die Liebe die gleiche Wirkung auf das Herz hat wie die Angst.

»Franklin hat gesagt, Eurem armen Freund Overbury sei so viel Gift verabreicht worden, dass es ein Wunder sei, wie lange er noch gelebt habe.« Er hält inne und lässt die Stille wirken. »Er schien sehr sicher, dass Ihr Eure Hand im Spiel hattet.«

»Warum sollte ich Thomas' Tod herbeigewünscht haben? Er war mein liebster, mein engster Freund ...« Ich habe nach Bacons Arm gegriffen, und als mir klar wird, was ich da tue, lasse ich ihn sofort los, als hätte ich mich verbrannt. »Ich wollte seinen Tod nicht. Ich habe ihn geliebt.«

Die Goldstickereien auf Bacons Ärmeln reflektieren das Licht. Wir sitzen in einer zuckenden gelblichen Lichtlache mit einem Meer aus Dunkelheit um uns herum.

Er blickt auf seinen Arm, auf die Stelle, die ich berührt habe, und dann wieder zu mir. »Seid nicht unaufrichtig.«

»Ich weiß, dass es so aussieht.« Ich schwitze.

»Jetzt zu diesen Pulvern, die Ihr Overbury in den Tower habt bringen lassen.«

»All das habe ich bereits Coke erklärt. Thomas hat danach *verlangt*. Sie waren harmlos.« Ich versuche, mir in Erinnerung zu rufen, was genau ich Coke dazu gesagt habe, da ich fürchte, schon die geringste Abweichung könnte die Wahrheit infrage stellen.

»Ihr müsst verstehen, welchen Eindruck das erweckt.«

»Ich weiß, welchen Eindruck das erweckt.« Bacon mustert mich eindringlich. »Aber *so* ist es *nicht*.« Meine Stimme ist mit einem Mal erstickt, als müsste ich gleich in Tränen ausbrechen. Ich bin verstört. Die vier bereits Gehängten schwingen noch immer in meinem Kopf, und ich bin bemüht, nicht an mein eigenes Schicksal oder das meiner Gemahlin zu denken. »Habt Ihr noch nicht die Briefe gesehen, die ich zu jener Zeit von Overbury erhalten habe und in denen er schreibt, wie viel besser er sich fühle? Cotton hat sie.«

»Ja, Cotton hat sie uns ausgehändigt«, sagt Bacon und legt die Hände wie ein Dach aneinander. »Sie beweisen nichts, da ihre Daten verändert wurden.«

»Das ist nicht möglich.« Mein Inneres zieht sich zusammen, und ich fluche insgeheim, dass Cotton die Angelegenheit nicht ordentlich erledigt hat.

Bacon betrachtet mich von oben herab. Er glaubt mir kein Wort. »Manche haben angedeutet, Overbury habe Dinge gewusst, die dem König Schwierigkeiten hätte bescheren können.«

»Das stimmt nicht«, platze ich heraus. Mein Herz klopft jetzt noch schneller. Ich weiß, ich wirke schuldig wie der Leibhaftige.

»Coke glaubt an eine größere Verschwörung.« Bacons Gelassenheit meißelt mich in Stücke.

»Was wollt Ihr damit sagen?« Er betrachtet meine zitternde Hand.

»Er meint, auch der Tod des Prinzen sei verdächtig. Sicher habt Ihr damals davon gehört. Aber Coke hegt den Verdacht,

Ihr habet einen Komplott geschmiedet, um *alle* Stuarts zu beseitigen. Ich neige nicht zu dieser Ansicht. Ich glaube nicht, dass Eure Fantasie für eine große Verschwörung ausreicht, es sei denn, Ihr wart Northamptons Schachfigur.« Er hält inne und tritt einen Augenblick ins Dunkel.

Dieser abrupte Umschwung in ihm hat mich auf dem falschen Fuß erwischt. »Was wollt Ihr damit sagen? Ich habe nicht...«

»Ich weiß. Ich weiß.« Er lächelt, doch in dem Dämmerlicht sieht er eher mürrisch aus. Der Schweiß, der unter meinen Kleidern rinnt, ist kalt, obwohl das Gemach warm ist. »Ich glaube, Ihr habt es aus Liebe getan. So ein banaler Grund, einen Mann zu töten... ungefähr auf Eurem Niveau.«

Ich springe auf und erhebe den Zeigefinger. »Ich habe Euch gesagt, ich habe es nicht getan. Schaut auf Northampton, wenn Ihr den Schuldigen sucht.«

Bacon bemüht sich gar nicht zu verbergen, dass er mich für einen Lügner hält, und bleibt vollkommen ruhig auf seinem Stuhl sitzen, während ich tobe und wüte und meine Unschuld beteuere.

»Es gibt eine beeidigte Aussage, dass Ihr Overbury geraten habt, nicht die Moskauer Botschaft zu übernehmen.«

Endlich gewinne ich ein Stück Beherrschung zurück und lasse mich auf meinen Stuhl fallen. »Ja, ich *wollte* Overbury aus dem Weg haben. Ja, ich *wollte*, dass er in Haft kommt, aber zur Verbesserung seiner Lage, nicht für seinen Untergang. Ich wollte seinen Tod nicht. Ich habe ihn innig geliebt.«

»Aber nicht so sehr, wie Ihr Eure Gemahlin liebt.«

Ich ergebe mich jetzt meinen Tränen, und den Kopf in den Händen schniefe und schluchze ich. Immer wieder sage ich: »Ich bin unschuldig«, wieder und wieder, bis die Worte sinnlos erscheinen. Ich wünsche mir nichts anderes als den Trost meiner geliebten Frances – der einzigen Freundin, die mir bleibt. Der Schreiber räuspert sich. Ich hatte vergessen, dass er hier am Rande unserer kleinen trüben Lichtlache hockt und meine schamerfüllten Tränen für die Nachwelt festhält.

Ich spüre, dass Bacons Blicke mich durchbohren, er sieht mich an, bis ich mich beruhigt habe. Dann sagt er: »Eure Gemahlin hat gestanden.«

Sie

Frances wartet allein. Ihre Geschichte ist erzählt, die Geschichte dieser anderen Frances Howard. Sie malt sich aus, dass sie draußen von Mund zu Ohr geht, ihre Rache ins Werk setzt, die Schuld woanders ablädt und ihr zur Freiheit verhilft.

Sie war froh, als Nelly fort war, aber nun vermisst sie ihre Gesellschaft. Immer wieder übt sie den Kartentrick, aber ohne Beobachterin kann sie nicht ermessen, ob ihre Fingerfertigkeit sich verbessert. Sogar das Baby fehlt ihr ein bisschen, das jetzt wohl mit seinen großen dunklen Kulleraugen, glänzend wie Spiegel, in frische Wäsche gehüllt, in einer feinen Mahagoniwiege in Lizzies Haus liegt.

Sie wartet darauf, dass etwas geschieht. Sie hat eine neue Dienerin, die so furchtsam wie eine Feldmaus ist. Ihr Name ist Lalage, eine füllige, milchig weiße junge Frau, die aus einer guten Familie stammt. Lalage fürchtet sich vor Frances und tut, was man ihr aufträgt, in bebender Verwirrtheit. Frances nimmt an, dass sie all die Geschichten über Hexerei glaubt. Vielleicht war sie bei Anne Turners Prozess zugegen, als die Tribüne in dem Moment krachte, in dem die Beweise vorgelegt wurden.

In einem Schwebezustand wartet sie auf ihren Prozess und wollte, er wäre schon vorüber, aber diese eine Woche spielt selbst ihre Fingerfertigkeit aus und dehnt sich ins Unendliche.

Sie ruft sich in Erinnerung, was sie bei der Befragung zu Bacon und Coke gesagt hat, und hat genau vor Augen, wie sie sie mit ihrem Geständnis aus der Fassung gebracht hat. Natürlich waren sie am Tag nach Nellys Abschied mit Fragen zu den Details wiedergekommen.

Sie hatten gefragt, ob auch ihr Gemahl Overbury Kuchen und Gelee geschickt habe. *Selbstverständlich*, hatte sie entgegnet. *Wir beide haben das gemacht. Aber er hat mich nie in seine privaten Belange mit meinem Großonkel eingeweiht – die beiden standen sich sehr nahe.* Und amüsanterweise stimmte das sogar. Sie hatten gefragt, ob Robert Franklin kenne. *Ich weiß nicht, wen Ihr meint*, hatte Frances geantwortet. *Wie sieht er aus?* Als Bacon sein Äußeres beschrieb – den buckligen Rücken, die aasige Nase –, hatte sie in gespieltem Schock eine Hand vor den Mund geschlagen: *Ja, ich habe diesen Mann gesehen. Ich habe ihn mit meinem Großonkel und mit Mistress Turner gesehen und ...* Sie hatte innegehalten, nur um schließlich zu stammeln: *... ein Mal mit Robert? Was hatte er mit einem solchen Mann zu schaffen?*

Bei diesen Worten hatte Bacon Mühe, seine geschürzte Oberlippe zu verbergen. *Aber Robert ist unschuldig*, hatte sie rasch hinzugefügt.

Ganz bestimmt, hatte Bacon mit vor Sarkasmus triefendem Ton erwidert, sodass sie sich fragte, ob die Männer wohl bereits ihre Geschichte aus Nelly herausgequetscht hätten, wie den Saft einer Zitrone, ehe sie zu ihr gekommen waren. Sonderbarerweise hatten sie nicht daran gedacht, sie zu dem letzten Klistier zu befragen, das zu Overburys Tod geführt hatte und von Franklin beschafft worden war.

Sie mischt die Karten. Lalage kommt mit einem Korb sauberer Wäsche herein und beginnt, das Bett zu machen. Ein frischer Duft erfüllt die stickig feuchte Luft.

»Komm her«, sagt sie zu dem Mädchen. »Ich möchte dir etwas zeigen.«

Lalages Augen stehen weit auseinander und sind von langen Wimpern umkränzt.

»Ich fresse dich nicht.«

Das Mädchen tritt zögerlich näher.

Frances legt drei Karten offen auf den Tisch. »Folge dem Herz.« Sie dreht sie um und schiebt sie umher, immer schneller und schneller. Lalage sieht zu, als hinge ihr Leben davon ab. »Wo ist das Herz?« Das Mädchen deutet auf die linke Karte. Frances dreht sie um. Es ist der Pik-König.

Lalage keucht und murmelt: »Der Teufel.«

»Es ist doch nur ein Kartentrick. Sieh her.« Frances zeigt ihr, wie man zwei Karten zusammen halten muss, sodass sie wie eine erscheinen. »Siehst du?«

»Darf ich mich entfernen?«, fragt sie mit dürrnem Stimmchen.

»Um Himmels willen, ich bin keine Hexe. Hexerei ist doch bloß etwas, das Leute erfinden, um Dinge zu erklären, die sie nicht verstehen, oder um andere dazu zu bringen, Dinge zu tun, die sie von ihnen wollen.« Frances sieht, dass ihre Worte keine Wirkung zeigen. »Dann geh. Wie du willst.«

Das Mädchen macht sich davon, und wieder ist Frances allein mit ihren Gedanken und dem Rauschen des Frühlingsregens. Sie überdenkt die möglichen Ergebnisse ihres Prozesses. Es besteht die Möglichkeit, dass Nelly nicht befragt wurde, sodass die Geschichte der anderen – makellosen – Frances Howard nie erzählt wird. Die Möglichkeit, dass der königliche Gnadenerweis wertlos sein könnte, will sie nicht in Betracht ziehen, doch der Gedanke ist wie eine kleine heiße Flamme in ihrem Kopf, die sich nicht auslöschen lässt. Allein das kleine schmutzige Geheimnis des Königs hindert sie daran aufzuflackern und zu lodern. Gewiss, so überlegt sie, würde er nicht das Risiko eingehen, dass sie es preisgibt. Doch es ist ihr schon einmal nicht gelungen, den König geschickt zu manipulieren: *Um das zu wissen, brauche ich Eure Wahrsagerei nicht.*

Auf der verzweifelten Suche nach einer Ablenkung geht sie zur Tür und klopft sachte. Die Tür öffnet sich einen Spalt, und William mit seinem Grübchen im Kinn lächelt sie begierig an. »Komm herein«, sagt sie tonlos und fährt sich mit der Zungenspitze über die Lippen. Sie zieht ihn herein, lehnt sich gegen die Tür, um sie leise zu schließen, und drückt seinen Kopf an ihre Brüste. Rasch zieht sie ihr Kleid herunter, sodass sie völlig entblößt sind. Er ist hart.

Doch als er fort ist, kehrt die stürmische Angst zurück. Je mehr sie darüber nachdenkt, umso bewusster ist ihr, dass ihr eine Zukunft mit verschiedenen Varianten bevorsteht. Sie kann nichts mehr tun, um die Situation zu beeinflussen, und es bleibt abzuwarten, ob sie genügend getan hat. Es liegt nicht mehr in ihrer Hand – das ist gefährlich.

Sie legt die Karten zu einem Fächer, wählt eine aus und sagt zu sich selbst: *Wenn das ein Herz ist, werde ich vor Gericht gestellt, und mir wird die Strafe erlassen, Robert wird hingerichtet, und ich werde frei sein.* Sie dreht die Karte um. Pik zwei. *Beste von dreien.*

Sie ist schließlich eine Howard, und die Howards bekommen immer, was sie wollen.

Er

In einem Monat wird es fünf Jahre her sein, dass mir Frances Howard aus der Hand gelesen und Liebe darin erkannt hat. In dieser Zeit bin ich so hoch aufgestiegen, wie es nur irgend möglich ist, und in den tiefsten Abgrund gestürzt, und sie ziehe ich mit mir herab. Es gibt nur einen einzigen Ort im Leben, der noch tiefer ist: der Galgen – und ich ertrage es nicht, mir vorzustellen, was danach kommt. Ich flehe zu Gott, er möge meine Gemahlin verschonen, aber ich fürchte, er hört mir nicht mehr zu.

In der Nähe jault ein Hund und kratzt jämmerlich an einer Tür. Ich weigere mich zu akzeptieren, dass Frances gestanden hat – nicht sie. Ich lasse mich nicht zum Narren halten. Bacon hat mich angelogen, in der Hoffnung, dass ich mich selbst beschuldigen würde. Aber mein Verstand lotet die Schatten aus, in denen Gedanken an Northampton hausen. Ich kann seinen Einfluss auf sie nicht abstreiten, wie blind sie war für seine seidig kaschierte Arglist und wie unfehlbar ihr Glaube an Gottes Vergebung. Das Schicksal ihres Papageis geht mir nahe, ich fühle das verängstigte Klopfen seines Pulses in meinen Fingerspitzen. Vielleicht hat man sie so sehr gedemütigt, dass sie lieber sterben als leben möchte. Ich weiß, ich möchte lieber tot sein, als ohne sie zu leben.

Auf meinem kleinen Austritt spüre ich die Wärme der Luft und lausche den Vögeln, die sich etwas zuzwitschern. Ich möchte weinen. Dann regnet es drei Tage ohne Unterlass. Meine vernachlässigten Gedichtbände spotten vom Regal über mich, die fesselnden Liebenden für alle Ewigkeit zwischen ihren Buchdeckeln gefangen.

Ich martere mein Hirn nach irgendetwas, das mir helfen könnte, wenn es zu einem Prozess kommt. Ich bemühe mich, ein Muster zu erkennen, ein ordnendes Schicksalsprinzip, kann aber nur feststellen, dass ich unglückselig von einer Erfahrung zur nächsten durch mein Leben gestolpert bin. Es gibt keinen Plan der Vergangenheit, nur ein Gewirr von halb erinnerten Ereignissen, und ich habe keinen Stift und kein Blatt Papier, um sie mir sinnvoll zu deuten.

In meinen wirren Erinnerungen taucht ein vergessener Brief auf. Overbury hatte ihn mir aus dem Tower geschickt. Ich sehe nun mit kriminalistischer Klarheit Thomas' gestochene Handschrift vor mir und seine Bitte nach einem stärkeren Pulver, denn das, welches ich ihm geschickt hätte, zeige keine Wirkung. An den Rand hatte er ein Herz in Flammen gezeichnet, was mich berührt hatte, sodass ich den Brief verwahren wollte. Ich legte ihn zwischen die Seiten von *Troilus und Criseyde*. Mir drängt sich der Vers in den Sinn, den ich mit dem Brief markiert habe:

Welch wundersame Krankheit nur erfüllt mich
Mit eisigem Feuer und feurigem Eis und tötet mich?

Sein Bild und dieses Gedicht gehören zusammen.

Die Erinnerung stärkt mich. Thomas' eigene Worte werden dazu beitragen, meine Unschuld zu beweisen. Aber die Zuversicht verlässt mich, als ich erkenne, dass es mir unmöglich ist, diesen Brief in die Hände zu bekommen; und wenn Frances dem Untergang geweiht sein sollte, muss ich ohnehin den Punkt, meine Unschuld beweisen zu wollen, infrage stellen.

Ich lausche dem unaufhörlich jaulenden Hund, während es immerzu regnet, Thomas um mich umherschwebt und der Gestank von seinem verwesenden Fleisch in der Luft hängt.

An dem Tag, als es zu regnen aufhört und das Wasser noch von den Blättern tropft und gluckst, kommt Harry Howard zu Besuch. Er hat ein Schreiben mit der königlichen Verfügung, dass er mich allein sehen darf. More, der mit ihm kommt, scheint verärgert, als Harry ihn höflich bittet zu gehen.

Harry ist Frances so ähnlich, dass ich Aufwind verspüre und ihn am liebsten auf den Mund küssen möchte. Meine Fantasie brennt mit mir durch, und ich erschrecke, als ich feststelle, dass ich erregt bin.

»Du siehst furchtbar aus, Robert«, sagt er als Erstes zu mir. »Je eher du hier herauskommst, umso besser.«

Ich erlaube mir zu glauben, ich sei noch immer einer der Howards und dass sie die Macht hätten, meine Freilassung zu erwirken; doch ehe ich ihn danach fragen kann, fügt er hinzu: »Dein Prozess findet übermorgen statt.«

»In zwei Tagen?« Er nickt. Unbeabsichtigt muss ich würgen. »Was ist mit Frances?«

»Sie hat den Mord gestanden.«

Ich ringe nach Luft. Dies aus zwei unterschiedlichen Quellen zu hören, macht es sicher wahr. »Meine Frances. So eine abscheuliche Tat.« Doch selbst da ich es jetzt weiß, habe ich ihr gegen jede Natur bereits vergeben. Sie hat es für mich getan – aus Liebe zu mir. »Meine Frances.« Ich bin verwirrt und rede Kauderwelsch mit Verzweiflung im Gesicht. Ich fühle mich, als würde ich ohnmächtig, und bringe kaum die Frage heraus: »Wird man sie hinrichten?«

Er antwortet nicht, zuckt nur mit den Schultern und sagt: »Ihr Prozess ist morgen. Mit ihrem Schuldeingeständnis wird er kurz sein.«

»Ich sage dir, sie ist keine Mörderin.« Ich habe keine anderen Worte in mir.

»Natürlich ist sie das nicht.« Er sagt es, als läge es auf der Hand und als wäre ich ein Idiot, der das nicht begreift.

»Aber warum dann hat sie ein Geständnis abgelegt?«

»Wie soll ich das wissen?« Er ist aufgeregt, schreit beinahe. »Vielleicht hat man sie gezwungen. Weiß der Himmel.«

Mir rauscht das Blut in den Ohren, sodass ich ihn nicht verstehen kann. »Sie hat es *nicht* getan?« Thomas oder vielmehr seine körperlose Stimme in meinem Ohr raunt: *Wie kannst du dir so sicher sein?*

Harrys Gesicht ist plötzlich wutverzerrt. »Was glaubst du denn, was sie ist? Ein Ungeheuer? Wie kannst du mich so etwas nur fragen? Oder vielleicht opfert sie sich für *dich*.« Seine Blicke durchbohren mich.

»Du weißt, dass das nicht stimmt.« Ein lautes qualerfülltes Gebrüll entfährt mir. Es klingt kaum menschlich.

»Du musst dich beherrschen.« Er ist voller Verachtung, als stoße ihn meine Schwäche ab. »Du darfst dich nicht so gehen lassen.«

Ich begreife nun, um einer der Howards zu sein, müsste ich hart und scharf wie die Klinge eines Scharfrichters sein, und das bin ich nicht. Dieser Blick, der ihnen eigen ist, strahlt uneingeschränkte Widerstandskraft aus. Damit sind sie geboren – man kann ihn sich nicht aneignen, aber das weiß ich ja bereits.

»Der Grund, aus dem ich hier bin …«, ich hatte vollkommen vergessen, dass er einen königlichen Auftrag hatte, »… ist, dass Seine Majestät wünscht, dass auch du ein Geständnis ablegst.«

»Ein Geständnis? … Ich?«

»Er denkt, es genüge nicht, dass die Helfershelfer hingerichtet wurden. Er meint, der Öffentlichkeit müsse mehr gegeben werden, ansonsten zahle *er* den Preis. Er wünscht keine weiteren Ermittlungen, und ein handfestes Geständnis setzt der Angelegenheit ein Ende. Ich vermute, er will etwas verbergen. Und du weißt besser als ich, was der König zu verbergen hat.« Er sieht mich an, als wäre ich ein Idiot. »Spiele auf der Anklagebank den Reuigen, und er verspricht, dass dein Leben verschont wird. Wenn die Aufregung sich dann in Gänze gelegt hat, wird er dich begnadigen. Zumindest sagt er es.« Da schien ihm etwas in den Sinn zu kommen. Er schlägt sich auf die Wange. »Warum habe ich nicht eher daran gedacht? Besteht die Möglichkeit, dass meine Schwester eine solche Einigung mit dem König vereinbart hat?«

Die Worte meiner Gemahlin wirbeln mir durch den Kopf: *Selbst wenn man dir für ein Schuldeingeständnis die Begnadigung anbietet, darfst du das unter keinen Umständen akzeptieren, denn sie werden versuchen, dich hereinzulegen. Du musst auf deiner Unschuld beharren, oder du verlierst deinen Kopf.*

»Nein. Das ist unmöglich. So etwas hätte sie nie getan.« Nun wird mir alles klar. Die Howards schieben uns beiseite – Frances und mich. Wieder regt sich Zweifel in mir, ob meine Gemahlin tatsächlich ein Geständnis abgelegt hat oder ob Harry mich täuschen will, wie Bacon es getan hat. »Nein, ich tue es nicht.« Meine Stimme ist fest, und ich spüre, dass meine Widerstandskraft zurückkehrt.

»Um Himmels willen, tue es doch wenigstens für deine Tochter. Willst du, dass sie im Schatten eines Vaters aufwächst, der für einen Mord hingerichtet wurde?«

Wieder beginnt der arme Hund zu jaulen.

Meine Optik schärft sich, und ich erkenne, dass ich mich die ganze Zeit getäuscht habe. Der Blick, diese Howard'sche Manier, die ich meiner Tochter als Erbe gewünscht habe, ist der Blick der reinen Verderbtheit. Die Howards sind bis ins Innerste verdorben, die ganze Bagage. Nur meine Frances ist frei davon. Ich sehe ihn an und bemerke, dass die Ähnlichkeit mit seiner Schwester nur oberflächlich ist. Harry Howard ist eine Schande. Seinen Augen fehlt es an der warmen Intensität, die ihre haben, und sein Lächeln hat nichts von ihrer betörenden Anmut. »Wo sind deine Eltern?«, frage ich ihn. Ich bin mir nun sicher, dass sie hinter seiner Mission stecken und nicht der König.

»In Audley End. Sie haben sich dorthin zurückgezogen, bis diese Sache ein Ende gefunden hat.« Wieder erkenne ich Wut in seinem Gesicht, was mich verwirrt.

»Sie haben ihre Tochter im Stich gelassen.« Meine arme Frances, selbst ihre eigene Mutter überlässt sie ihrem Schicksal. »Warum tun sie so etwas?«

»Um zu vermeiden, von ihrem Skandal besudelt zu werden. Ich habe noch versucht, sie von der Abreise abzuhalten.« Er wischt sich Schweißtropfen von der Stirn. »Ich flehe dich an, Robert, komm zu Sinnen. Tue, was der König verlangt. Dein Geständnis könnte meine Schwester retten.« Wie das geschehen könnte, verschweigt er; aber ich weiß es.

Ich verspüre die Gewissheit, dass Frances nicht gestanden hat und ihr Prozess eine reine Formsache sein wird, um ihre Unschuld darzulegen.

»In ein, zwei Jahren lebst du mit deiner Gemahlin und deiner Tochter zusammen.« Er gestikuliert mit ausladenden Armbewegungen. Er wirkt überzeugend. Er könnte seinen Lebensunterhalt am Theater verdienen. »Womöglich ist dann schon ein weiteres Kind unterwegs. Du wirst deine Ländereien behalten, deine Achtung. Es wird ein gutes Leben sein.«

Er meint, ich durchschaue ihn nicht. Mir kommt plötzlich ein Gedanke, so etwas wie ein in Vergessenheit geratenes Bruchstück – etwas, das mich retten wird.

Ich sage ihm, ich werde über ein Geständnis nachdenken. Er sieht erfreut aus, vielleicht sogar triumphierend. Harry Howard begreift nicht, dass ich keinerlei Absicht habe, ihm in die Falle zu gehen, dass ich – weit entfernt von einem Schuldbekenntnis – entschlossen bin, meine Unschuld zu beweisen.

»Würdest du etwas für mich tun, Harry? Es gibt ein Buch in meinen Gemächern von Whitehall, das ich brauche.« Ich erkläre ihm, was ich von ihm will. »Es muss doch die Möglichkeit bestehen, ein einzelnes Buch zwischen meiner Wäsche zu verstecken.«

Er verspricht mir, sein Bestes zu tun. Ich bin unsicher, ob ich ihm trauen kann, aber mir bleibt keine andere Wahl.

Der Gedanke, dass ich, statt beiseitegeschoben zu werden, einen Weg finden werde, meine Gemahlin aus den vergifteten Klauen ihres eigenen Fleischs und Bluts zu retten, beflügelt mich und gibt mir neue Kraft.

Sie

Die Barke gleitet die Themse hinauf. Es ist ein wunderbarer Tag, ein klarer blauer Himmel mit einer sanften Brise. Der Fluss ist voll mit Booten und deswegen kabbelig. Frances hält sich so angestrengt an der Bordwand fest, dass ihre Knöchel weiß hervortreten. Sie fürchtet das Wasser mehr als ihren nun bevorstehenden Prozess.

Die Ruderer schwenken plötzlich herum, um einem Boot auszuweichen, das ihrem längsseits kommt, dann nehmen sie den Rhythmus wieder auf, um es hinter sich zu lassen, aber nicht bevor eine Salve an Beleidigungen auf Frances niedergegangen ist. Sie muss gar nicht in die Gesichter blicken, um zu wissen, dass sie wie eine Hundemeute beim Töten aussehen. Lalage keucht und stammelt wie versteinert. Frances tut so, als höre sie nichts, und spielt weiter die freudig Plaudernde, die sich versagt, irgendeine Schwäche zu zeigen, wobei sie auf das Innere ihrer Wange beißt, bis ein scharfer Geschmack nach Eisen durch ihren Mund strömt.

Zum Glück sind die Stufen von Westminster durch einen Cordon abgesperrt, und die Menschenmenge muss auf Abstand bleiben, aber das Gebrüll, das sich erhebt, als Frances das Boot verlässt, tönt wie ein Donnerhall. Wachen umringen sie zu ihrem Schutz. Sie gehen als ungeordnete Gruppe durch den

Nebenhof nach Westminster Hall hinein. Die Tür steht offen. Sie bleibt auf der Schwelle stehen, um sich zu sammeln und damit ihre Augen sich nach dem grellen Sonnenlicht an den Halbdämmer gewöhnen. Sie streift ihren Umhang ab und reicht ihn Lalage, die geradezu in die Mauer zurückweicht. Jemand führt das Mädchen fort, und Frances geht voran. Sie schaut sich um und erinnert sich an all die Gelegenheiten, als sie in diesem Saal tanzte, und als sie für einen Moment die Augen schließt, hört sie die Musik und die im Rhythmus stampfenden Füße. Der Saal ist gesteckt voll. Eine große ansteigende Tribüne ist aufgebaut worden, um all den Menschen Platz zu bieten.

Sie sagt sich, es sei doch lediglich eine Aufführung und dies ihr Publikum. Sie ist sich sicher, Essex zu sehen, fast versteckt, als er in einer fernen Bankreihe zusammenzuckt, und jählings erinnert sie sich an ihre erste gemeinsame Nacht – an sein starkes, linkisches Verlangen und an ihr eigenes, das sie verderbt aus dem Nichts überfallen hatte. Trotz ihres Abscheus füreinander hatten sie sich wie Hunde vereint. Die Lüge darüber war zur Tatsache geworden. *So etwas wie die Wahrheit gibt es nicht.*

Harry sitzt ganz vorne. Er lächelt ihr aufmunternd zu. Lizzie ist neben ihm und blickt auf das knittrige Taschentuch, das sie sich um die Finger wickelt. Frances hält Ausschau nach ihren Eltern, doch sie sind nirgends zu entdecken.

So rasch und unerwartet wie ein Sommergewitter bricht Angst über sie herein, und dazu kehren die Zweifel an ihrer Begnadigung zurück. Doch sie hält sich ganz gerade und schreitet durch den Gang. Die Peers, die über ihren Fall verhandeln werden, sitzen in Reihen zu ihrer Rechten. Die meisten Männer, mit denen sie getanzt hat, sind hier. Keiner von ihnen schaut sie an. Ihnen gegenüber sitzen die Juristen, die über sie richten werden.

Sie atmet tief durch. Als sie nach vorne geht, wird es totenstill im Saal. Ein einziger Ruf, »Hure«, dringt von der Tribüne zu ihr, gefolgt von einem Scharren, vermutlich als der Missetäter hinausgeführt wird. Sie steht an einem Pult, auf dem eine Bibel liegt, und man leitet sie durch die Sätze, die sie nachsprechen muss, um den Eid zu leisten. Sie beugt sich vor, um den Ledereinband zu küssen, und als sie spricht, färbt sie ihre Stimme so sanft, dass sie sich selbst kaum hört.

Sie wird zu einem Stuhl geführt und lauscht all den Ausführungen zu den Verbrechen dieses Rohlings von Weston, aus denen hervorgeht, er habe wohl auf ihre Anordnungen hin gehandelt. Sie darf jetzt nicht an Weston denken, sonst verliert sie die Fassung, denn vor ihrem geistigen Auge hängt er mit Anne, Franklin und Elwes am Galgen. Sie ist erschrocken, als sie eine echte, warme Träne über ihre Wange rollen spürt, und tadelt sich, dass sie Gefühle offenbart, bis ihr klar wird, dass es ihr zum Vorteil gereicht, Schwäche und Reue zu zeigen.

Sie steht auf, als sie ihr Bekenntnis ablegt. Als sie ihre Schuld zugibt, ist es, als würde der Saal selbst die Luft anhalten. Ihre Worte müssen von dem Justizsekretär wiederholt werden, denn die Menschen auf den Bänken beklagen sich, sie sei nicht zu verstehen. Harry vorne schlägt die Hände vors Gesicht. Lizzie schluchzt.

Bacon erhebt sich, um zu den Lords zu sprechen, und sie kann nicht deuten, ob der rasche Blick, den er ihr zuwirft, wohlwollend oder das Gegenteil davon ist. Er setzt an, indem er sie für ihre Aufrichtigkeit lobt. »Im Gegensatz zu den anderen vor ihr, die für dieses Verbrechen verurteilt wurden, hat die Countess ein vollumfängliches Geständnis abgelegt.

Ich weiß, dass Eure Lordschaften sie nicht ohne Mitgefühl anschauen können.« Ihre Angst schwindet allmählich. »Vieles mag Euch berühren: ihre Jugend, ihre Person, ihr Geschlecht, ihre Adelsfamilie, ja, ihre Provokationen, doch in erster Linie muss ihre Bußfertigkeit Euch berühren. Ich will nichts gegen eine Büßerin vollstrecken ...« Sie wittert den Sieg. Er bahnt ihr den Weg zum Gnadenerlass. Dann dürfte es überflüssig sein, das schmutzige Geheimnis des Königs auszuplaudern.

Der Justizsekretär fragt sie, ob sie noch etwas äußern möchte, ehe das Urteil gefällt wird; und sie sagt mit weiterhin leiser Stimme: »Ich ersuche um Gnade und bitte die edlen Lords, dass sie für mich beim König Fürsprache einlegen.«

Der Lordkanzler steht auf, um das Urteil zu sprechen. Während er kundtut, dass sie am Hals aufgehängt werde, bis sie gänzlich tot sei, denkt Frances an den Kartentrick, den sie bis zur Vollendung geübt hat. Seine Stimme ist von Mitgefühl erfüllt, und sie hegt in ihrem Kopf keinen Zweifel daran, dass sie gesiegt hat. Die dumme Vorstellung ist vorüber, und das Urteil gegen sie wird gewandelt werden.

Sie sinkt vor ihren Richtern in einen demütigen Knicks, ehe man sie hinwegführt. Als sie zurück zum Fluss gehen, ist die Menschenmenge, die nur eine Stunde zuvor nach ihrem Blut lechzte, vollkommen still. Sie sind zufrieden, dass die Justiz ihres Amtes gewaltet hat. Das Blut, nach dem es ihnen nun verlangt, ist das ihres Gemahls. Sie muss sich beherrschen, um nicht in die Luft zu springen und zu jauchzen.

Sie wendet sich an den obersten Wächter und fragt ihn mit aufgesetzter Verwirrtheit: »Ist es vorbei? Bringt man mich jetzt zurück in den Tower?«

Als er dies bejaht, schreit sie auf. »Nein, das darf nicht sein. Ich hatte doch gar keine Gelegenheit, den Lords die Unschuld meines Gemahls darzulegen.« Es gelingt ihr sogar, einige wenige verzweifelte Tränen herauszupressen. »Lasst mich zurückgehen. Ich *muss* es ihnen sagen.«

Als sie mit den Fäusten auf den Wächter einhämmert, greift er sehr sanft nach ihren Unterarmen und sagt: »Es tut mir sehr leid.« Sein Mitleid ist offensichtlich. »Es ist vorbei… da lässt sich nichts mehr machen.« Er hilft ihr äußerst aufmerksam in die Barke, als wäre sie aus feinstem Kristallglas.

Das Boot schwankt unter ihr. Sie sackt hinten auf der Bank zusammen. Das Wasser ist dunkel. Es will sie verschlingen. Sie fängt unkontrolliert zu zittern an. Alle werden annehmen, es sei der bedrohliche Gedanken an den Galgen, der sie so in Angst versetze.

Er

Ich stehe mit niedergeschlagenen Augen vor Gericht und umklammere mein Gebetbuch. Darin versteckt der Brief, der
meine Unschuld beweisen wird. Harry hat Wort gehalten –
mir scheint, als einer der Howards ist er eher Freund als Feind,
denn er hat mir das Buch geschickt, und der in Vergessenheit
geratene Brief steckte tatsächlich, so wie ich es in Erinnerung
hatte, zwischen den Seiten. Neben diesem Herzen in Flammen
steht in Thomas' Handschrift: *Das Mittel, das du mir hast bringen lassen, hat keine Wirkung gezeigt. Du musst mir etwas Stärkeres schicken.*

Westminster Hall wogt vor Leben. Ich spüre, dass jedes
Augenpaar sich in mich einbrennt, spüre die Ungeduld, dass
man mich auf den Knien sehen will. More nimmt ein wenig
hinter mir Platz und flüstert mir Mut zu. Dieser kleine Mann,
mein Türwächter, ist hier mein einziger Freund, und dabei
kenne ich ihn kaum. Ich muss an Frances denken, die nur
wenige Stunden zuvor hier an dieser Stelle gestanden hat, aber
ich bin ein Narr, wenn ich glaube, es könnte mir ein Trost sein,
an sie und ihre Qual zu denken.

Schließlich hebe ich den Blick und sehe genau in meiner
Sichtachse Essex, der triumphierend grinst. Die Vernarbungen
in seinem Gesicht verzerren sein eines Auge, als ob seine Haut

sich abschälen ließe, um darunter jemand anderen zu enthüllen. Er ruft mir etwas zu, das ich nicht verstehe, aber ich kann es mir vorstellen. Er ist von Bitterkeit durchdrungen. Daneben sehe ich Pembroke, der Southampton etwas zuraunt, und da ist Winwood mit einem selbstgefälligen, höhnischen Lächeln. Frances hatte recht gehabt, als sie damals sagte: *Dieser Mann wird zurückkommen und dich beißen.* Ich darf nicht an Frances denken, sonst breche ich zusammen. Ich stelle fest, dass in diesem Saal all meine Feinde versammelt sind, und ich habe das Gefühl, bereits verurteilt zu sein, ehe die Verhandlung überhaupt begonnen hat.

Ich habe meinen Garter-Schmuck um den Hals gelegt, als Erinnerung daran, dass ich vom König erwählt worden war. Ich berühre ihn, als hätte er die Macht, mir Glück zu bringen. Doch ich spüre das Gewicht des bevorstehenden Urteils im Raum und sehe mich plötzlich selbst so, wie der Hof mich sieht: der aufgestiegene verwaiste Sohn eines niedrigen schottischen Adligen, der all das, was er hat, wie eine Frau wegen seines hübschen Gesichts bekommen hat. Der einzige Segen ist, dass der König nicht zugegen ist, um das hier mitzuerleben, und auch nicht mein Nachfolger. Kaum denke ich an Villiers, bedauere ich es auch schon, denn es erinnert mich an die nüchterne Wahrheit meiner Lage, und Grauen überfällt mich.

Mit einem Mal wird es still im Saal, und ich werde vereidigt, bevor der Justizsekretär sich erhebt und die Beweise verliest. Es ist ein Mann mit einem länglichen Gesicht, der so spricht, als wäre seine Zunge zu groß für seinen Mund; er legt in allen Einzelheiten die vielen Wege dar, auf denen Weston, vermutlich auf meine Anordnung hin, meinem Freund Thomas Gift verabreicht hat. »Kaum ein Happen, den das Opfer verspeiste, war nicht auf die eine oder andere Art gepanscht. Es ist ein Wunder, dass er das so lange überlebt hat.«

Der Saal um mich herum verschwimmt, und es fällt mir schwer, mich auf das Gesagte zu konzentrieren, denn Thomas knurrt in mein Ohr: *Du glaubst, du bist unschuldig, aber da du mich aufgegeben hast, bist du ebenso sehr für meinen Tod verantwortlich wie jene, die mir die tödliche Dosis gegeben haben.*

»Der Earl of Somerset, hier vor Euch, hetzte auf, trieb an, befehligte, stiftete an, half, engagierte, beriet...«, der Sekretär hat sichtlich Freude an seiner Rede, »... und unterstützte Weston bei dessen Ausführungen und ist darum der Anstiftung zum Mord an Sir Thomas Overbury angeklagt.«

Ich drehe mich zu More und flüstere ihm zu: »All das ist falsch. Es stimmt nicht.« Er versucht, mich zu beruhigen, dass man mir Gelegenheit bieten werde, mich gegen die Anschuldigungen zu verteidigen. »Oder aber...«, er sieht mich flehentlich an, »... Ihr könntet gestehen und auf die Gnade des Königs hoffen«.

Ich antworte ihm nicht. Da Thomas so poltert, kann ich kaum etwas hören.

Dann wendet sich der Sekretär direkt an mich. Er fragt, was ich vorzubringen habe. Als ich »nicht schuldig« entgegne, spüre ich, dass die Spannung im Saal sich wie die Luft vor einem Sturm verdichtet. Dann fragt er mich, wie ich beurteilt werden wolle. Ich suche nach dem richtigen Protokoll. »Von Gott und dem Land.«

Bedächtig schüttelt der Sekretär seinen länglichen Kopf und raunt: »Den Peers... von Gott und den Peers.« Seine weiche Zunge spitzt hervor und schnellt wieder zurück. Unvermutet erfasst mich eine Welle der Übelkeit.

Ich verbessere mich und vernehme unterdrücktes Lachen.

477

Ich bin wie ein Mann in Wackelaspik, und da ich fürchte, ich könnte alles vergessen, bitte ich den Sekretär um eine Feder und Papier. »Das ist höchst unüblich«, teilt er mir mit, bevor er sich mit Ellesmere – ein weiterer Feind – und Bacon berät. Ist auch er ein Feind? Ich weiß es nicht. Früher war er es nicht, aber unterdessen ist alles anders.

Meiner Bitte wird entsprochen, und man bringt mir Schreibutensilien. Ich hoffe, es möge ein gutes Zeichen sein. Viel Aufhebens wird gemacht, bis man einen Schemel findet, um die Tinte darauf zu platzieren, denn das Pult ist zu steil, um etwas darauf abzustellen. Wenn ich mich hinsetzen dürfte, wäre alles sehr viel einfacher, doch das wird mir nicht gestattet. Ich bin ungeschickt, als ich mich einrichte. Thomas stößt mit unsichtbarer Hand all die Blätter kaskadenartig zu Boden, sodass ich mich bücken muss, um sie wieder einzusammeln. Ich tauche die Feder ein. Thomas packt meine Hand und schüttelt sie, sodass Tinte auf meine Hose tropft. Zum Glück ist sie schwarz.

Ellesmere kommt zu Wort. Mit seinem üppigen weißen Bart sieht er wie ein wohlwollender Großvater aus. Aber sein Ton birgt nicht ein Jota Mitgefühl in sich, als er die Lords daran erinnert, dass ein Anstifter bei Weitem abscheulicher sei als ein Mensch, der nur auf Anweisung handle. Essex betrachtet ihn mit selbstgefälliger Miene. Ellesmere war ein enger Freund seines Vaters. Dann dreht er sich zu mir und sieht mich mit äußerster Verachtung an. »Die Wahrheit zu leugnen, ist eine Beleidigung Gottes.«

Als Nächster spricht Bacon, der mit einem Stoß Papier vor sich erst einmal den Saal abschätzend in Augenschein nimmt, bis er ansetzt: »Mord ist das schwerwiegendste aller Verbrechen, und Vergiften ist die niederträchtigste aller Vorgehensweisen.

Es ist ein stiller Todesbringer, eine schändliche Tücke, die sich an ihr Opfer hinterlistig heranschleicht.« Er schaut sich um, will sichergehen, dass seine Worte ins Mark treffen. Bacon hat mit seinem rötlichen Spitzbart und dem unbeirrbaren Blick das Aussehen eines Fuchses. Ich stelle mir vor, ich könnte seinen buschigen Schwanz an seinem Rücken sehen.

»Die Tatsache, dass das Opfer zu der Zeit seiner Vergiftung in Haft war, macht diesen Akt umso verabscheuungswürdiger.« Er freut sich an seiner Rede, ist entzückt über die Wahl seiner Adjektive und bewegt seine Pfoten dazu wie in einem Tanz, um dieses und jenes zu unterstreichen. Er fesselt sein Publikum. »Meine geschätzten Lords, es ist nicht notwendig, die Art und Weise zu erörtern, die eigentlichen Umstände...«, er drückt Zeigefinger und Daumen aufeinander und hält sie schwebend in der Luft, »...des Todes dieses unglückseligen Opfers, da es bereits bewiesen ist, dass Weston die Tat ausgeführt hat, für die er und seine Komplizen mit dem Leben bezahlt haben. Was wir nun entscheiden müssen ist, ob der Earl of Somerset...«, sein Blick gleitet zu mir, »...versucht hat, auf irgendeine Weise den Tod des Opfers herbeizuführen...«

Er redet und redet, über Thomas und mich, wie unsere Freundschaft sich durch den Disput über meine Gemahlin in Abscheu wandelte. Er spricht und spricht. Ich versuche, mich zu konzentrieren, ich weiß, dass mein Leben davon abhängt, aber ich kann ihm nicht folgen. Ich bemühe mich, Notizen zu machen, aber sie erscheinen auch keinen Sinn zu ergeben. Thomas bemächtigt sich meiner Feder, er schreibt Kauderwelsch nieder. Bacon spricht von »der unheiligen Allianz, einem todbringenden Triumvirat«, bestehend aus mir, Frances und Northampton, »...das entschlossen war, für Overburys Untergang zu sorgen«.

Weiter und weiter, »… Gift im Salz, Gift im Fleisch, Gift im Kuchen, Gift in Arzneimitteln … so eine Unmenge von Gift wurde dem ahnungslosen Opfer verabreicht, dass seine körperlichen Kräfte schwanden …« Weiter und weiter, »… es wuchs eine Wurzel der Bitterkeit, eine tödliche Bosheit …«

Weiter, weiter, immer weiter, »… über sein Motiv und die offensichtliche Verbundenheit mit seinem Opfer hinaus zeigt das nachfolgende Verhalten des Angeklagten …«

Mein Blatt füllt sich mit chaotischem Gekritzel. Leute werden aufgerufen, um eine Aussage zu machen. Ein Mann namens Forest sagt, Frances habe ihm Geld dafür geboten, dass er auf meinen Befehl Thomas in einen Hinterhalt locke und töte. Am liebsten würde ich diesen Lügen mit meinen Fäusten Einhalt gebieten. Jemand muss ihn für diese Aussage bezahlt haben.

Thomas ist in meinem Kopf und wirbelt meine Gedanken umher.

Ein Zeuge wird aufgerufen. Er sagt aus, ich hätte Weston oft getroffen, obgleich ich geleugnet hätte, den Mann zu kennen. Die Wahrheit ist, dass ich mich an ihn als Thomas' Wächter erinnere und nur ganz vage als jemand, der zwischen Frances und mir vor unserer Hochzeit Briefe übermittelt hatte – nach meiner Auffassung ist das nicht »kennen«. Andere Zeugen werden aufgerufen, und ein wirres Netz von Beweisen aus losen Fäden wird um mich gesponnen. Ich klammere mich in Gedanken an den Brief zwischen den Seiten meines Gebetbuchs, das einzige Mittel, um in Freiheit zu gelangen.

Und dann hinkt der alte Master Overbury an seinen Krücken nach vorn. Er rührt mein Herz. Er sieht vor Kummer am Boden zerstört aus. Er erzählt dem Gericht, dass ich ihm untersagt habe, beim König ein Gesuch für die Freilassung seines Sohnes einzureichen. Seine Worte schlagen einen Nagel in mich. Dafür trage ich die Schuld – ich bin voll Reue. Ich möchte mich vor ihm niederwerfen und ihn um Vergebung bitten.

Und jetzt kommt Lidcote, der Schwager, der davon spricht, dass Thomas geglaubt habe, ich würde ihn täuschen. Er wendet mir seinen Blick zu, seine Augen wie zwei Kanonen. Noch ein Nagel. Dann ist Lawrence Davies an der Reihe, der treue Knabe, den wir einst vor der Prügel gerettet und dem ich eine Stellung versprochen hatte. Welchen Nagel wird der sanfte, ruhige Lawrence Davies in mich einschlagen, der all diese belastenden Zeugenaussagen ergänzt?

»Ich habe den Earl sagen hören, als er mit Overbury über die Moskauer Botschaft sprach: ›Geh da nicht hin.‹ Ich bin mir ganz sicher, dass ich mich nicht irre.« Hammerschlag, Hammerschlag, Hammerschlag. Er hat sich *nicht* geirrt, es stimmt, aber ich möchte herausschreien, dass es nicht so gemeint war, wie es klingt.

Ich drehe mich zu More. Er muss meine Verzweiflung erkennen, da er voll Mitgefühl für mich scheint – tiefe Falten furchen seine Stirn.

Lawrence spricht weiter. Schlag um Schlag. »Overbury wurde sehr krank, nachdem er einen Brief vom Earl erhalten hatte, in dem sich weißes Pulver befand.«

Ich lehne mich zurück und flüstere More zu: »Aber ich habe denen doch erzählt ... ich habe denen doch von diesen Pulvern erzählt, es war nichts weiter als gemahlene Kreide.« Der Mann hinter ihm kichert ungläubig. Ich umklammere mein Gebetbuch aus Angst, Thomas könnte es hinwegzaubern. Mein Brief wird zumindest diesen Punkt entkräften und somit all die anderen Anschuldigungen in Zweifel ziehen. Ich wage, es zu glauben – es ist alles, was ich habe.

More tätschelt mir den Arm. »Alles zu seiner Zeit. Ihr werdet Eure Möglichkeit bekommen, all das zu widerlegen.« Seine Hand ist so klein wie die eines Kindes.

Bacon spricht wieder, er stellt den Lords dar, wie Northampton und ich dafür gesorgt hätten, dass Thomas zur Einzelhaft verdammt und ihm mit Gift zugesetzt wurde und dass ich mich ständig nach seinem Gesundheitszustand erkundigt hätte. »Das eine war vorgetäuscht und das andere beabsichtigt.«

Er spricht von der Zeugenaussage einer Säugamme, von der ich nie etwas gehört habe, er erklärt, sie sei von meiner Schuld überzeugt, und ich hätte sie meiner Gemahlin in der Hochzeitsnacht gestanden. Am liebsten möchte ich schreien, dass sie die Tatsachen verdrehen – so war es nicht.

Es erschüttert mich festzustellen, wie leicht es ist, etwas wie eine unstrittige Tatsache erscheinen zu lassen, wenn doch alles Lüge ist.

Stille senkt sich nieder, und ich fühle mich unerträglich schwer, ich sinke und sinke. Ellesmere mit seinem Kuckucksspeichelbart fragt mich, ob ich meine Einrede ändern wolle. »Nein«, erwidere ich. Meine Stimme klingt rau. »Nein, das will ich nicht.« Ich kann mich nur an die Wahrheit klammern. Er schüttelt den Kopf, als halte er mich für einen Narren.

Eine Unterbrechung wird angekündigt. Ich habe keine Zeitvorstellung. More ist so freundlich, mir für ein paar Minuten seinen Stuhl zu überlassen. Er ist der Einzige unter den Anwesenden, der im Entferntesten Mitgefühl mit mir hat.

Man bietet mir Brot und Käse an. Ich kann nichts essen, und meine Kehle ist ausgedörrt, doch es gibt lediglich Wein zu trinken. Ich wollte, es gäbe etwas Schwächeres, trinke ihn aber dennoch und bin froh darüber, nicht weil ich meinen Durst gelöscht habe, sondern weil er meine Angst besänftigt und mich in eine wohltuende Trunkenheit versetzt.

Sie

Frances döst im Sonnenlicht. Die Tür zu ihrem Zimmer, einem neuen Zimmer – hell und sauber und fern vom Fluss –, steht weit offen, und der Tag strömt herein. Im Halbschlaf hört sie das Gelächter der Wächter, die im Hof Würfel werfen. Eine Vase mit gelbäugigen Vergissmeinnicht steht auf dem Tisch. Sie pflückt jeden Tag Blumen in den Gärten. Neben der Vase liegt ihre gänzliche Begnadigung, die am Morgen eingetroffen ist, auf Velinpapier mit dem königlichen Siegel darauf, dick und rot wie ein Blutgerinnsel.

Früher am Tag hatte sie von ihrem Fenster ihren Gemahl in der Ferne mit zögerlichem Schritt und desolater Haltung zu der wartenden Barke gehen sehen. Sie ist nicht mehr in ihren Räumen eingesperrt. Innerhalb des Towers kann sie kommen und gehen, wie es ihr gefällt, und sie hätte hinuntergehen und eine Szene mit seinen Wächtern heraufbeschwören können, hätte darauf beharren können, ihn mit einem Kuss von seiner Gemahlin auf seinen Weg zu schicken. Aber sie hat es nicht getan.

Irgendjemand spielt irgendwo Musik, und widerhallende Klänge winden sich durch ihren Halbschlaf. Ein Klopfen auf Holz zieht sie aus ihrer Trägheit, und als sie die Augen aufschlägt, sieht sie das Gesicht ihrer Schwester um die Ecke lugen.

»Frances, Schatz«, sagt Lizzie mit vor Sorge schwacher Stimme.

»Dies ist gekommen.« Frances reicht ihr den Gnadenerweis des Königs.

Sie muss lediglich die erste Zeile lesen, um zu erkennen, was es ist. »Dem Herrn sei Dank dafür. Ich war ...« Lizzie sieht aus, als müsste sie gleich in Tränen der Erleichterung ausbrechen. »Ich war halb verrückt vor Sorge. Was geschieht denn jetzt? Wirst du noch eine Weile hier untergebracht sein?«

»Bis die Aufregung sich gelegt hat.« Frances zieht für ihre Schwester einen Stuhl heran. »Ist Mutter nicht mitgekommen?«

Mit entschuldigendem Blick ringt Lizzie die Hände. »Es tut mir leid, aber Mutter und Vater sind vor über einem Monat nach Audley End abgereist.«

Frances stößt ein empörtes Schnauben aus. »So sind sie eben.«

»Aber ich habe mir gedacht, du möchtest deine Tochter sehen.« Lizzie geht zur Tür und sagt: »Kommt herein.«

Die Säugamme mit den hängenden Brüsten trottet mit dem Baby auf dem Arm herein. Frances fragt sich, was wohl aus Nelly geworden ist, und muss daran denken, wie sie diesen Diamantring wie Quecksilber über ihre Fingerknöchel gerollt hat. Nelly kann für sich selber sorgen, doch Frances ist ein wenig enttäuscht, ihr nicht zeigen zu können, wie sehr sie unterdessen ihre Fingerfertigkeit vervollkommnet hat.

Lizzie drängt sich in ihre Gedanken. »Sie ist Gold wert. Ein Traum.«

Die Kinderfrau streckt ihr das Baby hin, damit sie es nimmt. Freudig zeigt es ein breites Zahnfleischlächeln, und Frances entdeckt die Spitze eines einzelnen Zahns, der in der letzten Woche durchgestoßen sein muss. Es trägt ein Brokatkleidchen und steckt mit prallem Händchen einen Strang Bernsteinperlen in den Mund. Sie nimmt es auf den Schoß.

»Sie ist genau wie du«, sagt Lizzie.

Eine kleine Faust umklammert Frances' Finger. Sie fühlt sich selbst ganz bezaubert von diesem Kind, das so aussieht wie sie.

»Hast du Neuigkeiten von Westminster Hall?« Sie wendet den Blick von ihrem Baby ab.

»Wir haben auf dem Weg hierher dort haltgemacht und Harry gesehen. Er hat gesagt, es dauere und Robert müsse noch selbst seine Sicht der Dinge darlegen.« Frances erkennt am angespannten Gesicht ihrer Schwester, dass es nicht gut läuft.

»Aber wie lautete sein Antrag?«

»Oh, nicht schuldig.«

»So ein Narr«, sagt Frances und schlägt sich mit leisem Stöhnen und in gespielter Verzweiflung an die Stirn. »Hätte er es doch nur so gemacht wie ich, dann wäre er sicher längst zurück und säße bei uns.«

»Es tut mir so leid.« Lizzie ist sichtlich bestürzt über den vermeintlichen Kummer ihrer Schwester. »Aber ich fürchte, du musst dich auf das Schlimmste gefasst machen. Zu viele wollen seinen Niedergang sehen.«

»Vielleicht geschieht noch ein Wunder.« Frances setzt eine Miene von letzter verzweifelter Hoffnung auf, aber ihre Schwester bleibt ernst.

Er

Nun spricht ein Advokat, den ich nicht kenne. Seine Sehkraft ist schlecht, und wenn er in seine Aufzeichnungen schaut, so tut er es durch Gläser. »... Ich habe noch nie von einem widerlicheren Schwerverbrechen gehört oder gelesen ... Er, der wagt, so ein verabscheuungswürdiges Übel zu begehen ...«

Ich bin froh über das Gläschen Wein, da seine Worte über mich hinwegfliegen wie flache Steine über einen Teich. Aber nun spricht er von dem weißen Pulver, sagt, dass es laut Franklin Arsen gewesen sei. Nun wiederholt er, was Laurence Davies dazu gesagt hat. Nun liest er Frances' beeidigte Aussage vor, berichtet von den vergifteten Kuchen. Ich gerate in Panik und versuche alles, was er sagt, niederzuschreiben, aber Thomas will mir meine Feder nicht zurückgeben.

Er kommt auf Franklin zu sprechen und scheint überzeugt, dass ich den Mann gekannt habe, behauptet, er habe mich nach Westons Verhaftung in Whitehall aufgesucht.

Ich habe keine Ahnung, wovon er spricht. Ich würde Franklin nicht erkennen, wenn er jetzt hier vor mir stünde, und auch Weston habe ich kaum gekannt, aber er stellt es so dar, als wären wir eine Kabale der Bosheit gewesen. Offenbar stammen seine Informationen unmittelbar von Frances. Man verdreht ihre Worte. Sie würde doch nicht sagen, dass ich Franklin kenne, wenn ich ihn nicht kenne. Allmählich bereue ich den Wein, denn ich bin zu konfus, um dem Gesagten aufmerksam zu folgen.

Dann noch etwas: »Der Angeklagte hat dafür gesorgt, dass eine große Anzahl der Briefe, die er Northampton schrieb, verbrannt wurde, und…« Er hält inne und klopft der Wirkung wegen auf das Pult. »Auf Overburys Briefen hat er die Daten gefälscht. Die Vernichtung von Beweisen…«, poch, »…durch Verbrennen und Manipulation der Briefe…«, poch, »…das Unterzeichnen eines Durchsuchungsbefehls für Westons Haus…«, poch, »…und dass er den König um eine allgemeine Gnadengewährung ersuchte«, poch. Er geifert geradezu, als wäre er bei dem Mord zugegen. »Das sind nicht die Taten eines Unschuldigen.«

Stellt man den Hergang so dar, kann ich mir nicht einen Einzigen vorstellen, der mich nicht am Galgen sehen will. In Gedanken gehe ich all die Dinge durch, die ich auf Frances' Rat hin getan habe – die verbrannten Briefe, der Durchsuchungsbefehl, die königliche Gnadengewährung –, und ich höre Frances' Stimme in mir: *Es wäre nicht einmal eine List, ein, zwei Daten um wenige Wochen zu verschieben. Aber es muss anständig gemacht werden… von einem Fachmann. Auf diese Weise, sollte es je dazu kommen… was ich sehr bezweifle, aber sollte es doch so sein… kann nichts falsch gedeutet werden.* O Gott, Frances, was hast du getan?

Wieder fallen einige meiner Blätter zu Boden. Ich hebe sie auf und stelle das Tintenfass darauf, das Thomas umwirft, sodass es sich über meine handschriftlichen Notizen ergießt. Ich könnte schreien.

Ich sehe Frances vor meinem geistigen Auge, eine Hand

auf ihrem gewölbten Bauch, in dem unser gemeinsames Kind heranwächst, eine Falte auf ihrer Stirn, unerträglich schön: *Ich brauche dich, Robert.* Und ich bin fest davon überzeugt, dass bei allem Übel, das sie getan hat, sie von den besten, reinsten Absichten erfüllt war.

Plötzlich überfällt mich Angst um sie. Sie nimmt mir den Atem, sie übersteigt jede Angst, die ich um meine Person je empfunden habe. Ich hatte ihre Einschätzungen immer für höchst begründet gehalten und bei ihr Stärke und Rat gesucht. Aber wenn sie sich in ihrem Rat für mich so geirrt hat, in welche Gefahren muss sie bei ihrer eigenen Verhandlung geraten sein? Ich stelle sie mir halb wahnsinnig vor Hoffnungslosigkeit und Schrecken im Tower vor.

Es ist spät am Abend, als die Verhandlung abgeschlossen ist und das Plädoyer folgen soll. Ich bin kurz davor zusammenzubrechen. Der Garter-Schmuck um meinen Hals wiegt wie eine tonnenschwere Last, aber er ist das Einzige, das mir von meiner Würde übrig bleibt. Wieder fragt mich Ellesmere, wie ich plädiere, ob ich meine Aussage, ich sei unschuldig, ändern wolle. »Ich bin mir sehr sicher, der König würde sich gnädig erweisen, wenn Ihr es tätet.«

Zweifel lähmen mich. Folge ich Frances' Rat oder ihrem Beispiel? Sie hat gestanden und ist verurteilt worden. Meine Weigerung ist kaum vernehmbar.

Eine weitere Unterbrechung wird angekündigt, und man führt mich in einen Vorraum, wo ich mich dankenswerterweise zumindest für eine halbe Stunde hinsetzen kann. Der freundliche More setzt sich zu mir, keiner von uns beiden spricht ein Wort. Ich klammere mich in Gedanken an den Brief in meinem Gebetbuch – meine letzte Hoffnung. Er überredet mich, etwas Brot zu essen. Es schmeckt wie Sägemehl. Ich trinke noch etwas

Wein. Er ist scharf wie Essig. Mir kommt der Gedanke in mein wirres Hirn, ich könnte dem König eine Nachricht senden und ihm damit drohen, unser Geheimnis zu enthüllen. Es schockiert mich zutiefst, dass ich ein Mann geworden bin, der selbst einen so niederträchtigen Akt in Betracht zieht. Ich bin über mich selbst erschrocken, sogar noch als ich diese Idee verwerfe.

Als wir in den Saal zurückkehren, erinnert mich More mit gespielter Munterkeit daran, dass es nun an mir sei, die Geschehnisse zu schildern. »Ihr werdet sie richtigstellen.« Ich sehe, dass er es für unmöglich hält.

Meine Hände sind schweißnass, meine Notizen ein heilloses Durcheinander, und ich versuche, mir jeden Punkt in Erinnerung zu rufen, aber es ist so vieles gesagt, es sind so viele Schmähungen gegen mich geäußert worden, dass mir der Kopf platzt. Als ich endlich meine Sprache wiederfinde, klingt sie schwach.

»Ich gestehe, dass ich gewünscht habe, dass Overbury in Haft kommt.« Ich bemerke, dass alle die Ohren spitzen. »Aber ich habe niemals Ränke geschmiedet, dass er umgebracht werden soll.« Ich spüre die Enttäuschung des Publikums – es hatte wohl auf ein Geständnis gehofft.

»Es entspricht der Wahrheit, dass Overbury und ich uns oft gestritten haben. Wir haben uns erbittert über meine Gemahlin gestritten, aber er hat mir niemals mit Erpressung gedroht.« Overburys Drohung galt dem König und nicht mir, aber dennoch schramme ich mit dieser Aussage knapp am Meineid vorbei.

Ich versuche, die Sache mit der Botschaft zu erklären, beschreibe mein Bemühen, ihn davon zu überzeugen, sie zu übernehmen. Ich blättere ungeschickt durch meine unleserlichen Notizen und setze alles daran, jeden einzelnen Anklagepunkt zu widerlegen.

»Ich habe Overbury Kuchen geschickt, aber guten. Er war
mein Freund. Ich wollte ihm die Zeit im Tower mit einigen
Annehmlichkeiten erleichtern.« Zweifel erheben sich im Saal.
»Hat Leutnant Elwes in seiner Aussage nicht bezeugt, dass die
Speisen, die ich ihm habe bringen lassen, gut waren?«

Ich bestreite, Franklin getroffen zu haben, wie es meine Gemahlin angeblich ausgesagt haben soll. »Ich habe ihn nicht gekannt, habe nur von ihm als eine Art Apotheker reden hören.
Und auch Weston habe ich zu der Zeit nicht gekannt.«

Einer der Advokaten widerspricht und wedelt mit einem
Stoß Blätter in der Hand. »Aber ich habe es hier, dass Weston
zwischen Euch und der Countess vor Eurer Vermählung Briefe
übermittelt hat.«

Ich habe mir ein tiefes Loch gegraben. Doch statt die Wahrheit zu sagen und zuzugeben, das könne der Fall gewesen sein
und dass ich diesen Mann nie wirklich »kennengelernt« und
nie ein Wort mit ihm gewechselt habe, sage ich: »Er muss die
Briefe meinen Bediensteten übergeben haben, die sie mir dann
brachten.« Das klingt nicht glaubwürdig, und mir wird bewusst, dass ich in der Absicht, mich zu entlasten, weitere Zweifel gesät habe. Als ich nun von den Pulvern, der gemahlenen
Kreide spreche und dass Thomas danach verlangt habe, sehe
ich, dass mir niemand glaubt.

Aber ich habe diesen Brief – einen Funken der Hoffnung.
Ich stelle ihn mir als den Auslöser vor, der alle Auffassungen in
Westminster Hall auf den Kopf stellt.

Ich ziehe ihn hervor und schwenke ihn. »Dieser Brief hier
beweist unumstößlich, dass die Pulver, die ich ihm geschickt
habe, harmlos waren.« Ich bemerke, dass die Stimmung sich
ein Stück weit zu meinen Gunsten wendet, als ich ihn dem
Justizsekretär übergebe, damit er ihn vorliest. Thomas' Worte

erfüllen den Saal. *Das Mittel, das du mir hast bringen lassen, hat keine Wirkung gezeigt. Du musst mir etwas Stärkeres schicken.* Ich spüre, dass Thomas bereit ist, mir zu vergeben: Seine Hand ruht auf meiner Schulter. Ich beobachte, dass die Atmosphäre sich ändert, während meine Ankläger ihre Ansichten überdenken. Das ein oder andere Lächeln flackert auf, und mitfühlende Blicke treffen mich. Mein Funke der Hoffnung wird zu einer steten Flamme.

Der Sekretär reicht den Brief dem Advokaten. Stille senkt sich nieder, als er ihn bedächtig und gründlich mit einer Lupe prüft.

Endlich spricht er. »Für mich hat es den Anschein, dass das Datum dieses Briefs geändert wurde.«

»Nein«, schreie ich auf. »Das ist nicht wahr.« Die stete Flamme flackert.

Der Advokat gibt ihn weiter an Bacon, der ihn ebenfalls aufmerksam betrachtet. »Es *ist* festgestellt worden, dass der Angeklagte Daten anderer Briefe gefälscht hat.«

»Dieser hier ist unangetastet«, sage ich, aber Skepsis hat sich bereits ihren Weg gebahnt. »Er hat sich drei Jahre lang unangerührt in meinen Gemächern befunden.« Das ist die Wahrheit bei Gott, aber was nutzt diese Wahrheit, wenn niemand von ihr zu überzeugen ist? Thomas' Hand auf meiner Schulter wiegt schwer wie Blei.

»Warum habt Ihr ihn nicht früher als Beweis eingereicht, um Eure Unschuld zu untermauern?« Seine Stimme klingt gereizt, oder vielleicht bilde ich es mir nur ein.

»Ich hatte ihn vergessen.« Mir ist klar, wie wenig überzeugend ich bin.

»Ach, tatsächlich?« Er richtet seine Fuchsaugen auf mich, ohne dass ich erkennen kann, was er denkt.

Nun prüft Ellesmere den Brief. Er schüttelt heftig den Kopf und sagt:»Unzulässiger Beweis.«

Und meine Flamme ist erloschen.

Ich bin hundemüde, kann kaum noch auf den Beinen stehen, und doch verfange ich mich tiefer und tiefer in der Falle, die sie kunstvoll für mich ausgelegt haben. Warum habe ich Northamptons Briefe verbrannt, warum der Durchsuchungsbefehl für Westons Haus, warum die manipulierten Briefe, warum das Gesuch nach einer allgemeinen Gnadengewährung? Sie verdrehen alles, und meine Entschuldigungen klingen hohl.

»So war das nicht.«

Ich weiß, ich bin geschlagen, und frage mich, ob Frances ebenfalls so erniedrigt wurde, denn auch ich bin am Rande eines Geständnisses. Doch es gelingt mir, mich an die Wahrheit zu klammern – die Wahrheit ist alles, was mir bleibt.

Die Lords ziehen sich zurück, und ich werde wieder in den Vorraum geführt, wo ich meinen Garter-Schmuck über den Kopf abstreife und ihn schweigend More übergebe. Die Demütigung, ihn öffentlich abgenommen zu bekommen, wäre mir unerträglich. Mit diesem Schmuck verlassen mich die letzten Bruchstücke meiner Würde.

Wieder im Saal bemühe ich mich um Selbstbeherrschung. Ich halte mich am Pult fest, um nicht umzufallen, als der Schuldspruch verkündet und das Urteil verlesen wird: *Ihr werdet von hier in den Tower gebracht und von dort zum Hinrichtungsplatz, wo man Euch hängen wird, bis Ihr tot seid. Möge der Herr Euch gnädig sein.*

Ich kann es nicht richtig verstehen, denn Thomas' Gelächter ist zu laut, so laut, dass ich meine eigenen Gedanken nicht hören kann.

Sie

Frances ist mit ihrem Bruder durch die Gärten spaziert. Wie Kinder haben sie Gänseblümchenketten gewunden und sie sich gegenseitig ins Haar geflochten. Nachdem sie ihm am Pförtnerhaus zum Abschied hinterhergewinkt hat, kehrt sie durch das Tower Green zu ihren Gemächern zurück, derweil sie Vermutungen anstellt, wann dort wohl das Schafott aufgebaut oder ob Robert auf dem Hill hingerichtet wird. Da sein Prozess nun schon einen Monat zurückliegt, muss das Urteil bald vollstreckt werden.

More trifft sie an, als sie ein Sträußchen Jungfern im Grünen pflückt, die jetzt so schön sind, dass sie bis zum Abend verwelkt sein werden. All diese Sommerblumen erinnern sie an Formans Garten, an diese berauschende Pracht an Schönheit mit ihrer verborgenen Gefahr. More scheint ihr dringlich etwas mitteilen zu wollen. Er zuckt geradezu, sodass sie sich vorstellen kann, ihm sprössen die Tasthaare eines Nagetiers aus den Wangen.

»Was ist, More?« Sie hofft, dass er ihr nicht ankündigt, sie dürfe sich selbst um ihr Kind kümmern.

Sie bereitet sich darauf vor, ihn davon zu überzeugen, dass es für das Kind viel besser sei, weiterhin bei seinen Cousins und Cousinen zu bleiben, als er sagt: »Ihr Gemahl hat Neuigkeiten.«

»Was für Neuigkeiten?« Sie weiß, um welche Neuigkeiten

es sich dabei handelt, und er weiß, dass sie es weiß. Sie legt die Stirn in Falten und atmet stockend. »Es ist doch nicht ...« Sie deutet mit bebender Hand auf das Tower Green.

»Ich glaube, er sagt es Euch am besten selbst.«

Roberts Räume liegen in einem der runden Türme, am Ende einer Spindeltreppe. Sie legt sich zurecht, was sie ihm sagen will. Er wird sie weinen sehen wollen. Zumindest das will sie ihm bieten, damit er seinem Tod in dem Irrglauben entgegengeht, er sei noch immer geliebt.

More bleibt draußen vor der Tür stehen, und sie findet Robert allein im Dunkeln. Er scheint auf seinem Stuhl mit merkwürdig abgeknicktem Kopf eingeschlafen zu sein, als wäre sein Genick bereits gebrochen. Die Erschöpfung hat ihn ausgemergelt. Jäh schlägt er die Augen auf, und er muss annehmen, er träume, denn er fragt mit wirrem Blick: »Bist du es?«

Schwungvoll zieht sie den Wandteppich zurück, der das Fenster verdunkelt, und Licht strömt in den Raum. Blinzelnd schützt er die Augen mit der Hand. »Frances?«

Sie sieht, dass sich ein Lächeln über seinem Gesicht ausbreitet, als ihm dämmert, dass sie es wirklich ist. Von dem goldenen Knaben, der einst gieriges Begehren in ihr entfachte, ist so gut wie nichts mehr übrig. Sie vermisst dieses machtvolle Empfinden, aber nicht so sehr, als dass es von Belang wäre. Es gibt immer genügend andere, die ihre Bedürfnisse zufriedenstellen. Unter seinem offenen Hemd entdeckt sie eine hohle Taubenbrust mit ein paar vereinzelten hellen Härchen. Seine Haut ist trocken und sein Haar ungekämmt. Nun wird ihr klar, dass sein einst blendendes Charisma bloß ein Trugbild war, hervorgerufen durch seine Nähe zum König und nichts weiter als eine Sinnestäuschung durch das Licht.

Als er aufsteht, hofft sie, dass er nicht versuchen wird, sie zu küssen, denn seine Lippen sind aufgesprungen, und in seinen Mundwinkeln befinden sich irgendwelche weißlichen Reste, sodass sich ihr der Magen umdreht. Aber er umarmt sie und verbirgt seinen Kopf in ihrem Nacken. Er ist nur Haut und Knochen und riecht faulig. Sie empfindet so gut wie nichts und wünscht sich, er würde sie loslassen. Sie spürt etwas Nasses an ihrem Hals. Er weint.

Sie löst sich aus seinen Armen. »Es tut mir so leid, Robert. So leid.« Sie sieht ihn bereits auf dem Schafott.

»Es war schrecklich, Frances. Alles wurde verdreht. Mir blieb kein Weg, mich zu verteidigen.« Sie wollte, er klänge weniger besiegt, sondern wütender, kämpferischer. »Aber was ist mit dir, meine Liebste?«

»Ich habe meine Gnadengewährung. Mein Urteil wurde zurückgenommen.«

»Du bist gerettet! O mein Gott, Gott sei Dank.« Er umfasst ihre Hände und hält sie so fest umschlungen, als wolle er sie nie mehr loslassen.

»Hättest du so gehandelt wie ich, Robert, wärest auch du bald in Freiheit, statt ...«

»Meine Liebste.« Sie wartet nur darauf, dass er, wie in einer Tragödie schwer atmend, sie daran erinnert, dass sie es war, die ihm geraten hatte, kein Geständnis abzulegen. Doch sein Gesicht strahlt auf, was sie verwirrt, zumal sie einen Schimmer seiner alten Anziehungskraft entdeckt. Aber das berührt sie nicht. Seine atemlose Freude bereitet ihr Unbehagen. »Ich habe heute Morgen Nachricht vom König erhalten. Auch mein Urteil wird nicht vollstreckt. Wir werden also leben. Wir beide. Zusammen.« Er öffnet die Arme, als wäre er Jesus, der ein Wunder vollbracht hat.

»Zusammen«, wiederholt sie nahezu sprachlos.

»Sieh nur, du hast Gänseblümchen im Haar.« Seine banale Freude ist unfassbar. Sie zerrt die Blumen vom Kopf und lässt sie zu Boden fallen. Er greift nach ihr, küsst ihren Hals und ihre Brüste wie ein ausgehungertes Tier und schiebt mit einer Hand ihre Röcke hoch.

»Nein.« Sie richtet ihre Kleider und tritt einen Schritt zurück. »More steht draußen. Er würde uns hören.«

»Und wenn schon? Du bist meine Gemahlin, meine geliebte Gemahlin. Erinnerst du dich an unser erstes Mal in den Räumen an der Paternoster Row?« Seine Augen sind vor Seligkeit halb geschlossen, als er seine aufgesprungenen Lippen auf ihren Mund drückt.

Sie dreht das Gesicht weg und beherrscht sich, um nicht mit der Wahrheit herauszuplatzen. Dies ist nicht der Augenblick, ihn darüber aufzuklären, dass nicht er ihr die Jungfräulichkeit genommen hat. Stattdessen fragt sie: »Hat der König dir eine allumfassende Begnadigung versprochen? Die Wiedereinsetzung deiner Titel, deiner Position im Kronrat?«

»Was nützen uns jetzt Titel? Während meiner Zeit hier an diesem Ort habe ich die Leere all dieses Putzes begriffen. Wir haben uns. Was sonst ist noch von Belang?«

Verunsicherung erfasst sie. Er lächelt wie ein Idiot und redet über das ruhige Leben, das sie führen werden, wenn sie beide entlassen sind – ein Leben im Fegefeuer.

»Falls!«, ruft sie gereizt. »*Falls* du entlassen wirst.«

»Sei unbesorgt, meine Liebste. Er wird mich hier nicht für immer festhalten. Warum sollte er das tun? Ich bin ja schließlich nicht wegen Hochverrats verurteilt worden.«

Sie kann einzig daran denken, dass sie sich so weit wie irgend möglich von diesem finsteren Zimmer und seinem Bewohner entfernen möchte. »Ich muss gehen ... ich dürfte eigentlich gar nicht hier sein. Ich möchte nicht, dass More Schwierigkeiten bekommt.«

Er nimmt sie bei der Hand, zieht sie wieder an sich und flüstert: »Für immer vereint.«

Er

More betritt meine Räume. Ich erwarte fast – es ist tatsächlich eine Hoffnung –, dass Frances mit ihm kommt, obgleich er sie in all den Wochen, seit wir diese verlockende Begegnung hatten, nicht mitgebracht hat, und heute auch nicht. Meine Enttäuschung ist gering. Wir können den Rest unseres Lebens und das Leben nach dem Tod miteinander verbringen, somit werden einige Wochen des Wartens unser endgültiges Wiedersehen nur leidenschaftlicher gestalten.

More wirkt freudig. Er hat etwas in der Hand, das er mit einem wissenden Lächeln auf den Tisch legt. Es ist mein Garter-Schmuck. Der kleine Sankt Georg auf seinem sich aufbäumenden Pferd blinkt in einem abendlichen Sonnenstrahl auf. Da der Wandteppich vor dem Fenster schon längst abgehängt ist, sind meine Räume lichtdurchflutet und recht angenehm.

Ich sehe More an. »Was hat das zu bedeuten?«

»Es bedeutet, dass ich eine Nachricht von Seiner Majestät bekommen habe. Er wünscht, dass ihr ihn behaltet.«

»So?« Mein Herz weitet sich, es dehnt sich so sehr, als wollte es mir aus der Brust hüpfen.

»Ihr seid also weiterhin Ritter des Garter-Ordens.«

Ich springe auf und will diese kleine Gestalt umarmen, aber verlegen tritt er beiseite.

»Da ist noch etwas«, sagt er. »Ihr unterliegt nicht mehr der strengen Haft. Innerhalb des Towers dürft Ihr Euch frei bewegen.«

»Darf ich meine Gemahlin besuchen?« Unbändige Freude glänzt in meinem Gesicht.

»Ja, das dürft Ihr.« Auch er lächelt, und nicht so angespannt, wie ich es von ihm gewohnt bin, sondern es ist ein breites, freudiges Strahlen.

»Und mir wird die gänzliche Begnadigung zuteil?«

»Nicht so ganz. Der König bittet, dass Ihr ihm schreibt, und er ist bereit, Euch ein Landgut zurückzugeben, das Euren Lebensunterhalt sichert. Letztlich werdet Ihr in die Freiheit entlassen, aber es ist Euch nicht erlaubt, an den Hof zurückzukehren.« Er schaut entschuldigend und scheint überrascht von meiner Überschwänglichkeit.

»Ich habe alles, was ich für mein Glück brauche«, sage ich zur Erklärung. »Ich habe meine Gemahlin, mein Leben, mein Kind, Geldmittel, und ich habe die Liebe des Königs nicht in Gänze verloren. Nichts Weiteres könnte ich mir wünschen.« Als ich mich diese Worte aussprechen höre, erstaunt mich der innere Wandel, den ich vollzogen habe. In früheren Zeiten habe ich in hohem Maße nach Gunst und Status gegiert, doch heute sehe ich darin nur noch Leere.

»Eure Gemahlin ist in den Gärten.« More schaut zum Fenster hinaus.

»Darf ich zu ihr?«

»Selbstverständlich. Ihr müsst nicht fragen.«

Ich schnappe mir den Garter-Schmuck, hänge ihn mir um den Hals und eile zum Zimmer hinaus, nehme auf der Treppe immer zwei Stufen auf einmal und stürme unten zur Tür hinaus in die helle Hitze eines Juliabends. All die Qualen der letzten

Monate fallen von mir ab. Ich renne mit weit offenen Armen über die Wiese und rufe ihren Namen. Voll Erstaunen und mit Mohnblumen in der Hand dreht sie sich um. »Du«, sagt sie und scheint sprachlos.

»Ich bin frei«, schreie ich, als ich bei ihr bin und sie an mich ziehe.

Sie betastet meinen Garter-Schmuck. »Eine vollumfängliche Begnadigung mit Wiedereinsetzung in deine Ämter?«

»Nicht so ganz, aber ...«

»Dann bist du nicht frei.« Sie macht einen Schritt zurück.

»Sei nicht traurig, meine Liebste. Wir haben alles, was wir brauchen. Ich genieße die Freiheit im Tower. Wir können als Gemahl und Gemahlin leben.« Ich führe sie die Stufen zu einem Steg hinunter, der den Blick über den Fluss freigibt.

Dort stehen wir vollkommen allein, vor den Blicken anderer verborgen in unserer ureigenen Welt. Ich beuge mich vor, um ins Wasser hinunterzublicken. Ich spüre ihre Perle in meiner Tasche.

»Ist das Licht nicht herrlich, wo es sich in den kleinen Wellen fängt? Stell dir vor, wir würden darin umherschwimmen.« Mit einem Mal kommt mir Prinz Henry in den Sinn, der sich in Greenwich auf den Steg schwingt und sein Haar schüttelt, sodass die Tröpfchen, die durch die Luft fliegen, wie eine Diamantkrone glitzern. Ich erinnere mich, wie sehr ich ihn wegen seiner Liebe zu Frances verabscheut habe, als ich sie insgeheim schon für mich forderte.

»Ich kann nicht schwimmen«, sagt sie. »Und es heißt, die Strömung hier sei gefährlich.« Sie schaut auf ihren bereits welkenden Mohnblumenstrauß. »Ich fürchte mich vor dem Wasser.«

Ich hätte nie gedacht, dass sie sich vor irgendetwas fürchtet, aber da ich diese kleine Schwäche nun kenne, wächst meine Zärtlichkeit umso mehr. »Mit mir an deiner Seite musst du keine Angst haben. Ich werde dich allzeit beschützen.«

Wir schweigen einen Augenblick. Ich muss immerzu an Northampton denken und an all den Schaden, den er seiner Großnichte zugefügt hat. Wie kann man nur vorsätzlich einen Menschen, ein Kind so brechen? Es ist mir unverständlich. Wäre er noch am Leben, würde ich ihn nur allzu gerne mit bloßen Händen erwürgen. »Dieser Mann ist für vieles verantwortlich.« Ich wollte es eigentlich nicht aussprechen.

»Wen meinst du?«

»Northampton. Dieser Mann war ein Teufel. Die Geschichte, die du mir von deinem Papagei erzählt hast – wie er dich dazu gezwungen hat, ihm das Genick zu brechen, damit du über die Liebe triumphierst.« Ich fühle nahezu den hämmernden Puls, das hektische Sträuben des Gefieders, das Knacken, als wäre es meine eigene Erfahrung. Ich erinnere mich an die Nacht, als sie mir all das mit eindringlicher Klarheit erzählte: wie das Mondlicht sie beschien, an das schrille Wispern ihrer Stimme, an meine tiefe Erschütterung über ihre Enthüllung und dass meine Liebe im Wissen um ihre Gebrochenheit noch wuchs.

»Das habe ich dir erzählt?« Sie sah mich an, und unerklärlicherweise schien sie gleich in Lachen auszubrechen. »So war es nicht. Nicht der Onkel war es, ich war es. *Ich* wollte fühlen, wie es ist, wenn man etwas tötet, das man liebt. Der Onkel hatte damit nichts zu tun.«

Ich weiß nicht, was ich sagen soll. Ich erkenne diese Frau nicht, die in der Haut meiner Gemahlin steckt. Die Mohnblumen sehen mich mit ihren schwarzen Augen an, die ebenso dunkel sind wie ihre. *Wer bist du?*, frage ich stumm. *Wer bist du?*

»Du hast es nicht *geglaubt*, nicht wahr? Dass der Onkel so böse gewesen sein könnte. Der Onkel war nicht so. Wie leichtgläubig du doch gewesen bist. Und vermutlich glaubst du auch, du hättest mich entjungfert.«

Sie redet, erzählt von ihren Eroberungen: von Essex, von Prinz Henry, von anderen, sogar von einem Wächter im Tower. Ich kann ihr nicht zuhören. Ihre Worte sind Gewehrsalven auf mein Herz. Nun bin ich der Gebrochene. Meine Gedanken wirbeln umher und schwirren scheppernd durch die Vergangenheit, ich erinnere mich an all die Ratschläge, die sie mir gab: die allgemeine Gnadengewährung, die verbrannten Briefe, der Durchsuchungsbefehl, die gefälschten Daten. Was sonst noch?, frage ich mich. *Selbst wenn man dir für ein Schuldeingeständnis die Begnadigung anbietet, darfst du das unter keinen Umständen akzeptieren.* Schwirr, kling, alles fügt sich zusammen.

Die schonungslose Wahrheit schlägt mir entgegen: Meine Gemahlin hat meinen Untergang geplant.

»Hast du dir etwa vorgestellt, ich würde mich mit einem normalen Leben begnügen? Wenn wir aneinandergekettet sein sollen, kannst du genauso gut die Tatsachen wissen.« Ihr Howard-Grinsen ist mir eine Qual.

Schwirr, kling.

Das Bild des toten Thomas ist mir ins Gedächtnis gebrannt, und ich höre ihn mich warnen: *Um Himmels willen, wann wachst du auf und begreifst, dass sie eine niederträchtige Hure ist und ihre Familie die Zuhälter?«* Ich spüre noch den Schmerz in der Hand, mit der ich ihn geohrfeigt habe.

»*Du* nicht?«

Sie lächelt mich noch immer an, mit diesem unergründlichen Lächeln, mit dem sie mich lange Zeit zuvor in den Gemächern des Prinzen an den Haken genommen hat. Eine neue

Angst steigt in mir auf: eine andere Angst, eine Angst, ich könnte endlich die Wahrheit begreifen. Doch am meisten ängstigt mich, dass ich trotz alledem noch den Haken in mir spüre, mit dem sie mich beständig an sich heranzieht.

»Warum?« Thomas ist in meinem Kopf, und meine Scham ringt um die Oberherrschaft.

Sie legt eine Hand an mein Ohr und flüstert hinein: »Weil ich es konnte. Weil ich dich wollte.«

Ich warte auf die alte Euphorie. »Und jetzt ... was willst du jetzt?« Warum wünsche ich mir noch immer, dass sie mich will? Aber Thomas sagt mir etwas: *Du bist bloß ein Objekt für sie, ein Sammelgegenstand wie eine der Bronzefiguren des Prinzen.* Seine Stimme ist undeutlich.

Er lässt mich allein.

Er lässt mich allein mit ihr.

»Oh, Robert ...«, sie stößt ein sprödes Lachen aus, »... wenn ich das Wort ›wollen‹ sage, bedeutet es nicht dasselbe, was du darunter verstehst.«

Diese schwarzäugigen Mohnblumen verhöhnen mich.

Schwirr, kling.

Ich muss Thomas sagen, dass er recht hatte. Meine Wut schwillt an. Thomas ist fort, und sie ist hier.

Ein sanfter Stoß würde reichen.

Ich sehe hinunter ins Wasser, das nun schwarz ist, und nehme ihre Perle aus meiner Tasche. Ich lasse sie fallen. Sie versinkt sofort.

Ich werde beobachten, wie die Strömung sie langsam hinabzieht, ihr wasserdurchtränktes Kleid schwerer und schwerer wird, bis bloß noch eine Strähne ihres bemerkenswerten Haars zu sehen ist, wie ein Wedel des Seegrases, das auf der Oberfläche treibt.

Einen Augenblick später wird auch das verschwunden sein.

Ein paar Luftblasen.

Fort.

Als hätte es sie nie gegeben.

Anmerkung der Autorin

Im *Schatten der Macht* ist zu allererst ein fiktionales Buch. Und dennoch gründet es auf Tatsachen. Frances Howard gestand den Mord an Sir Thomas Overbury und wurde daraufhin gemeinsam mit ihrem Ehemann, dem Favoriten des Königs, verurteilt. Es war ein Skandal, der den Hof von James I. tief erschütterte und einen der ersten Risse zutage treten ließ, die schließlich zur Verheerung der Stuart-Monarchie führten. Er machte auch Frances Howard zu einem lebenden Beispiel für die bösen Frauen, die im Schauspiel der Zeit vorherrschen.

Ob nun Robert Carr der Geliebte von James I. war oder nicht, ist unter den Historikern umstritten, da es an handfesten Beweisen fehlt. Angesichts dessen, dass »Sodomie« als Kapitalverbrechen galt, ist dies nicht überraschend. James war berühmt für seine enge Verbindung zu einer Reihe schöner Männer, und es steht außer Zweifel, dass seine Beziehung mit Carr innig war und sie sich liebten – es liegen Briefe vor, die dies beweisen. Deshalb ist der Sprung nicht zu gewagt anzunehmen, ihre Nähe sei körperlich vollzogen worden. James bemühte sich sehr, Carr davon zu überzeugen, bei seinem Prozess einen Deal zu machen, was zu der Vermutung führt, er könnte Angst gehabt haben, dass etwas ans Licht kommt.

Lange wurde darüber spekuliert, was wirklich geschah, als

am Ende des Sommers 1613 ein unbedeutender Mann in einer finsteren Zelle des Londoner Tower starb. Es bleibt ein Rätsel, doch vielen kam Overburys Tod zupass, und so mancher wollte Robert Carr und seine Howard-Gemahlin stürzen sehen. Es herrscht allgemeine Einigkeit darüber, dass Frances' höchst mächtiger Großonkel einen Part dabei spielte.

Ich behaupte nicht, irgendeine neue oder abschließende Wahrheit über diesen Fall entdeckt zu haben, es findet sich keine, und ebenso wenig stelle ich den Anspruch, die Intentionen meiner Figuren entsprächen der Richtigkeit. Allerdings bot mir mein Roman eine Möglichkeit, die Tiefen eines ränkevollen Geschehnisses auszuloten, das von der Zeit verwischt und durch Korruption verdunkelt ist, ein Blick durch das Prisma einer Zeit, in der die Wahrheit ebenso schwer fassbar geworden ist.

Obwohl oft auf sie angespielt wird, haben nur wenige Historiker diese historische Episode frontal angepackt, aber denen, die sich für eine weiterführende Lektüre interessieren, sei die umfassende und fesselnde Darstellung von Anne Somerset, *Unnatural Murder: Poison in the Court of James I,* empfohlen.

Dank

Manche Romane gleiten sanft in die Welt hinein, andere mit Tritten und Schreien. *Im Schatten der Macht* gehört zur zweiten Kategorie, und hätten nicht drei außergewöhnliche Frauen geschickt Geburtshilfe geleistet, hätte er es womöglich nicht überlebt: Jane Gregory, eine außerordentliche Handhalterin und eine Titanin unter den Agenten; Maxine Hitchcock, die mich mit ihrer ungewöhnlichen Sichtweise und ihrem Engagement selbst in verzweifelten Momenten zum Weiterschreiben anspornte; und die unermüdliche Jillian Taylor, die mich unablässig durch das Labyrinth des Redigierens führte und deren rasiermesserscharfer verlegerischer Instinkt diesem Roman eine Gestalt gegeben hat. Ich bin Euch allen zu tiefem Dank verpflichtet, dass Ihr meinen Traum lebendig gehalten habt. Ebenso danke ich dem Team von Michael Joseph, von Penguin und Gregory and Company, die so viel vitale Arbeit für mich geleistet haben. Herzlichen Dank auch Mary Sandys und Katie Green für ihren unschätzbaren frühen Input und Hazel Orme für ihre makellose und einfühlsame Feinabstimmung.

Lesen Sie weiter >>

LESEPROBE

Macht, Liebe und Intrigen
am Hof der Tudors

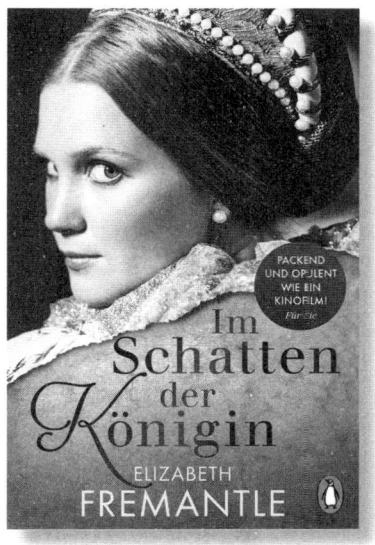

England 1554: Das Land ist zutiefst gespalten, als König
Edward VI. stirbt und die sechzehnjährige Jane Grey zur Königin
ernennt; er ändert die Erbfolge, um seine Schwester Mary als
katholische Regentin zu verhindern. Doch schon zwei Wochen
später hat Mary ihre Cousine entmachtet und enthaupten
lassen. Janes jüngere Schwestern – die bildschöne Katherine
und die kleinwüchsige Mary – haben nur einen Wunsch: sich
dem Leben bei Hofe zu entziehen. Aber dass königliches Blut
in ihren Adern fließt, wird ihnen zum Fluch – denn solange sie
leben, stellen sie eine Gefahr für Queen Mary dar…

Februar 1554
Der Tower von London
Levina

Frances zittert. Levina greift nach ihrem Arm und hakt sie fest unter. Ein scharfer Wind braust durch die kahlen Bäume, zerrt an den Kleidern der Frauen und lüpft ihre Hauben, sodass die Bänder in ihren Hals einschneiden. Vor dem Winterhimmel, fleckig grau wie das Innere einer Auster, hebt sich dunkel der White Tower ab. Schweigende Menschen gehen vor dem Schafott hin und her, reiben sich die Hände und stampfen mit den Füßen auf, um sich warm zu halten. Zwei Männer, die einen Karren hinter sich herziehen, gehen an ihnen vorüber; doch Levina sieht sie gar nicht richtig, da sie zu einem Fenster in einem Gebäude auf der anderen Seite des Hofs hinaufschaut, wo sie die Umrisse einer Gestalt zu erkennen glaubt.

»Mein Gott!«, murmelt Frances und schlägt die Hand vor den Mund. »Guildford.«

Als Levina hinsieht, begreift sie sofort. Auf dem Karren liegt ein blutiges Bündel, die Leiche von Guildford Dudley. Frances' Atem geht flach und schnell, fahl ihr Gesicht, nicht weiß, wie man meinen könnte, sondern grün. Levina packt sie an den mädchenhaft schmalen Schultern, dreht sie zu sich, sieht ihr beschwörend in die Augen und sagt: »Tief atmen, Frances, tief atmen.« Sie tut es selbst, in der Hoffnung, Frances möge es ihr nachmachen. Sie kann nur ahnen, was es für eine Mutter bedeutet, gleich ihre siebzehn Jahre alte Tochter sterben zu sehen und so machtlos zu sein, es nicht verhindern zu können.

»Ich verstehe nicht, warum Mary...« Sie hält inne und verbessert sich,»...warum die Königin mir nicht erlaubt, sie zu sehen... ihr Adieu zu sagen.« Frances' Augen sind blutunterlaufen.

»Die Angst hat sie unbarmherzig werden lassen«, sagt Levina. »Sie wittert überall Verschwörung, selbst bei einer Mutter und ihrer verurteilten Tochter.« Sie beugt sich zu ihrem Windhund Hero, tätschelt seinen Rücken mit der hervorstehenden Wirbelsäule und verspürt Beruhigung, als er sein Maul an ihre Röcke drückt.

Levina erinnert sich, vor nicht einmal einem Jahr Jane Grey mit ihren königlichen Insignien gemalt zu haben. Sie war damals geradezu bezaubert von dem intensiven Blick des Mädchens, von diesen weit auseinanderstehenden, kastanienbraun gesprenkelten, dunklen Augen, ihrem langen Hals und den zarten Händen; alles strahlte Strenge und auch Zerbrechlichkeit aus. »Gemalt« ist vielleicht nicht das richtige Wort, denn sie hatte kaum Gelegenheit gehabt, den Karton einzuritzen und den Kohlestaub durch die Löchlein auf die Platte zu stäuben, als schon Mary Tudor mit einer Armee in London anrückte, um ihrer jungen Cousine den Thron streitig zu machen, ihr, die nun am heutigen Tag auf diesem Schafott ihrem Tod begegnen wird. Frances Grey war es, die Levina half, diese Platte zu zertrümmern und ins Feuer zu werfen, ebenso den Karton. Das Schicksal wendet sich schnell im London dieser Tage.

Als Levina sich umblickt, sieht sie katholische Kirchenmänner näher kommen. Bonner, der Bischof von London, befindet sich mitten unter ihnen, feist und glatt wie ein groteskes Baby. Levina kennt ihn recht gut aus ihrer eigenen Gemeinde; man sagt ihm Brutalität nach. Ein hochmütiges Lächeln steht ihm im Gesicht; freut es ihn, dass einem jungen Mädchen der Kopf abgeschlagen wird – sieht er es womöglich als einen Triumph? Zu gerne würde Levina ihm dieses Lächeln mit einer Ohrfeige aus dem Gesicht vertreiben; sie stellt sich die rötliche Färbung vor, die sie auf seiner Wange hinterlassen würde, und den befriedigenden Schmerz in ihrer Hand.

»Bonner«, flüstert sie Frances zu. »Dreh dich nicht um. Wenn er dir in die Augen blickt, könnte er versucht sein, dich zu grüßen.«

Sie nickt und schluckt, und Levina führt sie einige Schritte weg von den Männern, sodass die Möglichkeit, einem von ihnen gegenübertreten zu müssen, geringer ist. Nicht viele sind gekommen, um ein Mädchen sterben zu sehen, das einige Tage lang Königin war; nicht die Hunderte, wie es hieß, die damals Anne Boleyn verhöhnten – ihr Tod war der Auftakt zu der Mode, Königinnen zu enthaupten. Heute wird niemand dazwischenrufen, alle sind zu schreckensstarr, mit Ausnahme von Bonner und seinem Gefolge, und selbst sie sind nicht so grob, dass sie offen ihre Freude zeigen. Sie denkt an die Königin im Schloss und stellt sich vor, wie sie sie malen würde. Bestimmt ist sie in Gesellschaft ihrer vertrautesten Hofdamen; womöglich sind sie ins Gebet vertieft. Doch in Levinas Vorstellung befindet sie sich allein in ihrem leeren, übergroßen Wachsaal, und gerade hat sie die Mitteilung erreicht, eine ihrer Lieblingscousinen sei auf ihr Geheiß hin ermordet worden. Ihr Gesicht spiegelt nicht den sorgsam unterdrückten Triumph wie das von Bonner, auch Furcht offenbart es nicht, obgleich sie angebracht wäre, denn schließlich ist es erst wenige Tage her, dass eine rebellische Armee – erfolglos – danach trachtete, sie zu entmachten und ihre Schwester Elizabeth auf den Thron zu setzen. Nein, ihr verkniffenes Gesicht ist so blank wie ein frischer Bogen Velinpapier, ihre Augen entseelt, entrückt, als wollten sie andeuten, das Töten habe gerade erst begonnen.

»Das ist das Werk ihres Vaters«, stammelt Frances. »Ich kann nicht anders, als ihm die Schuld zu geben, Veena... Sein blinder Ehrgeiz.« Sie spuckt die Worte aus, als hätten sie einen fauligen Geschmack. Wieder schaut Levina zu diesem Turmzimmer hinauf und fragt sich, ob die beobachtende Gestalt dort oben Frances' Gemahl, Janes Vater, Henry Grey ist, den ebenfalls das Los eines Verräters erwartet. Der Karren ist in einiger Entfernung von ihnen neben einem flachen Gebäude zum Stehen gekommen. Einer der Männer, die ihn gezogen haben, beugt sich vor, um mit jemandem zu plaudern, als wolle er sich nur die Zeit vertreiben, als läge dort nicht ein geschlachteter Junge auf der Ladefläche. »Es ist ein Kartenhaus, Veena, ein Kartenhaus.«

»Frances, nicht doch«, sagt sie und legt den Arm um die Schulter ihrer Freundin. »Du treibst dich noch in den Wahnsinn.«

517

»Und die Königin, wo ist ihre Gnade? Wir sind nahe Verwandte. *Elle est ma première cousine. On était presque élevé ensemble.*«

Wortlos umfasst Levina sie fester. Frances vergisst immer wieder, dass sie kaum Französisch versteht. Levina hat sie nie gefragt, warum sie, die doch durch und durch Engländerin ist, so großes Gefallen an dieser Sprache findet, zumal sie bei Hofe aus der Mode gekommen ist. Vermutlich hat es etwas mit ihrer Tudor-Mutter zu tun, die die Witwe eines französischen Königs war. Es nähert sich ihnen ein Mann, dessen sich im Wind blähender Umhang ihn wie eine Fledermaus aussehen lässt. Als er mit einer höflichen Verbeugung vor den beiden Frauen stehen bleibt, zieht er sein Barett und knetet es mit beiden Händen.

»My Lady«, sagt er und schlägt die Hacken zusammen. »Sir John Brydges, Leutnant des Tower.« Er strahlt Strenge aus, er *ist* ein Gardist, vermutet Levina; doch dann fällt die Förmlichkeit von ihm ab. »Mein Herz fühlt mit Euch, my Lady. Meine Gemahlin und ich …« Er zaudert, seine Stimme bebt leise. »Wir haben Eure Tochter in diesen letzten Monaten sehr lieb gewonnen. Sie ist ein bemerkenswertes Mädchen.«

Frances sieht aus, als ertränke sie, und scheint nicht fähig, irgendetwas zu antworten, doch dann ergreift sie seine Hand und nickt bedächtig.

»Man wird sie nun herunterbringen.« Seine Stimme ist kaum mehr als ein Wispern. »Ich kann Euch einen Augenblick mit ihr gewähren. Ihren Gemahl lehnte sie ab zu sehen, bevor er …« Er meinte, »… bevor er starb«, hat aber den Takt, es nicht auszusprechen. »Nach Euch jedoch hat sie gefragt.«

»Bringt mich zu ihr«, murmelt Frances unter Mühen.

»Äußerste Diskretion ist erforderlich. Wir dürfen keinerlei Aufmerksamkeit erregen.« Es ist eindeutig, dass er auf Bonner und seine katholische Meute anspielt. »Ich gehe voraus. Ihr folgt mir in einigen Augenblicken. Nehmt den Hintereingang des Gebäudes da drüben.« Er zeigt auf ein winziges Haus, das sich unter den Bell Tower duckt. »Wir erwarten Euch dort.«

Er wendet sich um und geht; als die Frauen ihm ein wenig später folgen, könnte man annehmen, sie suchten Schutz vor dem Wind. Die Tür ist so niedrig, dass sie sich bücken müssen; als sie sie hinter sich zuziehen, umfängt sie Dunkelheit. Es dauert eine Weile, bis ihre Augen sich angepasst haben. Als Levina gegenüber eine weitere Tür entdeckt, fragt sie sich, ob sie dort hineingehen sollen; sie spürt, dass sie die Initiative übernehmen muss, denn Frances scheint nicht in der Lage, auch nur das Geringste zu tun. Gerade als sie auf die Tür zugeht, öffnet diese sich knarrend einen Spalt, und Brydges lugt heraus. Als er die beiden Frauen erkennt, drückt er sie ganz auf, und da steht Jane, von Kopf bis Fuß in Schwarz gehüllt, mit zwei Büchern in ihren winzigen weißen Händen. Mit einem Lächeln sagt sie: »Maman!«, als wäre es ein ganz gewöhnlicher Tag.

»*Chérie!*«, ruft Frances, und sie fallen sich in die Arme, während Frances immer wieder »*Ma petite chérie*« flüstert. Das Französische verleiht dem Augenblick etwas Theaterhaftes, als wäre es eine Szene aus einem historischen Festspiel. Levina bemerkt auch, dass eher Jane die Mutter zu sein scheint; sie wirkt so gelassen, so beherrscht.

Levina tritt zur Seite und wendet sich diskret ab, obwohl die beiden sich nicht einmal daran zu erinnern scheinen, dass sie zugegen ist.

»Es tut mir so leid, *chérie* ... so unendlich leid.«

»Ich weiß, Maman.« Jane löst sich aus der Umarmung, sammelt sich und streicht ihr Kleid glatt. »*Ne vous inquiétez pas.* Gott hat mich für dieses Schicksal auserwählt. Als Gesandte des neuen Glaubens gehe ich bereitwillig zu ihm.«

Das Mädchen, das Levina erst vor wenigen Monaten gezeichnet hat, gibt es nicht mehr; hier steht eine Frau vor ihnen, aufrecht, elegant, ruhig. Als schmerzliche Ironie des Schicksals kommt Levina in den Sinn, dass Jane Grey eine weit bessere, klügere Königin abgegeben hätte, als Mary Tudor es je sein wird. Hätten die Menschen sie so gesehen, wie sie jetzt ist, wäre ihnen nie der Gedanke gekommen, eine Armee aufzustellen, um sie abzusetzen und ihre katholische Cousine auf den Thron zu heben.

»Hätte ich doch nur ein Quäntchen deines Muts«, murmelt Frances.

»Es ist Zeit, Maman«, sagt Jane mit einem Blick zu Brydges, der ernst nickt. Dann reicht sie Frances eines ihrer Bücher und flüstert: »Es liegt ein Brief für Euch darin und einer für Katherine. Ihren habe ich ins Buch hineingeschrieben, weil sie ihn ansonsten bestimmt verlieren würde – meine Schwester hatte noch nie die Gabe, Dinge zu bewahren.« Sie lacht; ein glockenhelles Lachen, das sogar Frances die Andeutung eines Lächelns entlockt, und einen Augenblick lang ähneln sie sich so sehr, dass auch Levina mit einem Mal lächelt. Doch Janes Lachen erstirbt so rasch, wie es erklungen war; sie fügt an: »Beschützt Katherine, Maman. Ich fürchte, sie wird es nicht gut ertragen.«

Levina ist entsetzt über die grausame Unausweichlichkeit, mit der nun Janes jüngere Schwester in den Mittelpunkt der reformistischen Verschwörungen rückt – bestimmt werden sie danach trachten, die katholische Mary Tudor abzusetzen und jemanden ihres Glaubens auf den Thron zu hieven – wie Dominosteine, die nacheinander umfallen.

»Und Mary? Was soll ich ihr von dir sagen?« Frances spricht von der jüngsten ihrer drei Töchter.

»Mary ist klug. Sie braucht meinen Rat nicht.« Dann winkt sie mit vogelähnlicher Hand und entschwindet. Die innere Tür schließt sich hinter ihr. Frances, die das Buch umklammert, muss sich an der Wand abstützen.

»Komm«, sagt Levina, umfasst ihren Oberarm und führt sie hinaus, zurück in den Wind und zum wartenden Schafott, wo unterdessen einige Menschen mehr zusammengekommen sind, obgleich noch immer nicht von einer Menge die Rede sein kann.

Dann erscheinen sie, erst Brydges mit aschfahlem Gesicht, hinter ihm der Katholik, dem es nicht gelungen ist, sie zu bekehren, beide mit gesenktem Blick. Und dann kommt sie, unerschrocken, aufrecht, mit dem aufgeschlagenen Psalter in der Hand, ihre Lippen bewegen sich im Gebet; zwei Frauen, die kaum die Tränen zurückhalten können, an ihrer Seite. Die Szene gräbt sich in Levinas Gedächtnis ein: Janes pechschwarzes Kleid vor den graubraunen Steinen des Tower; der Wind, der alle Ecken und Kanten in die Lüfte hebt, sodass man meinen könnte, alles flöge; die beinahe weinenden Ladys, deren Gewänder fahle Farbtupfer bilden; die strenge Blässe von Brydges' Haut; und der Ausdruck feierlicher Klarheit auf Janes Gesicht. Es drängt sie, diese Szene in einem Gemälde wiederzugeben. Ein heftiger Windstoß bricht einen Ast von einem nahe stehenden Baum; als er krachend zu Boden fällt, machen Bonner und seine Anhänger einen Satz und stieben auseinander. Wie viele Menschen wünschen sich wohl, ebenso wie sie, der Ast hätte ein weicheres Ziel getroffen?

Jane Grey geht die wenigen Stufen hinauf und steht nun vor den Zuschauern, um etwas zu sagen. Levina ist ihr so nahe, dass sie, würde sie den Arm strecken, den Saum ihrer Röcke berühren könnte. Der Wind jedoch treibt die Worte des Mädchens davon, nur Bruchstücke erreichen sie. »Ich wasche meine Hände in Unschuld ...« Sie reibt ihre kleinen Hände aneinander. »Ich sterbe als wahre Christin, und allein die Gnade Gottes rettet mich.« Bis zuletzt hält sie an dem neuen Glauben fest, und Levina wünscht sich, sie hätte nur ein Gran der unerschütterlichen Seelenstärke dieses Mädchens.

Als Jane geendet hat, streift sie ihr Gewand ab, reicht es den Frauen und öffnet die Bänder ihrer Haube. Als sie sie vom Kopf zieht, löst sich ihre Frisur, und ihr Haar fliegt wunderbar auf, als wollte es sie in den Himmel emporheben. Sie wendet sich zu dem Scharfrichter. Levina vermutet, er bitte sie um Vergebung; sie kann ihren Wortwechsel nicht verstehen. Aber sein Blick zeigt äußerste Verzweiflung – somit ist sogar der Henker entsetzt. Nur Jane wirkt ganz ruhig.

Dann nimmt sie von einer ihrer Ladys die Augenbinde entgegen; und nachdem sie mit leisem Kopfschütteln Hilfe abgelehnt hat, bindet sie sie sich selbst um den Kopf. Nun sinkt sie auf die Knie, legt rasch die Hände aneinander und spricht unhörbar ein Gebet. Doch als sie das Gebet beendet hat, scheint plötzlich alle Fassung von ihr abzufallen; sie tappt blind umher, ihre Hand streckt sich nach dem Hinrichtungsblock und findet ihn nicht. Levina fühlt sich an ein neugeborenes Tier erinnert, das mit noch geschlossenen Augen verzweifelt Beistand sucht.

Alle beobachten sie, aber niemand kommt ihr zu Hilfe. Alle sind vor Entsetzen erstarrt beim Anblick dieses jungen Mädchens, das in einer dunklen Welt nach etwas Festem tastet. Kaum ein Geräusch ist zu hören; selbst der Wind ist zu einem tödlichen Hauch abgeflaut, als würde der Himmel den Atem anhalten. Noch immer sucht Jane nach dem Block, ihre Arme flattern nun umher. Levina erträgt es nicht mehr, sie erklimmt das Podest und führt diese kalten Händchen, richtige Kinderhände, zu dem Ziel; Tränen erfüllen ihre Augen, als sie wieder zu Frances hinunterklettert, die schreckensbleich ist.

Dann geschieht es, mit aufblitzender Klinge und leuchtend rotem Strahl. Frances sinkt halb ohnmächtig Levina in die Arme, die sie aufrecht hält und ihr die Augen verdeckt, als der Scharfrichter Jane Greys Kopf an den Haaren hochhebt, um zu beweisen, dass er seine Aufgabe erfüllt hat. Levina weiß nicht, weshalb sie aufschaut, doch was sie nun sieht, ist keine Realität; es ist eine Szene, die ihre Fantasie heraufbeschwört: die Königin an der Stelle jenes Henkers, ihre Finger verfangen im blutigen Haar ihrer jungen Cousine, ihr Gesicht selbstgefällig, und nicht darauf achtend, dass Blut ihr Gewand besudelt. Alles ist still, mit Ausnahme des beharrlich wehenden Windes, der sich wie zum Protest wieder erhoben hat.

Levina tritt zur Seite und übergibt sich in den Rinnstein.

Juli 1554
Der Palast des Bischofs, Winchester
Mary

Sitz still, Mary Grey«, mahnt Mistress Poyntz. Ihre Stimme ist ebenso hart wie ihre Finger. »Du zappelst.«

Sie zerrt meine Haare zu fest in die Bänder. Ich möchte sie am liebsten anschreien, sie solle damit aufhören und mich nicht mehr anfassen.

»Hier«, sagt sie nun, zieht mir die Haube über den Kopf und bindet sie unter dem Kinn. Sie bedeckt meine Ohren. Ich höre Meeresrauschen wie in der großen Muschel, an der wir in Bradgate immer gelauscht haben. Was ist nur aus dieser Muschel geworden, jetzt, da Bradgate nicht mehr unser Zuhause ist? »Magdalen wird dir in dein Gewand helfen.« Sie schubst mich in Richtung des dunkelhaarigen Mädchens, das mir einen schrägen, finsteren Blick zuwirft.

»Aber ich habe doch noch nicht...«, setzt Magdalen an.

»Du tust, was ich dir sage, bitte«, sagt Mistress Poyntz; ihre Stimme ist ebenso hart wie das Stützband unter meinem Unterkleid. Das Mädchen rollt mit den Augen und tauscht dann einen Blick mit Cousine Margaret neben ihr.

Unordnung umgibt uns: Gewänder quellen aus Truhen; Hauben hängen auf Leisten; Schmuck baumelt achtlos von verschiedenen Möbeln; und die Luft ist erfüllt mit dem Gestank zwölf unterschiedlicher Parfüms. Man kann sich kaum rühren, ohne einen Ellbogen ins Auge zu bekommen; wir sind so zusammengepfercht, dass die Mädchen übereinanderklettern, um an ihre Sachen zu kommen. Maman wohnt beinahe ebenso beengt wie wir, sie teilt den Raum mit fünf anderen Hofdamen, aber zumindest hat ihr Zimmer eine Tür. Die Unterkunft der Zofen, wo am letzten Abend sich vierzehn von uns zur Nachtruhe begeben haben, ist in Wirklichkeit nur ein durch einen Vorhang abgetrennter Bereich am Ende eines Flurs. Den ganzen Morgen schon verscheucht Mistress Poyntz Voyeure, die sich einen Blick auf die älteren Mädchen beim Ankleiden erhoffen.

Ich reiche Magdalen mein Gewand, die es hochhebt und mit einfältigem Grinsen fragt: »Wie soll *das* denn passen?« Mit spitzen Fingern hält sie es weit von sich.

»Dieser Teil«, erkläre ich und deute auf den hohen Kragen, der speziell so geschneidert wurde, dass er sich meiner Gestalt anschmiegt, »geht hier oben herum.«

»Über deinen Buckel?« Magdalen prustet vor Lachen.

Ich darf nicht weinen. Was würde meine Schwester Jane jetzt tun? *Sei stoisch, Maus*, hätte sie gesagt. *Lass niemanden ahnen, was du wirklich empfindest.*

»Ich verstehe nicht, warum die Königin eine solche Kreatur bei ihrer Hochzeit dabeihaben möchte«, flüstert Magdalen Cousine Margaret zu, aber nicht so leise, dass ich es nicht höre.

Da ich fürchte, ich könnte weinen, was meine Lage nur noch schlimmer machen würde, beschwöre ich ein Bild von Jane herauf. Ich erinnere mich, dass sie einst sagte: *Gott hat entschieden, dich auf eine bestimmte Weise zu erschaffen, und dafür wird es einen Grund geben. In seinen Augen bist du vollkommen – und in meinen auch.* Aber ich weiß, ich bin nicht vollkommen; ich bin verkrüppelt um die Schultern herum, und meine Wirbelsäule ist so krumm verwachsen, dass ich aussehe, als hätte ich zu lange mit dem Genick am Haken gehangen. Und ich bin klein wie ein fünfjähriges Kind, obwohl ich beinahe doppelt so alt bin. *Im Übrigen zählt, was hier drinnen ist*; vor meinem geistigen Auge legt Jane ihre Hand aufs Herz.

»Mary Grey hat mehr Berechtigung, an der Hochzeit der Königin teilzuhaben, als du«, sagt Jane Dormer, die Lieblingszofe der Königin. »In ihr fließt viel königliches Blut.«

Magdalen stottert: »Aber in welch einem missgestalteten Leib.«
Schnaubend beginnt sie, mich in mein Gewand zu schnüren.
Das Leben meiner Schwester war der Preis für diese Hochzeit; es
war das Werk der Königin. Obgleich einhundertvierundsechzig Tage
seit ihrer Enthauptung vergangen sind (ich markiere jeden Tag in meinem Stundenbuch), schwindet das Gefühl von Verlust nicht im Geringsten – ich glaube, es wird nie vergehen. Ich bin wie der Baum im
Park von Bradgate, in den der Blitz eingeschlagen hat, sein Inneres ist
völlig verbrannt, er ist nun schwarz und hohl.
Es ist Sünde, die Königin zu hassen, wie ich es tue – eine hoch-
verräterische Sünde. Aber ich kann nichts dagegen tun, dass Hass in
mir aufquillt. *Lass niemanden ahnen, was du wirklich empfindest*, hätte
Jane gesagt.
»Gut«, sagt Magdalen und wendet sich ab. »Du bist fertig.«
Sie hat mich so fest geschnürt, dass ich mich wie eine gefüllte und
zugenähte Ringeltaube vor dem Braten fühle.
»Wird Elizabeth bei der Hochzeit zugegen sein?«, fragt Cousine
Margret.
»Natürlich nicht«, antwortet Magdalen. »Sie ist in Woodstock ein-
gesperrt.«
»Die Arme«, sagt Jane Dormer, und tiefes Schweigen senkt sich her-
nieder. Vielleicht denken sie alle gerade an meine Schwester Jane und
was Mädchen zustoßen kann, die dem Thron zu nahestehen. Eliza-
beths Porträt hing lange in der Langen Galerie von Whitehall, aber nun
sieht man dort nur noch das dunkle Rechteck auf der Holztäfelung,
das es dort hinterlassen hat.
Der Gedanke, meine Schwester Katherine könnte nun eines dieser
Mädchen an der Schwelle zum Thron sein, beunruhigt mich.
»Man hat mir erzählt, Elizabeth dürfe nicht einmal allein ohne
Wache im Garten spazieren gehen«, wispert Magdalen.
»Genug jetzt mit diesem Tratsch«, tadelt Mistress Poyntz. »Wo ist
deine Schwester?«
»Katherine?« Ich frage, da ich nicht weiß, wen sie anspricht – hier
gibt es viele Schwestern.

»Hast du etwa noch eine Schwes…«, sie verstummt. Vermutlich erinnert sie sich, dass meine andere Schwester tot ist. Nun lächelt sie mich mit geneigtem Kopf an, streichelt mir über die Schulter und sagt: »Dieses Gewand ist schön geschnitten, Mary. Es kleidet dich gut.« Sie spricht in einem Singsang, als wäre ich ein kleines Kind.

Ich erkenne den Abscheu hinter ihrem Lächeln und sehe, dass sie mit der Hand, mit der sie mich berührt hat, über ihre Röcke streicht, als wollte sie sie abwischen. Ich sage nichts. Nun schickt sie Jane Dormer hinaus, sie solle nach Katherine suchen, die wahrscheinlich nichts Gutes im Schilde führt.

Ich entdecke das griechische Neue Testament im Stapel von Katherines Sachen und nehme es mit hinaus auf den Flur. Ich schlage den inneren Umschlag auf, worauf der Brief geschrieben steht, ich lese ihn nicht, ich betrachte nur Janes feine Handschrift. Ich brauche ihn nicht zu lesen, denn er ist in mein Herz gemeißelt.

Dies, liebe Schwester, ist das Gesetz des Herrn. Es ist das Testament und der letzte Wille, die er uns Elenden hinterlassen hat. Es wird Dich auf den Pfad ewiger Freude führen. Und liest Du es mit guter Gesinnung, wird es Dir ein unsterbliches, ewig währendes Leben bereiten. Es wird Dich unterweisen zu leben und Dich lehren zu sterben.

Ich habe versucht zu begreifen, warum es keinen Brief für mich gab. Warum sollte Jane Katherine geschrieben und sie ermutigt haben, dieses Buch zu lesen, wenn ich doch sicher weiß, dass Katherine Griechisch so gut wie gar nicht lesen kann. Ich bin es, die diese Sprache beherrscht; ich bin es, die Jane zugehört hat, wenn sie jeden Tag aus ihrer griechischen Bibel las, während Katherine ihre jungen Hunde durch die Gärten jagte und Vaters Pagen schöne Augen machte. Ich sage mir, Jane muss sich gedacht haben, dass ich keinen Leitfaden brauche. Aber obwohl ich weiß, dass es eine Sünde ist, verspüre ich überschäumenden stillen Neid auf Katherine, nicht weil sie so schön wie eine Sommerwiese ist und ich so gekrümmt wie ein Obstbaum am Spalier, sondern weil sie diejenige ist, der Jane sich entschieden hat zu schreiben.